In Memory Of
Rosannah C. Steinhoff

𝒜nn Arbor District Library

Ausführliche Informationen über
unsere Autoren und Bücher
finden Sie auf unserer Website
www.dtv.de

Jussi Adler-Olsen

Schändung

Thriller

Aus dem Dänischen
von Hannes Thiess

Deutscher Taschenbuch Verlag

Von Jussi Adler-Olsen
ist im Deutschen Taschenbuch Verlag erschienen:
Erbarmen (24751)

FSC
Mix
Produktgruppe aus vorbildlich
bewirtschafteten Wäldern und
anderen kontrollierten Herkünften
Zert.-Nr. GFA-COC-001298
www.fsc.org
© 1996 Forest Stewardship Council

Deutsche Erstausgabe 2010
Deutscher Taschenbuch Verlag GmbH & Co. KG,
München
© 2008 Jussi Adler-Olsen/J. P./Politikens Forlagshus A/S, Kopenhagen
Titel der dänischen Originalausgabe: ›Fasandræberne‹
© 2010 der deutschsprachigen Ausgabe:
Deutscher Taschenbuch Verlag GmbH & Co. KG, München
Umschlagkonzept: Balk & Brumshagen
Umschlaggestaltung: Wildes Blut, Atelier für Gestaltung, Stephanie Weischer
unter Verwendung von Fotos von plainpicture/Arcangel
Satz: Greiner & Reichel, Köln
Gesetzt aus der Aldus 11/14
Druck und Bindung: Kösel, Krugzell
Gedruckt auf säurefreiem, chlorfrei gebleichtem Papier
Printed in Germany · ISBN 978-3-423-24787-0

Prolog

Wieder krachte ein Schuss über die Baumwipfel.

Das Rufen der Treiber war jetzt schon deutlich zu hören. Das Blut pochte in den Ohren, und die Lungen schmerzten vom scharfen Einatmen der feuchten Luft.

Los, los, weiter, lauf, und fall bloß nicht hin. Du kommst sonst nie wieder hoch. Scheiße, Scheiße, warum bekomme ich die Hände nicht frei? Weiter, nu los ... oh Shit ... Die dürfen mich nicht hören. Haben die mich gehört? War's das jetzt? Soll mein Leben etwa so enden?

Die Zweige peitschten ins Gesicht und hinterließen blutige Streifen, das Blut mischte sich mit dem Schweiß.

Wieder krachten Schüsse. Die Projektile pfiffen jetzt dicht an den Ohren vorbei, der Schweiß lief in Strömen. Wie eine Kompresse legte er sich um den Körper.

Noch eine Minute oder zwei, dann würden sie dort stehen. *Verdammt, die Hände auf dem Rücken, warum gehorchen die nicht? Was ist das bloß für ein Scheißklebeband?*

Laut flügelschlagend erhoben sich plötzlich aufgeschreckte Vögel über die Baumwipfel. Die tanzenden Schatten des dichten Tannenwaldes wurden immer deutlicher. Jetzt fehlten vielleicht noch hundert Meter bis dorthin. Alles wurde klarer. Auch die Stimmen. Der Blutdurst der Jäger.

Wie werden sie es machen? Ein einzelner Schuss? Ein Pfeil? Schluss, aus, vorbei?

Nein, wohl kaum, warum sollten sie sich damit begnügen? So gnädig waren die nicht, diese Schweine. Die nicht. Die hatten ihre Gewehre und ihre verschmierten Messer. Und wussten genau, wie effektiv eine Armbrust ist.

Wo kann ich mich verkriechen? Gibt's da nirgendwo ein Versteck? Oder doch wieder zurück? Schaffe ich das?

Der Blick suchte den Waldboden ab. Wanderte vor und zurück. Aber das Klebeband bedeckte die Augen fast vollständig, das machte es so mühsam. Die Füße stolperten immer weiter.

Jetzt spüre ich gleich am eigenen Leib, wie es ist, in ihrer Gewalt zu sein. Die werden mit mir keine Ausnahme machen. Das brauchen die doch, nur so kriegen die doch ihren Kick. Und nur so haben sie eine Chance, davonzukommen.

Das Herz hämmerte jetzt so wild, dass es wehtat.

1

Den Strøget in Kopenhagens Zentrum hinunterzugehen, empfand sie wie einen Tanz auf Messers Schneide. Ein echtes Risiko. Das Gesicht halb hinter einem schlammgrünen Tuch versteckt, hastete sie an den hell erleuchteten Schaufenstern der Fußgängerzone vorbei. Hellwach scannte sie ihre Umgebung. Andere zu erkennen, aber selbst nicht erkannt zu werden, darum ging es. Darum, mit den eigenen Dämonen in Frieden zu leben und alles andere denen zu überlassen, die vorübereilten. Die mit leerem, gleichgültigem Blick einen Bogen um sie machten. Und diesen Schweinen, die ihr Böses wollten.

Kimmie sah zu den Straßenlampen hoch, deren kaltes Licht die Vesterbrogade erhellte. Sie schnupperte. Jetzt konnte es nicht mehr lange dauern, dann würden die Nächte kühl werden. Sie musste das Winterlager vorbereiten.

Sie stand in einer Menschentraube zwischen lauter durchgefrorenen Tivoli-Besuchern an der Fußgängerampel und sah hinüber zum Hauptbahnhof. Da bemerkte sie die Frau im Tweedmantel neben sich. Die musterte sie aus zusammengekniffenen Augen, rümpfte die Nase und trat einen Schritt zur Seite. Wenige Zentimeter nur, aber die reichten.

Na, na, Kimmie!, pulsierte das Warnsignal in ihrem Hinterkopf, als die Wut sie packen wollte.

Ihr Blick wanderte über den Körper der Frau bis hinunter zu den Beinen. Hauchdünne, glänzende Strumpfhosen, hochhackige Schuhe. Kimmie spürte, wie ein verräterisches Lächeln ihre Lippen kräuselte. Einmal fest zutreten, und die zarten Knöchel würden knacken. Wenn die Schnepfe erst mal auf dem nassen Gehweg lag, würde sie schon sehen, dass auch ein Christian-Lacroix-Kostüm schmutzig werden konnte. Das wäre ihr dann hoffentlich eine Lehre.

Kimmie blickte auf und sah der Frau direkt ins Gesicht. Markanter Eyeliner, gepuderte Nase, die Locken kunstvoll geschnitten. Der Blick starr und abweisend. O ja, sie kannte diese Sorte Frau. Sie hatte selbst einmal dazugehört. Zu den arroganten Oberklasseziegen mit dröhnend leerem Inneren. So waren ihre Freundinnen damals auch gewesen. So war ihre Stiefmutter.

Wie sie die alle hasste!

Dann tu doch was!, flüsterte die Stimme in ihrem Hinterkopf. *Lass dir nichts gefallen! Zeig ihr, wer du bist. Na komm schon, los!*

Kimmie starrte hinüber zu der Gruppe dunkelhäutiger Jungen auf der anderen Straßenseite. Wären da nicht deren umherstreifende Blicke gewesen, dann hätte sie der Frau tatsächlich einen Stoß versetzt, direkt vor den 47er. Deutlich sah sie den wunderbaren Blutfleck vor sich, den der Bus hinterlassen würde. Den zerquetschten Körper. Eine Schockwelle würde sich von ihm ausgehend durch die Menge fortpflanzen. Was für eine Genugtuung!

Aber Kimmie schubste nicht. In so einer Menschenmenge gab es immer irgendwo ein hellwaches Auge. Und dann war da auch in ihr etwas, das dagegenhielt. Dieses entsetzliche Echo aus fernen Tagen.

Sie hielt sich kurz ihren Arm unter die Nase und schnüffelte. Es stimmte, die Frau hatte recht. Ihre Sachen stanken fürchterlich.

Als es grün wurde, überquerte sie die Straße. Auf schiefen Rädern rumpelte der Koffer hinter ihr her. Das würde sein letzter Weg sein. Höchste Zeit, dieses alte Gelump wegzuschmeißen.

Höchste Zeit, sich zu häuten.

Vor dem Bahnhofskiosk hingen an einem Ständer die Titelseiten der Zeitungen mit den riesigen Schlagzeilen der Aufmacher. Für Vorbeihastende und Blinde war der Zeitungsständer, bewusst mitten in der Bahnhofshalle platziert, ein einziges Ärgernis. Auf dem Weg durch die Stadt hatte Kimmie die Schlagzeilen immer wieder gesehen. Vor Ekel hätte sie kotzen können.

»Diese Sau«, murmelte sie und sah stur geradeaus, als sie an dem Ständer vorbeiging. Dann drehte sie den Kopf doch und betrachtete das Foto neben der Schlagzeile.

Allein schon bei seinem Anblick fing ihr Körper an zu zittern.

Unter dem Bild stand: »Ditlev Pram kauft für zwölf Milliarden Kronen Privatkliniken in Polen auf.« Sie spuckte aus und blieb einen Moment stehen, wartete ab, bis die körperlichen Reaktionen nachließen. Wie sie Ditlev Pram hasste! Wie sie Torsten und Ulrik hasste! Aber sie würden schon sehen! Sie würde sie fertigmachen, alle drei.

Beim Weitergehen lachte sie auf, woraufhin ihr ein Passant zulächelte. Noch so ein gutgläubiger Idiot, der zu wissen meinte, was in den Köpfen anderer Leute vorging.

Abrupt blieb sie stehen.

Ein Stück weiter stand Ratten-Tine an ihrem üblichen Platz. Halb vorgebeugt und leicht schwankend hielt sie die dreckigen Hände auf. Wie bescheuert, darauf zu vertrauen, dass in diesem Ameisengewimmel jemand einen Zehner für sie übrig hatte! Stundenlang so zu stehen brachten auch nur die Drogis fertig. Arme Teufel.

Kimmie schlich hinter ihr auf die Treppe zu, die zur Reventlowsgade hinunterführte. Aber Tine hatte sie längst entdeckt.

»Hallo Kimmie! Mensch, verdammt, Kimmie!«, kam es von hinten. Aber Kimmie reagierte nicht. So in der Öffentlichkeit funktionierte das nicht mit Ratten-Tine, da konnte man nichts mit ihr anfangen. Nur wenn man mit ihr auf der Bank saß, dann tickte ihr Gehirn einigermaßen.

Andererseits war sie der einzige Mensch, den Kimmie ertrug.

Aus unerfindlichen Gründen pfiff der Wind an diesem Tag eiskalt durch die Straßen. Deshalb hatten es alle Leute eilig, nach Hause zu kommen. Deshalb standen fünf schwarze Mercedes-Taxis mit laufendem Motor in der Schlange vor der Bahnhofstreppe gegenüber der Istedgade. Eines davon würde sicher für sie übrig bleiben, wenn sie gleich eins brauchte. Mehr wollte sie im Moment nicht wissen.

Sie zog den Koffer schräg über die Straße zu dem Thai-Laden im Souterrain. Dort stellte sie ihn neben dem Fenster ab. Nur einmal war ihr ein Koffer geklaut worden, als sie ihn dort deponiert hatte. Bei diesem Wetter, wo selbst die Diebe zu Haus blieben, würde das garantiert nicht passieren. Außerdem war es egal. Da war nichts Wertvolles drin.

Geschlagene zehn Minuten wartete sie auf dem Bahnhofsvorplatz, dann war es so weit. Aus einem Taxi stieg eine elegante Frau im Nerzmantel und mit einem Koffer auf soliden Gummirädern. Sie war sehr schlank, Kimmie tippte auf Größe achtunddreißig, höchstens. Früher war sie ausschließlich auf Frauen mit Größe vierzig aus gewesen, aber das war schon mehrere Jahre her. Vom Leben auf der Straße wurde man nicht fett.

Sie nahm den Koffer, als sich die Frau in der Bahnhofsvorhalle an einem Fahrkartenautomaten informierte. Damit ging sie schnurstracks zum Ausgang und erreichte in kürzester Zeit den Taxistand an der Reventlowsgade.

Übung macht den Meister.

Sie legte den Koffer in den Kofferraum des vordersten Wagens und bat den Fahrer, mit ihr eine kleine Runde zu drehen.

Aus der Manteltasche zog sie ein dickes Bündel mit Hundertkronenscheinen. »Du bekommst noch zweihundert extra, wenn du tust, was ich dir sage«, fügte sie hinzu und ignorierte bewusst seinen misstrauischen Blick und die zuckenden Nasenflügel.

In etwa einer Stunde würde sie zurückkommen und den alten Koffer abholen: in neuen Klamotten und mit dem Duft einer Fremden am Körper.

Dann würden die Nasenflügel des Taxifahrers mit Sicherheit ganz anders zucken.

2

Ditlev Pram war ein gut aussehender Mann, und das wusste er. Im Flugzeug gab es in der Business Class immer genug Frauen, die nicht protestierten, wenn er von seinem Lamborghini erzählte und wie schnell er mit dem zur Villa in Rungsted fuhr.

Dieses Mal hatte er ein Auge auf eine Frau mit weichem, vollem Haar geworfen. Sie trug ein kräftiges schwarzes Brillengestell, wodurch sie unnahbar wirkte. Das reizte ihn.

Er hatte sie angesprochen, aber kein Glück gehabt. Hatte ihr ›The Economist‹ angeboten, mit einem Atomkraftwerk im Gegenlicht auf der Titelseite. Aber sie hatte nur eine abwehrende Handbewegung gemacht. Er hatte dafür gesorgt, dass sie einen Drink bekam. Sie hatte ihn nicht angerührt. Als die Maschine aus Posen überpünktlich in Kastrup aufsetzte, waren die kostbaren siebzig Minuten vertan.

So etwas machte ihn aggressiv.

Er eilte schnurstracks durch die gläsernen Gänge des Terminals. Als er das Laufband fast erreicht hatte, sah er sein Opfer: einen alten Mann, der schlecht gehen konnte und ebenfalls auf das Laufband zusteuerte.

Ditlev Pram beschleunigte seinen Schritt und war exakt in dem Augenblick da, als der Mann einen Fuß auf das Band setzte. Ditlev sah es deutlich vor sich: ein unauffällig gestelltes Bein – und der knochige Körper würde gegen die Plexiglasscheibe knallen und das Gesicht mit der verrutschten Brille daran entlangschrammen, während sich der Alte fieberhaft bemühte, wieder auf die Beine zu kommen.

Es zuckte förmlich in Ditlev Prams Bein. So war er. Und seine Freunde auch. Was weder besonders verdienstvoll noch besonders beschämend war. Sie hatten es einfach schon mit der Muttermilch eingesogen. Dabei wäre es bei dem alten Knacker hier in gewisser Weise sogar die Schuld dieser Zicke aus dem Flieger. Die hätte doch mit ihm nach Hause gehen können. In einer Stunde hätten sie in seinem Bett gelegen.

Das hatte sie sich doch verdammt noch mal selbst zuzuschreiben.

Als der Strandmølle Kro im Rückspiegel erschien und sich das Meer wieder glänzend vor ihm erstreckte, klingelte sein Handy. »Ja«, sagte er nach einem Blick auf das Display. Ulrik war dran.

»Eine Bekannte hat sie vor ein paar Tagen gesehen«, sagte er. »In der Bernstorffsgade, am Fußgängerübergang zum Hauptbahnhof.«

Ditlev schaltete den mp3-Player aus. »Okay. Wann genau?«

»Letzten Montag. 10. September. Abends gegen einundzwanzig Uhr.«

»Was hast du unternommen?«

»Torsten und ich haben uns dort umgesehen. Haben sie aber nicht gefunden.«

»Torsten war dabei?«

»Ja. Du weißt schon, wie. Er ist keine große Hilfe.«

»Wer ist auf die Aufgabe angesetzt?«

»Aalbæk.«

»Gut. Wie sah sie aus?«

»Angezogen war sie ziemlich okay, hab ich gehört. Ist dünner als früher. Und sie stank.«

»Sie stank?«

»Ja, nach Schweiß und Pisse.«

Ditlev nickte. Das war das Schlimmste bei Kimmie. Nicht nur, dass sie monate-, sogar jahrelang verschwinden konnte. Nein, man wusste nie, wer sie war. Ewig lange unsichtbar und dann urplötzlich unheimlich sichtbar. Kimmie war in ihrer aller Leben das größte Risiko. Die Einzige, die ihnen tatsächlich gefährlich werden konnte.

»Dieses Mal müssen wir sie kriegen, Ulrik, ist das klar?«

»Warum, zum Teufel, glaubst du eigentlich, hab ich dich angerufen?«

3

Erst als er im Keller des Präsidiums stand, ging es Carl Mørck auf, dass der Sommer und der Urlaub endgültig zu Ende waren. Die Büroräume des Sonderdezernats Q waren dunkel. Er machte Licht an. Sein Blick fiel auf seinen überquellenden Schreibtisch, auf dem sich Stapel von Aktenbündeln gegenseitig stützten. Am liebsten hätte er sich umgedreht und die Tür hinter sich zugeknallt. Es half auch nichts, dass Assad mitten in das geordnete Chaos einen Strauß Gladiolen gepflanzt hatte, groß genug, um damit eine mittelgroße Hauptstraße zu blockieren.

»Willkommen zurück, Boss!«, tönte es hinter ihm.

Er drehte sich um und sah direkt in Assads hellwache braune Augen. Das dünne dunkle Haar stand gewissermaßen entgegenkommend in alle Richtungen ab. Der ganze Mensch strahlte Vitalität aus und schien es kaum erwarten zu können, wieder in den Ring zu steigen, leider Gottes.

»Nanu!«, sagte Assad, als er den matten Blick seines Chefs wahrnahm. »Man sollte kaum glauben, dass du gerade aus dem Urlaub kommst, Carl.«

Carl schüttelte den Kopf. »Tu ich das etwa?«

Die oben im zweiten Stock waren wieder mal umgezogen. Verdammte Polizeireform. Demnächst würde er das Büro von Marcus Jacobsen, Chef der Mordkommission, nur noch per GPS finden. Drei Wochen war er weg gewesen, und schon gafften ihn mindestens fünf neue Gesichter an, als käme er vom Mond.

Wer zum Teufel war das?

»Carl, ich habe eine gute Nachricht für dich«, sagte Jacobsen. Carls Blick glitt über die Wände des neuen Büros. Mit den hellgrünen Scheiben dort kam es ihm vor wie ein Mittelding aus OP-Saal und dem Raum für Krisenmeetings aus dem Len-Deighton-Thriller, den er gerade gelesen hatte. Wie verloren starrten von überall die fahlen Augen von Leichen auf ihn herab. Karten und Diagramme und Einsatzpläne hingen dort in einem vielfarbigen Durcheinander. Alles wirkte deprimierend effektiv.

»Eine gute Nachricht, sagst du. Das klingt nicht gut.« Carl ließ sich seinem Chef gegenüber auf einen Stuhl fallen.

»Du bekommst bald Besuch aus Norwegen, Carl, ich hatte das vor einiger Zeit schon mal erwähnt.«

Carl Mørck sah ihn unter schweren Lidern müde an.

»Eine Delegation der Obersten Polizeibehörde in Oslo, erinnerst du dich? Na, die kommen jetzt jedenfalls mit fünf oder sechs Mann und wollen sich das Sonderdezernat Q anschauen, und zwar am nächsten Freitag um zehn Uhr. Du denkst doch dran?« Marcus lächelte. »Sie freuen sich schon, soll ich ausrichten«, fuhr er fort und blinzelte ihm zu.

Damit standen sie verdammt allein.

»Ich habe aus diesem Anlass dein Team verstärkt. Sie heißt Rose.«

An der Stelle kam Carl kurz von seinem Stuhl hoch.

Anschließend stand er vor der Tür des Chefs und gab sich alle Mühe, die hochgezogenen Augenbrauen wieder in ihre alte Position zu bringen. Hieß es nicht, dass eine schlechte Nachricht nie allein kommt? Wie wahr! Kaum fünf Minuten bei der Arbeit, und schon sollte er den Nachhilfelehrer für eine Sekretariatsanwärterin und den Guide für eine Gruppe Berggorillas spielen. Letzteres hatte er bisher glücklich verdrängt.

»Wo ist denn die Neue, die zu mir nach unten kommen soll?«, fragte er Frau Sørensen, die wie immer hinter der Theke des Sekretariats saß.

Die hob nicht mal den Blick von der Tastatur, diese Frauensperson.

Er haute leicht auf die Theke. Probieren konnte man es ja mal.

Dann spürte er, wie ihm jemand auf die Schulter tippte.

»Hier hast du ihn in höchsteigener Person, Rose«, hörte er hinter sich. »Darf ich vorstellen? Carl Mørck.«

Er drehte sich um und blickte in zwei verblüffend ähnliche Gesichter. Der Erfinder der schwarzen Farbe hat nicht umsonst gelebt, schoss es ihm durch den Kopf. Rabenschwarzes Haar, ultrakurz und fransig geschnitten, pechschwarz umrandete Augen und düstere Kleidung. Hui, verdammt unheimlich.

»Lis, zum Teufel. Was ist denn mit dir passiert?«

Die effektivste Sekretärin des Dezernats fuhr sich mit der Hand durch ihr früher so herrlich blondes Haar. Ein Lächeln blitzte in ihren Augen auf. »Ja, schick, was?«

Carl nickte langsam, bevor sein Blick weiter zu der anderen Frau wanderte. Ihre Schuhe hatten turmhohe Absätze. Sie betrachtete ihn mit einem umwerfenden Lächeln. Dann schaute er wieder zu Lis. Die beiden sahen sich irgendwie zum Verwechseln ähnlich. Es war ihm ein Rätsel, wer von beiden wen angesteckt hatte.

»Das hier ist also Rose. Sie ist ein paar Wochen bei uns gewesen und hat mit ihrer herrlich positiven Ausstrahlung unser Sekretariat belebt. Jetzt überlasse ich sie deiner Obhut. Pass gut auf sie auf, Carl.«

Reichlich munitioniert mit Argumenten stürmte Carl in Marcus Jacobsens Büro. Doch spätestens nach zwanzig Minuten merkte er, dass die Sache längst gelaufen war. Eine Woche Aufschub bekam er, dann musste er das Mädchen mit nach unten nehmen. Ihr künftiges Büro, in dem bisher das Equipment zur Absperrung von Tatorten aufbewahrt wurde, lag direkt neben Carls Büro. Es sei bereits aufgeräumt, sauber gemacht und eingerichtet, setzte Marcus ihn in Kenntnis. Rose Knudsen war die neue Mitarbeiterin des Sonderdezernats Q und damit basta.

»Rose Knudsen hatte auf der Polizeischule erstklassige Noten, sie ist aber bei der Fahrprüfung durchgefallen. Wie du weißt, ist damit die Sache gelaufen, egal wie geeignet man sonst sein mag. Allerdings war sie für die Feldarbeit vielleicht ein bisschen zu dünnhäutig. Aber sie wollte unbedingt zur Polizei, und deshalb machte sie eine Sekretärinnenausbildung. Ein Jahr lang war sie jetzt auf der Polizeiwache City. In den letzten Wochen hat sie Frau Sørensen vertreten, aber die ist ja nun wieder da«, sagte Marcus Jacobsen abschließend und drehte seine ausgebeulte Zigarettenpackung zum fünften Mal um die eigene Achse.

Die Umstände, die den Chef der Mordkommission dazu bewogen hatten, ihm Rose Knudsen aufs Auge zu drücken, interessierten Carl eigentlich weniger.

»Und warum hast du die Neue dann nicht zur City zurückgeschickt, wenn ich fragen darf?«

»Ja, warum? Da hatte es intern irgendwas Unleckeres gegeben. Nichts, was uns angeht.«

»Okay.« Unleckeres, das Wort klang bedrohlich.

»Du hast jetzt auf jeden Fall eine Sekretärin, Carl. Und sie ist fleißig.«

Das sagte Jacobsen im Grunde doch von allen.

»Sie wirkte richtig nett, fand ich.« Unter den Leuchtstoffröhren unten im Keller versuchte Assad Carl aufzumuntern.

»Sie hat in der City was Unleckeres angestellt, kann ich dir nur sagen. Dann ist man nicht nett.«

»Was Unleckeres …? Das muss ich noch mal haben, Carl.«

»Vergiss es, Assad.«

Sein Helfer nickte und trank einen Schluck von der minzig stinkenden Substanz, die er sich eingeschenkt hatte. »Nun hör mal zu, Carl. Der Fall, an den du mich gesetzt hast, als du weg warst … also, damit konnte ich nicht weiterkommen. Ich habe hier und an allen möglichen anderen Orten nachgeschaut, aber alle Akten zu dem Fall sind in dem Umzugschaos oben verschwunden.«

Carl blickte auf. Verschwunden? Da sollte doch der Teufel …! Aber okay, dann passierte am heutigen Tag ja doch noch etwas Positives.

»Ja, die sind komplett weg. Also habe ich stattdessen ein bisschen die Stöße bei uns unten durchgesehen und dieses hier gefunden. Sehr interessanter Fall.«

Assad reichte ihm einen hellgrünen Aktenordner. Stumm und starr wie eine Salzsäule blieb er vor Carl stehen und sah ihn erwartungsvoll an.

»Hattest du vor, hier stehen zu bleiben, während ich lese?«

»Danke, ja«, sagte Assad und stellte seine Tasse auf Carls Schreibtisch.

Carl blies die Backen auf, und während er die Mappe aufschlug, atmete er ganz langsam aus.

Ein alter Fall. Richtig alt. Vom Sommer 1987, um genau zu sein. Das war das Jahr, in dem er und ein Kumpel zum Pfingstkarneval nach Kopenhagen herübergekommen waren. Damals hatte ihm ein rothaariges Mädchen das Sambatanzen beigebracht. Der Rhythmus hatte sie noch nicht einmal in der Nacht verlassen, die sie auf einer Decke hinter einem Busch im Park beschlossen. Zweiundzwanzig war er gewesen, und noch nie so wenig jungfräulich wie nach diesem Ausflug.

Ein guter Sommer, 1987. Der Sommer, in dem er schließlich von Vejle nach Kopenhagen zur Polizeiwache Antonigade versetzt wurde.

Die Morde mussten acht bis zehn Wochen nach jenem Karneval begangen worden sein. Das war etwa zu der Zeit, als die Rothaarige beschlossen hatte, ihren Sambakörper über einen anderen Jütländer zu stülpen, ja, tatsächlich genau in den Tagen, als er seine ersten nächtlichen Runden in Kopenhagens engen Gassen Streife ging. Eigentlich merkwürdig, dass er sich überhaupt nicht an den Fall erinnerte, denn der war wirklich besonders.

Man fand das Geschwisterpaar, ein Mädchen und einen Jungen von siebzehn und achtzehn Jahren, bis zur Unkenntlichkeit misshandelt in einem Sommerhaus in Rørvig, nicht weit von Dybesø. Das Mädchen war ganz besonders übel zugerichtet. Sie musste entsetzlich unter den Schlägen gelitten und auch versucht haben, sie abzuwehren, davon zeugten die spezifischen Verletzungen.

Carl blickte auf den Text. Keine sexuellen Übergriffe. Und es fehlte nichts.

Dann las er den Obduktionsbericht noch einmal und blätterte anschließend die Zeitungsausschnitte durch. Es waren nur wenige, doch die hatten beeindruckend fette Überschriften.

»Zu Tode geprügelt«, überschrieb die ›Berlingske Tidende‹ eine für dieses seriöse Blatt untypisch detaillierte Beschreibung des Leichenfundes.

Beide Leichen lagen im Kaminzimmer, das Mädchen im Bikini und ihr Bruder nackt, er umklammerte mit einer Hand eine halb leere Flasche Cognac. Ein gezielter Schlag mit einem stumpfen Gegenstand auf den Hinterkopf hatte ihn getötet. Als Tatwaffe identifizierte man später einen Latthammer, der in dem Heidegestrüpp zwischen Flyndersø und Dybesø gefunden wurde.

Das Motiv war unbekannt. Der Verdacht war allerdings schnell auf eine Gruppe jugendlicher Internatsschüler gefallen, die sich in einem der riesigen elterlichen Sommerhäuser nahe Flyndersø aufhielten. In Den Runde, der örtlichen Musikkneipe, hatten sie mehrfach für Ärger gesorgt. Ein paar der ortsansässigen Halbwüchsigen waren schlimm zugerichtet worden.

»Bist du schon da, wo steht, wer die Verdächtigen waren?«

Carl sah unter gerunzelten Augenbrauen zu Assad auf. Eine deutliche Antwort, wie er fand, aber Assad ließ sich nicht bremsen.

»Ja, natürlich. Und der Bericht deutet auch an, dass ihre Väter alle so welche waren, die viel Geld verdienten. Aber das haben sowieso viele getan in den Goldenen Achtzigern, oder wie heißt das noch mal?«

Carl nickte. Jetzt war er bei dem Teil des Textes angekommen.

Ja, das war korrekt. Die Väter waren allesamt bekannte Persönlichkeiten, und zwar bis heute.

Er überflog die Namen besagter Internatsschüler noch zweimal. Das war doch nicht zu fassen. Nicht nur die Väter waren steinreich und aller Welt bekannt. Das Gleiche galt inzwischen auch für ihre Kinder, für einige von ihnen jedenfalls. Die waren mit dem silbernen Löffel im Mund auf die Welt gekommen und hatten ihn schnell gegen einen goldenen ausgetauscht. Dazu gehörten Ditlev Pram, Gründer einer Reihe exklusiver Privatkliniken, Torsten Florin, international renommierter Modedesigner, und Ulrik Dybbøl Jensen, seines Zeichens Analyst und Aktienhändler an der Kopenhagener Börse. Alle saßen sie auf Dänemarks Erfolgsleiter ganz oben. Das hatte auch für den inzwischen verstorbenen Schiffsreeder Kristian Wolf gegolten. Nur die beiden letztgenannten Jugendlichen fielen aus dem Rahmen. Kirsten-Marie Lassen hatte auch zum Jetset gehört, aber heute wusste niemand, wo sie sich aufhielt. Nur Bjarne Thøgersen, der die Morde an dem Geschwisterpaar gestanden hatte und dafür nun im Gefängnis saß, kam als Einziger aus bescheideneren Verhältnissen.

Als er mit Lesen fertig war, schmiss Carl die Akte auf den Tisch.

»Also, ich kann überhaupt nicht begreifen, warum die hier bei uns gelandet ist«, sagte Assad. Normalerweise hätte er an dieser Stelle gelächelt, aber heute tat er das nicht.

Carl schüttelte den Kopf. »Ich versteh es auch nicht. Für das Verbrechen sitzt ein Mann im Knast. Er hat gestanden und lebenslänglich bekommen. Zu allem Überfluss hat er sich auch noch selbst gestellt. Was soll an dem Fall denn bitte schön unaufgeklärt sein? Aus und fertig.« Er schlug mit der flachen Hand auf die Akte. »And over.«

»Hm.« Assad biss sich auf die Unterlippe. »Aber er hat sich erst neun Jahre nach den Morden gestellt.«

»Na und? Hauptsache, er hat sich gestellt. Als er die Morde beging, war er erst achtzehn. Vielleicht haben ihn die Jahre danach gelehrt, dass ein schlechtes Gewissen kein sanftes Ruhekissen ist?«

»Ruhekissen?«

Carl seufzte. »Man sagt, ein gutes Gewissen sei ein sanftes Ruhekissen. Und ein schlechtes Gewissen wird mit den Jahren nicht besser, Assad. Im Gegenteil.«

Es arbeitete in Assads Innerem, das war nicht zu übersehen. »Die Polizei von Nykøbing Seeland und die von Holbæk haben bei dem Fall zusammengearbeitet. Und die Mobile Einsatztruppe war ebenfalls an der Sache dran. Aber ich kann nirgendwo sehen, wer uns die Akten hergeschickt hat. Kannst du?«

Carl warf einen Blick auf die Vorderseite der Akte. »Nein. Das ist nirgendwo vermerkt. Sehr seltsam.« Wenn keiner aus den beiden Polizeibezirken ihm die Mappe geschickt hatte, wer dann? Und warum überhaupt einen Fall wieder aufgreifen, der doch mit einer Verurteilung abgeschlossen war?

»Kann es hiermit zu tun haben?«, fragte Assad.

Er blätterte in der Mappe, bis er eine Beilage vom Finanzamt gefunden hatte. Er reichte sie Carl. *Jahresabschluss* stand oben, ausgestellt auf Bjarne Thøgersen, wohnhaft im Staatsgefängnis in Vridsløselille, Gemeinde Albertslund. Der Mann, der dafür saß, dass er die beiden Jugendlichen totgeschlagen hatte.

»Schau mal!«

Assad deutete auf eine gewaltige Summe in der Rubrik der Aktienverkäufe. »Was meinst du dazu?«

»Ich meine, dass er aus einer wohlhabenden Familie kommt und jetzt genug Zeit hat, um mit dem Geld zu spielen. Und das hat er anscheinend mit Erfolg getan. Worauf willst du hinaus?«

»Dann will ich dich daran erinnern, Carl, dass dieser Bjarne aus keinem reichen Elternhaus stammt. Von denen aus dem Internat war er der Einzige mit einem Stipendium. Hier kannst du sehen, dass er sich ziemlich von den anderen aus der Clique unterschied. Schau doch.« Er blätterte zurück.

Carl stützte den Kopf in die Hand.

So war das mit Urlaub.

Er hatte ein Ende.

4

Die sechs aus dem zweiten Jahrgang der Oberstufe waren sehr verschieden. Aber eines hatten sie gemeinsam: Sobald der Unterricht zu Ende war, trafen sie sich auf einem Trampelpfad im Wald und kifften, selbst wenn es in Strömen goss. Der ganze Kram lag für sie in einem hohlen Baum bereit, dafür hatte Bjarne gesorgt. Zigaretten, Marke Cecil, Streichhölzer, Silberpapier und das feinste Marihuana, das sich in Næstved auftreiben ließ. Geld spielte keine Rolle.

Sie standen eng zusammen und nahmen rasch ein paar Züge. Tief, aber nicht zu tief, schließlich durften sie nicht so stoned sein, dass ihre Pupillen sie verrieten.

Es ging ihnen nämlich nicht um den Rausch. Ihnen ging es ausschließlich um Selbstbestimmung. Darum, auf sämtliche Autoritäten zu scheißen, so radikal wie möglich. Und Joints rauchen, so nahe beim Internat, das war das Krasseste, was man machen konnte.

Deshalb ließen sie den Joint kreisen, verhöhnten die Lehrer und übertrumpften sich gegenseitig in ihren Phantasien, was sie mit ihnen anstellen würden, wenn es sich so ergäbe.

So war es den ganzen Herbst gegangen – bis zu dem Tag, als Kristian und Torsten um ein Haar mit einem Haschatem erwischt worden wären, den nicht mal zehn dicke Knoblauchzehen hätten übertünchen können. Da beschlossen sie, das Hasch in Zukunft zu essen. So konnte man es wenigstens nicht riechen.

Und danach ging es erst richtig los.

Als sie auf frischer Tat ertappt wurden, standen sie bei einem Dickicht nahe am Fluss. Sie alberten herum, fühlten sich ganz leicht im Kopf. Der Raureif auf den Blättern war getaut und tropfte ihnen auf den Kopf. Da richtete sich plötzlich einer der jüngeren Schüler hinter dem Buschwerk auf und sah ihnen direkt in die Augen. Hellblond und ehrgeizig, ein nerviger kleiner Musterknabe auf der Jagd nach einem Käfer, den er im Biologieunterricht vorzeigen konnte.

Stattdessen entdeckte er Kristian, wie er gerade den ganzen Krempel zurück in den hohlen Baum packte. Und Torsten, Ulrik, Bjarne und Kimmie mitten in einem Lachflash. Und Ditlev mit den Händen unter Kimmies Bluse. Der Shit war selten besser gewesen.

»Das sage ich dem Hausvater«, schrie der Junge ihnen zu und merkte nicht rechtzeitig, wie abrupt das Lachen der älteren Schüler verstummte. Der Kleine war ein wendiger, fixer Typ, der gern provozierte. An sich hätte er ihnen locker davonlaufen können, so breit, wie sie waren. Aber das Unterholz war dicht und die Gefahr zu groß, die er für sie darstellte.

Bjarne hatte am meisten zu verlieren, wenn er von der Schule flog. Deshalb war er es, den Kristian vorschob, als sie den Idioten erwischten. Er schlug als Erster zu.

»Mein Vater kann die Firma von deinem Vater jederzeit plattmachen, wenn er Lust hat, das ist dir klar, oder? Also verpiss dich, sonst kannst du was erleben, du Arsch! Lass mich endlich los!«, schrie der Junge Bjarne an.

Einen Augenblick zögerten sie. Der Typ hier war schon vielen seiner Mitschüler schwer auf die Nerven gegangen. Vor ihm waren sein Vater, sein Onkel und die große Schwester auf dem Internat gewesen. Die Familie gehörte zu denen, die den Schulfonds regelmäßig großzügig unterstützten, hieß es. Mit Spendengeldern, von denen Bjarne so abhängig war.

Da trat Kristian vor. Solche ökonomischen Probleme kannte er nicht. »Wenn du die Klappe hältst, bekommst du zwanzigtausend Kronen«, sagte er und meinte es ernst.

»Zwanzigtausend Kronen!«, schnaubte der Junge verächtlich. »Ich muss meinen Vater nur einmal anrufen und krieg das Doppelte.« Und dann spuckte er Kristian ins Gesicht.

»Du elender kleiner Scheißer, wenn du ein Wort sagst, bringen wir dich um.« Ein dumpfer Schlag, und der Junge knallte gegen einen Baumstumpf. Man konnte hören, wie ein paar Rippen brachen.

Er lag am Boden und japste vor Schmerz. Aber seine Augen waren noch immer voller Trotz. Da kam Ditlev näher.

»Wir können dich jetzt erwürgen, gar kein Problem. Oder dich im Fluss unter Wasser halten. Oder aber wir lassen dich ziehen, mit zwanzigtausend Kronen, und du hältst die Klappe. Wenn du jetzt zurückgehst und sagst, dass du hingefallen bist, glauben sie dir. Was sagst du also, du Arschloch?«

Aber der Junge, immer noch am Boden liegend, antwortete nicht.

Ditlev trat jetzt ganz dicht an ihn heran und betrachtete ihn. Neugierig. Die Reaktion dieses Mistkerls faszinierte ihn. Er hob mit einer jähen Bewegung den Arm, als wenn er zuschlagen wollte, aber der Junge reagierte immer noch nicht. Da schlug ihm Ditlev mit der flachen Hand oben auf den Kopf. Der Junge zuckte erschrocken zusammen, und da schlug Ditlev noch einmal zu. Ein super Gefühl. Ditlev lächelte.

Später erzählte er, dieser Schlag sei der erste richtige Kick seines Lebens gewesen.

»Ich auch«, lachte Ulrik und drängte sich zu dem geschockten Jungen vor. Ulrik war der Größte von ihnen und sein Fausthieb hinterließ eine hässliche Spur auf dem Jochbein des Jungen.

Kimmie protestierte ein bisschen, ein Lachflash, von dem alle Vögel im Unterholz aufflogen, neutralisierte sie. Aber dann fand auch sie Spaß an der Sache.

Sie trugen den Jungen eigenhändig zur Schule zurück und sorgten dafür, dass der Krankenwagen kam und ihn abholte. Anfangs waren sie etwas besorgt, aber der Junge hielt dicht. Er kam überhaupt nie zurück in die Schule. Das Gerücht wollte wissen, dass ihn sein Vater mit nach Hongkong genommen hatte, aber das musste nicht stimmen.

Ein paar Tage später schnappten sie sich im Wald einen Hund und prügelten ihn zu Tode.

Von dort führte kein Weg mehr zurück.

5

An der Mauer über den drei palastartigen Fenstern stand *Caracas*. Die Villa war von einem Vermögen erbaut worden, das aus dem Kaffeehandel stammte.

Ditlev Pram hatte das Potenzial des Gebäudes auf der Stelle erkannt. Hier und da ein paar Säulen. Viel eisgrünes Glas. Großzügige Rasenflächen zum Öresund hin, mit eingelassenen Wasserbecken und futuristischen Skulpturen. Mehr brauchte es nicht, um an der Küste bei Rungsted den passenden Rahmen für die neueste Privatklinik zu schaffen. Die Spezialität würden Kieferchirurgie und Plastische Chirurgie sein. Nicht gerade originell, aber ungewöhnlich lukrativ, und zwar sowohl für Ditlev Pram als auch für die vielen indischen und osteuropäischen Ärzte, die für ihn arbeiteten.

Er, sein großer Bruder und die beiden jüngeren Schwestern hatten ein sattes Vermögen geerbt. In den Achtzigern hatte es ihr Vater mit Aktienspekulationen und feindlichen Übernahmen aufgebaut, und Ditlev verwaltete sein Erbe geschickt. Sein Imperium umfasste inzwischen sechzehn Kliniken, und vier neue waren im Entwicklungsstadium. Er hatte den Ehrgeiz, mindestens fünfzehn Prozent des Verdienstes an sämtlichen Brustoperationen und Liftings in ganz Nordeuropa auf sein Konto zu schieben. Und er war auf dem besten Wege, das zu verwirklichen. Es gab kaum eine wohlhabende Frau nördlich des Schwarzwalds, die nicht die Launen der Natur auf einem der stählernen OP-Tische von Ditlev Pram hatte korrigieren lassen.

Mit einem Wort, es ging ihm blendend.

Im Grunde kannte er nur ein einziges Ärgernis, und das war Kimmie. Sie war ein Kreuz. Jetzt lief er schon seit über zehn Jahren mit dem Bewusstsein ihrer Existenz im Hinterkopf herum. Nun reichte es.

Der Montblanc-Füller lag etwas schräg auf dem Schreibtisch und Ditlev Pram rückte ihn gerade. Dann sah er zum wiederholten Mal auf seine Armbanduhr, eine Breitling.

Er hatte noch Zeit. Aalbæk würde erst in zwanzig Minuten kommen, Ulrik in fünfundzwanzig, und ob sie mit Torsten rechnen konnten, das wussten allein die Götter.

Ditlev Pram stand auf. Durch die Flure mit ihrer Ebenholztäfelung ging er am Bettentrakt und an den Operationssälen vorbei. Nickte freundlich und verbindlich nach allen Seiten. Alle wussten, dass er die unbestrittene Nummer eins war. Er schob sich durch die Schwingtüren in den Küchentrakt im Untergeschoss, von dem aus man eine ausgezeichnete Aussicht auf den eisblauen Himmel und den Öresund hatte.

Er gab dem Koch die Hand und lobte ihn, bis der Mann verlegen wurde. Den Helfern klopfte er auf die Schulter und verschwand dann in der Wäscherei.

Aufgrund eingehender Berechnungen wusste er, dass Berendsens Textil Service die Bettwäsche um einiges billiger und schneller liefern könnte. Aber da das Erledigen der Wäsche für Ditlev Pram nicht der eigentliche Zweck seiner hauseigenen Wäscherei war, kümmerten ihn die paar Kronen und Öre nicht. Viel wichtiger war es doch, nicht nur jederzeit frische Wäsche zugänglich zu haben, sondern auch sechs Mädchen von den Philippinen, die er angestellt hatte, damit sie sich um alles kümmerten.

Er registrierte, wie die jungen, dunkelhäutigen Frauen bei

seinem Anblick zusammenzuckten, und wie immer amüsierte ihn das. Dann griff er nach der Nächstbesten und zog sie mit sich ins Wäschezimmer. Sie wirkte verschreckt, aber sie kannte die Prozedur. Sie war diejenige mit den schmalsten Hüften und den kleinsten Brüsten, aber der größten Erfahrung. Ihre Lehrstelle waren die Bordelle von Manila gewesen, und das, was er jetzt mit ihr anstellte, war im Vergleich harmlos.

Sie zog ihm die Hose aus und saugte sich ohne Umschweife an seinem Schwanz fest. Er schlug ihr auf Schultern und Oberarme, während sie ihn lutschte und ihm mit der Hand den Bauch massierte.

Mit ihr kam es nie zur Ejakulation. Der Orgasmus machte sich auf andere Weise bemerkbar: Im Rhythmus seiner Schläge bewegte sich die Adrenalinpumpe auf Hochtouren. Nach wenigen Minuten war er vollgetankt.

Er zog sich von ihr zurück und hob sie an den Haaren hoch. Dann zwang er seine Zunge tief in ihren Mund, zog ihr Höschen aus und bohrte seine Finger in ihren Unterleib. Als er sie schließlich zurückstieß und sie zu Boden fiel, hatten alle beide mehr als genug.

Dann richtete er seine Kleidung, steckte ihr einen Tausendkronenschein in den Mund und verließ freundlich lächelnd die Wäscherei. Er würde die ganze nächste Woche in der Caracas-Klinik zu tun haben. Die Mädels würden schon merken, wo hier der Hammer hing.

An diesem Vormittag sah der Privatdetektiv einfach beschissen aus. Womit er einen ziemlich unpassenden Kontrast zu Ditlevs Hochglanzbüro bildete. Dem hoch aufgeschossenen, dünnen Mann war nur allzu deutlich anzusehen, dass er die ganze Nacht auf den Straßen von Kopenhagen unterwegs gewesen war. Aber, verdammt noch mal, bezahlten sie ihn nicht dafür?

»Also was nun, Aalbæk?«, grunzte Ulrik, der neben Ditlev saß und die Beine unter dem Konferenztisch ausstreckte. »Gibt es was Neues im Fall der verschwundenen Kirsten-Marie Lassen?« So leitet er die Gespräche mit Aalbæk immer ein, dachte Ditlev, während er den Blick über das mittlerweile dunkelgraue Meer hinter den Panoramascheiben schweifen ließ.

Verdammt, wie sehr wünschte er, dass diese Geschichte endlich ein Ende hätte. Dass die Erinnerung an Kimmie nicht die ganze Zeit in seinem Hinterkopf nagte. Dass sie Kimmie endlich zu fassen bekämen und verschwinden lassen könnten. Wie, das würde ihm schon noch einfallen.

Der Privatdetektiv dehnte seinen Nacken und versuchte ein Gähnen zu unterdrücken. »Kimmie ist einige Male gesehen worden, und zwar von dem Mann vom Schuh- und Schlüsseldienst im Hauptbahnhof. Sie läuft mit einem Koffer herum, so einem mit Rollen, den sie hinter sich herzieht. Letztes Mal trug sie einen Rock mit Schottenkaro. Insgesamt war sie genau so angezogen, wie die Frau beim Tivoli sie beschrieben hat. Aber soweit ich informiert bin, kommt Kimmie nicht regelmäßig zum Bahnhof. Meines Wissens gibt es bei ihr überhaupt keine Regelmäßigkeit. Ich habe alle dort gefragt. Bahnbeamte, Polizei, die Penner, die Händler. Ein paar wissen genau, dass es sie gibt, aber nicht, wo sie sich regelmäßig aufhält. Und keiner weiß, wer sie ist.«

»Du musst ein Team einsetzen, das den Hauptbahnhof Tag und Nacht überwacht, bis sie wieder auftaucht.« Ulrik stand auf. Er war groß, wirkte aber kleiner, sobald sie über Kimmie sprachen. Vielleicht war er der Einzige von ihnen, der richtig in sie verliebt gewesen war. Ob es ihm wohl immer noch etwas ausmacht, dass er sie als Einziger nie bekommen hat?, fragte sich Ditlev Pram zum tausendsten Mal und lächelte vor sich hin.

»Überwachung rund um die Uhr? Das wird euch aber eine Stange Geld kosten«, sagte Aalbæk. Er wollte schon einen Taschenrechner aus seiner lachhaft kleinen Schultertasche ziehen, aber so weit kam er nicht.

»Lass stecken!«, rief Ditlev Pram und überlegte kurz, ob er ihm irgendetwas an den Kopf schmeißen sollte. Dann lehnte er sich auf seinem Stuhl zurück. »Red nicht von Geld, als hättest du Ahnung davon, verstanden? Auf wie viel würde sich das belaufen, Aalbæk? Zwei-, dreihunderttausend? In der Größenordnung? Was, glaubst du, verdienen Ulrik und ich wohl gerade, während wir hier sitzen und über deine lächerlichen Stundenlöhne reden?« Dann nahm er doch den Füllhalter und warf ihn nach Aalbæk. Er zielte auf dessen Auge, traf aber nicht.

Nachdem die Tür hinter Aalbæks dünner Gestalt zugefallen war, hob Ulrik den Montblanc auf und steckte ihn in die Tasche.

»Was man auf dem Fußboden findet, darf man behalten«, sagte er und lachte.

Ditlev kommentierte es nicht. Er würde bei Gelegenheit schon dafür sorgen, dass Ulrik so etwas nicht noch einmal tat.

»Hast du von Torsten gehört?«, fragte er.

Bei dieser Frage schien alle Energie aus Ulriks Gesicht zu schwinden. »Ja, er ist heute Morgen nach Ejlstrup rausgefahren, auf sein Landgut.«

»Ist dem Mann denn vollständig egal, was hier abgeht?«

Ulrik zuckte die Schultern, die breiter und fleischiger waren denn je. Das kam davon, wenn man sich Köche ins Haus holte, deren Spezialität Foie gras war.

»Torsten ist derzeit nicht so gut drauf, Ditlev.«

»Na, okay. Dann müssen wir es wohl selbst erledigen, oder?« Ditlev Pram biss die Zähne zusammen. Torsten würde eines Tages zusammenklappen, damit mussten sie rechnen. Und dann wäre er eine ebenso große Bedrohung wie Kimmie.

Ulrik betrachtete ihn prüfend, was Ditlev nicht entging.

»Ditlev, du tust Torsten nichts, oder?«

»Natürlich nicht, alter Junge. Das ist doch Torsten.«

Einen Moment sahen sie sich an wie Raubtiere. Senkten die Köpfe und erforschten den Blick des anderen. Ditlev wusste, dass Ulrik Dybbøl Jensen in dem Sport, der sich Sturheit nennt, nicht zu besiegen war. Sein Vater hatte das Institut für Börsenanalysen gegründet, aber erst Ulrik hatte ihm Einfluss verschafft. Wenn er stur und steif auf etwas beharrte, dann wurde es am Ende so gemacht, wie er es wollte. Zur Not zog er alle Register.

»Na okay, Ulrik«, unterbrach Ditlev die Stille. »Jetzt soll Aalbæk erst mal seine Arbeit erledigen und dann sehen wir weiter.«

Ulriks Miene veränderte sich. »Ist alles für die Fasanenjagd vorbereitet?« Jetzt klang er eifrig wie ein Kind.

»Ja, Bent Krum hat die Truppe zusammengestellt. Donnerstagmorgen um sechs beim Tranekær Kro. Wir mussten die lokalen Honoratioren wieder einladen. Aber das war wirklich das letzte Mal.«

Ulrik lachte. »Ihr habt einen Plan für die Jagd, denke ich mir.«

Ditlev nickte. »Ja, die Überraschung steht.«

Ulriks Kiefermuskeln bewegten sich. Ganz offenkundig erregte ihn der Gedanke. Erregt und ungeduldig, das war Ulriks wahres Ich.

»Was meinst du, Ulrik? Willst du mitkommen und sehen, wie es unten in der Wäscherei bei den kleinen Philippininnen läuft?«

Hier hob Ulrik den Kopf. Die Augen hatte er zusammengekniffen. Manches Mal hieß das ja, dann wieder nein. Das war bei ihm nie vorherzusagen. Dazu hatte er viel zu viele widerstrebende Neigungen.

6

»Lis, weißt du, wie diese Akte auf meinen Schreibtisch gekommen ist?«

Lis warf kurz einen Blick auf den Aktenordner, den Carl in
der Hand hielt, dann zupfte sie weiter an ihrer neuen zerzaus-
ten Frisur. Die heruntergezogenen Mundwinkel sollten sicher
ein Nein bedeuten.

Carl hielt Frau Sørensen den Ordner hin. »Und Sie? Wissen
Sie etwas?«

Sie brauchte fünf Sekunden, um die erste Seite der Akte
zu überfliegen. »Leider nein«, sagte sie. Ihr Blick verriet ein
Gefühl des Triumphs, das sich unweigerlich immer dann einzustellen schien, wenn Carl Probleme hatte. Das waren ihre
großen Momente.

Weder Lars Bjørn, der stellvertretende Chef der Mordkommission, noch Jacobsen selbst oder einer der leitenden Ermittler konnten irgendetwas Erhellendes beitragen. Die Akte hatte
sich offenbar von ganz allein auf Carls Schreibtisch gelegt.

»Carl, ich habe bei der Polizei von Holbæk angerufen«, rief
Assad aus seinem Schuhkarton von einem Büro. »Soweit sie
wissen, steht der Aktenordner im Archiv, da, wo er hingehört.
Aber sobald sie Zeit haben, wollen sie mal nachsehen.«

Carl legte seine Ecco-Schuhe in Größe fünfundvierzig auf
den Tisch. »Und was sagen die in Nykøbing Seeland?«

»Augenblick. Ich ruf an.« Während er die Nummer eingab,
flötete Assad eines der wehmütigen Lieder seines Heimat-
landes. Es klang, als pfiffe er rückwärts. Nicht gut.

Carl hob den Blick zur Pinnwand. Dort hingen die Titelseiten von vier Zeitungen in geradezu rührender Eintracht nebeneinander. Der Fall Merete Lynggaard war bravourös aufgeklärt worden. Alle waren sich einig: Das Sonderdezernat Q,

diese neu eingerichtete Ermittlungseinheit für bislang unaufgeklärte »Fälle von besonderem Interesse« mit Carl Mørck als Leiter, war ein überwältigender Erfolg.

Er sah auf seine müden Hände. Sie schafften es kaum, einen Aktenordner zu halten, lausige drei Zentimeter dick, von dessen Herkunft er keine Ahnung hatte. Das Gefühl, das sich bei dem Wort »Erfolg« einstellte, war eher flau.

Er seufzte, schlug die Akte auf und überflog noch einmal die Eckpunkte des Falles. Zwei junge Menschen ermordet. Auf bestialische Weise. Unter den Verdächtigen fast nur Kinder von reichen Leuten. Nach neun Jahren meldet sich einer aus dieser Gruppe – de facto der einzige arme Schlucker dazwischen – und legt ein Schuldbekenntnis ab. Höchstens noch drei Jahre, dann kam Thøgersen wieder raus. Und wohlgemerkt mit einem Arsch voll Geld, das er im Aktienhandel verdient hatte, während er hinter Gittern saß. Durfte man das überhaupt? Wenn man im Knast saß?

Die Kopien der Vernehmungsprotokolle las er noch einmal gründlich durch, die restlichen Unterlagen vom Prozess gegen Bjarne Thøgersen überflog er nur noch. Anscheinend hatte der Mörder seine Opfer vorher nicht gekannt. Auch wenn der Verurteilte behauptete, er sei mehrmals mit den Geschwistern zusammengetroffen, konnte das nicht bewiesen werden. Ja, die Akten sagten eher das Gegenteil aus.

Wieder sah er sich die Vorderseite der Mappe an. *Polizei Holbæk* stand dort. Warum nicht Nykøbing? Warum hatte die Mobile Einsatztruppe der Polizei nicht mit denen zusammengearbeitet? Waren die Leute in Nykøbing womöglich zu nahe dran? Konnte es daran liegen? Oder waren sie nur nicht gut genug?

»Hallo Assad«, rief er über den Mittelgang. »Ruf mal in Nykøbing an und frag, ob jemand bei denen auf der Wache die Ermordeten persönlich kannte.«

Keine Antwort aus Assads Kämmerchen. Nur Murmeln.

Carl stand auf und ging über den Gang. »Assad, frag mal, ob jemand auf der Wache …«

Mit einer Handbewegung bremste Assad ihn. Er war mitten in einem Telefonat. »Ja, ja, ja«, sagte er in den Telefonhörer und ließ noch zehn weitere Jas im selben Tonfall folgen.

Carl atmete schwer aus und ließ den Blick durch das Büro wandern. Auf Assads Regal hatten sich die Fotorahmen vermehrt. Ein Foto von zwei älteren Frauen kämpfte mit allen anderen Familienfotos um den Platz. Die eine Frau hatte dunklen Flaum auf der Oberlippe, die andere war in alle Richtungen ausufernd, mit üppigem Haar, das fast wie ein Motorradhelm aussah.

Er deutete auf die Fotos, als Assad aufgelegt hatte.

»Das sind meine Tanten aus Hama. Die mit den Haaren ist jetzt tot.«

Carl nickte. Das Gegenteil hätte ihn gewundert, so wie sie aussah. »Und was haben die in Nykøbing gesagt?«

»Die haben uns die Akte auch nicht geschickt, Carl. Und das aus gutem Grund. Sie haben sie nie bekommen.«

»Aha? In der Akte steht aber, dass Nykøbing, Holbæk und die Mobile Einsatztruppe damals zusammenarbeiteten.«

»Nein. Da heißt es, Nykøbing habe für die Leichenschau gesorgt, und dann überließ man den Rest den anderen.«

»Nanu? Kommt mir ja ein bisschen komisch vor. Gibt es in Nykøbing jemanden, der persönliche Beziehungen zu den Opfern hatte, weißt du das?«

»Ja und nein.«

»Wie: ja und nein?«

»Na, die beiden Ermordeten waren die Kinder eines Kriminalkommissars.« Assad deutete auf seine Notizen. »Er hieß Henning. Henning P. Jørgensen.«

Carl sah das misshandelte Mädchen vor sich. Das war der größte Albtraum aller Polizeibeamten. Die eigenen Kinder ermordet aufzufinden.

»Das muss ja schrecklich gewesen sein. Und damit wissen wir wohl auch, warum der Fall wieder aufgenommen werden soll. Garantiert steckt ein persönliches Interesse dahinter. Aber hast du nicht gerade gesagt, ja und nein? Warum?«

Assad lehnte sich in seinem Stuhl zurück. »Das habe ich deshalb gesagt, weil es auf der Wache in Nykøbing Seeland niemanden mehr gibt, der mit den Kindern verwandt ist. Denn gleich nach dem Fund der Leichen fuhr der Vater der Kinder zurück auf die Wache. Er begrüßte den diensthabenden Kollegen, ging dann schnurstracks in die Waffenkammer und drückte seine Dienstpistole genau hier ab.« Mit zwei kurzen breiten Fingern deutete er auf seine Schläfe.

Die Polizeireform hatte viele Merkwürdigkeiten mit sich gebracht. Die Polizeibezirke hießen nicht mehr wie früher, die Leute hatten nicht länger dieselben Titel, die Archive waren umgezogen. Alles in allem waren die meisten Kollegen sehr damit beschäftigt, in all den Umtriebigkeiten Grund unter den Füßen zu behalten. Viele hatten die Gelegenheit auch genutzt, um abzuspringen und in den vorzeitigen Ruhestand zu wechseln.

Früher einmal war es kein Vergnügen gewesen, als Polizeibeamter in Pension zu gehen. Die durchschnittliche Restlebenszeit nach einem verschleißenden Arbeitsleben war nicht einmal zweistellig. Nur die Journalisten waren noch schlechter dran, aber durch deren Kehlen war im Schnitt sicher auch viel mehr Alkohol geflossen. Der Tod musste schließlich einen Grund haben.

Carl kannte Kriminalbeamte, denen es nicht einmal vergönnt gewesen war, den ersten Jahrestag als Pensionär zu erleben. Aber diese Zeiten waren Gott sei Dank vorbei. Sogar Polizeibeamte wollten die Welt sehen und das Abitur ihrer Enkelkinder feiern. Das hatte aber zur Konsequenz, dass viele sich auf andere Posten und vom aktiven Dienst wegbewarben.

So wie zum Beispiel Klaes Thomasen, pensionierter Polizist aus Nykøbing Seeland, der jetzt mit Hängebauch vor ihnen stand. Er nickte und meinte, fünfunddreißig Jahre in der blauschwarzen Uniform reichten. »Jetzt klappt's auch mit der Frau zu Hause wieder besser.« Obwohl Carl wusste, wie es gemeint war, versetzte ihm die Bemerkung einen kleinen Stich. Na ja, formal gesehen hatte Carl Mørck ja noch eine Ehefrau. Allerdings war es inzwischen schon ziemlich lange her, dass sie ihn verlassen hatte. Und sollte er darauf bestehen, sie zurückzubekommen, würden ihre spitzbärtigen jugendlichen Liebhaber sicherlich protestieren.

Na, das war sowieso alles graue Theorie.

Assad blickte sichtlich beeindruckt durch die großen Fenster über die Felder, die den Ort Stenløse und Klaes Thomasens gepflegten Rasen umgaben. »Sie wohnen hier sehr schön«, sagte er.

»Und vielen Dank auch, Thomasen, dass Sie sich bereit erklärt haben, uns zu treffen«, sagte Carl. »Es sind ja nicht mehr so viele übrig, die Henning Jørgensen als Polizisten gekannt haben.«

Klaes Thomasens Lächeln verschwand. »Er war der beste Kollege und Freund, den man sich denken konnte. Wir wohnten damals Tür an Tür. Meine Frau und ich sind unter anderem auch deshalb umgezogen. Als die Witwe nach alldem krank wurde und durchdrehte, mochten wir nicht länger dort wohnen. Die Erinnerungen waren zu schrecklich.«

»Habe ich das richtig verstanden, dass Henning Jørgensen nicht darauf vorbereitet war, was ihn im Sommerhaus erwartete?«

Thomasen schüttelte den Kopf. »Ein Nachbar von dort meldete sich bei uns. Er war rübergegangen, um guten Tag zu sagen, da fand er die ermordeten Kinder. Er rief sofort auf der Wache an. Ich habe damals den Anruf entgegengenommen. Jørgensen selbst hatte an dem Tag frei. Er sah nur das Aufgebot an Streifenwagen vor seinem Sommerhaus, als er den Sohn und die Tochter abholen wollte. Die Sommerferien waren zu Ende und die Kinder sollten am nächsten Tag in der Oberprima anfangen.«

»Und Sie waren da, als er kam?«

»Ja, zusammen mit den Technikern und dem Leiter der Ermittlung.« Er schüttelte den Kopf. »Ja, der lebt auch schon nicht mehr. Autounfall.«

Assad zog einen Block aus der Tasche und machte sich Notizen. Und ehe man sich's versieht, dachte Carl, kann der Assistent schon alles allein. Na, das kann ja noch heiter werden.

»Was fanden Sie im Sommerhaus vor? Nur in groben Zügen.«

»Sämtliche Fenster und Türen standen weit offen. Verschiedene Fußabdrücke. Die Schuhe haben wir nie gefunden, aber die Herkunft des Sands am Tatort konnten wir später bestimmen. Er stammte von der Terrasse der Eltern eines der Verdächtigen. Als wir in das Zimmer mit dem Kamin kamen, fanden wir die beiden Leichen auf dem Fußboden.« Er setzte sich an den Couchtisch und bedeutete den beiden mit einer Geste, es ihm gleichzutun.

»Das Mädchen. Diesen Anblick möchte ich am liebsten vergessen, das werden Sie verstehen. Ich kannte sie doch«, sagte er, und seine graumelierte Frau schenkte Kaffee ein. Dass Assad Nein danke sagte, ignorierte sie.

»Nie zuvor hatte ich einen Körper gesehen, den man so durchgeprügelt hatte«, fuhr Thomasen fort. »Sie war doch so klein und zart. Ich habe nie begriffen, wie sie das so lange überleben konnte.«

»Wie meinen Sie das?«

»Die Obduktion hat ergeben, dass sie lebte, als man sie zurückließ. Vielleicht noch eine Stunde. Die Blutungen von der Leber sammelten sich in der Bauchhöhle an. Schließlich wurde der Blutverlust zu groß.«

»Dann gingen die Mörder ja ein ziemliches Risiko ein.«

»Eigentlich nicht. Ihr Gehirn war so stark geschädigt, dass sie niemals etwas zur Aufklärung hätte beitragen können, selbst wenn sie überlebt hätte. Das sah man schnell.« Er wandte das Gesicht ab und blickte über die Felder. Carl kannte das Gefühl. Innere Bilder, bei denen man wünschte, weit über die Welt zu blicken und an ihr vorbei.

»Und das wussten die Mörder?«

»Ja. Ein solcher Schädelbruch lässt keinen Zweifel offen. Der saß mitten in der Stirn. Ganz ungewöhnlich. Also, das war leicht zu sehen.«

»Und der Junge?«

»Der lag daneben. Mit einem erstaunten, aber friedlichen Gesichtsausdruck. Er war so ein guter Junge. Ich hatte ihn doch oft zu Hause und auf der Wache getroffen. Er wollte Polizist werden, genau wie sein Vater.« Jetzt sah er Carl direkt an. Selten hatte man einen gestandenen Polizisten mit so traurigen Augen gesehen.

»Und der Vater kam dazu und sah alles?«

»Leider, ja.« Er schüttelte den Kopf. »Er wollte die Leichen der Kinder sofort mitnehmen. In seiner Verzweiflung trampelte er am Tatort herum und zerstörte natürlich viele Spuren. Wir mussten ihn mit Gewalt aus dem Haus entfernen. Das bereue ich heute von Herzen.«

»Und dann habt ihr den Fall denen in Holbæk überlassen?«

»Nein. Er wurde uns weggenommen.« Er nickte seiner Frau zu. Nun stand von allem reichlich auf dem Tisch. »Etwas Gebäck?« Die Frage klang eher so, als sollten sie eigentlich dankend ablehnen und schleunigst gehen.

»Dann haben Sie dafür gesorgt, dass die Akte jetzt bei uns gelandet ist?«

»Nein, nein.« Er trank einen Schluck Kaffee und blickte auf Assads Notizen. »Aber ich bin froh, dass der Fall neu aufgerollt wird. Jedes Mal, wenn ich diese Schweine im Fernsehen sehe,

Ditlev Pram und Torsten Florin und diesen Börsenmakler, dann kocht in mir alles wieder hoch.«

»Sie haben eine klare Meinung in der Schuldfrage, das höre ich.«

»Darauf können Sie Gift nehmen.«

»Und der verurteilte Bjarne Thøgersen, was ist mit dem?«

Der Fuß des pensionierten Polizisten beschrieb Kreise auf dem Parkett unter dem Tisch, aber sein Gesicht war ruhig.

»Diese sechs Schnösel aus reichem Elternhaus, die haben das zusammen gemacht, glauben Sie mir. Ditlev Pram, Torsten Florin, der Börsenmensch und dieses Mädchen, das sie dabeihatten. Bjarne Thøgersen, dieser kleine Scheißer, der war sicher auch dabei, klar. Aber das waren sie alle zusammen. Auch Kristian Wolf, der Sechste in der Runde. Und der ist auch nicht einfach nur an einer Herzattacke gestorben. Wenn Sie meine Theorie hören wollen, dann haben die anderen ihn verschwinden lassen, weil er irgendwie kalte Füße bekam. Das war Mord. Das auch.«

»Meines Wissens kam Kristian Wolf bei einem Jagdunfall ums Leben. War das nicht so? Ich habe gelesen, er hätte sich selbst in den Schenkel geschossen und sei verblutet. Kein anderer der Jagdteilnehmer befand sich zum Zeitpunkt des Unfalls in der Nähe.«

»Da glaube ich nicht im Traum dran. Nein, das war Mord.«

»Und worauf bauen Sie diese Theorie?« Assad lehnte sich über den Tisch und nahm sich einen Keks. Dabei sah er Thomasen unverwandt an.

Klaes Thomasen zuckte die Achseln. Intuition eines Polizisten. Was wusste dieser Assistent schon davon?, dachte er vermutlich.

»Na, aber haben Sie denn etwas, worauf wir im Zusammenhang mit den Rørvig-Morden achten können? Vielleicht etwas, was wir an anderen Orten nicht finden können?«, fuhr Assad fort.

Klaes Thomasen schob die Keksschale etwas näher zu Assad hin. »Ich glaube nicht.«

»Wer dann?«, fragte Assad und schob die Schale zurück. »Wer könnte uns weiterhelfen? Wenn wir das nicht erfahren, kommt die Akte wieder zurück auf den großen Stapel.«

Eine überraschend eigenmächtige Bemerkung.

»Ich würde versuchen, Hennings Frau zu erwischen, Martha Jørgensen. Versuchen Sie es mit ihr. In den Monaten nach den Morden und dem Suizid ihres Mannes rannte sie den Ermittlern förmlich die Türen ein. Versuchen Sie es mit Martha.«

7

Über den Eisenbahnanlagen hing grauer Nebel. Hinter dem Spinnengewebe aus Oberleitungen brummten seit Stunden schon die gelben Postautos der Postzentrale hin und her. Die S-Bahn-Züge, die Kimmies Zuhause zum Beben brachten, waren brechend voll mit Menschen auf dem Weg zur Arbeit.

Es hätte der Auftakt zu einem ganz gewöhnlichen Tag sein können. Aber in Kimmies Innerem waren die Dämonen los. Sie waren wie Fieberphantasien: Unheil verkündend, drohend, aufsässig. Lästig.

Für einen Moment knickte sie sich hin. Sie betete, die Stimmen möchten verstummen. Aber heute hatten die höheren Mächte wohl wieder mal ihren freien Tag. Da nahm sie einen großen Schluck aus der Whiskyflasche, die neben ihrer provisorischen Pritsche stand.

Als sich die Hälfte des Whiskys schließlich durch ihre Organe gebrannt hatte, beschloss sie, den Koffer stehen zu lassen. Sie hatte an Hass, Ekel und Wut schwer genug zu tragen.

Torsten Florin würde als Nächster dran sein, er stand ganz

oben auf der Liste. So war es schon seit Kristian Wolfs Tod. Viele Male war ihr dieser Gedanke durch den Kopf gegangen.

Sie hatte Torstens Fuchsgesicht in einer Illustrierten gesehen. Auf dem Foto thronte er stolz vor dem renovierten und preisgekrönten Glaspalast, seinem Modehaus am Indiakaj im alten Freihafen. Und genau dort wollte sie ihn mit der Realität konfrontieren.

Mit schmerzendem Rücken rutschte sie von der elenden Pritsche und schnupperte an ihren Achselhöhlen. Der Schweißgeruch war noch nicht beißend, das Bad oben im Fitnesscenter des DGI-By konnte also noch warten.

Sie rieb sich die Knie. Dann tastete sie mit der Hand unter die Pritsche, zog die kleine Kiste hervor und öffnete den Deckel.

»Hast du gut geschlafen, mein kleiner Liebling?«, fragte sie und streichelte das Köpfchen mit einem Finger. Wie weich die Haare doch sind und wie lang die Wimpern, dachte sie jeden Tag aufs Neue. Dann lächelte sie das Kleine liebevoll an, schloss vorsichtig den Deckel und schob das Kistchen wieder an seinen Platz. Das war immer der schönste Augenblick des Tages.

Aus dem Klamottenhaufen zog sie die wärmsten Strumpfhosen heraus, denn an der Dachpappe unter der Decke zeigten sich Schimmelflecken wie zur Warnung. Der Herbst war dieses Jahr launisch.

Als sie fertig war, öffnete sie vorsichtig die Tür ihres Häuschens. Sie starrte direkt auf die Gleisanlagen. Keine anderthalb Meter trennten sie und die Wagenreihen der S-Bahn-Züge, die fast rund um die Uhr vorbeidonnerten.

Niemand sah sie.

Sie schlüpfte aus dem Haus, schloss die Tür ab, knöpfte den Mantel zu. Umrundete nach zwanzig Schritten das stahlgraue Transformatorenhaus, nach dem die Angestellten von der Bahn nur selten einmal sahen, und ging weiter den asphaltierten Pfad entlang. Er führte direkt zur Gittertür an der Ingerslevsgade. Sie schloss auf.

Den Schlüssel zu dieser Gittertür zu besitzen, war einmal ihr größter Traum gewesen. Anfangs hatte sie zu ihrem Bahnhaus nur kommen können, indem sie ab der Haltestelle Dybbølsbro oben am Zaun entlang auf dem Schotter ging. Und es musste nachts sein, denn sonst hätte man sie entdeckt. So waren ihr immer nur drei, vier Stunden Schlaf geblieben, bevor sie das Häuschen aus gelben Ziegelsteinen wieder verlassen musste. Hätte man sie dort gesehen, wäre sie sofort weggebracht worden, das wusste sie. So wurde die Nacht zu ihrem Gefährten. Und das war so bis zu jenem Morgen, als sie zum ersten Mal das Schild an der Gittertür zur Ingerslevsgade entdeckte. *Gunnebo, Løgstrup Hegn Zäune & Toranlagen* stand da.

Sie rief in der Zaunfirma an und stellte sich als Lily Carstensen von der Materialabteilung der Dänischen Staatsbahn vor. Dann verabredete sie ein Treffen mit dem Schlosser auf dem Bürgersteig vor der Gittertür. Zu dem Anlass hatte sie einen gut gebügelten dunkelblauen Hosenanzug angezogen, und als der Schlosser kam, ähnelte sie zum Verwechseln einer Führungskraft der gehobenen Verwaltungsebene. Sie bekam zwei Kopien des Schlüssels ausgehändigt und eine Rechnung, die sie sofort bar bezahlte. Von nun an konnte sie kommen und gehen, wann sie wollte.

Solange sie gut aufpasste und die Dämonen sie in Ruhe ließen, war alles okay.

Im Bus hinaus nach Østerport spürte sie, wie die Blicke der Menschen an ihr klebten. Sie wusste ganz genau, dass sie vor sich hin murmelte. *Hör auf, Kimmie!*, betete sie im Stillen, aber das verdammte Mundwerk wollte einfach nicht gehorchen.

Manches Mal hörte sie ihren Worten zu, als spräche ein

Fremder, und so war es auch an diesem Tag. Als sie ein kleines Mädchen anlächelte, zog dieses eine Grimasse und sah weg.

Dann war es also besonders schlimm.

Mit zehntausend Augen im Rücken stieg sie einige Haltestellen zu früh aus. *Das war das letzte Mal, dass du Bus gefahren bist,* versprach sie sich selbst. In Bussen kamen die Menschen einfach zu dicht an sie ran. Da war die S-Bahn schon besser.

»Viel besser«, sagte sie laut und spähte die Store Kongensgade hinunter. Es waren kaum Fußgänger und Autos unterwegs. Auch fast keine Stimmen mehr im Hinterkopf zu hören.

Sie erreichte das Gebäude am Indiakaj nach der Mittagspause. Der Parkplatz, der einem Emailleschild zufolge Torsten Florin gehörte, war leer.

Sie öffnete ihre Handtasche und starrte hinein. Die hatte sie im Foyer des Palads-Kinos einem Mädchen geklaut, das sich völlig selbstvergessen in seinem Taschenspiegel betrachtet hatte. Die dumme Pute hieß Lise-Maja Petterson, das war auf der Krankenversicherungskarte zu lesen.

Kimmie schob die Handgranate an die Seite. Dann zündete sie sich eine von Lise-Majas irre guten Peter-Jackson-Kippen an. *Smoking Causes Heart Disease* stand auf der Packung.

Sie lachte laut auf und nahm einen tiefen Lungenzug. Sie rauchte, seit sie aus dem Internat geflogen war, und ihre Pumpe arbeitete immer noch tadellos. An einer Herzattacke würde sie nicht sterben, mit Sicherheit nicht.

Nach ein paar Stunden war die Packung leer und sie hatte die ausgetretenen Kippen auf den Gehwegplatten ringsum verteilt. Als wieder ein junges Mädchen beschwingt durch die Glastür kam, griff Kimmie nach ihrem Ärmel.

»Weißt du, wann Torsten Florin kommt?«

Die junge Frau reagierte mit Schweigen und einem missbilligenden Blick.

»Weißt du's?« Energisch rüttelte Kimmie sie am Arm.

»Lass mich los!«, rief das Mädchen, packte mit beiden Händen Kimmies Arm und begann ihn zu verdrehen.

Kimmie kniff die Augen zusammen. Sie hasste es, wenn Leute an ihr zerrten. Hasste es, wenn sie nicht antworteten. Hasste ihre Blicke. Deshalb ließ sie ihren freien Arm in einer gleitenden Bewegung pendeln, nahm von der Hüfte aus Schwung und knallte dem Mädchen die Faust aufs Jochbein.

Die fiel wie ein nasser Sack um. Einerseits war das ein gutes Gefühl, andererseits aber auch nicht. So etwas tat man einfach nicht, das wusste Kimmie.

Sie beugte sich über die geschockte Frau. »Also noch mal: Weißt du, wann Torsten Florin kommt?«

Als diese zum dritten Mal ihr Nein hervorstammelte, machte Kimmie auf dem Absatz kehrt. Wohl wissend, dass sie sich jetzt eine ganze Weile hier nicht mehr blicken lassen konnte.

Vor der abgestoßenen Betonecke von Jacob's Full House an der Skelbækgade lief sie Ratten-Tine direkt in die Arme. Die stand mit ihrer Plastiktüte unter einer Angebotstafel des Geschäfts: *Pilze der Saison*. Die Schminke war längst verwischt. Die ersten Kunden, denen sie in den Nebenstraßen einen blies, bekamen ihr Äußeres noch mit scharf nachgezogenen Augenlidern und rot getünchten Wangen serviert, aber die letzten mussten sich mit weniger zufriedengeben. Jetzt stand sie da mit verschmiertem Lippenstift und deutlichen Spuren von Sperma auf den Ärmeln, mit denen sie es weggewischt hatte. Tines Kunden benutzten keine Kondome. Es war Jahre her, dass Tine das hatte verlangen können. Dass sie überhaupt etwas hatte verlangen können.

»Hallo Kimmie-Schätzchen, hallo! Toll, dich zu sehen«, nuschelte sie und wackelte Kimmie auf ihren knochigen Beinen entgegen.

»Hab nach dir gesucht, Schätzchen«, sagte sie und wedelte

mit der Zigarette, die sie sich gerade angezündet hatte. »Auf'm Hauptbahnhof laufen Leute rum und fragen nach dir, hast du das gewusst?«

Sie packte Kimmie und zog sie über die Straße zu den Bänken beim Café Yrsa.

»Wo bist'n du in der letzten Zeit gewesen? Hab dich so scheiße doll vermisst«, sagte Tine und fischte zwei Flaschen Bier aus der Plastiktüte.

Kimmie sah in Richtung Fisketorvet, während Tine die Bierflaschen öffnete.

»Wer hat nach mir gefragt?« Sie schob die Flasche zu Tine zurück. Bier tranken nur Proleten. Das hatte sie zu Hause gelernt.

»Ach, nur so'n paar Männer.« Tine stellte Kimmies Bier unter die Bank. Sie freute sich, hier zu sitzen, das wusste Kimmie. So lebte sie meistens. Bier in der Hand, Geld in der Tasche und gelbe Finger, zwischen denen eine Zigarette klemmte.

»Erzähl mir alles, Tine.«

»Ach Kimmie, du weißt doch, dass ich'n Gedächtnis hab wie'n Sieb. Der Stoff, weißte? Dann läuft es da oben nich so gut.« Sie tippte sich an den Kopf. »Aber ich hab nix gesagt. Nur, dass ich keinen Schimmer hab, wer du bist.« Sie fing an zu lachen. »Die haben mir ein Foto von dir gezeigt, Kimmie.« Sie schüttelte den Kopf. »Verdammt, was warst du da schick, Kimmie-Schätzchen.«

Sie machte einen tiefen Lungenzug. »Ich war auch mal hübsch, aber hallo. Einer hat das mal gesagt. Der hieß …« Sie sah zum Himmel. Der Name war auch weg.

Kimmie nickte. »War mehr als einer da, der nach mir gefragt hat?«

Tine nickte und trank noch einen Schluck. »Zwei. Aber nich gleichzeitig. Einer kam mitten in der Nacht, kurz bevor der Bahnhof dicht ist. Gegen vier oder so. Kommt das hin, Kimmie?«

44

Kimmie zuckte die Achseln. Es war im Grunde gleichgültig. Sie wusste jetzt, dass es zwei waren.

»Was soll das kosten?« Die Stimme kam von oben. Eine Gestalt stand direkt vor Kimmie, aber sie reagierte nicht. Das war Tines Revier.

»Was kriegst du fürs Blasen?«

Sie spürte Tines Ellbogen in der Seite. »Der fragt dich, Kimmie«, sagte sie apathisch. Für heute hatte sie schon verdient, was sie brauchte.

Kimmie hob den Kopf und sah einem ganz normalen Kerl ins Gesicht. Die Hände hatte er in den Manteltaschen vergraben. Was für ein kläglicher Anblick.

»Hau ab«, sagte sie und warf ihm einen Killerblick zu. »Hau ab, ehe ich dir eine lange.«

Er zog sich zurück und richtete sich auf. Dann lächelte er scheu, als wäre schon die Drohung an sich Befriedigung genug.

»Fünfhundert. Fünfhundert, wenn du dir zuerst den Mund ausspülst. Ich will keine Spucke von dir an meinem Schwanz haben, klar?«

Er zog das Geld aus der Tasche und wedelte damit. Die Stimmen in Kimmies Kopf wurden lauter. *Na, los,* flüsterte eine. *Der will es doch nicht anders,* rief der Chor, und sie zog die Flasche unter der Bank hervor und setzte sie an. Der Typ versuchte die ganze Zeit, ihren Blick festzuhalten.

Als sie den Kopf in den Nacken legte und ihm das Bier ins Gesicht spuckte, zuckte er erschrocken zurück. Das Erstaunen war wie auf seine Gesichtszüge gemeißelt. Dann sah er wütend auf seinen Mantel, bevor er erneut ihren Blick suchte. Kimmie wusste, dass er jetzt gefährlich war. Überfälle auf der Skelbækgade waren keine Seltenheit. Und der Tamile, der vorn an der Kreuzung Gratiszeitungen verteilte, würde sich kaum einmischen.

Deshalb richtete sie sich halb auf und schlug dem Mann die Bierflasche auf den Kopf, sodass die Scherben bis zu dem schiefen Briefkasten auf der anderen Straßenseite flogen. Über einem Ohr breitete sich ein Delta aus Blut aus und rann über den Mantelkragen. Der Mann starrte stumm auf den abgebrochenen Flaschenhals, der auf ihn gerichtet war. Bestimmt überlegte er jetzt fieberhaft, wie er das seiner Frau, seinen Kindern und den Kollegen erklären sollte. Dann rannte er los in Richtung Bahnhof, wohl wissend, dass jetzt der Einsatz eines Arztes und ein neuer Mantel gefragt waren, um die Dinge wieder ins Lot zu bringen.

»Ich hab den Idioten früher schon mal gesehen«, nuschelte Tine neben Kimmie. Dabei starrte sie auf den Bierfleck, der sich auf den Platten ausbreitete. »Verdammt, Kimmie. Jetzt muss ich doch zum Aldi und noch mal Bier holen, oder? Scheißschade um das schöne Bier. Warum muss dieser Idiot auch grad hier vorbeilatschen, wo wir hier sitzen und es so scheißgemütlich haben.«

Kimmie sah dem Mann nicht länger nach. Sie ließ den Flaschenhals los, steckte die Finger in die Hose und fischte einen Brustbeutel aus Waschleder heraus. Die Zeitungsausschnitte, die sie zutage förderte, waren noch ziemlich neu. Sie tauschte sie ab und zu aus, um möglichst genau zu wissen, wie die anderen inzwischen aussahen. Dann faltete sie die Ausschnitte auseinander und hielt sie Tine vors Gesicht.

»War einer von denen hier der Mann, der nach mir gefragt hat?« Sie deutete auf ein Pressefoto, unter dem stand: »Ulrik Dybbøl Jensen, Chef des Instituts für Börsenanalysen UDJ, lehnt Zusammenarbeit mit Expertengruppe der Konservativen ab.«

Ulrik war inzwischen ein großer Mann geworden. Nicht nur physisch.

Tine sah sich den Zeitungsausschnitt durch eine weißblaue Wolke aus Zigarettenrauch an. Sie schüttelte den Kopf. »So dick war keiner von denen.«

»Der hier vielleicht?« Der Ausschnitt stammte aus einer

Frauenzeitschrift, die Kimmie in einem Papierkorb an der Øster Farimagsgade gefunden hatte. Mit seinen langen Haaren und der glänzenden Haut wirkte Torsten Florin ziemlich schwul, aber das war er nicht. Das konnte sie garantieren.

»Den da hab ich schon mal gesehen. Im Fernsehen oder so. Was mit Mode, oder?«

»War es der, Tine?«

Sie kicherte, als wäre es ein Spiel. Torsten war es also auch nicht.

Nachdem Tine auch bei Ditlev Prams Foto abgewunken hatte, stopfte Kimmie alles wieder zurück in den Brustbeutel und in die Hose. »Was haben die Männer über mich gesagt?«

»Nur, dass sie nach dir suchen, Schätzchen.«

»Würdest du sie wiedererkennen, wenn wir mal an einem Tag hineingehen und nach ihnen suchen würden?«

Sie zuckte die Achseln. »Die sind nich jeden Tag da.«

Kimmie biss sich auf die Unterlippe. Sie musste jetzt aufpassen. Die anderen rückten näher.

»Du erzählst mir, wenn du sie wieder siehst, ja? Pass gut auf, wie sie aussehen, okay? Schreib es auf, damit du dich erinnern kannst.« Sie legte eine Hand auf Tines Knie, das sich wie ein Messerrücken unter der verschlissenen Jeans abzeichnete. »Wenn du Informationen hast, steck sie unter das gelbe Schild dort drüben.« Sie deutete auf das Schild mit der Aufschrift *Autovermietung — Schnäppchenpreise.*

Tine hustete und nickte gleichzeitig.

»Du kriegst jedes Mal tausend Kronen für deine Ratte, wenn du ein paar gute Infos für mich hast. Was hältst du davon, Tine? Dann kannst du deiner Ratte einen neuen Käfig kaufen. Du hast sie immer noch oben in deinem Zimmer, oder?«

Fünf Minuten stand sie unten beim Parkplatzschild vor der Giebelwand von C. E. Bast Talgsmelteri, bis sie ganz sicher war, dass Tine sie nicht mehr im Auge hatte. Dann erst überquerte sie die Straße in Richtung Gittertor. Niemand wusste, wo sie wohnte, und so sollte es auch bleiben.

Sie merkte, wie die Kopfschmerzen kamen, und außerdem spürte sie ein Stechen unter der Haut. Wut und Frustration zur gleichen Zeit, das hassten ihre Dämonen.

Aber als sie mit der Whiskyflasche in der Hand auf ihrer schmalen Pritsche saß und sich in dem sparsam beleuchteten kleinen Raum umsah, kam sie langsam zur Ruhe. Das hier war ihre Welt. Hier war sie sicher, hier war alles, was sie brauchte. Das Kistchen mit ihrem allerliebsten kleinen Schatz unter der Bank, das Plakat mit den spielenden Kindern an der Innenseite der Tür, das Foto des kleinen Mädchens, die Zeitungen, die sie zum Isolieren an die Wände geklebt hatte. Der Kleiderhaufen, der Topf auf dem Fußboden, der Stapel Zeitungen dahinter, zwei batteriebetriebene Mini-Leuchtstofffröhren und auf dem Regal ein Paar zusätzliche Schuhe. Mit all dem konnte sie machen, was sie wollte, und wenn sie etwas Neues haben wollte, war auch dafür Geld da.

Als sie die Wirkung des Whiskys spürte, lachte sie. Dann checkte sie die Hohlräume hinter den drei Ziegeln in der Wand. Das tat sie fast immer, wenn sie in ihr kleines Haus zurückkehrte. Erst den Hohlraum mit den Kreditkarten und den letzten Ausdrucken der Geldautomaten, dann den mit dem Bargeld.

Jeden Tag machte sie eine Aufstellung, wie viel noch übrig war. Seit elf Jahren lebte sie auf der Straße, und es waren immer noch eine Million dreihundertvierundvierzigtausend Kronen übrig. Wenn sie weitermachte wie bisher, würde sie die nie aufbrauchen. Allein das Geld ihrer Diebstähle konnte im großen Ganzen den täglichen Bedarf decken. Kleidung stahl sie auch. Sie aß nicht sonderlich viel, aber sie trank, denn die sogenannte gesundheitsbewusste Regierung hatte dafür gesorgt, dass Alkohol spottbillig geworden war. In diesem wunderbaren Land konnte man sich mittlerweile schon zum halben Preis zu

Tode saufen. Wieder lachte sie, nahm die Handgranate aus der Tasche und legte sie in den dritten Hohlraum zu den anderen. Dann steckte sie die Ziegelsteine so sorgsam wieder an ihren Platz, dass man die Ritzen ringsum fast nicht mehr erkennen konnte.

Dieses Mal überfiel die Angst sie ohne jede Ankündigung. So war das normalerweise nicht. In der Regel warnten innere Bilder sie. Hände, die zum Schlag gehoben wurden. Manchmal Blut und misshandelte Körper. Dann wieder flüchtige Erinnerungen an Lachen vor langer, langer Zeit. Geflüsterte Versprechen, die dann gebrochen wurden. Aber dieses Mal schafften die Stimmen es nicht, sie zu warnen.

Sie begann zu zittern und spürte, wie die Krämpfe im Unterleib ihre Eingeweide zusammenpressten. Übelkeit und Tränen waren die unvermeidliche Folge. Früher hatte sie versucht, den Feuersturm der Gefühle im Alkohol zu ersäufen. Aber der machte es nur noch schlimmer.

Jetzt wartete sie in solchen Augenblicken nur noch auf das gnädige Dunkel, manchmal allerdings stundenlang.

Wenn in ihrem Kopf alles geklärt war, wollte sie aufstehen. Hinunter zur Haltestelle Dybbølsbro gehen. Dann würde sie den Aufzug zu Bahnsteig drei nehmen und am anderen Ende abwarten, bis einer der durchgehenden Züge vorbeiraste. Sie würde die Arme ausstrecken, sich ganz dicht an den Rand des Bahnsteigs stellen, und dann würde sie sagen: »Ihr entkommt mir nicht, ihr Schweine.«

Danach würde sie die Stimmen in ihrem Kopf entscheiden lassen.

8

Die Plastikhülle lag mitten auf dem Tisch. Carl sah sie sofort, als er sein Büro betrat.

Was zum Teufel soll das?, dachte er und rief Assad.

Als der in der Tür stand, deutete Carl auf die Hülle. »Hast du eine Ahnung, wo das herkommt?« Assad schüttelte nur den Kopf. »Wir rühren das Ding nicht an, klar? Da könnten Fingerabdrücke dran sein.«

Beide starrten sie auf das oberste Blatt Papier hinter dem durchsichtigen Plastik. »Überfälle der Internatsclique« war auf dem Ausdruck zu lesen. Die Schrift deutete auf einen Laserprinter.

Es handelte sich um eine Auflistung von gewaltsamen Überfällen samt Zeit- und Ortsangaben und Namen der Opfer. Die Überfälle waren offenbar über einen längeren Zeitraum begangen worden. Eine junge Frau an einem Strand bei Nyborg. Zwillingsbrüder am helllichten Tag auf einem Spielplatz in Tappernøje. Ein Ehepaar auf Langeland. Zwanzig Überfälle insgesamt.

»Assad, wir müssen zusehen, dass wir endlich herausfinden, wer diese Sachen hier platziert. Ruf die Techniker an. Wenn es einer hier aus dem Präsidium ist, haben wir die Fingerabdrücke ganz schnell.«

»Meine Fingerabdrücke haben die nicht bekommen.« Assad wirkte beinahe enttäuscht.

Carl schüttelte den Kopf. Und weshalb nicht? Inzwischen kam im Hinblick auf Assads Anstellung etliches an Ungereimtheiten zusammen.

»Finde die Adresse der Mutter der ermordeten Geschwister heraus. Sie ist nach den Ereignissen damals mehrfach umgezogen. Aber in Tisvilde, wo sie gemeldet ist, hält sie sich anscheinend nicht mehr auf. Sei ein bisschen kreativ, ja, Assad?

Ruf ihre Nachbarn an, die Telefonnummern stehen da drüben. Vielleicht wissen die etwas.« Er deutete auf einen Haufen mit Zetteln, den er gerade aus der Tasche befördert hatte.

Danach nahm er sich einen Block und notierte die zu erledigenden Aufgaben. Das Gefühl, einen neuen Fall in Angriff genommen zu haben, machte sich breit.

»Also jetzt mal ehrlich, Carl. Hör auf, deine Zeit auf einen Fall zu verschwenden, bei dem es längst eine Verurteilung gegeben hat.« Der Chef der Mordkommission schüttelte den Kopf und wühlte dabei in der Zettelwirtschaft auf seinem Schreibtisch. Vier neue schwere Verbrechen im Laufe von nur acht Tagen. Dazu kamen drei Anträge auf Beurlaubung und zwei Krankmeldungen. Einer der Kranken war mit Sicherheit auf Dauer dienstunfähig. Carl wusste genau, was Marcus Jacobsen im Moment dachte: Wen soll ich von welchem Fall abziehen? Aber das war Gott sei Dank nicht sein Problem.

»Konzentrier dich stattdessen auf deinen Besuch aus Norwegen, Carl. Alle dort oben haben von dem Fall Merete Lynggaard gehört und wollen jetzt wissen, wie du Aufgaben strukturierst und Prioritäten setzt. Ich glaube, die haben über viele alte Fälle gern Gras wachsen lassen. Konzentrier dich darauf, dein Büro fertig zu machen. Und erteil denen im Übrigen mal eine Lektion in ordentlicher dänischer Polizeiarbeit, dann haben sie gleich was, was sie weitertragen können, wenn sie danach bei der Ministerin eingeladen sind.«

Carl schüttelte resigniert den Kopf. Sollten seine Gäste anschließend etwa zum Kaffeeklatsch bei dieser aufgeblasenen Justizministerin erscheinen? Und mit ihr über sein Dezernat quatschen? Das wurde ja immer schöner.

»Ich muss einfach wissen, wer mir Fälle auf den Schreibtisch knallt, Marcus. Dann werden wir sehen, was ich anschließend mache.«

»Ja, ja, die Entscheidung ist deine, Carl. Aber wenn du den

Rørvig-Fall aufgreifst, dann mach um uns bitte schön einen großen Bogen. Wir können nicht einen einzigen Mann entbehren, auch nicht für kurze Zeit.«

»Nun mal langsam«, sagte Carl.

Marcus lehnte sich zur Sprechanlage vor. »Lis, kannst du mal einen Augenblick hereinkommen? Ich kann meinen Kalender nicht finden.«

Carl sah zum Fußboden. Dort lag der Timer des Chefs, er war wohl über die Tischkante gerutscht.

Er gab ihm mit der Fußspitze einen kleinen Schubs, sodass er unter dem Schubladenteil des Schreibtischs verschwand. Vielleicht verschwand auf dem Weg ja auch das Treffen mit den Norwegern.

Als Lis vorbeitrippelte, betrachtete er sie gut gelaunt. Sie hatte ihm vor der Metamorphose zwar besser gefallen, aber – was soll's! Lis war und blieb Lis.

Rose Knudsen drüben hinter der Theke lächelte, als er vorbeiging. *Ich freue mich, dass ich zu euch nach unten komme,* signalisierten ihre Grübchen, tief wie der Marianengraben.

Carl erwiderte ihr Lächeln nicht, aber er hatte schließlich auch keine Grübchen.

Unten im Keller stand Assad in der großen Windjacke bereit. Das Nachmittagsgebet war überstanden. Die kleine Ledermappe klemmte unter seinem Arm.

»Die Mutter der ermordeten Geschwister wohnt bei einer alten Freundin in Roskilde«, sagte er und ergänzte, sie könnten in weniger als einer halben Stunde dort sein, wenn sie ein bisschen Gas gäben. »Aus Hornbæk kam übrigens auch ein Anruf für dich, Carl. Das klang nicht so gut.«

Carl sah Hardy vor sich. Zweihundertsieben Zentimeter gelähmter Mensch. Das Gesicht dem Öresund zugewandt, wo die Segelboote dem Ende der Saison entgegensegelten.

»Was ist passiert?« Sofort ging es ihm schlecht. Jetzt war

schon mehr als ein Monat vergangen, seit er seinen ehemaligen Kollegen zuletzt besucht hatte.

»Sie sagen, er weine so oft. Auch wenn sie ihm eine Menge Pillen und so Zeug geben, er weint trotzdem.«

Es war ein ganz normales Einfamilienhaus am Ende des Fasanvej. *Jens-Arnold & Yvette Larsen* stand auf dem Messingschild und darunter, auf einem kleinen Pappschild in Großbuchstaben, *MARTHA JØRGENSEN.*

Die Frau, die ihnen öffnete, war etliche Jahre über der Pensionsgrenze und hauchzart. Sie war eine so schöne alte Frau, dass Carl nicht anders konnte, als sanft zu lächeln.

»Ja, Martha wohnt bei mir. Das tut sie, seit mein Mann verstorben ist. Es geht ihr heute nicht so gut, das will ich Ihnen nur gleich sagen«, flüsterte sie auf dem Flur. »Der Arzt meint, jetzt ginge es sehr schnell.«

Sie hörten die Freundin husten, schon ehe sie den Wintergarten betraten. Dort saß sie und starrte ihnen aus tiefliegenden Augen entgegen. Vor ihr auf dem Tisch standen etliche Medizinfläschchen und Tablettenschachteln. »Wer sind Sie?«, fragte sie. Die Hand, mit der sie den Zigarillo hielt und die Asche abklopfte, zitterte.

Assad nahm sich einen Stuhl, auf dem eine verblichene Wolldecke und welke Blätter von den Pflanzen auf der Fensterbank lagen. Ohne weiteres ergriff er Martha Jørgensens Hand und zog sie an sich. »Ich will Ihnen nur eines sagen, Martha. So wie es Ihnen jetzt geht, in diesem Zustand habe ich auch meine Mutter gesehen. Und das war kein Vergnügen.«

Carls Mutter an ihrer Stelle hätte ihre Hand schnell zurückgezogen. Aber das tat Martha Jørgensen nicht. Woher weiß Assad solche Dinge?, fragte sich Carl, der versuchte, in dieser Szene eine Rolle für sich selbst zu finden.

»Wir können gerade noch eine Tasse Tee trinken, bevor die Krankenschwester kommt«, sagte Yvette und lächelte aufmunternd. Als Assad erzählte, warum sie gekommen waren, fing Martha an zu weinen.

Bis sich Martha Jørgensen so weit gefasst hatte, dass sie etwas sagen konnte, servierte Yvette Tee und Kuchen.

»Mein Mann war Polizist«, sagte sie schließlich.

»Ja, Frau Jørgensen, darüber sind wir informiert.« Das war das Erste, was Carl zu ihr sagte.

»Ich bekam Kopien der Akte von einem seiner alten Kollegen.«

»Ah ja. War das Klaes Thomasen?«

»Nein, der nicht.« Sie unterdrückte einen aufkommenden Hustenanfall, indem sie einen tiefen Zug von ihrem Zigarillo nahm. »Von einem anderen. Arne hieß er, aber er lebt nicht mehr. Er sammelte alles über den Fall in einer Mappe.«

»Könnten wir die bitte sehen, Frau Jørgensen?«

Ihr Mund zitterte, und sie griff sich mit einer fast durchsichtigen Hand an den Kopf. »Nein, das geht nicht. Ich habe sie nicht mehr.« Sie schwieg einen Moment und kniff die Augen zusammen. Offensichtlich hatte sie Kopfschmerzen. »Ich weiß nicht, wem ich sie zuletzt ausgeliehen habe. Da waren mehrere, die hineingeschaut haben.«

»Ist es diese hier?« Carl hielt ihr den hellgrünen Aktenordner hin.

Sie schüttelte den Kopf. »Nein. Der Ordner war größer. Grau und viel größer. Man konnte ihn nicht mit einer Hand halten.«

»Gibt es denn noch anderes Material? Vielleicht haben Sie noch etwas, was Sie uns ausleihen können?«

Sie sah ihre Freundin an. »Können wir das sagen, Yvette?«

»Ich weiß nicht recht, Martha. Glaubst du, das ist gut?«

Die kranke Frau richtete ihre Augen auf das Doppelporträt, das zwischen einer rostigen Gießkanne und einer kleinen Sandsteinfigur des Franz von Assisi auf der Fensterbank stand. »Schau sie dir an, Yvette. Was haben sie getan?« Ihre Augen wurden feucht. »Meine geliebten Kinder. Können wir nichts für sie tun?«

Yvette stellte eine Schachtel After Eight auf den Tisch. »Doch, das können wir«, seufzte sie und zog sich in die Ecke zurück, wo altes, zusammengefaltetes Weihnachtspapier und wiederverwendbare Schachteln und Verpackungen eine Art Mausoleum bildeten. Das Alter und die Erinnerung an Tage, da Knappheit zum Alltag gehörte, führten manchmal zu bizarren Auswüchsen.

»Hier«, sagte sie und zog einen übervollen Peter-Hahn-Karton aus seinem Versteck hervor.

»In den letzten zehn Jahren haben Martha und ich von Zeit zu Zeit den Aktenordner mit Zeitungsausschnitten ergänzt. Nach dem Tod meines Mannes hatten wir beide ja nur noch uns, nicht wahr?«

Assad nahm ihr den Karton ab und öffnete ihn.

»Da sind einige Berichte von Überfällen drin, die nie aufgeklärt wurden«, fuhr Yvette fort. »Und dann die Artikel über die Fasanenmörder.«

»Die Fasanenmörder?«, wiederholte Carl fragend.

»Ja, wie soll man solche Leute wohl sonst nennen?« Yvette wühlte ein bisschen in der Schachtel und zog einen Zeitschriftenausschnitt heraus.

Doch, die konnte man gut und gerne Fasanenmörder nennen. In einem der Klatschblätter posierten sie alle gemeinsam auf einem großen Pressefoto: Mitglieder des Königshauses, Vertreter des leichtlebigen bourgeoisen Packs und außerdem Ulrik Dybbøl Jensen, Ditlev Pram und Torsten Florin. Jeder hielt seine Schrotflinte im Arm und hatte siegesgewiss einen Fuß vorgestellt. Vor ihnen lag die Strecke der erlegten Fasane und Rebhühner.

»Oh«, sagte Assad. Viel mehr war dazu auch nicht zu sagen.

Sie merkten, wie Bewegung in Martha Jørgensen kam, ahnten aber noch nicht, was nun kommen würde.

»Ich finde mich nicht damit ab!«, schrie sie plötzlich. »Die sollen ihre gerechte Strafe haben! Die haben meine Kinder und meinen Mann umgebracht. Zur Hölle mit ihnen!«

Sie wollte aufstehen, verlor jedoch das Gleichgewicht und kippte vornüber. Mit der Stirn schlug sie hart auf die Tischkante auf, schien es aber gar nicht zu merken.

»Die sollen auch sterben«, keuchte sie. Ihre Wange lag auf dem Tischtuch. Als sie die Arme vorstreckte, warf sie die Teetassen um.

»Ruhig, Martha, Liebes«, bemühte sich Yvette und zog die nach Luft schnappende Martha zurück in die Kissen.

Als Martha ihre Atmung wieder unter Kontrolle hatte und erneut teilnahmslos dasaß und ihr Zigarillo paffte, führte Yvette Carl und Assad nach nebenan ins Esszimmer. Sie entschuldigte die Reaktion der Freundin. Der Tumor im Gehirn sei inzwischen so groß, dass man nie vorhersehen könne, wie und worauf sie reagiere. »So war sie nicht immer.«

Als könnten sie eine Entschuldigung verlangen.

»Da ist ein Mann vorbeigekommen, der hat Martha erzählt, er würde Lisbet von damals gut kennen.« Sie hob die kaum vorhandenen Augenbrauen ein wenig. »Lisbet war Marthas Tochter, der Junge hieß Søren. Das wissen Sie doch, nicht wahr?« Assad und Carl nickten. »Vielleicht war es Lisbets Freund, der den Aktenordner ausgeliehen hat, ich weiß es nicht.« Sie sah hinüber zum Wintergarten. »Er versprach Martha ausdrücklich, ihn nach einer Weile zurückzubringen.« Sie sah sie so traurig an, dass man sie am liebsten in den Arm genommen hätte. »Das wird er sicher nicht schaffen, ehe es zu spät ist.«

»Dieser Mann, der die Akten holte, können Sie sich an seinen Namen erinnern, Yvette?«

»Leider nein. Ich war nicht da, als Martha sie verlieh, und sie erinnert sich ja nicht mehr an viel.« Sie tippte mit dem Finger an die Schläfe. »Der Tumor, verstehen Sie.«

56

»Wissen Sie, ob er von der Polizei war?«, hakte Carl nach.

»Das glaube ich nicht, aber vielleicht ja doch. Ich weiß es nicht.«

»Und warum hat er das hier nicht mitgenommen?«, fragte Assad und deutete auf den Peter-Hahn-Karton, den er unter den Arm geklemmt hatte.

»Ach, der. Das war Marthas Idee. Es gibt doch einen Mann, der die Morde gestanden hat, nicht wahr? Also half ich ihr, die Artikel zu sammeln, weil ihr das gutgetan hat. Der Mann, der die Aktenunterlagen mitgenommen hat, glaubte sicher, die Ausschnitte hier seien nicht relevant. Sind sie ja wohl auch nicht.«

Dann baten sie um den Schlüssel zu Marthas Sommerhaus, und anschließend befragten sie die alte Dame vorsichtig zu den Tagen nach dem Mord. Aber Yvette winkte ab, immerhin seien seit dem Geschehen zwanzig Jahre vergangen, und es sei außerdem nichts, an das man sich gern erinnern wolle.

Als die Gemeindeschwester kam, verabschiedeten sie sich.

Auf Hardys Nachttisch stand ein Foto von seinem Sohn. Das war der einzige Hinweis darauf, dass diese unbewegliche Gestalt mit Schläuchen in der Harnröhre und verklebtem, fettigem Haar einmal ein anderes Leben gehabt hatte als das, was ihm der Respirator, der ununterbrochen laufende Fernseher und die überlasteten Krankenpfleger bieten konnten.

»Dass du dich auch mal wieder hierher bequemst …«, sagte Hardy und fixierte dabei einen imaginären Punkt tausend Meter über der Klinik für Wirbelsäulenverletzungen in Hornbæk. Einen Punkt, von dem man einen freien Blick hatte und von dem man so tief abstürzen konnte, dass man nie mehr aufwachte.

Carl suchte fieberhaft nach einer guten Entschuldigung, gab aber schnell auf. Stattdessen griff er nach dem Fotorahmen und sagte: »Wie ich höre, hat Mads an der Uni angefangen.«

»Wo hast du das gehört? Vögelst du meine Frau?« Er blinzelte nicht einmal bei diesen Worten.

»Nein, Hardy, warum zum Teufel sagst du so was? Ich weiß es, weil … ach, ich weiß nicht mehr, wer im Präsidium es erzählt hat.«

»Wo ist denn dein kleiner Syrer? Haben sie ihn wieder in die Wüste geschickt?«

Carl kannte Hardy. Das war nur Small Talk.

»Sag mir, woran du denkst, Hardy. Jetzt bin ich ja hier.« Er holte tief Luft. »In Zukunft werde ich dich wieder öfter besuchen, alter Knabe. Ich hatte Urlaub, verstehst du.«

»Siehst du die Schere, die auf dem Tisch liegt?«

»Ja, klar.«

»Die liegt da immer. Damit schneiden sie die Gaze zu. Und das Klebeband, mit dem sie alle Sonden und Kanülen an mir festkleben. Die sieht spitz aus, findest du nicht?«

Carl betrachtete sie. »Ja, Hardy.«

»Kannst du sie nicht nehmen, Carl, und in meine Halsschlagader rammen? Das würde mich wirklich freuen!« Er lachte einen Moment, brach aber jäh ab. »Es zittert in meinem Oberarm, Carl. Direkt unter dem Schultermuskel, glaube ich.«

Carl runzelte die Stirn. Hardy fühlte also ein Zittern. Der arme Kerl. Wenn es doch bloß so wäre. »Soll ich für dich kratzen, Hardy?« Er zog die Bettdecke etwas zur Seite und überlegte, ob er das Hemd herunterziehen oder mit dem Hemd kratzen sollte.

»Du verdammter Idiot, hörst du nicht, was ich sage? Es zittert. Kannst du das sehen?«

Carl schob das Hemd zur Seite. Hardy hatte immer seinen Ehrgeiz dareingesetzt, attraktiv auszusehen. Gepflegt, braun gebrannt. Jetzt war die Haut, abgesehen von feinen hellblauen Adern, weiß wie die einer Made.

Carl legte ihm die Hand auf den Oberarm. Kein Muskel war

mehr da. Es fühlte sich an wie gut abgehangenes Rindfleisch. Ein Zittern spürte er nicht.

»Carl, ich kann dich sehr schwach an einem ganz kleinen Punkt spüren. Nimm die Schere und pikse ein bisschen herum. Nicht zu schnell. Wenn du triffst, sag ich Bescheid.«

Der arme Mann. Vom Hals abwärts gelähmt. Ein Hauch von Gefühl in der einen Schulter, das war alles. Alles andere war nur die Hoffnung eines Verzweifelten.

Aber Carl pikste wie gewünscht. Ganz systematisch von der Mitte des Oberarms nach oben und einmal ringsherum. Als er fast in der Achselhöhle angekommen war, schnappte Hardy nach Luft.

»Da, Carl. Nimm deinen Kugelschreiber und markiere die Stelle.«

Das tat Carl. Man war schließlich ein Freund.

»Mach es noch mal. Versuch mich hinters Licht zu führen, Carl. Wenn du die Markierung triffst, sag ich es. Ich schließe so lange die Augen.«

Er lachte, oder vielleicht wimmerte er auch ein bisschen, als Carl das nächste Mal an das Kreuzchen kam. »Da!«, rief er. Das war doch wohl absolut unglaublich. Da bekam man ja eine Gänsehaut.

»Sag das nicht der Krankenschwester.«

Carl runzelte die Stirn. »Aber warum denn nicht? Das ist doch ganz phantastisch, Hardy. Vielleicht gibt es ja trotz allem eine winzige Hoffnung. Dann haben die doch eine Basis.«

»Ich will daran arbeiten, diese Basis zu erweitern, Carl. Ich will meinen einen Arm wiederhaben, Carl, verstehst du?« Zum ersten Mal sah Hardy seinen alten Kollegen an. »Und wozu ich den Arm benutze, das geht keinen was an, verstanden?«

Carl nickte. Was auch immer Hardy Mut machte, war für ihn okay. Der Traum, sich die Schere irgendwann selbst in den Hals zu rammen, war offenbar das Einzige, wofür er lebte.

Es stellte sich nur die Frage, ob dieser kleine Punkt am Oberarm die ganze Zeit da gewesen war. Aber das ließ er besser auf sich beruhen. In Hardys Fall führte nichts irgendwohin.

Carl zog ihm das Hemd wieder zurecht und die Decke bis hoch ans Kinn. »Redest du immer noch mit dieser Psychologin, Hardy?« Carl sah Mona Ibsens appetitlichen Körper vor sich. Ein herrlicher Anblick.

»Ja.«

»Und? Worüber redet ihr?« Er hoffte, sein Name würde in der Antwort auftauchen.

»Sie hört nicht auf, in der Schussepisode draußen auf Amager herumzustochern. Ich weiß nicht, wofür das gut sein soll, aber wenn sie hier ist, dann beschäftigt sie am meisten dieser verdammte Drucknagler-Fall.«

»Ja, das ist wohl so.«

»Weißt du was, Carl?«

»Was?«

»Sie hat mich dazu gebracht, über die ganze Geschichte noch mal nachzudenken, auch wenn ich das gar nicht will. Verdammt, wozu soll das gut sein, möchte ich wissen. Und doch steht sie ja im Raum, die Frage.«

»An welche Frage denkst du?«

Er sah Carl direkt in die Augen. Genau so, wie sie Verdächtige ins Kreuzverhör nahmen. Nicht anklagend, auch nicht das Gegenteil. Nur beunruhigend. »Du und ich und Anker, wir kamen acht bis zehn Tage, nachdem der Mann ermordet worden war, zu dieser Gartenbaracke, ja?«

»Ja.«

»Die Mörder hätten ewig Zeit gehabt, ihre Spuren zu vernichten. Wirklich ewig. Und warum haben sie das nicht getan? Warum warteten sie? Die hätten doch den ganzen Scheiß einfach anstecken können. Die Leiche entfernen und den ganzen Scheiß abfackeln.«

»Ja, darüber kann man sich wundern. Das tue ich auch.«

»Und warum kamen sie ausgerechnet in dem Moment zum Haus zurück, als wir da waren?«

»Ja, auch darüber kann man sich wundern.«

»Sich wundern? Weißt du was, Carl? Ich wundere mich nicht so sehr. Nicht mehr.« Er versuchte sich zu räuspern, aber das gelang nicht recht.

»Aber vielleicht hätte Anker mehr dazu sagen können, wenn er noch hier wäre«, sagte er dann.

»Was meinst du damit?« Es war Wochen her, seit Carl zuletzt an Anker gedacht hatte. Erst ein dreiviertel Jahr war vergangen, seit ihr Superkollege vor ihren Augen in dem vergammelten Haus dort draußen erschossen worden war, und schon war er aus seinem Bewusstsein geglitten. Wie lange würde man wohl an ihn, Carl, denken, wenn ihm so etwas passierte?

»Jemand hat dort draußen bei dem Haus auf uns gewartet, Carl, anders macht das, was da passiert ist, keinen Sinn. Ich meine, das war keine normale Ermittlung. Einer von uns war involviert, und ich war es nicht. Warst du es vielleicht, Carl?«

9

Sechs Geländewagen parkten auf dem Schotter vor der gelb getünchten Fassade des Tranekær Kro. Ditlev Pram steckte den Kopf aus dem Seitenfenster seines Wagens und bedeutete den anderen, hinter ihm herzufahren.

Als sie den Wald erreichten, war die Sonne noch nicht aufgegangen. Die Treiber verschwanden in der Remise. Die Leute in den Autos kannten die Prozedur und hatten sich wenige Minuten später um Ditlev geschart, mit zugeknöpften Jacken und abgeknickten Flintenläufen. Ein paar hatten Hunde an ihrer Seite.

Torsten Florin war wie immer der Letzte, der vortrat. Sein Dress, mit dem er auch zu einem Ball hätte gehen können, bestand aus einer kleinkarierten Knickerbocker und einer maßgeschneiderten eng anliegenden Jagdjacke.

Ditlev Pram beobachtete missbilligend einen Hühnerhund, der im letzten Moment aus dem Kofferraum eines Geländewagens gezogen wurde. Erst danach musterte er die Anwesenden. Bei einem Gesicht stutzte er.

Er zog Bent Krum zur Seite. »Krum, wer hat die Frau denn eingeladen?«, flüsterte er. Als Anwalt von Ditlev Pram, Torsten Florin und Ulrik Dybbøl Jensen war Bent Krum auch derjenige, der ihre Jagden koordinierte. Ein vielseitiger Mann, der seit Jahren für sie löschte, wo immer es brannte, und der vollkommen abhängig war von den mehr als erklecklichen Summen, die sie jeden Monat auf sein Konto überwiesen.

»Das war deine Frau, Ditlev.« Er antwortete mit gedämpfter Stimme. »Lissan Hjorth könnte gerne ihren Mann begleiten, hat sie gesagt. Sie ist auch der bessere Schütze, nur damit du Bescheid weißt.«

Der bessere Schütze? Zum Teufel, das hatte doch nichts damit zu tun. Auf Ditlev Prams Jagden hatten Frauen nichts zu suchen, Schluss, aus. Dafür gab es mehr als einen Grund. Als wenn Krum das nicht wüsste! Herrje, Thelma!

Ditlev legte Hjorth eine Hand auf die Schulter. »Tut mir leid, alter Freund, aber deine Frau kann heute nicht dabei sein«, sagte er und bat ihn, seiner Frau die Autoschlüssel zu geben, auch wenn das womöglich für Missstimmung sorgte. »Sie kann nach unten zum Tranekær Kro fahren. Ich will gern dort anrufen und darum bitten, ihr zu öffnen. Und dann soll sie auch euren unerzogenen Hund mitnehmen. Das hier ist eine besondere Treibjagd, Hjorth, das solltest du eigentlich wissen.«

Ein paar Männer wollten vermitteln. Irgendwelche Hohlköpfe mit altem Geld, aber ohne anständiges Vermögen. Als hätten die was zu sagen. Außerdem kannten die den verfluchten Hühnerhund nicht.

Ditlev Pram stieß die Stiefelspitze in den Waldboden und wiederholte: »Keine Frauen, Lis. Bitte geh.«

Dann verteilte er neonfarbene Hutbänder und mied Lis Hjorths Blick, als er sie überging. »Denk dran, den Köter mitzunehmen«, sagte er nur. Was fiel diesen Idioten ein, sich in seine Jagdregeln einzumischen. Das war keine gewöhnliche Jagd.

»Wenn meine Frau nicht dabei sein kann, Ditlev, dann will ich es auch nicht«, versuchte Hjorth Druck auszuüben. Dieses erbärmliche Männchen in seiner erbärmlichen, abgewetzten Moorland-Jacke. Hatte er etwa nicht schon einmal zu spüren bekommen, wie es war, Ditlev Pram in die Quere zu kommen? War das seinem Unternehmen etwa gut bekommen? Hatte er etwa nicht kurz vorm Konkurs gestanden, als Ditlev Pram seine Graniteinkäufe nach China umgeleitet hatte? Wollte Hjorth wirklich noch einmal abgestraft werden? Kein Problem, das konnte er haben.

»Das ist deine Entscheidung.« Er wandte dem Paar den Rücken zu und sah die anderen an. »Ihr kennt die Regeln. Was ihr heute erlebt, geht niemanden sonst etwas an, ist das klar?« Sie nickten. Er hatte auch nichts anderes erwartet. »Wir haben zweihundert Fasane und Rebhühner ausgesetzt, sowohl Hähne als auch Hennen. Das ist reichlich für alle.« Er lachte. »Ja, es ist etwas zu früh in der Saison für die Hennen. Aber schert das jemanden?« Er sah die Männer von der lokalen Jagdvereinigung an. Die würden schon ihre Klappe halten. Auf die eine oder andere Weise arbeiteten sie alle für ihn oder mit ihm. »Aber warum lange über das Geflügel reden, davon werdet ihr auf alle Fälle genug antreffen. Interessanter ist die andere Beute, die ich euch heute mitgebracht habe. Ich verrate nicht, was es ist. Das werdet ihr schon herausfinden.«

Erwartungsvolle Gesichter folgten seinen Bewegungen, als

er sich Ulrik zuwandte und ein Bündel mit Stöckchen in Empfang nahm. »Fast alle kennen das Procedere schon. Zwei von euch ziehen ein Stöckchen, das kürzer ist als die restlichen. Die Glücklichen legen die Schrotflinten weg und bekommen stattdessen Gewehre ausgeliehen. Für sie gibt es keine Hühnervögel, sie können stattdessen die besondere Beute des Tages mit nach Hause nehmen. Sind wir so weit?«

Die Raucher warfen ihre Zigaretten auf den Boden und traten sie aus. Jeder bereitete sich auf seine Weise mental auf die Jagd vor.

Ditlev Pram lächelte. Das hier waren sie, die Mächtigen, so wie sie sein sollten. Schonungslos und jeder sich selbst der Nächste. Wie aus dem Bilderbuch.

»Ja, für gewöhnlich teilen die beiden ausgewählten Gewehrschützen die Beute unter sich«, sagte er. »Aber ob das dieses Mal auch so sein soll, bleibt demjenigen überlassen, der das Tier erlegt. Wir wissen doch alle, was passiert, wenn sich Ulrik die Trophäe holt.« Die ganze Gesellschaft lachte, bis auf Ulrik. Egal ob es sich um ein Aktienportfolio handelte, um Frauen oder um ausgesetzte Wildschweine – Ulrik teilte mit keinem. Das war bekannt.

Ditlev bückte sich und hob die Waffenkoffer auf. »Schaut sie euch an«, sagte er und zog im Morgenlicht die Gewehre heraus. »Unsere alten Sauer Classics habe ich wieder bei Hunters House abgeliefert, damit wir diese beiden kleinen Wunderwerke ausprobieren können.« Er hielt das eine Sauer-Elegance-Gewehr über den Kopf. »Zwei richtige Schmankerl. So eins in der Hand zu halten, ist der helle Wahnsinn. Freut euch!«

Er hielt das Bündel Stöckchen in die Runde. Die wütende Auseinandersetzung zwischen Hjorth und Hjorth ignorierte er. Nach dem Auslosen überreichte er den beiden Glücklichen die Gewehre.

Der eine war Torsten. Er wirkte erregt, aber die Jagd konnte

kaum der Grund sein. Sie würden schleunigst reden müssen –
danach.

»Torsten hatte das Vergnügen schon einmal. Aber Saxenholdt hat noch ein Erlebnis vor sich, und da gratulieren
wir.« Er nickte dem jungen Mann zu und hob genau wie alle
anderen seinen Flachmann auf dessen Wohl. Charmeur und
gegeltes Haar. Ein Internatsschüler, wie er im Buche steht, und
das würde er bis an sein Lebensende bleiben. »Ihr dürft als
Einzige auf die besondere Beute des heutigen Tages schießen.
Deshalb bleibt es eurer Verantwortung überlassen, dass es auf
anständige Weise passiert. Denkt daran, so lange zu schießen,
bis sich die Beute nicht mehr rührt. Und denkt auch daran,
dass dem, der die Beute erlegt, der Preis des heutigen Tages
gehört.«

Er trat einen Schritt zurück und zog einen Umschlag aus der
Innentasche. »Der Kaufbrief für eine herrliche kleine Dreizimmerwohnung in Berlin mit Aussicht auf die Landebahn von
Tegel. Aber keine Sorge, der Flughafen verschwindet bald, und
dann habt ihr ja den Badesteg gleich vorm Fenster.« Er lächelte,
als die Meute zu klatschen begann. Zum Teufel damit, seine
Frau hatte ihm ein halbes Jahr in den Ohren gelegen, nur weil
sie diese verdammte Wohnung wollte. Und war sie auch nur
ein einziges Mal da gewesen? Nein. Nicht mal mit ihrem be-
scheuerten Geliebten. Also weg mit dem Scheiß.

»Meine Frau zieht sich zurück, Ditlev. Aber den Hund nehme ich mit«, kam es von hinten. Ditlev Pram drehte sich um
und blickte direkt in Hjorths trotziges Gesicht. Ganz offenkundig versuchte er zu handeln, um nicht das Gesicht zu verlieren.

Ditlev sah über die Schulter und für den Bruchteil einer
Sekunde fing er Torstens Blick auf. Niemand diktierte Ditlev Pram etwas. Wenn er sagte, dass man seinen Hund nicht
mitnahm, dann war man selbst schuld, wenn man es dennoch
tat.

»Du bestehst darauf, den Hund mitzunehmen, Hjorth. Also okay«, sagte Ditlev und mied den Blick der Ehefrau.

Er hatte keinen Bock, sich mit der Alten zu streiten. Das hier war etwas, das ausschließlich ihn und Thelma anging.

Der Humusgeruch wurde schwächer, als sie aus dem Unterholz auf den Hügel und hinaus auf die Lichtung kamen. Fünfzig Meter weiter unten lag im Nebeldunst das Wäldchen, und dahinter breitete sich Gestrüpp aus bis zu dem dichten Wald. Er lag wie ein Meer unter ihnen. Ein großartiger Anblick.

»Verteilt euch etwas«, sagte Ditlev und nicke zufrieden, als jeweils sieben bis acht Meter zwischen ihnen lagen.

Die Treiber unten hinter dem Wäldchen waren noch nicht geräuschvoll genug. Nur dann und wann flog einer der ausgesetzten Fasane für einen Moment auf und versank dann wieder in dem kleinen Gehölz. Leise und erwartungsvoll bewegten sich die Jäger links und rechts von Ditlev Pram vorwärts. Einige waren total süchtig nach dem Kick, den sie hier draußen im Morgendunst bekamen. Das Betätigen des Abzugs konnte sie für Tage befriedigen. Sie verdienten Millionen, aber das Töten war es, was sie brauchten, um sich lebendig zu fühlen.

Neben Ditlev Pram ging der junge Saxenholdt, blass vor Erregung. Genau so war auch sein Vater gewesen, als er noch regelmäßig an den Jagden teilnahm. Er ging vorsichtig, den Blick fest auf das Wäldchen gerichtet, aber auch auf das Gestrüpp dahinter und den Waldrand ein paar hundert Meter weiter. Er war sich absolut im Klaren darüber, dass ein gut gezielter Schuss ihn mit einem Liebesnest belohnen würde, das sich der Kontrolle seiner Eltern entzog.

Ditlev hob die Hand und alle blieben stehen. Hjorths Hühnerhund jaulte und drehte sich vor Erregung um sich selbst, während dieser dicke Idiot von einem Herrchen versuchte, ihn zur Ordnung zu rufen. Wie nicht anders erwartet.

Dann flatterten im Gehölz die ersten Vögel hoch. Auf schnelle Schüsse folgte der dumpfe Aufschlag toter Körper auf die Erde. Hjorth konnte seinen Hund nicht länger bändigen. Als der Nachbar kommandierte:»Apportier!«, schoss er mit heraushängender Zunge davon. Im selben Moment erhoben sich Hunderte von Vögeln auf einmal, und die Jagdgesellschaft verfiel regelrecht in Raserei. Der Lärm der Schüsse und das Echo unten aus dem Walddickicht waren ohrenbetäubend.

Das war es, was Ditlev Pram liebte: Schüsse, pausenlos. Töten, pausenlos. Am Himmel flatternde Punkte, wie angehalten in einer Orgie von Farben. Das langsame Sinken der Vogelleiber. Den Eifer der Männer beim Nachladen der Gewehre. Er spürte die Frustration des jungen Saxenholdt neben sich, weil er nicht wie die anderen mit der Flinte schießen konnte. Sein Blick flackerte vom Gehölz zum Waldrand und über das flache, mit Gestrüpp bewachsene Terrain. Aus welcher Richtung kam seine Beute? Er wusste es nicht. Und je mehr der Blutrausch seine Jagdkollegen erfüllte, desto fester umklammerte er das Gewehr.

Jetzt ging Hjorths Hund einem der anderen Hunde an die Kehle. Der ließ seine Beute sofort fallen und zog sich winselnd zurück. Alle in der Jagdgesellschaft bekamen das mit, nur Hjorth nicht, der lud und schoss und lud und schoss.

Als der Hühnerhund zum dritten Mal mit der Beute zurückkam und wieder nach einem der anderen Hunde schnappte, nickte Ditlev Torsten zu, der den Hund schon beobachtete. In dem Tier vereinigte sich schiere Muskelmasse mit unkontrollierbarem Instinkt und schlechter Erziehung – für einen Jagdhund eine denkbar ungünstige Mischung.

Und es kam, wie Ditlev Pram es vorhergesehen hatte. Die anderen Hunde hatten Hjorths Hund durchschaut und ließen ihn nicht mehr an die Beute heran, wenn sie auf die Lichtung fiel. Da verschwand er in den Wald, um dort weiterzustöbern.

»Jetzt passt auf«, rief Ditlev Pram den beiden Gewehrschützen zu. »Denkt dran, es geht um eine vollständig einge-richtete Wohnung in Berlin.« Er lachte und feuerte mit seinem Schrotgewehr auf eine neue Schar Hühnervögel, die von der Remise aufwirbelte. »Der Beste bekommt die Beute ganz.«

Zu dem Zeitpunkt kam Hjorths Hund schon mit dem nächs-ten Vogel aus dem dunklen Unterholz. Da war von Torstens Gewehr ein einziger Schuss zu hören, und der Hund war ge-troffen, noch ehe er ins offene Terrain gelangte. Offenbar hat-ten nur Ditlev und Torsten gesehen, was dem Tier widerfuhr, denn die einzige Reaktion, die der Schuss in der Versammlung auslöste, war Saxenholdts schnelle Atmung und danach das Lachen der Übrigen mit Hjorth an der Spitze, weil sie glaubten, der Gewehrschuss sei ein Flop gewesen.

Denen würde das Lachen gleich vergehen, wenn Hjorth seinen Hund mit einem Loch im Schädel fand. Dann hatte er hoffentlich seine Lektion gelernt: Kein schlecht abgerichteter Hund auf ihrer Jagd, wenn Ditlev Pram das sagte.

In dem Augenblick, als sie aus dem Gestrüpp hinter dem kleinen Waldstück neue Geräusche hörten, nahm Ditlev Pram für einen Sekundenbruchteil Bent Krums Kopfschütteln wahr. Der Anwalt hatte also auch gesehen, dass Torsten den Hund getötet hatte.

»Ihr schießt nicht, ehe ihr nicht ganz sicher seid, ist das klar?«, sagte Pram leise zu den Männern an seiner Seite. »Die Treiber decken das gesamte Gebiet hinter dem Gehölz ab, des-halb vermute ich, dass das Tier dort unten aus dem Gestrüpp kommt.« Er deutete auf ein paar hohe Wacholderbüsche. »Zielt etwa einen Meter über der Erde direkt in die Mitte der Beute. Auf die Weise geht ein Fehlschuss in den Boden.«

»Was ist das da?«, flüsterte Saxenholdt und nickte zu einer Gruppe Bäume, die sich plötzlich zu bewegen schien. Man hör-te das Knacken von Reisig, erst leise, dann lauter, dann wurden die Rufe der Treiber hinter dem Tier immer aufgeregter.

Und dann sprang es.

Die Schüsse von Saxenholdt und Torsten fielen gleichzeitig. Die dunkle Silhouette kippte etwas zur Seite, machte dann aber doch noch einen linkischen Sprung vorwärts. Erst, als das Tier ganz ins Freie kam, sah man, was es war. Während Saxenholdt und Torsten zum zweiten Mal zielten und schossen, schrien die anderen Männer begeistert auf.

»Halt!«, rief Ditlev Pram, als der Strauß stehen blieb und sich einen Moment wie desorientiert umsah. Die Entfernung betrug noch hundert Meter. »Trefft ihn dieses Mal im Kopf«, rief er. »Jeder einen Schuss. Du zuerst, Saxenholdt.«

Alle Männer standen still, als er das Gewehr hob und mit angehaltenem Atem abdrückte. Der Schuss ging etwas zu niedrig ins Ziel und zerfetzte den Hals. Der Kopf des Tieres klappte nach hinten. Aber die Menge brüllte vor Begeisterung. Sogar Torsten machte mit. Was sollte er auch mit einer Dreizimmerwohnung in Berlin?

Ditlev Pram lächelte. Er hatte erwartet, dass der Strauß direkt zu Boden gehen würde, aber das kopflose Tier rannte noch einige Sekunden weiter, ehe der unebene Boden es zu Fall brachte. Dort lag es einen Augenblick und zitterte wie in Krämpfen, dann sackte es endgültig zusammen. Ein unvergleichliches Spektakel.

»Meine Fresse«, stöhnte der junge Saxenholdt, während die Jagdgesellschaft noch ein paar Salven auf die letzten Hühnervögel abschoss. »Das war ein Strauß. Ich hab einen Scheißstrauß geschossen. Wahnsinn. Heute Abend bei Victor geht die Post ab. Na, das wird aber Eindruck auf die Weiber machen! Und ich weiß auch schon genau, auf welche.«

Sie trafen sich alle drei in der Gaststube des Tranekær Kro und bekamen den Schnaps, den Ditlev Pram bestellt hatte. Es war nicht zu übersehen, wie sehr Torsten den brauchte.

»Was ist los, Torsten? Du siehst aus wie ausgeschissene Apfelgrütze«, sagte Ulrik und kippte den Jägermeister. »Bist du sauer, dass du nicht zum Schuss gekommen bist? Du hast doch schon mal einen verdammten Strauß geschossen.«

Torsten drehte sein Glas zwischen den Fingern. »Es geht um Kimmie. Jetzt ist es ernst.« Dann trank er.

Ulrik schenkte nach und prostete ihnen zu. »Aalbæk ist an der Sache dran. Bald haben wir sie, Torsten. Entspann dich.«

Torsten zog eine Packung Streichhölzer aus der Tasche und zündete die Kerze an, die auf dem Tisch stand. Nichts ist so trist wie eine Kerze ohne Flamme, sagte er gerne. »Ich hoffe, du stellst dir Kimmie nicht als kleine, gebeutelte Frau vor, die in dreckigen Lumpen durch die Straßen schlurft und eurem dämlichen Privatdetektiv einfach so ins Netz geht? Denn das wird sie nicht, Ulrik. Verdammt noch mal, wir reden hier von Kimmie. Ihr kennt sie doch. Die finden sie nicht, und das ist ein verdammtes Problem, begreift ihr das vielleicht endlich?«

Ditlev stellte das Glas ab und sah zu den Deckenbalken hinauf. »Was ist los?« Er hasste Torsten, wenn er so drauf war.

»Sie hat vor dem Modehaus eines unserer Models überfallen. Gestern. Hat stundenlang vor dem Gebäude gewartet. Achtzehn Zigarettenkippen lagen auf dem Gehweg. Was glaubt ihr, auf wen sie gewartet hat?«

»Was meinst du denn mit überfallen?« Ulrik wirkte besorgt.

Torsten schüttelte den Kopf. »Na, so schlimm war es nicht, nur ein einzelner Schlag, die Polizei wurde nicht eingeschaltet. Ich hab dem Mädel eine Woche freigegeben und zwei Wochenendtickets nach Krakau.«

»Bist du sicher, dass sie es war?«

»Ja. Ich hab dem Mädel ein altes Foto von Kimmie gezeigt.«

»Kein Zweifel?«

»Nein.« Jetzt wirkte Torsten verärgert.

»Es darf nicht so weit kommen, dass Kimmie am Ende von der Polizei aufgegriffen wird«, fuhr Ulrik fort.

»Zum Teufel, nein! Und sie darf uns auch auf keinen Fall noch mal so dicht auf die Pelle rücken. Die ist zu allem fähig, da bin ich sicher.«

»Glaubt ihr, dass sie noch Geld hat?«, fragte Ulrik. In dem Moment kam der Kellner herein und erkundigte sich nach ihren Wünschen. Es war noch immer sehr früh am Morgen und er wirkte schläfrig.

Ditlev nickte dem Mann zu. »Danke, nein, wir haben alles, was wir brauchen.«

Sie schwiegen, bis er den Raum mit einer Verbeugung verlassen hatte.

»Herrje, Ulrik, was glaubst du denn? Wie viel hat sie uns damals abgeknöpft? Knapp zwei Millionen. Und was meinst du, wie viel sie dort draußen auf der Straße braucht?« Torsten äffte ihn nach. »Nichts. Garantiert hat die Geld bis zum Abwinken, um sich zu kaufen, was sie will. Selbst Waffen. Das Angebot auf Kopenhagens Pflaster ist bekanntlich groß.«

Ulriks schwerer Körper zuckte zusammen. »Vielleicht sollten wir Aalbæks Truppe doch verstärken.«

10

»Was sagen Sie? Mit wem wollen Sie sprechen? Kriminalassistent el-Assad? Habe ich das richtig verstanden?« Konsterniert blickte Carl den Telefonhörer an. Kriminalassistent Assad? Das konnte man wahrhaftig eine Beförderung nennen.

Er stellte den Anruf durch und in der nächsten Sekunde klingelte Assads Telefon.

»Ja«, hörte er Assad in seinem Besenschrank sagen.

Carl runzelte die Stirn und schüttelte den Kopf. Kriminalassistent el-Assad. Ganz schön dreist, dieser Wüstensohn!

»Das war die Polizei in Holbæk. Sie haben den ganzen Morgen nach den Unterlagen zum Rørvig-Mord gesucht.« Assad kratzte sein Grübchen. Sie hatten jetzt zwei volle Tage die Akten studiert, und er war unrasiert und sah ziemlich müde aus. »Und weißt du, was sie gesagt haben? Sie haben sie nicht mehr. Die sind einfach weg. Vom Winde verweht.«

Carl seufzte. »Dann hat sie wohl jemand verschwinden lassen, oder? Vielleicht dieser Arne, der Martha Jørgensen die graue Mappe mit den Berichten über die Morde gegeben hat? Hast du gefragt, ob die Mappe grau war?«

Assad schüttelte den Kopf.

»Na ja, ist eigentlich auch egal. Der Mann, der die Akte mitgenommen hat, ist tot, hat Martha gesagt. Mit dem können wir sowieso nicht mehr reden.« Carl kniff die Augen zusammen. »Und dann ist da noch etwas, Assad, was ich geklärt haben will: Sei doch so gut und sag mir, wann du zum Kriminalassistenten ernannt worden bist. Ich glaube, du solltest dich wirklich in Acht nehmen, wenn du dich als Polizeibeamter ausgibst. Es gibt einen Gesetzesparagraphen, nach dem das richtig streng geahndet wird. Paragraph 131, falls du es genau wissen willst. Du riskierst sechs Monate Knast.«

Assad zuckte leicht. »Kriminalassistent?«, sagte er, hielt eine Sekunde die Luft an und fasste sich an die Brust, als wollte er die Unschuld schützen, die in diesem Moment angegriffen wurde. Seit der Reaktion des Staatsministers auf Medienspekulationen über indirektes Mitwirken dänischer Soldaten an Folterungen in Afghanistan hatte Carl keine ähnliche Entrüstung mehr gesehen.

»Niemals im Leben käme mir das in den Sinn«, sagte Assad. »Ganz im Gegenteil. Ich habe gesagt, dass ich Kriminalassistent-Assistent bin. Die Leute hören nicht richtig zu, Carl.« Er streckte beide Hände vor. »Ist das meine Schuld?«

Kriminalassistent-Assistent! Herr im Himmel! Das waren genau die Dinge, von denen man Magengeschwüre bekam.

»Es wäre korrekter, wenn du dich Vizekriminalkommissar-
assistent nennen würdest. Oder noch besser Vizepolizeikommissarassistent. Aber wenn du den Titel unbedingt benutzen
willst, mir soll es recht sein. Hauptsache, du sagst das extrem
deutlich, ist das klar? Und dann kannst du jetzt in die Fahrbereitschaft gehen und unsere wunderbare Klapperkiste start-
klar machen. Wir müssen nämlich nach Rørvig.«

Das Sommerhaus lag inmitten einer Gruppe Kiefern. Mit den
Jahren schien es sich in den Sand gefressen zu haben. So wie
die Fenster aussahen, war das Haus seit den Morden nicht
mehr genutzt worden. Große, undurchsichtige Flächen zwischen morschem Gebälk. Ziemlich trostlos, das Ganze.

Sie sahen den Reifenspuren nach, die sich an den Sommer-
hausern vorbeischlangelten. Natürlich war so spät im September weit und breit keine Menschenseele zu sehen.

Assad schirmte die Augen mit den Händen ab, als er versuchte, durch das größte der Fenster ins Haus zu schauen. Aber
er konnte nichts erkennen.

»Komm, Assad«, sagte Carl. »Der Schlüssel soll hier auf der
anderen Seite hängen.«

Er schaute unter den Dachüberstand auf der Rückseite des
Hauses. Seit zwanzig Jahren hing der Schlüssel dort, für jedermann sichtbar. Direkt über dem Küchenfenster an einem
rostigen Nagel, genau wie Martha Jørgensens Freundin Yvette
es ihm beschrieben hatte. Aber wer hätte ihn auch wegnehmen
sollen? Bei der düsteren Ausstrahlung des Hauses hatte vermutlich niemand Lust, es zu betreten. Und die Diebe, die jedes
Jahr außerhalb der Saison die Sommerhäuser heimsuchten,
konnten auch auf den ersten Blick erkennen, dass hier nichts
zu holen war.

Carl streckte sich nach dem Schlüssel und schloss auf. Erstaunlich, wie leicht das alte Schloss nachgab und wie problemlos die Tür aufging.

Er steckte den Kopf ins Haus und hatte sofort den Geruch von schlechten Zeiten in der Nase. Es roch nach Vernachlässigung, feucht und muffig. Ein Geruch, wie er manchmal in den Schlafzimmern alter Menschen hängt.

Er suchte in dem kleinen Flur nach dem Lichtschalter. Aber der Strom war abgestellt.

»Hier«, sagte Assad und hielt Carl eine Halogentaschenlampe vor die Nase.

»Steck die wieder ein, Assad. Die brauchen wir nicht.«

Aber Assad war schon in die Vergangenheit eingetaucht. Der Lichtkegel flackerte über eierschalenfarbene Klappbänke und Küchenutensilien aus blauem Emaille.

Durch die verstaubten Scheiben drang das Sonnenlicht nur gedämpft, aber doch immerhin so, dass es nicht ganz dunkel war. Das Wohnzimmer offenbarte sich als Nachtszene aus einem uralten Schwarz-Weiß-Film. Großer Kamin aus Feldsteinen. Breite Holzbohlen. Schwedische Flickenteppiche kreuz und quer. Ein Trivial-Pursuit-Spiel, das immer noch auf dem Fußboden lag.

»Genau wie es im Bericht steht«, sagte Assad und stieß mit dem Fuß leicht an den Spielekarton. Der war früher offenbar mal marineblau gewesen, jetzt war er schwarz. Das Spielbrett war nicht ganz so schmutzig, aber fast. Dasselbe galt für die beiden Spielsteine, die noch immer darauf lagen. Sie waren während des Kampfes von ihren Feldern gerutscht, aber bestimmt nicht sehr weit. Der hellrote Spielstein hatte vier Tortenstücke, der braune keine. Carl tippte darauf, dass der hellrote mit den Tortenstücken für vier richtige Antworten dem Mädchen gehört hatte. Sie dürfte an dem Tag um einiges klarer im Kopf gewesen sein als ihr Bruder, der offenbar ziemlich viel Cognac getrunken hatte. Das jedenfalls deutete der Obduktionsbericht an.

»Dann stehen sie hier also seit 1987 so. Ist das Spiel wirklich so alt, Carl? Das begreife ich nicht.«

»Vielleicht sind ein paar Jahre vergangen, bevor es bis nach Syrien kam, Assad. Kann man es dort überhaupt kaufen?«

Er registrierte, wie still Assad wurde. Dann wandte er sich den beiden Kästen mit den Fragekarten zu. Vor jedem lag eine einzelne Karte. Das waren also die letzten Fragen, zu denen die Geschwister in ihrem Leben Stellung beziehen sollten. Eigentlich ziemlich traurig, wenn man darüber nachdachte.

Er ließ den Blick über den Fußboden wandern. Dort, wo man das Mädchen gefunden hatte, waren noch dunkle Flecken zu sehen. Das war eindeutig Blut, genau wie die dunklen Flecken auf dem Spielbrett. An einigen Stellen waren noch Spuren der Kreise zu erkennen, die die Techniker um die Fingerabdrücke gezogen hatten, aber die Nummern waren verschwunden. Das Pulver der Fingerabdruckexperten konnte man auch nur noch erahnen, kein Wunder.

»Die haben nichts gefunden«, sagte Carl laut zu sich selbst.

»Was?«

»Die haben keine Fingerabdrücke gefunden, die sie den Geschwistern oder ihrem Vater oder ihrer Mutter hätten zuordnen können.« Wieder blickte er auf das Spiel. »Eigenartig, dass das Spiel hier noch steht. Ich hätte doch geglaubt, dass es die Techniker zur näheren Untersuchung mitgenommen haben.«

»Ja.« Assad nickte und tippte sich an den Kopf. »Gut, dass du es sagst, Carl. Jetzt fällt es mir wieder ein. Das Spiel wurde sogar in der Verhandlung gegen Bjarne Thøgersen vorgelegt. Sie haben es also tatsächlich mitgenommen.«

Beide starrten auf das Spiel, das hier eigentlich nichts zu suchen hatte.

Carl runzelte die Stirn. Dann holte er sein Handy aus der Tasche und rief im Präsidium an.

Lis war nicht gerade begeistert. »Uns wurde ausdrücklich gesagt, dass wir dir nicht länger zur Verfügung stehen, Carl. Ist dir überhaupt bewusst, wie viel wir hier zu tun haben? Hast du schon mal was von der Polizeireform gehört, Carl? Sonst will ich deine Erinnerung gerne auffrischen. Und jetzt nimmst du uns auch noch Rose weg.«

Die konnten sie verdammt noch mal gerne behalten, falls ihnen das weiterhalf.

»Hallo! Mach mal Pause! Ich bin es, Carl. Ganz ruhig, ja?«

»Du hast jetzt doch deinen eigenen kleinen Kuli bekommen. Dann sprich auch mit ihr. Einen Augenblick bitte.«

Er sah verstört auf das Handy und hob es erst wieder ans Ohr, als eine unverkennbare Stimme daraus zu hören war.

»Ja, Chef. Womit kann ich dienen?«

Er runzelte die Stirn. »Und wer ist da? Rose Knudsen?«

Das heisere Lachen, das jetzt aus dem Telefon schallte, konnte einen mit leiser Sorge in die Zukunft blicken lassen.

Er bat sie, herauszufinden, ob irgendwo ein blaues Trivial-Pursuit-Spiel zusammen mit den übrigen Sachen vom Rørvig-Mord lagerte. Und nein, er hatte keine Ahnung, wo sie suchen sollte. Und ja, es gab viele Möglichkeiten. Wo sie zuerst nachfragen sollte? Das würde sie schon selbst herausfinden. Hauptsache, es passierte ruckzuck.

»Wer war das?«, fragte Assad.

»Das war deine Konkurrentin, Assad. Pass nur auf, dass sie dich nicht zurück in die Ecke zu den grünen Gummihandschuhen und dem Putzeimer drängt.«

Aber Assad hörte nicht zu. Er hockte schon wieder vor dem Spielbrett und betrachtete die Blutspritzer.

»Carl, ist es nicht eigenartig, dass auf dem Spiel nicht mehr Blut ist? Die haben sie doch genau dort totgeschlagen.« Er deutete auf den Fleck auf dem Fußboden neben sich.

Carl hatte die Fotografien des Tatortes und der Leichen vor Augen. »Ja«, sagte er und nickte, »ja, da hast du recht.«

Für die vielen Schläge, die sie erlitten, und das viele Blut, das sie verloren hatte, war tatsächlich extrem wenig Blut auf dem Spielbrett. So ein Mist, dass sie die Akte nicht mitgenommen hatten, dann hätten sie die Fotos vom Fundort mit der Szenerie hier vergleichen können.

»Wenn ich mich richtig erinnere, war auf dem Brett sehr viel Blut«, sagte Assad und deutete auf das gelbe Mittelfeld des Spielbretts.

Carl ging neben ihm in die Hocke. Vorsichtig schob er einen Finger unter das Brett und hob es an. Richtig. Es war ein bisschen verschoben. Mehrere Blutspritzer hatten sich ein paar Zentimeter unter dem Spielbrett auf dem Fußboden abgesetzt. Gegen jede Logik.

»Assad, das ist nicht dasselbe Spiel.«

»Nein, das ist es wohl nicht.«

Vorsichtig ließ Carl das Spielbrett wieder auf den Fußboden gleiten. Dann griff er nach der Spieleschachtel mit den schwachen Spuren des vermeintlichen Fingerabdruckpulvers. Eine glatte Schachtel. Zwanzig Jahre waren vergangen. Das Pulver konnte alles Mögliche sein. Kartoffelmehl, sogar richtiges Bleiweiß. Was auch immer.

»Wer mag bloß dieses Spiel hierhergestellt haben?«, fragte Assad. »Kennst du das Spiel, Carl?«

Carl antwortete nicht.

Er betrachtete die Regale, die ringsum an den Wänden unter der Decke angebracht waren. Hier offenbarte sich eine Zeit, da Eiffeltürme aus Nickel und Bierkrüge mit Zinndeckeln aus Bayern noch übliche Reisemitbringsel waren. Mindestens hundert Souvenirs auf den Regalen zeugten von einer Familie mit Wohnwagen, die den Brennerpass und die dunklen Wälder des Harzes gut kannte. Carl sah seinen Vater vor sich. Der würde in nostalgischen Erinnerungen schwelgen.

»Wonach hältst du Ausschau, Carl?«

»Das weiß ich nicht.« Er schüttelte den Kopf. »Aber irgendetwas sagt mir, dass wir die Augen gut aufhalten sollten. Kannst du bitte mal das Fenster aufmachen, Assad? Wir brauchen mehr Licht.«

Carl stand auf und prüfte den gesamten Fußboden noch einmal. Mit einer Hand tastete er nach der Zigarettenpackung in seiner Brusttasche. Assad klopfte gegen den Fensterrahmen.

Bis auf das Spiel, das offenbar nicht das Original war, und natürlich die Leichen, die abtransportiert waren, schien alles so wie damals.

Als Carl sich die Zigarette anzündete, klingelte sein Handy. Rose war dran.

Das Spiel stand in Holbæk unten im Archiv, sagte sie. Die Akten waren verschwunden, aber das Spiel war noch da.

Ein vollständig hoffnungsloser Fall war sie also nicht.

»Ruf noch mal an«, sagte Carl und machte einen tiefen Lungenzug. »Frag sie nach den Spielsteinen und den Käseecken.«

»Den Käseecken?«

»Ja, so nennt man diese kleinen Dinger, die man für eine richtige Antwort bekommt. Oder Tortenstücke. Frag einfach, welche Tortenstücke in jedem Spielstein stecken. Und notiere dir, welche es sind, und zwar für jeden Spielstein.«

»Tortenstücke?«

»Zum Teufel, ja! Die heißen so. Käseecken oder Tortenstücke, das kommt aufs selbe raus. Solche kleinen Dreiecke. Hast du nie Trivial Pursuit gespielt?«

Hier lachte sie wieder dieses unheilschwangere Lachen. »Trivial Pursuit? Heute heißt das Bezzerwizzer, du Opa!«

Eine Liebesbeziehung würde sich zwischen ihnen mit Sicherheit nicht entspinnen.

Er zog noch einmal an der Zigarette, um seinen Puls zu beruhigen. Vielleicht konnte er Rose gegen Lis austauschen. Würde Lis nicht gern die Geschwindigkeit drosseln? Jedenfalls würde sie sich bei ihnen unten neben den Fotos von Assads Tanten richtig gut machen. Ob mit oder ohne Punkerfrisur.

Genau in diesem Moment war ein ganzes Spektrum deprimierender Geräusche zu hören. Splitterndes Holz und Glas, das zu Bruch ging, gefolgt von Assads fremdartigen Lauten.

Mit Nachmittagsgebeten hatte das garantiert nichts zu tun. Dafür hatte die Pulverisierung des Fensters einen geradezu überwältigenden Effekt, denn das Licht strömte jetzt bis in den letzten Winkel. Ohne Zweifel hatten die Spinnen in diesem Haus goldene Tage verlebt. Wie Girlanden hingen Spinnweben von der Decke, und der Staub lag so dick auf den Souvenirs, dass alle Farben zu einer einzigen geworden waren.

Carl und Assad gingen die Ereignisse durch, wie sie sie den Berichten entnommen hatten.

Jemand war in den frühen Nachmittagsstunden durch die offene Küchentür eingedrungen und hatte den Jungen mit einem einzigen Hammerschlag getötet. Den Hammer fand man später einige hundert Meter entfernt. Der Junge hatte aller Wahrscheinlichkeit nach nichts davon mitbekommen. Auf der Stelle tot, bestätigten sowohl der Bericht von der Leichenschau als auch der Obduktionsbericht. Sein verkrampfter Griff um die Cognacflasche bezeugte das.

Das Mädchen hatte wohl aufspringen wollen, aber das Überfallkommando war sofort über sie hergefallen. Danach hatten die sie zu Tode geprügelt, und zwar genau dort, wo der dunkle Fleck auf dem Teppich war und man Reste der Gehirnmasse, Speichel, Urin und Blut der Ermordeten gefunden hatte.

Danach, so wurde vermutet, hatten die Mörder dem jungen Mann die Badehose ausgezogen, um ihn zu demütigen. Die Hose wurde aber nie gefunden. Ob die Schwester im Bikini und ihr Bruder nackt zusammen Trivial Pursuit gespielt hätten, wurde von den Ermittlern nie weiter hinterfragt. Ein inzestuöses Verhältnis war völlig undenkbar. Beide hatten sie Beziehungen und lebten ansonsten harmonisch in der Familie.

Seine Freundin und ihr Freund hatten in der Nacht vor dem Überfall bei den Geschwistern im Sommerhaus übernachtet. Am nächsten Morgen waren sie nach Holbæk gefahren und zur Schule gegangen. Sie hatten ein Alibi und waren über das Verbrechen aufrichtig erschüttert.

Da klingelte wieder das Handy. Carl sah die Nummer im Display und zog schon im Voraus zur Besänftigung an seiner Zigarette.

»Ja, Rose?«, sagte er.

»Die fanden die Frage nach Tortenstücken und Käseecken komisch.«

»Und?«

»Und dann mussten sie ja doch ran, oder?«

»Und?«

»Hellrot hat vier Käseecken. Eine gelbe, eine hellrote, eine grüne und eine blaue.«

Carl sah auf das Spiel, das vor ihm lag. Es stimmte. So war das hier auch.

»Blau, gelb, grün und orange, die Spielsteine waren nicht benutzt. Die lagen mit den restlichen Käseecken im Kasten. Sie waren leer.«

»Und was war mit dem Braunen?«

»Und im braunen Spielstein lagen eine braune und eine hellrote Käseecke. Alles klar?«

Carl antwortete nicht. Er sah nur auf den leeren braunen Spielstein, der auf dem Spielbrett lag. Sehr, sehr merkwürdig.

»Danke, Rose«, sagte er. »Ausgezeichnet.«

»Und, Carl, was hat sie gesagt?«, fragte Assad.

»Im braunen Spielstein sollten eigentlich ein braunes und ein hellrotes Dingens liegen, Assad. Aber der hier, der ist leer.«

Sie starrten alle beide auf den leeren braunen Spielstein.

»Sollen wir vielleicht nach den beiden fehlenden Dingern suchen?« Assad war bereits abgetaucht und sah unter den Eichenschrank an der Wand.

Carl zog noch einmal heftig an seiner Zigarette. Warum hatte jemand als Ersatz für das Original dieses Trivial-Pursuit-Spiel hier auf den Fußboden gelegt? Dass etwas nicht stimmte, war offenkundig. Und warum ließ sich das Schloss der Küchentür so leicht öffnen? Warum hatte man ihnen überhaupt diesen Fall auf den Schreibtisch gelegt? Wer steckte dahinter?

»Die haben hier im Sommerhaus sogar Weihnachten gefeiert. Das muss aber kalt gewesen sein.« Assad zog einen Christbaumschmuck unter dem Schrank hervor, ein geflochtenes Herz.

Carl nickte. Kälter, als es sich jetzt anfühlte, konnte es unmöglich gewesen sein. Alles hier atmete Vergangenheit und Unglück. Wer war überhaupt aus der Zeit noch übrig? Eine alte Frau, die bald an einem Tumor im Gehirn sterben würde. Sonst noch jemand?

Er sah hinüber zu den drei Türen, die zu den Schlafzimmern führten. Vater, Mutter, Kinder. Ein Zimmer nach dem anderen nahm er sich vor. Wie erwartet Kiefernholzbetten und kleine Nachttische, auf denen irgendetwas lag, was Reste von kariertem Stoff sein konnten. An den Wänden des Mädchenzimmers hingen Poster von Duran Duran und Wham, bei dem Jungen Suzy Quattro in hautengem schwarzem Leder. Auf den Laken dort drinnen war die Zukunft hell und unendlich gewesen. Und hier im Wohnzimmer hatte man sie ihnen brutal entrissen. Damit lag die Achse, um die sich das Leben drehte, genau dort, wo er, Carl, gerade stand.

Auf der Schwelle zwischen dem, was man sich erhoffte, und dem, was man bekam.

»Carl, im Küchenschrank steht immer noch Schnaps«, rief Assad aus der Küche. Diebe waren also nicht im Haus gewesen.

Als sie hinausgingen und das Haus von draußen betrachteten, packte Carl eine seltsame Unruhe. Dieser Fall war, als wollte man nach Quecksilber greifen. Beim Berühren giftig und unmöglich festzuhalten. Zugleich flüchtig und konkret. Die vielen Jahre, die vergangen waren. Der Mann, der sich gestellt hatte. Die Clique aus dem Internat, die jetzt zur Spitze der Gesellschaft gehörte.

Woran konnten sie sich festhalten?, fragte er sich. Und warum überhaupt weitermachen? Er wandte sich an seinen Partner. »Assad«, sagte er, »ich glaube, wir lassen den Fall auf sich beruhen. Komm, lass uns nach Hause fahren.«

Er trat nach einem Grasbüschel und zog die Autoschlüssel aus der Tasche. Der Fall war erledigt, sollte das heißen. Aber Assad reagierte nicht. Er stand einfach da und betrachtete das zerbrochene Wohnzimmerfenster, als hätte er den verborgenen Zugang zu einem Heiligtum gefunden.

»Ich weiß nicht, Carl«, sagte er. »Wir sind doch die Einzigen, die jetzt noch etwas für die Ermordeten tun können. Oder?«

Das klang ja gerade so, als könnte Assad, dieses kleine Wesen aus dem Nahen Osten, eine Rettungsleine in die Vergangenheit ausrollen.

Doch Carl nickte. »Ich glaube nicht, dass wir hier auf dem Grundstück weiterkommen, aber lass uns doch ein Stück die Straße hinaufgehen«, sagte er und zündete sich eine neue Zigarette an. Frische Luft, durch eine Zigarette eingeatmet, war einfach das Beste.

Sie gingen ein paar Minuten in mildem Gegenwind, der spätsommerliche Düfte mit sich führte. Schließlich gelangten sie zu einem Sommerhaus, wo Geräusche deutlich zu erkennen gaben, dass sich noch nicht alle Pensionäre in ihr Winterquartier zurückgezogen hatten.

»Ja, im Moment sind nicht so viele Leute hier draußen, aber es ist ja auch erst Freitag.« Den rotbackigen Mann, der seinen Gürtel knapp unter der Brust trug, hatten sie hinter seinem Haus aufgespürt. »Kommen Sie nur morgen wieder. Samstags und sonntags wimmelt es hier von Menschen, und zwar noch mindestens einen Monat.«

Als er Carls Polizeimarke zu sehen bekam, war er gar nicht mehr zu stoppen. Alle Themen mussten sie sich anhören, vorgebracht in einem einzigen langen Satz. Diebstahl, ertrunkene Deutsche, Temposünder unten bei Vig.

Als hätte der Mann jahrelang in einem Robinson-Crusoe-artigen Zustand gelebt, dachte Carl. Totaler Mangel an Kommunikation.

In dem Moment packte Assad den Mann am Arm. »Waren Sie das, der weiter unten an der Straße die beiden Kinder umgebracht hat?«

Der Mann war alt. Seine Atmung stockte urplötzlich. Er hörte auf zu blinzeln, und die Augen verloren ihren Glanz wie bei einem Toten, der Mund stand offen und die Lippen verfärbten sich blau. Es gelang ihm nicht einmal mehr, die Hände zum Brustkorb zu heben. Er taumelte einfach rückwärts, sodass Carl einen Satz machte und ihn festhielt.

»Herr im Himmel, Assad, was machst du da!« Carl löste den Gürtel des Mannes und öffnete den Kragenknopf.

Zehn Minuten vergingen, bevor der Alte wieder richtig zu sich kam. Seine Frau war aus der Küche angerannt gekommen, sie sprach die ganze Zeit über kein Wort. Das waren zehn sehr lange Minuten.

»Entschuldigen Sie meinen Partner bitte vielmals«, sagte Carl zu dem geschockten Mann. »Er ist im Rahmen eines irakisch-dänischen Polizeiaustauschprogramms hier und beherrscht im Dänischen noch nicht alle Zwischentöne. Manchmal kollidieren seine und meine Methoden etwas.«

Assad sagte nichts. Vielleicht hatte ihn das Wort kollidieren schachmatt gesetzt.

»Ich erinnere mich gut an den Fall«, sagte der Mann schließlich, nachdem ihn seine Frau in den Arm genommen und mehrmals kräftig gedrückt und er drei Minuten lang tief ein- und ausgeatmet hatte. »Eine schreckliche Geschichte. Aber wenn Sie jemanden fragen wollen, dann Valdemar Florin. Er wohnt hier am Flyndersøvej. Nur fünfzig Meter weiter rechts. Nicht zu verfehlen.«

»Warum hast du das von der irakischen Polizei gesagt, Carl?«, fragte Assad und kickte einen Stein in Richtung Meer.

Carl ignorierte ihn und schaute stattdessen zu Valdemar Florins Residenz hinauf, die auf dem Hügel thronte. Damals in den Achtzigern war dieser Bungalow laufend in der Regenbogenpresse zu sehen gewesen. Hierher kam der Jetset, um sich zu amüsieren. Bei legendären Partys ohne jedes Maß. Es kursierten Gerüchte, dass man sich Florin zum Todfeind fürs Leben machte, wenn man es ihm und seinen Festen gleichtun wollte.

Valdemar Florin war schon immer für seine Kompromisslosigkeit bekannt gewesen. Oft hatte er sich am Rand der Legalität bewegt, aber aus unerfindlichen Gründen wurde er nie bei einer Gesetzesübertretung erwischt. Ein paar Anzeigen und Schadensersatzklagen wegen sexueller Übergriffe gegen junge weibliche Angestellte, das war alles. Als Geschäftsmann war Florin ein Tausendsassa. Liegenschaften, Waffensysteme, gigantische Lebensmittellieferungen in Katastrophengebiete, schnelle Einsätze auf dem Ölmarkt in Rotterdam; er konnte einfach alles.

Jetzt war das nur noch Geschichte. Als seine Frau sich das Leben nahm, rückten die Schönen und Reichen auf einmal in unerreichbare Ferne für Valdemar Florin. Von einem Tag zum anderen wurden seine Häuser in Rørvig und Vedbæk zu Festungen, die niemand mehr besuchen mochte. Dass er auf sehr junge Mädchen stand und damit seine Frau in den Tod getrieben hatte, war allgemein bekannt. So etwas vergab man nicht, auch nicht in diesen Kreisen.

»Warum, Carl?«, versuchte es Assad erneut. »Warum hast du das von der irakischen Polizei gesagt?«

Carl sah seinen kleinen Partner an. Die Wangen waren unter der braunen Haut ganz rot geworden. Ob vor Entrüstung oder wegen der frischen Brise vom Kattegatt, war ungewiss.

»Assad, du darfst niemals jemanden mit einer solchen Frage

unter Druck setzen. Wie konntest du dem alten Mann etwas unterstellen, das er ganz offensichtlich nicht getan hat? Was sollte das bringen?«

»Das hast du selbst schon mal gemacht.«

»Sollen wir das jetzt nicht auf sich beruhen lassen?«

»Und was war das mit der irakischen Polizei?«

»Vergiss es, Assad. Aus der Luft gegriffen«, antwortete Carl. Aber als sie in Valdemar Florins Wohnzimmer geführt wurden, spürte er Assads Blick im Rücken und notierte es sich in seinem Langzeitgedächtnis.

Valdemar Florin saß vor dem Panoramafenster, von dem aus man nicht nur die Straße überblicken konnte, sondern die ganze weite Bucht von Heselø. Hinter ihm öffneten sich vier verglaste Doppeltüren zur Sandsteinterrasse und dem Swimmingpool mitten im Garten, der an ein ausgetrocknetes Wasserloch in der Wüste erinnerte. Einst hatte das Leben hier nur so gebrummt. Selbst Mitglieder des Königshauses hatten hier verkehrt.

Florin las in aller Ruhe weiter in seinem Buch. Die Beine hatte er auf einen Hocker gelegt, im Kamin brannte ein Feuer, neben ihm auf dem Marmortisch stand ein Drink. Alles wirkte sehr harmonisch – wenn man von den vielen Buchseiten absah, die auf dem Teppich verstreut herumlagen.

Carl räusperte sich ein paar Mal, aber der Blick des alten Finanzhais blieb fest auf die Seite des Buchs gerichtet. Er sah seine Besucher erst an, als er die nächste Seite aus dem Buch gerissen und auf den Fußboden geworfen hatte.

»So weiß man immer, wie weit man gekommen ist«, sagte er. »Mit wem hat man die Ehre?«

Assads Augenbrauen vibrierten förmlich. Es gab immer wieder Redensarten, die er nicht ohne weiteres verstand.

Als Carl seine Polizeimarke zeigte und erklärte, dass sie von der Kopenhagener Polizei seien, verschwand Valdemar

Florins Lächeln. Und als Carl ihn darüber informierte, was sie herführte, bat Florin ihn zu verschwinden.

Er war wohl um die fünfundsiebzig. Immer noch dasselbe dünne, überlegene Wiesel, das die Leute wegbiss. Hinter seinen hellen Augen lauerte latent diese leicht reizbare Bissigkeit, die förmlich darauf brannte, zum Zug zu kommen. Man musste nur ein bisschen locken, dann brach sie hervor.

»Ja, wir kommen unangemeldet, Herr Florin, und wenn Sie möchten, dass wir gehen, dann tun wir das natürlich. Ich hege großen Respekt für Sie, und deshalb will ich selbstverständlich tun, was Sie wollen. Ich kann auch morgen früh kommen, wenn Ihnen das angenehmer ist.«

Irgendwo hinter dem Panzer entzündete diese Reaktion etwas. Carl hatte ihm sofort gegeben, was alle Menschen wollen: Respekt. Auf Zärtlichkeiten, Schmeicheleien und Geschenke konnte man getrost verzichten. Nicht aber auf Respekt. Bringe deinen Mitmenschen Respekt entgegen, dann tanzen sie, hatte sein Lehrer auf der Polizeischule ihm beigebracht. Es war so verdammt richtig.

»Schöne Worte, auf die ich nicht hereinfalle«, sagte der Mann. Aber er tat es doch.

»Dürfen wir uns setzen, Herr Florin? Nur fünf Minuten.«

»Und es geht um was?«

»Glauben Sie, dass Bjarne Thøgersen 1987 die Geschwister Jørgensen allein umgebracht hat? Ich muss Ihnen sagen, dass es jemanden gibt, der etwas anderes behauptet. Ihr Sohn steht nicht unter Verdacht, aber einer seiner Freunde könnte es sein.«

Florin öffnete den Mund mit einer Miene, als wollte er fluchen. Aber stattdessen warf er die Reste des Buchs auf den Tisch.

»Helen«, rief er dann über die Schulter. »Bring noch einen Drink.« Und ohne ihnen eine anzubieten, zündete er sich eine ägyptische Zigarette an.

»Wer? Wer behauptet das?« Eine merkwürdige Form von

Bereitschaft klang in seiner Stimme mit, so als lauere er auf etwas.

»Das können wir leider nicht sagen. Aber dass Bjarne Thøgersen die Morde nicht allein begangen hat, ist schon ziemlich klar.«

»Ach, dieser kleine Versager«, höhnte Florin. Aber weiter ging er nicht.

Eine junge Frau um die zwanzig, gekleidet in Schwarz, mit weißer Schürze, kam und schenkte ihm routiniert Whisky und Wasser ein. Carl und Assad würdigte sie keines Blickes.

Als sie an Florin vorbeiging, fuhr sie ihm mit der Hand durch das schüttere Haar. Gut dressiert.

»Also, ganz ehrlich«, sagte Florin und nippte an seinem Drink. »Ich würde ja gern behilflich sein, aber das ist so lange her. Es ist besser, die Angelegenheit ruhen zu lassen, glaube ich.«

»Kannten Sie die Freunde Ihres Sohnes, Herr Florin?«, fragte Carl unbeeindruckt.

Er lächelte nachsichtig. »Sie sind noch so jung. Aber ich will Ihnen verraten, dass ich damals vielbeschäftigt war, falls Sie das nicht wissen sollten. Deshalb – nein. Ich kannte sie nicht. Das waren nur ein paar Kinder, die Torsten im Internat kennengelernt hatte.«

»Hat Sie damals der Verdacht erstaunt, der gegen die Clique ausgesprochen wurde? Ich meine, das waren doch aufgeweckte junge Menschen, nicht wahr? Alle aus bestem Elternhaus.«

»Ich weiß wirklich nicht, wen was erstaunt hat und wen nicht.« Über den Rand des Glases hinweg betrachtete Florin Carl mit leicht zusammengekniffenen Augen. Diese Augen hatten viel gesehen. Durchaus unerfreulichere Herausforderungen als einen Carl Mørck.

Dann setzte er das Glas ab. »Aber 1987, im Zuge der Ermittlungen damals, da traten ein paar von ihnen doch deutlicher hervor.«

»Was meinen Sie damit?«

»Ja, ich und mein Anwalt, wir sorgten natürlich dafür, dass wir auf der Polizeiwache in Holbæk anwesend waren, als die jungen Menschen verhört wurden. Mein Anwalt war für alle sechs in der ganzen Zeit der Rechtsbeistand.«

»Bent Krum, nicht wahr?«

Die Frage kam von Assad, aber Valdemar Florin behandelte ihn weiterhin wie Luft.

Carl nickte Assad zu. Diese Information hatte sicherlich gesessen. »Traten deutlicher hervor, sagten Sie. Wer, fanden Sie, trat bei den Verhören deutlicher hervor?«, hakte er nach.

»Vielleicht sollten Sie lieber gleich Bent Krum anrufen und ihn direkt fragen, wenn Sie ihn doch kennen. Sein Gedächtnis ist noch immer fabelhaft, habe ich mir sagen lassen.«

»Aha. Und wer sagt das?«

»Er ist noch immer der Rechtsanwalt meines Sohnes. Ja, und der von Ditlev und Ulrik.«

»Sagten Sie nicht, die jungen Menschen seien Ihnen nicht bekannt gewesen, Herr Florin? Und dennoch sprechen Sie von Ditlev Pram und Ulrik Dybbøl Jensen in einer Weise, dass man etwas anderes glauben möchte.«

Er schüttelte ganz leicht den Kopf. »Ich kannte Ihre Väter, das ist alles.«

»Und die Väter von Kristian Wolf und Kirsten-Marie Lassen, kannten Sie die auch?«

»Kaum.«

»Und den Vater von Bjarne Thøgersen?«

»Ein kleiner Mann. Keine Ahnung.«

»Er betrieb eine Holzhandlung in Nordseeland«, warf Assad ein.

Carl nickte. Daran konnte er sich auch erinnern.

»Hören Sie zu«, sagte Valdemar Florin und starrte durch das Glasdach in den klaren blauen Himmel. »Kristian Wolf lebt nicht mehr. Kimmie ist verschwunden, und zwar seit vielen Jahren. Mein Sohn sagt, sie wandere mit einem Koffer durch die Straßen von Kopenhagen. Bjarne Thøgersen sitzt im Gefängnis. Wovon zum Teufel reden wir hier?«

»Kimmie? Kirsten-Marie Lassen, meinen Sie die? Wurde die so genannt?«

Florin antwortete nicht. Nippte noch einmal an dem Drink und griff sich dann sein Buch. Die Audienz war beendet.

Als sie das Haus verließen, konnten sie durch die verglaste Veranda sehen, wie er das Buch auf den Tisch warf und nach dem Telefonhörer griff. Er schien wütend zu sein. Vielleicht warnte er den Anwalt, dass sie bei ihm auftauchen könnten. Vielleicht rief er bei der Securitas an, um sich nach einem Warnsystem zu erkundigen, das solche Besucher schon an der Gartenpforte abwies.

»Carl, der wusste alles Mögliche«, sagte Assad.

»Ja, mag sein. Bei der Sorte weiß man nie. Die haben ihr Leben lang geübt, auf ihre Worte zu achten. Aber hast du gewusst, dass Kimmie auf der Straße lebt?«

»Nein, das steht nirgends.«

»Die müssen wir finden.«

»Ja. Aber zuerst können wir doch mit den anderen sprechen.«

»Vielleicht.« Carl blickte über das Wasser. Selbstverständlich würden sie mit allen reden. »Aber wenn eine Frau wie Kimmie Lassen ihrem reichen Elternhaus den Rücken kehrt und auf der Straße lebt, dann nicht ohne guten Grund. Solche Menschen können ungewöhnlich starke Verletzungen davongetragen haben. In die Wunde zu stechen, Assad, das kann nützlich sein. Deshalb müssen wir sie finden.«

Als sie in die Nähe des Autos kamen, das sie beim Sommerhaus geparkt hatten, blieb Assad kurz stehen. »Carl, das mit dem Trivial-Pursuit-Spiel verstehe ich nicht.«

Zwei Seelen, ein Gedanke, dachte Carl und sagte: »Wir machen noch eine Runde durchs Haus, Assad. Das wollte ich ohnehin gerade vorschlagen. Wir müssen auf jeden Fall das Spiel mitnehmen und auf Fingerabdrücke untersuchen lassen.«

Dieses Mal durchsuchten sie alles. Die Nebengebäude, den verwilderten Rasen hinter dem Haus, den Verschlag für die Gasflaschen.

Als sie wieder im Wohnzimmer standen, waren sie genauso weit wie am Anfang.

Assad ging noch einmal auf die Knie und suchte nach den zwei Käseecken für den braunen Spielstein. Carl ließ derweil hoch konzentriert den Blick über die Möbelstücke und die Regale mit den Souvenirs schweifen.

Schließlich blieb sein Blick an den Spielsteinen und dem Spielbrett hängen.

Es war völlig ausgeschlossen, die Spielsteine auf dem gelben Mittelfeld zu übersehen. Zu auffällig stachen sie aus dem Ganzen hervor. Ein Spielstein, der die Ecken enthielt, die da sein mussten. Und ein zweiter Spielstein, bei dem zwei dieser Dinger fehlten. Ein hellrotes und ein braunes.

Da kam ihm eine Idee.

»Hier ist noch ein Weihnachtsherz«, brummelte Assad und zog es unter der Ecke eines Flickenteppichs hervor.

Aber Carl sagte nichts. Langsam beugte er sich vor und nahm die Karten, die vor dem Spielekarton lagen. Zwei Karten mit jeweils sechs Fragen, jede in der Farbe der entsprechenden Käseecke gekennzeichnet, die es bei richtiger Antwort zu gewinnen gab.

Im Augenblick interessierte er sich nur für die braune und die hellrote Frage.

Dann drehte er die Karten um und schaute nach den Antworten.

Das Gefühl, einen Siebenmeilenschritt weitergekommen zu sein, ließ ihn tief aufseufzen. »Hier! Assad, hier ist was«, sagte er so ruhig und kontrolliert wie möglich. »Schau dir das mal an.«

Assad erhob sich mit dem Christbaumschmuck in der Hand und betrachtete über Carls Schulter hinweg die Karten.

»Was?«

»In dem einen Spielstein fehlen doch eine hellrote und eine braune Ecke, oder?« Er gab Assad erst die eine, dann die andere Karte. »Sieh dir mal die hellrote Antwort auf dieser Karte an und die braune auf der da. Was steht da?«

»Auf der einen steht *Arne Jacobsen* und auf der anderen *Johan Jacobsen.*«

Sie sahen sich einen Moment an.

»Arne? Hieß so nicht der Polizist, der die Akten in Holbæk entwendet und Martha Jørgensen gegeben hat? Wie war noch mal sein Nachname, kannst du dich erinnern?«

Assad runzelte die Stirn. Dann nahm er den Block aus der Brusttasche und blätterte bis zu den Notizen zurück, die er sich beim Gespräch mit Martha Jørgensen gemacht hatte.

Er flüsterte ein paar unverständliche Worte und sah zur Decke.

»Du hast recht, er hieß Arne. Das steht hier. Aber Martha Jørgensen hat keinen Nachnamen genannt.«

Wieder flüsterte er ein paar arabische Wörter und sah auf das Spielbrett. »Wenn Arne Jacobsen der Polizist ist, wer ist dann der andere?«

Carl nahm sein Handy und rief direkt bei der Polizeiwache in Holbæk an.

»Arne Jacobsen?«, wiederholte der Wachhabende. Nein, dafür müsse er mit einem der älteren Kollegen sprechen. Einen Augenblick, er würde gleich durchstellen.

Danach dauerte es nur drei Minuten, bis Carl das Handy wieder zusammenklappen konnte.

11

Es passiert oft an dem Tag, an dem man vierzig wird. Oder an dem Tag, an dem man seine erste Million auf dem Konto hat. Oder zumindest dann, wenn der eigene Vater in Rente geht und nur noch Kreuzworträtselraten vor sich hat. An dem Tag fühlen sich die meisten Männer plötzlich von der patriarchalischen Herablassung befreit, von all den besserwisserischen Bemerkungen und kritischen Blicken.

Bei Torsten Florin war das nicht so.

Er hatte den Reichtum seines Vaters noch überboten. Hatte sich meilenweit von seinen vier jüngeren Geschwistern abgesetzt, von denen keiner auch nur ansatzweise etwas Bemerkenswertes geleistet hatte. Sogar in die Medien hatte er es weitaus öfter geschafft als sein Vater. In Dänemark kannte ihn jeder. Er wurde bewundert, besonders von den Frauen, auf die sein Vater immer so scharf gewesen war.

Und trotzdem ging es ihm schlecht, wenn er die Stimme seines Vaters am Telefon hörte. Trotzdem fühlte er sich wie ein lästiges Kind, minderwertig, ungeliebt. Trotzdem hatte er diesen diffusen Knoten im Bauch, der vielleicht verschwunden wäre, hätte er den Hörer aufgeknallt.

Aber Torsten knallte den Hörer nicht auf. Nicht, wenn sein Vater dran war.

Nach so einem Gespräch, egal wie kurz es war, bekam Torsten die Wut und die Frustration kaum aus seinem Körper heraus.

Das Los des ältesten Kindes, hatte der einzige gescheite Lehrer, den sie dort im Internat hatten, gesagt. Torsten hatte ihn dafür gehasst. Wenn das stimmte, wie konnte man denn dann etwas verändern? Die Frage hatte ihn tagelang beschäftigt, und Ulrik und Kristian war es genauso gegangen.

Das hatte sie geeint, dieser schmerzliche Hass auf ihre Väter.

Und wenn Torsten auf ihre unschuldigen Opfer einprügelte oder den Brieftauben des netten Lehrers die Hälse umdrehte, dann dachte er an seinen Vater. Und auch, wenn er später das Entsetzen in den Augen seiner Konkurrenten sah, sobald denen klar wurde, dass er schon wieder mit einer unübertrefflichen Kollektion aufwartete.

Du dummes Schwein, dachte er, als sein Vater aufgelegt hatte. »Du dummes, dummes Schwein«, zischte er in Richtung der vielen Diplome und Jagdtrophäen an den Wänden. Wären im Raum nebenan nicht seine Designer, sein Chefeinkäufer und vier Fünftel der besten Kunden seiner Firma und der Konkurrenzfirmen versammelt gewesen, dann hätte er seine Verachtung laut herausgebrüllt. Stattdessen packte er die geschnitzte Holzelle, ein Geschenk zum fünfjährigen Firmenbestehen, und prügelte damit auf einen ausgestopften Gamskopf an der Wand los.

»Du Scheißkerl!«, flüsterte er und schlug immer wieder drauflos.

Als er den Schweiß spürte, der sich in seinem Nacken sammelte, hörte er auf. Er bemühte sich, klar zu denken. Die Stimme seines Vaters und das, was er ihm berichtet hatte, füllten mehr in ihm aus, als er vertragen konnte.

Als Torsten den Blick hob, sah er draußen ein paar hungrige Elstern herumflattern. Lärmend pickten sie an Gerippen von Vögeln herum, die früher einmal seinen Zorn zu spüren bekommen hatten.

Scheißvögel, dachte er und wusste, dass die Gedanken jetzt zur Ruhe kommen würden. Dann nahm er seinen Jagdbogen vom Haken an der Wand, zog ein paar Pfeile aus dem Köcher hinter dem Schreibtisch, öffnete die Terrassentür und schoss auf die Vögel.

Als sich ihr Lärmen gelegt hatte, war der Wutrausch aus seinem brennenden Schädel verschwunden. Das half immer.

Dann ging er über den Rasen, zog die Pfeile aus den Vogelleibern, kickte die Kadaver zu den anderen am Waldrand und ging zurück in sein Arbeitszimmer, wo er die Gespräche der Gäste im Nachbarraum hören konnte. Er hängte den Bogen an seinen Platz und steckte die Pfeile in den Köcher, dann erst rief er Ditlev Pram an.

Als der abnahm, sagte er als Erstes: »Die Kripo war oben in Rørvig, um mit meinem Vater zu sprechen.«

Am anderen Ende war es einen Moment still. »Okay«, antwortete Ditlev und betonte dabei die zweite Silbe. »Was wollten die?«

Torsten holte tief Luft. »Sie haben nach den beiden Geschwistern oben bei Dybesø gefragt. Nichts Konkretes. Wenn der alte Idiot es richtig verstanden hat, hat sich irgendwer an die Polizei gewendet und Zweifel an Bjarnes Schuld gesät.«

»Kimmie?«

»Ich weiß es nicht, Ditlev. Soweit ich es verstanden habe, sagten sie nicht, wer.«

»Du warnst Bjarne, ist das klar? Heute noch! Was sonst?«

»Der Alte hat der Polizei vorgeschlagen, sich an Krum zu wenden.«

Ditlevs Lachen am anderen Ende war typisch. Vollkommen leidenschaftslos. »Aus Krum bekommen sie nichts raus«, sagte er dann.

»Nein. Aber trotzdem: Die haben irgendeine Ermittlung aufgenommen, und das ist lästig genug.«

»Waren die von der Polizei in Holbæk?«

»Ich glaube nicht. Der Alte meinte, dass sie von der Mordkommission in Kopenhagen waren.«

»Verdammt. Wusste dein Vater ihre Namen?«

»Nein. Das arrogante Arschloch hat wie üblich nicht zugehört. Aber Krum bekommt die raus.«

»Vergiss es. Ich ruf Aalbæk an. Er kennt ein paar im Präsidium.«

Nach dem Telefonat saß Torsten eine Weile da und starrte vor sich hin. Langsam wurde seine Atmung tiefer. Im Augenblick war sein Gehirn wie durchsäuert von Bildern von Menschen in Angst, von Menschen, die um Gnade flehten und um Hilfe schrien. Von Erinnerungen an Blut und an das Lachen der anderen aus der Clique. An das anschließende Gespräch. An Kristians Fotosammlung, um die sie sich allabendlich versammelten, angeturnt von Joints oder Amphetaminen. In Augenblicken wie diesen erinnerte er sich an alles, und er genoss es und hasste sich gleichzeitig dafür, dass er es genoss.

Er riss die Augen auf, um sich in die Realität zurückzuholen. In der Regel brauchte er ein paar Minuten, ehe sich der Wahnsinnsrausch aus seinen Adern verflüchtigt hatte. Aber was immer blieb, war sexuelle Erregung.

Er fasste sich in den Schritt. Sein Schwanz war hart.

So eine Scheiße! Warum konnte er sich nicht kontrollieren! Warum kam das immer wieder?

Dann schloss er die Türen zu den angrenzenden Räumen ab, aus denen die Stimmen der halben Modewelt Dänemarks herüberklangen.

Er holte tief Luft und sank langsam auf die Knie.

Dann faltete er die Hände und ließ den Kopf auf die Brust fallen. Manchmal verspürte er einen so starken Drang danach, dass er nicht anders konnte. »Lieber Gott im Himmel«, flüsterte er ein paar Mal. »Vergib mir. Ich kann nichts dafür.«

12

Binnen weniger Sekunden hatte Ditlev Pram Aalbæk über die Situation informiert. Die Einwände dieses Idioten von wegen Personalknappheit und langen Nächten ignorierte er. Solange sie bezahlten, was er verlangte, sollte er doch einfach die Schnauze halten.

Dann drehte er sich mit dem Bürostuhl um und lächelte seinen engsten Mitarbeitern am Konferenztisch freundlich zu.

»Entschuldigen Sie bitte«, sagte er auf Englisch. »Ich habe ein Problem mit einer alten Tante, die immer von zu Hause wegläuft. Und um diese Jahreszeit muss man sie ja finden, ehe es dunkel wird.«

Sie schmunzelten. Das verstanden sie. Die Familie kam vor allem anderen. So war es auch dort, wo sie herkamen.

»Haben Sie Dank für das gute Briefing.« Ditlev Pram lächelte breit. »Ich bin so dankbar, Sie alle hier im Team zu haben. Die besten Ärzte Nordeuropas an einem Ort versammelt – was kann man sich mehr wünschen?« Er knallte die Hände vor sich auf den Tisch, stützte sich ab. »Dann wollen wir mal loslegen. Wollen Sie bitte beginnen, Stanislav?«

Sein Chefarzt für Plastische Chirurgie nickte und schaltete den Overheadprojektor ein. Er zeigte ihnen das Gesicht eines Mannes, auf das Linien aufgezeichnet waren. Dort würde er die Schnitte anlegen, sagte er. Er habe das schon mehrmals gemacht. Fünfmal in Rumänien und zweimal in der Ukraine, und das Gefühl in den Gesichtsnerven sei immer überraschend schnell zurückgekehrt, bis auf einmal. Auf diese Weise könne ein Gesichtslifting mit der Hälfte der sonst üblichen Schnitte durchgeführt werden, beteuerte er. Es klang vollkommen unproblematisch.

»Schauen Sie«, sagte er. »Direkt oben an den Koteletten. Ein

Dreieck wird entfernt, und diese Fläche wird hochgezogen und mit wenigen Stichen genäht. Einfach und ambulant.«

Hier schaltete sich Prams Krankenhausdirektor ein. »Wir haben eine Beschreibung der Operationsmethode an diverse Fachzeitschriften geschickt.« Er nahm vier europäische Zeitschriften und eine amerikanische und hielt sie hoch. Nicht unbedingt die erste Liga, aber okay. »Die Artikel werden vor Weihnachten veröffentlicht. Wir nennen die Behandlung ›The Stanislav's Facial Correction‹.«

Ditlev nickte. Damit war bestimmt eine Menge Geld zu machen, und diese Menschen waren gut. Superprofessionelle Skalpelltechniker. Jeder mit einem Gehalt, das dem von zehn Ärzten in ihren Heimatländern entsprach. Wobei ihnen das satte Gehalt kein schlechtes Gewissen bereitete, denn hier im Raum machte es sie alle gleich: Ditlev, der an ihrer Arbeit verdiente, und sie, die wiederum an allen anderen verdienten. Eine außergewöhnlich ersprießliche Hierarchie, insbesondere da er an der Spitze saß. Und als Chef kam er in diesem Moment zu dem Schluss, dass eine Misserfolgsquote von eins zu sieben vollkommen inakzeptabel war. Ditlev vermied unnötige Risiken, das hatte ihn die Zeit mit seinen Internatsfreunden gelehrt. Tauchte ein Scheißhaufen vor einem auf, musste man schleunigst ausweichen, ganz klar. Aus diesem Grund würde er das Projekt gleich absagen und seinen Direktor feuern, weil er Dinge zur Veröffentlichung freigegeben hatte, ohne sie vorher von ihm absegnen zu lassen. Und aus demselben Grund kehrten seine Gedanken immer wieder zu Torstens Anruf zurück.

Da ertönte aus der Sprechanlage hinter ihm ein Signalton. Er beugte sich nach hinten und drückte einen Knopf. »Ja, Birgitte?«, sagte er.

»Ihre Frau ist auf dem Weg hierher.«

Ditlev sah die anderen an. Dann musste der Anschiss halt warten und die Sekretärin die Artikel aufhalten.

»Bitten Sie Thelma zu bleiben, wo sie ist«, sagte er. »Ich komme zu ihr rüber. Wir sind hier fertig.«

Von der Klinik hinüber zu ihrer Villa verlief ein gläserner Gang hundert Meter durch die Landschaft, sodass man trockenen Fußes durch die Gartenanlage kommen und trotzdem den Anblick des Meeres und der schönen alten Buchen genießen konnte. Die Idee hatte er vom Kunstmuseum Louisiana übernommen. Nur dass hier bei ihm an den Wänden keine Kunst hing.

Thelma hatte ihren Auftritt offenbar genauestens vorbereitet. Wie gut, dass sie nicht in sein Büro gekommen war. Er verabscheute es, wenn jemand Zeuge ihrer Szenen wurde. Ihre Augen waren hasserfüllt.

»Ich habe mit Lissan Hjorth gesprochen.«

»Aha. Das hat ja gedauert. Solltest du nicht gerade in Aalborg bei deiner Schwester sein?«

»Ich bin nicht in Aalborg gewesen, ich war in Göteborg. Und nicht mit meiner Schwester. Ihr habt ihren Hund erschossen, sagt Lissan.«

»Was meinst du mit ›ihr‹? Ich kann dir nur sagen, das war ein Unfall. Der Hund war nicht unter Kontrolle zu halten und lief zwischen das Wild. Ich hatte Hjorth gewarnt. Geht es darum? Was hast du eigentlich in Göteborg gemacht?«

»Torsten hat den Hund erschossen.«

»Ja, und es tut ihm sehr leid. Sollen wir Lissan einen neuen Wauwau kaufen? Geht es darum? Und nun sag schon, was hast du in Göteborg gemacht?«

Auf Thelmas Stirn zeichneten sich Schatten ab. Nur ein ungewöhnlich hitziges Temperament schaffte es, die bis zum Äußersten geliftete Gesichtshaut in Falten zu legen. Thelma Pram brachte es fertig. »Du hast meine Berliner Wohnung diesem Saxenholdt geschenkt, diesem Versager. *Meine* Wohnung, Ditlev.« Sie deutete mit dem Finger auf ihn. »Das war eure letzte Jagd, verstanden?«

Er machte ein paar schnelle Schritte auf sie zu, in der Hoffnung, sie einzuschüchtern. »Du hast die Wohnung ja doch nie benutzt, oder? Dein Geliebter wollte wohl nicht mit dir dahin fahren, wie?« Er lächelte. »Bist du nicht ohnehin bald zu alt für den, Thelma?«

Sie hob den Kopf, nahm seine Gemeinheiten mit bewundernswerter Ruhe hin. »Du weißt ja überhaupt nicht, wovon du redest. Hast wohl dieses Mal vergessen, Aalbæk auf mich anzusetzen, wenn du nicht mal weißt, wer er ist? Das hast du offenbar versäumt, was? Wenn du tatsächlich nicht weißt, mit wem ich in Göteborg war?« Dann lachte sie.

Überrascht blieb Ditlev stehen.

»Das wird eine teure Scheidung, Ditlev. Du machst merkwürdige Sachen. So was kostet, wenn erst mal Anwälte eingeschaltet sind. Deine perversen Spiele mit Ulrik und den anderen. Was glaubst du denn, wie lange ich das noch für umsonst geheim halte?«

Er lächelte. Das war nichts als Bluff.

»Glaubst du denn, ich wüsste nicht, was du jetzt denkst, Ditlev? Die traut sich ja doch nicht, denkst du. Der geht es bei mir viel zu gut. Aber nein, Ditlev, ich bin dir entwachsen. Du bist mir gleichgültig. Meinetwegen kannst du im Knast verrotten. Da musst du dann auf deine Sklavinnen unten in der Wäscherei verzichten. Meinst du, das schaffst du, Ditlev?«

Er blickte unverwandt auf ihren Hals. Er wusste schließlich, wie hart er zuschlagen konnte.

Sie schien das wie eine Schleichkatze zu wittern und wich zurück.

Dann musste er eben von hinten zuschlagen. Niemand war unverwundbar.

»Ditlev, du bist krank im Kopf. Das wusste ich schon immer. Aber früher warst du auf eine witzige Weise krank im Kopf. Das bist du längst nicht mehr.«

»Tja, Thelma, dann musst du dir einen Anwalt suchen.«

Sie lächelte wie Salome, als die Herodes um den Kopf von Johannes dem Täufer auf einem Teller bat. »Und dann sitzt Bent Krum auf der anderen Seite des Tischs. Nein, Ditlev, das mache ich nicht. Ich habe andere Pläne. Ich warte nur auf die richtige Gelegenheit.«

»Du drohst?«

Ihr Haar löste sich aus dem Haarband. Sie legte den Kopf in den Nacken und entblößte so ihren Hals. Sie fürchtete sich nicht vor ihm, zeigte sie damit. Sie verhöhnte ihn.

»Du glaubst, ich drohe?« In ihren Augen brannte ein Feuer. »Aber das tue ich nicht. Ich nehme meine Sachen, wenn es mir passt. Der Mann, den ich gefunden habe, der wartet auf mich. Ein reifer Mann, tja, das hättest du nicht gedacht, Ditlev, wie? Tatsächlich ist er älter als du. Ich kenne meine Rhythmen. Die kann kein Jüngling befriedigen.«

»Aha. Und er ist?«

Sie lächelte. »Frank Helmond. Ja, das überrascht dich wohl?«

Da kam einiges zusammen und überschlug sich in Ditlevs Kopf.

Kimmie, die Polizisten, Thelma und jetzt Frank Helmond.

Pass bloß auf, worauf du dich einlässt, sagte er zu sich, und einen Moment lang erwog er, nach unten zu gehen, um zu sehen, welches der philippinischen Mädchen am Abend Dienst hatte. Dann überkam ihn erneut ein Gefühl des Ekels. Frank Helmond, hatte sie gesagt. Wie entwürdigend! Ein dicklicher Lokalpolitiker. Ein Underdog. Ein total minderwertiges Wesen.

Sicherheitshalber schlug er Helmonds Anschrift noch mal nach, obwohl er die sowieso kannte. Mit dieser Adresse gehörte Helmond nicht zu denen, die ihr Licht unter den Scheffel stellten. Aber so war Helmond, das wusste jeder. Wohnte in einer Villa, für die er kein Geld hatte, in einem Viertel, dessen Bewohner nicht im Traum daran dachten, ihr Kreuz bei seiner lächerlichen Versagerpartei zu setzen.

Dann ging Ditlev zum Bücherregal, zog ein dickes Buch heraus und schlug es auf. Es war hohl. Bot gerade genug Platz für die Plastiktütchen mit Kokain.

Die erste Line verwischte das Bild von Thelmas zusammengekniffenen Augen. Nach der zweiten Line zuckte er die Achseln und sah zum Telefon. Der Begriff »Risiko« kam in seinem Wortschatz nicht vor. Er hatte einfach Lust, dem da ein Ende zu bereiten. Warum also nicht gleich richtig? Zusammen mit Ulrik. Im Dunkeln.

»Sollen wir uns bei dir oben einen Film ansehen?«, fragte er in dem Moment, als Ulrik den Hörer abnahm. Zufriedenes Seufzen am anderen Ende.

»Du meinst *den* Film?«, fragte Ulrik.

»Bist du allein zu Hause?«

»Ja. Verdammt, Ditlev, meinst du denn?« Er war schon erregt.

Der Abend würde super werden.

Sie hatten ›Clockwork Orange‹ unzählige Male gesehen. Ohne diesen Film wäre es nicht das Gleiche.

Das erste Mal war es im Internat gewesen, in der Unterprima. Ein neuer Lehrer, der den Kodex der Schule im Hinblick auf kulturelle Vielfalt missverstanden hatte, zeigte der Klasse den Film, und auch noch einen anderen, ›If …‹, über eine Rebellion in einem englischen Internat. Das Oberthema war der englische Film in den sechziger Jahren gewesen, was für ein Internat mit britischen Traditionen sehr passend schien. Aber so interessant die Auswahl dieses Lehrers auch gewesen sein mochte, die Schulleitung befand sie bei näherer Untersuchung doch als höchst ungeeignet. Die Verweildauer des neuen Kollegen an der Schule war aus dem Grund auch nur sehr kurz.

Aber der Schaden war schon angerichtet, denn Kimmie und der Neue in der Klasse, Kristian Wolf, hatten die Botschaften des Films sofort unkritisch übernommen. Durch sie entdeckten sie neue Möglichkeiten für Befreiung und Rache.

Kristian hatte die Initiative übernommen. Er war knapp zwei Jahre älter als der Rest und hatte vor nichts und niemandem Respekt. Die ganze Klasse blickte zu ihm auf. Er hatte immer reichlich Geld in der Tasche, auch wenn das gegen die Regeln der Schule verstieß. Ein Typ mit hellwachem Blick, der sehr sorgfältig Ditlev, Torsten, Ulrik und Bjarne für die Clique auswählte. In vielerlei Hinsicht passten sie zusammen. Sie waren unangepasst. Erfüllt von Hass auf die Schule und alle anderen Autoritäten. Dazu noch ›Clockwork Orange‹ – das schweißte zusammen.

Sie besorgten sich den Film auf Video und sahen ihn heimlich in Kristians und Ulriks Zimmer, immer wieder. Und in den Nachwehen dieser Faszination gingen sie einen Pakt ein. Sie wollten wie die Bande in ›Clockwork Orange‹ sein. Gleichgültig gegenüber ihrer Umgebung. Permanent auf der Jagd nach Nervenkitzel und Grenzüberschreitungen. Verwegen und gnadenlos.

Als sie den Jungen überfielen, der sie beim Haschrauchen ertappt hatte, fügte sich das alles zu einer höheren Einheit. Erst später kam Torsten mit seinem Faible für Selbstinszenierung darauf, dass sie Masken und Handschuhe tragen sollten.

Ditlev und Ulrik fuhren die Strecke von Fredensborg mit etlichen Lines Kokain im Blut und durchgetretenem Gaspedal. Dunkle Brillen und lange, billige Mäntel. Hüte auf dem Kopf, Handschuhe. Klare, eiskalte Gehirne ohne Gefühl. Einmalausrüstung für einen munteren Abend im Zeichen der Anonymität.

»Wen nehmen wir uns vor?«, fragte Ulrik, als sie vor der safrangelben Fassade des JFK-Cafés am Marktplatz von Hillerød standen.

»Wart's ab, du wirst schon sehen«, antwortete Ditlev und öffnete die Tür zum Freitagabendtrubel. Es war proppenvoll und laut. Kein schlechter Ort, wenn man Jazz mochte und ungezwungene Gesellschaft suchte. Ditlev hasste das eine wie das andere.

Sie fanden Helmond ganz hinten. Rund und mit glänzendem Gesicht stand er heftig gestikulierend unter dem Kronleuchter der Bar, in Gesellschaft eines anderen untergeordneten Lokalpolitikers. Vermutlich war es so etwas wie ihr persönlicher kleiner Kreuzzug im öffentlichen Raum.

Ditlev deutete auf ihn. »Das kann dauern, ehe der geht. Also lass uns derweil ein Bier trinken«, sagte er und ließ sich zu einer der anderen Bars zurücktreiben.

Aber Ulrik stand ganz still und betrachtete die Beute durch enorm vergrößerte Pupillen hinter getöntem Brillenglas. Er schien hochzufrieden mit dem, was er sah. Seine Kiefermuskeln waren schon heftig in Bewegung.

Ditlev kannte ihn.

Es war ein milder Abend, etwas neblig, und Frank Helmond stand lange vor der Tür und unterhielt sich mit seinem Begleiter, ehe sie sich endlich verabschiedeten. Frank trottete die Helsingørgade hinauf, und sie folgten ihm im Abstand von fünfzehn Metern. Ihnen war sehr bewusst, dass die nächste Polizeiwache höchstens zweihundert Meter entfernt die Straße hinunter lag. Ein Detail, das Ulrik zusätzlich erregte.

»Wir warten bis zu der Gasse«, flüsterte Ulrik. »Da ist links ein Secondhandladen. Kein Mensch geht so spät durch die Gasse.«

Weiter oben trottete ein älteres Ehepaar, beide mit krummem Rücken, die Straße bis zum Ende der Fußgängerzone entlang. Sicher war es viel zu spät für sie geworden.

Ditlev waren die beiden völlig egal. Das Kokain wirkte, und ansonsten war die Straße verlassen, also alles perfekt. Eine feuchte Brise legte sich über die Fassaden und die drei Männer, die in wenigen Sekunden ihre Rollen in einem genau festgelegten und vielfach erprobten Ritual einnehmen würden.

Als nur noch wenige Meter sie von Frank Helmond trennten, reichte Ulrik Ditlev die Latexmaske. Bis sie bei ihm waren, hatten sie beide ihre Masken aufgesetzt. Wäre Karneval, hätte man über sie gelacht. Ulrik hatte einen ganzen Umzugskarton voller solcher Masken. Man müsse doch eine Auswahl haben, sagte er immer. Dieses Mal hatte er Modell 20027 und 20048 ausgesucht. Übers Internet konnte man sie überall kaufen, aber das tat Ulrik nicht. Er brachte sie von seinen Auslandsreisen mit. Überall die gleichen Masken, die gleichen Nummern. Unmöglich aufzuspüren. Hier kamen einfach zwei alte Männer, in deren Gesichtern das Leben tiefe Furchen hinterlassen hatte. Sehr realitätsnah und vollkommen anders als die Gesichter, die sich dahinter verbargen.

Wie immer schlug Ditlev zuerst zu. Er brachte das Opfer dazu, mit einem leisen Seufzer auf die Seite zu kippen, und Ulrik packte Frank Helmond und zog ihn in die Gasse.

Hier schlug Ulrik das erste Mal zu. Dreimal direkt auf die Stirn und danach einmal auf den Hals. Je nach Stärke der Schläge waren die Opfer dann oft bewusstlos. So hart hatte er dieses Mal jedoch nicht zugeschlagen, das hatte Ditlev vorher mit ihm abgesprochen.

Sie schleiften Helmond hinter sich her durch die Gasse, und als sie zehn Meter weiter am Ufer des Slotssø standen, wiederholte sich das Ritual. Erst leichte Schläge, dieses Mal auf den Körper, dann etwas fester. Als dem paralysierten Mann klar wurde, dass man ihn totschlagen würde, kamen unartikulierte kleine Laute aus seinem Mund. Wenn es nach ihnen gegangen wäre, hätte er gar nichts sagen müssen, das mussten ihre Opfer nie. In der Regel sagten die Augen alles.

Als sie so weit waren, pulsierten die ersehnten Hitzewellen durch Ditlevs Körper. Herrliche warme Wellen. Wie damals im sonnigen Garten vor dem Haus der Eltern, als er so klein war, dass die Welt noch ausschließlich aus den Elementen bestand, die das Beste für einen wollten. Wenn Ditlev dieses Gefühl erreicht hatte, musste er sich beherrschen, das Opfer nicht umzubringen.

Ulrik war anders. Der Tod interessierte ihn eigentlich nicht. Was ihn reizte, war die leere Stelle zwischen Macht und Ohnmacht, und genau dort befand sich ihr Opfer jetzt.

Ulrik stellte sich mit gegrätschten Beinen über den reglosen Körper und starrte dem Mann durch die Maske in die Augen. Dann zog er das Stanley-Messer aus der Tasche. Hielt es so, dass seine gewaltige Hand es fast verbarg. Einen Augenblick lang schien er mit sich selbst zu ringen, ob er Ditlevs Direktiven folgen oder doch gründlicher zu Werk gehen sollte. Dann begegneten sich die Augen der beiden durch die Maske.

Ob meine Augen wohl genauso wahnsinnig aussehen wie seine?, dachte Ditlev.

Dann legte Ulrik dem Mann das Messer an den Hals. Ließ es mit der stumpfen Seite der Klinge über die Adern gleiten, an der Nase entlang und über die zuckenden Augenlider. Der Mann begann zu hyperventilieren.

Das hier war kein Katz-und-Maus-Spiel mehr. Das war besser. Die Beute wartete nicht mehr auf eine Möglichkeit zur Flucht. Sie hatte sich ihrem Schicksal bereits ergeben.

Dann nickte Ditlev Ulrik ruhig zu und wandte den Blick zu den Beinen des Mannes. Gleich würde man sehen können, wie Ulrik schnitt. Und wie die Beine vor Angst und Schrecken zuckten.

Da. Jetzt. Jetzt zuckten sie. Dieses wunderbare Zucken, das die Ohnmacht des Opfers sichtbarer machte als alles andere. Dieser Kick, dem nichts sonst in Ditlevs Leben gleichkam.

Er sah das Blut, das auf den Boden tropfte, aber Frank Helmond gab keinen Laut von sich. Er nahm seine Rolle an. Tadellos. Das musste man ihm lassen.

Als sie ihn stöhnend am Ufer des Sees zurückließen, wussten beide, dass sie gute Arbeit geleistet hatten. Physisch würde der Mann überleben, aber innerlich war er tot. Es würde Jahre dauern, bis er sich wieder auf die Straße wagen würde.

Die beiden Mr. Hydes konnten nach Hause gehen, und die Doktor Jekylls konnten wieder hervorkommen.

Als Ditlev zu seinem Haus in Rungsted kam, war die halbe Nacht um. Sein Kopf war einigermaßen klar. Er und Ulrik hatten sich gewaschen, hatten die Hüte, die Handschuhe, Mäntel und Sonnenbrillen ins Feuer geworfen und das Stanley-Messer unter einem Stein im Garten versteckt. Anschließend hatten sie Torsten angerufen und den weiteren Verlauf der Nacht besprochen. Torsten war natürlich stinksauer. Hatte herumgeschrien, dass jetzt nicht der Zeitpunkt für solche Aktionen sei. Sie wussten, dass er recht hatte. Aber Ditlev hatte es nicht nötig, sich bei Torsten zu entschuldigen und ihm in den Arsch zu kriechen. Torsten wusste ganz genau, dass sie im selben Boot saßen. Flog einer auf, dann flogen sie alle auf. Und kam die Polizei, mussten ihre Alibis stimmen.

Einzig und allein deshalb ließ sich Torsten auf die Geschichte ein, die sich die beiden ausgedacht hatten: Ditlev und Ulrik hatten sich am späteren Abend im JFK in Hillerød getroffen, und nach einem Bier waren sie dann rauf nach Gribskov gefahren, zu Torstens Landgut in Ejlstrup. Als sie dort ankamen, war es dreiundzwanzig Uhr, das war im Kern alles. Also eine halbe Stunde, bevor der Überfall stattfand. Keiner würde ihnen das Gegenteil beweisen können. Vielleicht hatte jemand sie im Lokal gesehen, aber wer konnte sich schon genau daran erinnern, wer wann wo gewesen war und wie lange? Dort oben in Ejlstrup hatten die drei alten Freunde Cognac getrunken. Von alten Zeiten geplaudert. Einen netten Freitagabend in Gesellschaft von Freunden verbracht. Nichts Besonderes. Das wollten sie sagen. Daran wollten sie festhalten.

Als Ditlev ins Haus trat, stellte er zufrieden fest, dass nirgendwo Licht brannte. Thelma hatte sich in ihre Räume zurückgezogen. Dann kippte er im Kaminzimmer drei Brandy-Sour weg, damit die Gedanken zur Ruhe kamen und sich der Glücksrausch über die gelungene Rache auf ein normales Maß senkte.

Er betrat die Küche, um sich eine Dose Kaviar zu öffnen, den er genießen wollte, solange er auf seiner Netzhaut noch Frank Helmonds entsetztes Gesicht abrufen konnte.

Der gefliese Küchenfußboden war die Achillesferse der Haushaltshilfe, denn jedes Mal, wenn Thelma ihn inspizierte, endete das mit einem Anschiss. Egal wie viel Mühe sich die Frau gegeben hatte, Thelma konnte sie nie zufriedenstellen. Aber wer konnte das schon?

Deshalb war es auf den ersten Blick unübersehbar, dass etwas nicht stimmte. Er starrte auf das Schachbrettmuster und entdeckte die Abdrücke von Schuhsohlen. Keine großen Schuhe, aber auch nicht so klein wie die eines Kindes. Schmutzige Abdrücke.

Ditlev spitzte die Lippen. Stand einen Moment ganz still, alle Sinne in höchster Alarmbereitschaft, konnte aber nichts Auffälliges feststellen. Keinen Geruch, kein Geräusch. Dann glitt er seitwärts zum Messerblock und suchte sich das größte der Misono-Messer heraus. Das filetierte Sushi wie kein anderes und würde sich auch mit einem Menschen nicht schwertun.

Vorsichtig trat er durch die Flügeltür in den Wintergarten, wobei ihm unmittelbar der Luftzug auffiel, obwohl doch alle Fenster geschlossen waren. Dann bemerkte er das Loch in einem der Klappfenster. Es war nicht sonderlich groß, aber es war da.

Blitzschnell ließ er den Blick über den gefliesten Boden des Wintergartens schweifen. Hier waren noch mehr Schuhabdrücke – und weit verstreute Glassplitter. Die deuteten auf einen simplen Einbruch hin. Da die Alarmanlage nicht losgegangen war, musste es passiert sein, ehe sich Thelma zum Schlafengehen zurückgezogen hatte.

Urplötzlich machte sich Panik in ihm breit.

Auf dem Weg zum Entree zog er ein zweites Messer aus dem Block. Er fürchtete nicht so sehr die Kraft des Angriffs als den Moment der Überrumpelung, weshalb er die beiden Messer seitwärts hielt und bei jedem Schritt über die Schulter sah.

Dann ging er die Treppe hoch und blieb vor Thelmas Schlafzimmertür stehen.

Ein schmaler Lichtstreifen drang unter der Tür hindurch auf den Flur.

Stand da drinnen einer und wartete auf ihn?

Er umklammerte die Messergriffe und schob vorsichtig die Tür auf. In einem Lichtermeer lag Thelma im Bett. Im Negligé, quicklebendig, die großen Augen funkelnd vor Wut.

»Bist du gekommen, um mich auch umzubringen?« Der Abscheu in ihrem Blick war überwältigend. »Ja?«

Dann hob sie eine Pistole von der Bettdecke und zielte auf ihn.

Nicht die Pistole, sondern die Kälte in ihrer Stimme ließ ihn stocken. Er ließ die Messer fallen.

Er kannte Thelma. Bei jedem anderen hätte das vielleicht ein Witz sein können. Aber Thelma machte keine Witze. Sie hatte keinen Sinn für Humor. Deshalb blieb er stehen.

»Was soll das?«, fragte er und musterte die Pistole. Sie sah echt aus und war groß genug, um einem das Licht auszupusten.

»Ich hab gesehen, dass hier ins Haus eingebrochen wurde, aber es ist keiner mehr da, du kannst das Ding ruhig weglegen«, sagte er und spürte die Nachwirkungen des Kokainrauschs durch die Adern brausen. Adrenalin und Drogen, diese Mischung konnte unvergleichlich wirken. Nur nicht im Augenblick.

»Woher zum Teufel hast du überhaupt diese Pistole? Komm schon, Thelma, sei lieb und leg sie weg. Sag mir, was passiert ist.« Aber Thelma rührte sich nicht einen Millimeter.

Sie war verführerisch, so wie sie dalag. Verführerischer als in den ganzen letzten Jahren.

Er wollte näher kommen, aber sie hielt ihn sofort davon ab, indem sie die Pistole fester packte. »Ditlev, du hast Frank überfallen«, sagte sie. »Du mieses Schwein, du. Konntest ihn einfach nicht in Ruhe lassen, wie?«

Woher zum Teufel wusste sie das? Und wieso jetzt schon?

»Wovon sprichst du?«, sagte er und sah ihr in die Augen.

»Er überlebt, darüber musst du dir im Klaren sein, Ditlev. Und das ist nicht sehr vorteilhaft, das weißt du doch wohl auch, oder?«

Da wandte Ditlev den Blick ab und suchte mit den Augen nach den Messern auf dem Fußboden. Er hätte sie nicht fallen lassen sollen.

»Ich hab keine Ahnung, wovon du redest«, sagte er. »Ich bin heute Abend oben bei Torsten gewesen. Ruf ihn an und frag ihn.«

»Du und Ulrik, ihr beide seid heute Abend im JFK in Hillerød gesehen worden. Mehr muss ich nicht wissen, verstehst du?«

Früher hätte er gespürt, wie sein Verteidigungsmechanismus blitzschnell mit Lügen auf die neue Situation reagierte. Aber im Moment spürte er nichts. Sie hatte ihn ja bereits da, wo sie ihn haben wollte.

»Das stimmt«, sagte er, ohne zu blinzeln. »Da sind wir gewesen, ehe wir weiterfuhren zu Torsten. Na und?«

»Ich habe keine Lust, dir zuzuhören, Ditlev. Komm her. Unterschreib das hier. Sofort. Sonst bring ich dich um.«

Sie deutete auf einige Papiere am Fußende ihres Bettes und feuerte dann einen Schuss ab, der mit lautem Knall in die Wand hinter Ditlev ging. Er drehte sich um und begutachtete den Umfang des Schadens. Das Loch war so groß wie die Handfläche eines erwachsenen Mannes.

Dann warf er einen Blick auf das oberste Dokument. Ziemlich starker Tobak. Unterschrieb er, dann hätte sie in den zwölf Jahren, in denen sie wie die Raubtiere umeinander geschlichen waren, gut und gerne fünfunddreißig Millionen pro Jahr verdient.

»Wir zeigen dich nicht an, Ditlev. Nicht, wenn du unterschreibst. Also los.«

»Wenn ihr mich anzeigt, Thelma, dann bleibt dir ja nichts, hast du das bedacht? Ich lasse den Scheißladen einfach Konkurs gehen, während ich im Knast bin.«

»Glaubst du, das wüsste ich nicht? Du unterschreibst!« Ihr Lachen gellte vor Verachtung. »Mach dir doch nichts vor! Wir wissen doch alle beide, dass die Geschäfte nicht so gut laufen. Aber bevor du pleitegehst, bekomme ich noch meinen Anteil an der Beute. Vielleicht nicht so viel, aber genug. Ich kenne dich, Ditlev. Du bist praktisch veranlagt. Warum sein Unternehmen wegschmeißen und im Knast sitzen, wenn man genug Geld hat, um die Ehefrau auf normale Weise loszuwerden? Deshalb unterschreibst du. Und morgen nimmst du Frank in die Klinik auf, ist das klar? Binnen eines Monats will ich ihn wiederhaben, und zwar so gut wie neu. Nein, noch besser.«

Er schüttelte den Kopf. Ein Teufel hatte schon immer in ihr gesteckt. Aber wie hatte seine Mutter so oft gesagt: Gleich und gleich gesellt sich gern.

»Woher hast du die Pistole, Thelma?«, fragte er ruhig, nahm die Papiere und unterschrieb die beiden obersten. »Was ist passiert?«

Sie blickte auf die Papiere und wartete mit ihrer Antwort, bis sie alle in Händen hielt.

»Tja, Ditlev. Schade, dass du heute Abend nicht da warst. Ich glaube, dann hätte ich deine Unterschriften gar nicht gebraucht.«

»Aha? Und wieso das?«

»Eine saudreckige Frau schlug die Scheibe ein und bedrohte mich damit.« Sie wedelte mit der Pistole. »Sie hat nach dir gefragt.«

Hier lachte sie so, dass ihr das Negligé von der Schulter

rutschte. »Ich habe ihr gesagt, dass ich sie gern durch die Haustür einlassen würde, wenn sie das nächste Mal vorbeikäme. Dann könne sie regeln, was sie regeln wolle, ohne erst mühsam die Scheibe einzuschlagen.«

Ditlev spürte, wie seine Haut kalt wurde.

Kimmie! Nach so vielen Jahren.

»Sie hat mir die Pistole gegeben und meine Wange getätschelt, als wäre ich ein kleines Kind. Dann murmelte sie irgendwas und ging. Durch die Haustür.« Wieder lachte Thelma. »Aber musst nicht traurig sein, Ditlev. Schönen Gruß von deiner Freundin, sie kommt ein andermal vorbei und besucht dich!«

13

Der Chef der Kopenhagener Mordkommission rieb sich die Stirn. Verdammt, was für ein mieser Start in die Woche! Jetzt hatte er den vierten Antrag auf Beurlaubung innerhalb von ebenso vielen Tagen erhalten. Zwei Männer aus dem besten Ermittlerteam waren krankgeschrieben, und dann dieser bestialische Überfall auf offener Straße im Stadtzentrum. Eine Frau war bis zur Unkenntlichkeit zusammengeschlagen und dann in einen Müllcontainer geworfen worden. Die Brutalität nahm unaufhörlich zu. Verständlicherweise verlangten alle eine umgehende Aufklärung. Die Zeitungen, die Öffentlichkeit, die neue Polizeipräsidentin. Falls die Frau starb, würde der Teufel los sein. Das war schon jetzt ein Rekordjahr an Morden. Für eine vergleichbare Quote musste man in der Statistik mindestens zehn Jahre zurückgehen. Und weil sich so viele Kollegen von der Polizei wegbewarben, berief die Polizeiführung eine Krisensitzung nach der anderen ein.

Druck, Druck, immer mehr Druck. Und jetzt bat auch noch Bak um Beurlaubung. Verdammt! Ausgerechnet Bak.

In den alten Tagen hätten sich Bak und er eine Zigarette angezündet und wären dann im Innenhof eine Runde gegangen. Dann hätten sie die Probleme auf der Stelle gelöst gehabt, davon war Marcus Jacobsen fest überzeugt. Aber die alten Tage waren vorbei, und er war machtlos. Er hatte seinen Leuten schlicht und einfach nichts mehr anzubieten. Der Verdienst war beschissen und die Arbeitszeiten ebenfalls. Die Mannschaft ging auf dem Zahnfleisch und es wurde immer schwieriger, die Arbeit zufriedenstellend zu erledigen. Und nun konnten sie die Frustrationen nicht mal mehr mit einer Zigarette betäuben.

»Marcus, du musst den Politikern auf die Füße treten«, sagte sein Stellvertreter Lars Bjørn, während draußen auf dem Gang die Umzugsleute polterten. Damit alles so effektiv und gut aussah, wie es die Reform versprach. Nichts als Camouflage und Staffage.

Marcus runzelte die Stirn und sah seinen Stellvertreter mit demselben resignierten Lächeln an, das seit Monaten auf Lars Bjørns Gesicht klebte.

»Und wann kommst du und bittest mich um Beurlaubung, Lars? Du bist ja noch relativ jung. Träumst du vielleicht auch von einem anderen Job? Hätte dich deine Frau vielleicht auch lieber ein bisschen öfter zu Hause, Lars?«

»Ach, verdammt, Marcus. Der einzige Job, den ich lieber hätte als meinen, ist deiner.« Er sagte das so trocken und nüchtern, dass man es mit der Angst zu tun bekommen konnte.

Marcus nickte. »Dann hoffe ich, dass du Sitzfleisch hast, denn ich haue auf keinen Fall vorzeitig ab. Ich nicht.«

»Du musst mit der Polizeipräsidentin reden. Bitte sie, die Politiker so weit unter Druck zu setzen, dass wir hier wieder erträgliche Zustände bekommen.«

Es klopfte an der Tür, und noch ehe Marcus reagieren konnte, stand Carl Mørck schon im Raum. Konnte sich dieser Mann nicht ein Mal an die Regeln halten?

»Jetzt nicht, Carl«, sagte er, wohl wissend, dass Carl Mørcks Gehör verblüffend selektiv funktionieren konnte.

»Nur einen Moment.« Carl nickte Lars Bjørn fast unmerklich zu. »Es dreht sich um den Fall, an dem ich arbeite.«

»Die Rørvig-Morde? Falls du mir sagen kannst, wer gestern Abend auf offener Straße in der Store Kannikestræde eine Frau fast umgebracht hat, dann werde ich zuhören. Sonst musst du allein zurechtkommen. Du weißt, was ich von dem Fall halte. Da ist eine Verurteilung erfolgt. Nimm dir einen anderen vor, wo die Schuldigen noch immer auf freiem Fuß sind.«

»Ein Mann hier aus dem Haus ist in den Fall involviert.«

Marcus ließ resigniert den Kopf hängen. »Aha. Und wer?«

»Ein Kriminalbeamter namens Arne Jacobsen hat vor zehn bis fünfzehn Jahren bei der Polizei in Holbæk die gesamte Akte entwendet. Sagt dir der Name etwas?«

»Der Nachname ist hübsch, aber ich kann damit nichts anfangen.«

»Er war persönlich in den Fall involviert, das kann ich dir sagen. Sein Sohn war mit dem ermordeten Mädchen liiert.«

»Und?«

»Und dieser Sohn arbeitet bis heute hier im Präsidium. Ich werde ihn zur Vernehmung einbestellen. Nur damit du Bescheid weißt.«

»Wer ist es?«

»Johan.«

»Johan. Johan Jacobsen, unser Mann für alle Fälle? Das darf doch nicht wahr sein.«

»Hör mal, Carl«, unterbrach Lars Bjørn. »Wenn du einen unserer zivilen Mitarbeiter zur Vernehmung mit in den Keller nehmen willst, dann nennst du das am besten anders. Ich bin derjenige, der mit den Gewerkschaften reden muss, wenn was schiefläuft.«

Marcus sah das Theater schon kommen. »Halt mal, ihr beiden.« Er wandte sich an Carl Mørck. »Worum geht's?«

»Du meinst, abgesehen davon, dass ein ehemaliger Polizeibeamter aus dem Polizeibezirk Holbæk Aktenmaterial entwendet hat?« Carl richtete sich auf, sodass er einen viertel Meter Wand mehr verdeckte. »Es geht darum, dass sein Sohn den Fall bei mir deponiert hat. Dass Johan Jacobsen darüber hinaus in einen Tatort eingebrochen ist und Spuren gelegt hat, die ganz bewusst die Aufmerksamkeit auf ihn lenken sollen. Und im Übrigen glaube ich, dass er noch mehr Material in der Hinterhand hat. Marcus, der weiß mehr über den Fall, als auf eine Kuhhaut geht, wenn ich das mal so ausdrücken darf.«

»Herrgott noch mal, Carl. Der Fall ist mehr als zwanzig Jahre alt! Kannst du deine Show da unten im Keller nicht einfach still und leise durchziehen? Abgesehen davon könnte ich mir vorstellen, dass es bestimmt viele andere Fälle gibt, die angesagter sind als dieser.«

»Du hast recht. Es ist ein alter Fall. Genau wie der, mit dem ich am Freitag auf deine Veranlassung hin eine Gruppe Torfstecher aus dem Ziegenkäseland unterhalten muss. Remember? Sei also doch bitte so freundlich und sorge dafür, dass Johan zu mir kommt, Marcus. In spätestens zehn Minuten.«

»Das kann ich nicht.«

»Was soll das heißen?«

»Meines Wissens ist Johan krankgeschrieben.« Über seine Halbbrille hinweg sah er Carl an. Es war wichtig, dass der die Botschaft verstand. »Und du nimmst keinen Kontakt zu ihm nach Hause auf, ist das klar? Er hatte gestern einen Nervenzusammenbruch. Wir wollen hier keinen Ärger haben.«

»Woher weißt du überhaupt, dass er die Akte bei dir platziert hat?«, fragte Lars Bjørn. »Habt ihr seine Fingerabdrücke darauf gefunden?«

»Nein. Ich habe heute die Ergebnisse der Analyse bekommen, und da war nichts. Aber ich weiß es einfach, okay? Johan ist mein Mann. Und falls er am Montag nicht wieder da ist, gehe ich zu ihm hin, da könnt ihr sagen, was ihr wollt.«

14

Johan Jacobsen wohnte in einer Genossenschaftswohnung in der Vesterbrogade. Schräg gegenüber lagen das Museum für Mechanische Musik und die kleine Privatbühne Teatret ved Sorte Hest. Das war genau dort, wo 1990 die entscheidende Schlacht zwischen den Hausbesetzern und der Polizei stattgefunden hatte. Carl erinnerte sich nur allzu gut an diese Zeit. Wie oft hatte er in Kampfausrüstung an solchen Orten gestanden und auf fast gleichaltrige Jungen und Mädchen eingedroschen!

Das gehörte nicht gerade zu den angenehmsten Erinnerungen an die gute alte Zeit.

Die nagelneue Türklingel mussten sie zweimal betätigen, bevor Johan Jacobsen ihnen öffnete.

»Ich hatte euch nicht so schnell erwartet«, sagte er leise und bat sie in ein großes Wohnzimmer.

Das bot keinen schönen Anblick. Ganz offenkundig musste es schon seit geraumer Zeit ohne die versierten Hände und den kritischen Blick einer Frau auskommen. Auf dem Sideboard stapelten sich Teller mit eingetrockneten Essensresten und auf dem Fußboden lagen leere Colaflaschen. Staubig, schmierig, schluderig.

»Entschuldigung.« Fahrig raffte Jacobsen schmutzige Klamotten von der Couch und dem Couchtisch. »Meine Frau hat mich vor einem Monat verlassen«, sagte er und bekam dieses nervöse Zucken, das sie schon so oft im Präsidium zu sehen gekriegt hatten. Als bliese ihm jemand Sand ins Gesicht, den er nicht in die Augen bekommen wollte.

Carl nickte. Das mit der Frau, das tat ihm leid. Er wusste schließlich, wie sich das anfühlte.

»Du weißt, weshalb wir hier sind?«

Jacobsen nickte.

»Dann gibst du also zu, die Rørvig-Akte auf meinen Schreibtisch gelegt zu haben?«

Wieder nickte er.

»Ja, warum haben Sie uns die denn nicht einfach in die Hand gedrückt?«, fragte Assad und schob die Unterlippe vor. Jetzt noch das entsprechende Tuch auf dem Kopf – und er sähe aus wie Jassir Arafat.

»Hättet ihr die Akte denn angenommen?«

Carl schüttelte den Kopf. Wohl kaum. Ein Fall, der zwanzig Jahre zurücklag und dazu mit einer Verurteilung abgeschlossen war. Nein, Jacobsen hatte sicher recht.

»Hättet ihr mich gefragt, wo ich sie herhabe? Hättet ihr mich nach meinem Interesse an dem Fall gefragt? Hättet ihr euch so viel Zeit genommen, wie nötig ist, um euer Interesse zu wecken? Na? Ich hab doch die Aktenstöße auf deinem Schreibtisch gesehen, Carl.«

Carl nickte. »Und dann hast du im Sommerhaus das Trivial-Pursuit-Spiel als Spur ausgelegt. Das kann noch nicht so lange her sein, hab ich recht? Das Schloss in der Küchentür ließ sich so leicht öffnen.«

Johan Jacobsen nickte.

Alles war genau so, wie Carl es sich gedacht hatte. »Okay, du wolltest also sichergehen, dass wir uns dem Fall ernsthaft widmen. Das kann ich gut verstehen. Aber es so einzufädeln, war auch riskant, oder? Was, wenn wir uns das Trivial-Pursuit-Spiel nicht so genau angesehen hätten? Wenn wir die Namen auf den Karten nicht entdeckt hätten?«

Jacobsen zuckte die Achseln. »Jetzt seid ihr hier.«

»Ich verstehe das alles nicht so richtig.« Assad saß vor einem der Fenster zur Vesterbrogade hin. Durch den Lichteinfall von hinten lag sein Gesicht im Schatten und wirkte ganz dunkel. »Sie sind also nicht so zufrieden mit Bjarne Thøgersens Geständnis?«

»Sie wären auch nicht zufrieden, wenn Sie bei der Urteilsverkündung dabei gewesen wären. Das war alles von vornherein klar.«

»Na sicher«, sagte Assad. »Ist ja wohl auch kein Wunder, wenn sich der Mann gestellt hat.«

»Johan, was fandest du denn an dem Fall ungewöhnlich?«, schaltete sich Carl Mørck ein.

Jacobsen mied Carls Blick und sah aus dem Fenster, als könnte der graue Himmel da draußen den Sturm in ihm beruhigen.

»Die haben alle die ganze Zeit gelächelt«, sagte er. »Bjarne Thøgersen, sein Verteidiger und die drei arroganten Arschlöcher auf der Zuhörerbank.«

»Torsten Florin, Ditlev Pram und Ulrik Dybbøl Jensen, meinst du die drei?«

Er nickte und strich dabei über seine zuckenden Lippen, wie um sie zur Ruhe zu bringen.

»Die saßen da und lächelten, sagst du. Die Grundlage, um darauf etwas aufzubauen, ist aber sehr dünn.«

»Ja. Aber ich weiß jetzt mehr als damals.«

»Dein Vater Arne hatte den Fall damals auf dem Tisch«, sagte Carl.

»Ja.«

»Und wo warst du damals?«

»Ich ging auf den Technischen Zweig in Holbæk.«

»In Holbæk? Kanntest du die beiden Ermordeten?«

»Ja.« Das kam kaum hörbar.

»Søren kanntest du also auch?«

Er nickte. »Ja, ein bisschen. Aber nicht so gut wie Lisbet.«

»Jetzt hören Sie mal zu«, fuhr Assad dazwischen. »Ich kann

es Ihnen doch vom Gesicht ablesen: Lisbet hatte Ihnen gesagt, dass sie nicht mehr in Sie verliebt ist. Stimmt doch, oder? Lisbet wollte Sie nicht mehr.« Assads Augenbrauen zogen sich zusammen. »Und weil Sie Lisbet nicht haben konnten, haben Sie sie ermordet. Und jetzt wollen Sie, dass wir das selbst rausfinden, damit wir Sie festnehmen müssen. Damit Sie sich nicht umbringen müssen, stimmt's?«

Johan blinzelte ein paar Mal ganz schnell, dann wurde sein Blick starr.

»Muss der hier dabei sein?«, wandte er sich überraschend beherrscht an Carl.

Carl schüttelte den Kopf. Assads Ausfälle begannen bedauerlicherweise zur Gewohnheit zu werden. »Kannst du nicht mal nach nebenan gehen, Assad? Nur für fünf Minuten.« Er deutete auf die Flügeltür hinter Johan.

Da sprang Johan hektisch auf.

Es gibt viele Anzeichen von Furcht, und Carl Mørck kannte die meisten. Deshalb sah er auf die geschlossene Tür.

»Nein, nicht da rein, da drinnen ist es so unordentlich«, sagte Johan und stellte sich vor die Tür. »Setzen Sie sich doch ins Esszimmer. Sie können sich in der Küche auch eine Tasse Kaffee holen, der ist ganz frisch.«

Aber auch Assad hatte das Signal empfangen. »Nein danke. Ich mag lieber Tee«, sagte er, war mit einem Satz an der Tür und riss beide Flügel weit auf.

Das angrenzende Zimmer war ebenfalls großzügig. An einer Wand standen mehrere Schreibtische, darauf Berge von Akten und Papieren. Am interessantesten aber war das Gesicht, das sie mit melancholischen Augen oben von der Wand anstarrte. Es handelte sich um die meterhohe Vergrößerung des Fotos einer jungen Frau. Lisbet Jørgensen, die Ermordete in Rørvig. Zerzaustes Haar, wolkenloser Himmel im Hintergrund. Ein richtiger Sommerschnappschuss. Tiefe Schatten auf dem Gesicht. Wären da nicht die Augen und die Größe des Fotos und seine ungewöhnlich exponierte Platzierung, wäre es einem kaum aufgefallen. So aber nahm man es gleich wahr.

Der ganze Raum war eine Art Tempel, in dem sich alles um Lisbet drehte. Vor der einen Wand, an der Zeitungsartikel über den Mord hingen, standen frische Blumen. Eine andere Wand war dekoriert mit den typischen quadratischen Fotos einer Polaroidkamera, allesamt inzwischen verblasst. Das Mädchen. Eine Bluse, einige Briefe und Postkarten. Glückliche und unglückliche Zeiten direkt nebeneinander.

Johan sagte kein Wort. Stellte sich nur vor das Foto und ließ sich von dem Blick einfangen.

»Warum durften wir diesen Raum nicht sehen?«, fragte Carl.

Johan Jacobsen zuckte die Achseln. Carl begriff – das war zu intim. Hier hatte jemand seine Seele ausgeschüttet, die Wände offenbarten geplatzte Träume.

»Sie hat mit Ihnen in dieser Nacht Schluss gemacht. Sagen Sie, wie es war, Johan. Das ist am besten für Sie.« Assad klang anklagend.

Johan drehte sich um und musterte ihn mit hartem Blick.

»Sie, die ich am meisten auf der ganzen Welt geliebt habe, wurde massakriert. Und die Täter stehen jetzt ganz oben auf der gesellschaftlichen Leiter und grinsen uns an. Das sage ich. Und wenn dann so ein erbärmlicher Versager wie Bjarne Thøgersen dafür büßen muss, dann geht es dabei nur um eines: um Geld. Um schnöden Mammon. Judasgeld. Um nichts anderes.«

»Und das soll nun ein Ende haben?«, fragte Carl. »Aber warum gerade jetzt?«

»Weil ich wieder allein bin und an nichts anderes denken kann. Kannst du das nicht verstehen?«

Johan Jacobsen war erst zwanzig gewesen, als Lisbet zu seinem Antrag Ja gesagt hatte, ja, sie wolle ihn heiraten. Ihr Vater und sein Vater waren Freunde. Die Familien hatten sich häufig gegenseitig besucht, und solange Johan denken konnte, war er in Lisbet verliebt gewesen.

Er war in jener Nacht bei ihr gewesen, nebenan hatte ihr Bruder mit seiner Freundin geschlafen.

Sie hatten sich lange ernst unterhalten, und dann hatten sie miteinander geschlafen. Von ihr aus war das als Abschiedsgeste gemeint. Weinend war er in der Morgendämmerung gegangen. Später, noch am selben Tag, war sie tot. In nur zehn Stunden wurde er aus seiner vollkommenen Glückseligkeit gerissen, in furchtbaren Liebeskummer gestürzt und dann direkt in die Hölle geworfen. Niemals hatte er sich von den Ereignissen jener Nacht und des folgenden Tages frei machen können. Zwar hatte er eine andere Freundin gefunden, sie hatten geheiratet und zwei Kinder bekommen. Aber letztlich war es für ihn immer nur um Lisbet gegangen.

Als sein Vater im Sterben lag, hatte der ihm gestanden, damals die Akte für Lisbets Mutter entwendet zu haben. Daraufhin war Johan gleich am nächsten Tag zu ihr gefahren und hatte sich die Unterlagen ausgeliehen.

Seither waren diese Papiere sein wichtigster Besitz. Von jenem Tag an hatte Lisbet sein Leben noch mehr ausgefüllt.

Am Ende war sie einfach zu dominierend gewesen, und da war seine Frau gegangen.

»Was meinen Sie mit ›sie war zu dominierend‹?«, fragte Assad.

»Ich habe die ganze Zeit nur von ihr gesprochen. Dachte Tag und Nacht an nichts anderes. All die Zeitungsausschnitte, die Berichte. Ich musste immerzu, *musste* einfach die ganze Zeit darüber lesen.«

»Und jetzt? Jetzt willst du das alles loswerden? Hast du uns deshalb auf die Spur gebracht?«, fragte Carl.

»Ja.«

»Und was hast du für uns? Das hier?« Carl breitete beide Arme aus und umschrieb mit der Geste die Fülle des Materials.

Jacobsen nickte. »Wenn ihr das alles durchgeht, wisst ihr anschließend, dass es die Clique aus dem Internat war.«

»Du hast für uns eine Liste mit Überfällen erstellt. Wir haben sie bereits durchgesehen. Ist es das, woran du denkst?«

»Was ich euch gegeben habe, ist nur ein Auszug. Die komplette Liste habe ich hier.« Er beugte sich über den Tisch, nahm einen Stoß Zeitungsausschnitte hoch und zog darunter einen DIN-A4-Bogen hervor.

»Hier geht es los. Das war schon vor den Morden von Rørvig. Der hier war auch auf dem Internat, das steht dort.« Er deutete auf eine Seite aus der Tageszeitung ›Politiken‹ vom 15. Juni 1987. Die Überschrift lautete: »Tragischer Unfall im Schwimmbad von Bellahøj. Neunzehnjähriger beim Fall vom Zehnmeterbrett tödlich verunglückt.«

Carl überflog die Fälle. Viele kannte er von der Liste, die schon bei ihnen im Dezernat Q lag. Der Zeitraum zwischen den Vorfällen betrug immer drei bis vier Monate. Einige waren tödlich ausgegangen.

»Das können doch alles Unglücksfälle gewesen sein«, meinte Assad. »Was hat das mit den Internatsschülern zu tun? Die Unfälle müssen doch überhaupt nichts miteinander zu tun haben. Haben Sie denn Beweise dafür?«

»Nein. Das ist euer Job.«

Assad schüttelte den Kopf und wandte sich ab. »Also ehrlich, was soll denn das? Sie tun mir leid, Sie sind doch krank im Kopf von dieser Geschichte. Sie sollten sich lieber einen Psychologen suchen, statt mit uns Ihre Spielchen zu treiben. Können Sie nicht zu der im Präsidium gehen, dieser Mona Ibsen?«

Auf dem Rückweg zum Präsidium redeten Carl und Assad nicht miteinander. Beiden ging der Fall durch den Kopf.

»Mach uns eine Tasse Tee«, sagte Carl unten im Keller und schob die Plastiktüten mit Johan Jacobsens Material in eine Ecke. »Aber bloß nicht so viel Zucker, ja?«

Er ließ sich auf seinen Stuhl fallen, knallte die Beine auf den Tisch, schaltete die Nachrichten auf TV2 ein und das Gehirn ab. Er erwartete nicht mehr viel von diesem Tag.

Doch ein Anruf fünf Minuten später brachte ihn wieder in Wallung.

Schon gleich nach dem ersten Klingeln nahm er den Hörer ab. Als er die dunkle Stimme seines Chefs hörte, sah er zur Decke.

»Carl, ich habe mit der Polizeipräsidentin gesprochen. Sie sieht keinen Anlass, warum du in dem Fall noch tiefer bohren solltest.«

Erst protestierte Carl nur pro forma und aus Gewohnheit. Aber als Marcus Jacobsen keine Anstalten machte, weitere Erläuterungen abzugeben, spürte er, wie ihm langsam der Kamm schwoll.

»Und warum nicht, wenn ich fragen darf?«

»So ist es eben. Du sollst die Prioritäten so setzen, dass du dich ausschließlich auf Fälle konzentrierst, bei denen es zu keiner Verurteilung gekommen ist. Den Rest legst du auf die Stahlregale im Archiv.«

»Eigentlich entscheide *ich* das doch, oder?«

»Nicht, wenn die Polizeipräsidentin etwas anderes sagt.«

Damit war das Gespräch beendet.

»Leckerer Pfefferminztee mit ein bisschen Zucker«, sagte Assad und reichte ihm eine Tasse. Der Löffel stand senkrecht in einem Sirupmeer.

Carl nahm den Tee und kippte ihn, glühend heiß und widerlich süß, in einem Zug hinunter. Er war gerade dabei, sich an das Gesöff zu gewöhnen.

»Sei doch nicht sauer, Carl. Wir lassen den Fall zwei Wochen liegen, bis dieser Johan wieder auf der Arbeit erscheint. Dann setzen wir ihn still und heimlich unter Druck, Tag für Tag. Du wirst schon sehen, wie der irgendwann alles zugibt.«

Carl betrachtete ihn. Wenn man es nicht besser wüsste,

könnte man meinen, seine heitere Miene sei aufgemalt. War er nicht noch vor einer halben Stunde wegen dieses Falles aggressiv und drängend gewesen? Hatte er nicht deshalb einen ganz dunklen Schädel gehabt?

»Was soll er zugeben, Assad? Verdammt, wovon redest du?«

»Er hat in der Nacht von Lisbet Jørgensen erfahren, dass sie ihn überhaupt nicht haben wollte. Bestimmt hat sie gesagt, sie hätte einen anderen. Und dann ist er am Vormittag zurückgekommen und hat sie alle beide umgebracht. Wenn wir nur ein bisschen nachbohren, finden wir sicher auch heraus, dass es außerdem noch irgendeinen Scheiß zwischen Lisbets Bruder und Johan gab. Vielleicht war er damals schon so verrückt.«

»Vergiss es, Assad. Die haben uns den Fall weggenommen. Außerdem glaub ich nicht die Bohne an deine Theorie. Die ist viel zu konstruiert.«

»Konstruiert?«

»Ja, Mann. Ausgedacht. Kompliziert. Wenn Johan das gemacht hätte, wäre er schon vor hundert Jahren zusammengebrochen.«

»Nicht, wenn er gaga im Kopf ist.«

»Einer, der gaga ist, legt keine Spuren aus wie diese Trivial-Pursuit-Spielkarten. Der schmeißt einem die Mordwaffe mehr oder weniger vor die Füße und dreht dann den Kopf in die andere Richtung. Hast du im Übrigen nicht gehört, was ich gesagt habe? Der Fall ist uns abgenommen worden.«

Assad betrachtete desinteressiert den Flachbildschirm an der Wand, wo eine Reportage zu einem Überfall in der Store Kannikestræde lief. »Nein, hab ich nicht gehört. Will ich nicht hören. Was hast du gesagt, wer hat uns den Fall weggenommen?«

Sie konnten riechen, dass sie zu ihnen unterwegs war, noch ehe sie Rose sehen konnten. Plötzlich stand sie da, bepackt mit Büroartikeln und Tragetaschen mit Weihnachtsmännern drauf. Das war in jeder Hinsicht reichlich früh.

»Tock, tock!«, sagte sie und schlug mit der Stirn zweimal an den Türrahmen. »Hier kommt die Kavallerie, täteretä täteretä! Leckere Plunderteilchen für alle!«

Assad und Carl sahen sich an. Der eine mit gequälter Miene, der andere mit funkelnden Augen.

»Hallo Rose, und willkommen im Sonderdezernat Q! Ich habe alles für dich vorbereitet, wirklich wahr«, sagte der kleine Überläufer.

Der Blick, den Rose Carl zuwarf, als Assad mit ihr in den Nebenraum abzog, sprach Bände: Mich wirst du nicht los, hieß das. Aber das würde sie verdammt noch mal nicht allein entscheiden. Als ob er sich mit Plunderteilchen bestechen ließe.

Er warf einen flüchtigen Blick auf die Plastiktüten in der Ecke. Dann holte er ein Blatt Papier aus der Schublade und schrieb:

Verdächtige:

- Bjarne Thøgersen?
- Ein anderer aus der Internatsclique? Oder mehrere?
- Johan Jacobsen?
- Auftragsmord?
- Jemand aus dem Umfeld der Clique?

Das Ergebnis war mehr als mager. Frustriert runzelte er die Stirn. Hätte Marcus ihn in Ruhe gelassen, hätte er wohl von sich aus das Blatt in kleine Stücke zerrissen. Aber so funktionierte er nicht. Er hatte die Anweisung erhalten, den Fall ruhen zu lassen, und deshalb konnte er das nicht.

Schon als Junge war er so gewesen, was auch seinem Vater nicht verborgen geblieben war und ihn zu entsprechenden Tricks hatte greifen lassen. Indem er Carl ausdrücklich untersagte, das Wiesengelände zu pflügen, hatte er ihn dazu gebracht, es zu tun. Indem er ihn immer wieder drängte, den Militärdienst zu verweigern, hatte er ihn dazu gebracht, sich mustern zu lassen. Sogar bei den Mädchen hatte er sich hinterlistig eingemischt. Nach seinen abfälligen Äußerungen über eine Bauerntochter hatte Carl nichts Eiligeres zu tun gehabt, als ihr die Tür einzurennen. So war Carl, und so war er schon immer gewesen. Kein Mensch durfte über ihn verfügen, und deshalb war es so leicht, ihn zu manipulieren! Er wusste das genau. Die Frage war, ob es auch die Polizeipräsidentin wusste. Schwer vorstellbar.

Aber zum Teufel. Worum ging es eigentlich? Woher wusste die Polizeipräsidentin denn überhaupt, dass er an diesem Fall saß? Das wusste doch nur eine Handvoll Eingeweihte.

In Gedanken ging er sie durch. Marcus Jacobsen, Lars Bjørn, Assad, die Menschen in Holbæk, Valdemar Florin, der Mann im Sommerhaus, die Mutter der Ermordeten …

Einen Moment starrte er still vor sich hin. Ja, diese Menschen wussten davon, und je länger er darüber nachdachte, desto mehr Namen fielen ihm ein.

Also konnte durchaus irgendwer die Notbremse gezogen haben. Wenn Namen wie Florin, Dybbøl Jensen und Pram in Verbindung mit einem Mordfall erwähnt wurden, war man schnell weit draußen, wo man kaum noch Grund unter den Füßen hatte.

Er schüttelte den Kopf. Ihm war es wirklich scheißegal, welchen Namen jemand hatte oder was die Polizeipräsidentin umtrieb. Nun hatten sie mal angefangen und nun sollte sie niemand aufhalten.

Er sah zur Tür. Aus Roses Büro drangen neue, unbekannte Geräusche in den Kellerflur. Dieses brummende, eigentümliche Lachen. Laute Ausrufe. Assad war so richtig in Fahrt. Feierten die dort drüben eine Rave-Party?

Er klopfte eine Zigarette aus der Packung, zündete sie an und starrte auf den Rauch, der sich über das Papier legte. Dann schrieb er:

Aufgaben:

- Vergleichbare Morde im Ausland zur gleichen Zeit? In Schweden? Deutschland?
- Wer aus dem alten Ermittlerteam ist noch heute im Dienst?
- Bjarne Thøgersen / Vridsløselille
- Der Unfall des Internatsschülers in der Badeanstalt Bellahøj. Zufall?
- Mit wem von damals aus dem Internat können wir reden?
- Rechtsanwalt Bent Krum!
- Torsten Florin, Ditlev Pram und Ulrik Dybbøl Jensen: Liegt zurzeit etwas gegen sie vor? Strafanzeigen? Psychologische Profile?
- Fahnden nach Kimmie alias Kirsten-Marie Lassen – Angehörige, mit denen wir sprechen können?
- Umstände von Kristian Wolfs Tod!

Er tippte mit dem Bleistift etliche Male aufs Papier, dann schrieb er, freilich ohne die Miene allzu stark aufzudrücken:

- Hardy.
- Rose zum Teufel jagen.
- Mona Ibsen durchficken.

Er blickte immer wieder auf die letzte Zeile und fühlte sich wie ein pubertierender Bengel, der Mädchennamen in die Tischplatte ritzt. Wenn sie wüsste, wie schwer seine Eier wurden, wenn er vor seinem inneren Auge ihren Arsch sah oder die schaukelnden Brüste! Er holte ein paar Mal tief Luft, dann nahm er den Radiergummi aus der Schublade und begann, die beiden letzten Linien auszuradieren.

»Carl Mørck, störe ich?« Er hörte eine Stimme von der Tür her, woraufhin sein Blut erstarrte und gleichzeitig zu kochen anfing. Aus dem Rückenmark jagten fünf Befehle gleichzeitig durch Carls Infrastruktur: Lass den Radiergummi fallen, deck die letzte Zeile ab, leg die Kippe weg und entferne den dämlichen Ausdruck aus deinem Gesicht. Klapp den Mund zu.

»Störe ich?«, fragte sie noch einmal. Er bemühte sich krampfhaft, ihr in die Augen zu sehen.

Sie waren noch immer braun. Mona Ibsen war wieder da. Vor Schreck wäre er fast gestorben.

»Was wollte Mona?«, fragte Rose und lächelte. Als ginge sie das was an!

Sie stand in der offenen Tür und kaute an ihrem Plunderteilchen. Carl bemühte sich unterdessen, in die Wirklichkeit zurückzufinden.

»Was wollte sie?«, fragte nun auch Assad mit vollem Mund. Noch nie hatte man so wenig Creme so gründlich in so viele Bartstoppeln geschmiert gesehen.

»Das kann ich dir später erzählen.« Er wandte sich Rose zu und hoffte, dass ihr seine glühenden Wangen nicht auffielen, die sein heftig klopfendes Herz mit immer neuem Blut beschickte. »Findest du dich in deinem neuen Domizil zurecht?«

»Nanu, ein Hauch von Interesse! Ich danke. Ja, wenn man Sonnenlicht, Farbe an den Wänden und freundliche Menschen in seiner Umgebung hasst, dann ist der Ort, den ihr mir da zurechtgemacht habt, einfach perfekt.« Sie stieß Assad den Ellbogen in die Seite. »Nur ein Witz, Assad. Du bist okay.«

Na, da zeichnete sich ja eine angenehme Zusammenarbeit ab.

Carl stand auf und kritzelte angestrengt die beiden Listen mit den Verdächtigen und den Aufgaben auf das Whiteboard.

Dann wandte er sich dem frisch installierten Wunder von einer Sekretärin zu. Falls sie zu wissen glaubte, was Arbeit sei, dann täuschte sie sich. Das würde er ihr erst beibringen. Sie würde so hart schuften, dass ihr ein Job als Pappkartonpresserin in der Margarinefabrik wie das Paradies auf Erden erscheinen würde.

»Der Fall, an dem wir gerade dran sind, ist wegen der eventuell involvierten Personen ein bisschen tricky«, sagte er mit Blick auf das Plunderteilchen, an dem sie gerade wie ein Eichhörnchen mit den Schneidezähnen knabberte. »Assad kann dir gleich schon mal eine erste Einführung geben. Ich möchte dich bitten, anschließend die Papiere in den Plastiktüten hier in chronologische Reihenfolge zu bringen und sie den Papieren hier auf dem Tisch zuzuordnen. Dann machst du von allem Kopien, und zwar für Assad und für dich. Bis auf diesen Ordner hier, der muss noch warten.« Er schob den grauen Ordner von Johan Jacobsen und Marta Jørgensen zur Seite. »Und sobald du damit fertig bist, recherchierst du alles zu diesem Punkt hier.« Er deutete auf die Zeile mit dem Zehnmeterbrett-Unfall draußen in Bellahøj. »Wir haben es relativ eilig, du musst also schon etwas Tempo vorlegen. Das Datum des Unglücksfalls findest du auf dem Übersichtsbogen, der in der roten Plastiktüte ganz oben liegt. Sommer 1987, noch vor dem Rørvig-Mord, irgendwann im Juni.«

Vielleicht hatte er erwartet, dass sie wenigstens ein bisschen grunzen würde. Nur eine kleine, säuerliche Bemerkung. Dann hätte er ihr gleich noch ein paar zusätzliche Aufgaben aufbrummen können. Aber sie reagierte erstaunlich cool. Sie sah nur ganz nüchtern auf die Hand mit dem halben Plunderteilchen, dann schob sie es seitlich in einen Schlund, der so aussah, als könnte er noch weit Größeres schlucken.

Carl wandte sich an Assad. »Was meinst du, Assad, wie würde es dir gehen, wenn du ein paar Tage kellerfrei bekämst?«

»Ist was mit Hardy?«

»Nein. Du sollst Kimmie finden. Wir müssen uns schleunigst mal ein eigenes Bild von dieser Internatsclique machen. Ich kümmere mich um die anderen.«

Assad wirkte, als versuchte er, sich das Szenario vorzustellen: Er selbst auf der Jagd nach einer Obdachlosen irgendwo auf den Straßen Kopenhagens, Carl unterdessen mit den Reichen gemütlich bei Kaffee und Cognac in der warmen Stube. So jedenfalls betrachtete Carl selbst die Angelegenheit.

»Ich verstehe das nicht, Carl«, sagte er. »Machen wir mit dem Fall jetzt doch weiter? Haben wir nicht gerade gehört, dass wir die Finger davon lassen sollen?«

Carl runzelte die Stirn. Vielleicht hätte Assad lieber die Klappe halten sollen. Wer konnte schließlich wissen, wie es um Roses Loyalität bestellt war. Warum war sie überhaupt hier unten? Also, er hatte mit Sicherheit nicht um sie gebeten.

»Tja, wo Assad das nun schon anspricht: Die Polizeipräsidentin hat uns in der Angelegenheit rotes Licht gegeben. Hast du damit ein Problem?«, fragte er sie.

Sie zuckte die Achseln. »Für mich ist das okay. Aber nächstes Mal bist du für den Kuchen zuständig«, sagte sie und schnappte sich die Plastiktüten.

Nachdem Assad seine Anweisungen bekommen hatte, zog er ab. Zweimal täglich sollte er Carl anrufen und berichten, was sich bei der Suche nach Kimmie ergeben hatte. Er hatte eine Liste mitbekommen, die er abarbeiten sollte. Sie umfasste unter anderem ein Gespräch mit dem Einwohnermeldeamt, mit der Schutzpolizei in der City, mit den Sozialämtern im Rathaus, mit den Leuten von Kirkens Korshær, die in der Hillerødgade das Obdachlosenasyl betrieben, und mit allen möglichen anderen Stellen. Eine ziemliche Aufgabe für einen Mann, der noch tonnenweise Wüstensand hinter den Ohren hatte, insbesondere da sich ihre Informationen über Kimmies Obdachlosigkeit bisher einzig und allein auf die Aussage von Valdemar Florin stützten. Und ob der überhaupt auf dem neuesten Stand war? Bei dem zweifelhaften Ruf der Internatsclique war es schließlich sogar denkbar, dass Kimmie gar nicht mehr am Leben war.

Carl öffnete den hellgrünen Aktenordner und notierte sich Kirsten-Marie Lassens Personennummer. Dann stand er auf und ging auf den Korridor. Rose jagte dort in beunruhigend energischer Weise die Papierstöße durch den Kopierer.

»Wir sollten Tische hier unten haben, auf denen man was ablegen kann«, sagte sie, ohne aufzublicken.

»Aha? Eine bestimmte Marke?« Er lächelte schief und gab ihr den Zettel mit der Personennummer. »Ich brauche alle Informationen zu ihr. Letzter Aufenthaltsort, mögliche Krankenhausaufenthalte, Auszahlung von Sozialhilfe, Ausbildung, Aufenthaltsort der Eltern, falls die noch leben. Verschieb das Kopieren, ich will das hier gern schnell haben. Und zwar alles. Bitte.«

Sie richtete sich zu voller Stilettogröße auf. Ihr Blick auf seinem Kehlkopf fühlte sich nicht gut an. »Die Bestelllisten für die Tische bekommst du in zehn Minuten«, entgegnete sie trocken. »Ich halte viel vom Malling-Beck-Katalog. Die haben solche höhenverstellbaren Tische für fünf- bis sechstausend das Stück.«

Wie in Trance füllte Carl seinen Einkaufswagen. Die Gedanken an Mona Ibsen rumorten in seinem Organismus. Sie hatte ihren Ehering nicht getragen, das hatte er als Erstes bemerkt. Und dann wurde ihm jedes Mal der Hals trocken, wenn sie ihn ansah. Ein weiteres Zeichen dafür, dass das mit den Frauen lange her war.

Verdammt.

Er blickte auf und versuchte sich in dem riesigen Supermarkt zu orientieren, genau wie alle anderen, die verwirrt herumkurvten, um Klopapier zu finden, wo nur Kosmetikartikel waren. Es war zum Verrücktwerden.

Am Ende der Fußgängerzone war der Abriss der alten Textilwarenhandlung fast abgeschlossen. Allerød war nicht mehr Korsbæk und bald war es Carl auch egal. Bekam er Mona Ibsen nicht, sollten die von ihm aus auch noch die Kirche abreißen und stattdessen da einen Supermarkt hinsetzen.

»Was zum Teufel hast du denn alles eingekauft?«, fragte sein Mieter, Morten Holland, als er die Einkäufe auspackte. Er sagte, er hätte auch einen harten Tag gehabt. Zwei Stunden Staatswissenschaft und drei Stunden im Videoladen. Ja, die Zeiten waren echt hart, das konnte Carl durchaus sehen.

»Ich hab gedacht, du könntest für uns Chili con Carne machen«, sagte Carl. Mortens Kommentar, dass es dann praktisch gewesen wäre, wenn er Bohnen und Fleisch eingekauft hätte, ignorierte er.

Carl ließ Morten am Küchentisch zurück und ging in den ersten Stock, wo die Nostalgiewelle Jespers Zimmertür fast auf die Treppe blies: Jesper hockte hinter der Tür und legte, zum Gewummere von Led Zeppelin, Soldaten mit seinem Nintendo um. Seine Zombiefreundin saß auf dem Bett und stillte ihren Kontakthunger, indem sie SMS in die Welt hinausschickte.

Carl seufzte und dachte daran, wie erfindungsreich er selbst gewesen war, damals in Brønderslev. Mit Belinda in der Dachkammer! Ein Hoch auf die Elektronik. Hauptsache, er blieb verschont.

Dann kippte er förmlich ins Schlafzimmer, magisch angezogen von seinem Bett. Wenn Morten ihn nicht in den nächsten zwanzig Minuten zum Essen rief, würde das Bett das Rennen gewinnen.

Er legte sich hin, verschränkte die Arme im Nacken und starrte an die Zimmerdecke. Dabei stellte er sich Mona Ibsen vor, wie sie sich nackt neben ihm unter der Decke ausstreckte. Wenn er nicht bald irgendwo zum Zuge kam, würden ihm seine Klunker noch welken. Entweder Mona oder ein paar rasche Fischzüge durch die Bodegas, ansonsten könnte er sich genauso gut gleich zum Polizeicorps in Afghanistan melden. Lieber eine harte Kugel in den Schädel als zwei schlaffe im Untergeschoss.

Nun dröhnte durch die Wand zu Jespers Zimmer eine ausgesprochen grässliche Mischung aus Gangsta-Rap und einem Geräusch, als krachte ein ganzes Blechhüttendorf zusammen. Sollte er rübergehen und motzen oder die Ohren zuklappen?

Er blieb liegen, das Kopfkissen um den Kopf geknäult. Vielleicht kam ihm deshalb Hardy in den Sinn.

Hardy, der sich nicht rühren konnte. Hardy, der sich nicht die Stirn kratzen konnte, wenn es juckte. Hardy, der absolut nichts konnte, außer denken. Carl wäre in so einer Situation längst verrückt geworden.

Er sah hinüber zu dem Foto, das Hardy, Anker und ihn selbst zeigte, die Arme umeinandergelegt. Drei verdammt gute Polizisten, dachte Carl. Warum hatte Hardy etwas anderes angedeutet, als er das letzte Mal oben bei ihm in Hornbæk war? Was meinte er damit, als er sagte, dort in der Gartenhütte auf Amager hätte ihnen jemand aufgelauert?

Er besah sich Anker genauer. Er war der Kleinste von ihnen, aber der mit dem intensivsten Blick. Seit fast einem dreiviertel Jahr war der Freund tot, und trotzdem sah er diese Augen noch immer vor sich. Glaubte Hardy tatsächlich, Anker hätte etwas mit den Leuten zu tun gehabt, die ihn umbrachten?

Carl schüttelte den Kopf. Er konnte sich das eigentlich nicht vorstellen. Dann ließ er den Blick weiterwandern zu den anderen Fotos – zu Aufnahmen, die von gemütlichen Stunden mit Vigga zeugten, damals, als sie noch ganz wild darauf war, ihre Finger in seinen Nabel zu bohren, weiter zu einem Foto des Bauernhofs in Brønderslev und schließlich zu dem Bild, das Vigga an dem Tag von ihm gemacht hatte, als er in seiner ersten richtigen Paradeuniform nach Hause gekommen war.

Er kniff die Augen zusammen. Die Ecke, in der das Bild hing, war dunkel, und trotzdem sah er da ganz eindeutig etwas, das nicht so war, wie es sein sollte.

Er ließ das Kopfkissen fallen und stand auf. Unterdessen setzte Jesper auf der anderen Seite der Wand eine neue akustische Schreckensorgie in Gang. Carl ging langsam auf das Foto zu. Zuerst wirkten die Flecken wie Schatten, aber als er ganz dicht herantrat, sah er, was es war.

Bei so frischem Blut irrte man sich selten. Erst jetzt bemerkte er, wie es in dünnen Rinnsalen die Wand hinunterlief. Wie hatte er das übersehen können? Und was zum Teufel war das?

Er rief nach Morten und riss Jesper aus seiner Hypnose vor dem Flachbildschirm. Er deutete auf die Flecken, woraufhin die beiden, Morten und Jesper, ihn angeekelt beziehungsweise gekränkt ansahen.

Nein, mit der Schweinerei hatte Morten nichts zu tun.

Und nein, das hatte Jesper verdammt noch mal auch nicht. Und seine Freundin genauso wenig, falls Carl das glaubte. Ob er etwa nicht ganz dicht war, oder was.

Carl sah sich das Blut noch einmal genau an und nickte.

Mit der entsprechenden Ausrüstung dauerte es sicher nicht länger als drei Minuten, das Haustürschloss zu öffnen, einen Gegenstand zu finden, den Carl garantiert öfter anschaute, ein bisschen Tierblut draufzuschmieren und wieder zu verschwinden. Und da der Magnolienvej und sogar der gesamte Rønneholtpark zwischen acht und sechzehn Uhr wie leer gefegt waren, war es sicher nicht schwer, drei passende Minuten zu finden.

Aber falls irgendjemand glaubte, dass ihn solche Sperenzchen von weiteren Nachforschungen abhalten würden, dann war derjenige nicht nur ungewöhnlich dumm, er war in irgendeiner Weise auch schuldig.

15

Nur wenn sie getrunken hatte, träumte sie gut. Das war einer der Gründe, warum sie trank.

Denn ohne die Schlucke aus ihrer Whiskyflasche war klar, wie es lief: Sie döste, stundenlang. Und dazu flüsterten die Stimmen. Bis das Plakat mit den spielenden Kindern an der Tür dann irgendwann doch vor ihren Augen verschwamm und sie in schwere Träume hinüberglitt. Die Albtraumbilder standen immer schon Schlange. Erinnerungen an die weichen Haare einer Mutter und an ein Gesicht, hart wie Stein. Bilder eines kleinen Mädchens, das versuchte, sich in den Ecken und Winkeln der riesengroßen Villa unsichtbar zu machen. Entsetzliche Augenblicke. Wie verwischt aufblitzende Bilder einer Mutter, die sie einfach verließ. Und kalte, eisigkalte Umarmungen der Frauen, die ihren Platz einnahmen.

Wenn sie dann aufwachte, zitterte sie am ganzen Körper vor Kälte, und zugleich stand ihr der Schweiß auf der Stirn. In der Regel waren die Träume dann an jenem Punkt ihres Lebens angelangt, wo sie den maßlosen Erwartungen dieser Bürgertiere, ihrer Falschheit und ihrem gekünstelten Wohlwollen den Rücken kehrte – all dem, was sie vergessen wollte.

Am Abend zuvor hatte sie mächtig einen geschluckt. Deshalb war der Morgen relativ unkompliziert. Mit Kälte, Husten und dröhnenden Kopfschmerzen konnte sie umgehen. Hauptsache, die Gedanken und die Stimmen gaben Ruhe.

Sie reckte sich, streckte die Hand unter die Pritsche und zog den Pappkarton hervor: ihre Speisekammer. Das System war simpel. Das Essen, das rechts lag, musste als Erstes gegessen werden. Wenn die rechte Seite leer war, drehte sie den Karton um hundertachtzig Grad und aß dann wieder das, was rechts lag. Auf diese Weise konnte sie die leere linke Seite mit neuen

Waren von Aldi auffüllen. Stets die gleiche Prozedur und nie für mehr als zwei, drei Tage Lebensmittel im Karton. Sonst wurde das Essen schlecht, besonders wenn die Sonne aufs Dach brannte.

Leidenschaftslos löffelte sie den Joghurt in sich hinein. Es war viele Jahre her, seit Essen ihr wirklich etwas bedeutet hatte.

Dann schob sie den Karton wieder unter die Pritsche, tastete, bis sie die kleine Kiste fand, streichelte sie einen Moment und flüsterte: »So, mein kleiner Liebling, Mama muss jetzt in die Stadt. Bald bin ich wieder zu Hause.«

Anschließend schnupperte sie an ihren Achselhöhlen. Es wurde wirklich Zeit, mal wieder ins Bad zu gehen. Früher hatte sie manchmal das im Hauptbahnhof benutzt. Aber seit Tine sie gewarnt und ihr erzählt hatte, dass dort Leute unterwegs seien, die nach ihr suchten, war Schluss damit. Falls sie unbedingt dorthin musste, würde sie erst besondere Vorkehrungen treffen.

Sie leckte den Löffel ab und warf den Plastikbecher in die Abfalltüte unter sich. Dabei mühte sie sich nach Kräften, die nächsten Schritte unter Kontrolle zu bringen.

Am Abend zuvor war sie in Ditlevs Haus am Strandvej gewesen. Eine geschlagene Stunde hatte sie vor seiner Villa gehockt und die erleuchteten Fenster angestarrt, bis die Stimmen ihr grünes Licht gaben. Es war ein sehr gepflegtes Haus, aber genauso klinisch und emotionslos wie Ditlev. Was auch sonst? Dann hatte sie eine Scheibe eingeschlagen und sich gründlich umgeschaut, bis plötzlich eine Frau im Negligé vor ihr stand, blankes Entsetzen im Blick, als sie Kimmies Pistole sah. Doch sie hatte sich überraschend schnell beruhigt, als sie erfuhr, dass es eigentlich um ihren Mann ging.

Da hatte Kimmie ihr die Pistole gegeben und ihr gesagt, die könne sie benutzen, wozu sie wolle. Die Frau hatte einen Moment auf die Waffe geschaut, sie in der Hand gewogen und schließlich gelächelt. Ja, doch, sie wüsste schon, wofür sie die verwenden könnte. Genau wie die Stimmen vorhergesagt hatten.

Und Kimmie war leichtfüßig in die Stadt zurückgewandert – mit dem Bewusstsein, dass die Botschaft nun für alle klar erkennbar sein musste. Sie, Kimmie, war hinter ihnen her. Keiner von ihnen konnte sich noch sicher fühlen, nirgendwo. Sie ließ keinen aus den Augen.

Wenn sie die anderen richtig einschätzte, dann müssten sie jetzt eigentlich noch mehr Verfolger auf sie ansetzen. Das amüsierte Kimmie. Denn die Anzahl ihrer Verfolger war gewissermaßen ein Indikator für die Panik, die sich auf der Gegenseite breitmachte.

Doch, ja, sie würde dafür sorgen, dass sie wachsam waren. Dass sie unter höchster Alarmbereitschaft standen und an nichts anderes mehr denken konnten.

Nicht die Aufmerksamkeit, die sie erregte, war für Kimmie das Schlimmste, wenn sie neben den anderen Frauen duschte. Auch nicht die neugierigen Blicke der kleinen Mädchen auf die langen Narben auf ihrem Bauch und ihrem Rücken. Auch nicht die unverhohlene Freude von Müttern und Kindern am gemeinsamen Badespaß. Nicht einmal ihr unbekümmertes Lärmen und Lachen in der Schwimmhalle.

Am schlimmsten waren für Kimmie diese vitalen Frauenkörper, die vor Leben förmlich zu vibrieren schienen. Goldene Ringe an Fingern, die jemanden hatten, den sie streicheln konnten. Brüste, die Nahrung gaben. Ein Schoß, der nur darauf wartete, geschwängert zu werden. Das waren die Anblicke, die ihren Stimmen Nahrung gaben.

Deshalb zog sich Kimmie in Windeseile aus. Sie warf ihre Sachen oben auf die Schränke, ohne die anderen anzusehen, und ließ die Plastiktüten mit den neuen Sachen auf dem Boden liegen. Alles musste blitzschnell gehen. Sie musste schon wieder weg sein, ehe ihre Blicke wie von selbst anfingen zu wandern.

Sie musste zusehen, dass sie die Kontrolle behielt.

Deshalb waren auch nur zwanzig Minuten vergangen, als sie schon wieder draußen war. In einem taillierten Mantel, mit hochgesteckten Haaren und einem ungewohnten Hauch von Oberklasseparfüm stand sie auf der Tietgensbro und starrte hinunter auf die Schienenstränge, die zum Hauptbahnhof führten.

Es war lange her, dass sie sich so gekleidet hatte, und sie fühlte sich nicht wohl. In diesem Outfit war sie ein Spiegel all dessen, wogegen sie ankämpfte. Aber es war unerlässlich. Sie wollte, ohne aufzufallen, den Bahnsteig entlanggehen, mit der Rolltreppe nach oben in die Bahnhofshalle fahren und dort herumspazieren. Falls ihr auf Anhieb nichts Ungewöhnliches auffallen würde, würde sie sich mit einer Tasse Kaffee bei Train Fast Food niederlassen und gelegentlich zur Uhr sehen. Wie eine x-beliebige Frau, die auf irgendetwas wartete oder irgendwohin wollte. Stromlinienförmig, mit hochgezogenen Augenbrauen über der Brille mit den getönten Gläsern.

Wie eine dieser Frauen, die so sicher wussten, was sie im Leben erreichen wollten.

Sie saß schon eine Stunde da, als Ratten-Tine vorbeikam, klapperdürr und selbstvergessen vor sich hinlächelnd. Ihre Schritte wirkten unsicher, den Kopf hielt sie schräg und den Blick hatte sie fest in dem leeren Raum einen halben Meter vor sich verankert. Ganz offenkundig hatte sie sich gerade einen Schuss gesetzt. Auch wenn Tine noch nie verletzlicher und durchsichtiger gewirkt hatte, rührte Kimmie sich nicht. Sah Tine nur nach, bis sie hinter McDonald's verschwunden war.

Dabei fiel Kimmie der magere Mann auf. Er stand an der Mauer und unterhielt sich mit zwei anderen, die beide helle Mäntel trugen. Weniger die Tatsache, dass drei erwachsene

Männer so nahe beieinanderstanden, erregte ihre Aufmerksamkeit als vielmehr die, dass sie zwar miteinander redeten, sich dabei aber nicht anschauten. Stattdessen ließen sie die ganze Zeit verstohlen ihre Blicke durch die Bahnhofshalle schweifen. Das und die Tatsache, dass sie fast identisch gekleidet waren. Da begannen Kimmies Warnlampen zu blinken.

Langsam stand sie auf. Schob die Brille zurück auf die Nase und ging trotz ihrer hochhackigen Schuhe mit langen federnden Schritten direkt auf das Trio zu. Als sie näher herankam, konnte sie erkennen, dass sie um die vierzig waren, alle drei. Tiefe Falten um die Mundwinkel zeugten von einem harten Leben. Keine solchen Falten, wie sie sich Geschäftsleute holen, wenn sie an übervollen Schreibtischen bei ungesunder Deckenbeleuchtung bis spät in die Nacht arbeiten. Nein, diese Furchen hatten Wind und Wetter und endlose Stunden der Langeweile gegerbt. Diese Männer waren angestellt, um zu warten und zu observieren.

Als Kimmie nur noch zwei Meter von ihnen entfernt war, sahen sie ihr auf einmal alle drei ins Gesicht. Sie lächelte ihnen zu, aber mit geschlossenen Lippen, um ja nicht ihre Zähne zu zeigen. Im Vorbeigehen spürte sie, wie ein plötzliches Verstummen die drei Männer zusammenkittete. Erst als sie sich bereits ein paar Schritte entfernt hatte, setzten sie ihr Gespräch fort. Kimmie blieb stehen und wühlte in ihrer Handtasche. Einer der drei hieß Kim, konnte sie hören. Natürlich, ein Name mit K.

Sie redeten über Zeitpunkte und Orte und kümmerten sich nicht weiter um sie. Also konnte sie sich frei bewegen. Die Männer orientierten sich offenbar an einer Personenbeschreibung, die auf die Person, als die sie sich derzeit ausgab, nicht zutraf. Natürlich nicht.

Begleitet von den flüsternden Stimmen drehte sie eine Runde durch die Bahnhofshalle. Drüben auf der anderen Seite kaufte sie eine Frauenzeitschrift und kehrte dann an ihren

Ausgangspunkt zurück. Jetzt stand nur noch einer der Typen dort. Er lehnte an der Mauer und war mit Sicherheit auf langes Warten eingestellt. Seine Bewegungen waren langsam, nur seine Augen schienen es immerzu eilig zu haben. Haargenau mit solchen Männern umgaben sich Torsten, Ulrik und Ditlev. Das waren Kulis. Scheißkerle. Eiskalte Typen, die für Geld alles machten – Dinge, von denen in Stellenanzeigen nichts zu lesen war.

Und je länger sie den Typen ansah, umso dichter rückte sie diesen Schweinen auf die Fersen. Und dabei wuchs ihre Wut. Die Stimmen in ihrem Kopf redeten durcheinander und widersprachen sich.

»Lasst das«, flüsterte sie und senkte den Blick. Da merkte sie, dass der Mann am Nachbartisch von seinem Teller aufsah. Dass er zu lokalisieren versuchte, worauf ihre Wut gerichtet war.

Sollte er sich doch darüber den Kopf zerbrechen.

Stopp!, dachte sie dann und fixierte die Schlagzeile einer Zeitschrift. »Kämpfe um deine Ehe!«, stand mit Großbuchstaben auf der Titelseite. Aber sie achtete nur auf das K.

Ein großes K. Schon wieder dieses K.

Die aus der 3G nannten ihn nur K, aber eigentlich hieß er Kåre. Bei der Abstimmung, welcher Schüler der Abschlussklasse Vertrauensschüler werden sollte, hatte er fast alle Stimmen der 3G bekommen. Er sah wahnsinnig gut aus und war das Flüsterthema Nummer eins der kleinen Mädchen in den Schlafsälen und der größeren in ihren Zimmern. Aber sie, Kimmie, hatte ihn bekommen. Nach drei Tänzen beim Ball war sie an der Reihe. Und Kåre bekam ihre Finger zu spüren, an Stellen, wo noch nie jemand gewesen war. Denn Kimmie kannte nicht nur ihren Körper, sondern auch den der Jungen. Dafür hatte Kristian gesorgt.

Und Kåre zappelte hilflos an ihrer Leine.

Man sprach darüber, dass der Notendurchschnitt des braven

Vertrauensschülers von jenem Tag an sank und dass es doch erstaunlich sei, wie ein solcher Musterknabe auf einmal so nachlassen konnte. Aber Kimmie genoss es. Das war ihr Werk. Ihr Körper war es, der diesen Tugendbolzen in seinen Grundfesten erschüttert hatte. Ihr Körper ganz allein.

Für Kåre war alles schon vorbereitet und zurechtgelegt. Längst hatten seine Eltern über seine Zukunft entschieden. Dabei hatten sie keine Ahnung, wer ihr Sohn eigentlich war. Es ging ja auch nur darum, der Kaste zur Ehre zu gereichen, den Sohn bei der Stange zu halten.

Legte man für die Familie Ehre ein und sammelte Erfolge, dann war der Sinn des Lebens gefunden. Scheiß doch auf die Kosten.

Glaubten sie.

Aus genau diesem Grund wurde Kåre Kimmies erstes Ziel. Alles, wofür Kåre stand, verursachte ihr Übelkeit. Fleißprämien. Der Beste im Vogelschießen. Der Schnellste auf der Aschenbahn. Bei festlichen Anlässen ein vorzüglicher Redner. Die Haare ein bisschen besser geschnitten, die Hosen ein bisschen glatter gebügelt. Das sollte weg, beschloss Kimmie. Sie wollte ihn sozusagen schälen, wollte sehen, was sich unter der Schale verbarg.

Und als sie mit ihm fertig war, sah sie sich nach einer schwierigeren Beute um. Auswahl gab es reichlich. Sie fürchtete sich vor nichts und niemandem.

Kimmie blickte nur dann und wann von ihrer Zeitschrift auf. Falls der Mann drüben an der Mauer seinen Beobachtungsposten aufgeben würde, würde sie das merken. Mehr als zehn Jahre auf der Straße schärften die Instinkte.

Und ebendiese Instinkte lenkten ihre Aufmerksamkeit eine Stunde später auf einen weiteren Mann. Auch er bewegte sich auf diese anscheinend ziellose Weise, die Beine schlendernd, aber die Augen hellwach und überall gleichzeitig. Kein Taschendieb, dessen wachsamer Blick die Tasche eines Opfers oder einen abseits hängenden Mantel erspäht. Auch kein Trickdieb, der in dem Moment die Hand vorstreckt, wenn der Kumpel die Drecksarbeit macht. Nein, diese Typen kannte sie besser als irgendwer sonst. So einer war das nicht.

Er war klein, kompakt und trug abgewetzte Kleidung. Dicker Mantel, große Taschen. Eine Hülle um den Körper wie eine abgelegte Schlangenhaut – passend und doch unstimmig. Offenbar wollte er Mittellosigkeit signalisieren. Doch das war nur vorgetäuscht, da war sich Kimmie sicher. Männer in der Uniform der Ausgestoßenen, Männer, die aufgegeben hatten, die sahen andere Menschen nicht an. Deren Blick war auf Abfallkörbe gerichtet. Vor sich auf die Straße. Auf Ecken, in denen sich eine leere Flasche verstecken mochte. Allenfalls auf irgendein Schaufenster oder das Angebot des Tages beim Sun Set. Aber niemals beobachteten sie das Tun und Lassen anderer Menschen – so wie es dieser Mann unter seinen buschigen Augenbrauen tat. Außerdem hatte er eine dunklere Hautfarbe, wie ein Türke vielleicht oder ein Iraner. Hatte man schon jemals einen Türken so tief fallen sehen, dass er als Obdachloser durch die Straßen von Kopenhagen stromerte?

Kimmie beobachtete, wie er auf den Mann zusteuerte, der an der Wand lehnte, und erwartete, dass er ihm im Vorbeigehen ein Zeichen geben würde, aber nichts passierte.

Danach saß sie ruhig da und starrte über den Rand der Zeitung hinweg. Sie bat die Stimmen, sich nicht einzumischen. Sie saß dort so lange, bis der kleine Mann zum Ausgangspunkt zurückkehrte. Aber auch dieses Mal nahmen die beiden Männer keinen Kontakt auf.

Da stand sie ganz still auf, schob den Stuhl vorsichtig unter den Tisch des Cafés und folgte dem dunklen kleinen Mann mit einigem Abstand.

Er ging langsam. Zwischendurch verließ er die Bahnhofshalle immer wieder und spähte die Istedgade hinunter. Aber er entfernte sich nie so weit, dass sie ihn nicht von der Treppe am Bahnhofsvorplatz noch im Auge behalten konnte.

Ohne jeden Zweifel suchte er jemanden, und dieser Jemand konnte durchaus sie sein. Deshalb hielt sie sich im Schatten, hinter Schildern und in Ecken.

Als er zum zehnten Mal bei der Post in der Bahnhofshalle stehen geblieben war und in alle Richtungen gespäht hatte, drehte er sich urplötzlich um und sah sie direkt an. Darauf war sie nicht gefasst gewesen. Sie machte auf ihren hohen Absätzen kehrt, um zum Taxistand zu eilen, in einen Wagen zu springen und davonzubrausen.

Dass Ratten-Tine direkt hinter ihr stand, damit hatte sie nicht gerechnet.

»Hallo Kimmie«, sagte Tine mit schriller Stimme und sah sie aus abgestumpften Augen an. »Ich dachte doch, dass du's bist, Schatz. Bist heute aber verdammt schick, was'n los?«

Sie streckte ihre Arme nach Kimmie aus, als wollte sie sich versichern, dass sie kein Trugbild vor sich hatte. Aber Kimmie zog sich blitzschnell zurück und ließ sie mit ausgestreckten Armen dort stehen.

Hinter sich hörte sie schnelle Schritte, der Mann rannte hinter ihr her.

16

Dreimal hatte in der Nacht das Telefon geklingelt. Aber jedes Mal, wenn Carl abgenommen hatte, war die Leitung stumm gewesen.

Beim Frühstück fragte er Jesper und Morten, ob ihnen im Haus etwas Ungewöhnliches aufgefallen sei. Als Antwort sahen ihn die beiden Morgenmuffel nur schweigend an.

»Habt ihr gestern vielleicht vergessen, die Türen und Fenster zu schließen?«, hakte er nach. Irgendwo sollte doch ein Loch in den schlaftrunkenen Gedankenwindungen der beiden zu finden sein.

Jesper zuckte die Achseln. Wer um diese Zeit des Tages etwas von ihm wollte, musste bei Utopias Lotterie erst das große Los gezogen haben. Morten grunzte immerhin eine Art Antwort.

Anschließend ging Carl einmal rund ums Haus, aber ihm fiel nichts Ungewöhnliches auf. Das Schloss an der Haustür zeigte keine Kratzer. Die Fenster waren so, wie sie sein sollten. Der Einbruch ging offenbar auf das Konto von Leuten, die etwas von ihrem Fach verstanden.

Nach zehn Minuten hatte er seine Untersuchung abgeschlossen. Er setzte sich in seinen Dienstwagen, der zwischen den grauen Betonhäusern parkte. Es stank nach Benzin.

»Verdammte Scheiße!«, rief er, riss die Tür des Peugeots auf und warf sich seitwärts auf den Parkplatz. Er rollte noch zwei, drei Runden weiter, bis er im Schutz eines Kastenwagens lag. Dort wartete er auf den gewaltigen Knall, der die Fensterscheiben im gesamten Magnolienvej eindrücken würde.

»Was ist passiert?«, hörte er eine ruhige Stimme. Er drehte sich um. Kenn, sein Grillkumpel, trug nur ein dünnes T-Shirt, obwohl es noch morgendlich frisch war. Ihm war offenbar gemütlich warm.

»Bleib stehen, Kenn!«, kommandierte Carl und starrte in Richtung Rønneholt Parkvej. Weit und breit rührte sich nichts – außer Kenns Augenbrauen. Vielleicht drückte beim nächsten Mal jemand auf eine Fernbedienung, wenn er sich dem Fahrzeug näherte. Vielleicht reichte schon der Funken aus, der beim Umdrehen des Zündschlüssels entstand.

»Jemand hat was mit meinem Auto angestellt«, sagte er und löste langsam den Blick von den Dächern und den Hunderten von Fenstern ringsum.

Er überlegte kurz, ob er die Polizeitechniker hinzuziehen sollte, entschied sich aber dagegen. Wer ihn einschüchtern oder aus dem Weg räumen wollte, hinterließ keine so plumpen Spuren wie Fingerabdrücke. Genauso gut konnte er die Gegebenheiten akzeptieren und den Zug nehmen.

Jäger oder Beute? Im Moment lief das auf ein und dasselbe hinaus.

Er hatte den Mantel noch nicht abgelegt, da stand Rose schon mit hochgezogenen Augenbrauen in der Tür zu seinem Büro.

»Die Mechaniker der Fahrbereitschaft sind in Allerød. Sie sagen, deinem Auto fehlt nichts. Nur eine undichte Benzinleitung. Klingt nicht wahnsinnig aufregend.« In Slow Motion verdrehte sie die Augen. Carl ignorierte den Auftritt. Höchste Zeit, dass er sich Respekt verschaffte.

»Du hast mir jede Menge Aufgaben gegeben, Carl. Sollen wir jetzt gleich darüber sprechen? Oder soll ich abwarten, bis sich der Benzindunst aus deiner Dachkammer verflüchtigt hat?«

Er steckte sich eine Zigarette an und setzte sich auf dem Stuhl zurecht. »Leg los«, sagte er und fragte sich, ob die Mechaniker wohl so geistesgegenwärtig sein würden, den Wagen ins Präsidium mitzubringen. Hoffen konnte man ja.

»Zuerst nehmen wir den Unfall draußen in der Badeanstalt von Bellahøj. Dazu gibt's nicht viel zu sagen. Der Typ war neunzehn, er hieß Kåre Bruno. War ein guter Schwimmer, aber nicht nur. Der war in allen möglichen Sportarten gut. Eltern wohnhaft in Istanbul. Aber die Großeltern wohnten in Emdrup, ganz in der Nähe der Badeanstalt. An den freien Wochenenden war er meistens bei ihnen zu Besuch.« Sie blätterte in ihren Papieren. »Der Bericht spricht von einem Unfall, an dem Kåre auch noch selbst schuld war. Unachtsamkeit auf einem Zehnmetersprungbrett ist ziemlich unvernünftig, würde ich mal behaupten.« Sie steckte sich den Kugelschreiber oben in die Haare. Lange würde er dort kaum bleiben.

»Am Vormittag hatte es geregnet. Der Typ ist also höchstwahrscheinlich auf der nassen Unterlage ausgerutscht. Als er sich vor jemandem produzieren wollte, könnte ich mir vorstellen. Es heißt, er sei allein dort gewesen. Niemand hat genau gesehen, was passiert ist. Erst als er unten auf den Kacheln lag, den Kopf um hundertachtzig Grad verdreht.«

Carl sah Rose an. Ihm lag eine Frage auf den Lippen, aber sie ließ ihn nicht zu Wort kommen. »Und ja, Kåre ging in dasselbe Internat wie Kirsten-Marie Lassen und die anderen aus der Clique. Er ging in die 3G, die anderen waren noch in der 2G, die waren ein Jahr jünger. Ich hab bisher noch mit niemandem aus dem Internat gesprochen, aber das kann ich eventuell später tun.« So abrupt wie eine Kugel, die gegen eine Betonwand rollt, hörte sie auf zu reden. An diese Art würde er sich wohl noch gewöhnen müssen.

»Okay. Wir sammeln jetzt erst mal alle Details zusammen. Und Kimmie, was ist mit Kimmie?«

»Du findest offenbar wirklich, dass sie wichtig war in der Clique«, konstatierte sie. »Warum das?«

Soll ich bis zehn zählen?, dachte er.

»Wie viele Mädchen gehörten insgesamt zu dieser Internatsclique?«, fragte er dann. »Und wie viele dieser Mädchen sind in der Zwischenzeit verschwunden? Doch nur eins, oder? Und dazu noch ein Mädchen, von dem man sich vorstellen könnte, dass es Lust hat, seinen gegenwärtigen Status zu verändern? Deshalb bin ich an Kimmie interessiert. Falls es sie noch gibt, könnte sie der Schlüssel zu einer Menge Informationen sein. Glaubst du nicht, dass man da etwas hinterher sein sollte?«

»Wer sagt denn, dass sie ihren derzeitigen Status aufgeben will? Viele Obdachlose kriegt man nicht wieder in die warmen Stuben, falls du das glaubst.«

Herrje, was ging ihm dieses Gequatsche auf den Keks! Schon jetzt. Er würde wahnsinnig werden, wenn die öfter so drauf war.

»Ich frag dich noch mal, Rose. Was hast du über Kimmie herausgefunden?«

»Weißt du was, Carl. Bevor wir zu dem Punkt kommen, will ich dir erst mal was sagen. Du musst zusehen, dass du einen Stuhl anschaffst, auf dem Assad und ich sitzen können, während wir hier drinnen Bericht erstatten. Wenn man die ganze Zeit in der Tür rumhängen muss, während du dich in Details ergehst, kriegt man ja Rückenschmerzen.«

Dann häng doch anderswo rum, dachte er und nahm einen tiefen Zug aus seiner Zigarette.

»Wie ich dich kenne, hast du doch sicher in irgendeinem Katalog schon den einzig richtigen Stuhl entdeckt.« Mehr sagte er nicht.

Und sie antwortete nicht. Also würde morgen wohl ein Stuhl hier stehen, schätzte er.

»Offizielle Daten von Kirsten-Marie Lassen gibt es kaum. Sozialhilfe hat sie jedenfalls nie bekommen. In der Abschlussklasse flog sie von der Schule. Danach hat sie ihre Ausbildung in der Schweiz beendet, aber darüber hab ich nichts. Die letzte Adresse, die das Einwohnermeldeamt von ihr verzeichnet, ist bei Bjarne Thøgersen in Brønshøj. Wann sie von dort wegzog, weiß ich nicht. Aber ich glaube, das war wohl etwa um die Zeit, als der sich selbst stellte. Also kurz vorher. Irgendwann zwischen Mai und Juli 1996. Und davor, von 1992 bis 1995, war sie bei ihrer Stiefmutter gemeldet, und die wohnt in Ordrup im Kirkevej.«

»Du gibst mir sicher gleich Namen und vollständige Adresse der Dame, nicht wahr?«

Sie schob ihm einen kleinen gelben Zettel hin, noch ehe er den Satz fertig ausgesprochen hatte.

Kassandra hieß die Dame. Kassandra Lassen. Er kannte nur

die Kassandrabrücke aus ›The Cassandra Crossing‹, diesem alten Film mit Burt Lancaster. Aber als Vornamen hatte er Kassandra noch nie gehört.

»Und was ist mit Kimmies Vater? Lebt der noch?«

»Ja, und ob«, antwortete sie. »Willy K. Lassen. Software-Pionier. Wohnt in Monte Carlo mit neuer Frau und wohl auch ziemlich neuen Kindern. Irgendwo auf meinem Tisch liegt das. Geboren irgendwann um 1930, der muss also noch ganz gut im Saft stehen, der alte Sack, oder die neue Frau ist auch nicht ohne.« Sie brachte ein Lachen zustande, das vier Fünftel des Gesichts ausfüllte. Begleitet wurde es von diesem brummenden Geräusch, das Carl früher oder später einmal die Selbstbeherrschung kosten würde. Das war absehbar.

Abrupt hörte sie auf zu lachen. »Soweit ich es sehe, hat Kimmie nie in einer dieser Unterkünfte übernachtet, in denen wir normalerweise nachfragen. Aber sie kann ja auch eine Wohnung oder so gemietet haben, die sie Vater Staat gegenüber nicht angibt, womöglich aus Steuergründen oder so. Meine Schwester überlebt auf diese Weise. Bei ihr wohnen vier auf einmal. Es gehört schließlich einiges dazu, drei Kinder und vier Katzen durchzubringen, wenn der Mann so ein Scheißkerl ist und von zu Hause abhaut, oder?«

»Rose, ich finde, du solltest mir lieber nicht zu viele Details verraten. Immerhin bin ich trotz allem ein Hüter des Gesetzes, falls du das vergessen haben solltest.«

In einer sprechenden Geste streckte sie Carl die geöffneten Hände entgegen. Herr im Himmel, sagte ihr Blick, wenn er denn glaubte, etwas Besseres zu sein, nur zu.

»Aber ich habe Informationen vom Sommer 1996. Da wurde eine Kirsten-Marie Lassen in die Klinik Bispebjerg eingeliefert. Die Krankenakte habe ich nicht. Die wühlen ja schon im Archiv rum, wenn man Informationen von vorgestern haben will. Ich habe hier nur den Zeitpunkt der Einweisung und den Zeitpunkt, zu dem sie verschwand.«

»Sie ist aus dem Krankenhaus verschwunden? Als sie dort behandelt wurde?«

»Darüber weiß ich nichts. Aber jedenfalls gibt es eine Aktennotiz, sie sei gegen den ausdrücklichen Rat der Ärzte gegangen.«

»Wie lange war sie im Krankenhaus?«

»Neun bis zehn Tage.« Rose blätterte in ihrer gelben Zettelsammlung. »Hier. 24. Juli bis 2. August 1996.«

»2. August?«

»Ja. Was ist damit?«

»Das ist das Datum, an dem – neun Jahre zuvor – die Rørvig-Morde begangen wurden.«

Sie schob die Lippen vor. Offenbar ärgerte es sie mächtig, dass sie nicht selbst darauf gekommen war.

»Auf welcher Station war sie? Psychiatrie?«

»Nein. Gynäkologie.«

Er trommelte auf die Tischkante. »Okay. Sieh zu, dass du die Krankenakte bekommst. Fahr hin, wenn nötig, und biete deine Hilfe an.«

Sie nickte ultrakurz.

»Und wie steht's mit den Zeitungsarchiven, Rose? Hast du die durchgesehen?«

»Ja, und die haben nichts. Nur die abschließende Gerichtsverhandlung von 1987. Und in Zusammenhang mit der Verhaftung von Bjarne Thøgersen wurde Kimmie nie erwähnt.«

Er holte tief Luft. Erst jetzt wurde es ihm so richtig bewusst. Niemand aus der Internatsclique war jemals öffentlich namentlich erwähnt worden. Vollkommen unbefleckt und in aller Stille waren die einfach immer weiter die gesellschaftliche Leiter hinaufgeklettert. Keiner hatte je Grund gehabt, auch nur eine Augenbraue hochzuziehen. Klar, dass das auch so bleiben sollte.

Aber warum zum Teufel hatten sie versucht, ihn zu erschrecken? Und noch dazu dermaßen plump? Warum hatten sie sich nicht einfach direkt an ihn gewandt und sich erklärt? Jetzt, da sie wussten, dass er den Fall untersuchte? Alles andere schuf doch nur Misstrauen und Widerstand.

»1996 ist sie verschwunden«, wiederholte er. »Gab es denn damals in den Medien keinen Suchappell? Keine Vermisstenanzeige?«

»Nee, und auch keine Fahndung seitens der Polizei. Sie verschwand einfach. Die Familie unternahm nichts.«

Carl nickte. Nette Familie.

»In den Medien steht also nichts über Kimmie«, sagte er. »Aber was ist mit Empfängen und so was? Nahm sie nicht an so was teil? Leute mit ihrem Hintergrund tun das doch.«

»Keine Ahnung.«

»Also dann fang bitte an und check das. Frag die Leute bei den Illustrierten, den Klatschblättern. Frag nach beim ›Gossip‹. Die haben in ihren Archiven doch alles über Gott und die Welt. Irgendeine verdammte Bildunterschrift wird sich da doch wohl auftreiben lassen.«

Ihr Gesichtsausdruck sollte ihm wohl signalisieren, dass sie ihn bald als hoffnungslosen Fall aufgeben würde.

»Ihre Krankenakte zu finden, wird sicher dauern. Womit soll ich also anfangen?«

»Mit der Klinik in Bispebjerg. Aber vergiss diese Klatschblätter nicht. Leute aus ihren Kreisen sind Leckerbissen für die Geier in den Redaktionen. Hast du ihre Personalangaben?«

Sie reichte ihm den Zettel. Da stand nichts Neues. In Uganda geboren. Keine Geschwister. Während der Kindheit alle zwei Jahre ein neuer Wohnort, abwechselnd in England, den USA und Dänemark. Als sie sieben war, ließen sich ihre Eltern scheiden, und erstaunlicherweise erhielt der Vater das Sorgerecht. Im Übrigen war sie am Heiligen Abend geboren.

»Zwei Sachen hast du mich zu fragen vergessen, Carl. Das finde ich peinlich.«

Er blickte auf und sah Rose direkt an. So von unten betrachtet erinnerte sie an eine etwas mollige Ausgabe von Cruella de Ville, kurz bevor sie sich die 101 kleinen Dalmatiner schnappt. Vielleicht war die Idee von so einem Stuhl auf der anderen Seite des Tischs ja doch nicht so schlecht. Dann würde sich wenigstens die Perspektive etwas verschieben.

»Was ist peinlich?«, fragte er, war aber gar nicht scharf auf die Antwort.

»Du hast nicht nach den Tischen gefragt. Den Tischen draußen auf dem Gang. Die sind schon gekommen. Aber sie stehen dort in Pappkartons und müssen zusammengesetzt werden. Ich hätte gern, dass Assad mir hilft.«

»Ich hab nichts dagegen. Wenn er weiß, wie's geht. Aber wie du siehst, ist er nicht hier. Er ist draußen unterwegs und sucht nach der Muse.«

»Aha. Und was ist mit dir?«

Er schüttelte langsam den Kopf. Mit ihr Tische zusammenbauen? Sie hatte sie wohl nicht alle.

»Und was ist das Zweite, wonach ich nicht gefragt habe, wenn ich fragen darf?«

Sie sah aus, als hätte sie keine Lust, ihm zu antworten. »Also, wenn wir die Tische nicht zusammenbauen, kopiere ich auch den Rest von diesem Mistkram nicht, um den du mich gebeten hast. Eine Hand wäscht die andere.«

Carl schluckte. In einer Woche war sie draußen. Am Freitag konnte sie noch für die verdammten Klippfischfresser den Babysitter spielen, dann aber ab die Post.

»Ja, also das Zweite war, dass ich mit denen vom Finanzamt geredet habe. Sie wussten zu berichten, dass Kimmie von 1993–1996 einer Erwerbstätigkeit nachgegangen ist.«

Carl, der gerade die Zigarette zum Mund führen wollte, ließ sie mitten in der Bewegung sinken. »Ist sie? Wo?«

»Zwei Firmen existieren nicht mehr, wohl aber der letzte Arbeitsplatz. Dort hat sie auch am längsten gearbeitet. Das ist ein Zoofachhandel.«

»Ein Zoofachhandel? Hat sie Tiere verkauft?«

»Keine Ahnung. Das musst du die fragen. Die Firma hat immer noch dieselbe Adresse. Ørbækgade 62 auf Amager. Nautilus Trading A/S heißt sie.«

Carl notierte sich die Anschrift. Das musste noch ein bisschen warten.

Mit hochgezogenen Augenbrauen senkte sie den Kopf in seine Richtung. »Und ja, Carl. Das war alles.« Sie nickte ihm zu. »Ach, was ich noch sagen wollte: Danke gleichfalls.«

17

»Marcus, ich möchte gern wissen, wer meine Ermittlungen bremst.«

Der Chef der Mordkommission sah Carl über den Rand seiner Halbbrille hinweg an. Natürlich hatte er keine Lust, darauf zu antworten.

»Im Übrigen sollst du wissen, dass ich in meinem Haus ungebetene Gäste hatte. Schau dir das an.«

Er zeigte ihm das alte Foto von sich in der Paradeuniform und deutete auf die Blutflecken. »Das hängt in meinem Schlafzimmer. Gestern Abend waren die Blutflecken noch ziemlich frisch.«

Marcus Jacobsen lehnte sich etwas zurück und betrachtete das Foto. Was er sah, gefiel ihm nicht.

»Und wie interpretierst du das, Carl?«, fragte er nach einer Denkpause.

»Jemand will mich einschüchtern. Wie sonst sollte ich das interpretieren?«

»Jeder Polizist macht sich im Laufe der Zeit Feinde. Weshalb bringst du das mit dem Fall in Verbindung, an dem du gerade arbeitest? Was ist denn mit deinen Freunden, mit der Familie? Gibt's unter denen keine Spaßvögel?«

Hübsche Idee. Carl lächelte den Chef mitleidig an. »Ich bin heute Nacht dreimal angerufen worden. Und was glaubst du: War da jemand am anderen Ende der Leitung?«

»Ja, ja, also okay! Und was soll ich deiner Meinung nach tun?«

»Ich bitte dich, mir zu erzählen, wer meine Nachforschungen bremst. Aber vielleicht ist es dir ja lieber, wenn ich die Polizeipräsidentin selbst anrufe?«

»Sie kommt heute Nachmittag hierher. Dann sehen wir weiter.«

»Kann ich mich darauf verlassen?«

»Wir werden sehen.«

Carl ließ die Tür zum Büro des Chefs etwas fester als gewöhnlich hinter sich zufallen – und hatte Baks bleiche Visage direkt vor der Nase. Die schwarze Lederjacke, die normalerweise an ihm klebte wie eine zweite Haut, hing heute leger über der Schulter. Das gab's also auch.

»Na, Bak? Wie ich höre, verlässt du uns? Hast du geerbt, oder was?«

Bak schien einen Augenblick zu überlegen, ob ihr gemeinsames Arbeitsleben unterm Strich auf ein Minus oder ein Plus hinauslief. Dann drehte er den Kopf ein bisschen und sagte: »Du weißt doch, wie es ist. Entweder ist man ein verdammt guter Polizist oder ein verdammt guter Familienvater.«

Carl erwog, ihm eine Hand auf die Schulter zu legen, begnügte sich dann aber mit einem Händedruck. »Heute ist der letzte Tag! Ich wünsche dir viel Glück und alles Gute mit der Familie. Auch wenn du ein ziemliches Arschloch bist, Bak, wäre es trotzdem nicht schlecht, dich nach deiner Beurlaubung zurückzubekommen, solltest du überhaupt noch einmal Lust verspüren.«

Der müde Kollege sah ihn überrascht an. Oder sogar überwältigt? Børge Baks mikroskopische Gefühlsäußerungen waren nicht auf Anhieb zu deuten.

»Du warst ja noch nie wirklich nett, Carl«, sagte er und schüttelte den Kopf. »Aber alles in allem bist du schon ganz okay.«

Das war eine geradezu unglaubliche Salve an Komplimenten zwischen den beiden.

Carl drehte sich um und nickte Lis zu. Sie stand hinter der Theke, auf der mindestens ebenso viele Papiere lagen wie derzeit auf dem Fußboden im Keller. Die allerdings warteten nur darauf, auf die Tische zu kommen, die Rose sicherlich schon zusammengebaut hatte.

Bak hatte die Hand bereits auf dem Türgriff zum Büro des Chefs. »Carl«, sagte er, »nicht Marcus bremst dich aus, wenn du das glaubst. Das ist Lars Bjørn.« Er hob einen Zeigefinger. »Und das hast du nicht von mir.«

Carl warf einen Blick zur Tür des Vizekriminalinspektors. Wie immer waren die Jalousien an den Scheiben zum Gang heruntergelassen, aber die Tür stand offen.

»Er ist erst um drei Uhr wieder da. So wie ich es verstanden habe, ist dann ein Treffen mit der Polizeipräsidentin anberaumt«, waren Baks letzte Worte.

Carl fand Rose Knudsen unten im Keller auf dem Fußboden des Flurs kniend. Sie sah aus wie ein ausgewachsener Polarbär, der übers Eis rutscht. Die Beine ragten nach links und rechts weg und mit den Ellbogen stützte sie sich auf ein Stück Pappe. Tischbeine, Metallstreben, diverse Inbusschlüssel und andere Werkzeuge lagen um sie herum verstreut und zehn Zentimeter unterhalb ihrer Nase jede Menge Montageanleitungen. Sie hatte vier höhenverstellbare Tische bestellt. Carl hoffte, dass bei den Anstrengungen auch wahrhaftig vier höhenverstellbare Tische herauskamen.

»Solltest du nicht nach Bispebjerg fahren, Rose?«

Sie rührte sich nicht vom Fleck, deutete nur auf Carls Tür. »Auf deinem Tisch liegt eine Kopie«, sagte sie. Dann war sie wieder in die Montageanleitungen vertieft.

Das Krankenhaus hatte ihr drei Seiten gefaxt, die tatsächlich auf Carls Schreibtisch lagen. Genau die Informationen, die er suchte, abgestempelt und datiert. Kirsten-Marie Lassen. Aufenthalt 24.07.–02.08.1996. Die Hälfte der Wörter war lateinisch, aber ihr Sinn durchaus verständlich.

»Komm mal, Rose!«, rief er.

Vom Fußboden waren eine Reihe von Flüchen und Verwünschungen zu hören, aber sie kam auf die Beine.

»Ja?« Schweißperlen liefen über ihr Gesicht, das ganz im Zeichen ihrer verheerenden Wimperntusche-Spuren stand.

»Die haben die Krankenakte gefunden!«

Sie nickte.

»Hast du sie gelesen?«

Wieder nickte sie.

»Kimmie war schwanger und wurde nach einem schlimmen Sturz von der Treppe mit Blutungen eingewiesen«, sagte er. »Sie wurde behandelt und erholte sich anscheinend, verlor aber trotzdem das Kind. Es gab Anzeichen für frische Verletzungen, hast du das auch gelesen?«

»Ja.«

»Aber da steht nichts vom Vater oder von irgendwelchen Angehörigen.«

»Die sagen, mehr als das hätten sie nicht.«

»Hm.« Wieder blickte er auf die Kopien. »Sie war also im vierten Monat, als sie ins Krankenhaus kam. Nach einigen Tagen glaubte man, die Gefahr für eine Fehlgeburt sei vorüber. Aber am neunten Tag hatte sie dennoch einen Abort. Bei der anschließenden Untersuchung fand man Spuren von Schlägen gegen ihren Unterleib. Die erklärte Kimmie damit, dass sie aus dem Krankenhausbett gefallen sei.« Carl tastete nach einer Zigarette. »Das ist ja nun wirklich kaum zu glauben.«

Die Augen zusammengekniffen und eifrig mit einer Hand wedelnd trat Rose zurück. Sie mochte also keinen Rauch. Sehr schön. Dann wusste er ja, wie er sie auf Abstand halten konnte.

»Es wurde keine Anzeige erstattet«, sagte sie. »Aber das wussten wir schon vorher.«

»Da steht nichts drin, ob eine Ausschabung oder etwas in der Art vorgenommen wurde. Aber was heißt das, was hier steht?« Er deutete auf ein paar Zeilen weiter unten. »Plazenta, bedeutet das nicht Mutterkuchen?«

»Ich habe dort angerufen. Das bedeutet, dass beim Abort vermutlich nicht die gesamte Plazenta abging.«

»Wie groß ist der Mutterkuchen im vierten Monat?«

Sie zuckte die Achseln. Offenkundig gehörte das nicht zum Lernstoff auf der Berufsfachschule.

»Und man hat bei ihr keine Ausschabung gemacht?«

»Nein.«

»Meines Wissens kann das aber fatale Konsequenzen haben. Mit Blutungen und Infektionen im Unterleib ist nicht zu spaßen. Außerdem hatten die Schläge oder was auch immer sie verletzt. Und zwar heftig, denke ich mir.«

»Deshalb wollten die sie ja auch nicht gehen lassen.« Rose deutete auf die Tischplatte. »Hast du den Zettel hier gesehen?«

Es handelte sich um so ein kleines selbsthaftendes Dingens. Wie zum Teufel kam sie darauf, dass er auf seinem Schreibtisch so etwas Winziges entdecken würde? Eine Nadel im Heuhaufen war riesig dagegen.

»Ruf Assad an«, stand auf dem Zettel.

»Es ist eine halbe Stunde her, dass er angerufen hat. Er sagte, er habe wahrscheinlich Kimmie gesehen.«

Sofort spürte Carl in seinem Bauch dieses eindeutige Ziehen. »Wo?«

»Im Hauptbahnhof. Du sollst ihn anrufen.«

Er riss den Mantel vom Haken. »Bis dahin sind's nur vierhundert Meter. Bin schon weg.«

Draußen auf der Straße waren die Leute in Hemdsärmeln unterwegs. Die Schatten waren auf einmal lang und scharf, und alle Menschen schienen um die Wette zu lächeln. Es war Ende September und über zwanzig Grad warm, was gab es da eigentlich zu grinsen? Die Menschen sollten den Kopf in den Nacken legen und erschrocken zum Ozonloch hochstarren. Carl zog den Mantel aus und warf ihn sich über die Schulter. Als Nächstes wären dann im Januar Sandalen dran. Ein Hoch auf den Treibhauseffekt.

Als er Assad anrufen wollte, stellte er fest, dass der Akku mal wieder leer war und er nicht einmal an die eingespeicherte Handynummer seines Kollegen herankam. Scheißakku.

Er betrat die Bahnhofshalle und verschaffte sich einen Überblick über das Gewimmel. Sah hoffnungslos aus. Dann drehte er eine rasche Runde durch das Koffermeer. Ohne Ergebnis.

So ein Scheiß, dachte er und ging hinüber zur Polizeiwache des Hauptbahnhofs am Ausgang Reventlowsgade.

Es blieb ihm nichts anderes übrig, als Rose anzurufen und sie um Assads Handynummer zu bitten. Er konnte schon ihr brummendes Hohngelächter hören.

Die Polizisten hinter der Theke kannten ihn nicht, deshalb holte er seine Marke vor. »Carl Mørck, hallo. Mein Handy ist tot, kann ich mal euer Telefon benutzen?«

Einer von ihnen, der gerade ein Mädchen tröstete, das seine große Schwester verloren hatte, deutete auf ein abgenutztes Ding hinter der Theke. Wie viele tausend Tage war es her, seit er Streife gegangen war und Kinder getröstet hatte! Irgendwie fand er den Gedanken traurig.

Er tippte gerade die Nummer ein, als er Assad durch die Lamellen der Jalousie entdeckte. Er stand bei der Treppe, die nach unten zu den Toiletten führte. Eine Gruppe exaltierter Gymnasiasten mit Rucksäcken verdeckte ihn fast. Gut sah er nicht aus, wie er dort in seinem schäbigen Mantel um sich spähte.

»Danke«, sagte Carl, legte auf und eilte nach draußen.

Assad stand nur fünf bis sechs Meter entfernt, und Carl wollte ihn gerade rufen, als ein Mann hinter Assad trat und ihn an der Schulter packte. Er war dunkelhäutig, um die dreißig und sah alles andere als freundlich aus. Mit einem Ruck drehte er Carls Partner herum und beschimpfte ihn. Carl verstand die Worte nicht, aber Assads Gesichtsausdruck ließ keine Fragen offen. Freunde waren die beiden nicht.

Einige Mädchen aus der Gymnasiastengruppe sahen ihnen indigniert zu. Pack! Idioten!, drückten ihre hochmütigen Mienen aus.

Da schlug der Typ nach Assad – und Assad schlug zurück, unendlich präzise und lähmend, was den Typen auf der Stelle stoppte. Einen Moment lang taumelte er noch. Die Schüler diskutierten, ob sie eingreifen sollten oder nicht.

Aber Assad schien das nicht zu kümmern. Er packte den Kerl und hielt ihn fest, bis der wieder anfing, herumzubrüllen.

In dem Moment – die Schülergruppe zog sich gerade zurück – entdeckte Assad Carl. Er reagierte prompt. Ein fester Stoß, sodass der Kerl nach ein paar weiteren schwankenden Schritten zum Stehen kam, und eine Handbewegung, die ihm bedeutete, schleunigst zu verschwinden.

Carl sah dem Mann kurz ins Gesicht, ehe der in Richtung Treppe zum Bahnsteig verschwand. Scharf ausrasierte Koteletten und glänzendes Haar. Ein schicker Typ mit einem hasserfüllten Blick. Keiner, dem man ein zweites Mal begegnen mochte.

»Was war das denn?«, frage Carl.

Assad zuckte die Achseln. »Tut mir leid, Carl. Irgend so ein Idiot.«

»Was hast du mit ihm?«

»Vergiss es, Carl. Er ist ein Idiot.«

Assads Augen flackerten, sein Blick war überall gleichzeitig, bei der Polizeiwache, bei den Schülern, bei Carl, überall. Das war ein ganz anderer Assad als der heitere Pfefferminzteekocher unten im Keller. Ein Mann, den man in die Enge getrieben hatte?

»Wenn du so weit bist, erzählst du mir, was da eben los war, okay?«

»Da war nichts. Das ist nur einer, der bei mir in der Nähe wohnt.« Dann lächelte er. Nicht überzeugend, aber fast. »Du hast meine Nachricht bekommen? Du weißt, dass dein Handy tot ist, oder?«

Carl nickte. »Woher weißt du, dass die Frau, die du gesehen hast, Kimmie ist?«

»Da war so eine von den Drogis, die hat ihren Namen gerufen.«

»Wie sah sie aus?«

»Kimmie? Weiß ich nicht. Sie ist in einem Taxi abgehauen.«

»Ach verdammt, Assad. Du bist ihr doch wohl gefolgt?«

»Ja, klar. Mein Taxi war gleich dahinter, aber als wir zum Gasværksvej kamen, hielt ihr Taxi direkt um die Ecke am Bürgersteig und sie sprang raus. Ich kam nur eine Sekunde später, und sie war schon weg.«

Erfolg und Fiasko, alles gleichzeitig.

»Ihr Taxifahrer sagte, er hätte fünfhundert Kronen bekommen. Sie hat sich einfach ins Taxi geworfen und gerufen: ›Ganz schnell zum Gasværksvej! Das Geld ist für dich! Alles!‹«

Fünfhundert Kronen für fünfhundert Meter. Wie sollte man da nicht verzweifeln?

»Ich hab nach ihr gesucht, natürlich. Bin in Geschäfte rein, hab mich erkundigt, ob die was gesehen haben. Hab an den Türen geklingelt.«

»Hast du die Nummer des Taxifahrers?«

»Ja.«

»Bring ihn zur Vernehmung rein. Da ist was faul.«

Assad nickte. »Ich weiß, wer diese Junkiefrau ist. Ich hab ihre Adresse.«

Er reichte ihm einen Zettel. »Den hab ich vor zehn Minuten

drinnen auf der Polizeiwache bekommen. Sie heißt Tine Karlsen. Hat ein möbliertes Zimmer am Gammel Kongevej.«

»Gut, Assad. Aber wie bist du auf der Wache an die Informationen gekommen? Als wen hast du dich ausgegeben?«

»Ich hab ihnen meine ID-Karte vom Präsidium gezeigt.«

»Die gibt dir kein Recht auf diese Informationen, Assad. Du bist Zivilperson.«

»Na, aber ich hab sie trotzdem bekommen. Aber wo du mich so viel losschickst, Carl, wäre es schon gut, wenn ich eine Polizeimarke bekäme.«

»Tut mir leid, Assad. Das geht nicht.« Er schüttelte den Kopf. »Du hast gesagt, die auf der Wache kennen sie. Ist sie mal verhaftet worden?«

»Ja, andauernd. Die haben die Nase ziemlich voll von ihr. In der Regel drückt sie sich am Haupteingang rum und bettelt.«

Carl blickte an dem gelben Gebäude neben der Theaterpassage hinauf: in den unteren vier Etagen jede Menge zusammenhängende Zimmer, ganz oben in der Mansarde Einzelzimmer. Nicht schwer zu erraten, wo Tine Karlsen hauste.

Ein mürrisch wirkender Mann im blauen Bademantel öffnete die Tür im fünften Stock einen Spaltbreit. »Tine Karlsen, sagen Sie? Da müssen Sie schon selbst nachsehen.« Er brachte Carl zu einem Flur mit vier bis fünf Türen auf der anderen Seite des Treppenhauses und deutete auf eine der Türen. Dabei wühlte er mit einer Hand in seinem grauen Bart. »Wir halten nicht viel von Polizeibesuch hier oben«, sagte er. »Was ist mit ihr?«

Carl kniff die Augen zusammen und bedachte ihn mit einem giftigen Lächeln. Der Kerl sahnte sicher reichlich ab, indem er seine jämmerlichen Zimmer untervermietete. Dann sollte er, verdammt, auch seine Mieter entsprechend behandeln.

»Sie ist eine wichtige Zeugin in einer heiklen Angelegenheit, vornehme Leute. Ich möchte Sie bitten, ihr alle Unterstützung zukommen zu lassen, die sie braucht. Alles klar?«

Der Kerl ließ seinen Bart los. Er sah nicht so aus, als hätte er den leisesten Schimmer, wovon Carl redete. Egal. Hauptsache, es wirkte.

Nachdem Carl ewig lange angeklopft hatte, machte Tine die Tür auf. Was für ein zerstörtes Gesicht!

Im Zimmer schlug ihm diese verbrauchte Luft entgegen, wie sie die Käfige von Haustieren verströmen, wenn sie nicht oft genug sauber gemacht werden. Carl erinnerte sich nur allzu gut an diese Phase im Leben seines Ziehsohns. Die Goldhamster hatten sich Tag und Nacht auf seinem Schreibtisch gepaart, sodass sich ihre Anzahl in null Komma nichts vervielfacht hatte. Und bei dieser Tendenz wäre es geblieben, wenn Jesper nicht das Interesse an den Tieren verloren hätte, die zum Schluss sogar angefangen hatten, sich gegenseitig aufzufressen. Der Gestank war in jenen Monaten fester Bestandteil der häuslichen Atmosphäre gewesen, bis Carl den Rest der Viecher eines Tages der Kindertagesstätte geschenkt hatte.

»Ich sehe, du hast eine Ratte«, sagte er und beugte sich über das Viech.

»Die heißt Lasso und is ganz zahm. Soll ich sie rausnehmen, damit du sie halten kannst?«

Er versuchte zu lächeln. Sie halten? Ein Minischwein mit nacktem Schwanz? Da würde er lieber ihr Futter fressen.

An dem Punkt beschloss er, seine Marke zu zeigen.

Tine warf einen desinteressierten Blick darauf und wackelte dann hinüber zum Tisch. Routiniert schob sie eine Spritze und etwas Alufolie einigermaßen diskret unter ein Blatt Papier.

»Ich habe gehört, du kennst Kimmie?«

Hätte man sie mit der Kanüle in der Ader erwischt oder bei einem Ladendiebstahl oder während sie einem Kunden einen blies – sie wäre ohne eine Miene zu verziehen damit klargekommen. Aber auf diese Frage war sie nicht gefasst gewesen und deshalb zuckte sie zusammen.

Carl zog sich an das Mansardenfenster zurück und starrte

hinüber zum Sankt-Jørgens-See. Die Bäume ringsum würden bald ihr Laub verlieren. Eine Wahnsinnsaussicht, die diese Junkiefrau hier hatte.

»Ist sie eine deiner besten Freundinnen? Ich habe gehört, dass ihr euch ziemlich gut leiden könnt.«

Er lehnte sich zum Fenster vor und sah hinab auf die Spazierwege um den See. Wäre diese Tine hier nicht so kaputt, dann würde sie bestimmt zwei-, dreimal in der Woche um den See joggen, genau wie die Mädchen, die man dort gerade sehen konnte.

Dann wanderte sein Blick weiter zur Bushaltestelle am Gammel Kongevej. Neben dem Schild stand ein Mann im hellen Mantel und blickte an der Fassade hinauf. Während seiner vielen Dienstjahre hatte Carl diesen Mann von Zeit zu Zeit getroffen. Finn Aalbæk hieß er, ein mageres Gespenst. Seinerzeit in der Antonigade hatte er ihm und seinen Kollegen die Tür eingerannt, um für sein kleines Detektivbüro die eine oder andere Information abzustauben. Jetzt waren mit Sicherheit fünf Jahre vergangen, seit Carl ihn zuletzt gesehen hatte, aber er war noch genauso hässlich.

»Kennst du den da unten in dem hellen Mantel?«, fragte er Tine. »Hast du ihn schon mal gesehen?«

Sie trat ans Fenster, seufzte tief und versuchte, den Mann zu fokussieren. »Ich hab so einen in so'nem Mantel auf'm Hauptbahnhof gesehen. Aber der steht so weit weg, man kann ihn gar nich richtig erkennen.«

Carl blickte in ihre riesengroßen Pupillen. Selbst wenn er ihr auf den Zehen stünde, würde sie ihn kaum erkennen.

»Und der, den du im Hauptbahnhof gesehen hast, was ist das für einer?«

Sie zog sich vom Fenster zurück und stieß gegen den Couchtisch, sodass Carl nach ihr greifen und sie festhalten musste. »Weiß nich, ob ich Lust hab, mit dir zu reden«, nuschelte sie. »Was hat'n Kimmie gemacht?«

Er führte sie zur Liege, wo sie sich auf die dünne Matratze fallen ließ.

Dann machen wir das jetzt mal anders, dachte Carl und sah sich um. Das Zimmer war vielleicht zehn Quadratmeter groß und so karg wie überhaupt nur denkbar. Abgesehen vom Rattenkäfig und den Klamottenhaufen, die in allen Ecken lagen, gab es so gut wie nichts Persönliches. Auf dem Tisch ein paar verklebte Zeitungen. Plastiktüten, die nach Bier stanken. Das Bett, auf dem eine grobe Wolldecke lag. Eine Spüle und ein alter Kühlschrank und darauf eine schmuddelige Seifenschale, ein abgenutztes Handtuch, eine umgekippte Shampooflasche und einige Haarclips. Nichts an den Wänden, nichts auf dem Fensterbrett.

Er blickte zu ihr hinunter. »Du möchtest gern langes Haar haben, oder? Ich glaube, das würde dir sehr gut stehen.«

Unwillkürlich fasste sie sich an den Hinterkopf. Also hatte er recht. Dafür waren die Haarclips gedacht.

»Du bist auch mit dem halblangen Haar hübsch, aber ich glaube, langes Haar würde dir sehr gut stehen. Du hast schönes Haar, Tine.«

Sie lächelte nicht, aber hinter den Augen jubilierte sie. Für einen Moment.

»Ich würde deine Ratte gern streicheln, aber ich bin allergisch gegen Nagetiere und so was. Tut mir echt leid. Ich kann noch nicht mal mehr unser Kätzchen halten.«

Die Bemerkung schaffte sie.

»Ich lieb die Ratte. Sie heißt Lasso.« Sie lächelte und zeigte dabei das, was einmal eine Reihe weißer Zähne gewesen war. »Manchmal nenn ich sie Kimmie, aber das hab ich Kimmie noch nie gesagt. Wegen dieser Ratte nennen mich alle Ratten-Tine. Is das nich schön, wenn man weiß, dass man von ihr seinen Namen hat?«

Carl versuchte, das nachzuvollziehen.

»Kimmie hat nichts gemacht, Tine«, sagte er. »Wir suchen nur nach ihr, weil es jemanden gibt, der sie vermisst.«

Sie biss sich in die Wange. »Also, wo sie wohnt, weiß ich nich. Aber wenn ich sie seh, sag mir einfach, wie du heißt, dann sag ich's ihr weiter.«

Er nickte. Jahrelange Kämpfe mit Behörden hatten sie Vorsicht gelehrt. Total weggetreten durch die Scheißdrogen und trotzdem auf der Hut. Ziemlich beeindruckend und mindestens genauso ärgerlich. Es würde der Sache bestimmt nicht dienen, wenn sie Kimmie zu viel sagte. Das Risiko war zu groß, dass sie dann ganz und gar verschwand. Seine lange Erfahrung in dem Job und das, was Assad bei ihrer Verfolgung erlebt hatte, sagten Carl, dass sie dazu imstande wäre.

»Okay, Tine. Ich will dir gegenüber ganz ehrlich sein. Kimmies Vater ist schwer krank, und wenn sie hört, dass die Polizei nach ihr sucht, dann sieht ihr Vater sie nie mehr, und das wäre traurig. Kannst du ihr nicht einfach sagen, sie soll diese Nummer hier anrufen? Sag nichts von der Krankheit und der Polizei. Bitte sie nur, anzurufen.«

Er notierte seine Handynummer auf ein Stück Papier und gab ihr den Zettel. Nun musste er aber wirklich zusehen, das Ding aufzuladen.

»Und wenn sie fragt, wer du bist?«

»Dann sagst du einfach, das wüsstest du nicht. Aber dass ich gesagt hätte, es wäre etwas, worüber sie sich freuen würde.«

Tines Lider schlossen sich langsam. Ihre Hände lagen schlaff auf den dünnen Knien.

»Hast du gehört, Tine?«

Sie nickte mit geschlossenen Augen. »Mach ich.«

»Gut. Da bin ich sehr froh. Ich muss jetzt gehen. Ich weiß, dass dort auf dem Hauptbahnhof einer hinter Kimmie her war. Weißt du, wer das war?«

Ohne den Kopf zu heben, sah sie ihn an. »Das war doch nur einer, der gefragt hat, ob ich Kimmie kenne. Der wird bestimmt auch wollen, dass sie ihren Vater anruft, oder?«

Unten auf dem Gammel Kongevej fing er Aalbæk von hinten ab. »Alter Bekannter im Sonnenschein unterwegs«, sagte Carl und ließ eine Hand schwer auf die Schulter des Mannes fallen.

Aalbæks Augen mochten ja leuchten, aber sicher nicht vor Wiedersehensfreude.

»Ich warte auf den Bus«, sagte er und drehte sich weg.

»Okay.« Carl betrachtete ihn. Merkwürdige Reaktion. Warum log er? Warum sagte er nicht einfach: Bin im Dienst. Beschatte wen. Das war doch sein Job und das wussten sie beide. Es hatte ihn doch niemand angeklagt. Er musste seinen Auftraggeber ja gar nicht verraten.

Nein. Aber jetzt hatte er sich verraten. Zweifellos. Aalbæk wusste ganz genau, dass er Carls Fährte kreuzte.

Ich warte auf den Bus. Was für ein Idiot!

»In Ihrem Job kommt man ziemlich weit rum, oder? Sie haben nicht zufällig gestern einen Ausflug nach Allerød unternommen und ein Foto von mir eingesaut? Na, Aalbæk? Waren Sie das?«

Aalbæk drehte sich in aller Ruhe um und sah Carl an. Er war der Typ Mensch, den man schlagen und treten konnte, ohne dass er eine Reaktion zeigte. Carl kannte einen, der war mit unterentwickeltem Stirnlappen auf die Welt gekommen, dem fehlte die Fähigkeit, wütend zu werden. Falls es im Gehirn einen ähnlichen Bereich für Stress gab, existierte bei Aalbæk an der Stelle nur ein Hohlraum.

Carl versuchte es noch einmal. Was zum Teufel konnte schon passieren?

»Wollen Sie mir nicht erzählen, Aalbæk, was Sie hier machen? Müssten Sie nicht in Allerød sein und Hakenkreuze in meine Bettpfosten ritzen? Denn zwischen dem, was Sie derzeit umtreibt, und dem, was mich beschäftigt, besteht doch wohl ein Zusammenhang, nicht wahr, Aalbæk?«

Entgegenkommen war es nicht, was Aalbæks Miene ausdrückte. »Sie sind immer noch dasselbe ewig schlecht gelaunte

Arschloch, Mørck. Ich habe wirklich keine Ahnung, wovon Sie reden.«

»Dann möchte ich doch mal wissen, warum Sie hier stehen und zum fünften Stockwerk hochglotzen? Nicht zufällig, weil Sie hoffen, Kimmie Lassen käme auf einen Sprung vorbei, um Tine Karlsen dort oben Guten Tag zu sagen? Schließlich rennen Sie doch die ganze Zeit im Hauptbahnhof rum und fragen die Leute nach ihr aus!« Er trat noch einen Schritt näher auf Aalbæk zu. »Heute haben Sie Tine Karlsen da oben in der Mansarde mit Kimmie Lassen in Verbindung gebracht, stimmt's?«

Das Spiel der Kaumuskeln des hageren Mannes war deutlich sichtbar unter der dünnen Haut seiner Wangen. »Keine Ahnung, wovon Sie quatschen, Mørck. Ich stehe hier, weil es Eltern gibt, die gern wissen wollen, was ihr Sohn bei den Moonies im ersten Stock zu suchen hat.«

Carl nickte. Er erinnerte sich nur zu gut daran, wie aalglatt Aalbæk war. Natürlich war der in der Lage, schnell eine Geschichte aus dem Ärmel zu schütteln.

»Wäre vielleicht eine gute Idee, mal einen Blick in Ihre Arbeitsunterlagen der letzten Zeit zu werfen. Ob nicht einer Ihrer Auftraggeber ausgesprochen interessiert daran ist, diese Kimmie zu finden? Das glaube ich nämlich. Ich weiß nur noch nicht so recht, warum. Wollen Sie mir das freiwillig erklären, oder muss ich mir Ihre Unterlagen abholen?«

»Holen Sie sich doch ab, was Sie wollen. Aber vergessen Sie nicht den Durchsuchungsbefehl.«

»Aalbæk, alter Knabe.« Carl haute ihm so fest gegen die Schulter, dass die Schulterblätter zusammenstießen. »Seien Sie doch so gut und sagen Sie Ihren Auftraggebern einen schönen Gruß. Je mehr sie mich privat belästigen, desto dichter bin ich ihnen auf den Fersen. Alles klar?«

Aalbæk bemühte sich sehr, nicht nach Luft zu schnappen, aber das würde er mit Sicherheit tun, sobald Carl verschwunden war. »Klar ist mir, Mørck, dass Sie im Kopf nicht ganz frisch sind. Lassen Sie mich in Ruhe.«

Carl nickte. Das war der Nachteil, der Chef der absolut kleinsten Ermittlungseinheit des Landes zu sein. Stünden ihm Männer zur Verfügung, würde er zwei davon auf Finn Aalbæk ansetzen. Vieles sprach seiner Meinung nach dafür, dieses magere Gespenst zu beschatten. Aber wer sollte das tun? Rose?

»Sie hören von uns«, sagte Carl und ging den Vodroffsvej hinunter.

Kaum war er außer Sicht, bog er, so schnell er konnte, links in die Tværgade ab und dann wieder links, sodass er hinter das Codan-Gebäude kam und schließlich vor dem Værnedamsvej wieder am Gammel Kongevej herauskam. Ein, zwei kurzatmige Sätze über die Straße, und er befand sich auf der gegenüberliegenden Straßenseite, gerade rechtzeitig, um zu sehen, wie Aalbæk unten am Seeufer in sein Handy sprach.

Möglicherweise geriet Aalbæk nicht schnell in Stress, aber so richtig entspannt wirkte er auch nicht.

18

In all den Jahren, in denen Ulrik als Börsenanalyst arbeitete, hatte er mehr Investoren reich gemacht als irgendwer sonst in der Branche. Die Schlüsselwörter seines Erfolgs lauteten »Information« und »Insiderwissen«. In dieser Szene wurde niemand durch Zufall und schon gar nicht durch Glück reich.

Es gab keine Branche, zu der Ulrik keine Kontakte hatte, und keinen Medienkonzern, in dem keine Vermittler von ihm saßen. Er war äußerst risikobewusst und prüfte die börsennotierten Unternehmen mit allen erdenklichen Mitteln, ehe er die Rentabilität ihrer Aktien einschätzte. Manchmal war er so gründlich, dass die Unternehmen ihn baten, zu vergessen, was er in Erfahrung gebracht hatte. Seine Bekanntschaften mit Leuten, die in der Klemme steckten oder jemanden kannten, der Hilfe brauchte, breiteten sich aus wie konzentrische Kreise im Wasser, bis hin zum Meer, in dem die großen Fische der Gesellschaft schwammen.

In manch anderem Land hätte das Ulrik zu einem äußerst gefährlichen Mann und zum Gegenstand blühender Mordphantasien gemacht. Nicht so in Klein-Dänemark. Wenn man hier etwas gegen Leute in der Hand hatte, dann zogen die sofort mit etwas ebenso Kompromittierendem gegen einen ins Feld. Wenn man nicht Stillschweigen wahrte, färbte die Schuld des anderen rasch auf einen selbst ab, weshalb man niemals etwas über jemand anderen sagte, nicht mal, wenn man ihn auf frischer Tat ertappte. Ein ungeheuer praktisches und kluges Prinzip.

Wer wollte schon für Insiderhandel sechs Jahre ins Kittchen wandern? Wer wollte schon den Ast ansägen, auf dem er selbst saß?

Und in diesem langsam wachsenden Geldbaum hockte Ulrik ganz oben im eng verzweigten Geäst, das in besseren Kreisen gerne auch als »Netzwerk« bezeichnet wurde. Ein wunderbares, paradoxes System, das nur dann nach Plan funktionierte, wenn mehr Leute durch die Maschen des Netzes fielen als hängen blieben.

Ulrik machte mit seinem Netzwerk ausgesprochen gute Beute. Denn zu seinem Netzwerk gehörten Leute, über die man sprach. Leute, die man respektierte. Die absolute Spitze. Allesamt solche, die sich von den soliden Wurzeln entfernt hatten und jetzt dort oben schwebten, wo sie das Sonnenlicht nicht mit dem ganzen Pack zu teilen brauchten.

Mit denen ging er auf Jagd. Mit denen betrat er Arm in Arm die Logen, denn sie alle wussten, dass man am besten mit seinesgleichen spielt.

Insofern war Ulrik ein wichtiges Mitglied der Internats-clique. Er war der Leutselige, den alle kannten, und hinter ihm standen seine Schulfreunde Ditlev Pram und Torsten Florin. Sie bildeten eine starke, aber auch sehr heterogene Truppe. Als Triumvirat wurden sie in der Stadt mit Einladungen über-schüttet, und sie kreuzten überall dort auf, wo sich die Teil-nahme lohnte.

Für sie hatte der Spaß an diesem Nachmittag begonnen. Im Stadtzentrum hatten sie am Empfang einer Galerie teil-genommen, die Kontakte sowohl zur Theaterszene als auch zum Königshaus pflegte. Inzwischen waren sie bei einer gro-ßen Soiree zwischen Galauniformen, Medaillen und Ritter-kreuzen gelandet. Leute hielten exzellent vorbereitete Reden, verfasst von nicht eingeladenen untergeordneten Sekretären, dazwischen mühte sich ein Streichquartett, die Gesellschaft an Brahms' Welt teilhaben zu lassen. Der Champagner und das Selbstlob flossen in Strömen.

»Stimmt es, was ich höre, Ulrik?«, fragte der Landwirt-schaftsminister neben ihm und versuchte, mit alkoholver-schleiertem Blick den Abstand zum Glas zu fokussieren. »Tors-ten soll in diesem Sommer bei einer Jagd zwei Pferde mit der Armbrust getötet haben? Stimmt das? Einfach so, auf offenem Feld?« Er versuchte noch einmal, in das allzu hohe Glas nach-zuschenken.

Ulrik streckte die Hand aus und unterstützte die Bemühun-gen. »Wissen Sie was? Glauben Sie nicht alles, was Sie hören. Im Übrigen: Warum nehmen Sie nicht einmal an einer unserer Jagden teil? Dann können Sie sich selbst ein Bild machen.«

Der Minister nickte. Genau das wollte er, und es würde ihm gefallen. Ulrik wusste so etwas. Ein weiterer wichtiger Mann im Netz.

Er wandte sich seiner Tischdame zu, die sich schon seit lan-gem bemühte, Blickkontakt zu ihm aufzunehmen.

»Isabel, Sie sind heute Abend wunderschön«, sagte er und

legte ihr die Hand auf den Arm. In einer Stunde würde sie wissen, wozu sie ausersehen war.

Ditlev hatte ihn auf die Aufgabe angesetzt. Nicht jedes Mal biss eine an, aber dieses Mal war es völlig sicher. Isabel würde tun, worum sie sie baten – sie wirkte, als sei sie für alle Spielarten zu haben. Natürlich würde sie unterwegs jammern, aber Jahre voller Langeweile und Mangel an Befriedigung würden sich gewiss als ein Pluspunkt erweisen. Vielleicht würde ihr Torstens Umgang mit dem weiblichen Körper mehr Probleme bereiten als anderen. Andererseits hatten sie schon Beispiele erlebt, wo es ausgerechnet Torsten gelang, sie abhängig zu machen. Torsten kannte die Sinnlichkeit der Frauen besser als andere Männer. Sie würde unter allen Umständen hinterher dichthalten, Vergewaltigung hin oder her. Warum riskieren, der vielen Millionen verlustig zu gehen, über die ihr impotenter Mann verfügte?

Ulrik streichelte ihren Unterarm und fuhr den seidenen Ärmel hinauf. Wie er diesen kühlen Stoff liebte, den hauptsächlich heißblütige Frauen trugen!

Er nickte Ditlev zu, der ihm schräg gegenüber an einem der anderen Tische saß. Das sollte das Signal sein, aber ein Mann stand vorgebeugt neben Ditlev und zog dessen Aufmerksamkeit ab. Dann flüsterte dieser Mann Ditlev, der die Lachsmousse auf der Gabelspitze balancierte und alles andere ignorierte, etwas zu. Stirnrunzelnd blickte Ditlev starr ins Nichts. Die Warnsignale waren unübersehbar.

Mit einer passenden Entschuldigung erhob sich Ulrik und gab Torsten einen Klaps auf die Schulter, als er an dessen Tisch vorbeikam.

Die vernachlässigte Frau musste bis zu einer anderen Gelegenheit warten.

Hinter sich hörte Ulrik, wie sich Torsten bei seiner Tischdame entschuldigte. Gleich würde er ihre Hand küssen. Man erwartete so etwas von einem Mann wie Torsten Florin. Ein heterosexueller Mann, der Damen einkleidete, wusste doch wohl auch, wie man sie am besten auskleidete.

Sie trafen sich im Foyer.

»Wer war der Kerl, mit dem du geredet hast?«, frage Ulrik.

Ditlev griff nach seiner Fliege. Er hatte sich noch nicht von der Nachricht erholt, die ihm gerade zugeflüstert worden war. »Das war einer meiner Caracas-Leute. Er kam, um mir zu sagen, Frank Helmond habe mehreren Krankenschwestern erzählt, du und ich, wir hätten ihn überfallen.«

Das war genau das, was Ulrik hasste. Hatte Ditlev nicht beteuert, er habe die Situation unter Kontrolle? Thelma habe versprochen, sie würde dichthalten, wenn alles mit der Scheidung und Helmonds plastischen Operationen glattginge?

»So ein Scheiß.« Das war Torsten.

Ditlev ließ den Blick von einem zum anderen wandern. »Helmond stand noch unter den Nachwirkungen der Narkose. Das nimmt keiner weiter ernst.« Er sah zu Boden. »Das kommt in Ordnung. Aber da ist noch etwas. Mein Mann hatte auch eine telefonische Nachricht von Aalbæk. Offenbar hatte keiner von uns sein Handy eingeschaltet.«

Er reichte ihnen den Zettel und Torsten las über Ulriks Schulter.

»Das Letzte versteh ich nicht«, sagte Ulrik. »Was heißt das?«

»Du kannst so schwer von Begriff sein, Ulrik.« Torsten sah ihn respektlos an – was Ulrik hasste wie die Pest.

»Kimmie ist irgendwo da draußen unterwegs«, ging Ditlev zur Abkühlung der Gemüter dazwischen. »Du hast es noch nicht gehört, Torsten. Aber sie wurde heute auf dem Hauptbahnhof gesehen. Einer von Aalbæks Männern hörte, wie eine der Junkieladies ihren Namen rief. Er hat sie nur von hinten gesehen, sie aber wohl schon früher am Tag beobachtet. Sie war teuer angezogen und sah gut aus. Sie hat eine Stunde oder anderthalb an einem der Cafétische gesessen. Er hatte geglaubt, sie sei halt eine, die auf einen Zug wartet. Einmal, als

Aalbæk seine Leute briefte, ist sie sogar ganz dicht an ihnen vorbeigegangen.«

»Verdammte Scheiße«, war alles, was Torsten einfiel.

Das Letzte hatte Ulrik auch noch nicht gehört. Das war gar nicht gut. Vielleicht wusste sie ja, dass sie hinter ihr her waren. Verdammt. Natürlich wusste sie das. Schließlich war sie Kimmie.

»Die geht uns wieder durch die Lappen, ich weiß es genau«, sagte er.

Das wussten sie alle drei.

Torstens Fuchsgesicht wurde noch schmaler. »Aalbæk weiß, wo die Junkielady wohnt?«

Ditlev nickte.

»Er kümmert sich doch sicher um sie?«

»Na ja, die Frage ist nur, ob es dafür nicht schon zu spät ist.«

Ulrik massierte sich den Nacken. Wahrscheinlich hatte Ditlev sogar recht. »Die letzte Zeile in der Nachricht versteh ich trotzdem noch nicht. Bedeutet das, dass derjenige, der in dem Fall ermittelt, weiß, wo sich Kimmie aufhält?«

Ditlev schüttelte den Kopf. »Aalbæk kennt den Bullen in- und auswendig. Wenn der es wüsste, hätte er die Junkie-tussi mit aufs Präsidium genommen, nachdem er bei ihr war. Das kann er natürlich später immer noch machen, also, die Möglichkeit müssen wir einkalkulieren. Versuch dich lieber mal an der Zeile darüber zu orientieren, Ulrik. Wie verstehst du die?«

»Dass Carl Mørck hinter uns her ist. Das wissen wir doch schon die ganze Zeit.«

»Lies noch mal, Ulrik. Aalbæk schreibt: ›Mørck hat mich gesehen. Er ist hinter uns her.‹«

»Wo ist das Problem?«

»Dass er alles, Aalbæk und uns und Kimmie und den alten Fall, miteinander in Verbindung bringt. Und warum tut er das, Ulrik? Woher weiß er von Aalbæk? Hast du etwas gemacht, wovon wir nichts wissen? Du hast gestern mit Aalbæk gesprochen, was hast du ihm gesagt?«

»Nur das Übliche, wenn einem Leute in die Quere kommen. Dass er dem Ordnungshüter ruhig mal eine Warnung zukommen lassen solle.«

»Du Idiot«, zischte Torsten.

»Und diese Warnung? Wann hattest du vor, uns davon zu erzählen?«

Ulrik sah Ditlev an. Seit dem Überfall auf Frank Helmond tat er sich schwer, aus dem Rausch rauszukommen. Er war am nächsten Tag zur Arbeit gegangen und hatte sich unüberwindbar gefühlt. Der Anblick des zu Tode erschrockenen und blutüberströmten Helmond war wie ein Lebenselixier für ihn gewesen. An dem Tag lief der Aktienhandel wie geschmiert, jeder Index ging in seine Richtung. Nichts konnte oder sollte ihn aufhalten. Auch kein Scheißbulle, der in Sachen herumwühlte, die ihn nichts angingen.

»Ich hab zu Aalbæk nur gesagt, dass er den Druck ruhig mal ein bisschen erhöhen könne«, sagte er. »Eine oder zwei Warnungen an Stellen platzieren, wo sie Eindruck auf den Mann machen könnten.«

Torsten drehte sich um und wandte ihnen den Rücken zu. Er starrte hinüber zu der Marmortreppe, die sich aus dem Foyer wand. Man musste nur seinen Rücken ansehen, dann wusste man, was in ihm vorging.

Ulrik räusperte sich und erzählte, was passiert war: nichts Besonderes, nur ein paar Anrufe und ein paar Kleckse Hühnerblut auf einem Foto. Bisschen Voodoo halt. Wie gesagt, nichts Besonderes.

Da sahen ihn beide an.

»Ulrik, hol Visby«, fauchte Ditlev.

»Ist der hier?«

»Hier springen Leute aus sämtlichen Ministerien herum. Womit zum Teufel hast du gerechnet?«

Visby, Ministerialdirektor im Justizministerium, hatte lange um einen besseren Job gebuhlt. Trotz seiner Qualifikationen konnte er nicht damit rechnen, Staatssekretär zu werden. Auch den üblichen Karriereweg für Topjuristen hatte er längst verlassen und sich damit den Zugang zu den Posten bei Gericht in den höheren Instanzen verbaut. So suchte er nun mit aller Macht nach neuen Knochen, die er abnagen konnte, ehe ihn das Alter und der lange Schatten seiner Sünden einholten.

Ditlev hatte er auf einer Jagd kennengelernt, und sie hatten die Absprache getroffen, dass er, gegen einige wenige Gefälligkeiten, sich schon jetzt darauf einstellen konnte, den Job ihres Anwalts Bent Krum zu übernehmen, wenn sich dieser sehr bald in den Ruhestand verabschieden würde. Kein Job mit schönen Titeln, dafür aber kurze Arbeitstage und ein exorbitant gutes Honorar.

Und Visby war ihnen tatsächlich in ein paar Angelegenheiten nützlich gewesen. Die Wahl hatte sich als goldrichtig erwiesen.

»Wir brauchen noch einmal Ihre Hilfe«, sagte Ditlev, als Ulrik ihn in die Empfangshalle gebracht hatte.

Der Ministerialdirektor sah sich um, als hätten die Kronleuchter Augen und die Tapeten Ohren.

»Gleich hier?«, fragte er.

»Carl Mørck ermittelt immer noch in dem Fall. Er muss aufgehalten werden, ist das klar?«, sagte Ditlev.

Visby tastete nach seiner dunkelblauen Krawatte mit den eingewebten Jakobsmuscheln, dem Symbol des Internats. Sein Blick suchte die Halle ab. »Ich habe getan, was ich konnte. Ich kann keine weiteren Anweisungen im Namen anderer herausgeben, ohne dass die Justizministerin anfängt nachzubohren. Bisher kann es immer noch wie ein Fehler wirken.«

»Müssen Sie den Weg über die Polizeipräsidentin nehmen?«

Er nickte. »Indirekt, ja. Ich kann in dem Fall nicht mehr tun.«

»Sind Sie sich darüber im Klaren, was Sie da gerade sagen?«, hakte Ditlev nach.

Visby presste die Lippen zusammen. Er hatte sein Leben schon verplant, Ulrik konnte es ihm ansehen. Die Frau zu Hause erwartete etwas Neues. Zeit und Reisen. Das, wovon alle träumen.

»Wir können Mørck vielleicht suspendieren lassen«, überlegte Visby. »Jedenfalls für eine Weile. Nachdem er den Merete-Lynggaard-Fall aufgeklärt hat, wird das allerdings nicht leicht. Aber nach einer Schießerei vor knapp einem Jahr war er ziemlich abgestürzt. Vielleicht könnte ihn ja ein Rückfall ereilen. Jedenfalls auf dem Papier. Ich kümmere mich drum.«

»Ich könnte Aalbæk dazu bringen, ihn wegen einer Handgreiflichkeit auf offener Straße anzuzeigen«, sagte Ditlev. »Wäre das eine Idee?«

Visby nickte. »Handgreiflichkeit? Gar nicht schlecht. Aber es muss Zeugen geben.«

19

»Ich bin mir ziemlich sicher, dass der Einbrecher vorgestern bei mir zu Hause Finn Aalbæk war«, sagte Carl. »Wir müssen seine Stundenabrechnung einsehen. Sorgst du für einen Durchsuchungsbefehl oder soll ich das tun?«

Marcus Jacobsen studierte gerade Fotografien von der Frau, die in der Store Kannikestræde überfallen worden war. Sie sah, gelinde gesagt, entsetzlich aus. Die Schläge zeichneten sich als blaue Streifen auf ihrem Gesicht ab, die Partie um die Augen war stark geschwollen. »Gehe ich recht in der Annahme, dass es da eine Verbindung zu deinen Ermittlungen im Rørvig-Fall gibt?«, fragte er, ohne aufzusehen.

»Mir geht es lediglich darum, zu erfahren, wer Aalbæk angeheuert hat, nichts weiter.«

»Carl, du stellst in dem Fall keine weiteren Ermittlungen an, darüber haben wir bereits gesprochen.«

Erste Person Mehrzahl? Hatte der Idiot eben »wir« gesagt? Kriegte der die Einzahl nicht konjugiert? Warum zum Teufel ließ er ihn nicht einfach in Ruhe?

Carl holte tief Luft. »Deshalb komme ich doch zu dir. Wenn sich nun herausstellt, dass Aalbæks Kunden zu den Verdächtigen im Rørvig-Fall gehören? Würde dich das nicht stutzig machen?«

Jacobsen nahm seine Halbbrille ab und legte sie vor sich auf den Tisch. »Carl! Erstens tust du, was die Polizeipräsidentin gesagt hat. Dem Fall wird oben im System eine andere Priorität gegeben und es wurde eine Verurteilung ausgesprochen. Zweitens will ich nicht, dass du hier heraufkommst und einen auf dumm machst. Du glaubst doch selber nicht, dass Leute wie Pram und Florin und dieser Börsenanalyst so blöd sind, Aalbæk ganz traditionell einzustellen? Falls, und das betone ich, falls sie überhaupt etwas mit ihm zu tun haben. Und jetzt lass mich bitte damit in Ruhe. Ich treffe mich in zwei Stunden mit der Polizeipräsidentin.«

»Ich dachte, das sei gestern gewesen?«

»Ja, und heute auch. Nun geh schon, Carl.«

»Carl!«, rief Assad aus seinem Büro. »Komm mal her und schau dir das an.«

Carl schob sich von seinem Stuhl hoch. Als Assad vorhin aufgetaucht war, hatte man ihm nichts anmerken können. Aber Carl sah es noch genau vor sich: diesen kalten Blick des Kerls, der Assad auf dem Hauptbahnhof an der Schulter gepackt hatte. So ein Blick musste sich in jahrelangem Hass aufgebaut haben. Wie konnte er da zu einem gestandenen Polizisten sagen, das hätte nichts zu bedeuten?

Carl stieg über Roses halb fertige Tische, die wie gestrandete Wale verstreut auf dem Fußboden herumlagen. Sie musste schleunigst zusehen, dass die da wegkamen. Carl wollte nicht die Verantwortung übernehmen, falls einer von denen dort oben sich zufällig nach hier unten verirrte und über den Mist stolperte.

Assad strahlte.

»Ja, was ist?«, fragte Carl.

»Wir haben ein Foto, Carl. Ein richtiges Foto.«

»Ein Foto? Wovon?«

Assad tippte kurz auf seiner Tastatur herum und auf dem Bildschirm erschien ein Foto. Nicht scharf, nicht von vorn, aber das war eindeutig Kimmie Lassen. Carl konnte sie sofort von den alten Fotos her wiedererkennen.

Kimmie, wie sie heute aussah. Ein Schnappschuss von der Seite. Eine knapp vierzigjährige Frau, die sich umdrehte. Ein ausgesprochen charakteristisches Profil. Stupsnase, sehr volle Unterlippe, magere Wangen und trotz der Make-up-Maske deutlich sichtbare Fältchen. Geschickt, wie die Kollegen waren, würden sie den alten Fotos von ihr diese Alterungsattribute hinzufügen. Kimmie war noch immer attraktiv, sah aber verbraucht aus. Gelang es den Computerspezialisten, mit den Bildbearbeitungsprogrammen zu spielen, dann hatten sie taugliches Fahndungsmaterial.

Nun fehlte ihnen nur noch ein triftiger Grund, sie zur Fahndung auszuschreiben. Ob vielleicht jemand aus der Familie darum ersuchen könnte? Das musste so bald wie möglich überprüft werden.

»Ich hab ein neues Handy. Deshalb wusste ich nicht, ob ich das Bild im Kasten hab. Ich hab gestern einfach abgedrückt, als sie vor mir weglief. Reflex, du weißt schon. Gestern Abend habe ich versucht, das auf den Bildschirm zu bekommen, aber irgendwas muss ich falsch gemacht haben.«

Konnte er das tatsächlich?

»Was sagst du dazu, Carl? Ist das nicht phantastisch?«

»Rose!«, rief Carl in den Kellerflur.

»Sie ist nicht da. Ist unterwegs. Vigerslev Allé.«

»Vigerslev Allé?« Carl schüttelte den Kopf. »Was zum Teufel treibt sie denn da?«

»Hast du ihr nicht gesagt, sie solle schauen, ob in den Illustrierten irgendwas über Kimmie zu finden ist?«

Carl blickte auf die Rahmen mit den Fotos von Assads mürrischen alten Tanten. Nicht mehr lange, dann würde er genauso aussehen.

»Wenn sie wiederkommt, gibst du ihr das Foto. Zusammen mit ein paar von den alten kann sie das zur Bildbearbeitung bringen. Hast du gut gemacht, Assad. Gute Arbeit.« Er klopfte seinem Partner auf die Schulter und hoffte, dass der ihm im Gegenzug nicht etwas von diesem Pistazienzeugs anbieten würde, auf dem er selbst herumkaute. »Wir sind in einer halben Stunde im Staatsgefängnis in Vridsløselille verabredet. Da sollten wir uns schleunigst auf den Weg machen.«

Schon auf dem Egon Olsens Vej, wie die alte Gefängnisstraße inzwischen hieß, spürte Carl das zunehmende Unbehagen seines Partners. Nicht, dass er schwitzte oder widerstrebend wirkte. Er wurde nur so unerträglich still. Und er starrte so gedankenverloren auf die Türme am Eingangsportal, als warteten die nur darauf, sich auf ihn zu stürzen.

Carl ging es mit dem Staatsgefängnis ganz anders. Er betrachtete den Knast in Vridsløselille wie eine praktische Schublade, in die man die übelsten Arschlöcher dieses Landes hineinstopfen konnte – um sie dann mit Schmackes zuzuschieben. Addierte man die Strafzeit aller knapp zweihundertfünfzig Gefängnisinsassen, so kam man auf mehr als zweitausend Mannjahre. Was für eine Vergeudung von Lebens- und Arbeitskraft! Das hier war mit Sicherheit einer der hinterletzten Orte, wo man seine Zeit verbringen wollte. Aber die meisten, die dort saßen, verdienten es, hier zu sein. Davon war er noch immer fest überzeugt.

»Wir müssen gleich hier rechts rein«, sagte Carl, als die Formalitäten überstanden waren.

Seit sie durch das Tor gegangen waren, hatte Assad kein Wort gesagt. Und seine Taschen hatte er ohne Aufforderung geleert. Folgte blindlings allen Anweisungen. Offensichtlich kannte er die Prozedur.

Carl deutete über den Hof zu einem grauen Gebäude mit weißem Schild. *Besucher* stand darauf.

Hier erwartete sie Bjarne Thøgersen. Bestimmt ein Meister im Drumherumreden. In zwei bis drei Jahren war er draußen. Die Klappe zu halten, war das Beste für ihn, alles andere wäre ungesund.

Er sah erheblich besser aus, als Carl erwartet hatte. Elf Jahre im Gefängnis hinterlassen normalerweise überall Spuren. Bittere Züge um den Mund, ausweichende Blicke. Die tief verwurzelte Erkenntnis, dass einen niemand braucht, drückt sich nach so langer Zeit selbst in der Haltung aus. Doch stattdessen saß da ein Mann mit klarem Blick. Zwar mager und auf der Hut, aber einer, der offenbar gut zurechtkam.

Bjarne Thøgersen stand auf und reichte Carl die Hand. Keine Fragen oder Erklärungen. Jemand hatte ihm offenkundig berichtet, was ihn erwartete. So etwas fiel Carl auf.

»Carl Mørck, Vizepolizeikommissar«, stellte er sich trotzdem vor.

»Das kostet mich zehn Kronen die Stunde«, antwortete der Macker und lächelte. »Ich hoffe, es ist wichtig.«

Assad begrüßte er nicht, aber damit hatte Assad auch nicht gerechnet. Der nahm sich nur einen Stuhl und rückte ihn ein ganzes Stück nach hinten, ehe er sich setzte.

»Sie arbeiten unten in der Werkstatt?« Carl sah auf die Uhr. Viertel vor elf. Ja, das war tatsächlich mitten in der Arbeitszeit.

»Worum geht es?«, fragte Bjarne Thøgersen und nahm dabei einen Tick zu langsam auf seinem Stuhl Platz. Auch das ein wohlbekanntes Signal. Also doch ein wenig nervös. Gut so.

»Ich bin nicht so viel mit den anderen Insassen zusammen«, berichtete er ungefragt. »Deshalb kann ich Ihnen auch keine Informationen geben, wenn Sie das von mir wollen. An sich wäre es schon gut, wenn man einen kleinen Deal machen könnte, sodass man ein bisschen schneller rauskommt.« Er lachte auf und versuchte Carls ruhige Art zu sondieren.

»Bjarne Thøgersen, Sie haben vor zwanzig Jahren zwei junge Menschen umgebracht. Sie haben die Tat gestanden, sodass wir über Einzelheiten des Falls nicht mehr sprechen müssen. Aber ich habe da eine Person, die verschwunden ist und über die ich gern etwas mehr wüsste.«

Thøgersen runzelte die Stirn und nickte. Etwas guter Wille und etwas Erstaunen – eine gute Mischung.

»Ich spreche von Kimmie. Sie waren befreundet, habe ich gehört.«

»Korrekt. Wir waren zusammen auf dem Internat, und dann waren wir zu einem Zeitpunkt auch ein bisschen zusammen.« Er lächelte. »Verdammt geile Frau.« Das würde er nach zwölf Jahren ohne richtigen Sex wahrscheinlich von jeder sagen. Der Wachmann hatte es Carl berichtet: Bjarne Thøgersen bekam nie Besuch. Niemals. Dieser Besuch heute war seit Jahren der erste.

»Lassen Sie uns ruhig von vorn anfangen. Ist das für Sie okay?«

Thøgersen zuckte die Achseln und senkte kurz den Blick. Natürlich war es nicht okay.

»Warum flog Kimmie vom Internat, können Sie sich daran erinnern?«

Da legte er den Kopf in den Nacken und starrte zur Decke. »Es hieß, sie sei mit einem der Lehrer zusammengekommen. Das ist nicht erlaubt.«

»Und was passierte dann anschließend mit ihr?«

»Dann wohnte sie ein Jahr zur Miete irgendwo in Næstved und arbeitete in einer Grillbude.« Er lachte. »Ihre Alten wussten nichts davon. Die glaubten, sie ginge weiterhin zur Schule. Aber dann bekamen sie es irgendwann doch raus.«

»Sie kam in ein Schweizer Internat?«

»Ja, sie war vier, fünf Jahre in der Schweiz. Nicht nur im Internat, sondern auch auf der Uni. Verdammt, wie hieß die noch mal?« Er schüttelte den Kopf. »So ein Scheiß, fällt mir jetzt nicht ein. Jedenfalls studierte sie Tiermedizin. Hallo, na klar, Bern! Das war in Bern. Uni Bern.«

»Sie sprach also ausgezeichnet Französisch?«

»Nein, Deutsch. Das war alles auf Deutsch, sagte sie.«

»Hat sie einen Abschluss gemacht?«

»Nein, sie ist nicht ganz fertig geworden. Ich weiß nicht, warum, aber aus irgendeinem Grund musste sie aufhören.«

Carl warf einen Blick in Assads Richtung. Der notierte alles auf seinem Block.

»Und danach? Wo hat sie dann gewohnt?«

»Sie kam nach Hause. Wohnte eine Zeitlang in Ordrup bei den Eltern, also bei ihrem Vater und der Stiefmutter. Und dann zog sie bei mir ein.«

»Wir wissen, dass sie eine Zeitlang in einem Zoofachhandel gearbeitet hat. War das nicht unter ihrem Niveau?«

»Warum? Sie war doch keine fertige Tierärztin.«

»Und Sie, wovon haben Sie gelebt?«

»Ich habe in der Holzhandlung meines Vaters gearbeitet. Aber das steht doch alles in den Akten. Das wissen Sie doch.«

»Hatten Sie das Geschäft nicht 1995 geerbt? Es ging dann kurze Zeit später in Flammen auf? War da nicht so etwas? Danach waren Sie arbeitslos, oder?«

Offenbar konnte der Mann sogar gekränkt aussehen. Geliebte Kinder haben viele Namen, ungeliebte Kinder viele Gesichtsausdrücke, pflegte sein alter Kollege Kurt Jensen, der jetzt im Folketing saß, immer zu sagen.

»Das ist doch dummes Zeug«, protestierte Thøgersen. »Ich bin niemals wegen des Feuers angeklagt worden. Und was sollte ich denn auch davon haben? Das Geschäft meines Vaters war nicht versichert.«

Nein, dachte Carl. Das hätte er vorher nachprüfen müssen.

Carl schwieg eine Weile und starrte die Wand an. Unzählige Male schon hatte er in diesem Raum gesessen. Diesen Wänden waren tonnenweise Lügen zu Ohren gekommen. Tonnenweise faule Ausreden und Verharmlosungen, an die eh keiner glaubte.

»Was für ein Verhältnis hatte Kimmie zu ihren Eltern?«, fragte Carl. »Wissen Sie das?«

Bjarne Thøgersen streckte sich. Er war jetzt schon viel ruhiger. Das hier war Small Talk. Es ging nicht um ihn, und das gefiel ihm. Er war auf sicherem Grund.

»Ein verdammt schlechtes«, sagte er. »Die Alten waren so richtige Arschlöcher. Ich glaub nicht, dass der Vater überhaupt je zu Hause war. Und die Alte, mit der er verheiratet war, das war eine absolut widerliche Ziege.«

»Wie meinen Sie das?«

»Ach, Sie wissen schon. So eine, die nichts anderes im Kopf hat als Geld. Ein Gold Digger.« Er ließ sich die Worte auf der Zunge zergehen. Offenbar ein Ausdruck, der in seiner Welt nicht sonderlich gebräuchlich war.

»Die stritten sich?«

»Und wie. Wegen irgendwas hatten die sich immer in den Haaren, sagte Kimmie.«

»Was hat Kimmie eigentlich gemacht, während Sie die beiden umgebracht haben?«

Die plötzliche Rückblende zu den Ereignissen in Rørvig ließ den Blick des Mannes förmlich an Carls Hemdkragen festfrieren. Wären Elektroden an Bjarne Thøgersen befestigt gewesen, hätten alle Messgeräte ausgeschlagen.

Er schwieg, offenbar wollte er nicht antworten. Doch dann

sagte er: »Sie war zusammen mit den anderen im Sommerhaus von Torstens Vater. Warum fragen Sie danach?«

»Haben die anderen Ihnen nichts angemerkt, als Sie zurückkamen? Ihre Kleidung muss doch ziemlich viel Blut abbekommen haben.«

Carl ärgerte sich über seine letzte Frage. So hatte er es nicht geplant, er hatte nicht so konkret werden wollen. Jetzt würde das Verhör eine Weile im Leerlauf bleiben. Bjarne Thøgersen würde antworten, dass er den anderen erzählt habe, er habe einen Hund retten wollen, der überfahren worden war. So stand es in der Akte.

»Das mit dem ganzen Blut, fand Kimmie das gut?« Das kam aus der Ecke von Assad, noch ehe Thøgersen hatte antworten können.

Verwirrt sah dieser den kleinen Mann an. Man hätte in seinem Blick Missbilligung erwartet, aber nicht dieses Nackte, Unverhüllte, das so deutlich zeigte, dass Assad ins Schwarze getroffen hatte. So einfach war das – man musste nur die richtige Frage stellen! Ob die Geschichte auf Dauer hielt oder nicht, war erst einmal zweitrangig. Wichtig war, dass sie jetzt wussten, dass Kimmie Blut mochte. Ausgesprochen unpassend für eine, die vorgehabt hatte, ihr Leben der Rettung von Tieren zu widmen.

Carl nickte Assad kurz zu. Gerade deutlich genug, um Thøgersen mitzuteilen, dass seine Reaktion registriert worden war. Dass er falsch und zu heftig reagiert hatte.

»Gut?«, wiederholte Bjarne Thøgersen in dem Versuch, zu glätten. »Das glaube ich nicht.«

»Sie zog also bei Ihnen ein«, fuhr Carl fort. »Das war doch 1995, nicht wahr, Assad?«

Der saß in seiner Ecke und nickte.

»Ja. 1995, am 29. September. Wir hatten uns eine Zeitlang regelmäßig getroffen. Verdammt geile Frau.« Das hatte er schon mal gesagt.

»Warum erinnern Sie sich so genau an das Datum? Das ist ja nun wirklich viele Jahre her.«

Thøgersen hielt in einer großen Geste beide Hände hoch. »Ja, aber was ist seither in meinem Leben schon passiert? Für mich gehört das zum Letzten, was ich erlebt hab, ehe ich hier reinkam.«

»Na klar.« Carl bemühte sich, Entgegenkommen zu zeigen. Dann wechselte er jäh den Tonfall: »Waren Sie der Vater ihres Kindes?«

An dieser Stelle sah Bjarne Thøgersen hoch zur Uhr. Seine blasse Haut wurde einen Hauch rot. Es war nicht zu übersehen, dass ihm eine Stunde unendlich lang vorkam.

»Das weiß ich nicht.«

Carl erwog kurz, laut zu werden, hielt sich aber doch zurück. Das hier war weder der rechte Ort noch die rechte Zeit dafür. »Sie wissen es nicht, sagen Sie. Was meinen Sie damit, Bjarne? Hatte Kimmie etwa noch andere Männer außer Ihnen, als Sie zusammenlebten?«

Er wandte den Kopf zur Seite. »Natürlich nicht.«

»Also waren Sie es, der sie geschwängert hat.«

»Sie ist ausgezogen, oder? Woher zum Teufel soll ich wissen, mit wem sie dann ins Bett ging?«

»Unseren Ermittlungen zufolge hatte sie einen Abort. Der Fötus war circa achtzehn Wochen alt. Demnach muss sie noch bei Ihnen gewohnt haben, als sie schwanger wurde.«

Da stand Bjarne Thøgersen mit einem Ruck auf und drehte den Stuhl um hundertachtzig Grad herum. Diese kühne Attitüde lernte man im Gefängnis, alle lernten das. Lässiges Schlendern durch das Hauptgebäude. Entspanntes Gliederschütteln als Zeichen von Gleichgültigkeit. Locker an den Lippen hängende Zigaretten, draußen am Sportplatz. Und dann diese Art, den Stuhl umzudrehen und die nächsten Fragen mit den Armen auf der Rückenlehne und breit gespreizten Beinen zu erwarten. Frag mich doch, was du willst, ist mir eh scheißegal, sollte diese Haltung wohl signalisieren. Blödes Bullen-arschloch, von mir erfährst du sowieso nichts.

»Ist es nicht eigentlich scheißegal, von wem es war?«, fragte er. »Das Kind ist doch tot.«

Zehn zu eins, dass es nicht seins war.

»Und außerdem ist sie ja abgehauen.«

»Ja, sie hat die Klinik verlassen. Total idiotisch.«

»Sah es ihr denn ähnlich, so was zu tun?«

Er zuckte die Achseln. »Verdammt, woher soll ich das denn wissen? Soweit ich weiß, hat sie vorher nicht versucht, das Kind loszuwerden.«

»Haben Sie nach ihr gesucht?«, ließ sich Assad vernehmen.

Der Blick, den Bjarne Thøgersen ihm zuwarf, besagte, dass ihn das nichts anginge.

»Und, haben Sie?«, hakte Carl nach.

»Wir waren schon eine Weile nicht mehr zusammen. Nein, hab ich nicht.«

»Warum waren Sie nicht mehr zusammen?«

»Das war eben so. Das ging nicht.«

»War sie Ihnen untreu?«

Noch einmal sah Bjarne Thøgersen zur Uhr. Seit dem letz-ten Mal war erst eine Minute vergangen. »Warum glauben Sie, dass sie untreu war?«, fragte er und dehnte den Nacken.

Fünf Minuten lang kauten sie die Beziehung durch, ohne dass etwas dabei herauskam. Der Mann war aalglatt.

In der Zwischenzeit war Assad mit seinem Stuhl unmerklich immer weiter herangerückt.

Jedes Mal, wenn er etwas fragte, kam er ein kleines biss-chen näher. Schließlich war er fast am Tisch angekommen. Zweifelsohne ärgerte er Bjarne Thøgersen damit.

»Wie wir sehen konnten, haben Sie auf dem Aktienmarkt ziemliches Glück gehabt«, sagte Carl. »Ihrer Steuererklärung zufolge sind Sie inzwischen recht wohlhabend, nicht wahr?«

Die Mundwinkel gingen nach unten. Selbstzufrieden. Darüber wollte Bjarne Thøgersen gern reden. »Ich kann nicht klagen«, sagte er.

»Wer hat Ihnen das nötige Kapital verschafft?«

»Das können Sie den Steuerunterlagen entnehmen.«

»Na, ich trage Ihre Steuerunterlagen ja nun nicht immer in der Hosentasche mit mir herum. Deshalb meine ich, Bjarne, dass Sie mir das selbst erzählen sollten.«

»Ich hab mir das Geld geliehen.«

»Donnerwetter! Nicht schlecht für jemanden, der gerade im Kittchen sitzt. Risikobereite Kreditgeber, würde ich mal sagen. Einer von den Drogenhaien hier drinnen?«

»Ich hab es von Torsten Florin geliehen.«

Bingo, dachte Carl. Er hätte jetzt gern Assads Gesichtsausdruck gesehen, ließ Thøgersen aber keine Sekunde aus den Augen.

»Aha. Sie sind also Freunde geblieben, obwohl Sie Ihr Geheimnis damals für sich behalten haben? Also, dass Sie die Kinder umgebracht haben? Dieses widerwärtige Verbrechen, für das unter anderem Torsten seinerzeit unter Anklage stand? Wenn das kein Freund ist! Aber vielleicht war er Ihnen ja auch einen Gefallen schuldig?«

Bjarne Thøgersen, der merkte, worauf das hinauslief, schwieg.

»Sie kennen sich also aus mit Aktien?« Assads Stuhl stand jetzt fast am Tisch. Mit den unmerklichen Bewegungen eines Reptils war er herangerückt.

Bjarne Thøgersen zuckte die Achseln. »Besser als so manch anderer, ja.«

»Auf fünfzehn Millionen Kronen ist es angewachsen.« Assad wirkte verträumt. »Und es wächst immer noch. Man sollte sich ein paar Tipps von Ihnen holen. Geben Sie Tipps?«

»Wie informieren Sie sich über den Markt?«, ergänzte Carl. »Ihre Möglichkeiten, mit der Umwelt zu kommunizieren, sind doch wohl eher begrenzt? Und umgekehrt ebenso.«

»Ich lese Zeitungen und schicke und empfange Briefe.«

»Dann kennen Sie vielleicht auch die Kaufen-und-Halten-Strategie? Oder die TA-7-Strategie? Ist es so was?«, fragte Assad ruhig.

Carl wandte ihm langsam den Kopf zu. Redete der Blödsinn, oder was?

Bjarne Thøgersen lächelte kurz. »Ich verlasse mich auf meinen guten Riecher und KFX-Aktien. Dann kann es nicht so ganz schiefgehen.« Wieder lächelte er. »Es war eine gute Phase.«

»Wissen Sie was, Bjarne Thøgersen?«, sagte Assad. »Sie müssten mal mit meinem Vetter reden. Der hat mit fünfzigtausend Kronen angefangen. Jetzt sind drei Jahre um und er hat immer noch fünfzigtausend Kronen und keine mehr. Dem würden Sie gefallen, glaub ich.«

»Ich finde, Ihr Vetter sollte vom Aktienhandel die Finger lassen«, sagte Bjarne Thøgersen verärgert und wandte sich an Carl. »Hatten wir nicht über Kimmie reden wollen? Was haben meine Aktiengeschäfte damit zu tun?«

»Das stimmt schon. Trotzdem noch eine letzte Frage wegen meinem Vetter.« Assad war beharrlich. »Ist Grundfos eigentlich eine gute Aktie im KFX-Index?«

»Ja, die steht nicht so schlecht.«

»Okay. Danke. Ich hätte nicht gedacht, dass Grundfos überhaupt an der Börse notiert ist. Aber Sie wissen es sicher besser.«

Touché, dachte Carl, während ihm Assad offen zublinzelte. Wie es Bjarne Thøgersen im Moment ging, konnte man sich unschwer vorstellen. Also war es eben doch Ulrik Dybbøl Jensen, der für ihn investierte. Ohne jeden Zweifel. Bjarne Thøgersen hatte keine Ahnung von Aktien, aber er sollte eine Lebensgrundlage haben, wenn er wieder rauskam. Eine Hand wäscht die andere.

Mehr brauchten sie eigentlich nicht zu wissen.

»Wir haben hier ein Foto, das Sie sich anschauen sollten«, sagte Carl. Er legte den Ausdruck von Assads Foto vor Thøgersen auf den Tisch. Sie hatten es ein bisschen bearbeitet. Es war messerscharf.

Beide schauten sie Bjarne Thøgersen an, als er das Foto betrachtete. Natürlich hatten sie eine gewisse Neugier erwartet. Zu sehen, wie sich eine alte Flamme im Lauf der Zeit entwickelt hatte, war doch immer spannend. Womit sie allerdings nicht gerechnet hatten, war die Intensität seiner Reaktion. Dieser Typ, der jahrelang inmitten von Schwerkriminellen gelebt hatte. Zehn Jahre Erniedrigung. Der ganze Scheiß, und zwar hautnah. Hackordnung, Homosexualität, Übergriffe, Drohungen, Erpressung, Verrohung. Der Mann, der trotzdem noch gut und gern fünf Jahre jünger aussah als Gleichaltrige, er wurde aschgrau. Sein Blick irrte von Kimmies Gesicht zur Seite und wieder zurück. Carl und Assad kamen sich vor wie die Zuschauer einer Hinrichtung, die sie nicht sehen wollten, aber deren Zeugen sie nun zwangsläufig waren. Eine furchtbare Gemütsbewegung. Carl hätte sonst was darum gegeben, zu verstehen, was da gerade abging.

»Sie scheinen nicht sonderlich erfreut zu sein, sie zu sehen. Dabei sieht sie doch wirklich gut aus«, sagte Carl. »Finden Sie nicht?«

Zwar nickte Bjarne Thøgersen langsam, aber sein zuckender Kehlkopf verriet seinen inneren Aufruhr. »Es ist nur so merkwürdig«, sagte er.

Er versuchte zu lächeln, als sei es Wehmut, die ihn beschäftigte. Aber das war keine Wehmut.

»Wie können Sie ein Foto von ihr haben, wenn Sie nicht wissen, wo sie ist?«

Er war also durchaus noch in der Lage, scharfsinnige Überlegungen anzustellen. Aber seine Hände zitterten. Seine Stimme war brüchig. Sein Blick flackerte.

Er hatte Angst.

Kimmie hatte ihn zu Tode erschreckt, nicht mehr und nicht weniger.

»Sie sollen nach oben zum Chef kommen, Marcus Jacobsen wartet auf Sie«, sagte der Wachhabende, als Carl und Assad im Präsidium am »Käfig« vorbeigingen.

»Die Polizeipräsidentin ist auch da.«

Während Carl die Stufen hinaufstieg, sammelte er mit jedem Schritt weitere Argumente. Er würde sich verdammt noch mal nichts bieten lassen. Wer kannte die Polizeipräsidentin nicht? Was war sie denn anderes als eine stinknormale Juristin, die auf dem Weg zu einem Richteramt nicht weitergekommen war?

»Oh, oh.« Frau Sørensen hinter der Theke war wie immer ermunternd. Er würde ihr dieses »Oh, oh« ein andermal zurückgeben.

»Gut, dass du kommst, Carl. Wir haben das Ganze gerade noch einmal ventiliert.« Oben in seinem Büro deutete Marcus Jacobsen auf einen freien Stuhl. »Das sieht gar nicht gut aus.«

Carl runzelte die Stirn. War das nicht ein bisschen zu dick aufgetragen? Er nickte der Polizeipräsidentin zu, die in vollem Ornat erschienen war. Sie teilte sich mit Lars Bjørn eine Kanne Tee. Klar, Tee.

»Du weißt ja, worum es geht«, fuhr Marcus Jacobsen fort. »Mich wundert nur, dass du es heute Morgen nicht von selbst angesprochen hast.«

»Wovon redest du? Dass ich immer noch die Rørvig-Morde untersuche? Ist das nicht etwa genau das, was ich tun soll? Selbst zu entscheiden, welchen der alten Fälle ich aufrolle? Wie wär's, wenn ihr mich einfach machen ließet?«

»Zum Teufel, Carl. Jetzt hör doch endlich auf, um den heißen Brei herumzureden.« Lars Bjørn richtete sich auf, um neben der imposanten Erscheinung der Polizeipräsidentin nicht noch schmächtiger zu wirken. »Wir reden über Finn Aalbæk, Inhaber von Detecto, den du gestern auf dem Gammel Kongevej niedergeschlagen hast. Uns liegt hier die Darstellung des Falls durch seinen Anwalt vor. Du kannst es selbst nachlesen.«

Welcher Fall? Wovon redeten die? Carl riss das Papier an sich und warf einen Blick darauf. Was zum Teufel hatte Aalbæk da inszeniert? Carl hätte ihn angegriffen, da stand es schwarz auf weiß. Glaubten die diesen Scheiß tatsächlich?

Sjölund & Virksund war auf dem Briefbogen zu lesen. Mannomann, die High-Society-Gauner warfen sich ja ordentlich ins Zeug, um die Lügenmärchen dieses Versagers aufzupolieren.

Der Zeitpunkt stimmte: genau, als Carl Aalbæk an der Bushaltestelle überrumpelt hatte. Auch der Dialog war in etwa richtig wiedergegeben. Aber der Klaps auf den Rücken war umgewandelt in wiederholte harte Faustschläge ins Gesicht. Und an den Klamotten hätte er herumgezerrt. Fotos belegten die Verletzungen. Da sah Aalbæk wahrhaftig nicht gut aus.

»Dass der so verprügelt aussieht, das haben Pram, Dybbøl Jensen und Florin sich einiges kosten lassen«, verteidigte sich Carl. »Die haben Aalbæk gebeten, sich für die Prügel zur Verfügung zu stellen, damit sie mich von dem Fall wegkriegen – dafür lege ich meine Hand ins Feuer.«

»Sehr gut möglich, dass Sie so denken, Mørck. Aber nichtsdestotrotz sind wir gezwungen, darauf zu reagieren. Sie kennen das Verfahren bei Anzeigen von Körperverletzung im Amt.« Die Polizeipräsidentin sah ihn an. Ihre Augen neutralisierten ihn für einen Moment.

»Wir wollen Sie nicht suspendieren«, fuhr sie fort. »Schließlich haben Sie bisher noch nie Leute misshandelt. Aber Anfang des Jahres hatten Sie ein tragisches und traumatisches Erlebnis. Vielleicht wirkt sich das doch stärker auf Sie aus, als Sie es wahrhaben wollen. Glauben Sie nicht, wir hätten dafür kein Verständnis.«

Carl lächelte sie kurz zerstreut an. Bisher noch nie Leute misshandelt, hatte sie gesagt. Gut, wenn sie das glaubte.

Der Chef der Mordkommission sah ihn nachdenklich an. »Natürlich wird es jetzt eine Untersuchung geben. Aber die

Zeit bis dahin wollen wir nutzen und dir eine intensive Behandlung zukommen lassen. Dabei wird man sich gründlich mit dem auseinandersetzen, was du im letzten Halbjahr durchmachen musstest. Währenddessen ist es dir nicht gestattet, andere als rein administrative Aufgaben wahrzunehmen, die hier im Haus anfallen. Du kannst kommen und gehen wie gehabt, aber wir müssen dich natürlich bitten, und das bedauere ich, in dieser Zeit deine Dienstmarke und deine Pistole abzugeben.« Er streckte die Hand vor. Was war das sonst, wenn nicht eine Suspendierung!

»Die Pistole findest du oben in der Waffenkammer«, sagte Carl und gab ihm seine Dienstmarke. Als wenn ihn das Fehlen der Dienstmarke an was auch immer hindern würde. Das sollten sie doch wissen. Aber vielleicht waren sie ja genau darauf aus. Dass er sich zum Narren machte. Bei Dienstvergehen geschnappt wurde. War es das? Wollten die, dass er sich zum Narren machte, damit sie ihn ein für alle Mal loswurden?

»Ich kenne Rechtsanwalt Tim Virksund. Ich werde ihm erklären, dass Sie nicht mehr an dem Fall arbeiten, Mørck. Das wird ihm wohl genügen. Er weiß um die provozierende Art seines Klienten. Und dass dies hier vor Gericht kommt, davon hat keiner etwas«, sagte die Polizeipräsidentin. »Das löst im Übrigen auch das Problem, dass es Ihnen so schwerfällt, Anweisungen Folge zu leisten, nicht wahr?« Sie deutete mit dem Zeigefinger auf ihn. »Dieses Mal sind Sie nun dazu gezwungen. Und Sie sollen gleich wissen, dass ich es künftig nicht mehr dulden werde, wenn Sie den Dienstweg umgehen, Mørck. Ich hoffe, wir verstehen uns. Der Fall wurde durch eine Verurteilung abgeschlossen. Wir wünschen, dass Sie sich anderen Fällen zuwenden, das haben wir Ihnen deutlich erklärt. Wie oft müssen wir das wiederholen?«

Er nickte und sah kurz aus dem Fenster. Wie er solche Scheißerklärungen hasste! Von ihm aus konnten die drei auf der Stelle aufstehen und dort hinausspringen.

»Ist es unbillig zu fragen, warum dieser Fall tatsächlich ausgebremst werden soll?«, fragte er dann. »Von wem kommt die Anweisung? Von politischer Seite? Und mit welcher Begründung? Meines Wissens sind hierzulande vor dem Gesetz alle gleich. Das gilt doch wohl auch für diejenigen, die wir verdächtigen? Oder habe ich da etwas falsch verstanden?«

Mit den schneidenden Blicken von Inquisitionsrichtern gaben die drei ihm zu verstehen, was sie von seiner Frage hielten.

Als Nächstes würden sie ihn wohl ins Meer werfen, um zu testen, ob er womöglich der Antichrist war und oben schwamm.

»Carl, ich hab was für dich. Aber was, das errätst du nie.« Rose klang begeistert. Er warf einen Blick in den Kellerflur. Mit den zusammengebauten Tischen hatte ihre Begeisterung jedenfalls nichts zu tun.

»Eine Kündigung, hoffe ich«, entgegnete er trocken und setzte sich hinter seinen Schreibtisch.

Bei dieser Bemerkung schien die dicke Schicht Wimperntusche noch schwerer zu werden. »Ich hab zwei Stühle für dein Büro.« Er warf einen erstaunten Blick auf die andere Seite des Tischs. Wie in aller Welt sollte auf den freien zehn Quadratmetern noch Platz für zwei Stühle sein?

»Damit warten wir«, sagte er. »Was gibt's sonst noch?«

»Und dann habe ich Illustriertenfotos, und zwar aus ›Gossip‹ und ›Hendes Liv‹.« Roses Tonfall war unverändert, aber sie knallte die Kopien der Zeitungsartikel nachdrücklicher als üblich auf den Tisch.

Carl sah desinteressiert darauf. Was ging ihn das jetzt noch an? Der Fall war ihm entzogen. Er sollte sie eigentlich bitten, den ganzen Kram einzupacken und sich dann eine naive Seele zu suchen, die ihr für gute Worte und ein bisschen Wangentätscheln half, die Scheißtische zusammenzubauen.

Dann nahm er die Kopien in die Hand.

Der eine Artikel widmete sich Kimmies Kindheit. Die Illustrierte ›Hendes Liv‹ hatte ein Porträt vom Leben der Familie Lassen zusammengestellt. Die Überschrift lautete:»Ohne die Geborgenheit des Zuhauses kein Erfolg. Eine Huldigung an Kassandra Lassen, die schöne Ehefrau von Willy K. Lassen«. Aber das Foto zeigte etwas anderes: den Vater im grauen Anzug mit schmal geschnittener Hose und die Stiefmutter in grellen Farben und mit dem aufdringlichen Make-up der späten Siebzigerjahre. Gepflegte Menschen, sie etwa Mitte dreißig, er zehn Jahre älter. Selbstbewusst und mit harten Gesichtszügen. Dass die kleine Kirsten-Marie zwischen beiden eingeklemmt dastand, schienen sie nicht einmal wahrzunehmen. Aber Kimmie nahm es wahr, das war klar zu erkennen. Große ängstliche Augen. Ein Mädchen, das halt da war.

Auf dem Foto im ›Gossip‹ siebzehn Jahre später sah Kimmie vollkommen anders aus. Vor welchem Lokal es aufgenommen war, konnte man nicht genau erkennen, wahrscheinlich vor dem Café Victor. Eine Kimmie, die bester Laune war. Enge Jeans, Boa um den Hals und offenbar total zugedröhnt. Trotz des Schnees auf dem Bürgersteig war sie tief dekolletiert. Sie lachte hinreißend. Rings um sie bekannte Gesichter, darunter Kristian Wolf und Ditlev Pram. Alle trugen riesige Mäntel. Die Bildunterschrift war gnädig. »Der Jetset gibt Gas. Der Abend des Dreikönigsfestes bekam seine eigene Königin. Hat Kristian Wolf, 29, Dänemarks begehrtester Junggeselle, endlich eine Lebensgefährtin gefunden?«

»Die da bei ›Gossip‹ waren echt klasse«, erklärte Rose. »Vielleicht finden sie für uns noch mehr Artikel.«

Er nickte kurz. Wenn sie die Geier beim ›Gossip‹ echt klasse fand, dann war sie echt naiv. »In den nächsten Tagen wirst du die Tische draußen auf dem Flur zusammenbauen, Rose. Okay? Was du zu dem Fall noch findest, legst du dort draußen bereit, und ich hole es mir dann, wenn ich es brauche. Alles klar?«

Ihrem Gesichtsausdruck nach zu urteilen, war es das mit Sicherheit nicht.

»Was ist oben bei Jacobsen passiert, Chef?«, war eine Stimme an der Tür zu hören.

»Was da passiert ist? Sie haben mich tatsächlich suspendiert. Aber sie wollen, dass ich mich trotzdem hier aufhalte. Wenn ihr also in dem Fall etwas von mir wollt, schreibt es auf einen Zettel und legt den auf den Tisch vor der Tür. Ich kann nicht darüber sprechen, sonst schmeißen sie mich einfach raus. Und Assad, hilf Rose beim Zusammenbauen dieser idiotischen Tische.« Er deutete auf den Flur. »So, und nun klappt noch einmal eure Löffel auf und hört mir gut zu: Wenn ich euch etwas zu dem Fall sagen oder euch Anweisungen dazu geben will, dann bekommt ihr das auf solchen Zetteln hier.« Er deutete auf seine Kalkulationsbögen. »Mir sind nämlich hier nur noch administrative Sachen gestattet, damit ihr Bescheid wisst.«

»Scheißladen.« Das war Assad. Blumiger ließ es sich nicht ausdrücken.

»Und außerdem muss ich noch eine Therapie machen. Deshalb bin ich vielleicht nicht immer im Büro. Tja, wollen mal sehen, welche Idioten sie dieses Mal auf mich ansetzen.«

»Ja, das wollen wir dann mal«, klang es unerwartet vom Flur her.

Voll banger Ahnungen sah Carl hinüber zur Tür.

Doch ja, das war Mona Ibsen. Immer zur Stelle, wenn die Nebelhörner tuteten. Und immer dann, wenn man die Hosen gerade ganz weit runtergelassen hatte.

»Das wird dieses Mal eine längere Angelegenheit, Carl«, sagte sie und schob sich an Assad vorbei.

Sie streckte ihm eine Hand entgegen. Die war warm und schwer loszulassen.

Ganz zart und ohne Trauring.

20

Kimmie fand den Zettel, den Tine ihr hinterlassen hatte, ohne Probleme. Wie besprochen steckte er unter dem Schild der Autovermietung in der Skelbækgade, und zwar gleich über der untersten Schraube, in dem schwarzen Teil. Durch die Feuchtigkeit fingen die Buchstaben schon an zu verlaufen.

Für die ungeschulte Tine war es schwer gewesen, auf dem kleinen Blatt Papier Platz für all die großen Blockbuchstaben zu finden. Aber Kimmie war im Dechiffrieren der Hinterlassenschaften von Leuten geübt.

HALLO. DIE POLIZEI WAR GESTERN BEI MIR – ER HEISST CARL MØRCK – UND NOCHN ANDERER UNTEN AUF DER STRASSE DER NACH DIR SUCHT – DER VOM HAUPTBAHNHOF. WEISS NICHT WER DAS IST – SEI VORSICHTIG – BIS BALD AUF DER BANK. T. K.

Sie las die Sätze mehrfach. Beim K. machte sie jedes Mal eine Vollbremsung wie ein Güterzug vorm roten Signal. Der Buchstabe brannte sich in die Netzhaut ein. Woher kam das K?

Der Polizist hieß Carl. Carl mit C. Der Buchstabe war besser. Besser als K, auch wenn sie sich gleich anhörten. Vor ihm hatte sie keine Angst.

Sie lehnte sich gegen den weinroten Nissan, der schon seit Urzeiten unter dem Schild stand. Tines Worte pflanzten eine ungeheure Müdigkeit in sie hinein. Als drängten Teufel in ihr Innerstes vor und saugten das Leben aus ihr heraus.

Ich geh nicht von meinem Haus weg, dachte sie. Die kriegen mich nicht.

Aber woher konnte sie wissen, ob es nicht doch so weit kam? Tine redete offenbar mit Menschen, die nach ihr, Kimmie, suchten. Menschen fragten Tine aus. Über Sachen, die nur

Tine von Kimmie wusste. Viele verschiedene Sachen. Und damit war Tine nicht mehr einfach nur Ratten-Tine, die für sich selbst eine Gefahr darstellte. Nun war sie auch für Kimmie gefährlich.

Die soll mit keinem reden, dachte sie. Wenn ich ihr die tausend Kronen gebe, muss ich ihr das sagen, damit sie es begreift.

Instinktiv drehte sie sich um und entdeckte die hellblaue Nylonweste eines Zeitungsverteilers von einer dieser Gratiszeitungen.

Haben sie den darauf angesetzt, mich zu beobachten?, dachte sie. War das denkbar? Die wussten jetzt, wo Tine wohnte. Die wussten offenbar auch, dass sie Kontakt hatten. Und wenn Tine bis zu dem Schild beschattet worden war, als sie den Zettel darunterklemmte? Und wenn diejenigen, die nach ihr suchten, den Zettel auch gelesen hatten?

Sie versuchte, ihre Gedanken unter Kontrolle zu bekommen. Hätten sie ihn dann nicht weggenommen? Doch, klar. Und trotzdem: Hätten die?

Wieder sah sie zu dem Zeitungsverteiler hinüber. Dieser dunkle Mann versuchte, von seinem undankbaren Job zu leben. Warum sollte er ein paar zusätzliche Kronen ablehnen? Er brauchte ihr ja bloß mit den Augen zu folgen, die Ingerslevsgade hinunter und den Bahndamm entlang. Dafür musste er nur dort hinübergehen, wo es zur Haltestelle Dybbølsbro hinunterging. Eine bessere Aussicht gab es doch gar nicht. Ja, von dort oben würde der Typ genau beobachten können, wo sie hinging. Bis zu ihrem Gittertor und dem kleinen Haus waren es höchstens fünfhundert Meter. Höchstens.

Sie biss sich auf die Unterlippe und zog den Wollmantel enger um sich.

Dann überquerte sie die Straße und trat zu ihm. »Hier«, sagte sie und gab ihm fünfzehn Tausendkronenscheine. »Jetzt kannst du doch gut nach Hause gehen, oder?«

Nur in frühen Tonfilmen konnte man schwarze Männer mit

aufgerissenen Augen sehen, die so groß und so weiß waren wie bei dem hier. Als wäre die schmächtige Hand, die ihm entgegengestreckt wurde, die Materialisierung und Erfüllung eines lange gehegten Traums. Die Kaution für die Mietwohnung. Für den kleinen Laden. Die Fahrkarte nach Hause, zu einem Leben unter brennender Sonne zwischen anderen schwarzen Männern.

»Heute ist Mittwoch. Was hältst du davon, wenn du bei deiner Arbeit anrufst und denen erzählst, du kämst erst Ende des Monats zurück? Verstehst du, was ich meine?«

Wie ein Rausch drängte sich der Nebeldunst in die Stadt und den Enghavepark und legte sich um sie. Die Umgebung verschwand in einem weißen Film. Erst die vielen Fenster des Kongens Bryghus, dann die Häuserblöcke davor, dann die Bühnenkuppel am Ende des Parks, dann der Springbrunnen. Feuchter Dunst mit dem Duft von Herbst.

Die Männer müssen sterben, sagten die Stimmen in ihrem Kopf.

Morgens hatte Kimmie den Hohlraum in der Mauer geöffnet und die Handgranaten herausgenommen. Sie hatte die teuflischen Apparaturen betrachtet und alles ganz klar vor sich gesehen. Sie mussten sterben, jeder für sich. Einer nach dem anderen. Dann würden Furcht und Reue die Übriggebliebenen verrückt machen.

Sie lachte ein bisschen. Ballte ihre eiskalten Hände, steckte sie tief in die Manteltaschen. Sie fürchteten sich ja schon jetzt vor ihr, diese Schweine, das stand fest. Und setzten alles daran, sie zu finden. Rückten immer näher. Koste es, was es wolle. Feige, wie sie waren.

Da hörte sie auf zu lachen. Das Letzte hatte sie bisher nicht bedacht.

Die waren doch feige! Eindeutig. Und feige Menschen warten nicht. Die rennen um ihr Leben, solange noch Zeit ist.

»Ich muss sie alle auf einmal erledigen«, sagte sie laut. »Irgendwie muss ich das hinkriegen, sonst verschwinden die. Ich muss, ich muss.« Und sie wusste, dass sie es konnte, aber die Stimmen in ihr wollten etwas anderes. Die waren starrsinnig. So waren sie. Es war zum Verrücktwerden.

Sie hatte auf der Parkbank gesessen, aber nun stand sie auf und kickte nach den Möwen, die sich um sie herum scharten.

In welche Richtung sollte sie jetzt gehen?

Mille, Mille. Liebe kleine Mille, lautete ihr inneres Mantra. Heute war ein schlechter Tag. Viel zu viel, zu dem sie Stellung beziehen musste.

Sie senkte den Blick und sah, wie der Nebel auf ihren Schuhen eine feuchte Spur hinterließ. Dann fielen ihr wieder die Buchstaben auf Tines Zettel ein. T. K. Aber woher kam dieses K.?

Sie waren in der 2G. Die Ferien zur Vorbereitung auf die Prüfungen standen unmittelbar bevor, und es war erst wenige Wochen her, seit Kimmie Kåre Bruno – am Boden zerstört durch ihr Gerede, sie fände ihn mittelmäßig, unbegabt und langweilig – hatte abblitzen lassen.

In den darauffolgenden Tagen hatte Kristian angefangen, sie aufzuziehen.

»Du traust dich nicht, Kimmie«, flüsterte er ihr jeden Tag bei der Morgenversammlung zu.

Und jeden Tag knuffte er sie und klopfte ihr auf die Schulter, während der Rest der Gruppe zuschaute. »Du traust dich nicht, Kimmie!«

Aber Kimmie traute sich durchaus, das wussten sie. Und sie passten genau auf, was sie tat. Beobachteten ihren Eifer in den Stunden. Ihre zwischen die Stuhlreihen ausgestreckten Beine, den hochgerutschten Rock. Die Grübchen beim Lächeln, ganz besonders, wenn sie nach vorn ging. Die dünnen Blusen und die einschmeichelnde Stimme. Sie brauchte vierzehn Tage, bis sie in dem einzigen Lehrer der Schule, den mehr oder weniger alle mochten, das Begehren geweckt hatte. Es so nachdrücklich geweckt hatte, dass es zum Lachen war.

Er war als Letzter dazugekommen. Glatte Haut und dennoch ein richtiger Mann. Das beste Diplom für das Dänischstudium an der Kopenhagener Universität, hieß es. Nicht der Prototyp eines Internatslehrers, überhaupt nicht. Er war ein gesellschaftskritischer Mensch und gab ihnen ausgewogene, vielschichtige Lektüre zu lesen.

Und Kimmie ging zu ihm und fragte ihn, ob er sie auf die Prüfungen vorbereiten würde. Die erste Stunde war noch nicht um, da war er schon verloren. Gemartert von den Rundungen, die ihr dünnes Baumwollkleidchen so freigebig offenbarte.

Er hieß Klavs mit v, was er gerne mit der geringen Urteilskraft seines Vaters und dessen übertriebenem Interesse an der Disney-Welt erklärte. Trotzdem traute sich keiner, ihn Klavs Krikke zu nennen.

Bereits nach drei Stunden führte er nicht mehr Buch über Kimmies zusätzliche Stunden. Er empfing sie in seiner Wohnung, schon halbwegs entkleidet, bei voll aufgedrehten Heizkörpern. Angeturnt von unersättlichem Begehren. Unkontrollierte Küsse, ruhelose Hände auf ihrer nackten Haut, das Gehirn vollständig ausgeschaltet. Gleichgültig gegenüber lauschenden Ohren, neidischen Blicken, Reglementierungen und Sanktionen.

Sie hatte eigentlich vorgehabt, dem Hausvater zu erzählen, er habe sie gezwungen. Einfach nur, um zu sehen, wohin das führen würde. Weil sie wissen wollte, ob sie die Situation ein weiteres Mal lenken konnte.

Aber so weit kam es nicht.

Der Rektor rief beide zur gleichen Zeit zu sich. Ließ sie stumm und nervös nebeneinander im Vorraum sitzen. Die Sekretärin war ihre Anstandsdame.

Und Klavs und Kimmie redeten nach diesem Tag nie wieder miteinander.

Was aus ihm wurde, kümmerte sie nicht.

Beim Rektor wurde Kimmie mitgeteilt, sie könne ihre Sachen packen, der Bus nach Kopenhagen gehe in einer halben Stunde. Sie brauche sich nicht die Mühe zu machen, in Schuluniform zu fahren, im Gegenteil, er wünsche, sie möge es nicht tun. Sie könne sich mit augenblicklicher Wirkung als von der Schule verwiesen betrachten.

Kimmie sah lange auf die rot gesprenkelten Wangen des Rektors, ehe sie den Blick auf seine Augen richtete.

»Es ist ja durchaus möglich, dass du …« Sie machte eine Pause, lange genug, um die unverzeihliche Anrede wirken zu lassen. »… dass *du* mir nicht glaubst, dass er mich gezwungen hat. Aber wie kannst du dir so sicher sein, dass die Boulevardzeitungen das auch so sehen? Kannst du dir den Skandal nicht ausmalen? Lehrer vergewaltigt Schülerin in … Kannst du dir das nicht vorstellen?«

Die Bedingung für ihr Schweigen war simpel: Sie wollte gehen. Einfach ihre Sachen packen und die Schule sofort verlassen. Ihr selbst war der Schulverweis vollkommen egal, Hauptsache, die Schule informierte ihre Eltern nicht. Das war ihre Bedingung.

Der Rektor protestierte. Erwähnte, wie unanständig es wäre, wenn die Schule sich für etwas bezahlen ließe, was sie nicht leistete. Respektlos griff sich Kimmie ein Buch vom Schreibtisch, riss eine Seite heraus und notierte eine Nummer darauf.

»Hier«, schob sie ihm den Zettel zu. »Das ist meine Kontonummer. Du überweist das Schulgeld einfach an mich.«

Er seufzte schwer. Und dieses Zettelchen befreite sie vom Joch jahrzehntelanger Autorität.

Sie hob den Blick und spürte die Ruhe, die sie erfüllte. Doch dann drangen vom Spielplatz helle Kinderstimmen zu ihr herüber und begannen, an ihr zu nagen.

Dort waren überhaupt nur zwei Kinder mit ihrem Kindermädchen. Kleine Kinder mit unbeholfenen Bewegungen, die zwischen den herbstlich stillen Spielgeräten Fangen spielten.

Sie trat aus dem Nebel auf sie zu und betrachtete sie. Das kleine Mädchen hielt etwas in der Hand, was der Junge haben wollte.

So ein kleines Mädchen hatte sie auch einmal gehabt.

Sie merkte, wie das Kindermädchen den Blick starr auf sie gerichtet hatte und aufstand. Die Alarmbereitschaft war in dem Augenblick ausgelöst worden, als Kimmie in schmutzigen Sachen und mit ungekämmten Haaren aus dem Gebüsch auftauchte.

»So habe ich gestern nicht ausgesehen, da hättest du mich sehen sollen!«, rief sie dem Kindermädchen zu.

Wäre sie herausgeputzt in den Klamotten vom Hauptbahnhof, wäre die Sache anders verlaufen. Alles hätte anders ausgesehen. Vielleicht hätte das Kindermädchen sogar mit ihr gesprochen. Hätte ihr zugehört.

Aber das Kindermädchen hörte nicht zu. Sie kam angerannt und schnitt Kimmie mit ausgebreiteten Armen resolut den Weg zu den Kindern ab. Denen rief sie zu, sie sollten sofort zu ihr kommen. Nur wollten die Kinder das nicht. So kleine Kobolde gehorchen nicht immer, wusste sie das denn nicht? Das amüsierte Kimmie.

Da schob sie den Kopf vor und lachte dem Kindermädchen ins Gesicht.

»Kommt endlich«, schrie das Mädchen hysterisch und sah Kimmie an wie den letzten Abschaum.

Deshalb trat Kimmie einen Schritt vor und schlug zu. Die sollte aus ihr kein Ungeheuer machen.

Und das Mädchen lag auf der Erde und schrie, sie solle verdammt noch mal sofort aufhören, sonst würde sie eine Abreibung bekommen, dass ihr Hören und Sehen vergehe. Sie kenne viele, die das gerne übernehmen würden.

Da trat Kimmie sie in die Seite. Erst einmal und dann noch einmal, dann war sie still.

»Komm zu mir, meine Kleine, und zeig mir, was du in der Hand hast«, lockte Kimmie. »Hast du da ein Zweiglein?«

Aber die Kinder standen wie angewurzelt da. Standen einfach nur da und heulten, Camilla sollte kommen.

Kimmie trat näher. Was für ein süßes kleines Mädchen, auch wenn es weinte. Sie hatte so schönes langes Haar. Braunes Haar, genau wie die kleine Mille.

»Komm, meine Kleine, und zeig mir, was du in der Hand hast«, wiederholte sie und ging auf das Kind zu.

Von hinten hörte sie ein Pfeifen, aber obwohl sie sich blitzschnell umdrehte, gelang es ihr nicht, den harten, verzweifelten Schlag gegen ihren Hals abzuwehren.

Sie fiel mit der Nase in den Kies und schlug mit dem Unterleib gegen einen Markierungsstein am Wegrand.

Derweil rannte das Kindermädchen wortlos um sie herum und schnappte sich die Kinder, auf jeder Seite eins. Eine richtig dumme Ziege. Enge Hosen und lange Haare.

Kimmie hob den Kopf und sah die verheulten Kindergesichter mit ihrer Camilla hinter dem Gebüsch verschwinden.

So ein kleines Mädchen wie dieses da hatte sie auch einmal gehabt. Jetzt lag es zu Hause in dem Kistchen unter der Liege. Geduldig wartend.

Bald würden sie wieder vereint sein.

21

»Ich möchte, dass wir dieses Mal ganz offen über die Dinge sprechen«, sagte Mona Ibsen. »Letztes Mal sind wir ja nicht ganz so weit gekommen, wie wir sollten, nicht wahr?«

Carl schaute sich in ihrer Welt um. Poster mit schönen Naturszenen, Palmen und Bergen. Klare Farben, Sonne. Stühle aus edlen Hölzern, zarte Pflanzen.

Dazu diese unglaubliche Ordnung. Nichts Zufälliges. Nichts, was stören konnte. Und dann trotz allem diese enorme Ablenkung, wenn man auf der Couch lag, alle Sinne weit offen, und an nichts anderes denken konnte. Als der Frau die Kleider vom Leib zu reißen.

»Ich werd's versuchen«, sagte er. Er wollte alles tun, worum sie ihn bat. Er hatte sowieso nichts anderes zu tun.

»Sie haben gestern einen Mann angegriffen. Können Sie mir erklären, warum?«

Er protestierte, beteuerte seine Unschuld. Aber sie sah ihn trotzdem an, als lüge er.

»Wir kommen bei Ihnen wohl nur weiter, wenn wir ein wenig in der Zeit zurückgehen und die Ereignisse von damals aufrollen. Möglicherweise finden Sie das unangenehm, aber es muss sein.«

»Schießen Sie los«, sagte er. Die Augen hatte er so weit geschlossen, dass er gerade noch sehen konnte, was die Atmung mit ihren Brüsten anstellte.

»Im Januar dieses Jahres sind Sie auf Amager in eine Schießerei geraten. Darüber haben wir früher schon mal gesprochen. Können Sie sich an das genaue Datum erinnern?«

»Das war am 26. Januar.«

Sie nickte, als wenn es sich um ein besonders gutes Datum handelte. »Sie selbst kamen recht glimpflich davon. Anders als Ihre Kollegen. Der eine, Anker, starb, und der andere liegt gelähmt in der Klinik. Wie kommen Sie damit heute, acht Monate später, zurecht, Carl?«

Er sah zur Decke. Wie er damit zurechtkam? Keine Ahnung. Es hätte halt einfach nicht passieren dürfen.

»Das, was da passiert ist, tut mir natürlich leid.« Er sah Hardy vor sich, dort in der Klinik. Traurige, stille Augen. 120 Kilo Lebendgewicht.

»Quält es Sie?«

»Ja, ein bisschen.«

Er versuchte ein Lächeln, aber sie sah in die Papiere vor sich.

»Hardy hat mir von seinem Verdacht erzählt. Er meint, derjenige, der auf Sie geschossen hat, habe Sie dort draußen auf Amager erwartet. Hat er Ihnen das auch gesagt?«

Das konnte Carl bestätigen.

»Und er glaubt auch, dass die Warnung entweder von Ihnen oder von Anker ausgegangen sei.«

»Ja.«

»Wie geht es Ihnen bei diesem Gedanken?«

Jetzt versuchte sie ihn einzuschätzen. Nach seinem Dafürhalten blitzten ihre Augen vor Erotik. Ob sie auch nur ahnte, wie sehr das ablenkte?

»Vielleicht hat er recht«, antwortete er.

»Sie waren es natürlich nicht, das kann ich Ihnen ansehen. Stimmt's?«

Und selbst wenn doch, was konnte sie denn anderes erwarten, als dass er es bestritt? Für wie dumm hielt sie die Leute denn? Was glaubte sie denn, wie viel man an einem Gesicht ablesen konnte?

»Natürlich nicht, nein.«

»Aber wenn es Anker war, dann ist für ihn etwas ganz fürchterlich schiefgegangen, oder?«

Mag ja sein, dass ich scharf auf dich bin, dachte er. Aber wenn du willst, dass ich bei der Stange bleibe, dann stell verdammt noch mal ein paar richtige Fragen.

»Ja klar«, sagte er und hörte seine eigene Stimme wie ein Flüstern. »Hardy und ich müssen die Möglichkeit in Erwägung ziehen. Im Moment bin ich allerdings Opfer eines verlogenen Schnüfflerschweins, und einige Machtmenschen versuchen, mir ein Bein zu stellen. Aber sowie das abgehakt ist, legen wir los.«

»Im Präsidium nennen sie den Fall nach der Mordwaffe den Druckluftnagler-Fall. Hatte man dem Opfer nicht in den Kopf geschossen? Das hatte den Anschein einer Hinrichtung.«

»Vielleicht. Ich habe nicht so sehr viel sehen können – was in der Natur der Sache lag. Ich habe mich seit damals nicht mehr mit dem Fall befasst. Im Übrigen gibt es eine Folgegeschichte, aber das wissen Sie sicher. In Sorø wurden zwei junge Männer auf dieselbe Weise ermordet. Man geht davon aus, dass es sich um dieselben Täter handelt.«

Sie nickte. Klar wusste sie davon. »Carl, dieser Fall quält Sie, nicht wahr?«

»Nein, dass er mich quält, kann ich nicht behaupten.«

»Was quält Sie dann?«

Er packte die Seite der ledernen Liege. Das war die Gelegenheit überhaupt. »Was mich quält? Dass Sie mir einen Korb geben, wann immer ich versuche, Sie einzuladen. Das quält mich.«

Ziemlich aufgedreht verließ er Mona Ibsen. Liebe Zeit, wie hatte sie ihn beschimpft. Und dann mit Fragen überhäuft, Fragen voller Anklagen und Zweifel. Oft wäre er am liebsten aufgesprungen und hätte sie bestürmt, an ihn zu glauben. Aber Carl blieb liegen und antwortete höflich. Am Ende hatte sie sich ohne große emotionale Anteilnahme und mit einem gestressten Lächeln auf eine Zusage eingelassen. Wenn sie mit ihm als Klient fertig sei.

Vielleicht glaubte sie, mit diesem vagen Versprechen in sicherem Fahrwasser zu sein. Vielleicht vertraute sie darauf, dass er auf immer und ewig unter Verdacht stehen und entsprechend endlos in Therapie sein würde. Aber Carl wusste es besser. Er würde dafür sorgen, dass sie ihr Versprechen einlöste.

Er blickte die Jægersborg Allé hinunter durch den malträtierten Ortskern von Charlottenlund. Fünf Minuten bis zum Bahnhof, eine halbe Stunde S-Bahn-Fahrt, und schon würde er wieder passiv auf seinem justierbaren Bürostuhl in einem Winkel des Kellers sitzen. Keine besonders geeignete Kulisse für seinen neu gewonnenen Optimismus.

Es musste etwas passieren. Aber dort unten im Keller würde garantiert nichts passieren, *nada*.

Als er an die Stelle kam, wo der Lindegårdsvej einmündet, sah er die Straße hinauf. An ihrem Ende begann der Stadtteil Ordrup. Es machte Sinn, jetzt gleich dorthin zu spazieren, das wusste er ganz genau.

Dann gab er auf seinem Handy Assads Nummer ein. Automatisch kontrollierte er den Ladezustand des Akkus. Gerade aufgeladen und trotzdem schon halb leer. Ärgerlich.

Assad klang erstaunt. Durften sie überhaupt miteinander reden?

»So ein Quatsch, Assad. Wir sollten nur im Präsidium nicht an die große Glocke hängen, dass wir noch zugange sind. Hör mal zu, kannst du nicht mal ein bisschen nachforschen, mit wem wir im Internat reden können? In der großen Mappe liegt ein Jahrbuch. Da kannst du nachlesen, mit wem sie in eine Klasse gingen. Entweder das, oder du findest einen der Lehrer, die in der Zeit von '85 bis '87 dort angestellt waren.«

»Ich hab mir das Buch angeschaut«, antwortete er. Wer zum Teufel hätte auch etwas anderes angenommen?

»Ein paar Namen hab ich schon, Chef, aber ich mach noch weiter.«

»Gut. Und jetzt stell mich zu Rose durch, ja?«

Es verging eine Minute, dann hörte er ihr atemloses »Ja!«. In ihrer Rhetorik hatten Cheftitel keinen Platz.

»Du baust Tische zusammen, nehme ich an?«

»Ja!« Wenn jemand in der Lage war, mit einem so kurzen Wort Ärger, Anklage und Kälte auszudrücken, dann war es Rose Knudsen. Es war nicht zu überhören, wie genervt sie war, bei einer so wichtigen Tätigkeit unterbrochen zu werden.

»Ich brauche die Adresse von Kimmie Lassens Stiefmutter. Ich weiß, dass du mir einen Zettel gegeben hast, aber den habe ich nicht bei mir. Gib mir nur die Adresse, ja? Und bitte keine Fragen nach dem Wie und Warum.«

Er stand vor der Filiale der Danske Bank, wo gepflegte Damen und ebensolche Herren geduldig Schlange standen. An einem Zahltag wie heute war das hier offenbar nicht anders als in Brøndby und draußen in Tåstrup. Aber dort konnte er das besser verstehen. Warum in aller Welt standen wohlhabende Menschen wie die Bewohner von 2920 Charlottenlund in der Bank Schlange? Hatten die nicht ihre Leute, um Rechnungen zu bezahlen? Kannten die kein Internetbanking? Oder hatte er vielleicht doch keine Ahnung von den Gewohnheiten reicher Menschen? Vielleicht kauften sie am Lohntag für das gesamte Kleingeld Aktien? So wie die Penner in Vesterbro Bier und Zigaretten kauften?

Jeder Vogel piepst mit seinem Schnabel, dachte er. Er sah hinüber zur Fassade der Apotheke und registrierte im Fenster des Gebäudes das Schild des Rechtsanwalts Bent Krum. *Zulassung für den Obersten Gerichtshof* stand dort. Bei Klienten wie Pram, Dybbøl Jensen und Florin brauchte man so eine Zulassung wohl auch.

Er seufzte tief.

An diesem Büro einfach vorbeizugehen, das wäre so, als könnte man sämtliche biblischen Versuchungen auf einmal ignorieren. Da würde wahrscheinlich sogar der Teufel lachen. Andererseits – würde er klingeln, hineingehen und Bent Krum befragen, dann hätte er keine zehn Minuten später die Polizeipräsidentin an der Strippe. Und nach dem Telefonat könnte er direkt den Hut nehmen und das Sonderdezernat Q dicht-machen.

Einen Augenblick stand er unentschlossen vor der Tür – und vor der Entscheidung: die unfreiwillige Frühpensionierung riskieren oder eine andere, womöglich bessere Gelegenheit für die Konfrontation abwarten?

Klüger wäre es, vorbeizugehen, dachte er. Unterdessen ent-wickelte sein Finger ein Eigenleben und drückte energisch auf die Türklingel. Zum Teufel auch, wenn jemand meinte, seine Ermittlungen ausbremsen zu können. Er musste hier auf den Busch klopfen. Und zwar lieber früher als später.

Er schüttelte den Kopf und ließ die Klingel los. Jetzt hatte ihn wieder das eingeholt, was schon der Fluch seiner Jugend gewesen war: Niemand außer ihm allein hatte über ihn zu be-stimmen.

Eine dunkle Frauenstimme teilte ihm kurz mit, er müsse etwas warten. Nach einer Weile waren Schritte auf der Treppe zu hören, dann kam hinter der Glastür eine Frau in Sicht. Sie trug einen zünftigen Pelzmantel und um die Schultern ein Designertuch. Mindestens vier Fünftel ihres Zusammen-lebens hatte Vigga so einen Mantel in den Schaufenstern von Birger Christensen in der Østergade bewundert. Als wenn er bei Vigga jemals so gesessen hätte. Und hätte sie ihn be-kommen, wäre er zum gegenwärtigen Zeitpunkt höchstwahr-scheinlich längst von einem ihrer Künstlerliebhaber für eine abgefahrene Installation zerschnippelt und ausgeschlachtet worden.

Die Frau öffnete die Tür und schenkte ihm ein so strahlendes Lächeln, wie es nur für Geld zu erlangen war.

»Es tut mir außerordentlich leid, aber ich war schon fast aus der Tür. Mein Mann ist donnerstags nicht hier. Vielleicht können Sie für einen anderen Tag einen Termin vereinbaren.«

»Nein, ich ...« Instinktiv griff Carl nach der Polizeimarke in der Tasche, fand aber nichts als Wollfusseln. Eigentlich hatte er sagen wollen, er sei im Rahmen einer Ermittlung gekommen. Irgendetwas von wegen, ihr Mann solle nur ein paar Routinefragen beantworten und ob er nicht in einer oder zwei Stunden wiederkommen könne, falls es passe. Nur kurz. Aber er sagte etwas anderes.

»Ist Ihr Mann auf dem Golfplatz?«

Sie sah ihn verständnislos an. »Meines Wissens spielt mein Mann nicht Golf.«

»Okay.« Er holte tief Luft. »Ich bedauere sehr, Ihnen das sagen zu müssen. Aber Sie und ich, wir werden betrogen. Ihr Mann und meine Frau haben sich gefunden, so ist es leider. Und ich will nun gern wissen, wo ich stehe.« Er beobachtete, wie schmerzlich er die unschuldige Frau getroffen hatte, und versuchte derweil, selbst ganz verzagt auszusehen.

»Entschuldigung«, sagte er. »Es tut mir so leid.« Er legte ihr vorsichtig die Hand auf den Arm. »Das war falsch von mir, bitte entschuldigen Sie vielmals.«

Dann trat er zurück auf den Bürgersteig und ging schnellen Schrittes in Richtung Ordrup. Er war schockiert, wie sehr ihn die impulsiven Attacken seines syrischen Kollegen angesteckt hatten.

Kassandra Lassen wohnte im Kirkevej gegenüber der Kirche. Drei Carports, zwei Treppentürme, ein Gärtnerhaus aus Klinkersteinen, Hunderte Meter frisch verputzte Gartenmauer und obendrein fünf- bis sechshundert Quadratmeter Villa. Mehr Messing an den Türen als auf der gesamten königlichen Yacht »Dannebrog«. Bescheidenheit war etwas anderes.

Erfreut beobachtete Carl die Schatten, die sich hinter den Scheiben im Parterre bewegten. Es gab also eine Chance.

Die Hausangestellte wirkte abgearbeitet. Sie willigte ein, Kassandra Lassen zur Tür zu bringen – falls möglich.

Dieses »Zur-Tür-Bringen« schien sich schwieriger zu gestalten, als es ohnehin schon klang.

Doch dann verstummte der lautstarke Protest aus dem Hintergrund plötzlich und Carl hörte eine Frauenstimme fragen: »Ein junger Mann, sagst du?«

Kassandra Lassen war der Inbegriff einer Frau aus der Oberschicht, die bessere Tage und Männer gesehen hatte. Keine Spur mehr von der schlanken Frau aus dem Illustriertenartikel. In dreißig Jahren kann wirklich eine Menge passieren, das war mal sicher. Sie trug einen japanischen Kimono, der so lose saß, dass die Seidenunterwäsche einen Großteil des Gesamteindrucks ausmachte. Sie gestikulierte ausufernd. Sie hatte sofort erfasst, dass sie einen richtigen Mann vor sich hatte. Denen war sie anscheinend noch nicht abhold.

»Bitte treten Sie doch ein«, sagte sie entgegenkommend. Ihre Fahne kam nicht nur von einem Schlückchen. Aber gute Herkunft, Malt Whisky, tippte Carl. Ein Kenner hätte vermutlich den Jahrgang ergänzen können, so kräftig war die Fahne.

Er wurde an ihrem Arm ins Haus geführt. Genauer genommen dirigierte sie ihn, während sie sich an ihn klammerte. Schließlich landeten sie in dem Teil des Erdgeschosses, den sie mit tieferer Stimme *My Room* nannte.

Er musste in einem Sessel Platz nehmen, der dicht neben ihrem stand und so ausgerichtet war, dass Carl direkt mit ihren schweren Augenlidern und den noch schwereren Brüsten konfrontiert war. Es war bemerkenswert.

Auch hier hielt die Freundlichkeit – oder das Interesse, könnte man vielleicht sagen – nur so lange an, bis Carl sein Anliegen vorgebracht hatte.

»Sie wollen von mir etwas über Kimmie erfahren?« Sie legte die Hand mit den langen Fingernägeln auf die Brust. Was bedeuten sollte, dass nun entweder er oder sie zu Boden ging.

Da versuchte er es mit einer anderen Gangart.

»Ich habe gehört, in diesem Haus wisse man, was sich

schickt. Hier könne man mit einer guten Behandlung rechnen, egal in welcher Angelegenheit man anklopft. Deshalb bin ich gekommen.« Wirkung: gleich null.

Da griff er nach der Karaffe und schenkte ihr nach. Vielleicht löste ihr das die Zunge.

»Lebt das Mädchen überhaupt noch?«, fragte sie. In ihrer Stimme war nicht der Hauch von Mitgefühl zu hören.

»Ja, in Kopenhagen. Sie lebt auf der Straße. Ich habe ein Foto von ihr, wollen Sie es sehen?«

So wie sie die Augen schloss und wegsah, hätte man meinen können, er habe ihr Hundescheiße vor die Nase gehalten. Herr im Himmel, das brauchte sie nun wirklich nicht.

»Können Sie mir sagen, was Sie und ihr damaliger Mann dachten, als Sie 1987 vom Verdacht gegen Kimmie und ihre Freunde hörten?«

Wieder führte sie eine Hand zur Brust. Dieses Mal, um sich zu konzentrieren, so sah es jedenfalls aus. Dann veränderte sich ihr Gesichtsausdruck, und der Whisky schien seine Wirkung zu tun. »Wissen Sie was, mein Lieber? Wir haben uns ehrlich gesagt nicht sonderlich um all das gekümmert. Wir sind recht viel gereist, müssen Sie wissen.« Mit einem Ruck wendete sie den Kopf und sah ihn an. Es dauerte einen Moment, bis sie die Orientierung wiedergefunden hatte. »Reisen ist ein Lebenselixier, heißt es. Und mein Mann und ich sind unterwegs immer wunderbaren Menschen begegnet. Die Erde ist so herrlich, finden Sie nicht auch, Herr …?«

»Mørck. Carl Mørck.« Er nickte. Um noch ein zweites dermaßen abgestumpftes Wesen zu finden, musste man auf die Grimm'schen Märchen zurückgreifen. »Ja, da haben Sie ganz recht.« Sie brauchte ja nicht zu wissen, dass er sich nur einmal weiter als neunhundert Kilometer von Valby Bakke entfernt hatte. Mit dem Reisebus an die Costa Brava. Damals hatte er, Carl, zwischen lauter Pensionären am Strand geschmort, während Vigga die lokalen Künstler aufgesucht hatte.

»Sind Sie der Meinung, am Verdacht gegen Kimmie könnte etwas dran gewesen sein?«, fragte er.

Sie zog die Mundwinkel herunter. Vermutlich ein Versuch, seriös zu wirken. »Wissen Sie was? Kimmie war ein furchtbares Mädchen. Sie brachte es fertig, einen zu schlagen! Ja, sogar schon, als sie noch ganz klein war. Manchmal, wenn ihr etwas gegen den Strich ging, bewegten sich ihre Arme wie Trommelstöcke! Sehen Sie, so etwa.« Sie versuchte, es ihm vorzumachen, und der Malt spritzte in alle Richtungen.

Welches normal entwickelte Kind tut das nicht?, dachte Carl. Besonders bei solchen Eltern.

»Aha. War sie auch noch so, als sie älter wurde?«

»Ha! Sie war eklig! Beschimpfte mich auf übelste Weise. Das können Sie sich gar nicht vorstellen!«

Oh, das konnte er sehr wohl.

»Und außerdem war sie ein – leichtes Mädchen.«

»Leicht? Inwiefern?«

Sie massierte die feinen blauen Äderchen auf ihrem Handrücken. Erst jetzt entdeckte er die Gicht, die sich in ihren Gelenken eingenistet hatte. Er blickte zu ihrem Glas, das fast schon wieder leer war. Schmerzlinderung hat viele Gesichter, dachte er.

»Als sie aus der Schweiz zurückkam, brachte sie alle möglichen Leute mit nach Hause und … ja, ich sage es, wie es war … wie ein Tier bumste sie mit denen bei offener Tür, während ich durchs Haus ging.« Sie schüttelte den Kopf. »Es war kaum möglich, allein zu sein, Herr Mørck.« Sie senkte den Kopf und sah ihn ernst an. »Ja. Zu dem Zeitpunkt hatte Willy, also Kimmies Vater, schon seine Sachen gepackt und war abgehauen.« Sie nippte an ihrem Glas. »Als hätte ich ihn halten wollen. Dieser lächerliche …«

Dann drehte sie den Kopf wieder zu ihm hin. Wenn sie sprach, sah man, dass der Rotwein die Zähne verfärbt hatte. »Gehen Sie allein durchs Leben, Herr Mørck?« Ihre Bewegung mit der Schulter und die offensichtliche Einladung fänden in jedem Groschenroman ihren Platz.

»Ja. Das tue ich«, sagte er und nahm die Aufforderung an. Sah ihr direkt in die Augen und hielt ihren Blick so lange fest, bis sie langsam die Augenbrauen hochzog und noch einmal am Glas nippte. Nur ihre Wimpern waren über dem Rand des Glases zu sehen. Es war lange her, dass ein Mann sie so angesehen hatte.

»Wussten Sie, dass Kimmie schwanger wurde?«, fragte er da.

Sie atmete tief ein. Einen Augenblick wirkte es, als sei sie weit weg. Aber die Nachdenklichkeit war ihr wie auf die Stirn geschrieben. Als wenn sie eher das Wort »schwanger« schmerzte als die Erinnerung an eine gescheiterte menschliche Beziehung. Sie selbst hatte keine Kinder bekommen, soweit Carl wusste.

»Ja«, sagte sie kalt. »Ja, sie wurde schwanger, dieses Flittchen. Nicht verwunderlich.«

»Und was dann?«

»Ja, dann wollte sie natürlich Geld.«

»Und, hat sie es bekommen?«

»Nicht von mir!« Sie beendete den Flirt. Aus ihrer Stimme sprach jetzt kalte Verachtung. »Ihr Vater gab ihr zweihundertfünfzigtausend Kronen. Und forderte sie auf, sich nie wieder bei ihm zu melden.«

»Und Sie? Haben Sie von ihr gehört?«

Sie schüttelte den Kopf. Ihre Augen sagten: zum Glück.

»Wer war der Vater des Kindes, wissen Sie das?«

»Ach, das wird dieser kleine Versager gewesen sein, der die Holzhandlung seines Vaters abgefackelt hat.«

»Sie meinen Bjarne Thøgersen? Der wegen der Morde ins Gefängnis kam?«

»Sicher. Wie er hieß, weiß ich nun wirklich nicht mehr.«

»Ah ja.« Das war unter Garantie gelogen. Whisky oder

nicht. So etwas vergaß man nicht einfach so. »Kimmie wohnte eine Weile hier, und Sie sagen, das sei nicht leicht für Sie gewesen?«

Ungläubig starrte sie ihn an. »Sie glauben wohl, ich hätte diesen Zirkus lange mitgemacht? Nein, in der Phase zog ich es vor, an der Küste zu wohnen.«

»An der Küste?«

»An der Costa del Sol. Fuengirola. Wunderbare Dachterrasse direkt gegenüber der Promenade. Wunderbarer Ort. Kennen Sie Fuengirola, Herr Mørck?«

Er nickte. Bestimmt war sie wegen ihrer Gicht dort. Aber an sich gingen dorthin eher Menschen mit kleinem Vermögen und einer Leiche im Keller. Hätte sie Marbella gesagt, das hätte er besser verstanden. Sie verfügte doch wohl über ein gewisses Vermögen.

»Glauben Sie, es könnte hier im Haus noch irgendetwas geben, das Kimmie gehört?«, sagte er.

In diesem Moment machte sie dicht. Sie saß nur stumm da und trank in aller Ruhe aus. Als das Glas leer war, war es das Gehirn ebenfalls.

»Ich glaube, Kassandra muss jetzt ruhen«, sagte da die Hausangestellte. Sie hatte sich die ganze Zeit stand-by im Hintergrund gehalten.

Carl hob die Hand, um sie zu bremsen. Ein Verdacht war in ihm aufgekeimt.

»Frau Lassen, gestatten Sie mir, Kimmies Zimmer zu sehen? Ich habe gehört, es sei noch genau so wie damals.«

Das war einfach ein Schuss ins Blaue gewesen. Eine dieser Fragen, wie sie bei gewieften Polizisten in dem Karton liegen, auf dem »einen Versuch wert« steht. Sie werden immer mit diesem »Ich habe gehört …« eingeleitet.

In Notfällen stets ein guter Anfang.

Die Hausangestellte bekam zwei Minuten, um die Dame des Hauses auf ihr vergoldetes Lager zu betten. In der Zwischenzeit sah sich Carl um. Ob Kimmie hier als Kind gelebt hatte oder nicht – als Zuhause für ein Kind war diese Villa völlig ungeeignet. Keine Ecke, wo man spielen konnte. Viel zu viel Krimskrams, viel zu viele japanische und chinesische Vasen. Gestikulierte man zu heftig, riskierte man einen Versicherungsfall mit sechs Nullen. Eine sehr ungemütliche Atmosphäre, die sich garantiert in all den Jahren nicht verändert hatte. Ein richtiges Kindergefängnis, so empfand er es.

»Ja«, sagte die Hausangestellte auf der Treppe hinauf in den zweiten Stock. »Kassandra wohnt hier ja nur. Gehören tut das Haus Kimmie. Deshalb ist im zweiten Stock noch alles so, wie es zuletzt war.«

Kassandra Lassen lebte also von Kimmies Gnaden in dieser Villa. Entschied sich Kimmie, in die Gesellschaft zurückzukehren, konnte Kassandra sehen, wo sie blieb. Was für Irrungen des Schicksals! Die reiche Frau, die auf der Straße lebte, und die Arme, die den Parnass hütete. Deshalb also wohnte Kassandra in Fuengirola und nicht in Marbella. Das beruhte gar nicht auf ihrer freien Entscheidung.

»Es ist unordentlich, ich warne Sie«, sagte die Hausangestellte und stieß die Tür auf. »Aber wir haben beschlossen, es so zu lassen. Die Tochter soll nicht kommen können und behaupten, Kassandra habe geschnüffelt. Und ich finde, damit hat sie ganz recht.«

Carl nickte. Wo fand man heutzutage noch solche loyalen Dienstboten, blind auf beiden Augen? Dabei sprach sie nicht einmal ausländisch.

»Kannten Sie Kimmie?«

»Lieber Himmel, nein. Als könnte ich schon seit 1995 hier sein!« Sie lachte herzlich.

Aber so wie sie aussah, hätte sie das durchaus sein können.

Es handelte sich um eine abgeschlossene Wohnung. Carl hatte mit ein paar Zimmern gerechnet, aber nicht mit einer kompletten Mansardenwohnung im Stil des Pariser Quartier Latin. Sogar den typischen Balkon gab es. In die schrägen Wände waren Gauben eingelassen. Zwar waren die kleinen Sprossenfenster schmutzig, aber insgesamt war alles sehr apart. Wenn die Hausangestellte das hier unordentlich fand, würde sie beim Anblick von Jespers Zimmer umkippen.

Ein bisschen schmutzige Wäsche lag herum, das war alles. Nichts deutete darauf hin, dass hier einmal eine junge Frau gelebt hatte, kein Papier auf dem Schreibtisch oder irgendetwas auf dem Couchtisch vor dem Fernseher.

»Sie können sich ein bisschen umschauen. Aber zuerst möchte ich eigentlich gern Ihre Dienstmarke sehen, Herr Mørck. Das ist doch so üblich, nicht wahr?«

Er nickte und wühlte alle Taschen durch. Dieses eifrige Dickerchen. Schließlich fand er eine Visitenkarte, die er schon seit hundert Jahren in der Tasche herumtrug und die entsprechend aussah. »Bedaure, aber die Dienstmarke liegt im Präsidium, das tut mir leid. Wie Sie sehen, bin ich der Chef des Sonderdezernats, deshalb komme ich nicht so oft raus. Aber hier ist meine Visitenkarte, bitte sehr. Da können Sie sehen, wer ich bin.«

Sie sah sich die Nummer an und die Anschrift und befühlte dann die Karte, als sei sie eine Expertin für Fälschungen. »Einen Moment«, sagte sie und nahm den Hörer eines Bang & Olufsen-Telefons ab, das auf dem Schreibtisch stand.

Sie stellte sich als Charlotte Nielsen vor und fragte, ob ein Vizepolizeikommissar namens Carl Mørck bekannt sei. Sie wartete einen Moment, während sie offenbar weiterverbunden wurde.

Dann wiederholte sie ihre Frage und bat anschließend um eine Beschreibung dieses Carl Mørck. Sie lachte kurz, während sie zu ihm hinsah, und legte dann mit einem Lächeln auf.

Was zum Teufel war daran so komisch? Zehn zu eins, dass sie mit Rose gesprochen hatte.

Ohne den Grund für ihre Heiterkeit zu erläutern, zog sie sich zurück. Carl blieb mit sämtlichen Fragezeichen in der verlassenen Wohnung einer jungen Frau allein, die anscheinend nichts preiszugeben hatte.

Mehrfach hatte er alles durchsucht, und ebenso oft hatte die Hausangestellte in der Tür gestanden. Sie hatte die Aufgabe übernommen, achtzugeben und glaubte, das am besten bewerkstelligen zu können, indem sie ihn wie eine hungrige Mücke beobachtete, die sich auf der Hand niedergelassen hat. Aber sie machte keinen Stich. Carl hatte weder herumgewühlt noch etwas in die Jackentasche gesteckt.

Das Unterfangen schien absolut fruchtlos. Kimmie hatte die Räume zwar offenbar schnell verlassen, war sie vorher aber gründlich durchgegangen. Alles, was Fremde nicht sehen sollten, war garantiert unten in die Mülltonnen gewandert. Die konnte man vom Balkon aus in der gepflasterten Einfahrt stehen sehen.

Das galt auch für ihre Kleidung. Auf dem Stuhl neben dem Bett lagen zwar einige Kleidungsstücke, aber keine Unterwäsche. In den Ecken lagen zwar Schuhe, aber keine schmutzigen Strümpfe. Offenbar hatte sie genau überlegt, was okay und was zu intim war.

Sogar die Wanddekoration fehlte, und die sagte normalerweise eine Menge über den Geschmack und die Gesinnung eines Bewohners aus. In dem kleinen Marmorbadezimmer gab es nicht mal eine Zahnbürste. Keine Tampons im Schrank oder Q-Tips im Abfalleimer neben dem WC. Kein noch so kleiner Rest von Stuhlgang in der Toilettenschüssel, keine Zahnpastareste im Waschbecken.

Kimmie hatte diesen Ort, was Persönliches anging, absolut klinisch rein hinterlassen. Eine Frau hatte hier gelebt, das war eindeutig. Aber das hätte ebenso gut eine aus dem Chor der Heilsarmee sein können wie eine schrille High-Society-Lady.

Carl hob das Bettzeug an und versuchte, ihren Geruch zu finden. Er schaute unter der Schreibunterlage nach versteckten Zettelchen. Er suchte am Boden des leeren Papierkorbs, schaute in die hintersten Winkel der Küchenschubladen, steckte den Kopf in die Abseite. Nichts.

»Es wird bald dunkel«, sagte die Hausangestellte Charlotte und meinte damit wohl, er solle sich mal einen anderen Ort suchen, wo er Polizist spielen konnte.

»Gibt es irgendwo da oben einen Dachboden?«, erkundigte er sich hoffnungsvoll. »Eine Luke oder Treppe, die ich von hier drinnen nicht sehen kann?«

»Nein, es gibt nur das hier.«

Carl blickte auf. Okay. Wieder Fehlanzeige.

»Ich mache noch eine Runde«, sagte er.

Dann hob er alle Teppiche an, um nach losen Fußbodendielen zu suchen. Lockerte die Kräuterposter in der Küche, um zu schauen, ob sie einen Hohlraum abdeckten. Klopfte auf Möbel und den Boden des Kleider- und des Küchenschranks. Nichts.

Er schüttelte den Kopf und machte sich über sich selbst lustig. Warum sollte denn da auch irgendwo was sein?

Er schloss die Wohnungstür hinter sich und blieb einen Moment auf dem Treppenabsatz stehen. Einerseits, weil er sehen wollte, ob es dort draußen etwas Interessantes gab, was jedoch nicht der Fall war. Andererseits, weil er das Gefühl nicht loswurde, dass er doch etwas übersehen hatte, und das ärgerte ihn.

Da holte ihn das Klingeln seines Handys zurück in die Realität.

»Marcus hier«, hörte er. »Warum bist du nicht in deinem Büro, Carl? Und warum macht das den Eindruck, den es macht? Der ganze Flur da unten steht voller Teile für ich weiß nicht wie viele Tische. Und in deinem Büro kleben überall gelbe

Zettel. Wo bist du, Carl? Hast du vergessen, dass du morgen Besuch aus Norwegen bekommst?«

»Mist!«, sagte Carl ein bisschen zu laut. Ja, das hatte er tatsächlich glücklich verdrängt.

»Okay?«, war aus dem Telefon zu hören. Er kannte dieses »Okay« des Chefs.

»Ich bin auf dem Weg zum Präsidium.« Er sah auf die Uhr, es war schon nach vier.

»Jetzt?! Nein, jetzt brauchst du dich um gar nichts mehr zu kümmern.« Jacobsen klang nicht, als ob das zur Diskussion stünde. Er war stinksauer. »Ich übernehme den Besuch morgen, und die kommen auf gar keinen Fall in dieses Chaos, das da unten herrscht.«

»Um welche Uhrzeit kommen sie?«

»Um zehn. Aber das kannst du dir sparen, Carl. Ich übernehme, und du hältst dich für Fragen bereit, falls deine Meinung gewünscht wird.«

Nachdem Marcus aufgeknallt hatte, betrachtete Carl einen Moment lang das Telefon in seiner Hand. Bis zu dem Moment hätten ihn die Klippfisch-Scheichs mal sonst wo gekonnt. Aber jetzt nicht mehr. Zum Teufel! Der Chef wollte die Sache an sich reißen? Kam gar nicht in die Tüte!

Er fluchte ein paar Mal und sah zum Oberlicht. Es beschloss das beeindruckende Treppenhaus nach oben hin. Die Sonne knallte noch immer in die Fenster. Feierabend hin oder her, er hatte keine Lust, nach Hause zu gehen.

Der Kopf war noch überhaupt nicht bereit für den Heimweg und Mortens Fleischtöpfe, die sicher schon zu Hause warteten.

Er sah, wie sich der Schatten scharf an der Einfassung der Fenster abzeichnete. Und gleichzeitig spürte er, wie sich eine Falte tief auf seiner Stirn eingrub.

Bei Häusern dieses Alters waren Fenstereinfassungen an den Schrägen häufig dreißig Zentimeter tief. Aber diese hier waren tiefer. Viel tiefer. Auf jeden Fall mindestens fünfzig Zentimeter. Wenn man ihn fragte, dann war dieses Haus in späteren Jahren nachisoliert worden.

Er legte den Kopf in den Nacken. Am Übergang zwischen der Decke und der abgeschrägten Wand zeichnete sich ein feiner Riss ab. Er folgte dem Riss durch den ganzen Raum, bis er schließlich wieder zum Ausgangspunkt kam. Ja, die Abschrägungen hatten sich etwas gesetzt, das Haus hatte eindeutig nicht von Anfang an so gut isolierte Wände gehabt. Mindestens fünfzehn Zentimeter zusätzliche Isolierung plus Gipsplatten waren dazugekommen. Gute Spachtel- und Malerarbeit. Aber solche Risse entstehen nach einer gewissen Zeit einfach.

Dann drehte er sich um und öffnete noch einmal die Tür zur Wohnung. Ging schnurstracks zur Außenwand und untersuchte alle schrägen Wände. Auch hier sah er jetzt oben diese Risse, aber sonst nichts Besonderes.

Es musste irgendwie einen Hohlraum geben, aber anscheinend keine Möglichkeit, darin etwas zu verstecken. Jedenfalls nicht von innen.

Jedenfalls nicht von innen – sein Blick fiel auf die Balkontür. Er packte den Türgriff, öffnete die Tür und trat auf den Balkon hinaus. Die schrägen Dachziegel bildeten einen pittoresken Hintergrund.

»Denk dran, es ist lange her«, flüsterte er vor sich hin, als er mit den Augen eine Ziegelreihe nach der anderen absuchte. Das hier war die Nordseite des Hauses. Die Grünalgen hatten aus dem Regenwasser alle Nahrung aufgesogen und bedeckten nun wie ein Requisit aus dem Theaterfundus fast das ganze Dach. Er drehte sich zu den Ziegeln auf der anderen Seite der Tür um. Da entdeckte er die kleine Unregelmäßigkeit sofort.

Die Ziegel lagen ganz gleichmäßig, und auch hier hatten sich überall Grünalgen breitgemacht. Nur einer der Ziegelsteine lag etwas verschoben zwischen den anderen, und zwar ein Stückchen über der Stelle, wo das Geländer an der Dachkonstruktion befestigt war. Es handelte sich um Hohlpfannen, überlappend angeordnet und mit einer kleinen Erhöhung auf der Unterseite, damit sie nicht von der Latte rutschten. Aber eben genau dieser eine Ziegel sah aus, als würde er rutschen. Fast so, als hätte man die Erhöhung abgeschlagen, lag er zwischen den anderen Ziegeln nur lose auf der Latte.

Entsprechend problemlos ließ er sich anheben.

Carl atmete die kalte Septemberluft tief ein.

Im ganzen Körper machte sich das Gefühl breit, vor etwas Einzigartigem zu stehen. Ein seltsames Gefühl. So ähnlich musste es Howard Carter ergangen sein, als es ihm gelungen war, die Tür der Grabkammer ein wenig zu öffnen, und er plötzlich in Tutanchamuns letzter Ruhestätte stand. Denn dort vor Carl, im Hohlraum der Steinwolle unter dem Dachziegel, lag in durchsichtige Plastikfolie eingewickelt ein Metallkasten von der Größe eines Schuhkartons.

Carls Herzfrequenz erhöhte sich signifikant. Er rief die Hausangestellte.

»Schauen Sie mal, den Kasten hier.«

Unwillig beugte sie sich vor und sah unter die Ziegelsteine. »Ja, da liegt ein Kasten. Was ist das?«

»Ich weiß es nicht. Aber Sie können bezeugen, dass Sie ihn hier haben liegen sehen.«

Sie sah ihn verärgert an. »Wird man jetzt auch noch beschuldigt, keine Augen im Kopf zu haben?«

Er richtete sein Handy auf den Hohlraum und fotografierte ihn mehrfach. Dann zeigte er ihr die Fotos.

»Sind wir uns einig, dass es sich bei den Fotografien um diesen Hohlraum handelt?«

Da stemmte sie die Hände in die Seiten. Offenbar hatte sie die Nase voll von seinen Fragen.

»Ich nehme ihn jetzt heraus und mit aufs Revier.« Das war keine Frage, sondern eine Feststellung. Sonst würde sie womöglich nach unten rennen und Kassandra wecken. Und das würde nur Ärger geben.

Dann durfte die Hausangestellte gehen. Kopfschüttelnd und mit angeknackstem Vertrauen in die Intelligenz der Autoritäten ließ sie ihn stehen.

Einen Augenblick erwog er, die Polizeitechniker zu rufen. Aber als er sich die kilometerlangen Plastikbänder und all die Männer in weißen Overalls vorstellte, verabschiedete er sich schnell von dem Gedanken. Die hatten genug zu tun, und er konnte nicht warten.

Dann zog er Handschuhe an, hob den Kasten vorsichtig heraus und legte den Ziegel wieder an seinen Platz. Drinnen zog er die Handschuhe aus, stellte den Kasten auf den Tisch, packte ihn aus der Folie und öffnete ihn mühelos. Alles in einer zusammenhängenden großen und unbewussten Bewegung.

Obenauf lag ein kleiner Teddybär. Nicht viel größer als eine Streichholzschachtel. Ganz hell, fast goldgelb. Das Fell an Gesicht und Armen war abgeschabt. Vielleicht einst Kimmies allerliebster Besitz und einziger Freund. Vielleicht aber auch der eines anderen Menschen. Dann hob er eine Zeitungsseite unter dem Teddy hoch. *Berlingske Tidende, 29. September 1995* stand in einer Ecke. An dem Tag war sie bei Bjarne Thøgersen eingezogen. Sonst stand auf der Zeitungsseite nichts Interessantes. Nur reihenweise Stellenanzeigen.

Er blickte erwartungsvoll in den Kasten. Hoffte wohl, Tagebucheintragungen oder Briefe zu finden, die Aufschluss über Gedanken und Taten geben konnten. Stattdessen fand er sechs kleine Plastikhüllen, solche, in denen man Briefmarken oder Rezeptkarten aufbewahrt. Instinktiv griff er in die Jackeninnentasche, zog das Paar weiße Baumwollhandschuhe wieder heraus, streifte sie über und nahm die Hüllen aus dem Metallkasten.

Warum so etwas so gut verstecken?, überlegte er − und wusste die Antwort, als er die beiden untersten Hüllen sah.

»Verdammte Scheiße!«, rief er laut.

Es waren zwei Karten von einem Trivial-Pursuit-Spiel. Jede separat in einer Hülle.

Nach fünf Minuten höchster Konzentration nahm er sich seinen Block und notierte sorgfältig, wo welche Plastikhülle in dem Stapel ihren Platz gehabt hatte.

Anschließend inspizierte er eine nach der anderen.

Es gab eine Plastikhülle mit einer Herrenarmbanduhr, eine mit einem Ohrring, eine mit einer Art Gummiarmband und schließlich eine mit einem Taschentuch.

Vier Plastikhüllen außer den beiden mit den Trivial-Pursuit-Karten.

Er biss sich auf die Lippe.

Sechs Stück, alles in allem.

22

Ditlev nahm die Treppenstufen nach oben mit vier Schritten.

»Wo ist er?«, rief er der Sekretärin zu und stürzte in die Richtung, in die ihr Zeigefinger deutete.

Frank Helmond lag dort drinnen ganz allein und mit leerem Magen, in Vorbereitung auf die zweite Operation.

Er sah Ditlev geringschätzig an, als der den Raum betrat.

Sonderbar, dachte Ditlev und ließ seinen Blick am Laken hinauf zu dem verbundenen Gesicht wandern. Da liegt dieser Idiot hier und sieht mich ohne jeden Respekt an. Hat der gar nichts begriffen? Hat der nicht kapiert, wer ihn zu Brei gehauen und wieder zusammengeflickt hat?

Letztendlich hatten sie doch über alles Einigkeit erzielt: Mit der Behandlung der vielen tiefen Schnittwunden in Helmonds Gesicht sollte ein sanftes Lifting des Gesichts und eine Straffung der Partien von Hals und Brustkorb einhergehen. Fettabsaugung, Chirurgie und geschickte Hände, das konnte Ditlev ihm anbieten. Wenn man dann noch in Betracht zog, dass Ditlev außerdem seine Frau und ein Vermögen drauflegen musste, dann war es doch wohl nicht mehr als recht und billig, von Helmonds Seite, wenn schon nicht Dankbarkeit, so doch das Einhalten ihrer Vereinbarungen und ein gewisses Maß an Demut zu erwarten.

Aber Helmond hatte sich nicht an die Vereinbarungen gehalten, er hatte geplaudert. Und die Krankenschwestern hatten sich mit Sicherheit über das gewundert, was sie gehört hatten. Denn wie benebelt der Patient auch gewesen sein mochte, die Worte waren gefallen: *Das haben Ditlev Pram und Ulrik Dybbøl Jensen gemacht.*

Das hatte er gesagt.

Ditlev sparte sich die Einleitung. So wie der Mann aussah, konnte er es vertragen, sich das eine oder andere anzuhören.

»Ist Ihnen klar, wie leicht es ist, einen Mann unter Narkose umzubringen, ohne dass es jemand merkt?«, fragte er. »Nein? Ach. Aber derzeit werden Sie auf Ihre nächste OP vorbereitet, Frank. Da kann ich nur hoffen, dass dem Narkosearzt nicht die Hand zittert. Immerhin bezahle ich die Ärzte dafür, dass sie ihre Arbeit anständig erledigen, nicht wahr?« Er deutete mit dem Finger auf Helmond. »Nur noch eins. Eine kleine Sache. Ich gehe davon aus, dass wir uns jetzt einig sind. Sie halten sich an unsere Abmachungen – und die Klappe. Sonst besteht das Risiko, dass Ihr Körper zum Ersatzteillager für jüngere und bessere Menschen wird. Und das wäre doch ärgerlich, nicht wahr?«

Der Tropf war bereits gelegt. Ditlev stieß die Infusionsflasche leicht an. »Ich trage Ihnen nichts nach, Frank. Und das sollten Sie auch nicht tun. Klar?«

Beim Weggehen gab er dem Bettgestell einen kräftigen Tritt. Wenn das jetzt nicht half, war dieser Loser selbst schuld.

Er knallte die Tür so heftig hinter sich zu, dass ein Krankenträger in der Nähe stehen blieb. Als Ditlev weg war, schaute er noch mal nach Helmond.

Ditlev Pram ging schnurstracks hinunter zur Wäscherei. Um dieses grässliche Gefühl im Körper loszuwerden, das ihm Helmonds Anwesenheit verursachte, brauchte er mehr als eine verbale Entladung.

Seine Neuerwerbung war eine junge Frau aus dem Teil von Mandanao, wo einem der Hals durchgeschnitten wurde, wenn man mit dem Falschen ins Bett ging. Die hatte er noch nicht ausprobiert. Sie gefiel ihm ausnehmend gut. Sie war genau so, wie er es gerne hatte. Ausweichender Blick und ein ausgeprägtes Bewusstsein für den geringen eigenen Wert. Das, kombiniert mit dem leicht zugänglichen Körper, entzündete ihn. Und das Feuer wollte gelöscht werden.

»Die Situation mit Helmond habe ich unter Kontrolle«, sagte er später am Tag zu Ulrik. Der saß hinterm Steuer und nickte zufrieden. Er war erleichtert, das konnte man ihm ansehen.

Ditlev sah aus dem Fenster. Vor ihnen kam langsam der Wald in Sicht. Endlich wurde er ruhig. Aufs Ganze gesehen deutete sich ein recht guter Abschluss einer ansonsten ziemlich außer Kontrolle geratenen Woche an.

»Und was ist mit der Polizei?«, fragte Ulrik.

»Auch okay. Dieser Mørck ist von dem Fall abgezogen worden.«

Als sie Torstens Besitz erreichten, hielten sie schon fünfzig Meter vor dem Tor an und wandten ihre Gesichter den Kameras zu. In zehn Sekunden würde sich das Tor zwischen den Tannen öffnen.

Ditlev gab Torstens Telefonnummer in sein Handy ein, als sie auf den Hof fuhren. »Wo bist du im Moment?«, fragte er.

»Fahrt am Wirtschaftsgebäude vorbei und parkt dort. Ich bin in der Menagerie.«

»Er ist in der Menagerie«, sagte Ditlev zu Ulrik. Er fühlte bereits, wie die Spannung stieg. Das hier war der intensivste Teil des Rituals und mit Sicherheit der Teil, für den Torsten am meisten brannte.

Sie hatten oft gesehen, wie Torsten Florin zwischen halb nackten Models herumgeisterte. Sie hatten ihn im gleißenden Scheinwerferlicht gesehen, umringt und verehrt von Promis. Aber nie bewegte er sich mit größerem Genuss, als wenn sie vor einer Jagd zu ihm in die Menagerie kamen.

Die nächste Jagd sollte an einem Werktag stattfinden. Wann genau, war noch nicht festgelegt, aber bereits in der kommenden Woche. Dieses Mal ausschließlich mit Leuten, die alle schon einschneidende Erlebnisse und materielle Güter von diesen Jagden mit nach Hause genommen hatten. Menschen, auf die sie sich verlassen konnten und die genauso waren wie sie.

Als Ulrik den Rover parkte, trat Torsten gerade mit blutverschmierter Schürze aus dem Haus.

»Trifft sich ja ausgezeichnet«, sagte er und lächelte breit. Also hatte er gerade geschlachtet.

Seit sie zuletzt hier gewesen waren, hatte Torsten die Halle vergrößern lassen. Sie war nun länger und dank der großflächigen Glaspartien viel heller. Vierzig lettische und bulgarische Arbeiter hatten ihren Teil dazu beigetragen. Dueholt begann dem zu ähneln, was Torsten schon vor fünfzehn Jahren als Vision von einem privaten Heim vorgeschwebt war. Er hatte damals im Alter von vierundzwanzig Jahren bereits seine ersten Millionen auf dem Konto gehabt.

In dieser Halle standen etwa fünfhundert Käfige mit Tieren. Alle von Halogenlampen erleuchtet.

Für ein Kind dürfte ein Ausflug in die Welt von Torsten Florins Menagerie sicher exotischer sein als ein Zoobesuch. Jeden Erwachsenen mit einem auch nur annähernd normalen Verhältnis zu Tieren dürfte das Erlebnis schocken.

»Seht mal hier«, sagte Torsten. »Ein Komodowaran.«

Er weidete sich so offensichtlich daran, dass es schon fast etwas Orgiastisches hatte. Ditlev konnte ihn verstehen. Das hier war keine alltägliche Beute, sondern ein gefährliches und überdies geschütztes Raubtier.

»Wenn Schnee liegt, nehmen wir den mit auf Saxenholdts Gut. Dessen Remise ist überschaubar, denn diese Bestien sind echt gut im Verstecken. Könnt ihr euch das vorstellen?«

»Ihr Gift infiziert die Bisswunde, und zwar stärker als das Gift irgendeines anderen Tieres, habe ich gehört«, sagte Ditlev. »Da muss man auf Anhieb treffen, bevor das Biest zuschnappt.«

Sie sahen, wie Florin bei dem Gedanken erschauderte. Doch, durchaus, das war eine erlesene Beute, die er für sie besorgt hatte. Wie war er da wohl rangekommen?

»Und was gibt's beim nächsten Mal?«, fragte Ulrik neugierig.

Torsten hob leicht die Schultern an. Das bedeutete, er hatte bereits eine Idee, aber sie mussten es selbst herausfinden.

»Hier drüben haben wir die Auswahl«, sagte er und deutete an einer Unmenge von Käfigen vorbei, in denen kleine Tiere mit großen Augen hockten.

In der Menagerie war es klinisch sauber. Eine Schar dunkelhäutiger Arbeiter sorgte dafür, dass es bei der Menge an Tieren mit ihren kilometerlangen Verdauungssystemen und der entsprechenden Stoffwechselproduktion nicht stank wie die Pest. Drei somalische Familien lebten auf Torstens Gut. Die fegten, bereiteten das Futter, staubten ab und misteten aus. Aber wenn Gäste da waren, sah man nichts von ihnen. Es musste ja kein unnötiges Gerede geben.

In der letzten Reihe standen Seite an Seite sechs hohe Käfige. Die darin kauerten, waren nur als Silhouetten auszumachen.

Ditlev lächelte, als er in die beiden ersten hineinschaute. Der Schimpanse war von harmonischem Körperbau. Aber seine Augen, die auf den wilden Dingo im Nachbarkäfig gerichtet waren, blickten höchst aggressiv. Mit eingeklemmtem Schwanz stand der Dingo im Käfig und zitterte, während der Geifer von seinen gebleckten Zähnen tropfte.

Torsten war wirklich phantastisch kreativ. Allerdings weit über das hinaus, was gemeinhin als akzeptabel galt. Gefängnisstrafe und Geldbußen in Millionenhöhe erwarteten ihn, sollten Tierschutzorganisationen jemals einen Blick in seine Welt erhaschen. Sein Imperium würde über Nacht zusammenbrechen. So war es doch: Die Damen von Welt trugen bedenkenlos ihre Pelzmäntel. Aber würde sich ein Schimpanse wegen eines Dingos zu Tode erschrecken oder panisch schreiend durch den dänischen Laubwald rasen, *dann* stünden sie auf der Matte.

Die vier letzten Käfige enthielten eher gewöhnliche Tiere. Eine dänische Dogge, einen riesigen Ziegenbock, einen Dachs und einen Fuchs. Bis auf den Fuchs lagen alle Tiere im Heu und starrten sie an, als hätten sie sich in ihr Schicksal ergeben. Der Fuchs stand in einer Ecke und zitterte.

»Ja, ihr denkt sicher: Was ist denn hier los? Also: passt auf.« Florin steckte die Hände in die Taschen seiner Schürze und nickte in Richtung der Dogge. »Die da, die hat einen Stammbaum, der lässt sich gut einhundert Jahre zurückverfolgen. Die hat mich das nette Sümmchen von zweihunderttausend Kronen gekostet. Aber ich finde, die hat so krankhaft fiese Augen, die darf ihre grässlichen Gene nicht weitervererben.«

Ulrik lachte, wie nicht anders zu erwarten.

»Und das hier, müsst ihr wissen, das ist ein ganz besonderes Tier.« Mit dem Kinn deutete Torsten zum Käfig Nummer zwei. »Ihr könnt euch sicher erinnern, dass mein großes Idol Rechtsanwalt Rudolf Sand ist, der fast fünfundsechzig Jahre lang penibel Protokoll über seine Trophäen führte. Das war wirklich ein sagenhafter Killer.« Gedankenverloren nickte er vor sich hin und trommelte dabei an die Gitterstäbe, sodass sich das Tier mit gesenktem Kopf und drohend vorgestreckten

Hörnern zurückzog. »Sand erlegte exakt 53 276 Stück Wild. Und ein Bock wie dieser hier wurde seine wichtigste und größte Trophäe. Das ist ein Schraubenziegenbock, besser bekannt als pakistanischer Markhor. Sand hat diese Böcke fast zwanzig Jahre lang in den Bergen Afghanistans gejagt, bis es ihm schließlich nach 125 Tagen intensiver Bejagung gelang, einen gewaltigen uralten Bock zu erlegen. Ihr könnt seine Erlebnisse im Internet nachlesen, kann ich nur empfehlen. Nach einem vergleichbaren Killer muss man lange suchen.«

»Und das hier ist ein Markhor?« Ulriks Lächeln war lustvoll diabolisch.

Torsten schien selig. »Ja, verdammt, und nur wenige Kilo leichter als der von Rudolf Sand. Zweieinhalb Kilo, um genau zu sein. Ein prächtiges Tier. Das hat man davon, wenn man Kontakte nach Afghanistan hat. Lang lebe der Krieg.«

Sie lachten und wendeten sich dann dem Dachs zu.

»Ja, der hat jahrelang gleich südlich des Gutes gehaust. Aber neulich kam er einer Falle zu nahe. Ich hab ein ziemlich persönliches Verhältnis zu dem Troll hier, müsst ihr wissen.«

Also sollen wir den nicht schießen, dachte Ditlev. Den wollte Torsten wohl eines Tages selbst erledigen.

»Und dann der hier, unser Reineke Fuchs. Kommt ihr darauf, was den so besonders macht?«

Eine ganze Weile betrachteten sie den zitternden Fuchs. Er wirkte verschreckt, hielt aber trotzdem den Kopf ganz ruhig zugewandt – bis Ulrik gegen das Gitter trat.

Da war er so schnell bei ihnen, dass seine Kiefer Ulriks Schuhspitze zu fassen bekamen. Ditlev und Ulrik zuckten richtiggehend zusammen. Erst jetzt entdeckten sie, dass der Fuchs Schaum vorm Maul hatte, sahen sie den Wahnsinn in seinen Augen und den Tod, der das Tier bereits in seinen Klauen hatte.

»Also verdammt, Torsten, das ist geil. Der ist es, oder? Reineke ist das Tier für unsere nächste Jagd, stimmt's? Wir werden einen Fuchs mit galoppierender Tollwut freilassen!«

Ulrik lachte laut auf, und Ditlev musste irgendwie Schritt halten: »Ein Tier, das den Wald in- und auswendig kennt. Noch dazu mit Tollwut. Ich kann es kaum abwarten, bis du das der Jagdgesellschaft erzählst, Torsten. Verdammt. Warum sind wir noch nicht eher darauf gekommen?«

Da lachten die drei, dass die Halle vom Schnauben und Grunzen all der Tiere widerhallte, die sich in die finstersten Winkel ihrer Gefängnisse verdrückten.

»Gut, dass du so solide Stiefel trägst, Ulrik«, bemerkte Ditlev und deutete auf Ulriks Sonderanfertigung von Wolverine. Deutlich zeichnete sich an der Spitze die Reihe der Fuchszähne ab. »Sonst hätten wir einen Ausflug ins Krankenhaus von Hillerød machen müssen. Und der Grund wäre schwer zu erklären, meinst du nicht?«

»Und noch was«, sagte Torsten und zog sie mit in den Teil der Halle, wo das Licht am grellsten war. »Seht mal.«

Er deutete auf einen Schießstand. Der war in der Verlängerung der Halle angelegt. Es handelte sich um ein Rohr, etwa zwei Meter hoch und mindestens fünfzig Meter lang. Meter für Meter sauber markiert. Drei Zielscheiben. Eine für Pfeil und Bogen, eine fürs Büchsenschießen und schließlich eine stahlverstärkte Auffangbox für die schwereren Kaliber.

Beeindruckt betrachteten sie die Wände. Mindestens vierzig Zentimeter Schallisolierung. Wenn jemand außerhalb in der Lage war, einen Schuss zu hören, konnte das nur eine Fledermaus sein.

»Ringsherum sind Luftdüsen eingelassen, sodass man in der Röhre alle erdenklichen Windstärken simulieren kann.« Torsten drückte auf einen Knopf. »Diese Windstärke bewirkt eine Kursabweichung von zwei bis drei Prozent beim Schießen mit dem Bogen. Da seht ihr die Tabelle.« Er zeigte auf einen Minicomputer an der Wand. »Hier können alle möglichen Waffen und Windsimulationen eingegeben werden.« Er betrat die Schleuse. »Aber zuerst muss man mal spüren, wie sich das auf der Haut anfühlt. Schließlich können wir die Ausrüstung nicht mit raus in den Wald nehmen!« Torsten lachte.

Ulrik trat ebenfalls ein. Sein kräftiges Haar bewegte sich nicht einen Millimeter. Da funktionierte Torstens Kopfhautindikator doch etwas besser.

»Jetzt aber zur Sache«, fuhr Torsten fort. »Wir setzen also einen Fuchs mit Tollwut im Wald aus. Wie ihr gesehen habt, ist der wahnsinnig aggressiv. Die Treiber werden deshalb mit Schienen bis in die Leistengegend ausgerüstet sein.« Er deutete mit den Händen an, wie er das meinte. »Diesmal sind wir, die Jäger, diejenigen, die ausgesetzt sind. Selbstverständlich sorge ich dafür, dass Impfstoff bereitsteht. Trotzdem: Man kann schon allein an einer Fleischwunde sterben, die das Biest einem in seiner wahnsinnigen Wut zufügt. Eine zerfetzte Oberschenkelarterie, und ihr wisst, was passiert.«

»Wann erzählst du das den Leuten?« Ulriks Stimme vibrierte vor Vorfreude.

»Direkt bevor es losgeht. Aber nun kommt's, Freunde. Schaut mal her.«

Er verschwand hinter einem Strohballen und zog seine Waffe heraus. Ditlev war auf Anhieb begeistert. Eine Armbrust! Obendrein eine mit Zielfernrohr. Und in Dänemark strikt verboten seit der Änderung der dänischen Waffengesetze 1989. Aber irrsinnig mörderisch und zielgenau. Wenn man damit umgehen konnte, wohlgemerkt. Und man hatte im Grunde nur einen Schuss, denn das Nachladen brauchte Zeit. Das würde eine Jagd mit vielen unbekannten Faktoren und großem Risiko werden. Genau so, wie sie es am liebsten hatten.

»Relayer Y25 wird die heißen. Excaliburs Jubiläumsmodell zum kommenden Frühjahr. Nur tausend Stück werden hergestellt und dazu die beiden hier! Besser geht's ja wohl nicht.« Er zog eine zweite Waffe aus dem Versteck und reichte jedem eine.

Ditlev nahm seine mit ausgestrecktem Arm in Empfang. Die wog so gut wie nichts.

»Wir haben sie in Einzelteilen ins Land geschafft und erst jetzt wieder montiert. Ich hatte schon geglaubt, ein Teil sei beim Versand verloren gegangen, aber dann tauchte es gestern auf.« Er lachte. »Ein Jahr unterwegs, wie findet ihr das!«

Ulrik schnipste die Saite an. Ein Klang wie der einer Harfe. Ein scharfer, klarer Ton.

»Die geben zweihundert Pfund Zugkraft an, aber ich glaube, die schafft mehr. Und bei einem 2219-Bolzen werden selbst große Tiere einen Schuss von bis zu achtzig Metern nicht überleben. Aber jetzt schaut mal.«

Torsten nahm eine Armbrust, stellte den Bügel auf den Fußboden und presste den Schuh dagegen. Dann zog er hart an, spannte und ließ los. Er hatte das schon viele Male probiert, das wussten sie.

Er nahm einen Pfeil aus dem Köcher unter dem Bogen und zog ihn vorsichtig ein. Eine einzige lange, geschmeidige und irgendwie stille Bewegung. Ein herrlicher Kontrast zu der explosiven Kraft, mit der er den Pfeil Sekunden später auf die vierzig Meter entfernte Scheibe entließ.

Sie hatten erwartet, dass Torsten treffen würde. Womit sie nicht gerechnet hatten, war der große Bogen, den der Pfeil zunächst beschrieb, und auch nicht, dass er die Scheibe so vollständig durchbohren und verschwinden würde.

»Wenn ihr auf den Fuchs zielt, dann sorgt dafür, dass ihr erhöht steht. Damit der Pfeil nicht einen der Treiber trifft, wenn er durchschlägt! Denn das tut er, es sei denn, ihr versenkt ihn direkt im Schulterblatt. Und das solltet ihr wiederum möglichst nicht tun. Davon stirbt unser Reineke nämlich nicht.«

Er reichte ihnen einen Zettel.

»Unter diesem Link findet ihr Informationen zu Montage und Gebrauch der Armbrust. Ich empfehle euch, die Demofilme dort alle gründlich anzuschauen.«

Ditlev sah sich den Zettel an.

http://www.excaliburcrossbow.com/demo/listings.php?category_id=47 stand da.

»Warum?«, fragte Ditlev.

»Weil ihr beide beim Losen gewinnen werdet.«

23

Als Carl wieder in den Keller kam, stand da auf wackeligen Beinen ein einziger zusammengebauter Tisch. Daneben kniete Rose und fluchte über eine Kreuzschlitzschraube. Knackiger Hintern, dachte er und machte wortlos einen großen Schritt über sie hinweg.

Auf dem Tisch klebten mindestens zwanzig gelbe Zettel, versehen mit Assads charakteristischen Blockbuchstaben. Fünf davon betrafen Anrufe von Marcus Jacobsen. Die knüllte er sofort zusammen. Die restlichen sammelte er ein und steckte sie in die hintere Hosentasche. Er warf einen Blick in Assads Brutkasten von einem Büro, aber der Gebetsteppich auf dem Fußboden und der Bürostuhl waren leer.

»Wo ist er?«, fragte er Rose.

Sie machte sich gar nicht erst die Mühe zu antworten, sondern deutete nur hinter Carls Rücken.

Er sah in sein Büro und dort saß Assad, eifrig lesend, fernab der Wirklichkeit. Die Beine lagen auf dem Tisch zwischen all den Papieren. Sein Kopf nickte eifrig im Takt der summenden Musik unbestimmter Herkunft, die aus seinen Kopfhörern drang. Ein dampfendes Teeglas stand mitten auf dem Stapel mit Fällen, die Carl »Kategorie I« nannte: Fälle ohne Täter. Es sah richtig gemütlich und nach Arbeit aus.

»Was zum Teufel machst du hier?«, rief Carl so barsch, dass

Assad zusammenzuckte und wie ein Hampelmann zappelte, worauf die Papiere durch die Luft segelten und der Inhalt des Teeglases sich über den Tisch ergoss.

Verlegen warf er sich auf die Tischplatte und benutzte die Ärmel seines Pullis als Lappen. Erst als ihm Carl eine Hand auf die Schulter legte, wich der überrumpelte Gesichtsausdruck dem wohlbekannten schelmischen Lächeln, das so viel ausdrückte wie: *Tut mir leid, ich kann nichts dafür, und ich habe was Spannendes, Neues zu erzählen.*

»Ja, Carl, entschuldige, dass ich hier sitze. Aber in meinem Büro, da habe ich sie die ganze Zeit so gehört.«

Er deutete mit dem Daumen auf den Gang. Dort bildeten Roses Flüche und Verwünschungen einen konstanten Strom aus Geräuschen, ähnlich dem Rauschen aus den kilometerlangen Abflussrohren, die sich durch den Keller zogen.

»Assad, solltest du ihr nicht beim Zusammenbauen helfen?«

Assad legte beschwichtigend einen Finger auf die vollen Lippen. »Sie will's allein machen. Ich hab es versucht.«

»Komm mal her, Rose«, rief Carl und ließ den am stärksten vom Tee durchtränkten Aktenstoß in einer Ecke auf den Fußboden fallen.

Sie baute sich vor den beiden auf und sah sie angesäuert an. Den Kreuzschlitzschraubenzieher hielt sie so fest umklammert, dass die Knöchel weiß leuchteten.

»Du hast zehn Minuten, um hier drinnen Platz für deine Stühle zu machen, Rose«, sagte Carl. »Und Assad, du hilfst beim Auspacken.«

Sie saßen wie zwei Schulkinder vor ihm mit ihren offenen Gesichtern. Die Stühle waren okay, auch wenn er persönlich kaum grüne Stahlbeine ausgewählt hätte. Aber daran würde man sich wohl gewöhnen.

Er berichtete kurz von seiner Entdeckung in Ordrup. Dann stellte er den geöffneten Metallkasten vor sie hin.

Rose schien unbeeindruckt. Assads Augen hingegen sahen aus, als könnten sie jeden Moment aus dem Kopf fallen.

»Wir müssen prüfen, ob wir auf den beiden Trivial-Pursuit-Karten Fingerabdrücke finden, die zu einem der Ermordeten von Rørvig passen oder zu beiden. Falls dem so ist, können wir, denke ich, davon ausgehen, dass sich auch auf den anderen Objekten Fingerabdrücke von Menschen finden werden, die ausgesprochen gewalttätigen Erlebnissen ausgesetzt waren.«

Er wartete einen Augenblick, bis Rose und Assad so aussahen, als hätten sie verstanden, was er gerade gesagt hatte.

Dann legte er den kleinen Teddy und die sechs Plastikhüllen in einer Reihe nebeneinander vor sie hin. Taschentuch, Uhr, Ohrring und Gummiarmband und die beiden Plastikhüllen mit jeweils einer Trivial-Pursuit-Karte.

Nein, ist der aber süß, sagten Roses Augen. Was auch sonst?

»Könnt ihr erkennen, was das Bemerkenswerteste an den Klarsichthüllen ist?«, fragte er.

»Es sind zwei Plastikhüllen mit Trivial-Pursuit-Karten«, entgegnete Rose, ohne zu zögern. Also war sie doch bei der Sache. Hätte er nicht gedacht.

»Genau, Rose. Gut. Und das heißt?«

»Ja, logisch betrachtet heißt das also, dass jede Plastikhülle gewissermaßen eine Person darstellt und nicht ein Ereignis«, sagte Assad. »Sonst hätten die beiden Trivial-Pursuit-Karten ja im selben Plastikdingens gelegen, oder? Bei den Rørvig-Morden gab es zwei Opfer. Also auch zwei Plastikhüllen.« Er breitete die Hände aus, volles Panorama. Genau wie das Lächeln. »Also dann eine Plastikhülle pro Person.«

»Genau«, sagte Carl. Auf Assad konnte man zählen.

An der Stelle führte Rose die Handflächen zusammen und die Hände dann langsam zum Mund. Erkenntnis oder Schock oder beides? Das wusste nur sie allein.

»Ihr meint also, es könnte sich um sechs Morde handeln?«, sagte sie.

Carl haute auf den Tisch. »Sechs Morde. Das ist es!«, rief er.
Jetzt dachten alle drei dasselbe.

Rose starrte den süßen kleinen Teddy an. Irgendwie gelang
es ihr nicht, ihn mit den übrigen Sachen in Zusammenhang
zu bringen.

»Ja«, sagte er. »Dieser kleine Kerl hat zweifellos eine andere
Bedeutung. Schließlich war er nicht wie alle anderen Beweisstücke eingepackt.«

Stumm starrten sie den Teddy an.

»Wir wissen natürlich nicht, ob jedes Asservat mit einem
Mord zusammenhängt, aber die Möglichkeit besteht immerhin.« Carl streckte die Hand über den Tisch. »Assad, gib mir
mal Johan Jacobsens Liste. Die hängt an der Tafel hinter dir.«

Er legte sie so auf den Tisch, dass alle daraufschauen konnten. Dann deutete er auf die zwanzig Überfälle, die Johan
Jacobsen notiert hatte.

»Es ist alles andere als sicher, dass diese Überfälle etwas mit
den Rørvig-Morden zu tun haben. Möglicherweise gibt es
überhaupt keine Verbindungen zwischen alledem. Aber vielleicht entdecken wir ja doch etwas, wenn wir die Fälle systematisch durchgehen. Es würde ja schon reichen, wenn wir nur
einen der Fälle mit einem dieser Objekte hier in Verbindung
bringen könnten. Also: Wir suchen nach einem weiteren Verbrechen, mit dem wir die Internatsschüler in Verbindung bringen können. Finden wir es, dann bewegen wir uns im grünen
Bereich. Was meinst du, Rose, kümmerst du dich darum?«

Sie nahm die Hände herunter und sah plötzlich gar nicht
mehr nett aus. »Carl, also, du sendest unglaublich verwirren-
de Signale aus. Erst dürfen wir kaum miteinander sprechen,
dann sind wir mittendrin in der Arbeit. Mal soll ich Tische zusammenbauen, und dann wieder nicht. Womit kann man hier
rechnen? Was sagst du in zehn Minuten?«

»Hey, hallo. Du hast da was missverstanden, Rose. Du *sollst*
die Tische zusammenbauen. Du hast sie bestellt.«

»Das ist doch echt mies, dass zwei Männer mich das allein machen lassen.«

An der Stelle unterbrach Assad sie. »Äh, ich wollte doch helfen, hab ich das nicht gesagt?«

Aber Rose hatte sich festgebissen. »Carl, bist du dir eigentlich darüber im Klaren, wie weh das tut mit all diesen Eisenstangen? Laufend klemmt man sich was ein.«

»Du hast sie bestellt, und morgen müssen sie alle draußen auf dem Flur stehen. Zusammengebaut! Wir bekommen Besuch aus Norwegen. Hast du das vergessen?«

Blitzschnell zog sie den Kopf zurück, als hätte er Mundgeruch. »Da haben wir's schon wieder. Besuch aus Norwegen?« Sie sah sich um. »Besuch aus Norwegen, na toll. Hier drinnen sieht es aus wie im Trödellager. Und bei Assad bekommt man sowieso gleich einen Schock.«

»Dann unternimm was dagegen, Rose.«

»Hallo? Ich soll was dagegen unternehmen? Das sind ziemlich viele Aufgaben auf einen Schlag. Wie stellst du dir das vor? Sollen wir 'ne Nachtschicht einlegen?«

Er neigte den Kopf von einer Seite zur anderen. Ja, das wäre eine Möglichkeit.

»Na, vielleicht nicht gleich Nachtarbeit. Aber wir können uns ja morgen früh um fünf treffen«, gab er dann zurück.

»Um fünf!« Das war dann doch zu viel für sie. »Geht's noch? Du bist ja nicht mehr ganz frisch, Mann«, schimpfte sie. Unterdessen überlegte Carl, wen er im City Revier fragen konnte, wie sie diese Schreckschraube länger als eine Woche ausgehalten hatten.

»Also, Rose«, versuchte Assad die Wogen zu glätten. »Das ist ja doch nur, weil die Sache dann jetzt Fortschritte macht.«

Rose sprang auf. »Assad, komm du jetzt an und ruinier einen ordentlichen Zoff. Und hör endlich auf mit diesem dauernden ›dann‹ und ›ja‹. Lass es einfach weg, Mann, du kannst es doch. Ich hab dir zugehört, wenn du telefonierst, und da geht's doch auch.«

Dann drehte sie sich zu Carl um. »Der da«, sagte sie und deutete auf Assad. »Der darf gern die Tische zusammenbauen. Dann kümmere ich mich um den Rest. Und ich komme morgen früh um halb sechs, vorher geht kein Bus.« Dann nahm sie Carl den Teddy ab und stopfte ihn in seine Brusttasche.

»Und du findest den Besitzer von dem da heraus, okay?«

Assad und Carl sahen beide auf den Tisch, als sie aus dem Büro rauschte. Offenbar gab es doch eine, die der Yvonne aus der Olsenbande ebenbürtig war.

»Sind wir dann …«, Assad legte eine kleine Kunstpause ein, um die Bedeutung des »Dann« einzuschätzen. »Sind wir dann mit dem Fall offiziell wieder in Gang, Carl?«

»Nein, noch nicht. Wir müssen bis morgen warten.« Er hielt ein ganzes Bündel gelber Zettel hoch. »Ich kann an den Zetteln ablesen, Assad, dass du viel zu tun hattest. Du hast jemanden aus dem Internat aufgetan, mit dem wir reden können. Wer ist das?«

»Das war es ja, woran ich saß, als du gekommen bist, Carl.« Er langte über den Tisch und zog ein paar Fotokopien heran. Das Internat hatte eine Schülerzeitung, und von den älteren Exemplaren hatte er Kopien.

»Ich hab bei der Schule angerufen. Aber die waren nicht so glücklich, dass ich mit jemandem über Kimmie und die anderen sprechen wollte. Das mit den Morden, das passte denen nicht, glaub ich. Ich glaub auch, dass man damals vorhatte, Pram, Dybbøl Jensen, Florin und Wolf aus der Schule zu werfen wegen der Ermittlungen gegen sie.« Er schüttelte den Kopf. »Da hab ich dann nicht so viel erreicht. Aber anschließend kam ich auf die Idee, nach jemandem Ausschau zu halten, der mit dem Typen in einer Klasse war, der in Bellahøj runtergefallen und gestorben ist. Und dann hab ich wohl auch einen Lehrer gefunden, der zur selben Zeit wie Kimmie und die anderen an der Schule war. Vielleicht hat er ja Lust mit uns zu reden, wo das doch schon so lange her ist.«

Es war fast acht Uhr abends, als Carl in der Klinik für Wirbelsäulenverletzungen vor Hardys leerem Bett stand.

Er schnappte sich den ersten Menschen in Weiß, der vorbeikam. »Wo ist er?«, fragte er die Schwester voll banger Ahnung.

»Sie sind verwandt?«

»Ja«, antwortete er, aus Schaden klug geworden.

»Hardy Henningsen hatte Probleme. Er hatte Wasser in der Lunge. Wir haben ihn dorthinein verlegt. Dort können wir ihm besser helfen.«

Die Schwester deutete auf eine Tür mit der Aufschrift *Intensivstation.* »Machen Sie es kurz«, sagte sie. »Er ist sehr müde.«

In dem Raum konnte es keinen Zweifel geben, dass sich Hardys Zustand verschlechtert hatte. Er lag halb aufgerichtet im Bett. Nackter Oberkörper, Arme über der Bettdecke, eine Maske, die den größten Teil des Gesichts verdeckte, ein Tropf und überall Schläuche.

Hardy hatte die Augen geöffnet, war aber zu müde, um zu lächeln, als er Carl sah.

»Hallo, alter Freund«, sagte Carl und legte vorsichtig eine Hand auf Hardys Arm. Nicht, dass Hardy das spüren würde, aber trotzdem. »Was ist passiert? Die sagen, du hättest Wasser in der Lunge gehabt?«

Er sagte etwas, aber die Stimme ging hinter der Maske und in dem konstanten Summen der Apparaturen unter. Da kam Carl mit seinem Ohr ganz nahe an Hardys Gesicht heran. »Sag es noch mal.«

»Ich hab Magensäure in die Lunge bekommen«, klang es hohl hinter der Maske.

Pfui Teufel, dachte Carl und drückte den schlaffen Arm. »Du musst dich schnell wieder erholen, Hardy, hörst du?«

»Der Punkt am Oberarm ist größer geworden«, flüsterte

er. »Manchmal brennt es wie Feuer, aber ich hab niemandem was gesagt.«

Carl wusste, warum, und das machte ihm zu schaffen. Hardy hoffte immer noch, die Gazeschere irgendwann selbst greifen und sie sich in die Halsschlagader stechen zu können. Sollte man denn diese Hoffnung mit ihm teilen?

»Ich hab ein Problem, Hardy. Du musst mir helfen.« Carl zog einen Stuhl ans Bett. »Von den alten Tagen in Roskilde her kennst du doch Lars Bjørn viel besser als ich. Vielleicht kannst du mir sagen, was im Haus gegen mich läuft?«

In kurzen Zügen berichtete er, wie er in seinen Ermittlungen ausgebremst worden war. Und dass Bak meinte, damit habe Lars Bjørn unmittelbar zu tun. Und dass sie die volle Unterstützung der Polizeipräsidentin hätten.

»Die haben mir meine Dienstmarke abgenommen«, sagte er zum Schluss.

Hardy starrte an die Decke. Wäre er noch der Alte, hätte er sich eine Zigarette angesteckt.

»Lars Bjørn trägt doch immer einen dunkelblauen Schlips, oder?«, kam es nach einer Weile mit großer Mühe.

Carl schloss die Augen. Doch, ja, das stimmte. Der Schlips war ein unerlässlicher Teil von Lars Bjørn, und ja, der war blau.

Hardy versuchte zu husten, stieß aber stattdessen einen Laut aus, der an einen Kessel erinnerte, bei dem das Wasser fast verkocht war.

»Der war mal Schüler des Internats, Carl«, kam es schwach. »Auf dem Schlips sind vier Jakobsmuscheln. Das ist ein Internatsschlips.«

Carl saß mucksmäuschenstill da. Vor ein paar Jahren hatte es an der Schule einen Fall von Vergewaltigung gegeben, der beinahe ihr Renommee ruiniert hätte. Was könnte dann erst dieser Fall anrichten!

Verdammte Scheiße. Lars Bjørn war dort Schüler gewesen. Falls Bjørn in dieser Geschichte eine aktive Rolle spielte, dann als was? Als Steigbügelhalter, als Außenposten? Einmal Internatsschüler – immer Internatsschüler, so sagte man ja.

Er nickte langsam. Natürlich. So einfach war das.

»Okay, Hardy«, sagte er und trommelte auf das Bettlaken. »Du bist ganz einfach genial. Na ja, hat das je irgendwer bezweifelt?« Er strich seinem ehemaligen Kollegen übers Haar. Es fühlte sich feucht und leblos an.

»Du bist nicht wütend auf mich, Carl?«, drang es schwach hinter der Maske hervor.

»Warum sagst du das?«

»Du weißt schon. Der Druckluftnagler-Fall. Das, was ich zur Psychologin gesagt habe.«

»Ach Hardy, verdammt. Wenn es dir jetzt bald wieder besser geht, lösen wir beide gemeinsam den Fall, okay? Ich kann doch gut verstehen, dass du auf komische Gedanken kommst, wenn du immer hier rumliegst. Ich verstehe das, Hardy.«

»Nicht komisch, Carl. Irgendwas war da. Und irgendwas war mit Anker. Ich bin mir immer sicherer.«

»Wir lösen das gemeinsam, wenn es so weit ist, Hardy. Okay?«

Hardy lag eine Weile ganz still da und ließ den Respirator arbeiten. Carl konnte nichts anderes tun als zuzusehen, wie sich der Brustkorb hob und senkte.

»Willst du mir einen Gefallen tun?«, unterbrach Hardy die Monotonie.

Carl zog sich auf seinem Stuhl zurück. Das hier war genau der Moment, den er jedes Mal fürchtete, wenn er Hardy besuchte. Dieser ewige Wunsch, Carl möge Hardy helfen zu sterben.

Carl fürchtete sich nicht vor der Strafe. Auch nicht vor den ethischen Erwägungen. Er konnte es einfach nicht.

»Nein, Hardy. Bitte mich nicht darum, nie mehr. Du musst nicht glauben, dass ich die Möglichkeit nicht erwogen hätte. Es tut mir wirklich leid, alter Knabe. Aber ich kann es nicht.«

»Das ist es nicht, Carl.« Er befeuchtete seine trockenen Lippen, als könnte die Botschaft dann leichter herausgleiten. »Ich will dich fragen, ob ich nicht mit zu dir nach Hause kommen kann? Statt hier zu sein.«

Die folgende Stille war kaum auszuhalten. Carl fühlte sich wie gelähmt. Jedes Wort blieb ihm im Hals stecken.

»Ich hab viel über eine Sache nachgedacht«, fuhr Hardy leise fort. »Der da bei dir zu Hause wohnt, kann der sich nicht um mich kümmern?«

Jetzt fühlte sich seine Verzweiflung wie ein Dolchstoß an. Morten Holland als Krankenpfleger? Bei ihm zu Hause? Das war doch einfach nur zum Heulen.

»Carl, ich hab nachgefragt. Man bekommt viel Geld für häusliche Pflege. Eine Krankenschwester kommt mehrmals täglich zu einem nach Hause, das ist keine große Sache. Du musst keine Angst davor haben, Carl.«

Carl blickte zu Boden. »Hardy, für so etwas wohne ich nicht gerade ideal. Das Haus ist nicht groß. Und Morten wohnt im Keller, was überhaupt nicht erlaubt ist.«

»Ich könnte da im Wohnzimmer liegen, Carl.« Hardys Stimme war jetzt heiser. Es klang, als kämpfte er verzweifelt gegen die Tränen, aber vielleicht war das ja sein Dauerzustand. »Das Wohnzimmer ist doch groß, Carl. Stimmt doch, oder? Einfach dort in der Ecke. Das mit dem Keller und Morten braucht doch keiner zu wissen. Sind oben nicht drei Zimmer? Ihr könntet doch einfach ein Bett in das eine Zimmer stellen und er könnte trotzdem weiter im Keller sein, oder?« Dass ihn dieser große Mensch förmlich anflehte. So groß und gleichzeitig so klein.

»Ach, Hardy«, brachte Carl schließlich heraus. Die Vorstellung von so einem Riesenkasten von Bett und allen möglichen Apparaturen in seinem Wohnzimmer war nicht gerade verlockend. Und die Schwierigkeiten würden das wenige, was von einem Daheim noch übrig war, sprengen. Morten würde ausziehen. Jesper würde ununterbrochen an allem und jedem herumnörgeln. Es ging einfach nicht, so gern er auch wollte – theoretisch.

»Du bist zu krank, Hardy. Wenn es dir nur nicht so schlecht ginge.« Er machte eine lange Pause, hoffend, Hardy würde ihn von der Qual erlösen. Aber der sagte nichts. »Sieh erst mal zu, dass du wieder etwas mehr Gefühl bekommst, Hardy«, sagte Carl dann. »Lass uns das mal abwarten.«

Er sah die Augen seines Freundes an, die sich langsam schlossen. Die geplatzte Hoffnung hatte den letzten Funken darin erlöschen lassen.

Lass uns abwarten, hatte Carl gesagt.

Als hätte Hardy eine Alternative.

Seit er als junger Hüpfer in der Mordkommission angefangen hatte, war Carl niemals mehr so früh unterwegs gewesen wie am nächsten Morgen. Es war Freitag, aber noch war die Autobahn frei. Träge warfen die Leute in der Tiefgarage die Autotüren zu. Als er an der Wache vorbeikam, duftete es nach Kaffee. Man hatte viel Zeit.

Unten im Keller erwartete ihn eine Überraschung. Im Flur des Sonderdezernats Q hieß ihn eine schnurgerade Tischreihe willkommen, die Tischbeine maximal ausgefahren, die Tischplatten auf Ellbogenhöhe festgeschraubt. Unmengen von Papieren und Akten waren offenbar systematisch in kleinen Stapeln darauf angeordnet. Das System würde garantiert noch Anlass für allerlei Ärger geben. Drei Anschlagtafeln waren in Reih und Glied an der Wand angebracht. Diverse Zeitungsausschnitte zum Rørvig-Fall waren angepinnt. Auf dem allerletzten Tisch lag ein kleiner Gebetsteppich und darauf zusammengerollt Assad in tiefem Schlaf.

Weiter hinten aus Roses Büro drangen Klänge, die man mit großer Konzentration vielleicht als eine ›Air‹ von Bach, übertönt von hemmungslosem Pfeifen, entschlüsseln konnte. Ein Konzert für Fortgeschrittene.

Zehn Minuten später saßen beide mit dampfenden Tassen vor ihm in dem Raum, den Carl noch am Vortag als sein Büro bezeichnet hatte. Es war nicht wiederzuerkennen.

Rose musterte ihn, als er die Jacke auszog und über die Stuhllehne hängte. »Schönes Hemd, Carl«, sagte sie. »Wie ich sehe, hast du daran gedacht, den Teddy einzustecken. Gut!« Sie deutete auf die ausgebeulte Brusttasche seines Hemdes.

Er nickte. Der sollte ihn daran erinnern, Rose in eine andere wehrlose Abteilung zu jagen, sobald sich die Gelegenheit bot.

»Und Chef, was sagst du nun?« Assad begleitete seine Frage mit einer großzügigen Handbewegung, die die gesamten Kellerräume einschloss. Da gab es nichts mehr, was das Auge beleidigte. Die reinste Freude für jeden Feng-Shui-Anhänger. Klare Linien, einschließlich eines sauberen Fußbodens.

»Wir haben Johan überredet, nach unten zu kommen und uns zu helfen, als er gestern wieder zur Arbeit erschien«, erklärte Rose. »Immerhin war er es schließlich, der das Ganze angeschoben hat.«

Carl bemühte sich, sein eingefrorenes Lächeln etwas herzlicher hinzubekommen. Er war durchaus froh. Nur etwas überrumpelt.

Vier Stunden später saßen alle drei auf ihren jeweiligen Plätzen und erwarteten die Ankunft der norwegischen Delegation. Jeder kannte seine Rolle. Sie hatten die Liste der Überfälle diskutiert. Ihnen lag die Bestätigung vor, dass die Fingerabdrücke auf den Trivial-Pursuit-Karten mit zwei leicht zu identifizierenden Fingerabdrücken des ermordeten Søren Jørgensen und einem etwas weniger gut erhaltenen seiner Schwester Lisbet übereinstimmten. Nun stellte sich die Frage, wer die Karten vom Tatort weggenommen hatte. War es Bjarne Thøgersen gewesen? Aber warum lagen die Karten dann in dem Kasten in Kimmies Haus in Ordrup? Und hatte sich, abgesehen von Bjarne Thøgersen, jemand von den anderen im Sommerhaus aufgehalten? Das wäre dann eine signifikante Abweichung gegenüber der Darlegung des Gerichts bei der Urteilsverkündung.

In Rose Knudsens Büro machte sich Euphorie breit. Dort war die Malträtierung Bachs durch intensive Bemühungen abgelöst worden, Material zum Tod von Kristian Wolf auszugraben. Assad hingegen versuchte herauszufinden, wo jener K. Jeppesen heutzutage lebte und arbeitete, der seinerzeit als Dänischlehrer für Kimmie & Co. angestellt gewesen war.

Es war genug zu tun, bis die Norweger eintrafen.

Als es jedoch zwanzig nach zehn war, wusste Carl, was die Stunde geschlagen hatte.

»Die kommen nicht nach unten, wenn ich sie nicht hole«, sagte er und schnappte sich seine Mappe.

Die lange Strecke über die Steintreppe der Rotunde bis in den zweiten Stock rannte er.

»Sind die da drin?«, rief er ein paar erschöpften Kollegen zu. Sie nickten.

In der Kantine waren mindestens fünfzehn Menschen versammelt. Außer dem Chef der Mordkommission war auch sein Stellvertreter Lars Bjørn anwesend, Lis mit dem Notizblock und einige junge Kerle in langweiligen Anzügen, die Carl im Justizministerium einsortierte, sowie fünf bunt gekleidete Männer, die ihn, anders als die übrige Gesellschaft, freundlich angrinsten. Schon mal ein Plus für die Gäste aus Oslo.

»Ja, da haben wir ja Carl Mørck, was für eine schöne Überraschung!«, rief der Chef der Mordkommission und meinte ganz offensichtlich das Gegenteil.

Carl gab allen die Hand, auch Lis. Als er sich den Norwegern vorstellte, sprach er betont deutlich. Von dem, was sie erwiderten, verstand er allerdings nicht die Bohne.

»Wir kommen gleich zur Führung durch die unteren Gemächer«, sagte Carl und ignorierte Lars Bjørns finstere Miene. »Aber zuerst will ich Ihnen kurz die Grundzüge meiner

Arbeit als Chef des neu eingerichteten Sonderdezernats Q darlegen.«

Er stellte sich vor eine Tafel mit irgendetwas, das sie anscheinend gerade durchgegangen waren, und fragte: »Können Sie alle mein Dänisch verstehen?«

Er registrierte das eifrige Nicken der anwesenden Norweger und die vier Jakobsmuscheln auf Lars Bjørns dunkelblauer Krawatte.

Während der folgenden zwanzig Minuten erläuterte er in groben Zügen die Aufklärung des Falls Merete Lynggaard. Nach ihren Mienen zu urteilen, waren die Norweger ziemlich gut informiert. Zum Abschluss stellte er ihnen dann kurz den Fall dar, mit dem sich das Sonderdezernat aktuell befasste.

Dass die Teilnehmer aus dem Justizministerium keinen blassen Schimmer hatten, war an ihren Mienen abzulesen. Von dem Fall hatten sie offenbar noch nie gehört.

Jetzt wandte sich Carl an den Chef der Mordkommission.

»Im Rahmen unserer Nachforschungen in diesem Fall sind wir gerade in den Besitz sehr eindeutiger Beweise gelangt. Zumindest eine aus der Gruppe der Internatsschüler, nämlich Kimmie Lassen, kann indirekt oder direkt mit dem Geschehen in Verbindung gebracht werden.« Er erklärte die Umstände, versicherte ihnen, dass es für die Entnahme des Metallkastens eine zuverlässige Zeugin gäbe, und beobachtete, wie sich Lars Bjørns Miene zusehends verdüsterte.

»Sie kann den Metallkasten von Bjarne Thøgersen bekommen haben, mit dem sie zusammenlebte«, warf da auch schon Marcus Jacobsen ein.

Diese Möglichkeit hatten sie bereits unten im Keller diskutiert. »Ja. Aber das glaube ich nicht. Beachten Sie das Datum der Zeitung. Die ist von dem Tag, an dem Kimmie laut Bjarne Thøgersen bei ihm einzog. Ich glaube, sie hat das zusammengepackt und versteckt, weil sie nicht wollte, dass er den Kasten sieht. Aber selbstverständlich sind andere Erklärungen denkbar. Wir müssen hoffen, dass wir Kimmie Lassen aufspüren, damit wir sie dazu vernehmen können. In dem Zusammenhang werden wir um eine generelle Fahndung ersuchen und um personelle Verstärkung durch zwei Kollegen. Das Gebiet rund um den Hauptbahnhof muss überwacht und Tine, die Drogenabhängige, beschattet werden, aber nicht zuletzt auch die drei Herren Pram, Dybbøl Jensen und Florin.« An der Stelle sah er Lars Bjørn mit einem giftigen Funkeln direkt an. Dann wandte er sich erklärend den Norwegern zu. »Das sind drei aus der Clique der Internatsschüler, die seinerzeit unter Verdacht standen, die Doppelmorde in Rørvig begangen zu haben. Allesamt in Dänemark sehr prominente Menschen, die heute als ehrwürdige Bürger zu den Spitzen der Gesellschaft zählen.«

Nun bildeten sich auch auf der Stirn des Chefs unübersehbar Falten.

»Sehen Sie«, wandte sich Carl wieder an die Norweger. Die tranken derweil Kaffee, als hätten sie einen sechzigstündigen Flug ohne Bordservice hinter sich oder als hätte man in ihrem Land seit der Invasion der Deutschen keinen Mokka mehr zu sehen bekommen. »Wie Sie durch Ihre eigene und die insgesamt so fabelhafte Arbeit der norwegischen Kripo wissen, fördern solche Glückstreffer oftmals andere Verbrechen zutage. Verbrechen, die bislang entweder nicht aufgeklärt oder überhaupt nicht als Verbrechen eingestuft wurden.«

Hier hob einer der Gäste die Hand und stellte ihm in singendem Norwegisch eine Frage. Carl musste sie sich mehrfach wiederholen lassen, dann kam ihm einer der Beamten aus dem Justizministerium zu Hilfe.

»Kommissar Trønnes möchte gern Folgendes wissen: ob eine Liste möglicher Verbrechen erstellt wurde, die sich mit den Rørvig-Morden in Verbindung bringen ließen«, übersetzte er.

Carl nickte höflich. Wie hatte der so viel zusammenhängenden Text aus dem verdammten Gezwitscher heraushören können?

Er zog die Liste von Johan Jacobsen aus seiner Mappe und hängte sie ans Whiteboard. »Marcus Jacobsen, der Chef der Mordkommission, hat an diesem Teil der Ermittlungen mitgearbeitet.« Dankbar sah er zu Marcus hinüber, der seinerseits den in seiner unmittelbaren Nähe Sitzenden freundlich zulächelte. Gleichzeitig wirkte er aber wie ein ganzes Bündel Fragezeichen auf einmal.

»Unser Chef hat dem Sonderdezernat Q nämlich die eigenhändigen Untersuchungen eines zivilen Mitarbeiters zur Verfügung gestellt. Und ohne gute Kollegen wie ihn und seine Leute und überhaupt ohne die fachübergreifende Zusammenarbeit käme man ja in so kurzer Zeit nie so weit. Wir dürfen nicht vergessen, dass dieser Fall, der zwanzig Jahre alt ist, erst seit genau vierzehn Tagen Gegenstand unseres Interesses ist. Also vielen Dank, Marcus.«

Er hob ein imaginäres Glas auf ihn. Früher oder später, das war ihm klar, würde das als Bumerang zurückkommen.

Carl Mørck fiel es nicht schwer, die Norweger zu einem Ausflug in den Keller zu bewegen, obwohl sich insbesondere Lars Bjørn hartnäckig bemühte, dies zu vereiteln.

Der Beamte, der ihm schon vorher gedolmetscht hatte, gab sich Mühe, Carl an den Kommentaren der Nordmänner teilhaben zu lassen. Sie bewunderten die Bescheidenheit der Dänen und die Selbstverständlichkeit, mit der sie die Aufgaben anpackten, ohne sich von Debatten um Finanzmittel und Personalressourcen beirren zu lassen, übersetzte der Beamte. Diese Auslegung würde wohl mit einer gewissen Irritation aufgenommen werden, sollte sie sich in den oberen Etagen herumsprechen.

»Da ist so ein Knabe hinter mir her, der mir die ganze Zeit Fragen stellt, von denen ich keinen Deut verstehe. Sprichst du

Norwegisch?«, flüsterte er Rose zu. Unterdessen schwelgte Assad in Lobeshymnen über die dänische Polizei und deren Integrationspolitik. Im Übrigen erklärte er mit verblüffender Routine und erstaunlichem Überblick, warum sie derzeit schufteten wie die Sklaven.

»Hier sehen wir den Schlüssel, nach dem wir vorgehen«, sagte Rose und ging dann einen Stapel Fälle durch, den sie im Laufe der Nacht systematisiert hatte. Das Ganze brachte sie noch dazu in einem so verständlichen und nahezu schön klingenden Norwegisch vor, wie es Carl noch nicht zu Ohren gekommen war.

Das war keine geringe Leistung, auch wenn er es nur ungern einräumte.

Als sich der Trupp Carls Büro näherte, flimmerte über den Flachbildschirm ein Film von einer Führung über den Holmenkollen im Sonnenschein. Es war Assads Idee gewesen, eine DVD über Oslos touristisches Sahnestück einzulegen. Zehn Minuten zuvor hatte er sie in einem Buchladen erworben, und nun waren alle total gerührt. Die Justizministerin würde sich vor lauter Entzücken gar nicht mehr einkriegen, wenn sie in einer Stunde alle zum Lunch bei ihr versammelt waren.

Der Norweger, der offensichtlich der Chef war, lud Carl mit einer herzlichen Bemerkung über die Verbundenheit ihrer Brudervölker nach Oslo ein. Und falls er Carl nicht dazu überreden könne, sollte er aber doch auf jeden Fall mit ihnen allen zum Essen kommen. Und falls er sich auch dafür nicht freinehmen könne, dann sollte doch wenigstens Zeit für einen herzlichen Händedruck sein, denn den hätte er verdient.

Den Blick, mit dem Carl seine beiden Assistenten ansah, nachdem alle wieder gegangen waren, konnte man als Ausdruck von Dankbarkeit auslegen. Nicht, weil die Norweger so gut durch das Kellerreich geführt worden waren. Nein, weil es höchstwahrscheinlich nicht mehr lange dauern würde, bis man ihn in den zweiten Stock zitierte, damit er weitere Erklärungen ablieferte und seine Dienstmarke wieder in Empfang nahm. Und wenn er die zurückbekam, war die Suspendierung Geschichte, fast ehe sie überhaupt in Kraft getreten war. Und wenn sie Geschichte war, dann bräuchte er nicht mehr zur Therapie bei Mona Ibsen zu erscheinen. Und wenn er das nicht müsste, dann hatten sie eine Verabredung zum Essen. Und hätten sie erst mal eine Essensverabredung, tja, dann konnte man nie wissen.

Er wollte gerade ein paar freundliche Worte an die beiden richten und ihnen, wenn er sie schon nicht über den grünen Klee lobte, zumindest einen frühen Feierabend in Aussicht stellen, als ein Anruf diese guten Vorsätze durchkreuzte.

Eine Nachricht, die Assad beim Gymnasium von Rødovre hinterlassen hatte, war für einen gewissen Klavs Jeppesen Anlass gewesen, zum Hörer zu greifen.

Ja, doch, er sei bereit, sich mit Carl zu treffen. Und ja, doch, das sei er, der Mitte der Achtziger in dem Internat gearbeitet hatte. Er erinnere sich genau an die Zeit damals.

Das war keine gute Zeit gewesen.

24

Als Kimmie sie fand, kauerte Tine zusammengekrümmt unter den Stufen eines Treppenhauses in der Dubbølsgade, ganz in der Nähe des Enghave Plads. Verdreckt, verprügelt und auf Turkey. Dort sitze sie seit beinahe vierundzwanzig Stunden und sie wolle sich auch nicht vom Fleck rühren, hatte einer der Penner auf dem Platz gesagt.

So weit unter der Treppe, wie es überhaupt nur ging, hockte sie. Ganz im Dunkeln.

Kimmie zuckte zusammen, als sie den Kopf hineinsteckte.

»Ach, du bist das, Kimmie-Schätzchen«, rief Tine erleichtert und warf sich Kimmie an die Brust. »Hallo Kimmie. Hey. Genau dich wollte ich am liebsten sehen.« Sie zitterte wie Espenlaub, und die Zähne klapperten.

»Was ist passiert?«, fragte Kimmie. »Warum sitzt du hier? Wie siehst du aus?« Sie streichelte Tines geschwollene Wange. »Wer hat dich geschlagen, Tine?«

»Du hast doch meinen Zettel bekommen, Kimmie, oder?« Tine zog sich zurück und sah Kimmie aus blutunterlaufenen, gelblichen Augen an.

»Ja, den hab ich gesehen, Tine. Das war gut.«

»Und bekomm ich jetzt die tausend Kronen?«

Kimmie nickte und wischte ihr den Schweiß von der Stirn. Tines Gesicht war entsetzlich zugerichtet. Ein Auge war ganz zugeschwollen. Der Mund ganz schief. Überall hatte sie Blutergüsse und blaugelbe Verfärbungen.

»Du darfst nirgendwo hingehen, wie sonst immer, Kimmie.« Sie verschränkte ihre zitternden Arme vor der Brust, um den Körper zur Ruhe zu zwingen, aber es gelang ihr nicht. »Die Männer waren bei mir. Das war nich so gut. Aber jetzt bleib ich hier, nich, Kimmie?«

Kimmie wollte gerade fragen, was passiert war, als von der Haustür ein Knirschen zu hören war. Es war einer der Hausbewohner, der die Trophäen des Tages in der Plastiktüte klirrend heimwärts trug. Der gehörte sicher nicht zu denen, die erst kürzlich den Stadtteil eingenommen hatten. Jede Menge selbst gestochene Tätowierungen an beiden Unterarmen.

»Hier könnt ihr nicht bleiben«, sagte er gereizt. »Haut ab, geht auf die Straße, Dreckschlampen.«

Kimmie richtete sich auf.

»Ich finde, du solltest zu dir nach oben gehen und uns in Ruhe lassen«, sagte sie und trat einen Schritt auf ihn zu.

»Sonst?« Er stellte die Tasche zwischen seinen Beinen ab.

»Sonst mach ich dich fertig.«

Dass ihm das gefiel, war deutlich zu sehen. »Aber hallo! Was ist, du Miststück? Los, zieh Leine mit deinem Narkoflittchen. Oder komm mit rauf zu mir. Na? Wenn du mit raufkommst, kann die Schlampe da von mir aus verrotten, wo sie will.«

Er versuchte Kimmie zu berühren. Im selben Moment fuhr ihre harte Faust in seinen fetten Bauch wie in Teig. Sie schlug gleich noch einmal zu und deformierte seinen verblüfften Gesichtsausdruck. Es dröhnte im Treppenhaus, als er in die Knie ging.

»Ahhhh«, stöhnte er vor Schmerz, die Stirn auf dem Fußboden. Kimmie hockte sich wieder unter die Treppe.

»Wer ist gekommen, sagst du? Ein paar Männer? Wohin sind die gekommen?«

»Die da vom Bahnhof. Die sind hoch in meine Wohnung und da haben sie auf mich losgedroschen. Weil ich nich über dich reden wollte, Kimmie.« Sie versuchte zu lächeln, aber die Schwellungen auf der linken Seite hinderten sie daran. Dann zog sie die Knie an. »Ich bleib jetzt einfach hier. Ich scheiß auf die.«

»Wen meinst du? Die Polizei?«

Sie schüttelte den Kopf. »Die? Nee. Der Typ da von der Polizei, der war okay. Nein, das waren so'ne Arschlöcher, die hinter dir her sind, weil sie Geld dafür kriegen. Vor denen musst du dich in Acht nehmen.«

Kimmie packte Tines dürren Arm. »Die haben dich geschlagen! Hast du was gesagt? Kannst du dich daran erinnern?«

»Kimmie, also ich brauch doch'n Schuss!«

»Klar, du bekommst deine tausend Kronen. Hast du denen was über mich gesagt?«

»Ich trau mich nich auf die Straße. Du musst das Zeug für mich ranschaffen, Kimmie. Das machst du doch, oder? Und Schokomilch. Und'n paar Zigaretten. Und'n paar Bier, du weißt schon.«

»Ja, ja, bekommst du alles. Aber jetzt antworte mir, Tine. Was hast du gesagt?«

»Kannst du das nicht erst holen?«

Kimmie sah Tine an. Ganz offenkundig hatte sie eine Heidenangst, dass Kimmie ihr das, wonach sie gierte, nicht geben würde, wenn sie erst erzählt hatte, was passiert war.

»Nun rück schon raus damit, Tine!«

»Du hast's versprochen, Kimmie!« Sie nickten sich zu. »Ja, also, dann haben sie mich geschlagen. Und die machten immer weiter, Kimmie. Hab denen dann gesagt, dass wir uns manchmal auf der Bank treffen. Und auch, dass ich dich oft auf der Ingerslevsgade sehe. Und dass ich glaub, dass du da irgendwo wohnst.« Sie sah Kimmie flehentlich an. »Das tust du doch nich, Kimmie, oder?«

»Hast du noch was gesagt?«

Tines Stimme wurde verschwommen.

Das Zittern nahm zu. »Nee, Kimmie. Ich schwör's. Hab ich nich.«

»Und dann sind sie abgehauen?«

»Ja. Kann sein, dass die wiederkommen, aber dann sag ich nich mehr, als ich schon gesagt hab. Ich weiß ja eh nix.«

Im Halbdunkel trafen sich ihre Blicke. Tine versuchte Kimmie von ihrer Verlässlichkeit zu überzeugen, aber ihr letzter Satz hatte nicht sehr glaubwürdig geklungen.

Sie wusste also doch noch mehr.

»Tine, was gibt es sonst noch zu sagen?«

Der Entzug zeigte sich jetzt an ihren Beinen, die in der zusammengekauerten Stellung auf dem Boden förmlich hüpften. »Ja, also nur das mit dem Enghavepark. Dass du da sitzt und zusiehst, wie die kleinen Kinder spielen. Nur das.«

Ihre Augen waren offenbar größer und die Ohren offener, als Kimmie geglaubt hatte. Demnach ging sie also doch weiter draußen als nur in der Skelbækgade oder der Istedgade zwischen Hauptbahnhof und Gasværksvej auf Kundenfang.

Vielleicht holte sie den Kunden ja sogar dort, im Park, einen runter. Noch gab es da ja genügend Büsche.

»Und danach? Wenn du deinen Schuss bekommen hast, kannst du dich dann noch an andere Sachen von mir erinnern?« Sie lächelte Tine an.

»Ja, glaub schon.«

»Daran, wo ich rumgehe und wo du mich gesehen hast? Daran, wie ich aussehe? Wo und wann ich einkaufe? Dass ich kein Bier mag? Dass ich mir die Schaufenster am Strøget ansehe? Dass ich immer hier drinnen in der Stadt bin? Sind das solche Sachen?«

Tine wirkte erleichtert, dass Kimmie ihr entgegengekommen war. »Ja, so was, Kimmie. Das is so was, was ich nich sage.«

Kimmie bewegte sich äußerst wachsam. In der Istedgade gab es unzählige Möglichkeiten, sich verborgen zu halten. Niemand konnte diese Straße hinuntergehen und sicher sein, dass nicht zehn Meter weiter einer stand und einen beobachtete.

Jetzt wusste sie, wozu die in der Lage waren. Wahrscheinlich hielten derzeit eine Menge Leute nach ihr Ausschau.

Aus genau dem Grund war dieser Augenblick gleich dem Jahr null. Wieder war sie an einem Punkt angekommen, wo alles zum Stillstand kam, wo sich neue Wege eröffnen mussten.

Wie oft war das in ihrem Leben schon passiert! Die unwiderrufliche Veränderung. Der Aufbruch.

Ihr kriegt mich nicht, dachte sie und hielt ein Taxi an.

»Setzen Sie mich an der Ecke zur Dannebrogsgade ab.«

»Was redest du da?« Der dunkle Arm des Taxifahrers auf der Rückenlehne des Beifahrersitzes bewegte sich zum Türgriff der hinteren Tür.

»Aussteigen«, sagte er und öffnete die Tür. »Glaubst du, ich fahre dich dreihundert Meter weit?«

»Hier sind zweihundert Kronen. Schalten Sie den Taxameter nicht ein.«

Das half.

Sie sprang bei der Dannebrogsgade aus dem Wagen und war blitzschnell an der Letlandsgade. Anscheinend beobachtete sie keiner. Dann ging sie hinten über den Litauens Plads und an den Hausmauern entlang, bis sie wieder an der Istedgade stand und zum Gemüseladen direkt gegenüber blickte.

»In ein paar Sätzen bin ich drüben«, sagte sie zu sich.

»Hallo, du schon wieder?«, begrüßte sie der Gemüsehändler.

»Ist Mahmoud hinten?«, fragte sie.

Hinter dem Vorhang hockten er und sein Bruder und sahen irgendeinen arabischen Sender. Immer dasselbe Fernsehstudio, immer dieselbe farblose Darbietung.

»Na«, sagte Mahmoud, der Kleinere von ihnen. »Hast du die Handgranaten schon abgefeuert? Und die Pistole, die ist doch gut, oder?«

»Weiß ich nicht, hab sie verschenkt. Ich brauch jetzt eine neue. Diesmal mit Schalldämpfer. Und außerdem brauch ich gutes Heroin für ein paar Schuss. Richtig gutes, klar?«

»Jetzt? Hey, du bist verrückt. Glaubst du etwa, du kannst von der Straße hier hereinspazieren und solche Sachen bekommen? Schalldämpfer! Weißt du überhaupt, wovon du sprichst?«

Sie zog ein Bündel Geldscheine aus der Hose. Sie wusste, das waren mehr als zwanzigtausend. »Ich warte vorne im Laden, zwanzig Minuten. Dann siehst du mich nie wieder. Alles klar?«

Eine Minute später war der Fernseher ausgeschaltet und die Männer waren weg.

Im Laden wurde ihr ein Stuhl hingestellt und kalter Tee und Cola angeboten, aber sie wollte weder noch.

Nach einer halben Stunde kam ein Typ, der wohl mit den anderen verwandt war und kein Risiko eingehen wollte.

»Komm mit hier rein, dann reden wir«, kommandierte er.

»Ich hab den anderen mindestens zwanzigtausend gegeben. Hast du die Sachen dabei?«

»Einen Moment noch«, sagte er. »Ich kenne dich nicht, also heb die Arme.«

Sie tat, was er sagte, und sah ihm direkt in die Augen, als er anfing, sie abzutasten. Er begann an den Beinen, führte die Hände an der Innenseite der Schenkel hoch zum Schritt, wo er einen Augenblick innehielt. Dann fuhren seine Hände geübt weiter über das Schambein zum Rücken, zurück zum Bauch bis zu der Falte unter der Brust, wo sie erneut verweilten, bevor sie weiter über die Brust und bis hinauf zum Hals und den Haaren glitten. Mit etwas weniger Druck befühlte er schließlich noch einmal die Taschen und die Kleidung. Ganz am Schluss ließ er die Hände auf ihrer Brust ruhen.

»Ich heiße Khalid«, sagte er. »Du bist okay, hast kein Mikro. Aber einen verdammt geilen Körper.«

Kristian Wolf hatte Kimmies Potenzial als Erster erkannt und ihr gesagt, sie habe einen verdammt geilen Körper. Das war gewesen, bevor sie den Jungen im Schulwald verprügelt hatten, noch ehe sie den Vertrauensschüler verführte, noch vor dem Skandal mit dem Lehrer und dem Rausschmiss aus dem Internat. Kristian hatte ihr ein bisschen auf den Zahn gefühlt und auch an anderen Stellen herumgefummelt. Dabei war er zu der Einsicht gelangt, dass Kimmie ohne Probleme imstande war, ihre in der Kindheit entstandene Gefühlsunfähigkeit in massive sexuelle Entladungen umzuwandeln.

Er brauchte bloß ihren Hals zu streicheln und ihr zu erklären, er sei scharf auf sie, und schon erntete er tiefe Zungenküsse und anderes, wovon Sechzehn-, Siebzehnjährige träumten.

Und Kristian lernte auch, dass man nicht fragte, wenn man Sex mit Kimmie haben wollte. Man legte einfach los.

In dieser Kunst ahmten ihn Torsten, Bjarne und Ditlev

schnell nach. Nur Ulrik verstand die Botschaft nicht. Höflich und zuvorkommend, wie er war, glaubte er allen Ernstes, man müsste zuerst um sie werben. Und deshalb bekam er sie nicht.

Kimmie war das alles bewusst. Auch, wie irrsinnig wütend Kristian wurde, als sie später anfing, Typen außerhalb der Clique abzuernten.

Von den Mädchen sagten einige, er spioniere ihr nach, was sie absolut nicht erstaunte.

Nachdem sowohl der Vertrauensschüler als auch der Lehrer aus dem Spiel waren und Kimmie ihre eigene Wohnung in Næstved hatte, verbrachten die fünf so viele der sogenannten Zwischenwochenenden wie möglich bei ihr. Die Rituale waren klar. Gewaltvideos, Haschisch, Gerede von Überfällen. Und wenn die sogenannten freien Wochenenden kamen und theoretisch alle anderen unterwegs zu ihren gefühlskalten Familien waren, setzten sie sich in Kimmies blassroten Mazda und schossen los. Sie fuhren so lange, bis sie nicht mehr wussten, wo sie waren. Einfach ins Blaue. Dann suchten sie sich einen Park oder ein Waldstück, zogen Handschuhe und Masken an und griffen sich den Erstbesten, der vorbeikam. Alter und Geschlecht waren nebensächlich.

War es ein Mann, der so aussah, als könnte er sich zur Wehr setzen, nahm Kimmie die Maske ab und stellte sich vorne hin. Den Mantel und die Bluse aufgeknöpft und die behandschuhten Hände auf die Brüste gelegt. Wer hätte da nicht desorientiert gestoppt?

Nach einer Weile wussten sie genau, welche Sorte Beute die Klappe halten würde und wer zum Schweigen gebracht werden musste.

Tine sah Kimmie an, als hätte sie ihr das Leben gerettet. »Is das guter Stoff, Kimmie?« Sie zündete sich eine Zigarette an und steckte einen Finger in das Pulver.

»Super«, sagte sie, nachdem sie mit der Zunge getestet hatte. Sie besah die Tüte. »Drei Gramm, oder?«

Kimmie nickte.

»Sag mir zuerst, was der Polizist von mir wollte.«

»Ach, das war nur was mit deiner Familie. Der war nich wie die andern, Kimmie, ehrlich.«

»Wie, meine Familie?«

»Na, irgendwas davon, dass dein Vater krank is und dass du ihn nich anrufen willst, wenn du das erfährst. Also, tut mir leid, Kimmie, dass ich es dir sagen musste.« Tine versuchte nach Kimmies Arm zu greifen, bekam es aber nicht hin.

»Mein Vater?« Allein das Wort zu hören war wie eine Spritze Gift in den Körper. »Lebt der überhaupt noch? Nee, tut er nicht. Und wenn doch, dann soll er doch verrecken.« Wäre der Fettwanst mit der Plastiktüte noch da, hätte sie ihm einen Tritt in die Rippen gegeben. Einen für ihren Vater, und dann noch einen.

»Der Bulle hat gesagt, ich soll's nich sagen. Aber jetzt hab ich's doch gemacht. Tschuldigung, Kimmie.« Sie stierte auf die Plastiktüte in Kimmies Hand.

»Was hast du noch mal gesagt, wie der Bulle hieß?«

»Weiß ich jetzt nich mehr, Kimmie. Is das nich egal? Hab ich dir nich'n Zettel geschrieben?«

»Woher weißt du, dass es ein Bulle war?«

»Hab seine Dienstmarke gesehen, Kimmie. Da hab ich ihn nach gefragt.«

In Kimmie flüsterten die Stimmen. Was sollte sie glauben? Bald konnte sie auf nichts und niemanden mehr hören. Ein Polizist, ausgeschickt, um sie zu finden, weil ihr Vater krank war? Garantiert nicht. Eine Polizeimarke, was hieß das schon? So was konnten sich die anderen leicht beschaffen.

»Kimmie, wie hast du drei Gramm für tausend Kronen bekommen? Is der Stoff vielleicht doch nich so sauber? Nein, natürlich nich, was bin ich blöd.« Sie lächelte Kimmie flehentlich an. Mit halb geschlossenen Augen, dünnhäutig und zitternd und am Ende.

Da lächelte Kimmie zurück und reichte Tine die Schokomilch, die Pommes, die Bierdosen, die Herointüte, eine Flasche Wasser und die Kanüle.

Das Übrige würde sie schon allein hinbekommen.

Sie wartete bis zur Dämmerung. Den Weg vom DGI-By bis zur Gitterpforte legte sie im Laufschritt zurück. Sie wusste, was jetzt passieren würde, und war völlig aufgewühlt.

In den nächsten Minuten entnahm sie den Hohlräumen alles Bargeld und die Kreditkarten. Zwei der Handgranaten legte sie aufs Bett, eine steckte sie in die Tasche.

Dann packte sie notdürftig ihren Koffer, nahm das Plakat von der Tür und legte es obenauf. Zum Schluss zog sie das Kistchen unter dem Bett hervor und öffnete es.

Das kleine Stoffbündel war inzwischen fast braun und wog so gut wie nichts. Kimmie griff nach der Whiskyflasche, hob sie an den Mund und trank, bis sie leer war. Dieses Mal verstummten die Stimmen nicht.

»Ja, ja, ich beeile mich ja schon«, sagte sie laut, legte das Bündel vorsichtig ganz obenauf in den Koffer und deckte alles mit der Bettdecke zu. Nachdem sie mehrfach sanft über den Stoff gestrichen hatte, klappte sie den Deckel zu.

Den Koffer zog sie hinaus bis zur Ingerslevsgade. Damit war der schon bereit.

Als sie wieder in der offenen Tür stand, sah sie sich gründlich um. Sie wollte sich dieses alles überschattende Intermezzo in ihrem Leben gut einprägen.

»Danke, dass ich hier wohnen konnte«, sagte sie und trat rückwärts aus der Tür. Dabei entsicherte sie die Handgranate und warf sie zu den anderen auf dem Bett.

Als das Haus in die Luft flog, war sie schon ein Stück weit hinter der Gitterpforte.

Hätte sie es nicht bis dort geschafft, wären umherfliegende Mauerbrocken wahrscheinlich das Letzte gewesen, was sie hier im Leben zu spüren bekommen hätte.

25

Der Knall der Explosion fühlte sich in Marcus Jacobsens Büro an wie ein dumpfer Schlag gegen die Scheiben.

Carl und er sahen sich an. Das war eindeutig kein verfrühter Silvesterböller.

»O Scheiße«, sagte Marcus. »Wenn dabei nur keiner umgekommen ist.«

Ein freundlicher, empathischer Mensch, der dabei aber vielleicht doch eher an seine Personalressourcen dachte als an eventuelle Opfer.

Er wandte sich an Carl. »Die Nummer, die du da heute Vormittag abgezogen hast: das war das letzte Mal, verstanden? Ich kann ja nachvollziehen, warum du das getan hast, aber du musst verdammt noch mal erst zu mir kommen. Ist das klar? Ich steh doch sonst wie ein Idiot da.«

Carl nickte. Der Chef hatte ja recht. Dann berichtete er von seinem Verdacht gegen Lars Bjørn. Dass der vermutlich aus persönlichen Motiven in Carls Ermittlungen eingegriffen hatte. »Dann müssen wir Lars Bjørn wohl herholen, oder?«

Marcus Jacobsen seufzte.

Vielleicht wusste er, dass die Sache gelaufen war, vielleicht glaubte er aber auch, er könnte alldem doch noch entgehen. Jedenfalls hatte Lars Bjørn zum ersten Mal seine blaue Krawatte nicht umgebunden.

Der Chef der Mordkommission machte kein langes Federlesen. »Ich habe erfahren, dass du in diesem Fall unser Kontaktmann gegenüber dem Ministerium und der Polizeipräsidentin gewesen bist, Lars. Würdest du bitte so freundlich sein und mir erzählen, wie das zusammenhängt, damit wir uns die Dinge nicht selbst zusammenreimen müssen?«

Lars Bjørn saß eine Weile still da und rieb sein Kinn. Militärausbildung. Ein klassischer und makelloser Lebenslauf, ehe er zur Polizei kam. Ideales Alter. Studium an der Universität Kopenhagen. Jura, was sonst. Gute administrative Fähigkeiten. Ein enormes Netzwerk. Dazu eine gute Portion Erfahrung in solider Polizeiarbeit. Und jetzt schoss er einen solchen Bock! So durchsichtig! Betrieb Politik in eigener Sache am Arbeitsplatz. War Kollegen in den Rücken gefallen. Hatte dazu beigetragen, Ermittlungen auszubremsen, obendrein in einem Fall, mit dem er im Prinzip nichts zu tun hatte. Und warum? Aus Solidarität mit einem Internat, das er vor Urzeiten verlassen hatte? Um alter Freundschaft willen? Was zum Teufel konnte er jetzt noch sagen? Ein falsches Wort, und er war fertig. Das wussten sie alle.

»Ich wollte uns vor einem ressourcenfressenden Fiasko bewahren«, sagte er und bereute seine Worte im selben Moment.

»Wenn du nichts Besseres zu deiner Verteidigung zu bieten hast, dann bist du draußen, ist dir das klar?« Carl sah, wie schwer sich der Chef der Mordkommission mit diesen Worten tat. Er und sein Stellvertreter ergänzten sich ausgezeichnet, das musste Carl einräumen, egal wie sehr Lars Bjørn ihm selbst auf die Nerven ging.

Bjørn seufzte. »Ihr habt selbstverständlich bemerkt, dass ich eine andere Krawatte trage?«

Beide nickten.

»Ja, ich bin damals auf das Internat gegangen.«

Na, darauf waren sie inzwischen auch schon gekommen, das musste Bjørn klar sein.

»Und vor ein paar Jahren gab es sehr viel negative Presse in

260

Verbindung mit einer Vergewaltigungsgeschichte. Die Schule kann es gar nicht brauchen, dass nun dieser Fall wieder aufgewärmt wird.«

Auch das wussten sie.

»Außerdem war der große Bruder von Ditlev Pram in meiner Klasse. Er sitzt heute im Verwaltungsrat des Internats.«

Das wiederum war Carls Aufmerksamkeit entgangen.

»Und seine Frau ist die Schwester eines der Ministerialdirektoren im Justizministerium. Und dieser Ministerialdirektor war ein sehr guter Sparringspartner der Polizeipräsidentin gewesen in der Zeit, als die Reform auf den Weg gebracht wurde.«

Was für eine elende Vetternwirtschaft, dachte Carl. Fehlte nur noch, dass sie alle uneheliche Kinder eines Gutsbesitzers auf Fünen waren.

»Ich bin von zwei Seiten unter Druck gesetzt worden. Das ist ja eine Art Bruderschaft, diese Versammlung alter Internatsschüler. Und ich habe natürlich an der Stelle auch einen Fehler gemacht. Aber ich habe geglaubt, dass der Ministerialdirektor der Justizministerin in die Hand arbeitet, und dass ich deshalb nicht ganz so verkehrt liege. Dass sie kein Interesse an neuen Ermittlungen in dem Fall hat, teils, weil die Betroffenen damals, als das Verbrechen geschah, nicht angeklagt wurden, und teils, weil es bereits eine Verurteilung gab, deren Strafmaß fast abgegolten ist. Und bei den Betroffenen handelt es sich ja nicht um irgendwen. Auf mich machte es den Eindruck, als wolle man gern vermeiden, dass untersucht wird, ob es damals womöglich Verfahrensfehler gab und lauter solchen Mist. Ich weiß nicht, warum ich das nicht mit der Ministerin abgeklärt habe. Aber bei unserem Essen heute Mittag wurde ja sehr deutlich, dass sie überhaupt nichts von den Ermittlungen wusste. Sie war also überhaupt nie involviert. Das weiß ich jetzt.«

Marcus Jacobsen nickte. Nun war er bereit für den harten

Schnitt. »Du hast mich über all diese Dinge nie informiert, Lars. Du hast gesagt, die Polizeipräsidentin gäbe uns die Anweisung, das Sonderdezernat Q solle die Nachforschungen einstellen. Verstehe ich dich richtig: Du hast der Polizeipräsidentin geraten, uns diese Anweisung zu geben, nachdem du persönlich sie falsch informiert hast? Was hast du überhaupt zu ihr gesagt? Dass es gar keinen Fall gibt? Dass Carl Mørck nur aus Spaß ein bisschen herumgewühlt hat?«

»Ich war zusammen mit dem Ministerialdirektor des Justizministeriums bei ihr. Er hat sie informiert.«

»Noch so ein alter Internatszögling?«

Lars Bjørn nickte betreten.

»Herrje, begreifst du nicht, dass womöglich Pram und Konsorten das Ganze in Gang gesetzt haben, Lars? Die Bitte von Ditlev Prams Bruder an dich! Die sehr fragwürdige Lobbyarbeit des Ministerialdirektors!«

»Ja, das ist mir bewusst.«

Der Chef der Mordkommission warf seinen Kugelschreiber mit Nachdruck auf den Schreibtisch und kochte vor Wut. »Du bist mit sofortiger Wirkung suspendiert. Sei so freundlich und schreib einen Bericht, den ich der Ministerin vorlegen kann. Und vergiss nicht, den Namen des Ministerialdirektors zu erwähnen.«

Noch nie hatte Lars Bjørn so elend ausgesehen. Carl hatte Bjørn schon immer für eine Eiterbeule am Arsch gehalten, aber jetzt tat er ihm fast leid.

»Marcus, ich hab einen Vorschlag«, unterbrach Carl ihn.

Ein winziger Funke glühte in Lars Bjørns Augen auf. Zwischen ihnen hatte doch immer so eine herrlich einvernehmliche Feindseligkeit geherrscht.

»Lass den Mist mit der Suspendierung. Schließlich brauchen wir die Arbeitskraft doch auch, oder? Wenn wir hieraus eine große Nummer machen, dann sickert das nach draußen. Die Presse und der ganze Scheißdreck. Dann hast du die Journalisten am Hals, Marcus, und die schreien Zeter und Mordio. Außerdem werden diejenigen, gegen die wir ermitteln, aufmerksam. Das kann ich gar nicht brauchen.«

Bjørn nickte unbewusst bei allen Punkten. Was für ein erbärmlicher Tropf.

»Ich will, dass Bjørn an dem Fall mitarbeitet. Nur, damit wir die Arbeit der nächsten Tage bewältigen können. Fahndung, Beschattung, die ganz gewöhnliche Beinarbeit. Wir allein schaffen das nicht alles, und außerdem haben wir ja jetzt etwas, wo wir einhaken können, Marcus. Siehst du das nicht auch so? Nur ein bisschen mehr Einsatz, und wir klären womöglich noch eine ganze Reihe weiterer Morde auf.« Er tippte auf Johan Jacobsens Liste der Überfälle. »Ich glaub das wirklich, Marcus.«

Menschen waren bei der Sprengung des Hauses auf dem Bahngelände an der Ingerslevsgade nicht zu Schaden gekommen. Trotzdem kreiste der Hubschrauber des Fernsehsenders TV2 schon über dem Ort, als hätten dort gerade einschlägige Terrorzellen ihre Macht demonstriert.

Der Nachrichtensprecher war mit Sicherheit reichlich aufgedreht, zeigte es aber mit keinem Blick. Die beste Nachricht war diejenige, die sich mit Ernst und Besorgnis servieren ließ. Das galt vor allem für sensationelle Neuigkeiten. Und wieder einmal standen die Mitarbeiter des Präsidiums unter enormem Druck durch die Medien.

Carl verfolgte das alles unten im Keller auf dem Flachbildschirm, erleichtert, dass er damit nichts zu tun hatte.

Rose kam herein. »Lars Bjørn hat die Fahndungsabteilung der Kopenhagener Polizei mobilisiert. Ich hab denen das Foto von Kimmie geschickt, und Assad hat ihnen alles erzählt, was ihm bei der Beschattung aufgefallen ist. Sie suchen auch nach Tine Karlsen. Die sitzt ja nun wirklich im Auge des Orkans.«

»Wie meinst du das?«

»Na, die Fahndungsabteilung hat doch ihren Sitz in der Skelbækgade. Ist das nicht Tine Karlsens Revier?«

Er nickte und sah dann wieder auf seine Notizen.

Die Liste der Aufgaben war entmutigend lang, Prioritätensetzung die einzig mögliche Herangehensweise.

»Hier sind deine Aufgaben, Rose. Alles schön der Reihe nach.«

Sie nahm den Zettel und las laut vor:

1) Finde Polizisten, die 1987 an den Ermittlungen im Rørvig-Fall beteiligt waren.

2) Finde Klassenkameraden von Pram & Co. Augenzeugenberichte über ihr Verhalten!

3) Krankenhaus Bispebjerg. Finde einen Arzt oder eine Krankenschwester, die auf der gynäkologischen Station gearbeitet haben, als Kimmie dort war.

4) Recherchiere Details zu Kristian Wolfs Tod.

Termin: bitte heute!

Er dachte, das vorletzte Wort würde besänftigend wirken, aber das tat es nicht.

»Herrgott noch mal, wäre ich heute früh doch lieber schon um vier gekommen statt erst um halb sechs!«, motzte sie. »Du bist doch völlig wahnsinnig, Mann. Es wäre ja wohl eher angebracht, uns heute mal früher gehen zu lassen, oder?«

»Im Gegenteil, ich wollte dich gerade fragen, ob du am Wochenende schon was vorhast.«

»Wie?«

»Rose, jetzt hast du endlich die Möglichkeit zu zeigen, aus welchem Holz du geschnitzt bist. Und zu lernen, wie man eine richtige Ermittlung aufzieht. Und denk erst mal an später, wenn du all die Überstunden abbummeln kannst.«

Sie schnaubte. Verarschen konnte sie sich alleine.

Das Telefon klingelte, als Assad das Zimmer betrat. Es war der Chef.

Carl fing augenblicklich an zu schäumen. »Du wolltest vier Mann für mich am Flughafen abziehen, sagst du, aber du hast sie nicht bekommen?«

Marcus Jacobsen bestätigte noch mal.

»Das kann doch wohl nicht angehen, dass wir keine Männer bekommen, die uns beim Beschatten der Verdächtigen helfen! Was, wenn durchsickert, dass die Ermittlungen doch nicht ausgebremst sind? Was glaubst du denn, wo die Herren Pram, Florin und Dybbøl Jensen dann morgen sind? Garantiert nicht in Kopenhagen. Eher in Brasilien.«

Er holte tief Luft und schüttelte den Kopf. »Ich weiß verdammt noch mal selber, dass wir keinen richtigen Beweis für ihre Beteiligung haben. Aber die Indizien, Marcus! Die liegen doch wohl vor!«

Anschließend saß Carl in seinem Büro, stierte an die Decke und stieß eine Salve von Flüchen aus.

»Was hat Marcus denn gesagt, Carl? Bekommen wir jetzt Unterstützung?«, fragte Assad.

»Was er gesagt hat? Er hat gesagt, wenn sie den Überfall in der Store Kannikestræde aufgeklärt hätten, dann hätten sie überzählige Leute für alles. Außerdem müssten sie sich gerade verstärkt um die Sprengung auf dem Bahngelände kümmern.« Carl seufzte, darin war er mittlerweile richtig gut. Irgendwas kam immer dazwischen, was wichtiger war als seine Ermittlungen.

»Setz dich mal, Assad«, sagte er. »Wir müssen mal schauen, ob Johan Jacobsens Liste was taugt.«

Er lehnte sich an das Whiteboard und schrieb:

14.6.1987: Kåre Bruno, Internatsschüler, stürzt vom Zehnmetersprungbrett und stirbt.
2.8.1987: Die Morde in Rørvig.

13.9.1987: Überfall, Nyborg Strand. Fünf junge Männer/ein Mädchen in der Nähe gesichtet. Das weibliche Opfer unter Schock. Macht keine Aussage.

8.11.1987: Zwillinge, Spielplatz, Tappernøje. Zwei Finger abgeschnitten. Verprügelt.

24.4.1988: Ehepaar, Langeland. Verschwunden. Diverse Teile ihres Eigentums tauchen in Rudkøbing auf.

Als er alle zwanzig Punkte niedergeschrieben hatte, sah er Assad an.

»Der gemeinsame Nenner all dieser Vorfälle – was haben sie alle gemeinsam? Assad, was sagst du?«

»Es war immer sonntags.«

»Ja, das ging mir auch gerade durch den Kopf. Bist du sicher?«

»Ja!«

Logisch. Natürlich nur an Sonntagen. Eine andere Möglichkeit hatten die ja nicht, weil sie im Internat waren. Das Leben im Internat war geprägt von Restriktionen.

»Und man konnte von Kimmies Wohnung in Næstved zum jeweiligen Tatort in zwei Stunden fahren«, sagte Assad. »Zum Beispiel ist kein einziger Überfall in Jütland dabei.«

»Was fällt dir sonst noch auf, Assad?«

»In der Zeit zwischen 1988 und 1992 verschwindet keines der Opfer.«

»Wie meinst du das?«

»Wie ich es sage. Das waren nur gewalttätige Überfälle. Prügel und so was. Keiner, der verschwand oder getötet aufgefunden wurde.«

Carl blickte lange auf die Liste. Ein ziviler Mitarbeiter des Präsidiums, emotional verstrickt in einen der Fälle, hatte sie ausgearbeitet. Wie konnten sie wissen, dass er bei der Zusammenstellung nicht zu selektiv vorgegangen war? Jedes Jahr geschahen doch Tausende Gewaltdelikte in Dänemark.

»Hol Johan runter, Assad«, sagte Carl und blätterte in den Papieren.

In der Zwischenzeit wollte er zu dem Zoofachhandel Kontakt aufnehmen, in dem Kimmie gearbeitet hatte. Dort erhoffte er sich die Art von Informationen, aus der sich ein Profil ableiten ließ. Träume, Wertvorstellungen und so weiter. Vielleicht könnte er für morgen sehr früh oder jedenfalls am Vormittag eine Verabredung treffen.

Später dann war er mit dem Lehrer am Rødovre-Gymnasium verabredet. Dort fand am Abend ein Fest für ehemalige Schüler statt. Le-Sa-Sep, so nannten sie das: letzter Samstag im September, 29.9.2007. Reines Vergnügen, hatte der Lehrer gesagt.

»Johan ist auf dem Weg«, sagte Assad und vertiefte sich wieder in die Liste an der Tafel.

»Das war die Zeit, als Kimmie in der Schweiz war«, kam es dann nach einer ganzen Weile nachdenklich.

»Was?«

»1988 bis 1992, dieser Zeitraum.« Er nickte bekräftigend. »In der Zeit, als Kimmie in der Schweiz war, wurde niemand umgebracht, und da ist auch niemand verschwunden«, sagte er. »Jedenfalls niemand von dieser Liste.«

Johan sah nicht gut aus. Früher war er in dem weitläufigen Präsidium herumgesprungen wie ein Kalb im Frühling, das gerade die Weite und Fruchtbarkeit der Wiesen für sich entdeckt hat. Jetzt erinnerte er mehr an ein Stück Vieh, angebunden im Stall.

»Gehst du noch zur Psychologin, Johan?«, fragte ihn Carl.

Das tat er. »Sie kann was, aber mir geht es einfach nicht so gut«, antwortete er.

Carl sah zu dem Foto der beiden Geschwister an der Tafel. Vielleicht war das kein Wunder.

»Nach welchen Kriterien hast du bei den Fällen auf deiner

Liste die Auswahl getroffen, Johan?«, fragte Carl. »Wie kann ich wissen, dass es nicht Hunderte und Aberhunderte Fälle gibt, die hier nicht dabei sind?«

»Tja, ich habe einfach all die Gewaltdelikte genommen, die an einem Sonntag begangen und nicht von den Opfern selbst zur Anzeige gebracht wurden und wo der Tatort nicht weiter als hundertfünfzig Kilometer von Næstved entfernt war.« Er sah Carl prüfend an. Ihm war es enorm wichtig, dass sie hundertprozentig dahinterstanden.

»Ich habe unheimlich viel über solche Internate gelesen. Die Bedürfnisse und Wünsche des Einzelnen werden komplett in den Hintergrund gedrängt. Die Schüler werden in ein rigides Korsett gezwängt, Schulaufgaben und Pflichten kommen immer zuerst, und alles hat seine exakten Zeiten. So geht es die ganze Woche. Auf diese Weise will man für Disziplin und Gemeinschaftsgeist sorgen, das sei das Ziel, heißt es. Daraus habe ich geschlossen, dass es nicht viel Sinn macht, sich mit Gewaltverbrechen zu beschäftigen, die während des Schulalltags und an den Wochenenden vor dem Frühstück und nach dem Abendessen begangen wurden. Zu diesen Zeiten hatte die Clique nämlich, kurz gesagt, anderes zu tun. Deshalb habe ich die Fälle so ausgewählt. Sonntags zwischen Frühstück und Abendessen – in der Zeitspanne mussten die Überfälle stattgefunden haben.«

»Die haben ihre Verbrechen sonntags mittags begangen, sagst du?«

»Ja, das glaube ich.«

»Und in der Zeit konnten sie maximal zweihundert Kilometer weit fahren, schließlich mussten sie ja ihre Opfer auch noch finden und entsprechend zurichten.«

»Während des Schuljahres, ja. In den Sommerferien war das anders.« Johan blickte zu Boden.

Carl schlug seinen immerwährenden Kalender auf. »Aber die Morde in Rørvig wurden auch an einem Sonntag begangen.

War das Zufall oder handelt es sich um das Markenzeichen der Clique?«

»Ich glaube, das war Zufall. Es war direkt vor Beginn des Schuljahres. Vielleicht hatten sie das Gefühl, sie hätten aus den Sommerferien noch nicht genug rausgeholt, was weiß ich. Die waren doch krank im Kopf.« Er sah traurig aus, als er das sagte.

In Bezug auf die nachfolgenden Jahre, räumte Johan ein, sei er bei seiner Liste eher intuitiv vorgegangen. Carl hatte zwar nichts an der Liste auszusetzen, aber trotzdem: Wenn hier mit Intuition gearbeitet wurde, dann doch bitte schön mit seiner eigenen. Zunächst würden sie sich also auf die Jahre vor Kimmies Schweizaufenthalt konzentrieren.

Nachdem Johan sie verlassen hatte, um wieder an seinen Arbeitsplatz zu gehen, saß Carl eine Weile vor der Liste und versuchte sie einzuschätzen. Dann rief er in Tappernøje an. Man erklärte ihm, die Zwillingsbrüder, die 1987 auf dem Spielplatz überfallen worden waren, seien vor vielen Jahren nach Kanada ausgewandert. Sie hatten einen größeren Geldbetrag geerbt und drüben einen Landmaschinenverleih aufgebaut. Das war jedenfalls das, was man auf dem Revier gehört hatte. Die näheren Lebensumstände der Jungen kannte dort keiner. Es war ja doch ziemlich lange her. Die Stimme des Wachhabenden, der ihm das berichtete, klang wie die eines Achtzigjährigen.

Anschließend sah sich Carl das Datum an, an dem das ältere Ehepaar auf Langeland verschwunden war. Er ließ den Blick über die Aktenordner wandern, die Assad besorgt und ihm hingelegt hatte. Es handelte sich um zwei Lehrer aus Kiel, die nach Rudkøbing gesegelt und anschließend herumgefahren waren und in Bed & Breakfasts übernachtet hatten, zuletzt in Stoense.

Laut Polizeibericht wurden sie an dem Tag, als sie verschwanden, am Hafen von Rudkøbing gesehen. Aller Wahrscheinlichkeit nach waren sie losgesegelt und gekentert. Allerdings war das Paar am selben Tag einem Mann am Lindelse Nor aufgefallen und später hatte man ein paar junge Typen im Hafen gesehen, ganz in der Nähe, wo das Boot der Kieler vertäut lag. Man hatte extra betont, es habe sich um anständige Jungs gehandelt. Keine wie die Einheimischen mit ihren Kappen von Castrol oder BP, sondern welche mit gebügelten Hemden und ordentlich geschnittenen Haaren. Manche meinten, die Jungen seien mit dem Boot weggesegelt und nicht die Bootsbesitzer, aber das waren nur Spekulationen der Menschen vor Ort gewesen.

Der Bericht erwähnte auch ein paar Gegenstände aus dem Besitz des Paares, die man am Strand vom Lindelse Nor gefunden hatte. Angehörige meinten, sie den Vermissten zuordnen zu können, aber ganz sicher waren sie nicht.

Carl sah die Liste der Fundstücke durch. Eine leere Thermobox ohne Markenname, ein Schal, ein Paar Socken und ein Ohrring. Amethyst und Silber. Zweiteilig mit Scharnier. Einfach zum Durchstecken, ohne Verschluss. Nur ein Silberbogen.

Nicht sonderlich detailliert beschrieben, in etwa so, wie das ein männlicher Polizeianwärter fertigbrachte. Aber es reichte, um Carl sofort an den Ohrring aus Kimmies Metallkasten denken zu lassen.

Er war noch völlig überrumpelt von dieser Entdeckung, als Assad in sein Büro platzte. Mit einer Miene, als hätte er soeben das große Los gezogen.

»Gerade habe ich erfahren, dass man solche Gummiarmbänder in Bellahøj benutzt hat. Daran konnte man sehen, wie lange man im Wasser gewesen war.«

Carl, mit den Gedanken in weiter Ferne, bemühte sich, in die Realität zurückzufinden. Was, bitte schön, konnte seiner schier unglaublichen Entdeckung mit dem Ohrring gleichkommen?

»Solche Gummiarmbänder werden überall benutzt, Assad. Das macht man immer noch so.«

»Kann sein«, sagte er. »Aber als man Kåre Bruno zerschmettert auf den Kacheln fand, hatte er seins auf jeden Fall verloren.«

26

»Er wartet jetzt oben in der Wache«, sagte Assad. »Soll ich hier sein, wenn er runterkommt?«

»Nein.« Carl schüttelte den Kopf. Assad hatte genug zu tun. »Aber du kannst uns gern Kaffee kochen. Nur nicht zu stark. Please.«

In der samstäglichen Stille gluckerte und rauschte es selbst in den Abflussrohren hier unten nur mit halber Kraft. Während Assad vor sich hin pfiff, blätterte Carl schnell im dänischen ›Who is Who‹. Er suchte nach Informationen über den Gast, der im Anmarsch war.

Mannfred Sloth hieß der Mann. Vierzig Jahre alt. Hatte mit Kåre Bruno, dem verstorbenen Vertrauensschüler des Internats, das Zimmer geteilt. Abitur 1987. Militärdienst: Königliche Leibwache. Leutnant der Reserve. Diplom-Betriebswirt. MBA. Seit seinem dreiunddreißigsten Lebensjahr Geschäftsführer von fünf Unternehmen. Fünf Aufsichtsratsposten, Verwaltungsrat in einer Anstalt des öffentlichen Rechts. Initiator und Sponsor mehrerer Ausstellungen moderner portugiesischer Kunst. Seit 1994 verheiratet mit Agustina Pessoa. Ehemals dänischer Konsul in Portugal und Mosambik.

Kein Wunder, dass er außerdem Träger des Ritterkreuzes und diverser internationaler Orden war.

»Ich hab nur eine Viertelstunde«, sagte er beim Händeschütteln. Die Bügelfalten ein wenig anhebend, damit sich die Knie nicht abdrückten, setzte er sich Carl mit übergeschlagenen Beinen gegenüber, den Übergangsmantel lässig geöffnet und zur Seite geschlagen. Es war ungleich leichter, sich den Mann im Internatsmilieu vorzustellen als im Sandkasten mit seinen Kindern spielend.

»Kåre Bruno war mein bester Freund, und ich weiß, dass er sich aus solchen Freibädern nichts machte, rein gar nichts. Insofern war es schon sehr sonderbar, dass man ihn ausgerechnet in Bellahøj fand. Einer dieser Orte, an dem man allen möglichen Menschen viel zu nahe ist, Sie wissen schon«, sagte er und meinte es vermutlich genau so. »Außerdem habe ich ihn nie von einem Sprungturm springen sehen, und schon gar nicht vom Zehner.«

»Wollen Sie damit ausdrücken, es war kein Unfall?«

»Wie soll das ein Unfall gewesen sein? Kåre war ein intelligenter Typ. Der wäre doch da oben nicht einfach herumgeturnt, wo sich jedermann ausrechnen kann, dass ein Sturz tödlich ist.«

»Und Selbstmord kann es nicht gewesen sein?«

»Selbstmord! Warum? Wir hatten doch gerade Abitur gemacht! Sein Vater hatte ihm zum Abi einen Buick Regal Limited geschenkt. Das Coupé-Modell, Sie wissen schon.«

Carl nickte vorsichtig. Immerhin wusste er, dass ein Buick ein Auto ist.

»Er war kurz davor, in die Staaten zu gehen, um Jura zu studieren. Harvard, wissen Sie. Warum hätte er so etwas Idiotisches wie einen Selbstmord begehen sollen? Das macht überhaupt keinen Sinn.«

»Liebeskummer?«, startete Carl vorsichtig einen Versuchsballon.

»Ach, er hätte doch jede bekommen können, die er wollte.«

»Sie erinnern sich an Kimmie Lassen?«

Mannfred Sloth verzog das Gesicht. Offenbar erinnerte er sich nur ungern.

»War er gekränkt, weil sie ihn abserviert hatte?«

»Gekränkt? Er war stinksauer. Natürlich passte es ihm nicht, dass er sitzengelassen wurde. Wem gefällt das schon.« Er zeigte beim Lächeln blendend weiße Zähne, strich sich das Haar aus der Stirn. Getönt und frisch geschnitten, klar doch.

»Und was wollte er deshalb unternehmen?«

Mannfred Sloth zuckte kaum merklich die Achseln und wischte ein Staubkorn vom Revers. »Ich bin heute hier, weil ich glaube, dass wir der gleichen Auffassung sind, nämlich dass er ermordet wurde. Über den Rand gestoßen. Warum sonst hätten Sie sich die Mühe machen sollen, nach zwanzig Jahren zu mir Kontakt aufzunehmen. Korrekt?«

»Das können wir nicht mit Bestimmtheit wissen. Aber selbstverständlich gibt es einen Grund, weshalb wir den Fall wieder aufgreifen. Wer könnte ihn geschubst haben, was glauben Sie?«

»Keine Ahnung. Kimmie war mit so ein paar kranken Typen aus ihrer Klasse befreundet. Die umkreisten sie wie Satelliten. Sie steuerte sie, wie sie wollte. Schöner Busen, Sie wissen schon. Tits rule, oder?« Er lachte auf, was ihm überhaupt nicht stand.

»Hat er versucht, die Beziehung wieder anzukurbeln? Wissen Sie das?«

»Sie hatte da schon was mit einem der Lehrer. So ein kleiner Vorstadtpauker, ohne Format. Sonst hätte er gewusst, dass man sich von Schülerinnen fernhält.«

»Können Sie sich an seinen Namen erinnern?«

Er schüttelte den Kopf. »Er war nicht so lange da. In ein paar Klassen unterrichtete er Dänisch, glaube ich. Er war keiner, der einem auffiel, wenn man ihn nicht selbst als Lehrer hatte. Er …« Dann hob er einen Finger in die Höhe, und sein konzentrierter Blick zeigte, dass er sich erinnerte. »Doch, jetzt weiß ich. Er hieß Klavs. Mit v, du lieber Himmel.« Er schnaubte. Allein dieser Name!

»Klavs, sagen Sie. Klavs Jeppesen?«

Er hob den Kopf. »Ja, Jeppesen. Natürlich.« Er nickte.

Kneif mich, dachte Carl, ich träume. Diesen Mann würde er doch am Abend treffen!

»Stell den Kaffee einfach dort ab, Assad. Vielen Dank.«

Sie warteten, bis er wieder draußen war.

»Na, ich muss schon sagen«, sagte Carls Gast und lächelte leicht. »Bescheidene Verhältnisse hier unten. Aber Sie haben die Angestellten im Griff.« Wieder lachte er sein unvorteilhaftes Lachen, und Carl konnte sich gut vorstellen, wie er sich den Einheimischen in Mosambik gegenüber verhalten hatte.

Mannfred Sloth kostete den Mokka. Er hatte augenscheinlich nach dem ersten Schluck genug.

»Okay«, sagte er dann. »Ich weiß, dass Kåre auf die Tussi immer noch scharf war, und das waren viele. Und nachdem man sie dann rausgeworfen hatte, wollte er sie gern für sich allein. Sie wohnte damals in Næstved.«

»Aber ich begreife nicht, wieso er dann in Bellahøj umkam.«

»Als wir unsere Prüfung abgeschlossen hatten, zog er zu seinen Großeltern. Dort hatte er früher schon mal gewohnt. Die lebten in Emdrup. Sehr liebe und feine Menschen, ich bin damals oft dort gewesen.«

»Seine Eltern lebten nicht in Dänemark?«

Er zuckte die Achseln. Mannfred Sloths Kinder waren mit Sicherheit auch auf einem Internat, sodass er sich seiner Arbeit widmen konnte.

»Wohnte einer von Kimmies Freunden aus der 2G in der Nähe der Badeanstalt, wissen Sie das?«

Mannfred Sloths Blick ging durch Carl hindurch und in den Raum. Erst jetzt begriff er den Ernst. Sah die Fotos an den Wandtafeln. Die Liste mit den Opfern der Überfälle, angeführt vom Namen seines Freunds Kåre Bruno.

Mist, dachte Carl, als er sich umdrehte und sah, worauf der Blick des Mannes gerichtet war.

»Was ist das?«, fragte Mannfred Sloth, plötzlich sehr ernst, und deutete mit dem Finger auf die Liste.

»Ach so«, sagte Carl. »Die Fälle haben nichts miteinander zu tun. Wir sind dabei, unsere Akten chronologisch zu ordnen.«

Idiotische Erklärung, dachte Carl. Warum um Himmels willen sollten sie das an die Tafel schreiben, wenn die Akten genauso gut nebeneinander im Regal stehen konnten?

Aber Mannfred Sloth hakte nicht weiter nach. Diese Art von Sklavenarbeit machte er gewöhnlich nicht, woher sollte er also so elementare Prozeduren kennen?

»Sie haben hier genug zu tun«, sagte er.

Carl breitete die Arme in großer Geste aus. »Deshalb ist es so wichtig, dass Sie so genau wie nur möglich auf meine Fragen antworten.«

»Wonach fragten Sie?«

»Ich wollte nur wissen, ob einer von Kimmies Freunden in der Nähe von Bellahøj wohnte.«

Ohne zu zögern, nickte er. »Ja, Kristian Wolf. Seine Eltern hatten unten am See ein Haus im Bauhausstil. Ziemlich beeindruckend. Nachdem er seinen Vater aus der Firma rausgeschmissen hatte, übernahm er das Haus. Ja, ich glaube, seine Frau wohnt noch heute da mit ihrem zweiten Mann.«

Mehr war nicht aus ihm herauszubekommen. Aber immerhin.

»Rose«, rief Carl, sobald der harte Schritt von Mannfred Sloths Lloyd-Schuhen verklungen war.

»Was weißt du inzwischen über den Tod von Kristian Wolf?«

»Hallo Carl!« Rose tippte mit dem Notizblock gegen ihren Kopf. »Hast du jetzt Alzheimer, oder wie? Du hast mir vier Aufgaben übertragen, und das da war nach deiner eigenen Priorität Nummer vier. Was also glaubst du, was ich darüber weiß?«

»Und was meinst du, wann kannst du etwas dazu sagen? Kannst du die Reihenfolge nicht ändern?«

Sie stemmte die Hände in die Seiten wie eine italienische Mamma, die anhebt, mit dem Schlawiner zu schimpfen, der auf dem Sofa lümmelt. Dann lächelte sie urplötzlich. »Ach, was soll's. Ich kann die Maske ja doch nicht wahren.« Sie leckte an ihrem Finger und blätterte den Block durch. »Glaubst du etwa, du kannst hier alles nach deiner Nase tanzen lassen? Natürlich hab ich mich um diese Aufgabe als Erstes gekümmert. War doch die einfachste.«

Kristian Wolf war erst dreißig, als er starb, und steinreich. Die Reederei hatte sein Vater gegründet, aber Kristian hatte ihn hinausmanövriert und ruiniert. Man sagte, das sei die gerechte Strafe für die lieblose Erziehung, unter der sein Sohn hatte leiden müssen.

Steinreich und Junggeselle – in dieser Kombination war Kristian Wolf eine Sensation, als er im Juni Maria Saxenholdt heiratete, eine Komtess, die dritte Tochter des Grafen Saxenholdt. Das Glück währte knapp vier Monate, hieß es. Dann kam Kristian Wolf am 15. September 1996 durch einen Jagdunfall ums Leben.

Vielleicht, weil dieses Unglück so sinnlos erschien, beschäftigten sich die Zeitungen so nachhaltig damit. Kristian Wolf machte deutlich mehr Schlagzeilen als der neue Busbahnhof am Rathausplatz und fast genauso viele wie einige Monate zuvor Bjarne Riis, als er die Tour de France gewann.

Es passierte auf seinem Wochenendsitz auf Lolland. Er war sehr früh am Morgen losgegangen. Eine halbe Stunde später hatte er zur übrigen Jagdgesellschaft stoßen sollen. Bis man ihn fand, waren mehr als zwei Stunden vergangen. Er hatte eine hässliche Schusswunde am Oberschenkel und war verblutet. Der Tod war wohl relativ schnell eingetreten, laut Obduktionsbericht.

Das kam hin. Carl hatte das bei einem früheren Fall schon mal erlebt.

Allerdings hatte man sich gewundert, wie das einem so erfahrenen Jäger passieren konnte. Doch mehrere seiner Jagdfreunde berichteten übereinstimmend, Kristian Wolf sei immer mit schussbereiter Waffe gegangen. Weil er auf Grönland einmal einen Eisbären nicht erwischt hatte. Damals waren seine Finger zu kalt gewesen, um die Waffe zu entsichern, und das sollte ihm kein zweites Mal passieren.

Doch davon abgesehen blieb es ein Rätsel, wie er sich selbst hatte in den Oberschenkel schießen können. Aber man kam dann zu dem Ergebnis, er sei über eine Ackerfurche gestolpert und hätte die am Finger baumelnde Schrotflinte versehentlich abgedrückt. Rekonstruktionen des Unfallhergangs zeigten, dass diese Erklärung durchaus plausibel war.

Dass die junge Komtess nicht viel Wesens um den Unfall machte, schrieb man mehr oder weniger inoffiziell der Tatsache zu, dass sie ihre Heirat bereits bereute. Ihr Gatte war ja doch so viel älter und so ganz anders als sie – und das Erbe sicher auch ein hübsches Pflaster auf der Wunde.

Das Haus lehnte sich förmlich über den See. Im weiteren Umkreis gab es nicht viele Gebäude dieses Kalibers. Eine solche Immobilie ließ alle umliegenden Häuser deutlich im Wert steigen.

Vierzig Millionen Kronen, ehe der Immobilienmarkt in die Knie gegangen war, schätzte Carl. Derzeit war ein solches Haus so gut wie unverkäuflich. Ob die Bewohner wohl für die Regierung gestimmt hatten, die mit ihrer Politik die Voraussetzungen für die jetzige Situation geschaffen hatte? Erst die Verbraucher hofieren und die Nachfrage anheizen – wer von denen scherte sich dann noch um die ökonomischen Folgen?

Der Junge, der die Tür aufmachte, war höchstens acht, neun Jahre alt. Stark erkältet mit Schniefnase in Bademantel und Hausschuhen. Völlig unerwartet in diesem gewaltigen Entree, wo Unternehmer und Finanzleute jahrzehntelang Hof gehalten hatten.

»Ich darf niemanden reinlassen«, sagte er. »Meine Mutter ist nicht zu Hause, aber bald. Sie ist in Lyngby.«

»Kannst du sie anrufen und ihr sagen, die Polizei will gern mit ihr sprechen?«

»Die Polizei?« Der Junge betrachtete Carl skeptisch. Jetzt hätte eine lange schwarze Lederjacke, wie Bak oder Marcus Jacobsen sie trugen, dem Vertrauen sicher ein wenig auf die Sprünge geholfen.

»Da«, sagte Carl. »So sieht meine Dienstmarke aus. Frag deine Mutter, ob ich drinnen warten darf.«

Daraufhin knallte der Junge die Tür zu.

Eine geschlagene halbe Stunde stand Carl auf der Stufe vor der Tür. Er beobachtete die Leute, die auf der anderen Seite des Sees herumliefen.

Es war Samstagvormittag und das ganze Wohlfahrts-Dänemark war mit Sammelbüchsen für irgendeinen guten Zweck unterwegs.

»Suchen Sie jemanden?«, fragte die Frau, die aus dem Auto stieg.

Sie wirkte wachsam. Eine falsche Bewegung, und sie würde ihren Einkauf auf die Treppe werfen und zum Hintereingang rennen.

Aus Schaden klug geworden, zog er sofort seine Dienstmarke aus der Tasche und hielt sie ihr hin.

»Carl Mørck, Sonderdezernat Q. Ihr Sohn hat Sie nicht angerufen?«

»Mein Sohn ist krank, er liegt im Bett.« Plötzlich wirkte sie besorgt. »Oder etwa nicht?«

Dann hatte er also nicht angerufen, der kleine Schlawiner.

Carl stellte sich noch einmal vor und durfte mit ins Haus kommen, allerdings ungern, das war nicht zu verkennen.

»Frederik!«, rief sie hinauf in den ersten Stock. »Es gibt

Würstchen.« Sie machte einen natürlichen und sehr netten Eindruck. Nicht unbedingt das, was man von einer waschechten Komtess erwartete.

Die Trippelschritte auf der Treppe kamen plötzlich ins Stocken, als der Junge Carl in der Halle entdeckte. Ängstlich verzog er das Gesicht. Bestimmt kämpften in ihm jetzt allerlei kindliche Vorstellungen, welche Strafe wohl zu erwarten war, wenn man nicht ganz genau den Anweisungen der Polizei gefolgt war.

Carl zwinkerte ihm zu. Alles war gut.

»Na Frederik, musst du das Bett hüten?«

Der Junge nickte ganz langsam, und dann war er im Nu mit seinem Hotdog verschwunden. Aus den Augen, aus dem Sinn, dachte er sicher. Schlauer Junge.

Carl kam gleich zur Sache.

»Ich weiß nicht, ob ich Ihnen irgendwie behilflich sein kann.« Sie sah ihn freundlich an. »Kristian und ich kannten uns im Grunde nicht sehr gut. Deshalb weiß ich auch nicht, was damals in seinem Kopf vorging.«

»Und Sie sind wiederverheiratet?«

Sie lächelte. »Ja. Ich habe meinen Mann Andrew im selben Jahr kennengelernt, als Kristian starb. Wir haben drei Kinder. Frederik, Susanne und Kirsten.«

Das waren ja ganz normale Namen! Vielleicht sollte er seine Vorurteile gegenüber dem Adel mal überprüfen.

»Und Frederik ist der Älteste?«

»Nein, er ist der Jüngste. Die Zwillinge sind elf.« Sie kam ihm zuvor, er hätte als Nächstes nach dem Alter gefragt. »Ja, Kristian ist ihr biologischer Vater, aber mein jetziger Mann ist immer für sie da gewesen. Die Mädchen gehen beide auf ein sehr schönes Internat in der Nähe des Gutes meiner Schwiegereltern in Eastbourne.«

Sie sagte das so nett und zwanglos und schamlos. Eine junge Frau, die ihre Schäfchen im Trockenen hatte. Wie konnte sie es bloß über sich bringen und ihren Kindern das antun? Elf Jahre alt und schon nach England exportiert zur permanenten Dressur.

Er sah sie mit neu zementiertem Fundament unter seinem Klassenverständnis an. »Als Sie mit Kristian verheiratet waren, hat er da jemals von einer Kirsten-Marie Lassen gesprochen? Na, das ist doch eine drollige Übereinstimmung der Namen, also mit Ihrem Vornamen und dem Ihrer Tochter. Egal, Kristian kannte diese Kirsten-Marie Lassen jedenfalls sehr gut. Kimmie wurde sie genannt. Sie waren zusammen im Internat. Sagt Ihnen das etwas?«

Es war, als zöge sich ein Schleier über ihr Gesicht.

Er sah sie abwartend an, aber sie sagte nichts.

»Okay, was ist passiert?«, fragte er.

Da streckte sie die Hände in einer abweisenden Geste vor. »Ich habe keine Lust, darüber zu sprechen, so einfach ist das.« Das hätte sie nicht zu sagen brauchen, das war auch so deutlich zu spüren.

»Vielleicht glaubten Sie, er hätte mit ihr eine Affäre gehabt, war es so? Obwohl Sie damals schwanger waren.«

»Ich weiß nicht, was er mit ihr hatte, und ich will es auch gar nicht wissen.« Sie verschränkte die Arme vor der Brust und stand auf. In einer Sekunde würde sie ihn bitten, zu gehen.

»Heute lebt sie auf der Straße.«

Diese Information tröstete sie offensichtlich nicht.

»Kristian schlug mich, immer wenn er mit ihr gesprochen hatte. Sind Sie nun zufrieden? Ich weiß nicht, warum Sie hier sind. Aber Sie dürfen jetzt gern gehen.«

Er hatte nicht vorgehabt, es zu sagen, aber jetzt rückte er doch damit heraus: »Ich bin hier, weil ich in einem Mordfall ermittle.«

Die Antwort kam prompt. »Wenn Sie glauben, ich hätte Kristian umgebracht, dann können Sie das gleich ad acta legen.

Nicht, weil ich keine Lust dazu gehabt hätte.« Sie schüttelte den Kopf und blickte über den See.

»Warum hat Ihr Mann Sie geschlagen? War er ein Sadist? Trank er?«

»Ob er ein Sadist war?« Sie sah zum Flur, um sicherzugehen, dass nicht plötzlich ein kleiner Kopf auftauchte. »Darauf können Sie wetten.«

Carl blieb noch einen Moment stehen und betrachtete intensiv die Umgebung, ehe er sich ins Auto setzte. Nach dem, was Maria Saxenholdt ihm erzählt hatte, war die Atmosphäre in dem großen Haus entsetzlich gewesen. Nach und nach hatte sie erfahren müssen, was ein großer dreißigjähriger Mann einer zarten zweiundzwanzigjährigen Frau alles anzutun vermochte. Wie schnell aus Flitterwochen ein täglicher Albtraum werden konnte. Erst mit hässlichen Worten und Drohungen, dann mit handfesten Eskalationen. Er war insofern vorsichtig, als er ihr keine sichtbaren Verletzungen zufügte, denn am Abend sollte sie ja herausgeputzt repräsentieren. In großem Stil. Deshalb hatte er sie genommen. Nur deshalb.

Kristian Wolf. Ein Kerl, in den sie sich binnen Sekunden verliebt hatte. Sie würde den Rest ihres Lebens brauchen, um ihn wieder zu vergessen. Ihn und seine Taten und sein Wesen und die Menschen, mit denen er sich umgab.

Im Auto schnupperte Carl, ob es nach Benzin roch. Dann rief er im Sonderdezernat Q an.

»Ja.« Mehr sagte Assad nicht. Nichts von wegen »Sonderdezernat Q, Vizepolizeikommissarassistent Hafez el-Assad« oder sonst etwas. Einfach nur »ja«!

»Du musst dich und das Dezernat vorstellen, Assad, wenn du einen Anruf annimmst«, sagte er, ohne sich vorzustellen.

»Hallo Carl! Rose hat mir ihr Diktafon gegeben. Das ist ja vielleicht super. Und dann will sie auch gern mit dir reden.«

»Rose? Ist sie doch gekommen?«

Das Echo harter Schritte und Rufe im Hintergrund waren Antwort genug. »Ich hab eine Krankenschwester aus Bispebjerg für dich gefunden«, kam es übergangslos.

»Aber holla. Super.«

Sie verbiss sich einen Kommentar.

»Sie arbeitet in einer Privatklinik bei Arresø.« Er erhielt die Anschrift. »Als ich erst mal ihren Namen hatte, war sie leicht aufzutreiben. Aber der ist wirklich ziemlich speziell.«

»Wo hast du ihn her?«

»Aus der Klinik Bispebjerg natürlich. Ich hab alte Archivschränke durchgewühlt. Als Kimmie im Krankenhaus war, hat die Krankenschwester in der Gynäkologie gearbeitet. Ich hab sie angerufen und sie konnte sich gleich an den Fall erinnern. Das würden alle, die damals da gearbeitet haben, hat sie gesagt.«

»Dänemarks schönste Klinik« – so hatte Rose deren Homepage zitiert.

Carl blickte auf die schneeweißen Gebäude und konnte nur zustimmen. Alles war fabelhaft gepflegt. Sogar jetzt im Herbst war der Rasen noch eines Wimbledon-Turniers würdig. Großartige Umgebung. Vor wenigen Monaten erst hatte die Königin mit Gemahl die Aussicht genossen.

Da sollte Schloss Fredensborg nur mal kommen!

Einen ziemlichen Kontrast stellte hingegen Oberschwester Irmgard Dufner dar. Lächelnd und wuchtig wie ein Schlachtschiff, das auf Land zutrieb, kam sie ihm entgegen. Die Leute, die in ihre Nähe gerieten, glitten unmerklich zur Seite. Topfhaarschnitt, Beine wie Krautstampfer, Schuhe wie Lastkähne.

»Herr Mørck, I presume!«, lachte sie und schüttelte seine Hand, als wolle sie seine Taschen ausleeren.

So gewaltig wie ihr Äußeres war auch ihr Gedächtnis. Der Traum aller Polizisten.

Sie war Stationsschwester auf Kimmies Station in Bispebjerg gewesen. Sie selbst hatte keinen Dienst, als Kimmie verschwand. Doch waren die Umstände so sonderbar und so tragisch gewesen, »die vergisst man nie«.

»Als die Frau eingeliefert wurde, war sie ziemlich durchgeprügelt. Deshalb rechneten wir damit, dass sie das Kind verlieren würde. Aber tatsächlich schaffte sie es recht gut. Sie wollte dieses Kind so unglaublich gern haben. Und nachdem sie eine Woche bei uns gelegen hatte, waren wir eigentlich bereit, sie zu entlassen.«

Sie spitzte die Lippen. »Aber dann, eines Morgens, als ich Nachtwache gehabt hatte, ging es schnell und heftig los und sie hatte einen Abort. Der Arzt sagte, es habe gewirkt, als habe sie selbst das herbeigeführt. Jedenfalls wies ihr Unterleib große blaue Flecke auf. Das war allerdings schwer zu glauben, weil sie sich doch so gefreut hatte. Aber man weiß bei diesen Geschichten nie. Wenn man plötzlich allein mit einem Kind dasteht, kommen so viele Gefühle ins Spiel.«

»Was hätte sie verwenden können, um sich diese Blutergüsse zuzufügen, können Sie sich daran erinnern?«

»Jemand mutmaßte, es könnte der Stuhl gewesen sein, der in ihrem Zimmer stand. Dass sie den mit aufs Bett genommen und gegen den Unterleib geschlagen hätte. Der lag jedenfalls auf dem Fußboden, als sie ins Zimmer kamen und sie bewusstlos vorfanden, mit dem Fötus in einer Blutlache zwischen ihren Beinen.«

Carl sah es vor sich. Trauriger Anblick.

»Und der Fötus war so groß, dass man ihn erkennen konnte?«

»Aber ja doch. In der achtzehnten Woche sieht der aus wie ein richtiger kleiner Mensch von etwa vierzehn bis sechzehn Zentimetern Länge.«

»Arme und Beine?«

»Alles da. Die Lunge ist noch nicht richtig entwickelt und auch nicht die Augen. Aber sonst im Grunde alles.«

»Und der lag – zwischen ihren Beinen?«

»Sie hatte das Kind und die Plazenta normal geboren, ja.«

»Sie sagen ›Plazenta‹. Wies die Unregelmäßigkeiten auf?«

Sie nickte. »Das gehört zu den Dingen, an die man sich erinnert. Das und die Tatsache, dass sie den Fötus mitgenommen hat. Meine Kollegen hatten ihn unter ein Tuch gelegt, während sie dabei waren, die Blutungen zu stoppen. Und als sie nach einer kurzen Pause zurückkamen, waren Patientin und Fötus weg. Nur der Mutterkuchen war noch da. Aus dem Grund hatte einer unserer Ärzte konstatieren können, dass er gerissen war. Sozusagen mitten entzweigerissen.«

»Ob das beim Abort selbst passiert ist?«

»Das kommt manchmal vor, aber ausgesprochen selten. Vielleicht hat die Gewalt, die gegen ihren Unterleib ausgeübt wurde, eine Rolle gespielt. Auf jeden Fall ist es ziemlich gefährlich für eine Frau, wenn sie keine Ausschabung bekommt.«

»Sie denken an Infektionen?«

»Ja, das war insbesondere früher ein Riesenproblem. Aber auch heute noch ist ohne Ausschabung das Risiko groß, dass die Patientin stirbt.«

»Aha. Aber ich kann Ihnen versichern, das ist nicht geschehen. Sie lebt noch. Nicht sonderlich gut, weil sie obdachlos ist. Aber immerhin lebt sie.«

Die Schwester legte die gewaltigen Hände in den Schoß. »Es ist ein Jammer. Viele Frauen kommen über so etwas niemals hinweg.«

»Sie meinen, das Trauma, auf diese Weise ein Kind zu verlieren, kann ausreichen, um sich komplett von der Gesellschaft zurückzuziehen?«

»Ach, wissen Sie. In einer solchen Situation ist alles denkbar. Man sieht es immer wieder. Die Frauen leiden unter quälenden Schuldgefühlen, die durch nichts, aber auch gar nichts zu lindern sind.«

»Ich glaube, ich sollte mal versuchen, den Fall in seiner Gesamtheit kurz darzustellen, Freunde. Was meint ihr?« Carl sah Rose und Assad an und wusste, dass alle beide etwas auf dem Herzen hatten, was sie loswerden wollten. Aber das musste warten.

»Wir haben eine Gruppe Jugendlicher, allesamt starke Individuen, die stets und ständig durchziehen, was sie sich vornehmen. Fünf Jungen mit ihren jeweiligen Persönlichkeiten und ein junges Mädchen, das offenbar die zentrale Figur dieser Clique bildet.

Sie ist unerfahren und hübsch und fängt eine kurze Beziehung mit dem Schulprimus an, Kåre Bruno. Der verliert sein Leben, weil, wie ich sehr stark vermute, die Clique nachgeholfen hat. Eines der Fundstücke aus Kimmie Lassens versstecktem Metallkasten deutet in diese Richtung. Der Grund kann Eifersucht gewesen sein oder ein Handgemenge. Aber natürlich kann es sich auch um einen banalen Unglücksfall handeln, und das versteckte Gummiarmband ist vielleicht nur eine Art Trophäe. Für sich genommen gibt es jedenfalls keine eindeutige Antwort auf die Schuldfrage.

Obwohl Kimmie in der Oberstufe abgeht, hält die Clique weiterhin zusammen – was vermutlich den zwei Jugendlichen in Rørvig zum Verhängnis wird. Bjarne Thøgersen hat die Morde an ihnen gestanden, wahrscheinlich aber nur, um einen seiner Freunde oder sogar die ganze Clique zu decken. Alles deutet darauf hin, dass ihm in dem Zusammenhang eine große Geldsumme in Aussicht gestellt wurde. Er kommt aus einer finanziell eher schlecht gestellten Familie. Seine Beziehung mit Kimmie war beendet. Das könnte in seiner Situation wie eine annehmbare Lösung aussehen. Jedenfalls wissen wir jetzt, dass zumindest noch ein anderer aus der Gruppe involviert war, da wir Beweisstücke mit den Fingerabdrücken der Ermordeten in Kimmies Versteck gefunden haben.

Das Sonderdezernat Q kommt mit dem Fall in Berührung,

weil eine Privatperson den Verdacht hegt, das Urteil gegen Bjarne Thøgersen sei verkehrt. In dem Zusammenhang ist vielleicht am wichtigsten, dass uns Johan Jacobsen eine Liste von überfallenen und verschwundenen Personen gegeben hat – zusammen mit dem Hinweis, dass die Internatsclique an diesen Überfällen beteiligt war. Ausgehend von dieser Liste können wir feststellen, dass sich die Übergriffe in dem Zeitraum, als Kimmie in der Schweiz war, auf die körperliche Ebene beschränkten, dass die Opfer also weder ermordet wurden noch verschwanden. Die Liste enthält ein paar Unsicherheiten, aber grundsätzlich wirkt Johan Jacobsens Analyse vernünftig. Die Verdächtigen erfuhren, dass ich in dem Fall ermittle. Wie, weiß ich nicht, wohl durch Aalbæk, und man versuchte, die Nachforschungen zu obstruieren.«

An der Stelle hob Assad einen Finger. »Obstruieren? Hast du das gesagt?«

»Ja, man versuchte, entgegenzuarbeiten, Assad. Obstruieren bedeutet entgegenarbeiten, verhindern. Und das zeigt mir, dass in dem Fall mehr steckt als nur die übliche Sorge einiger reicher Männer um ihren guten Ruf.«

Die beiden anderen nickten ihm zu.

»Das hat dazu geführt, dass ich mehrfach bedroht wurde: in meinem Haus, in meinem Auto und zuletzt an meinem Arbeitsplatz. Hinter diesen Drohungen stehen mit hoher Wahrscheinlichkeit unsere Internatsfreunde. Denn die haben ehemalige Mitschüler als Mittelsmänner benutzt, um uns aus dem Fall zu kegeln. Aber diese Kette ist jetzt durchbrochen.«

»Das heißt, diskret sein«, kam es von Rose.

»Genau. Wir können jetzt in Ruhe arbeiten, aber das sollte die Gruppe möglichst nicht erfahren. Insbesondere, da wir hoffen, durch Kimmies Vernehmung Klarheit darüber zu erlangen, was die Clique damals eigentlich veranstaltet hat.«

»Die sagt nichts, Carl«, warf Assad ein. »Nicht so, wie die mich auf dem Hauptbahnhof angesehen hat.«

Carl schob die Unterlippe vor. »Jaja, jetzt wollen wir mal abwarten. Kimmie Lassen ist höchstwahrscheinlich nicht ganz bei sich. Aber wer ist das schon, der freiwillig auf der Straße lebt, wenn er einen Palast in Ordrup hat? Ein Abort unter merkwürdigen Umständen und nach Gewalteinwirkung hat sicher dazu beigetragen, dass es so weit kam.« Er überlegte, ob er sich eine Zigarette nehmen sollte, aber Roses rabenschwarzer Mascara-Blick ruhte schwer auf seinen Händen.

»Wir wissen auch, dass Kristian Wolf wenige Tage nach Kimmies Verschwinden umkam. Aber wir wissen nicht, ob die beiden Vorfälle zusammenhängen. Heute habe ich jedenfalls von seiner Witwe die Information bekommen, dass Kristian Wolf zum Sadismus neigte. Gleichzeitig deutete sie an, er könnte ein Verhältnis mit Kimmie Lassen gehabt haben.« Jetzt griffen seine Finger nach der Zigarettenpackung. So weit, so gut.

»Wir wissen definitiv, dass über den Mord von Rørvig hinaus noch mehr Gewalttaten auf das Konto der Clique gehen. Das ist die wichtigste Spur in diesem Fall. Kimmie Lassen hat Beweisstücke versteckt, von denen drei mit Sicherheit aus Überfällen mit tödlichem Ausgang stammen, und die drei übrigen Plastikhüllen lassen den Verdacht aufkommen, dass es noch mehr waren.

Wir versuchen also zunächst, uns Kimmie zu schnappen. Parallel dazu beobachten wir das Tun und Lassen der übrigen Beteiligten. Und sehen zu, dass auch die anderen Aufgaben erledigt werden. Habt ihr dem noch etwas hinzuzufügen?« Dann zündete er sich die Zigarette an.

»Wie ich sehe, hast du immer noch den Teddy in der Brusttasche«, konstatierte Rose mit Blick auf die Zigarette.

»Ja. Und sonst?«

Assad und Rose schüttelten den Kopf.

»Gut. Zu dir, Rose. Was hast du herausgefunden?«

Sie blickte dem Rauch entgegen, der sich zu ihr herüberschlängelte. Bald würde sie mit der Hand wedeln. »Nicht sehr viel, aber ein bisschen was.«

»Das klingt kryptisch. Lass hören.«

»Außer Klaes Thomasen habe ich nur noch einen Polizisten erreichen können, der in die Ermittlungen involviert war. Ein Hans Bergstrøm, der damals zur Mobilen Einsatztruppe gehörte. Heute beschäftigt er sich mit etwas ganz anderem. Außerdem kann man unmöglich mit ihm reden.« Jetzt wedelte sie den Rauch weg.

»Es gibt keinen, mit dem man unmöglich reden kann«, unterbrach Assad sie. »Der war nur sauer auf dich, weil du ihn ein dummes Arschloch genannt hast.« Er lächelte breit, als sie protestierte. »Doch, Rose, ich hab es genau gehört.«

»Ich hab die Hand vor den Hörer gehalten. Das hat er gar nicht gehört. Wenn der nicht reden will, ist das nicht mein Fehler. Er ist inzwischen durch Patente reich geworden, und außerdem hab ich noch was anderes über ihn rausgefunden.« Jetzt wedelte sie wieder und fing auch noch an zu blinzeln.

»Und das wäre?«

»Der ist ein Ehemaliger. Der war auch mal dort auf dem Internat. Aus dem kriegen wir nichts raus.«

Carl schloss die Augen und rümpfte die Nase. Zusammen durch dick und dünn, das ist eine feine Sache. Aber Filz und Klüngelei, das ist die Pest.

»Bei den alten Klassenkameraden der Clique ist es dasselbe. Keiner von denen will mit uns reden.«

»Wie viele hast du erreichen können? Die müssen doch in alle Winde zerstreut sein. Und die Mädchen haben neue Nachnamen.«

Sie wedelte jetzt noch demonstrativer, und Assad zog sich ein Stück von ihr zurück. »Bis auf die, die jetzt auf der anderen Seite des Erdballs wohnen und deshalb gerade schnarchen, hab ich die meisten erwischt. Und ich glaube, dass ich direkt hier aufhören kann. Wenn die überhaupt ihre Klappe aufmachen, dann nur, um zu sagen, dass sie nix sagen wollen. Ein Einziger hat ganz kurz den Schleier gelüftet und angedeutet, was das für welche waren.«

Dieses Mal blies Carl den Rauch geflissentlich nicht in ihre Richtung. »Aha? Und was hat er gesagt?«

»Das seien Typen gewesen, die sich andauernd über alles und jeden lustig gemacht und sich im Schulwald Joints reingezogen hätten. An sich seien sie schon okay gewesen, meinte er. Hör mal, Carl, kannst du diese komischen Nikotinspender nicht wegpacken, wenn wir hier tagen?«

Noch zehn Züge. Das müsste drin sein.

»Wenn wir nur mit einem aus der Clique direkt reden könnten«, warf Assad ein. »Aber das geht wohl nicht.«

»Ich fürchte, dass uns dann die ganze Geschichte entgleitet.« Carl drückte die Zigarette in der Kaffeetasse aus, Rose sah ihn vorwurfsvoll an. »Nein, damit warten wir. Aber was hast du für uns, Assad? Wolltest du dich nicht eingehender mit Johan Jacobsens Liste beschäftigen?«

Assad hob die dunklen Augenbrauen. Er hatte was, das sah man sofort. Und er genoss es ungeheuer, es spannend zu machen.

»Na komm schon, raus damit, kleiner Pfefferkuchen«, sagte Rose und blinzelte ihm unter ihren rabenschwarzen Wimpern zu.

Er schmunzelte und blickte in seine Notizen. »Ja. Ich habe die Frau gefunden, die in Nyborg am 13.9.1987 überfallen wurde. Sie ist zweiundfünfzig und heißt Grete Sonne. Sie hat in der Vestergade ein Kleidergeschäft, das heißt Mrs. Kingsize. Ich hab nicht mit ihr gesprochen, weil ich dachte, dass wir am besten direkt hingehen. Den Polizeibericht hab ich hier. Zu dem Überfall steht da nicht viel mehr als das, was wir sowieso schon wissen.«

Seinem Gesichtsausdruck nach zu urteilen, war das aber doch genug.

»Die Frau war damals zweiunddreißig. An diesem Herbsttag ging sie mit ihrem Hund am Strand spazieren. Der Hund hatte sich losgerissen und war zu so einem Kurdingens für zuckerkranke Kinder gelaufen. Deshalb rannte sie hinter ihm her, um ihn einzufangen. Ich habe es so verstanden, dass der Hund etwas bissig war. Und da waren so ein paar Jugendliche, die ihn für sie eingefangen haben und ihr dann mit dem Hund entgegenkamen. Das waren insgesamt fünf oder sechs. An mehr erinnert sie sich nicht.«

»Pfui Spinne, wie widerlich«, sagte Rose. »Die Misshandlung muss ja dann wahnsinnig heftig gewesen sein.«

Ja. Oder die Frau hatte aus ganz anderen Gründen einen Gedächtnisverlust erlitten, dachte Carl.

»Das war es wirklich«, fuhr Assad fort. »Im Bericht steht, die Frau sei bei nacktem Leib ausgepeitscht worden. Sie hatte mehrere gebrochene Finger und der Hund lag tot neben ihr. Es gab jede Menge Fußspuren, die Hauptspur endete im Nichts. Ein mittelgroßes rotes Auto soll unten vor einem braunen Sommerhaus ganz in der Nähe des Wassers geparkt haben.« Assad blickte auf seine Aufzeichnungen. »Nummer fünfzig war das. Das parkte dort ein paar Stunden. Und andere Autofahrer berichteten von einigen Jugendlichen, die ungefähr zum Zeitpunkt des Überfalls die Straße entlangliefen. Anschließend hat man natürlich die Überfahrten der Fähren gecheckt und den Fahrkartenverkauf. Aber auch da führten die Ermittlungen nicht weiter.«

Er zuckte bedauernd die Achseln, als hätte er selbst damals die Ermittlungen geleitet.

»Die Frau war dann vier Monate lang in der Psychiatrischen Abteilung der Uniklinik Odense. Nach ihrer Entlassung wurden die Ermittlungen in dem Fall eingestellt. Er wurde nie aufgeklärt. Das war's.« Er lächelte sein schönstes Lächeln.

Carl legte den Kopf in die Hände. »Hast du gut recherchiert. Aber ehrlich, Assad, was freut dich so daran?«

Wieder zuckte er die Achseln. »Na, dass ich sie gefunden habe. Und dass wir in zwanzig Minuten dort sein können. Die Geschäfte haben doch noch nicht geschlossen.«

Es waren nur sechzig Meter vom Strøget bis zu Mrs. Kingsize, einer Boutique mit dem besonderen Anspruch, selbst für das unförmigste Wesen körpernahe und attraktive Roben in Seide und Taft und anderen kostbaren Materialien zu kreieren.

Grete Sonne hatte die einzige normale Figur in der Boutique. Eine elegante Frau, rothaarig und lebhaft, vor fast majestätischer Kulisse.

Sie schaute öfter zu ihnen herüber, als sie den Laden betraten. Sicherlich hatte sie schon mit vielen großformatigen Dragqueens und Transvestiten zu tun gehabt. Aber dieses ganz normale Mannsbild und sein kleiner, eher rundlicher Begleiter gehörten eindeutig nicht in diese Kategorie.

»Ja«, sagte sie und sah auf die Uhr. »Wir wollten zwar gerade schließen, aber wenn ich etwas für Sie tun kann, lassen Sie es mich gern wissen.«

Carl stellte sich zwischen zwei Reihen von Üppigem auf Bügeln. »Wir warten gern, bis Sie geschlossen haben, wenn das für Sie in Ordnung ist. Wir haben einige Fragen.«

Als sie die Dienstmarke sah, die er ihr hinhielt, wurde sie sofort ernst. Das Teil löste offenbar unmittelbar einen Flashback aus, fast so, als hätte der schon auf der Abschussrampe bereitgelegen. »Ja, dann schließe ich doch gleich ab«, sagte sie und gab ihren beiden molligen Verkäuferinnen Anweisungen für Montag und ein »Schönes Wochenende« mit auf den Weg.

»Ja, am Montag muss ich nämlich zum Einkaufen nach Flensburg, insofern …« Sie bemühte sich zu lächeln und befürchtete das Schlimmste.

»Bitte entschuldigen Sie, dass wir uns nicht vorher angemeldet haben. Aber zum einen ist es sehr eilig und zum anderen haben wir ja auch nur ganz wenige Fragen.«

»Wenn es die Ladendiebstähle hier im Viertel betrifft, sollten Sie eher mit den Geschäftsleuten in der Lars Bjørnstræde sprechen. Die haben den Finger näher am Puls«, sagte sie, wohl wissend, dass es um etwas anderes ging.

»Hören Sie bitte. Ich kann mir denken, dass der Überfall vor zwanzig Jahren Sie noch immer belastet und dass Sie sicher nichts mehr hinzuzufügen haben. Deshalb brauchen Sie auch bloß mit Ja oder Nein zu antworten. Wäre das so für Sie in Ordnung?«

Sie wurde blass, stand aber noch immer sehr aufrecht.

»Sie brauchen bloß zu nicken oder den Kopf zu schütteln«, fuhr Carl fort, als sie nicht antwortete. Er sah Assad an. Der hatte bereits den Block und das Diktafon gezückt.

»Nach dem Überfall konnten Sie sich nicht mehr daran erinnern. Ist das heute noch immer so?«

Nach kurzer und doch endloser Pause nickte sie. Flüsternd referierte Assad die Bewegung in das Diktafon.

»Wir kennen die Täter, glaube ich. Das waren sechs Jugendliche aus einem Internat auf Seeland. Können Sie bestätigen, Grete, dass es sechs waren?«

Darauf reagierte sie nicht.

»Es waren fünf junge Männer und ein junges Mädchen. Achtzehn bis zwanzig Jahre alt. Gut gekleidet, glaube ich. Jetzt zeige ich Ihnen ein Foto von dem Mädchen, das dabei war.«

Er zeigte ihr eine Kopie des Fotos aus ›Gossip‹, auf dem Kimmie Lassen zusammen mit ein paar anderen aus der Clique vor einem Café stand.

»Das ist ein paar Jahre später, die Mode hat sich etwas geändert, aber ...«, sagte er und sah Grete Sonne an. Doch die hörte ihm überhaupt nicht zu, starrte nur auf das Foto. Ihre Augen flackerten von einem der Kopenhagener Jetsetter zum anderen.

»Ich kann mich an nichts erinnern und ich will nicht mehr an die Geschichte denken«, sagte sie dann sehr beherrscht. »Ich wäre Ihnen sehr dankbar, wenn Sie mich in Ruhe ließen.«

Da trat Assad auf sie zu. »Ich habe in alten Steuerunterlagen gesehen, dass Sie im Herbst 1987 plötzlich zu Geld gekommen sind. Sie waren Angestellte in der Meierei in ...«, Assad schaute auf seinen Block, »... in Hesselager. Und dann kam einiges an Geld, fünfundsiebzigtausend Kronen. Das stimmt doch, nicht wahr? Und dann haben Sie Ihr Geschäft eröffnet, erst in Odense und anschließend dann hier in Kopenhagen.«

Carl merkte, wie er vor Erstaunen eine Augenbraue hochzog. Wo zum Teufel hatte Assad das her? Und noch dazu an einem Samstag? Und warum hatte er auf dem Weg hierher nichts davon gesagt? Dafür wäre doch Zeit genug gewesen!

»Können Sie uns erzählen, woher Sie dieses Geld hatten, Frau Sonne?«, fragte Carl und wandte ihr die hochgezogene Augenbraue zu.

»Ich ...« Sie wühlte nach ihrer alten Erklärung, aber das Foto aus der Illustrierten stand ihr noch vor Augen und verursachte einen Kurzschluss in ihrem Inneren.

»Woher zum Teufel wusstest du das von dem Geld, Assad?«, fragte Carl, als sie die Vester Voldgade hinuntertrabten. »Du hast doch wohl heute kaum die Möglichkeit gehabt, alte Steuererklärungen einzusehen?«

»Nein. Ich dachte nur an ein Sprichwort, das mein Vater einmal erfunden hat. Das ging so: Willst du wissen, was das Kamel gestern aus deiner Küche gestohlen hat, dann musst du es nicht aufschlitzen, sondern ihm ins Arschloch gucken.« Er lächelte breit.

Carl überlegte eine Weile, dann gab er auf. »Und das bedeutet?«

»Na, warum etwas schwerer machen, als es ist? Ich hab bloß gegoogelt, ob es eine Person in Nyborg gab, die Sonne hieß.«

»Und dann hast du da angerufen und gefragt, ob sie nicht mal schnell alles zu Grete Sonnes finanziellen Verhältnissen ausspucken wollen?«

»Nein, Carl. Du verstehst das Sprichwort nicht. Man soll gewissermaßen hinter die Geschichte zurückgehen.«

Er verstand es immer noch nicht.

»Also. Erst hab ich die angerufen, die neben denen gewohnt haben, die Sonne hießen. Was konnte da schon passieren? Dass es die falsche Sonne war. Oder ein neuer Nachbar, der die Sonnes nicht mehr persönlich kennengelernt hat.« Er streckte beide Arme zu den Seiten aus und hob fragend die Hände. »Mal ehrlich, Carl!«

»Und du hast einen Treffer gelandet und den richtigen alten Nachbarn von der richtigen Sonne erreicht?«

»Ja! Na ja, also nicht auf Anhieb. Aber sie wohnten in einem Mietshaus, es gab noch fünf andere Nummern zur Auswahl.«

»Und?«

»Ja, dann hatte ich Frau Balder aus dem zweiten Stock, die sagte, sie wohne da seit vierzig Jahren und würde Grete noch aus der Zeit kennen, als sie einen plüssierten Rock trug.«

»Plissiert, Assad. Plissiert. Und was dann?«

»Ja, dann hat die Dame alles erzählt. Dass das Mädchen Glück hatte und Geld von einem anonymen reichen Mann aus Fünen bekommen hat, dem sie leidtat. Fünfundsiebzigtausend Kronen. Und das reichte gerade aus, um das Geschäft zu eröffnen, das sie gern haben wollte. Da war Frau Balder froh. Das ganze Haus war froh, hat sie gesagt. Das mit dem Überfall auf Grete, das hat ihnen allen doch so leidgetan.«

»Okay, Assad, gut gemacht.«

Das war ein neuer, wichtiger Aspekt, so sah Carl es auch.

Nachdem die Internatsschüler ihre Opfer misshandelt hatten, konnte die Geschichte offenbar auf zwei unterschiedliche Arten zum Ende kommen: Fügsame Opfer, solche, die für den Rest ihres Lebens zu Tode erschrocken waren, so wie Grete Sonne, die bezahlten sie für ihr Schweigen. Die anderen Opfer, die, die nicht fügsam waren, die bekamen nichts.

Die verschwanden einfach.

27

Carl kaute an dem Plunderteilchen, das Rose ihm auf den Tisch geknallt hatte. Auf dem Flachbildschirm lief eine Reportage über das Militärregime in Burma. Die Purpurgewänder der Mönche wirkten wie das rote Tuch des Toreros auf den Stier und zogen alle Aufmerksamkeit auf sich. Deshalb waren im Augenblick die Nöte der dänischen Soldaten in Afghanistan auf der Dringlichkeitsliste nach unten gerutscht. Was der Staatsminister sicher nicht bedauerte.

In einigen Stunden würde Carl im Gymnasium von Rødovre den ehemaligen Internatslehrer Klavs Jeppesen treffen. Den Lehrer, mit dem Kimmie, laut Aussage von Mannfred Sloth, eine Affäre gehabt hatte.

Ein seltsam irrationales Gefühl, das viele Polizisten im Rahmen ihrer Ermittlungen oft überkam, hatte Carl gepackt.

Er fühlte sich Kimmie näher als je zuvor, auch näher als neulich, als die Stiefmutter ihm Kimmie als kleines Mädchen geschildert hatte.

Er starrte vor sich hin. Wo mochte sie jetzt sein?

Das Bild auf dem Monitor wechselte. Zum zwanzigsten Mal lief die Reportage über das gesprengte Haus auf dem Bahngelände. Der Zugverkehr war eingestellt, weil ein paar Oberleitungen zerfetzt worden waren. Ein Stück weiter standen zwei gelbe Reparaturfahrzeuge der Bahn auf den Gleisen. Demnach waren wohl auch Schienen herausgerissen.

Der Polizeiinspektor wurde eingeblendet und Carl stellte den Ton laut.

»Wir wissen lediglich, dass in diesem Haus eine obdachlose Frau eine Zeitlang Zuflucht gesucht haben soll. Mitarbeiter der Bahn haben in den letzten Monaten mehrfach beobachtet, wie sich eine Frau aus dem Haus stahl. Aber wir haben keine Spuren finden können, weder von ihr noch von anderen.«

»Kann man von einem Verbrechen sprechen?« Der Tonfall der Reporterin war übertrieben empathisch. Offenbar wollte sie die schlichte Reportage zu einem Betroffenheits-Feature aufmotzen.

»Ich kann nur Folgendes sagen. Nach Informationen der Bahn befand sich in dem Haus nichts, was als Ursache für eine solche Explosion in Frage käme. Die Wucht der Explosion, mit der wir hier konfrontiert sind, ist ganz unerklärlich.«

Die Reporterin wandte sich direkt an die Kamera. »Die Sprengstoffexperten des Militärs arbeiten schon seit einigen Stunden daran.« Danach drehte sie sich wieder zu ihrem Gesprächspartner um. »Und was wurde bisher gefunden? Was weiß man zum gegenwärtigen Zeitpunkt?«

»Nun ... noch können wir nicht mit Bestimmtheit sagen, ob das die ganze Erklärung ist. Aber jedenfalls wurden Fragmente einer Handgranate sichergestellt, und zwar genau des Typs, mit dem unsere Soldaten ausgerüstet werden.«

»Das Haus ist also mit Handgranaten in die Luft gesprengt worden?«

Die Reporterin war verdammt gut darin, Zeit zu schinden.

»Möglicherweise, ja.«

»Die Frau. Weiß man mehr über sie?«

»Ja, sie hielt sich hier in der Gegend auf. Erledigte ihre Einkäufe da oben bei Aldi«, er deutete zur Ingerslevsgade. »Nahm manchmal dort drüben ein Bad.« Er drehte sich um und zeigte zum DGI-By. »Wir appellieren an die Zuschauer, sich unbedingt an die Polizei zu wenden, wenn sie weitere Angaben über die Frau machen können. Die Personenbeschreibung, die uns bislang vorliegt, ist relativ vage. Aber wir glauben, dass es sich um eine weiße Frau handelt, etwa fünfunddreißig bis fünfundvierzig Jahre alt, circa einen Meter siebzig groß, von normalem Körperbau. Kleidung wechselnd, aber als Folge davon, dass sie auf der Straße lebt, eindeutig etwas verschlissen.«

Carl starrte inzwischen hochkonzentriert auf den Fernseher, die Zigarette hing kalt im Mundwinkel.

»Er gehört zu mir«, sagte Carl an der Absperrung und bahnte sich mit Assad einen Weg durch die Kette von Polizisten und Technikern der Armee.

Draußen auf dem Bahngelände liefen sehr viele Menschen herum. Es gab ja auch jede Menge Fragen. War das der Versuch gewesen, einen Zug hochgehen zu lassen? Wenn ja, sollte eine bestimmte S-Bahn getroffen werden? Und damit womöglich irgendeine bekannte Persönlichkeit, die an dem Haus vorbeigefahren war? Es summte förmlich von solchen Fragen und Gerüchten, und die Journalisten hatten sehr große Ohren.

»Du fängst auf der Seite an«, sagte Carl zu Assad und deutete hinter das Haus. Überall lagen Mauerbrocken durcheinander, große und kleine. Holzsplitter von den Türen und der Dachkonstruktion, Fetzen von Dachpappe und Dachrinnen. Der Maschendrahtzaun war teilweise wegrasiert. In den Löchern im Zaun standen die Fotografen und Journalisten auf dem Sprung. Es konnte ja sein, dass die Reste einer Leiche gefunden wurden.

»Wo sind die Bahnarbeiter, die die Frau beobachtet haben?«, fragte Carl einen der Kollegen aus dem Präsidium. Der deutete auf ein paar Männer, die zusammenstanden. In ihren reflektierenden Westen sahen sie aus wie Einsatzkräfte.

Als er ihnen seine Dienstmarke zeigte, begannen zwei sofort loszureden und sich gegenseitig ins Wort zu fallen.

»Halt! Wartet mal«, sagte Carl und deutete auf einen der beiden. »Sie da, erzählen Sie mal. Wie sah sie aus?«

Der Mann schien die Situation zu genießen. Das war ein abwechslungsreicher Tag gewesen. Und in einer Stunde hatte er Feierabend.

»Ihr Gesicht habe ich nicht gesehen. Aber in der Regel hatte sie einen langen Rock an und eine wattierte Jacke. Aber manchmal auch etwas ganz anderes.«

Sein Kumpel nickte. »Ja. Und wenn sie auf der Straße unterwegs war, zog sie oft einen Koffer hinter sich her.«

»Aha! Was für einen Koffer? Schwarz? Braun? Mit Rollen?«

»Ja, so einen mit Rollen. Und vor allem groß. Die Farbe war nicht immer die gleiche, glaube ich.«

»Ja«, sagte der Erste. »Stimmt. Jedenfalls hab ich einen schwarzen und einen grünen gesehen, glaub ich.Und sie sah sich die ganze Zeit um, wenn sie ging. Als wenn sie verfolgt würde.«

Carl nickte. »Wer weiß. Wie konnte sie überhaupt die Erlaubnis bekommen, weiter in diesem Haus zu wohnen, nachdem Sie das entdeckt hatten?«

Der Erste spuckte auf den Schotter unter sich. »Ach zum Teufel, wir brauchten es doch nicht. Und so, wie das Land regiert wird, muss man doch wohl einfach akzeptieren, dass es Leute gibt, die es nicht schaffen.« Er schüttelte den Kopf. »Ja. Weshalb hätte ich jemanden darauf aufmerksam machen sollen? Was hätte ich denn davon gehabt?«

Der andere nickte zustimmend. »Wir haben mindestens fünfzig solcher Häuser von hier bis Roskilde. Man muss sich doch mal vorstellen, wie viele Leute da drin wohnen könnten.«

Das wollte Carl lieber nicht. Ein paar betrunkene Landstraßencowboys und auf den Schienen würde Chaos herrschen.

»Und wie kam sie aufs Bahngelände?«

Da lachten sie beide. »Na, sie hat einfach aufgeschlossen.« Der eine deutete auf etwas, das einmal ein Tor im Zaun gewesen war.

»Ah ja. Und woher hatte sie den Schlüssel? Vermisst einer seinen Schlüssel oder fehlt einer?«

Sie zuckten die Achseln und lachten so, dass die übrigen Männer mitlachten. Woher sollten sie das denn wissen? Als hätte irgendwer Kontrolle über diese ganzen Tore.

»Sonst noch was?«, fragte Carl und sah in die Runde.

»Ja«, sagte einer. »Ich glaube, ich hab sie neulich am Bahnhof

Dybbølsbro gesehen. Es war recht spät, ich kam mit diesem Transporter hier zurück.« Er deutete auf eines der Schienenfahrzeuge. »Gleich da oben auf dem Bahnsteig stand sie. Und war so den Schienen zugewandt, als wäre sie Moses und wolle, dass sich das Wasser teilt. Also, ich hab noch gedacht, ob die wohl vor einen Zug springen will. Hat sie dann aber nicht gemacht.«

»Haben Sie ihr Gesicht gesehen?«

»Ja. Ich hab der Polizei auch gesagt, wie alt ich sie schätze.«

»Fünfunddreißig bis fünfundvierzig, sagten Sie, oder?«

»Ja. Aber wenn ich jetzt so drüber nachdenke, dann eher fünfunddreißig als fünfundvierzig. Sie sah nur so schrecklich traurig aus. Und dann wirkt man doch älter, oder?«

Carl nickte und zog Assads Foto von Kimmie aus der Innentasche. Die Kopie war inzwischen etwas abgewetzt, besonders da, wo sie zusammengefaltet war. »Ist sie das?«, fragte er und hielt dem Mann das Foto vor die Nase.

»Ja, verdammt, das ist sie.« Er war völlig verblüfft. »Nee, so sah die tatsächlich nicht aus. Aber ich fress'nen Besen, wenn sie das nicht ist. Ich erkenne ihre Augenbrauen wieder. So oft sieht man Frauen mit so kräftigen Augenbrauen ja nicht. Mannomann, die sieht aber um einiges besser aus auf dem Bild.«

Sie drängten sich alle um das Foto und kommentierten es.

Carl richtete sein Augenmerk unterdessen auf das zerstörte Haus. Was zum Teufel ist hier passiert, Kimmie?, dachte er. Hätte er sie nur vierundzwanzig Stunden eher aufgespürt, wären sie schon so viel weiter.

»Ich weiß, wer dort wohnte«, sagte Carl einen Moment später zu seinen Kollegen. So wie sie da in ihren schwarzen Lederjacken standen, schienen sie nur auf jemanden zu warten, der diesen Satz zu ihnen sagte.

»Ruft ihr mal in der Skelbækgade an und sagt der Fahndungsabteilung Bescheid. Die, die dort wohnte, war eine gewisse Kirsten-Marie Lassen, genannt Kimmie Lassen. Die haben ihre Personennummer und weitere Informationen zu ihr. Wenn ihr was Neues rausfindet, ruft ihr zuerst mich an, ist das klar?« Er wollte gerade gehen, als ihm noch etwas einfiel. »Noch eins. Kein Wort zu den Geiern da drüben«, er deutete zu den Journalisten. »Die dürfen um Himmels willen nicht ihren Namen erfahren, klar? Das würde eine laufende Ermittlung massiv stören. Gebt das weiter, okay? Kein Wort.«

Carl sah zu Assad hinüber, der zwischen den Mauerbrocken kniete. Schon komisch, aber die Techniker ließen ihn in Ruhe. Die wussten anscheinend schon, wie sie die Situation einzuschätzen hatten. Jegliche Gedanken an Terrorismus hatten sie längst fallengelassen. Nun ging es bloß noch darum, die sensationshungrigen Journalisten auch davon zu überzeugen.

Gut, dass das nicht seine Aufgabe war.

Er machte einen Satz über ein breites, schweres grünes Etwas, zur Hälfte von weißem Graffiti bedeckt. Das war einmal die Tür gewesen. Dann schob er sich durch die Lücke beim Tor auf die Straße. Das Schild war nicht schwer zu finden. Es hing noch immer an dem galvanisierten Pfosten. *Gunnebo, Løgstrup Hegn Zäune & Toranlagen* stand dort und dann eine Menge Telefonnummern.

Er nahm sein Handy und probierte aufs Geratewohl. Nichts. Scheißwochenende, er hatte diese Wochenenden schon immer gehasst. Wie sollte man ernsthafte Ermittlungen führen, wenn sich die Leute an den Wochenenden ständig verkrochen?

Assad muss am Montag mit denen reden, dachte er. Jemand dort konnte ihnen vielleicht erzählen, wie Kimmie in den Besitz des Schlüssels gekommen war.

Carl wollte Assad gerade zu sich winken – der würde ja doch nichts finden, nachdem die Techniker alles abgegrast hatten –, als er Bremsgeräusche hörte. Dann sah er, wie der Chef der Mordkommission aus dem Auto sprang, kaum dass es halb auf dem Bürgersteig zum Stehen gekommen war. Wie alle anderen trug er eine schwarze Lederjacke, nur dass seine etwas länger, glänzender und vermutlich auch teurer war.

Was zum Teufel macht der hier?, dachte Carl und blickte ihm entgegen.

»Tote sind keine gefunden worden«, rief Carl, als Marcus Jacobsen ein paar Kollegen hinter dem umgestürzten Zaun zunickte.

»Hör mal! Kannst du nicht gleich mal mit mir fahren, Carl?«, sagte er, als sie sich gegenüberstanden. »Wir haben die Drogenabhängige gefunden, nach der du suchst. Und sie ist sehr, sehr tot.«

Man hatte es schon so oft gesehen. Eine Leiche unter einer Treppe, bleich und jämmerlich zusammengekrümmt. Strähniges Haar, ausgebreitet über Reste von Silberpapier und Dreck. Ein kaputter Körper, ein von Schlägen geschwollenes Gesicht. Eine trostlose Existenz, die kaum mehr als fünfundzwanzig Jahre gedauert hatte.

Eine umgekippte Packung Schokomilch auf einer weißen Plastiktüte.

»Überdosis«, sagte der Arzt und zog sein Diktafon hervor. Natürlich würde sie obduziert werden, aber der Amtsarzt kannte seine Pappenheimer. Die Kanüle steckte noch in der zerstochenen Ader über dem Knöchel.

»Seh ich auch so«, sagte Marcus Jacobsen. »Aber ...«

Er und Carl nickten sich zu. Marcus dachte dasselbe wie er. Überdosis – ja. Aber warum? So ausgebufft, wie sie war?

»Du bist bei ihr oben gewesen, Carl. Wann war das?«

Carl drehte sich zu Assad um, der mit seinem üblichen stillen Lächeln neben ihnen stand. Erstaunlich unbeeinflusst von der gedrückten Stimmung im Treppenhaus.

»Das war am Dienstag, Chef.« Jetzt brauchte er noch nicht mal mehr seinen Notizblock zu konsultieren, es war erschreckend. »Dienstagnachmittag, 25.9.«, ergänzte Assad. Bald würde er wohl auch die genaue Uhrzeit noch angeben können. War der Mann ein Roboter, oder was? Aber nein, Carl hatte ihn schon mal bluten sehen.

»Das ist lange her. In der Zwischenzeit kann viel passiert sein«, sagte der Chef der Mordkommission. Er hockte sich hin, neigte den Kopf auf die Seite und betrachtete all die blauen Flecken in Tine Karlsens Gesicht und an ihrem Hals.

Ja, die waren ihr auf jeden Fall nach Carls Besuch zugefügt worden.

»Diese Verletzungen sind nicht unmittelbar vor Eintreten des Todes entstanden, oder?«

»Einen Tag vorher, würde ich sagen«, antwortete der Amtsarzt.

Es polterte von oben auf der Treppe. Einer der Männer aus Baks alter Truppe kam mit einem Kerl an, mit dem man lieber nicht verwandt sein wollte.

»Das hier ist Viggo Hansen. Er hat mir gerade was erzählt, was ihr sicher auch gern hören wollt.«

Der bullige Mann schaute misstrauisch zu Assad herüber und bekam einen abschätzigen Blick zurück. »Muss der dabei sein?«, fragte er ohne jede Scheu und offenbarte ein paar tätowierte Unterarme. Zwei Anker, Hakenkreuz und das Kürzel vom Ku-Klux-Klan. Richtig netter Typ.

Im Vorbeigehen rempelte er Assad mit seinem feisten Bauch an, und Carl riss die Augen auf. Teufel auch, wenn sein Partner darauf reagierte.

Assad nickte und verkniff sich alles. Da hatte der Seemann aber Glück gehabt.

»Die Schlampe da hab ich gestern zusammen mit so'm anderen Flittchen gesehen.«

Er beschrieb sie und Carl zeigte ihm die zerknickte Fotokopie.

»War sie das?«, fragte er und versuchte flach zu atmen. Der Gestank nach altem Schweiß und Pisse war mindestens

genauso eklig wie der Spritatem, der zwischen den fauligen
Beißerchen des Kerls hindurchwehte.

Der rieb sich die schläfrigen, ziemlich unappetitlichen
Augen und nickte, dass das Doppelkinn ins Schlingern kam.
»Die hat auf die Junkieschlampe da losgedroschen. Sieht man
ja, die ganzen Stellen. Aber dann bin ich dazwischengegangen
und hab die andere rausgeschmissen. Hat 'ne verdammt große
Fresse riskiert.« Er bemühte sich vergeblich, sich aufzurichten.

Was für ein Idiot. Warum diese Lügenmärchen?

Da kam einer der anderen Kollegen und flüsterte dem Chef
der Mordkommission etwas ins Ohr.

»Okay«, sagte Marcus Jacobsen. So wie er dastand, die
Hände in den Taschen vergraben, und den Typen betrachtete,
konnte das nur eines bedeuten: dass jeden Moment die Hand-
schellen ausgepackt würden.

»Viggo Hansen. Wie ich gerade höre, sind Sie ein alter Bekannter. Alles in allem zehn Jahre wegen schwerer sexueller
Nötigung an mehreren Frauen. Sie behaupten also, Sie hätten
gesehen, wie diese Frau auf die Verstorbene einschlug. Wo Sie
die Polizei doch so gut kennen, sollten Sie da nicht ein bisschen
schlauer sein und uns einen solchen Mist ersparen?«

Viggo Hansen holte tief Luft. Als versuchte er, das Gespräch
zu einem besseren Ausgangspunkt zurückzuspulen.

»Jetzt sagen Sie doch einfach, wie es war. Sie haben gesehen,
wie die zwei zusammenstanden und sich unterhielten. Das war
alles. Stimmt's? War da sonst noch was?«

Viggo Hansen sah zu Boden. Die Demütigung lag greifbar
in der Luft. Vielleicht lag das an Assads Anwesenheit. »Nein.«

»Um welche Zeit war das?«

Er zuckte die Achseln. Der Alkohol hatte seine Zeitbegriffe
vernebelt. Und das sicher schon seit Jahren.

»Sie haben seither was getrunken?«

»Nur zum Vergnügen.« Er versuchte ein Lächeln. Kein schöner Anblick.

»Viggo gibt zu, dass er ein paar Biere hat mitgehen lassen, die hier unter der Treppe lagen«, warf der Polizist ein, der ihn oben in der Wohnung abgeholt hatte. »Ein paar Dosen Bier und eine Tüte Chips.«

Nicht einmal daran hatte die arme Tine sich also erfreuen können.

Sie baten ihn, zu Hause zu bleiben und sich mal etwas mit dem Alkoholkonsum zurückzuhalten. Von den übrigen Bewohnern konnten sie nichts erfahren.

Kurz gesagt, Tine Karlsen war tot. Vermutlich allein gestorben, und ohne dass jemand sie vermissen würde, bis auf eine große hungrige Ratte namens Lasso, die sie manchmal auch Kimmie genannt hatte. Tine war nur eine weitere Nummer in der Statistik. Ohne die Polizei wäre sie schon morgen vergessen.

Die Techniker drehten den starren Leichnam um. Sie fanden darunter nur einen dunklen Fleck vom Urin.

»Wüsste gern, was sie uns zu erzählen hätte«, murmelte Carl.

Marcus nickte. »Ja, der Ansporn, Kimmie Lassen zu finden, ist jedenfalls nicht geringer geworden.«

Es war nur die Frage, ob das jetzt noch was half.

Carl setzte Assad am Ort der Sprengung ab und bat ihn, sich ein bisschen umzuhören. Auf die Weise könnten sie erfahren, ob die Untersuchungen etwas Neues zutage gefördert hatten. Anschließend sollte er ins Präsidium gehen und zusehen, dass er Rose behilflich war.

»Ich versuche es erst bei diesem Zoofachhandel, dann fahre ich zum Gymnasium von Rødovre«, rief er Assad nach, der zielstrebig zu den Sprengstoffexperten und den Polizeitechnikern trabte, die immer noch auf dem Bahngelände zugange waren.

Nautilus Trading A/S lag in der gewundenen kleinen Straße, die bestimmt als nächste den Kästen mit den unverkäuflichen Luxuswohnungen weichen musste. Der Zoofachhandel wirkte wie eine hellgrüne Oase inmitten all der Vorkriegsgebäude ringsum. Das Unternehmen war wesentlich größer, als Carl es sich vorgestellt hatte, vermutlich auch viel größer als damals, als Kimmie dort arbeitete.

Und natürlich hatte sich der Samstagsfrieden auch über diesen Laden gesenkt. Sie hatten geschlossen.

Carl ging um die Gebäude herum und fand einen Eingang mit unverschlossener Tür. *Warenanlieferung* stand dort.

Er öffnete sie und trat ein. Nach zehn Metern befand er sich in einer tropischen Hölle mit unerträglich hoher Luftfeuchtigkeit. Sofort lief der Schweiß.

»Ist da jemand?«, rief er alle zwanzig Sekunden, während er an Reihen von Aquarien und Terrarien entlangwanderte. Dann kam er in eine Halle, so groß wie ein mittlerer Supermarkt, ein Paradies aus Vogelgezwitscher, das aus Hunderten und Aberhunderten von Käfigen drang.

Das erste menschliche Wesen fand er erst in der vierten Halle zwischen Käfigen mit kleinen und großen Säugetieren. Der Mann war eifrig damit beschäftigt, ein Gehege zu schrubben, das groß genug für ein oder zwei Löwen war.

Als Carl näher trat, nahm er in der widerlich süßlichen Luft eine beißende Note von Raubtier wahr. Vielleicht gab es tatsächlich irgendwo Löwen.

»Bitte entschuldigen Sie«, sagte Carl höflich, aber offenbar doch erschreckend genug, denn der Mann im Käfig ließ Eimer und Bürste fallen.

Mit ellenbogenlangen Gummihandschuhen stand er inmitten eines Sees aus Seifenwasser. Er sah Carl an, als wäre der gekommen, um ihm im wahrsten Sinne des Wortes das Fell über die Ohren zu ziehen.

»Entschuldigen Sie«, wiederholte Carl und hielt dem Mann

seine Dienstmarke entgegen. »Carl Mørck, Polizeipräsidium, Sonderdezernat Q. Mir ist bewusst, dass ich vorher hätte anrufen sollen, aber ich war gerade in der Nähe.«

Der Mann mochte zwischen sechzig und fünfundsechzig sein, er hatte weißes Haar und um die Augen lauter Lachfalten. Die hatte vermutlich das Entzücken über flauschige kleine Tierkinder im Laufe der Jahre eingefräst. In diesem Moment wirkte er weniger entzückt.

»Viel Arbeit, so ein großer Käfig«, sagte Carl, um dem Mann Zeit zu geben, sich etwas zu beruhigen. Er befühlte die glatten stählernen Gitterstäbe.

»Ja. Aber er muss schön sauber und ordentlich sein. Morgen wird er zum Firmeninhaber gebracht.«

Carl unterbreitete sein Anliegen in einem angrenzenden Raum, wo die Gegenwart der Tiere nicht ganz so intensiv spürbar war.

»Ja«, sagte der Mann. »Natürlich erinnere ich mich an Kimmie, sehr gut sogar. Sie war ja dabei, als das Ganze hier aufgebaut wurde. Ich glaube, sie war rund drei Jahre bei uns, und zwar genau in den Jahren, als wir zur Import- und Vermittlungszentrale expandierten.«

»Vermittlungszentrale?«

»Ja. Wenn ein Landwirt in Hammer einen Hof mit vierzig Lamas oder zehn Straußen hat, den er gern abwickeln möchte, dann treten wir auf den Plan. Oder wenn ein Nerzfarmer den Betrieb auf Chinchilla umstellen will. Auch die kleinen Zoologischen Gärten stehen mit uns in Kontakt. Bei uns sind ein Zoologe und ein Tierarzt angestellt.« Jetzt traten die Lachfalten in Erscheinung. »Und dann sind wir noch der größte Großhändler Nordeuropas für alle Arten von Tieren mit Zertifikat. Wir beschaffen alles, von Kamelen bis zu Bibern. Das hat übrigens Kimmie angefangen. Sie war damals die Einzige, die Expertisen für all diese Tiere erstellen konnte.«

»Sie hatte Tiermedizin studiert, ist das richtig?«

»Na ja. Sie ist nicht ganz fertig geworden. Aber sie hatte auch einen guten Hintergrund, was Handel anbelangt, sodass sie sowohl die Herkunft der Tiere einschätzen konnte als auch die Handelswege. Und alle Papierarbeit hat sie sogar auch noch erledigt.«

»Warum hörte sie auf?«

Er neigte den Kopf abwägend von einer Seite zur anderen. »Tja, das ist ja nun lange her. Aber etwas war geschehen, und zwar schon damals, als Torsten Florin anfing, hier einzukaufen. Die beiden kannten sich offenbar von früher. Und dann traf sie durch ihn auch einen anderen Mann.«

Carl betrachtete den Tierhändler einen Moment. Er wirkte zuverlässig. Gutes Gedächtnis. Gut organisiert. »Torsten Florin? Sie meinen den Modemann?«

»Ja, den. Er interessiert sich unglaublich für Tiere. In der Tat unser bester Kunde.« Wieder wippte sein Kopf von einer Seite zur anderen. »Ja, inzwischen ist das sogar eine Untertreibung, denn er hält die Aktienmehrheit bei Nautilus. Aber damals kam er als Kunde zu uns. Ein sehr ansprechender und erfolgreicher junger Mann.«

»Aha. Der muss sich ja wirklich sehr für Tiere begeistern.« Carl ließ den Blick über die Gitterlandschaft schweifen. »Die beiden kannten sich bereits, sagen Sie. Wie haben Sie das bemerkt?«

»Nun, als Florin zum ersten Mal kam, war ich nicht dabei. Das war wohl, als er abrechnen wollte. Dafür war sie damals nämlich zuständig. Zu Anfang schien sie von der erneuten Begegnung nicht sonderlich begeistert zu sein. Was dann später passierte, davon habe ich keine Kenntnis.«

»Dieser Mann, von dem Sie sprachen, den Florin kannte, erinnern Sie sich daran, ob der Bjarne Thøgersen hieß?«

Er zuckte die Achseln. Offenbar erinnerte er sich nicht.

»Mit dem war sie nämlich schon ein Jahr zuvor zusammengezogen, kann ich Ihnen sagen. Also mit Bjarne Thøgersen. Sie muss zu der Zeit hier gearbeitet haben.«

»Hm. Ja, vielleicht. Sie sprach nie über ihr Privatleben.«

»Nie?«

»Nein. Ich wusste nicht mal, wo sie wohnte. Sie kümmerte sich selbst um ihre Personalpapiere, da kann ich Ihnen nicht weiterhelfen.«

Er stellte sich vor einen Käfig, aus dem ihn ein winziges dunkles Augenpaar vertrauensvoll anblickte. »Das hier ist mein Liebling«, sagte er und nahm einen daumengroßen Affen heraus. »Meine Hand ist sein Baum«, fuhr er fort und hielt sie senkrecht. Der Winzling klammerte sich an zwei Finger.

»Hat sie gesagt, warum sie bei Nautilus aufhören wollte?«

»Ich glaube, einen bestimmten Grund gab es nicht. Sie wollte einfach noch was anderes erleben. Kennen Sie das nicht?«

Carl atmete so heftig aus, dass das Äffchen hinter den Fingern in Deckung ging. Was für eine blöde Frage, was für eine blöde Vernehmung.

Da setzte er die Wutmaske auf. »Ich glaube, Sie wissen sehr wohl, warum sie aufhörte, würden Sie also bitte so freundlich sein und es mir sagen?«

Der Mann steckte die Hand in den Käfig und ließ den Affen darin verschwinden.

Dann drehte er sich zu Carl um. Trotz der schneeweißen Haare und des Bartes sah er nicht länger freundlich aus. Das Weiße umgab ihn jetzt eher wie ein Strahlenkranz aus Abneigung und Trotz. Das Gesicht wirkte auch weiterhin zart und empfindsam, aber die Augen drückten konzentrierte Kraft aus. »Ich glaube, Sie sollten jetzt gehen«, sagte er. »Ich habe mich bemüht, freundlich zu sein und zu helfen. Dann sollten Sie mir auch nicht unterstellen, dass ich hier stehe und Unwahrheiten verbreite.«

So läuft hier also der Hase, dachte Carl und lächelte so herablassend, wie er nur konnte.

»Mir ist noch etwas eingefallen«, sagte er. »Wann wurde dieses Unternehmen hier eigentlich zum letzten Mal kontrolliert? Stehen die Käfige hier nicht ein wenig dicht? Und ist die Ventilation wirklich in Ordnung? Wie viele Tiere sterben eigentlich während des Transportes? Und hier drinnen?« Er begann der Reihe nach in die Käfige zu starren, wo verschreckte kleine Kreaturen heftig atmend in den Ecken saßen.

Die Zähne, die der Zoohändler jetzt beim Lächeln zeigte, waren sehr feine, künstliche. Von ihm aus konnte Carl sagen, was er wollte, das war eindeutig. Nautilus Trading A/S hatte seine Schäfchen im Trockenen.

»Sie wollen wissen, warum sie aufhörte? Ich finde, da sollten Sie Florin fragen. Immerhin ist er der Chef hier.«

28

Es war ein Samstagabend ohne jeden Glanz. Die Radionachrichten informierten die Hörer zunächst über die Geburt eines Tapirs im Zoo von Randers auf Jütland. Dann brachten sie etwas über die Gebietsreform. Der Vorsitzende der Rechten wollte, dass Änderungen rückgängig gemacht wurden, die auf sein Verlangen hin vorgenommen worden waren.

Carl sah die Reflexe der Sonne auf der Wasseroberfläche und dachte: Gott sei Dank gibt es immer noch ein paar Dinge, an denen sie nicht drehen können. Er nahm sein Handy und gab eine Nummer ein.

Assad nahm ab. »Wo bist du jetzt, Chef?«

»Ich bin gerade über die Seelandbrücke gefahren, bin jetzt unterwegs zum Gymnasium von Rødovre. Gibt es etwas Bestimmtes, was ich über diesen Klavs Jeppesen wissen sollte?«

Wenn Assad nachdachte, konnte man das förmlich hören.

»Er ist frus, Carl, das ist das Einzige, was ich sagen kann.«

»Frus?«

»Ja, frustriert. Er spricht langsam, aber es sind bestimmt nur die Gefühle, die das freie Wort verhindern.«

Das freie Wort verhindern? Als Nächstes würde er wohl was von Gedanken auf leichten Flügeln quatschen.

»Weiß er, worum es geht?«

»Ja, das meiste. Rose und ich haben den ganzen Nachmittag hier mit der Liste gesessen. Sie will so gern gleich mit dir darüber sprechen.«

Er wollte protestieren, aber Assad war schon weg.

Das war Carl auch, zumindest gedanklich, als Rose mit ihrem Schneidbrennerorgan loslegte.

»Ja, wir sind noch hier«, sagte sie und riss Carl aus seinen Gedanken. »Wir haben hier den ganzen Tag verbracht, mit der Liste, und ich glaube, wir haben etwas Brauchbares eingekreist. Willst du es hören?«

Herrje, was glaubte sie denn?

»Ja, bitte«, sagte er und hätte beinahe die Linksabbiegerspur in Richtung Folehaven übersehen.

»Kannst du dich daran erinnern, dass es auf Johan Jacobsens Liste einen Fall mit einem Ehepaar gab, das auf Langeland verschwand?«

Hielt sie ihn für dement?

»Ja«, antwortete er.

»Gut. Die kamen aus Kiel und waren eines Tages verschwunden. Man fand am Lindelse Nor ein paar Gegenstände, die ihnen eventuell gehört haben. Aber das wurde nie nachgewiesen. Da habe ich ein bisschen drin rumgewühlt und was rausgefunden.«

»Was meinst du damit?«

»Ich habe ihre Tochter ausfindig gemacht. Sie wohnt heute im Haus ihrer Eltern in Kiel.«

»Und?«

»Nur die Ruhe, Carl. Man wird sich ja wohl Zeit nehmen dürfen, wenn man ein verdammt gutes Stück Arbeit geleistet hat, oder?«

Er hoffte, dass sie seinen tiefen Seufzer nicht hörte.

»Sie heißt Gisela Niemüller, und sie ist echt geschockt darüber, wie der Fall in Dänemark behandelt worden ist.«

»Was soll das heißen?«

»Der Ohrring, kannst du dich an den erinnern?«

»Also bitte, Rose! Wir haben erst heute Vormittag darüber geredet.«

»Vor mindestens elf oder zwölf Jahren hat sie Kontakt zur dänischen Polizei aufgenommen und denen erzählt, dass sie nun mit Sicherheit den Ohrring, den man am Lindelse Nor fand, als den ihrer Mutter identifizieren könne.«

An dem Punkt hätte Carl um Haaresbreite einen Peugeot 106 mit vier lärmenden jungen Kerlen torpediert. »Was?«, rief er und machte gleichzeitig eine Vollbremsung.

»Moment mal«, sagte er dann, fuhr auf den Bürgersteig und hielt an. »Sie konnte ihn damals nicht identifizieren. Wieso später?«

»Die Tochter war auf einem Familienfest in Albersdorf in Schleswig-Holstein. Da sah sie alte Fotos von ihren Eltern bei einem anderen Familienfest. Und was, glaubst du, baumelte da an den Ohren ihrer Mutter? Na, kleine Preisfrage?« Freudige Brummlaute kamen durch den Hörer. »Ja, genau, die Ohrringe!«

Carl schloss die Augen und ballte die Hände zu Fäusten. Yes!, schrie es in ihm. Genau so musste sich der Testpilot Chuck Jaeger gefühlt haben, als er zum ersten Mal die Schallmauer durchbrach.

»Das ist ja Wahnsinn!« Er schüttelte den Kopf. Das war ein Durchbruch. »Super, Rose. Irre. Hast du eine Kopie des Fotos von der Mutter mit dem Ohrring?«

»Nein, aber die Tochter sagt, sie hätte das Foto etwa 1995 der Polizei in Rudkøbing geschickt. Ich hab mit denen geredet, und sie sagen, die alten Sachen würden jetzt alle im Archiv in Svendborg liegen.«

»Sie hat denen doch wohl nicht das Original geschickt?«

»Doch.«

Ach verdammt. »Aber sie hat doch wohl selbst eine Kopie? Oder ein Negativ? Oder irgendwer hat eins?«

»Nein. Das ist einer der Gründe, weshalb sie so stinksauer ist. Sie hat nie mehr etwas von denen gehört.«

»Du rufst auf der Stelle in Svendborg an!«

Der Ton, den sie ausstieß, klang höhnisch. »Da kennst du mich aber schlecht, Herr Vizepolizeikommissar.« Damit legte sie auf.

Zehn Sekunden später hatte er wieder angerufen.

»Hallo Carl«, hörte er Assad. »Was hast du zu ihr gesagt? Sie sieht merkwürdig aus.«

»Never mind, Assad. Sag ihr bloß, ich sei stolz auf sie.«

»Jetzt?«

»Ja, jetzt.«

Er warf den Hörer beiseite.

Falls nun das Foto von der verschwundenen Frau mit dem Ohrring in dem Svendborger Archiv auftauchte und falls ein Experte bestätigte, dass der am Lindelse Nor gefundene Ohrring das Gegenstück zu dem aus Kimmies Metallkiste war und obendrein derselbe Ohrring wie auf dem Foto, dann hätten sie genügend Beweise, um die Sache vor Gericht zu bekommen. Verdammt, sie saßen am längeren Hebel. Sie würden die Herren Florin, Dybbøl Jensen und Pram über den langen und schmutzigen Weg der Rechtsmaschinerie zerren. Sie mussten nur zuerst Kimmie finden, schließlich hatten sie den Metallkasten bei ihr entdeckt. Das war allerdings leichter gesagt als getan, und der Tod der Junkiefrau machte es nicht gerade einfacher. Aber sie würden sie finden.

»Ja«, meldete sich Assad da am anderen Ende zurück. »Sie hat sich gefreut. Sie hat mich ihren kleinen Sandwurm genannt.« Er lachte, dass es im Hörer kratzte.

Wer außer Assad würde eine so eklatante Beleidigung auf diese Weise nehmen?

»Carl, ich habe keine so guten Nachrichten wie Rose«, sagte er, nachdem er fertig gelacht hatte. »Du brauchst dir keine Hoffnungen zu machen, dass Bjarne Thøgersen noch einmal mit uns spricht. Und was nun?«

»Er hat sich geweigert, uns zu empfangen?«

»Ja, und zwar so, dass es keine Missverständnisse gibt.«

»Ist egal, Assad. Sag Rose, sie soll zusehen, dass sie das Ohrringfoto bekommt. Morgen machen wir frei, und dabei bleibt es.«

Carl warf einen Blick auf die Uhr, als er auf den Hendriksholms Boulevard einbog. Er war früh dran, aber das war vielleicht auch okay. Dieser Klavs Jeppesen wirkte wie einer, der eher zu früh als zu spät kam.

Das Gymnasium Rødovre bestand aus einer Ansammlung flachgedrückter, aus dem Asphalt quellender Kästen. Ein einziges Chaos von Gebäuden. Vermutlich in jenen Jahren mehrfach umgebaut, als sich Abiturienten und Studenten mit der Arbeiterklasse verbrüderten. Ein Zwischengang hier, eine Turnhalle dort, neue und alte Klinkerbauten. Den Jugendlichen aus dem westlichen Vorortgürtel Kopenhagens sollten dieselben Privilegien zugänglich sein, wie sie die aus dem Norden längst genossen.

Carl folgte den Pfeilen in Richtung des Ehemaligentreffens »Le-Sa-Sep«. Klavs Jeppesen fand er vor der Aula. Er hatte die Arme voll mit Papierservietten und unterhielt sich mit ein paar recht süßen älteren Schülerinnen. Netter Kerl. Aber mit Samtjacke und Vollbart professionell gesehen öde. Ein Studienrat mit großem S, das war er.

Er entließ seine Zuhörerinnen mit einem »Bis später«. Der Ton signalisierte »freilaufender Junggeselle«. Klavs Jeppesen brachte Carl zum Lehrerzimmer, vor dem andere Ehemalige standen und in Erinnerungen schwelgten.

»Ihnen ist bekannt, warum ich hier bin?«, fragte Carl und erhielt zur Antwort, sein nicht ganz akzentfrei sprechender Kollege habe ihn darüber informiert.

»Was wollen Sie wissen?«, fragte Klavs Jeppesen und bat Carl, in einem der betagten Designerstühle des Lehrerzimmers Platz zu nehmen.

»Ich will alles über Kimmie Lassen wissen. Und über die, mit denen sie sich umgab.«

»Ihr Kollege deutete an, der alte Rørvig-Fall würde wieder aufgerollt. Ist da was dran?«

»Ja, und wir haben Grund zu der Annahme, dass sich einer oder mehrere aus Kimmies Clique auch anderer Gewalttaten schuldig gemacht haben.«

Klavs Jeppesens Nasenflügel blähten sich, als litte er an Sauerstoffmangel.

»Gewalttaten?« Er sah vor sich hin und reagierte nicht einmal, als eine Kollegin hereinkam.

»Kümmerst du dich um die Musik, Klavs?«

Als würde er aus einer Trance erwachen, sah er sie an und nickte.

»Ich war wahnsinnig verliebt in Kimmie«, sagte er, als sie wieder allein waren. »Ich habe sie begehrt wie keine Frau sonst, weder davor noch danach. In ihr waren Teufel und Engel auf vollkommene Weise verschmolzen. So zart und jung und weich und doch so absolut dominant.«

»Sie war siebzehn, achtzehn Jahre alt, als Sie sich auf sie einließen. Eine Beziehung zu einer Schülerin Ihrer Schule! Das war wohl nicht so ganz *comme il faut*?«

Ohne den Kopf zu heben, sah er hinüber zu Carl. »Ich bin keineswegs stolz darauf«, sagte er. »Ich konnte nur nicht

anders. Ich spüre ihre Haut noch heute, können Sie das verstehen? Und das ist zwanzig Jahre her.«

»Ja, und es ist auch zwanzig Jahre her, dass sie und ihre
Freunde unter Mordverdacht gerieten. Was meinen Sie, trauen
Sie denen so was zu?«

Klavs Jeppesens eine Gesichtshälfte verzerrte sich. »Das
können alle gemacht haben. Könnten Sie nicht töten? Haben
Sie es womöglich schon getan?« Er wandte sich ab und dämpfte
die Stimme. »Es gab einige Vorfälle, die mich stutzig gemacht
haben, sowohl vor als auch nach meiner Beziehung mit Kimmie. Besonders einer. Es gab an der Schule einen Jungen, an den
erinnere ich mich ganz genau. Ein richtig aufgeblasener kleiner
Idiot, insofern bekam er vielleicht die Abreibung, die er verdiente. Aber die Umstände waren fragwürdig. Plötzlich, eines
Tages, wollte er weg. Er sei im Wald gefallen, sagte er, aber ich
weiß genau, wie Verletzungen nach Schlägen aussehen.«

»Was hat das mit der Gruppe zu tun?«

»Ich weiß nicht, was das mit der Gruppe zu tun hat. Aber
ich weiß, dass sich Kristian Wolf, nachdem der Junge abgereist
war, täglich nach ihm erkundigte. Wo er sei. Ob wir von ihm
gehört hätten. Ob er zur Schule zurückkäme.«

»Könnte das nicht Ausdruck von ehrlichem Interesse gewesen sein?«

Da wandte Klavs Jeppesen Carl sein Gesicht zu. Er war ein
Studienrat, in dessen Hände rechtschaffene Eltern vertrauensvoll die Entwicklung ihrer Kinder legten. Konnte er mit
diesem Gesichtsausdruck, den er im Augenblick zeigte, Eltern
bei Elternabenden begrüßen? Ganz sicher nicht, denn dann
würden sie ihre Kinder auf der Stelle von der Schule nehmen.
Nein, Gott sei Dank sah man nur selten ein so verhärmtes
Gesicht, ein Gesicht, das so von Rachedurst, Hass und Abscheu
gegenüber der ganzen Menschheit gezeichnet war wie seines.

»Kristian Wolf interessierte sich nicht wirklich für jemand
anderen als sich selbst«, sagte er, und Verachtung sprach aus

jedem seiner Worte. »Glauben Sie mir, der war zu allem imstande. Aber er hatte Schiss davor, dass man ihn mit seinen
eigenen Taten konfrontieren könnte, glaube ich. Und deshalb
wollte er sich vergewissern, dass dieser Junge für immer weg
war.«

»Er war zu allem fähig, sagen Sie. Haben Sie ein Beispiel?«

»Glauben Sie mir, er war es, der die Gruppe zusammen-
gebracht hat. Er war ein Feuergeist, entzündet vom Bösen
selbst. Und er verbreitete sein Feuer schnell. Er hat Kimmie
und mich angezeigt. Er war schuld, dass ich die Schule verlassen und dass sie abgehen musste. Er war es, der Kimmie
zu den Jungens hin schubste, die er fertigmachen wollte. Und
wenn sie die in ihrem Netz hatte, dann zog er sie wieder weg.
Sie war sein Spinnenweibchen, und er war es, der die Fäden
zog.«

»Er ist tot, das wissen Sie doch sicher? Ein Jagdunfall, eine
Kugel aus seiner eigenen Schrotflinte.«

Er nickte. »Sie glauben vielleicht, mich würde das freuen.
Weit gefehlt. Er ist viel zu billig davongekommen.«

Gelächter war auf dem Gang zu hören und riss Klavs Jeppesen aus seinen Gedanken. Dann verwandelte die Wut sein
Gesicht aufs Neue. »Sie haben den Jungen draußen im Wald
überfallen, deshalb musste der weg. Sie können ihn selbst
fragen. Vielleicht kennen Sie ihn? Kyle Basset heißt er. Heute
lebt er in Spanien, aber er dürfte leicht ausfindig zu machen
sein: Ihm gehört eines der größten Bauunternehmen Spaniens,
KB Construcciones S.A.« Er nickte, während sich Carl den
Namen notierte. »Und sie haben Kåre Bruno umgebracht.
Glauben Sie mir.«

»Glauben tun wir das schon lange. Und wieso sind Sie sich
da so sicher?«

»Bruno besuchte mich, nachdem die Internatsleitung mich
gefeuert hatte. Erst waren wir Rivalen, dann waren wir Bun-
desgenossen. Er und ich gegen Wolf und Konsorten. Er ver-

traute mir an, dass er vor Wolf Angst habe. Dass sie sich von früher kennen würden. Dass er in der Nähe seiner Großeltern wohnte und ihn, Kåre, ständig bedrohte.«

Klavs Jeppesen nickte gedankenverloren. »Ich weiß, das ist nicht viel. Aber es reicht. Wolf bedrohte Kåre Bruno, so war das. Und Bruno starb.«

»Sie klingen, als wüssten Sie alle diese Dinge mit Sicherheit. Aber Tatsache ist, dass Sie schon von Kimmie getrennt waren, als Bruno und die Geschwister in Rørvig starben.«

»Ja. Aber davor habe ich doch mitbekommen, wie die anderen Schüler der Clique Platz machten, wenn die den Gang hinunterkam. Ich habe gesehen, wie die mit ihren Mitmenschen umsprangen, wenn sie zusammen waren. Nein, nicht mit denen aus ihrer eigenen Klasse, denn das Erste, was man auf dieser Schule lernt, ist Zusammenhalt. Aber mit allen anderen. Und dass sie den Jungen verprügelt haben, das weiß ich einfach.«

»Woher?«

»Kimmie übernachtete an den Zwischenwochenenden ein paar Mal bei mir. Sie schlief unruhig, als gäbe es in ihrem Inneren etwas, das sie nicht zur Ruhe kommen ließ. Sie hat im Schlaf seinen Namen gemurmelt.«

»Wessen?«

»Den des Jungen, Kyles Namen!«

»Wirkte sie geschockt oder gequält?«

Er lachte auf. Das Lachen kam aus einer Tiefe, wo es Abwehr bedeutet und nicht eine ausgestreckte Hand. »Nein, sie wirkte nicht gequält. Überhaupt nicht. So war Kimmie nicht.«

Carl überlegte, ob er ihm den kleinen Teddy zeigen sollte, ließ sich aber von der beachtlichen Anzahl Kaffeemaschinen ablenken, die aufgereiht auf der Theke standen und zischelten. Wenn sie den Kaffee bis nach dem Essen warm halten sollten, dann würde nur noch Teer übrig sein.

»Könnten wir uns vielleicht eine Tasse nehmen?«, fragte er

und wartete die Antwort gar nicht erst ab. Eine Tasse Mokka würde hoffentlich die hundert Stunden ausgleichen, in denen er nichts Vernünftiges zu essen bekommen hatte.

»Nicht für mich«, antwortete Klavs Jeppesen und unterstrich seine Worte mit ablehnender Geste.

»War Kimmie – bösartig?«, fragte Carl, als er sich Kaffee einschenkte und ihn dann inhalierte.

Er bekam keine Antwort.

Als er sich mit der Tasse vor dem Mund umdrehte, war Klavs Jeppesens Stuhl leer.

Die Audienz war beendet.

29

Auf zehn unterschiedlichen Wegen war Kimmie um den See gegangen, vom Planetarium zum Vodroffsvej und zurück. Immer wieder die Treppen und Pfade rauf und runter, die den See mit dem Gammel Kongevej und dem Vodroffsvej verbanden. Immer vor und zurück, ohne jedoch der Bushaltestelle gegenüber der Theaterpassage zu nahe zu kommen. Dort würden die Männer stehen, vermutete sie.

Zwischendurch einmal setzte sie sich auf die Terrasse des Planetariums. Mit dem Rücken zu den Glasscheiben beobachtete sie das Spiel der Sonnenstrahlen in der Fontäne draußen im See. Jemand hinter ihr lobte die Aussicht, aber die war Kimmie vollkommen egal. Es war Jahre her, dass sie für so etwas Augen hatte. Ihr ging es einzig und allein darum, die zu sehen, die Tine umgebracht hatten. Die Fährte ihrer Verfolger aufzunehmen. Zu sehen, wer für die Schweine arbeitete.

Denn sie zweifelte keinen Augenblick daran, dass sie zurückkommen würden. Genau davor hatte Tine ja Angst gehabt, sicher zu Recht. Wenn sie Kimmie wollten, und das wollten sie, würden sie sicherlich nicht so leicht aufgeben.

Und Tine war das Bindeglied. Aber Tine gab es nicht mehr.

Kimmie war schnell weg gewesen, als das Haus mit gewaltigem Knall in die Luft geflogen war. Vielleicht hatten ein paar Kinder sie gesehen, als sie an der Schwimmhalle vorbeistürmte. Sonst aber sicher niemand. Auf der anderen Seite der Gebäude an der Kvægtorvsgade hatte sie sich aus dem Mantel gewunden und ihn in den Koffer gestopft. Dann hatte sie eine Wildlederjacke angezogen und ein schwarzes Kopftuch umgebunden.

Zehn Minuten später stand sie an der Rezeption des Hotels Ansgar in der Colbjørnsensgade. Sie zeigte den portugiesischen Pass, den sie vor ein paar Jahren in einem gestohlenen Koffer gefunden hatte. Das Foto ähnelte ihr nicht hundertprozentig, aber es war auch schon sechs Jahre alt, und wer veränderte sich nicht in so einem Zeitraum?

»Do you speak English, Mrs Teixeira?«, fragte der freundliche Portier. Der Rest war Formsache.

Sie setzte sich für eine Stunde mit ein, zwei Drinks in den Hotelinnenhof unter einen Gasheizstrahler. Danach kannte man sie sozusagen. Anschließend schlief sie fast zwanzig Stunden mit der Pistole unter dem Kopfkissen und den Bildern einer zitternden Tine auf der Netzhaut.

Dann war sie wieder bereit. Vom Hotel aus spazierte sie zum Planetarium und nach acht Stunden Wartens hatte sie gefunden, wonach sie suchte.

Der Mann war dünn, fast mager, sein Blick hing abwechselnd an Tines Fenster im fünften Stock und dem Eingangsbereich des Hauses in der Theaterpassage.

»Da kannst du lange warten, du Scheißkerl«, murmelte Kimmie auf ihrer Bank am Gammel Kongevej vor dem Planetarium.

Gegen dreiundzwanzig Uhr wurde der Mann abgelöst. Ohne Zweifel hatte der, der kam, einen niedrigeren Status als der, der ging. Man sah es an der Art, wie er sich näherte. Er kam wie ein Hund, der gern zum Fressnapf will, aber erst Witterung aufnehmen muss, ob er auch geduldet wird.

Deshalb war er es und nicht der Erste, der die dröge Samstagnachtschicht übernehmen musste. Und deshalb beschloss Kimmie, sich lieber dem Dünnen an die Fersen zu heften.

Sie folgte ihm in angemessenem Abstand. Den Bus erreichte sie genau in dem Moment, bevor sich die Türen schlossen.

Erst da sah sie, wie zugerichtet sein Gesicht war. Die Unterlippe war aufgesprungen und über der Augenbraue war er genäht. Blutergüsse zogen sich am Haaransatz vom Ohr bis zum Hals, als hätte er sein Haar mit Henna gefärbt und die überschüssige Farbe nicht ausgespült.

Als sie in den Bus sprang, sah er aus dem Fenster. Saß nur dort und schielte zum Bürgersteig, in der Hoffnung, seine Beute im letzten Moment doch noch zu erspähen. Erst als sie fast am Peter Bangs Vej waren, entspannte er sich ein wenig.

Jetzt hat er frei, und er hat es nicht eilig, dachte sie. Niemand zu Hause, der auf ihn wartet. Man sah das an seiner Haltung. Seiner Gleichgültigkeit. Hätte ein kleines Mädchen oder ein niedlicher Welpe oder ein gemütliches Wohnzimmer auf ihn gewartet, wo man Händchen halten und lachen konnte, dann würde er tiefer und freier atmen. Nein, die Knoten in der Seele und im Zwerchfell konnte er nicht verbergen. Es gab nichts, wohin er heimkehren konnte. Nichts, wofür sich Eile lohnte.

Wie gut sie das kannte.

Am Tanzlokal Damhus Kro stieg er aus. Er erkundigte sich nicht weiter nach dem abendlichen Rahmenprogramm, dafür war er eh reichlich spät dran, und das wusste er offenbar. Viele Paare hatten sich bereits gefunden, zumindest für einen One-Night-Stand, und zwitscherten jetzt gemeinsam ab. Der

Dünne gab seinen Mantel an der Garderobe ab und betrat den Tanzsaal. Er wirkte nicht so, als hätte er große Erwartungen. Wie sollte er auch, bei seinem Aussehen? Er setzte sich an die Bar, bestellte ein Bier und blickte über die Schar der Gäste. Vielleicht war ja doch eine Frau darunter, die bereit war, am Ende mit ihm mitzugehen?

Kimmie nahm das Kopftuch ab, zog die Wildlederjacke aus und bat die Dame an der Garderobe, gut auf ihre Handtasche aufzupassen. Dann betrat sie mit selbstsicher vorgeschobener Brust das Lokal. Damit sandte sie Signale an alle, die noch imstande waren zu fokussieren. Ein Orchester spielte den fummelnden, tanzenden Paaren auf. Nicht gut, aber laut. Keiner von denen auf der Tanzfläche unter dem Kristallhimmel aus Glasröhren sah aus, als hätte er oder sie den Richtigen gefunden.

Sie spürte die Blicke, die sich auf sie richteten, und die Unruhe, die sich bereits auf den Barhockern und an den Tischen breitmachte.

Sie hatte weniger Make-up aufgelegt als alle anderen Frauen, stellte sie mit einem raschen Blick in die Runde fest. Weniger Make-up und weniger Speck auf den Rippen.

Ob er mich wiedererkennt?, fragte sie sich und ließ den Blick langsam, an bittenden Augen vorbei bis zu dem hageren Kerl gleiten. Genau wie alle anderen Männer war er schon beim geringsten Zeichen auf dem Sprung und bereit. Nonchalant hob er kaum merklich den Kopf und platzierte den Ellbogen auf der Theke. Sein professioneller Blick sondierte, ob sie von jemandem erwartet wurde oder freie Beute war.

Als sie ihm über die Tische hinweg zulächelte, holte er ein einziges Mal tief Luft. Er konnte es nicht glauben, aber er wollte es so gerne.

Es vergingen keine zwei Minuten, da bewegte sie sich schon mit dem ersten Mann auf dem Tanzparkett, im selben gemächlichen Takt wie alle anderen.

Aber der Dünne hatte ihre Blicke registriert. Er spürte, dass sie sich entschieden hatte. Und er richtete sich auf, rückte die Krawatte zurecht und bemühte sich, sein mageres, verprügeltes Gesicht in dem schummerigen Licht einigermaßen attraktiv wirken zu lassen.

Mitten in einem Tanz kam er zu ihr und nahm ihren Arm. Etwas linkisch fasste er sie um den Rücken und drückte sie ein bisschen. Diese Finger hatten keine Übung, merkte sie. Sein Herz klopfte unglaublich hart an ihre Schulter.

Was für eine leichte Beute.

»Tja, das ist also mein Domizil«, sagte er und nickte verlegen. Das Wohnzimmer offenbarte vom fünften Stock die Aussicht über den S-Bahnhof von Rødovre und eine Menge Parkplätze und Straßen.

Am Eingang mit den lilafarbenen Aufzugtüren hatte er auf ein Schild gedeutet. *Finn Aalbæk* stand da. Und dann hatte er erklärt, das Hochhaus sei sicher und stabil, auch wenn es bald abgerissen werden sollte. Er hatte ihre Hand genommen und sie im fünften Stock auf den Balkon geführt, als sei er ein Ritter, der sie auf einer Hängebrücke sicher über schäumende Fluten geleitet. Er presste sich an seine Beute, damit die es sich nicht anders überlegte und abhaute. Schon jetzt hatte ihn seine Phantasie, befeuert von seinem entzückten, neu erworbenen Selbstbewusstsein, fummelnd unter die Decke platziert.

Er schlug ihr vor, noch ein bisschen auf dem Balkon zu bleiben und die Aussicht zu genießen, und derweil räumte er den Couchtisch ab, knipste die Lavalampen an, legte eine CD ein und drehte ruckzuck den Deckel der Ginflasche ab.

Kimmie stellte fest, dass sie sich zuletzt vor über zehn Jahren allein mit einem Mann hinter verschlossenen Türen aufgehalten hatte.

»Was ist mit dir passiert?«, fragte sie und näherte sich mit der Hand seinem Gesicht.

Er zog die geschwollenen Augenbrauen hoch. Vermutlich vor dem Spiegel einstudiert, als Teil einer Charme-Offensive.

»Na ja … als ich Dienst hatte, bin ich ein paar Kerlen begegnet, die mich provozieren wollten. Das ist ihnen allerdings nicht so gut bekommen.« Er verzog beim Lächeln den Mund. Auch das war so ein Klischee. Er log, schlicht und einfach.

»Was machst du eigentlich, Finn?«, fragte sie schließlich.

»Ich? Ich bin Privatdetektiv.« So wie er das Wort aussprach, klang es nach anzüglicher Schnüffelei und so gar nicht nach Geheimnis und Gefahr, wie er es sicher beabsichtigt hatte.

Sie sah die Flasche, mit der er kämpfte, und spürte, wie sich ihr der Hals zuschnürte. *Bleib ganz ruhig, Kimmie*, flüsterten die Stimmen. *Behalte die Kontrolle.*

»Gin Tonic?«, fragte er.

Sie schüttelte den Kopf. »Hast du vielleicht Whisky?«

Er schien überrascht, aber nicht unzufrieden. Frauen, die Whisky tranken, waren hart im Nehmen, keine Mimosen.

»Na, hallo, du bist aber durstig«, sagte er, nachdem sie das Glas ex getrunken hatte. Er schenkte ihr nach und dann auch einen für sich, um den Anschluss nicht zu verlieren.

Nachdem sie noch drei Gläser gekippt hatten, war er angetrunken.

Ihr dagegen war nichts anzumerken. Sie fragte nach seinem derzeitigen Auftrag und beobachtete ihn. Der Alkohol baute seine Hemmungen ab. Langsam rückte er auf dem Sofa näher. Als seine Finger schließlich ihren Schenkel hinaufspazierten, lächelte er ihr steif zu.

»Ich suche nach einer Frau, die vielen Menschen sehr schaden kann«, antwortete er.

»Na, das klingt ja spannend. Betreibt sie Industriespionage oder ist sie ein Callgirl oder so was?«, fragte sie und untermalte ihr begeistertes Erstaunen, indem sie eine Hand auf seine legte und sie zielgerichtet zur Innenseite ihres Schenkels führte.

Sie sah seinen Mund an und wusste, sie würde kotzen, wenn er versuchte sie zu küssen.

»Wer ist die Frau?«, fragte sie.

»Das ist ein Dienstgeheimnis, Schatz. Das kann ich nicht sagen.«

Schatz! Hoffentlich musste sie nicht schon eher kotzen.

»Aber wer beauftragt dich mit so einem Job?« Sie ließ ihn ein Stück weiter hinauf. Der Atem an ihrem Hals stank nicht nur nach Alkohol, er war jetzt auch heiß.

»Die Leute stehen gesellschaftlich ganz oben«, flüsterte er. Als würde ihn das in der Paarungshierarchie weiter oben ansiedeln.

»Sollen wir uns nicht noch ein Gläschen gönnen?«, fragte sie. Seine Finger fummelten in der Schambeingegend.

Er zog sich etwas zurück und betrachtete sie grinsend. Die geschwollene Seite des Gesichts verzog sich dabei. Ganz offenkundig hatte er einen Plan. Sie sollte ruhig trinken, er würde nachschenken, bis sie vollständig hinüber und bereit war.

Ihm wäre es schnurzegal, wenn sie bewusstlos umfiele. Es scherte ihn einen Dreck, ob sie auf ihre Kosten käme oder nicht, das war ihr klar.

»Wir können das heute Nacht nicht machen«, sagte sie. Seine Mundwinkel sackten nach unten und die Augenbrauen schnellten in die Höhe. »Ich hab meine Mens, aber lass uns das auf jeden Fall nachholen, ja?«

Die Lüge war ihr glatt über die Lippen gegangen, dabei wünschte sie sich in ihrem Herzen nichts sehnlicher, als dass es stimmte. Es war jetzt elf Jahre her, seit sie zuletzt geblutet hatte. Nur noch Krämpfe im Bauch waren geblieben, und die waren nicht physisch. Das waren die Wut und die geplatzten Träume eines ganzen Lebens.

Der Abort, an dem sie fast gestorben wäre, hatte sie unfruchtbar gemacht. So war es.

Vielleicht wäre sonst alles ganz anders gekommen.

Sie strich vorsichtig mit dem Zeigefinger über seine gerissene Augenbraue. Aber das dämpfte weder seine aufsteigende Wut noch seine Frustration.

Sie konnte sehen, was er dachte. Er hatte die verkehrte Tussi mit nach Hause geschleppt, aber damit wollte er sich nicht abfinden. Warum zum Teufel ging sie zum Ball der einsamen Herzen, wenn sie ihren Mist hatte?

Kimmie sah, wie sich seine Gesichtszüge veränderten. Da nahm sie ihre Handtasche und stand auf, trat ans Balkonfenster und blickte über die öde Wüstenlandschaft aus Reihen- und Hochhäusern in der Ferne. Fast überall dunkel. Nur ein kalter Lichtschein von den Straßenlaternen ein Stück entfernt.

»Du hast Tine umgebracht«, sagte sie beherrscht und steckte die Hand in die Tasche.

Sie hörte, wie sich vom Sofa hochrappelte. In einer Sekunde würde er über ihr sein. Er war nicht klar im Kopf, aber tief im Inneren erwachte sein Jagdinstinkt.

Dann drehte sie sich ganz langsam um und zog dabei die Pistole mit dem Schalldämpfer heraus.

Er sah die Waffe, als er sich hinter dem Couchtisch hervormanövrierte. Dann stand er still, verwundert über sich und die Kratzer, die seiner Berufsehre da zugefügt wurden. Er sah urkomisch aus. Sie liebte diese Mischung aus stummer Verblüffung und Angst.

»Ja«, sagte sie. »Das ist wohl nicht so gut gelaufen. Du hast die Zielperson deines Auftrages nach Hause abgeschleppt, ohne es zu merken.«

Er neigte den Kopf und betrachtete abschätzend ihr Gesicht. Verglich es mit dem Bild, das er sich von einer abgehärmten obdachlosen Frau zurechtgelegt hatte. Prüfte verwirrt sein Gedächtnis. Wie hatte er sich dermaßen irren können? Wie hatte er sich so von dieser Verkleidung an der Nase herumführen lassen können? Wie konnte er eine von der Straße attraktiv finden?

Komm schon, flüsterten die Stimmen. *Schnapp ihn dir. Er ist deren Lakai, nichts weiter. Schlag zu!*

»Ohne dich wäre meine Freundin noch am Leben«, sagte Kimmie und spürte jetzt den Alkohol, der im Zwerchfell brannte. Sie sah hinüber zur Flasche und ihrem goldenen Inhalt. Halb voll. Noch ein Schluck, und die Stimmen und der Brand wären weg.

»Ich hab niemanden umgebracht«, sagte er. Sein Blick suchte ihren Finger am Abzug und den Entsicherungshebel. Alles, was den Glauben stärkte, sie hätte etwas übersehen.

»Na? Fühlst du dich jetzt wie die Ratte in der Falle?« Die Frage war überflüssig, und er antwortete auch gar nicht. Er hasste es, das feststellen zu müssen. Verständlich.

Aalbæk hatte Tine verprügelt. Aalbæk hatte sie traumatisiert und verletzbar gemacht. Und Aalbæk hatte sie zu einer Gefahr für Kimmie werden lassen. Ja, vielleicht war Kimmie die Waffe gewesen, aber Aalbæk war die Hand, die sie geführt hatte. Dafür musste er büßen.

Er und die anderen, die die Befehle erteilten.

»Ditlev, Ulrik und Torsten stehen dahinter. Das weiß ich«, sagte sie, zunehmend absorbiert von der Nähe der Flasche und ihrem heilenden Inhalt.

Tu's nicht, sagte eine der Stimmen, aber sie tat es doch. Sie streckte die Hand nach der Flasche aus. Erst nahm sie seinen Körper nur wie eine Vibration in der Luft wahr, dann als ein um sich schlagendes Knäuel aus Armen und Kleidung.

Rasend vor Wut warf er sie zu Boden. Trampel auf der Sexualität eines Mannes herum, und du hast einen Feind fürs Leben, hatte sie gelernt. Wie wahr! Nun musste sie büßen für seine hungrigen Blicke und sein unterwürfiges Drängeln. Büßen dafür, dass er sich offen und verletzlich gezeigt hatte.

Er schmiss sie gegen den Heizkörper, sodass ihr Kopf gegen die Stäbe knallte. Auf dem Fußboden stand eine große Holzfigur, die riss er an sich und schlug damit gegen ihre Hüfte. Er packte sie an der Schulter und drehte sie auf den Bauch. Presste ihren Oberkörper auf den Boden und den Arm mit der Pistole auf den Rücken. Aber Kimmie ließ sie nicht los.

Seine Finger bohrten sich in ihren Oberarm. Schmerzen hatte sie so oft gefühlt. Es brauchte mehr, um sie zum Schreien zu bringen.

»Glaubst du, du kannst hierherkommen und mich heiß machen? Und mich dann austricksen?« Damit knallte er ihr die Faust ins Kreuz. Danach donnerte er die Pistole in eine Ecke und griff ihr so rabiat unters Kleid, dass Strumpfhose und Slip zerrissen.

»Du Miststück, von wegen du hast deine Tage!«, brüllte er. Dann riss er sie brutal herum und schlug ihr ins Gesicht.

Während er sie unter sich zwischen seine Knie klemmte und auf sie eindrosch, sahen sie sich direkt in die Augen. Es waren sehnige Schenkel, die sich in der abgewetzten Hose über ihr anspannten. Pochende, blutpralle Adern in seinen hämmernden Unterarmen.

Er schlug sie, bis ihre Gegenwehr nachzulassen begann. Widerstand schien vergeblich.

»Reicht's dir?«, schrie er und drohte ihr mit der Faust, die Abstrafung wieder aufzunehmen. »Bist du fertig? Oder willst du aussehen wie deine Freundin neulich?«

Fertig?, fragte er.

Fertig war man erst, wenn man zu atmen aufhörte.

Niemand wusste das besser als sie.

Kristian kannte sie am besten. Er bekam mit, wenn sie diesen Sog aus Spannung spürte. Dieses chemische Gefühl, vom Boden abzuheben, während der Unterleib Lustgefühle in alle Zellen aussandte.

Und wenn sie im Dunkeln zusammensaßen und ›Clockwork Orange‹ sahen, dann zeigte er ihr, wozu Lust führen konnte.

Kristian Wolf war derjenige mit Erfahrung. Er hatte schon

früher Mädchen ausprobiert. Er kannte die Losungen zu ihren innersten Gedanken. Wusste, in welche Richtung man den Schlüssel im Keuschheitsgürtel umdrehen musste. Und plötzlich saß sie da zwischen den anderen aus der Clique, während die lüstern ihren entblößten Körper im flackernden Licht der Schreckensbilder auf dem Bildschirm betrachteten. Kristian zeigte ihr und allen anderen, wie man gleichzeitig in verschiedenen Richtungen genießen konnte. Wie Gewalt und Lust Hand in Hand gingen.

Ohne Kristian hätte sie nie gelernt, mit ihrem Körper zu ködern. Ausschließlich um der Jagd willen. Was er allerdings nicht bedacht hatte, war, dass sie auf diese Weise zum ersten Mal in ihrem Leben Ereignisse in ihrer Umgebung selbst steuern konnte. Vielleicht nicht von Anfang an, aber später dann.

Und als sie aus der Schweiz zurückkam, beherrschte sie diese Kunst bis zur Vollkommenheit.

Sie ging wahllos mit Zufallsbekanntschaften ins Bett. Nahm sie sich und machte Schluss mit ihnen. Das waren die Nächte.

Tagsüber war alles Routine. Die eisige Kälte der Stiefmutter. Die Tiere auf der Arbeit bei Nautilus Trading. Der Kontakt mit den Kunden und die Wochenenden mit der Clique. Die gelegentlichen Überfälle.

Und dann kam ihr Bjarne näher und weckte neue Gefühle in ihr. Erzählte ihr, sie sei mehr als das, was sie real war. Behauptete, sie wäre jemand. Jemand, der ihm und anderen etwas geben konnte. Dass sie an ihren Taten schuldlos sei und ihr Vater ein Schwein. Dass sie sich vor Kristian hüten solle. Dass die Vergangenheit tot sei.

Aalbæk konstatierte ihre Resignation und begann sofort an seiner Hose herumzufummeln. Da lächelte sie ihn kurz an. Vielleicht glaubte er, sie lächle, weil sie es auf diese Weise mochte. Dass im Grunde alles nach ihrem Plan verlaufe. Dass sie komplizierter sei als zunächst vermutet. Dass Schläge zu ihrem Ritual gehörten.

Aber Kimmie lächelte, weil sie wusste, dass er preisgegeben war. Lächelte, als er sein Glied hervorholte. Lächelte, als sie es auf ihrem nackten Schenkel spürte und merkte, dass es nicht steif genug war.

»Bleib einen Moment still liegen, dann machen wir es«, flüsterte sie und sah ihm dabei in die Augen. »Das ist keine echte Pistole. Nur eine Attrappe. Ich wollte dich nur erschrecken. Aber das hast du ja die ganze Zeit gewusst, oder?« Sie öffnete leicht die Lippen, damit sie fülliger wirkten. »Ich glaube, du wirst mich mögen«, sagte sie und rieb sich an ihm.

»Das glaube ich auch.« Sein stumpfer Blick hing an ihrem Dekolleté.

»Du bist stark. Ein toller Mann.« Sie kam ihm mit den Schultern zärtlich entgegen und spürte, wie seine Beine sie nicht mehr ganz so fest umklammerten. Da konnte sie ihren Arm freibekommen und seine Hand zwischen ihre Beine ziehen. Daraufhin ließ er sie endgültig los und sie konnte mit der anderen Hand seinen Schwanz packen.

»Hiervon sagst du Pram und den anderen nichts, oder?«, sagte sie und bearbeitete ihn, bis er nach Luft schnappte.

Wenn er etwas nicht berichten würde, dann das hier.

Die forderte man nicht heraus. Das wusste sogar er.

Kimmie und Bjarne hatten ein halbes Jahr zusammengewohnt, als Kristian das nicht mehr hinnehmen wollte.

Sie merkte das eines Tages, als er die Gruppe mit zu einem Überfall hinausgelockt hatte. Dieser Überfall hatte sich anders entwickelt als sonst. Kristian hatte die Kontrolle verloren. Und beim Versuch, diese zurückzugewinnen, hatte er dafür gesorgt, dass sich die anderen gegen sie, Kimmie, wandten.

Ditlev, Kristian, Torsten, Ulrik und Bjarne. Einer für alle, alle für einen.

An all das erinnerte sie sich nur zu deutlich, als Aalbæk über ihr nicht länger warten konnte und im Begriff war, sie mit Gewalt zu nehmen.

Und sie hasste es und liebte es gleichzeitig. Nichts verlieh mehr Stärke als Hass. Nichts vermochte die Maßstäbe deutlicher zurechtzurücken, die Begriffe schneller zu klären als Rachsucht.

Sie zog sich mit aller Kraft zurück und halbwegs an der Wand hoch. Die Holzfigur, mit der er sie geschlagen hatte, hatte sie unter sich. Da packte sie aufs Neue sein halbsteifes Glied, bearbeitete es und zerrte daran, bis er fast weinte.

Und als er schließlich auf ihrem Schenkel kam, steckte ihm die Luft in den Lungen fest. Er war ein Mann, der an diesem Abend viele Male überrumpelt worden war. Und er war ein Mann, der bessere Tage kannte und zwischenzeitlich vergessen hatte, wie groß der Unterschied zwischen einsamem Onanieren und der Nähe einer Frau doch war. In diesem Moment war er völlig verloren. Seine Haut war feucht, aber die Augen starrten trocken und blind einen Punkt an der Decke an. Aber von dort wollte einfach keine Antwort kommen: Wie konnte es sein, dass sie von ihm geglitten war und plötzlich mit gespreizten Beinen über ihm stand, die Pistole direkt auf seinen noch immer pochenden Unterleib gerichtet?

»Das Gefühl, das du gerade in dir spürst, genieß es, denn du spürst es zum letzten Mal, du Schwein.« Sein Sperma lief an ihrem Schenkel herunter. Tiefe Verachtung und das Gefühl, besudelt worden zu sein, erfüllten sie.

Wie jedes Mal, wenn die, denen sie vertraute, sie im Stich gelassen hatten.

Wie bei den Schlägen ihres Vaters, wenn sie sich nicht korrekt benahm. Wie bei den unvorhersehbaren Zurechtweisungen und Ohrfeigen der Stiefmutter, wenn Kimmie begeistert von was auch immer sprach. Wie bei ihrer längst vergessenen Mutter, die, wenn sie nicht zu besoffen war, kratzte und haute und sie mit Wörtern wie Korrektheit, Zurückhaltung und Anstand traktierte. Wörter, deren Wichtigkeit das kleine Mädchen verstand, noch ehe es ihre Bedeutung kannte.

Und wie damals, als Kristian und Torsten und die anderen ihr das angetan hatten. Die, denen sie am allermeisten vertraut hatte.

Ja, sie kannte das Gefühl, besudelt, geschändet zu sein, und sie wollte es. Das Leben hatte sie abhängig gemacht davon. Das war der weitere Weg. So konnte sie handeln.

»Steh auf«, sagte sie und zog die Balkontür auf.

Es war eine stille, feuchte Nacht. Rufe in einer fremden Sprache aus den Reihenhäusern gegenüber pflanzten sich in der Landschaft aus Beton wie ein Echo fort.

»Steh auf!« Sie unterstrich ihre Worte mit der Pistole und sah, wie sich ein Lächeln auf seinem geschwollenen Gesicht breitmachte.

»War das nicht bloß eine Attrappe?« Er zog den Reißverschluss seiner Hose hoch und kam langsam auf sie zu.

Sie wandte sich der Holzfigur auf dem Fußboden zu und gab einen einzigen Schuss ab. Es war verblüffend, wie leise es ploppte, als sich die Kugel in den Rücken der Figur bohrte.

Auch überraschend für Aalbæk.

Er zog sich zurück, wurde aber wieder zum Balkon hin dirigiert.

»Was willst du?«, fragte er dort draußen, jetzt aber mit einem ganz anderen Ernst. Das Geländer hielt er fest umklammert.

Sie sah über die Brüstung nach unten. Die Dunkelheit unter ihnen war wie ein alles verschlingendes Loch. Aalbæk wusste das und er begann zu zittern.

»Erzähl mir alles«, sagte sie und zog sich in den Schatten der Mauer zurück.

Und er erzählte. Es kam langsam, aber in der richtigen Reihenfolge. Die Ergebnisse einer systematischen, professionellen

Observation. Denn was galt es jetzt noch zu verbergen? Es war ja nur ein Job. Hier ging es um mehr.

Kimmie sah ihre alten Freunde vor sich, während Aalbæk um sein Leben redete. Ditlev, Torsten und Ulrik. Hieß es nicht, mächtige Männer herrschten nur über die Ohnmacht der anderen? Nein, sie herrschten auch über ihre eigene Ohnmacht. Das zeigte die Geschichte die ganze Zeit.

Und als der Mann vor ihr nichts mehr zu berichten hatte, sagte sie kalt: »Du hast die Wahl. Springen oder die Knarre. Es sind fünf Stockwerke bis unten. Wenn du springst, hast du gute Chancen zu überleben. Das Gebüsch dort unten, du weißt schon. Pflanzt man das nicht deshalb so dicht am Haus?«

Er schüttelte den Kopf. Das hier konnte einfach nicht wahr sein. Er hatte schon so viel überlebt. So etwas passierte einfach nicht.

Das Lächeln, zu dem er sich durchrang, war jämmerlich. »Dort unten ist kein Gebüsch. Nur Beton und Rasen.«

»Erwartest du Gnade von mir? Hast du Tine vielleicht Gnade gewährt?«

Er antwortete nicht, stand nur völlig starr da. Krampfhaft versuchte er sich einzureden, dass sie das nicht ernst meinen konnte. Sie hatte doch gerade mit ihm geschlafen. Oder jedenfalls etwas in der Richtung.

»Spring, oder ich schieße dir in den Unterleib. Das wirst du auf keinen Fall überleben, das verspreche ich dir.«

Er ging einen Schritt weiter und beobachtete panisch, wie die Pistole gesenkt wurde und sich der Finger krümmte.

Hätte nicht der viele Alkohol in seinen Adern pulsiert, dann hätte es mit einem Schuss geendet.

So aber umklammerte er das Geländer und warf sich mit einem Ruck in die Tiefe. Und vielleicht hätte er sich tatsächlich auf den Balkon der Etage darunter schleudern können, wenn Kimmie ihm nicht mit dem Pistolenschaft so fest auf die Fingerknöchel geschlagen hätte, dass es knirschte.

Als er unten landete, gab es einen dumpfen Laut. Keinen Schrei.

Kimmie drehte sich zur Balkontür um und trat in die Wohnung. Sie starrte kurz die misshandelte Figur an, die auf dem Boden lag und lachte. Da lächelte Kimmie zurück, bückte sich, sammelte die leere Patronenhülse auf und steckte sie in ihre Tasche.

Als sie die Wohnungstür hinter sich zuknallte, war sie zufrieden.

Eine ganze Stunde hatte sie die Gläser, die Flasche und alles Mögliche andere gründlich abgewaschen. Die Holzfigur stand auf dem Heizkörper, hübsch umwickelt mit einem Geschirrhandtuch.

Wie ein Koch, der bereit ist, die nächsten Gäste des Etablissements zu empfangen.

30

Aus dem Wohnzimmer hörte man es knirschen, krachen und rumpeln, als stampfte eine Horde Elefanten über Carls strapazierte Ikea-Möbel hinweg.

Bei Jesper war also Party.

Carl rieb sich die Schläfen und bereitete innerlich eine Standpauke vor.

Der Lärm wurde ohrenbetäubend, als er die Tür aufstieß. Nur das flimmernde Bild des Fernsehers spendete Licht, Morten und Jesper hockten jeweils an den äußersten Enden der Couch.

»Was zum Teufel ist hier los?«, schrie Carl, konsterniert von der Allgegenwart des Radaus und der Leere des Wohnzimmers.

»Surround-Sound«, teilte Morten stolz mit, nachdem er die Lautstärke mittels Fernbedienung etwas reduziert hatte.

Jesper deutete auf die Runde der Lautsprecher, die sich hinter den Sesseln und im Bücherregal verbargen. Cool, was?, signalisierte sein Blick.

Damit war der Familienfrieden im Hause Mørck endgültig passé.

Sie schoben ihm ein lauwarmes Tuborg hin. Die Anlage sei ein Geschenk der Eltern von einem von Mortens Freunden. Die könnten sie nicht gebrauchen. Mit dieser Information versuchte Morten Carls mürrische Miene zu glätten.

Kluge Leute, diese Eltern.

An dem Punkt bekam Carl Lust, den Spieß umzudrehen. »Ich soll dich etwas fragen, Morten! Hardy hatte die Idee, dass du ihn vielleicht hier zu Hause pflegen könntest. Gegen Bezahlung natürlich. Sein Bett müsste dort stehen, wo jetzt euer Basslautsprecher steht. Den könnten wir ja hinterm Bett platzieren, da drauf könnte dann auch gleich die Pinkeltüte liegen.«

Er trank einen Schluck und freute sich auf die zeitverzögerte Wirkung seiner Worte, wenn die Information erst einmal in ihre müden Samstagabendhirne vorgedrungen war.

»Gegen Bezahlung?«, wiederholte Morten.

»Hardy soll *hier* wohnen?«, fuhr Jesper maulend dazwischen. »Na, mir egal. Wenn ich nicht bald im Gammel Amtsvej eine Jugendwohnung kriege, ziehe ich zu Mutter ins Gartenhaus.«

Das wollte Carl erleben, bevor er es glaubte.

»Was meinst du, wie viel springt dabei raus?«, fuhr Morten fort.

An der Stelle ging das Pochen im Kopf richtig los.

Zweieinhalb Stunden später wachte er auf. Der Radiowecker zeigte SUNDAY 01:39:09, und der Kopf war voller Bilder von silbernen Amethystohrringen und Namen wie Kyle Basset, Kåre Bruno und Klavs Jeppesen.

In Jespers Zimmer war das New York der Gangsta Rapper auferstanden und Carl fühlte sich, als habe er einen mutierten Grippevirus in hoher Dosis inhaliert. Trockene Schleimhäute, Augenhöhlen, als wäre Sand hineingeraten, und eine tonnenschwere Müdigkeit in Kopf und Gliedern.

Lange lag er einfach da und kämpfte mit sich, bis er schließlich die Beine aus dem Bett schwang. Vielleicht konnte ja eine richtig heiße Dusche die Dämonen vertreiben.

Stattdessen schaltete er den Radiowecker ein und erfuhr aus den Nachrichten, dass eine weitere Frau schwer verletzt aufgefunden worden war. In einem Abfallcontainer, halb totgeprügelt. Dieses Mal in der Store Søndervoldstræde, aber die Umstände entsprachen haargenau denen in der Store Kannikestræde.

Irgendwie witzig, diese Übereinstimmung von zweiteiligen Straßennamen, dachte er. Beide fangen mit Store an und enden auf -stræde. Gab es im Bezirk von Dezernat A eigentlich noch mehr von der Sorte?

Alles in allem war er deshalb bereits wach, als Lars Bjørn anrief.

»Ich denke, es wäre gut, wenn du dich anziehst und zu mir nach Rødovre kommst«, sagte er.

Carl wollte etwas Entschiedenes entgegnen, im Sinne von, Rødovre gehöre nicht zu ihrem Bezirk, oder etwas von ansteckenden epidemischen Krankheiten. Aber die Worte blieben ihm im Hals stecken, als Lars Bjørn ihm mitteilte, man habe Privatdetektiv Finn Aalbæk tot aufgefunden, fünf Stockwerke unter seinem Balkon auf dem Rasen.

»Der Kopf sieht ihm noch ähnlich. Aber der Körper ist sicher einen halben Meter kürzer. Er muss auf den Füßen gelandet sein. Es hat ihm die Wirbelsäule geradewegs in den Schädel gerammt.« Seit wann drückte Bjørn sich so drastisch aus?

Irgendwie machte diese Nachricht etwas mit Carls Kopfschmerzen. Vielleicht vergaß er sie aber auch nur.

Carl entdeckte Lars Bjørn vor der Giebelwand des Hochhauses. Die mannshohen Graffiti an der Wand hinter ihm – *Kill your mother and rape your dog!* – ließen ihn nicht gerade munterer wirken.

Lars Bjørn hatte westlich von Valby Bakke einen Scheißdreck zu suchen, was machte er also hier? Der sollte doch für seinen Fehltritt büßen.

»Was machst du hier draußen, Lars?«, fragte Carl. Dabei ließ er den Blick zu den hell erleuchteten Fenstern einiger Flachbauten im Avedøre Havnevej schweifen. Sie lagen nicht einmal hundert Meter entfernt hinter ein paar Bäumen, die ihr Laub schon halb abgeworfen hatten. Das war das Gymnasium von Rødovre, wo er erst vorhin gewesen war. Das Fest für die Ehemaligen zog sich also noch hin.

Merkwürdiges Gefühl. Vor gerade mal sechs Stunden war er noch dort drüben gewesen und hatte mit Klavs Jeppesen geredet. Und jetzt lag Aalbæk hier auf der anderen Seite der Straße. Was um Himmels willen ging hier vor?

Lars Bjørn sah ihn düster an. »Du erinnerst dich ja vielleicht noch, dass einer der Verantwortungsträger und hier anwesenden Mitarbeiter des Präsidiums erst vor Kurzem eine Anzeige wegen Körperverletzung im Amt gegenüber dem Verstorbenen am Hals hatte. Deshalb waren Marcus und ich der Meinung, es wäre wichtig, an Ort und Stelle zu überprüfen, worum es sich in diesem Fall hier handelt. Aber das weißt du vielleicht, Carl?«

Was war denn das für ein Ton in einer dunklen, kalten Septembernacht?

»Wenn ihr ihn beschattet hättet, wie ich euch gebeten habe, wüssten wir ja vielleicht ein bisschen mehr, nicht wahr?«, knurrte Carl. Dabei versuchte er herauszufinden, was an dem Klumpen, der sich zehn Meter entfernt ins Gras gebohrt hatte, oben und unten war.

»Die Typen da drüben haben ihn gefunden«, sagte Bjørn. Er

deutete zu einer Gruppe von Einwandererjungen in Jogging-
hosen mit weißen Streifen und blassen dänischen Mädchen in
ultrastrammen Jeans. Ganz offenkundig fanden nicht alle von
ihnen, dass das hier cool war. »Die wollten auf den Spielplatz
des Kindergartens oder der Krippe, oder was immer das auch
ist, und sich da rumdrücken. Aber so weit kamen sie dann
nicht.«

»Wann ist das passiert?«, fragte Carl den Amtsarzt, der bereits zusammenpacken wollte.

»Tja, es ist heute Nacht ja recht kühl. Aber er hat hier im
Schutz des Hauses gelegen. Vielleicht zwei bis zweieinhalb
Stunden?« Er hatte müde Augen und sehnte sich vermutlich
nach der Bettdecke und dem warmen Rücken seiner Frau.

Carl wandte sich an Lars Bjørn. »Gegen sieben heute Abend
war ich drüben im Gymnasium von Rødovre. Damit du Bescheid weißt. Ich habe mit einem ehemaligen Freund von
Kimmie gesprochen. Das ist ein absoluter Zufall, aber nimm
in den Bericht auf, dass ich selbst das angegeben habe.«

Bjørn zog die Hände aus der Lederjacke und schlug den Kra-
gen hoch. »Bist du je oben in seiner Wohnung gewesen, Carl?«

»Nein, war ich nicht.«

»Bist du ganz sicher?«

Also mal ehrlich, dachte Carl und spürte, wie die Kopfschmerzen in ihrer Ecke frohlockten.

»Also mal ehrlich«, sagte er, weil ihm nichts Besseres einfiel. »Jetzt mach mal halblang. Seid ihr schon oben in der
Wohnung gewesen?«

»Die Polizei von Glostrup ist oben und Samir.«

»Samir?«

»Samir Ghazi. Den wir für Bak bekommen haben. Er kommt
von der Polizei Rødovre.«

Samir Ghazi? Da bekam Assad ja einen Geistesverwandten.
Mit dem könnte er dann seine klebrige Brühe teilen.

»Seid ihr über einen Abschiedsbrief gestolpert?«, fragte Carl, nachdem er eine raue Hand geschüttelt hatte.

Jeder, der auf Seeland zur Polizei gehörte und eine gewisse Anzahl Dienstjahre auf dem Buckel hatte, würde an dem Händedruck sofort Polizeikommissar Antonsen wiedererkennen. Wenige Sekunden in diesem Schraubstock, und man war nicht mehr derselbe. Irgendwann mal würde Carl seinem Kollegen sagen, er könne ruhig an der Hydraulik sparen.

»Abschiedsbrief? Nein, da war nichts. Und du kannst mir in den Arsch treten, wenn da nicht jemand oben gewesen ist und ein bisschen nachgeholfen hat.«

»Wie meinst du das?«

»Da drinnen gibt es fast keinen verdammten Fingerabdruck. Nichts am Handgriff der Balkontür. Nichts an der vordersten Reihe der Gläser im Küchenschrank. Nichts an der Kante des Couchtischs. Allerdings haben wir einen Satz sehr deutlicher Fingerabdrücke draußen auf dem Balkongeländer. Garantiert die von Aalbæk. Aber warum sich so verdammt am Geländer festklammern, wenn man doch beschlossen hat zu springen?«

»Vielleicht hat er seinen Entschluss in letzter Sekunde bereut? Und er hatte einfach nicht mehr die Kraft, sich hochzuziehen. Wäre ja nicht das erste Mal, dass wir das erleben.«

Antonsen gluckste. Das tat er jedes Mal, wenn er einen Ermittler außerhalb seines eigenen Distriktes traf. Sehr versöhnlicher Ausdruck von Herablassung – wenn es denn schon sein musste.

»Am Geländer klebt Blut. Nicht viel, nur eine Andeutung. Und ich möchte fast wetten, dass wir an seinen Händen Spuren von einem Schlag sehen werden, wenn wir gleich nach unten gehen. Nee, du, das hier, das stinkt.«

Er dirigierte ein paar Techniker aus dem Badezimmer und zog dann einen nett aussehenden dunklen Mann zu Carl und Lars Bjørn herüber.

»Einer meiner besten Leute, und ausgerechnet den klaut ihr mir. Seht uns wenigstens beide in die Augen und sagt, dass ihr es okay findet, so einen Scheiß zu verzapfen!«

»Samir«, stellte sich der Mann vor und streckte Bjørn die Hand hin. Die beiden waren sich demnach also noch nicht begegnet.

»Ich sag euch eins: Wenn ihr Samir nicht anständig behandelt, dann bekommt ihr es mit mir zu tun«, sagte Antonsen und haute seinem Mitarbeiter auf die Schulter.

»Carl Mørck«, sagte Carl und sein Händedruck stand dem des anderen in nicht viel nach.

»Ja, das ist er.« Antonsen nickte Samir auf dessen fragenden Blick hin zu. »Der Mann, der den Merete-Lynggaard-Fall aufgeklärt hat und von dem es heißt, er habe Aalbæk eins auf die Nuss gegeben.« Er lachte. Finn Aalbæk hatte sich dort im Westen offenbar auch nicht sonderlich beliebt gemacht.

»Die Splitter dort auf dem Teppich«, sagte einer der Techniker und deutete auf irgendwelche mikroskopisch kleinen Dinger vor der Balkontür, »die machen nicht gerade den Eindruck, als würden sie schon lange da liegen. Die liegen ja sozusagen auf dem Dreck drauf.« Er kniete sich in seinem weißen Overall hin und besah sie sich aus nächster Nähe. Merkwürdige Leute, diese Techniker. Aber gründlich, das musste man ihnen lassen.

»Können die von einem Schlagholz stammen?«, fragte Samir.

Carl sah sich in der Wohnung um. Ihm fiel nichts Ungewöhnliches auf, bis auf die dicke, recht kunstvoll geschnitzte Holzfigur mit Bowlerhut und Geschirrhandtuch um den Bauch, die auf dem Heizkörper stand. Das war Dick, der dazugehörige Doof stand in der Ecke und wirkte nur halb so aktiv. Irgendetwas stimmte da nicht.

Carl bückte sich, nahm das Handtuch ab und tippte die Figur an. Das schien vielversprechend.

»Ihr müsst sie selbst umdrehen. Aber soweit ich das beurteilen kann, geht es dem Rücken dieser Figur nicht sonderlich gut.«

Jetzt standen alle um die Holzfigur herum. Sie schätzten die Größe des Einschusslochs ab und die Masse des eingedrückten Holzes.

»Verhältnismäßig kleines Kaliber. Das Projektil ist nicht einmal durchgegangen. Das steckt noch«, sagte Antonsen, und die Techniker nickten.

Carl war derselben Meinung. Bestimmt eine Zweiundzwanziger. Aber wenn man wollte, verdammt tödlich.

»Hat einer der Nachbarn etwas gehört? Ich meine, Schreie oder einen Schuss?«, fragte er und schnupperte am Einschussloch.

Sie schüttelten den Kopf.

Merkwürdig und auch wieder nicht. Das Hochhaus war in desolatem Zustand und stand größtenteils leer. Kaum mehr als ein paar Bewohner auf dem Stockwerk. Garantiert wohnte auch niemand im Stockwerk darüber und darunter. Die Tage des roten Kastens waren gezählt. Schon der nächste Sturm konnte das Ding zum Einsturz bringen.

»Es riecht noch frisch«, sagte Carl und zog den Kopf zurück. »Aus etwa einem Meter Entfernung abgefeuert, und zwar heute Abend. Was meint ihr?«

»Das kommt hin«, sagte der Techniker.

Carl ging auf den Balkon und sah über das Geländer. Hübsche Fallhöhe!

Er starrte in die hell erleuchteten Flachbauten gegenüber. Jetzt waren in jedem Fenster Gesichter zu sehen. Neugier ließ sich auch von pechschwarzer Nacht nicht kleinkriegen.

Da klingelte Carls Handy.

Sie nannte ihren Namen erst gar nicht, wozu auch?

»Du glaubst es nicht, Carl«, sagte Rose. »Aber die Nachtschicht unten in Svendborg hat den Ohrring gefunden. Der

340

Wachhabende wusste gleich, wo im Ablagesystem der zu finden sein musste. Ist das nicht phantastisch?«

Er sah auf die Uhr. Am phantastischsten war, dass sie glaubte, er sei um diese Uhrzeit bereit für Neuigkeiten.

»Du hast doch wohl nicht geschlafen?«, fragte sie, wartete die Antwort aber gar nicht erst ab. »Ich mach mich gleich auf den Weg ins Präsidium. Die mailen uns ein Foto.«

»Kann das nicht warten, bis es hell wird? Oder bis Montag?« Jetzt pochte es wieder in seinem Kopf.

»Irgendeine Idee, wer ihn gezwungen haben könnte, sich übers Geländer zu schwingen?«, fragte Antonsen, als Carl das Handy zusammenklappte.

Carl schüttelte den Kopf. Tja, wer könnte das gewesen sein? Bestimmt einer, dem Aalbæk mit seiner Schnüffelei das Leben ruiniert hatte. Einer, der fand, dass er zu viel wusste. Ja, das war eine Möglichkeit.

Aber es könnte auch einer aus der Clique gewesen sein. Ideen hatte Carl jede Menge, jedoch dummerweise keine Beweise, nichts, was er hinausposaunen konnte.

»Habt ihr sein Büro überprüft?«, fragte er. »Unterlagen zu Klienten, Terminkalender, Nachrichten auf dem Anrufbeantworter, E-Mails?«

»Wir haben Leute dorthin geschickt. Die sagen, das sei nur ein leerer, alter Schuppen mit einem Briefkasten.«

Carl runzelte die Augenbrauen und sah sich um. Dann ging er zum Schreibtisch an der Wand, griff sich eine von Aalbæks Visitenkarten von der Schreibunterlage und gab die Nummer des Detektivbüros ein.

Keine drei Sekunden später klingelte im Eingangsflur ein Handy.

»Da! Jetzt wissen wir, wo sein Büro wirklich liegt«, sagte Carl und sah sich um. »Genau hier.«

Das war wahrhaftig nicht zu erkennen. Kein Ringbuch, keine Mappe mit Quittungen. Nichts dergleichen. Nur Clubausgaben von Büchern, Nippes und etliche CDs mit Musik von Helmut Lotti und ähnlichen Knallköpfen.

»Stellt die Wohnung auf den Kopf«, sagte Antonsen. Das würde dauern.

Carl lag noch keine drei Minuten im Bett, alle Grippesymptome hatten sich zurückgemeldet, da rief Rose wieder an. Ihre Stimme dröhnte geradezu aus dem Hörer.

»Carl, es ist dieser Ohrring! Der zu dem passt, der am Lindelse Nor gefunden wurde! Nun können wir mit Sicherheit den Ohrring aus Kimmies Plastikhülle mit den beiden Verschwundenen von Langeland in Verbindung bringen. Genial, oder?«

Doch, ja. Aber es war nicht ganz leicht, ihrem Tempo hinterherzuhecheln.

»Und das ist noch nicht alles, Carl. Ich hab Antwort auf ein paar E-Mails bekommen, die ich am Samstagnachmittag rausgeschickt hab. Du kannst hinfahren, um mit Kyle Basset zu reden. Cool, was?«

Mühsam schob sich Carl am Kopfende des Betts hoch in eine halbwegs sitzende Position. Kyle Basset? Der Knabe aus dem Internat, den die Clique schikaniert hatte? Doch, ja, das war … cool.

»Er kann dich morgen Nachmittag treffen. Wir haben Glück, denn normalerweise ist er nie im Büro. Aber Sonntagnachmittag eben doch. Ihr trefft euch um vierzehn Uhr, sodass du um 16 Uhr 20 zurückfliegen kannst.«

An der Stelle saß er schlagartig senkrecht im Bett. »Fliegen? Verdammt, was redest du da, Rose?«

»Na, der ist in Madrid. Du weißt schon, sein Büro ist in Madrid.«

Carl riss die Augen auf. »Madrid! Ich flieg ums Verrecken nicht nach Madrid. Das kannst du selbst machen.«

»Ich hab das Flugticket schon gebucht, Carl. Du fliegst um

342

10 Uhr 20 mit der SAS. Wir treffen uns dort anderthalb Stunden vorher. Du bist bereits eingecheckt.«

»Nein, nein, nein, ich werde überhaupt nirgendwohin fliegen.« Er versuchte zu schlucken. »Im Traum nicht!«

»Wow! Carl, hast du Flugangst?« Sie lachte. So ein Lachen, das jede plausible Antwort unmöglich machte.

Er hatte Flugangst, und wie. Jedenfalls, soweit er wusste. Denn er hatte es nur ein einziges Mal versucht. Da musste er zu einem Fest nach Aalborg. Prophylaktisch war er sowohl auf dem Hin- als auch auf dem Rückflug so besoffen gewesen, dass Vigga sich mit ihm hatte abschleppen müssen. Noch vierzehn Tage später hatte er sich im Schlaf an sie geklammert. An wen sollte er sich dieses Mal klammern?

»Ich hab keinen Pass, Rose. Ich mach es nicht. Stornier das Ticket.«

Wieder lachte sie. Eine echt unangenehme Mischung, diese Kombination aus Kopfschmerzen, nagender Furcht und ihrem brummenden Lachen im Gehörgang.

»Das mit dem Pass hab ich mit der Flughafenpolizei schon geregelt«, sagte sie. »Morgen liegt da draußen etwas für dich bereit. Immer mit der Ruhe, Carl. Du bekommst von mir ein paar Pillen. Frisium. Du musst nur unbedingt anderthalb Stunden vor Abflug in Terminal drei sein. Die Metro fährt direkt dorthin, und du musst nicht mal eine Zahnbürste mitnehmen. Aber denk an die Kreditkarte, ja?«

Dann knallte sie den Hörer auf und Carl saß allein in der Dunkelheit. Außerstande, sich zu erinnern, ab wann das alles dermaßen aus dem Ruder gelaufen war.

31

»Nimm einfach zwei von den Frisium«, hatte sie gesagt, ihm daraufhin zwei Minipillen in den Rachen gesteckt und zwei für den Rückflug zum Teddybären in die Brusttasche gestopft.

In der Halle hatte er verwirrt um sich geblickt und an den Schaltern nach einer autoritären Seele Ausschau gehalten, die etwas an ihm auszusetzen hätte. Falsche Kleidung, falsche Ausstrahlung, irgendwas! Hauptsache, es bewahrte ihn davor, mit dieser verdammten Rolltreppe geradewegs in die Verdammnis zu fahren.

Rose hatte ihm einen Ausdruck mit der Anschrift von Kyle Bassets Unternehmen in die Hand gedrückt, wo auch die Reiseroute ausführlich dargestellt war, sowie einen Minisprachführer. Dann hatte sie ihn noch einmal eindringlich ermahnt, die beiden letzten Pillen auf keinen Fall zu schlucken, ehe er nicht für den Rückflug eingecheckt hatte. Und eine ganze Litanei anderer Dinge hatte sie ihm auch noch mit auf den Weg gegeben, von denen er in fünf Minuten nicht mal die Hälfte würde wiedergeben können. Wie auch, wo er doch die ganze Nacht kein Auge zugetan hatte und in den unteren Regionen mehr und mehr ein mulmiges Gefühl verspürte, Vorbote eines hochexplosiven Dünnschisses.

»Kann sein, dass die dich ein bisschen dösig machen«, sagte sie zum Schluss. »Aber die wirken, glaub mir. Mit denen hast du vor gar nichts mehr Angst. Da kann das Flugzeug abstürzen, ohne dass es dir was ausmacht.«

Er sah noch, dass sie sich über den letzten Satz ärgerte. Dann wurde er mit seinem vorläufigen Reisepass und der Bordkarte in der Hand zur Rolltreppe geführt.

Schon auf der Startbahn war Carl schweißgebadet. Sein Hemd wurde zusehends dunkler und die Füße rutschten in den Schuhen. Zwar merkte er, dass die Pillen langsam wirkten, aber noch klopfte sein Herz so stark, dass er den Herzinfarkt schon auf sich zukommen sah.

»Geht es Ihnen gut?«, fragte die Dame neben ihm vorsichtig und reichte ihm ihre Hand.

Danach kam es ihm vor, als hielte er da oben in zehntausend Metern Höhe die ganze Zeit die Luft an. Das Einzige, was er mitbekam, waren die Erschütterungen und das unerklärliche Knacken und Knarren im Rumpf der Maschine.

Er drehte die Frischluftdüse auf und wieder zu. Kippte die Rückenlehne zurück. Fühlte nach, ob die Schwimmweste unter dem Sitz lag, und sagte Nein danke, sobald die Stewardess auch nur in seine Nähe kam.

Und dann war er weg.

»Schauen Sie, da unten liegt Paris«, sagte die Dame neben ihm irgendwann. Die Stimme drang von weither zu ihm durch. Er öffnete die Augen und erinnerte sich an den Albtraum, die Müdigkeit, die Grippesymptome und schließlich an eine Hand, die auf die Schatten von etwas deutete, von dem die Besitzerin der Hand behauptete, es seien der Eiffelturm und der Place de l'Étoile.

Carl nickte. Das war ihm so was von scheißegal. Paris konnte ihn sonst wo. Er wollte nur raus.

Sie sah das und nahm wieder seine Hand, und die hielt sie immer noch, als er mit einem Ruck aufwachte, weil das Flugzeug auf der Landebahn aufsetzte.

»Sie waren vielleicht groggy«, sagte sie und deutete auf das Metro-Schild.

Er klopfte auf seinen kleinen Talisman in der Brusttasche und danach auf die Innentasche der Jacke, wo das Portemonnaie steckte. Einen müden Moment lang fragte er sich, ob er die Visa-Karte wohl auch an einem so entlegenen Ort wie diesem benutzen könne.

»Ganz einfach«, sagte die Frau. »Sie kaufen sich das Metro-

Ticket gleich hier, und dann fahren Sie mit der Rolltreppe nach unten. Fahren Sie in die Stadt bis Nuevos Ministerios, dort steigen Sie um in die Linie sechs und fahren bis Cuatro Caminos, dann mit der Linie zwei weiter bis zur Oper und dann mit der fünf nur noch eine Haltestelle bis Callao. Von da sind es nur noch hundert Meter bis dorthin, wo Sie Ihr Treffen haben.«

Carl sah sich nach einer Bank um, wo er Gehirn und Beine, beides bleischwer, ausruhen konnte.

»Ich zeige Ihnen den Weg, ich muss selbst fast bis dahin, wohin Sie müssen. Ich habe gesehen, wie es Ihnen im Flugzeug ging«, sagte eine freundliche Seele in bestem Dänisch, und Carl richtete den Blick auf einen Mann von unzweifelhaft asiatischer Herkunft. »Ich heiße Vincent«, sagte er und trottete davon, sein Handgepäck hinter sich herziehend.

So hatte er sich einen ruhigen Sonntag nicht vorgestellt, als er sich vor nur zehn Stunden müde ins Bett gelegt hatte.

Nach einer halb bewusstlosen Fahrt mit der Metro tauchte Carl aus den labyrinthischen Tiefen der Metro-Station Callao ans Tageslicht. Wie riesige Eisberge ragten ringsum die monumentalen Gebäude der Gran Vía empor. Kolosse, neoimpressionistisch, klassizistisch, funktionalistisch, wenn er es später beschreiben sollte. Er hatte nie etwas Ähnliches gesehen. Lärm, Gerüche, Hitze und ein Gewimmel von dunkelhaarigen Menschen, die es eilig hatten. Einem einzigen fühlte Carl sich verbunden, einem fast zahnlosen Bettler, der dort auf der Straße saß. Vor ihm lagen eine Unmenge bunter Plastikdeckel. An jedem war angegeben, wofür man spenden konnte, und in allen lagen Münzen und Geldscheine aus aller Herren Länder. Carl verstand nicht die Hälfte. Sollten das Spenden für Bier, für Wein, Schnaps oder Zigaretten sein? Such dir was aus, sagte der Blick des Mannes, dessen Augen ironisch funkelten. Such dir was aus.

Die Menschen ringsum lächelten, und einer zückte einen Fotoapparat und fragte den Bettler, ob er ihn fotografieren dürfe. Darauf machte sich ein zahnloses Grinsen auf dessen Gesicht breit und er hielt ein Schild hoch.

Fotos 280 Euro stand darauf.

Das wirkte. Nicht nur auf die Umstehenden, sondern auch auf Carls erschlafftes Inneres und seine eingerosteten Lachmuskeln. Sein Lachanfall war so überraschend wie befreiend. Diese Selbstironie übertraf jede Erwartung. Der Bettler drückte ihm sogar eine Visitenkarte mit Webadresse in die Hand: www.lazybeggars.com. Und Carl schüttelte den Kopf und lachte und steckte die Hand in die Innentasche, obwohl er Bettlern für gewöhnlich nichts gab.

In diesem Augenblick war Carl jäh in der Wirklichkeit angekommen. Und jede Faser seines Körpers war erfüllt von dem Wunsch, einer gewissen Mitarbeiterin des Sonderdezernats Q einen gehörigen Tritt zu versetzen.

Da stand er nun in einem Land, das er nicht kannte. Vollgestopft mit Pillen, die sein Hirn lahmgelegt hatten. Alle Glieder schmerzten vom Abwehrkampf gegen die anbrandende Grippe. Sein Leben lang hatte er sich lächelnd Geschichten von leichtsinnigen Touristen angehört. Und jetzt war es ihm passiert, ihm, dem Vizepolizeikommissar, der überall Gefahren witterte und zweifelhafte Gestalten sah. Wie blöd darf man sein, dachte er. Und das an einem Sonntag.

Keine Brieftasche. Nicht einmal mehr Wollflusen in seiner Jackentasche. Dreißig Minuten dicht an dicht in einer überfüllten Metro hatten ihren Preis. Keine Kreditkarte, kein vorläufiger Reisepass, kein Führerschein, keine glänzenden Fünfziger, keine Metro-Tickets, keine Telefonliste, keine Versicherungskarte, kein Flugticket.

Tiefer konnte man nicht sinken.

In irgendeinem der Büros von KB Construcciones S. A. gaben sie ihm schließlich eine Tasse Kaffee und ließen ihn in Ruhe. Dort saß er vor den ziemlich schmutzigen Fenstern und nickte ein. Eine Viertelstunde vorher war er unten im Foyer an der Gran Vía 31 vom Portier aufgehalten worden. Da er keinerlei Legitimation vorweisen konnte, weigerte sich dieser Türhüter lange, zu überprüfen, ob Carls Angaben korrekt waren und er tatsächlich einen Termin beim Chef hatte. Der Kerl redete wie ein Buch, nur verstand Carl kein Wort. Schließlich hatte er wütend den Kopf geschüttelt und dem Typen mindestens zehnmal das urdänische *Rødgrød med fløde* an den Kopf geknallt. Die Rote Grütze half.

»Kyle Basset«, drang eine Stimme kilometerweit entfernt an Carls Ohr. Er war gerade eingenickt.

Carl öffnete vorsichtig die Augen. Er nahm an, gerade im Fegefeuer aufzuwachen, so sehr schmerzten Kopf und Glieder.

Nun saß er vor den gigantischen Fenstern in Bassets Büro und bekam noch eine Tasse Kaffee. Er sah sich einem Mann von Mitte dreißig gegenüber, der offenbar haargenau wusste, worum es ging. Reichtum, Macht und strammes Selbstbewusstsein.

»Ihre Mitarbeiterin hat mich über die Situation informiert«, sagte Basset. »Sie ermitteln in einer Serie von Morden. Und möglicherweise gibt es eine Verbindung zu den Personen, die mich seinerzeit im Internat überfallen haben. Ist das korrekt?«

Er sprach Dänisch mit Akzent. Carl sah sich um. Das Büro war gewaltig. Unten auf der Gran Vía stürmten die Leute aus Geschäften, die Sfera oder Lefties hießen. In dieser Umgebung war es ein Wunder, dass Basset überhaupt noch Dänisch verstand.

»Dass es sich um eine Serie von Morden handelt, ist möglich. Noch wissen wir es nicht.« Carl kippte den Kaffee runter. Sehr dunkler Geschmack. In Anbetracht seiner gärenden Eingeweide nicht unbedingt das Richtige. »Sie sagen rundheraus, die hätten Sie überfallen. Warum haben Sie das nicht gesagt, als die angeklagt waren?«

Basset lachte. »Das habe ich schon viel früher gemacht. Gegenüber dem Richtigen.«

»Und das war?«

»Mein Vater. Alter Internatskumpel von Kimmies Vater.«

»Ach ja? Und was haben Sie damit erreicht?«

Er zuckte die Achseln und öffnete ein Zigarettenetui aus massivem Silber. Solche Dinge gab es also tatsächlich noch. Er bot Carl eine Zigarette an. »Wie viel Zeit haben Sie?«

»Mein Flug geht um sechzehn Uhr zwanzig.«

Er sah auf die Uhr. »Oh. Da haben wir nicht viel Zeit. Sie nehmen sicher ein Taxi?«

Carl inhalierte den Rauch tief. Das half etwas. »Ich hab ein kleines Problem«, sagte er dann. Es war ihm wahnsinnig peinlich.

Er erklärte Basset das Problem. Taschendiebe in der Metro. Kein Geld, kein vorläufiger Pass, kein Flugticket.

Kyle Basset drückte einen Knopf der Sprechanlage. Seine Anweisung klang nicht eben freundlich. Offenbar war das sein Tonfall gegenüber den Untergebenen.

»Ich mache es kurz.« Basset sah zu dem weißen Gebäude gegenüber. Vielleicht konnte man in seinem Blick Erinnerungen an einen alten Schmerz erkennen. Aber der Ausdruck war so versteinert und hart, dass sich das schwer sagen ließ.

»Mein Vater und Kimmies Vater trafen eine Abmachung: Zu gegebener Zeit würde sie bestraft werden. Bis dahin sollte die Sache ruhen. Mir war das recht. Ich kannte ihren Vater Willy K. Lassen gut. Ich kenne ihn im Übrigen immer noch. Er hat in Monaco eine Wohnung, nur zwei Gehminuten entfernt von meiner. Er ist ziemlich kompromisslos. Kein Mensch, den man herausfordern sollte. Also früher jedenfalls. Der arme Teufel ist nämlich todkrank. Nicht viel Leben in ihm übrig.« An der Stelle lächelte er. Sonderbare Reaktion.

Carl presste die Lippen zusammen. Also war Kimmies Vater tatsächlich sehr krank, genau wie er es dieser Tine gegenüber behauptet hatte. Schon erstaunlich. Aber das hatte er schon gelernt, dass die Wirklichkeit und die Phantasie sich oft sehr nahe kommen konnten.

»Und warum Kimmie?«, fragte er. »Sie nennen nur sie. Waren die anderen nicht genauso beteiligt? Ulrik Dybbøl Jensen, Bjarne Thøgersen, Kristian Wolf, Ditlev Pram, Torsten Florin? Waren die damals nicht allesamt dabei?«

Basset faltete die Hände, die qualmende Zigarette hing an seiner Lippe. »Glauben Sie vielleicht, die hätten mich bewusst als ihr Opfer ausgewählt?«

»Das weiß ich nicht. Ich weiß von der ganzen Geschichte nicht sehr viel.«

»Dann will ich es Ihnen sagen. Dass die sechs ausgerechnet mich verprügelten, war reiner Zufall. Davon bin ich überzeugt. Und ein ebensolcher Zufall war es, dass die Prügelei so ausartete.« Er legte sich eine Hand auf den Brustkorb und lehnte sich vor. »Drei Rippen gebrochen. Auch das Schlüsselbein. Anschließend habe ich tagelang Blut gepinkelt. Die hätten mich ohne weiteres umbringen können. Und dass das nicht passiert ist, auch das war reiner Zufall.«

»Aha. Aber worauf wollen Sie hinaus? Das erklärt noch nicht, wieso Ihre Rache nur Kimmie Lassen treffen sollte.«

»Wissen Sie was, Mørck? An dem Tag, als die über mich hergefallen sind, diese Schweine, hab ich von denen eine wichtige Sache gelernt. In gewisser Weise bin ich ihnen für die Lektion sogar ganz dankbar.« Er pochte bei jedem Wort des nächsten Satzes auf den Tisch. »Wenn sich die Gelegenheit bietet, schlägst du zu, habe ich gelernt. Ob Zufall oder nicht. Ohne Rücksicht auf Angemessenheit oder auf die Schuld oder Unschuld anderer Menschen. Das ist das A und O der Geschäftswelt, wissen Sie. Schärfe deine Waffen und mache davon Gebrauch. Jederzeit. Schlag einfach zu. Und meine Waffe war in diesem Fall, dass wir auf Kimmies Vater einwirken konnten.«

Carl atmete tief durch. In den Ohren eines Jungen vom Land klang das nicht sonderlich sympathisch. Er kniff die Augen zusammen. »Ich glaube, so richtig begriffen habe ich es immer noch nicht.«

Basset schüttelte den Kopf. Das hatte er auch nicht erwartet. Sie beide stammten von verschiedenen Planeten.

»Ich sage nichts weiter als das Folgende: Da ich Kimmie ohne weiteres treffen konnte, bekam eben sie die Rache zu spüren.«

»Und die anderen waren Ihnen gleichgültig?«

Er zuckte die Achseln. »Hätte ich die Möglichkeit gehabt, hätte ich es auch ihnen jederzeit heimgezahlt. Die hatte ich nur nie. Die und ich, wir haben unsere eigenen Reviere, könnte man sagen.«

»Also war Kimmie nicht aktiver beteiligt als die anderen? Und was würden Sie sagen, wer war denn der Motor dieses Klüngels?«

»Kristian Wolf, natürlich. Aber wenn alle Teufel auf einmal aus der Hölle entkämen, dann würde ich mich von Kimmie am entschiedensten fernhalten.«

»Wie meinen Sie das?«

»Anfangs war sie noch neutral. Es waren vor allem die drei – Florin, Pram und Wolf. Aber als die sich ein bisschen zurückzogen, denn ich blutete ja aus einem Ohr, was sie wohl ein bisschen erschreckte, da kam Kimmie.«

Seine Nasenflügel weiteten sich, als würde er ihre Gegenwart noch immer spüren. »Sie heizten ihr ein, verstehen Sie? Besonders Kristian Wolf. Er und Pram betatschten sie, bis sie den Kopf in den Nacken legte. Und dann schubsten sie Kimmie zu mir rüber.« Er presste die Hände zusammen, die er noch immer gefaltet hatte. »Sie gab mir einen Klaps, und dann immer mehr. Als sie merkte, wie weh das tat, riss sie die Augen immer weiter auf und atmete immer heftiger und schlug immer fester zu. Sie hat mir den Tritt ins Zwerchfell versetzt. Mit der Schuhspitze, ganz tief.« Er drückte seine Zigarette in einem Aschenbecher aus, der der Bronzefigur auf dem Dach gegenüber zum Verwechseln ähnlich sah. Bassets Gesicht wirkte sehr faltig. Erst jetzt, in dem grellen Sonnenlicht von der Seite, fiel es Carl auf. Ziemlich früh für einen so jungen Kerl.

»Hätte Wolf nicht eingegriffen, dann hätte sie weitergemacht, bis ich tot gewesen wäre. Da bin ich mir ganz sicher.«

»Und die anderen?«

»Und die anderen, tja.« Er nickte in Gedanken. »Die waren schon ganz scharf auf das nächste Mal, würde ich meinen. Wie Zuschauer bei einem Stierkampf. Sie können mir glauben, das kenne ich!«

Die Sekretärin, die Carl den Kaffee gebracht hatte, kam ins Büro. Schlank und gut gekleidet. So dunkel wie ihre Haare und ihre Augenbrauen. In der Hand hielt sie einen kleinen Umschlag, den sie Carl reichte. »Now you have some Euros and a boarding pass for the trip home«, sagte sie und lächelte ihn freundlich an.

Dann drehte sie sich zu ihrem Chef um und gab ihm einen Zettel, den er sekundenschnell überflog. Die Wut, die das auslöste, erinnerte Carl an das Bild von Kimmie mit den aufgerissenen Augen, das Basset gerade eben von ihr gezeichnet hatte.

Ohne zu zögern, zerriss Basset den Zettel und überschüttete die Sekretärin mit einem Schwall von Schimpfworten. Seine Gesichtszüge waren verzerrt, die Falten noch tiefer eingegraben. Eine extrem heftige Reaktion, auf die hin die Frau zu zittern anfing und beschämt zu Boden sah. Wahrhaftig kein angenehmer Anblick.

Als sie die Tür hinter sich zugezogen hatte, sah Basset Carl lächelnd an, als sei nichts geschehen. »Eine dumme kleine Büromaus. Um die müssen Sie sich nicht sorgen. Haben Sie jetzt alles, was Sie brauchen, um nach Dänemark zu kommen?«

Carl nickte stumm und bemühte sich, in irgendeiner Form

Dankbarkeit zu zeigen, aber das fiel ihm nicht leicht. Kyle Basset war keinen Deut besser als diejenigen, die ihm seinerzeit so übel mitgespielt hatten. Ohne jedes Mitgefühl. Das hatte die Kostprobe eben gezeigt. Was für ein widerliches Pack, er und seinesgleichen.

»Und die Strafe?«, fragte Carl schließlich. »Kimmies Strafe. Wie gestaltete sich die?«

Basset lachte. »Ach, das war im Grunde auch ein Zufall. Sie hatte eine Fehlgeburt gehabt und war total durchgeprügelt und insgesamt ziemlich krank. Da bat sie ihren Vater um Hilfe.«

»Und die bekam sie nicht, wenn ich das richtig verstehe.« Carl sah die junge Frau vor sich, der ihr Vater im Moment größter Not seine Hilfe verweigert. War es dieser Mangel an Liebe, der sich auf dem alten Illustriertenfoto schon im Gesicht des kleinen Mädchens zeigte, wie sie da zwischen Vater und Stiefmutter stand?

»Ach, das war ziemlich unappetitlich, habe ich gehört. Ihr Vater wohnte damals im D'Angleterre. Das tut er immer, wenn er zu Hause in Dänemark ist. Und dann kreuzte sie dort an der Rezeption auf. Ja, was zum Teufel hatte sie auch erwartet?«

»Er ließ sie rauswerfen?«

»Mit dem Kopf voran, das kann ich Ihnen sagen.« Er lachte. »Aber zuerst durfte sie ein bisschen auf dem Fußboden herumkriechen und die Tausendkronenscheine auflesen, die er ihr hingeworfen hatte. Ein bisschen hat sie also doch bekommen. Aber danach hieß es: Goodbye and farewell for good.«

»Ihr gehört ja das Haus in Ordrup. Warum ging sie nicht dorthin, wissen Sie das?«

»Das tat sie ja, und dort bekam sie dieselbe Behandlung.« Basset schüttelte den Kopf. Es war ihm von Herzen egal. »Nun, Carl Mørck. Wenn Sie mehr wissen wollen, müssen Sie einen späteren Flug nehmen. Sie müssen hier im Süden nämlich sehr früh einchecken. Und wenn Sie den Flug um sechzehn Uhr zwanzig schaffen wollen, dann müssen Sie jetzt los.«

Carl holte tief Luft. Schon jetzt spürte er das Beben des Flugzeugs tief in seinem Angstzentrum. Da fielen ihm die Pillen in der Brusttasche ein und er zog den kleinen Teddy heraus. Die Tabletten waren natürlich ganz nach unten gerutscht. Er legte den Teddy auf den Tisch und trank einen Schluck Kaffee, um die Pillen hinunterzuspülen.

Über den Rand der Kaffeetasse hinweg blickte er quer durch das Papierinferno auf dem Schreibtisch zu den geballten Händen des Mannes mit den weißen Knöcheln. Erst da hob er den Blick zu Kyle Bassets Gesicht und sah einen Mann, der sich vermutlich zum ersten Mal seit Ewigkeiten seiner Erinnerung an den beißenden Schmerz unterwerfen musste, den Menschen sich und anderen so ungeheuer effektiv zufügen können.

Bassets Blick war starr auf den unschuldigen kleinen Teddy gerichtet. Es war, als hätte ein Blitzschlag aus verdrängten Gefühlen ihn getroffen.

Dann sank er in seinen Stuhl zurück.

»Sie kennen den Teddy?«, fragte Carl, dem die Pillen irgendwo zwischen Schlund und Stimmband klebten.

Er nickte und dann kam ihm auch schon die Wut zu Hilfe und übernahm wieder das Ruder. »Ja, der baumelte im Internat immer an Kimmies Handgelenk. Keine Ahnung, warum. Er trug um den Hals ein rotes Seidenband, damit war er festgebunden.«

Für einen kurzen Moment glaubte Carl, Kyle Basset würde nachgeben und weinen. Aber dann versteinerte sich dessen Gesicht und ihm saß wieder der Mann gegenüber, der eine Büromaus zwischen zwei Flüchen zermalmen konnte.

»Doch, ja, ich erinnere mich nur allzu gut an ihn. Der baumelte auch an ihrem Handgelenk, als sie auf mich einschlug. Wo haben Sie den her?«

32

Es war schon fast zehn Uhr, als Kimmie am Sonntagvormittag im Hotel Ansgar aufwachte. Der Fernseher am Fußende des Bettes lief noch immer, jetzt wiederholten sie die Nachrichten über die Ereignisse der Nacht. Trotz des riesigen Einsatzes war man mit der Aufklärung der Explosion an der Haltestelle Dybbølsbro nicht weitergekommen. Deshalb war das nun etwas in den Hintergrund getreten. Jetzt ging es um das amerikanische Bombardement von Rebellen in Bagdad und um Kasparows Kandidatur für das Präsidentenamt in Russland, in erster Linie aber um einen Todesfall vor einem baufälligen roten Hochhaus draußen in Rødovre.

Es handelte sich dabei höchstwahrscheinlich um Mord. Dafür sprachen mehrere Indizien, erklärte der Sprecher der Polizei. Insbesondere der Umstand, dass sich das Opfer an das Balkongeländer geklammert habe, ihm aber offensichtlich mit einem stumpfen Gerät auf die Finger geschlagen worden sei. Eventuell mit der Pistole, die am selben Abend auf eine Holzfigur in der Wohnung abgefeuert wurde. Die Polizei hielt sich mit Informationen zurück. Einen Verdächtigen hatte man noch nicht.

Das brachten sie in den Nachrichten.

Kimmie drückte ihr Bündelchen an sich.

»Jetzt wissen sie es, Mille. Jetzt wissen die Jungs, dass ich hinter ihnen her bin.« Sie versuchte zu lächeln. »Meinst du, die hocken jetzt zusammen? Meinst du, Torsten und Ulrik und Ditlev beraten gerade, was sie machen sollen, wenn Mama ihnen immer dichter auf den Pelz rückt? Ob sie Angst haben?«

Sie wiegte das kleine Bündel in ihrem Arm. »Ich finde, das sollen sie. Nach dem, was sie uns angetan haben, oder? Und weißt du was, Mille? Dazu haben sie auch allen Grund.«

Der Kameramann versuchte, die Männer des Rettungsdienstes beim Abtransport des Leichnams heranzuzoomen. Aber es war eindeutig zu dunkel.

»Weißt du was, Mille? Ich hätte den anderen nichts von dem Metallkasten sagen sollen. Das war ein Fehler.« Sie wischte sich die Augen. Die Tränen waren so plötzlich gekommen.

Sie war mit Bjarne Thøgersen zusammengezogen, und das war ein Sakrileg gewesen. Wenn sie schon vögeln musste, dann entweder heimlich oder mit der ganzen Gruppe. Andere Möglichkeiten gab es nicht. Und dann dieser fatale Bruch mit allen Regeln. Nicht nur hatte sie einen aus der Gruppe allen anderen vorgezogen. Obendrein hatte sie ausgerechnet den gewählt, der in der Hierarchie ganz unten stand.

Das war nicht in Ordnung.

»Bjarne?«, hatte Kristian Wolf gedonnert. »Was zum Teufel willst du denn mit dem, diesem Versager?« Er wollte, dass alles so blieb, wie es immer gewesen war. Dass sie gemeinsam auf Tour gingen und dass Kimmie ihnen allen jederzeit zugänglich war.

Doch trotz Kristians Drohungen und des Drucks, den er ausübte, blieb Kimmie stur. Sie hatte sich für Bjarne entschieden. Die anderen mussten sich mit Erinnerungen begnügen.

Eine Zeitlang machte die Clique noch mit ihren Meetings weiter. Etwa alle vier Wochen trafen sie sich, schnüffelten Kokain und sahen Gewaltfilme. Dann fuhren sie gemeinsam mit Torstens oder Kristians großen Jeeps herum, auf der Jagd nach Leuten, die sie schikanieren und durchprügeln konnten. Manchmal einigten sie sich nachträglich mit ihren Opfern und gaben ihnen Blutgeld für die Demütigungen und Schmerzen. Manchmal überfielen sie die Opfer aber auch einfach von hinten und schlugen sie bewusstlos, bevor diese ihren Angreifern ins Gesicht sehen konnten. Und selten einmal wussten sie sofort, dass das Opfer nicht mit dem Leben davonkommen würde. Wie damals, als sie einen alten Mann entdeckten, der mutterseelenallein am Esrum-See stand und angelte.

Überfälle dieses Typs waren ihnen die liebsten. Wenn die Umstände stimmten und sie das volle Programm durchziehen konnten. Wenn sie alle sechs ihre Rollen bis zum Letzten ausleben konnten.

Aber am Esrum-See ging es schief.

Sie hatte gesehen, wie erregt Kristian war. Das war er zwar immer, aber dieses Mal war sein Gesicht dunkel und verkniffen. Keine geöffneten Lippen und schweren Augenlider. Er kehrte die Frustration nach innen, stand viel zu still und passiv da und betrachtete die Bewegungen der anderen und wie Kimmies Sachen an ihr klebten, als sie den Mann ins Wasser zogen.

»Jetzt nimm sie schon, Ulrik«, rief er auf einmal, als sie mit triefendem Sommerkleid im Schilf hockte und zusah, wie die Leiche hinausschwamm und sank. Und Ulrik sah sich mit funkelnden Augen der Möglichkeit gegenüber, fürchtete aber gleichzeitig, es wieder nicht hinzukriegen. Bevor sie in die Schweiz gegangen war, hatte er oft aufgeben müssen, hatte es nicht geschafft, in sie einzudringen. Stattdessen kamen die anderen zum Zug. Irgendwie schien dieser Cocktail aus Gewalt und Sex für ihn nicht so zu passen wie für die anderen. Als müsste der Puls erst wieder runter, ehe er wieder hochkommen konnte.

»Nun mach schon, Ulrik«, riefen die anderen. Bjarne dagegen schrie und fluchte, sie sollten aufhören. Da packten ihn Ditlev und Kristian und hielten ihn zurück.

Sie sah, wie Ulrik die Hosen runterließ, und auch, dass er tatsächlich bereit zu sein schien. Was sie nicht sah, war Torsten, der sich von hinten auf sie warf und zu Boden zwang.

Hätte sich Bjarne nicht losgerissen und Ulrik seine Manneskraft nicht gleich wieder eingebüßt, hätten sie Kimmie an jenem Tag vor dem Dickicht aus Rohrkolben vergewaltigt.

Danach dauerte es nicht lange, bis Kristian sich angewöhnte, sie systematisch aufzusuchen. Er scherte sich einen Dreck um Bjarne oder die anderen. Hauptsache, er konnte sie haben, dann war er zufrieden.

Bjarne veränderte sich. Wenn er und Kimmie sich unterhielten, wirkte er unkonzentriert. Erwiderte ihre Zärtlichkeiten nicht wie früher und war meist nicht zu Hause, wenn sie nach der Arbeit freihatte. Gab Geld aus, das er nicht hatte. Telefonierte, wenn er glaubte, sie schliefe.

Währenddessen warb Kristian immer massiver um sie. Bei Nautilus, auf dem Heimweg von der Arbeit oder zu Hause bei Bjarne, wo er oft freie Bahn hatte, weil die anderen Bjarne mit irgendwelchen Handlangerjobs auf Trab hielten.

Und Kimmie verhöhnte ihn. Verhöhnte Kristian Wolf für seine Abhängigkeit und seinen mangelnden Realitätssinn.

Sie merkte schnell, wie die Wut in ihm wuchs. Wie der Stahl in seinem Blick härter wurde und sie durchbohrte.

Aber Kimmie fürchtete ihn nicht. Was sollte er denn mit ihr machen, was nicht schon so oft gemacht worden war?

Es geschah schließlich an jenem Tag im März, als der Komet Hyakutake so klar und deutlich am Sternenhimmel über Dänemark zu sehen war. Bjarne hatte von Torsten ein Teleskop bekommen und Ditlev hatte ihm sein Segelboot zur Verfügung gestellt. Der Plan war, dass Bjarne mit ausreichend Bier und dem Gefühl von Größe auf dem See sitzen sollte, während Kristian, Ditlev, Torsten und Ulrik in die Wohnung eindrangen.

Wie sie sich den Schlüssel beschafft hatten, fand Kimmie nie heraus. Aber plötzlich standen sie da – mit verengten Pupillen und vom Koks gereizten Nasenlöchern. Sie sagten nichts, sondern gingen ihr sofort an die Wäsche. Sie drückten sie an die Wand und rissen ihr die Klamotten vom Leib, bis sie hinreichend zugänglich war.

Aber sie schafften es nicht, ihr auch nur einen einzigen Ton zu entlocken. Kimmie wusste, dass sie das nur noch wilder machen würde. Das hatte sie schließlich oft genug gesehen, wenn sie alle auf jemanden eingedroschen hatten.

Die Männer aus der Clique hassten weinerliches Getue. Genau wie Kimmie es hasste.

Sie knallten sie auf den Couchtisch, ohne sich erst die Mühe zu machen, ihn abzuräumen. Die Vergewaltigung begann damit, dass sich Ulrik rittlings auf ihren Bauch setzte, mit seinen großen Pranken ihre Knie packte und ihre Beine spreizte. Erst hämmerte sie mit ihren Fäusten auf seinen Rücken, aber sein Rausch und seine Fettschicht nahmen ihren Schlägen die Wirkung. Und was nützte es auch? Sie wusste ja, dass Ulrik das liebte. Prügel, Demütigung, Zwang. Alles, was dazu angetan war, die gängige Moral herauszufordern. Für Ulrik war nichts tabu. Kein Fetisch, den er nicht probiert hatte. Nicht einer. Und trotzdem konnte er ihn nicht wie alle anderen zum Stehen bringen.

Kristian stellte sich zwischen ihre Beine und paukte seinen Willen durch bis zum Gehtnichtmehr, bis ihm die Selbstzufriedenheit aus allen Poren leuchtete. Ditlev war Nummer zwei und blitzschnell fertig, wie immer, mit diesem merkwürdigen krampfartigen Zittern. Dann kam Torsten.

Und gerade als dieser hagere Typ in ihr zugange war, stand Bjarne plötzlich in der Tür. Sie sah ihm direkt ins Gesicht. Aber in dem Moment war er sich seiner Unterlegenheit bewusst und der Zusammenhalt der Männer brach ihm das Rückgrat, sodass auch er in ihren Bann geriet.

Kimmie schrie, er solle gehen, aber Bjarne ging nicht.

Und nachdem sich Torsten herausgezogen hatte, verwandelte sich der keuchende Atem der Männer in triumphierendes Gegröle, als Bjarne mitmachte.

Kimmie starrte in sein verschlossenes, blaurotes Gesicht. Zum ersten Mal sah sie ganz klar, welche Richtung ihr Leben genommen hatte.

Da resignierte sie. Sie schloss die Augen und glitt davon.

Das Lachen der Gruppe, als Ulrik einen weiteren Versuch startete und aufgeben musste, war das Letzte, was sie hörte. Dann war sie in die schützenden Nebel des Unbewussten abgetaucht.

Als Gruppe sah Kimmie sie damals zum letzten Mal.

»Mein Schätzlein, nun zeigt Mama dir, was sie für dich hat.«

Sie wickelte das Menschlein aus dem Stoff und betrachtete es mit größter Zärtlichkeit. Ein solches Werk Gottes. Diese Fingerchen und die kleinen Zehen, diese winzigen Nägel.

Dann wickelte sie ein Paket aus und hielt den Inhalt über dem eingetrockneten kleinen Körper in die Höhe.

»Schau mal, Mille, hast du so was schon mal gesehen? Ist das nicht genau das, was man an einem solchen Tag braucht?«

Mit einem Finger berührte sie die kleine Hand. »Findest du, dass Mama sehr warm ist?«, fragte sie. »Ja, Mama ist ganz warm.« Sie lachte. »Das ist Mama ja immer, wenn sie angespannt ist. Das weißt du ja.«

Sie sah aus dem Fenster. Es war Ende September. Wie damals vor zwölf Jahren, als sie bei Bjarne eingezogen war. Nur dass es damals nicht geregnet hatte.

Soweit sie sich erinnerte.

Nachdem sie Kimmie vergewaltigt hatten, ließen sie sie auf dem Couchtisch liegen, streckten sich im Halbkreis auf dem Fußboden aus und zogen sich Lines rein, bis sie vollständig dicht waren. Als Kristian ihr ein paar Mal fest auf die nackten Schenkel haute, schrien sie vor Lachen.

»Nun komm schon, Kimmie«, rief Bjarne. »Sei nicht so prüde. Das sind doch nur wir.«

»Es ist aus«, knurrte sie. »Das war's.«

Kimmie sah, dass sie ihr nicht glaubten. Dass sie meinten, sie wäre zu abhängig von ihnen und würde nach einer Weile schon wieder angekrochen kommen. Aber das würde sie nicht. In der Schweiz war sie auch ohne sie zurechtgekommen.

Es dauerte, bis sie aufstehen konnte. Der Damm brannte, die Hüftgelenke waren verrenkt, der Hinterkopf schmerzte. Und die Demütigung lastete auf ihr.

Dieses Gefühl wurde überreichlich aufgefrischt, als Kassandra sie im Haus in Ordrup voller Hohn empfing: »Bringst du denn auf dieser Welt überhaupt irgendetwas zustande, Kimmie?«

Am nächsten Tag musste Kimmie feststellen, dass Torsten Florin ihren Arbeitsplatz gekauft hatte, Nautilus Trading A/S, und sie nun ohne Job dastand. Einer der Angestellten übergab ihr einen Scheck. Von dem hatte sie bisher geglaubt, er sei ein Freund. Er teilte ihr auch mit, dass sie leider die Firma auf der Stelle verlassen müsse. Torsten Florin habe den Personalwechsel veranlasst, sagte er. Wenn sie sich also bei jemandem beschweren wolle, müsse sie sich direkt an ihn wenden.

Sie ging zur Bank, um den Scheck einzulösen. Dort erfuhr sie, dass Bjarne ihr Konto leer geräumt und dann aufgelöst hatte.

Sie sollte unter keinen Umständen ihren Fangarmen entkommen. Das war der Plan.

In den folgenden Monaten lebte sie im Haus in Ordrup oben in ihrem Zimmer. Holte sich nachts unten in der Küche etwas zu essen und schlief am Tag. Lag da, mit angezogenen Beinen, und drückte ihren kleinen Teddy. Oft stand Kassandra vor der Tür und zeterte. Aber Kimmie war taub für die Welt.

Denn Kimmie schuldete niemandem etwas. Kimmie war schwanger.

»Ich habe mich so doll gefreut, als ich entdeckte, dass ich dich haben sollte«, sagte sie und lächelte die Kleine an. »Ich wusste sofort, dass du ein Mädchen wirst und wie du heißen solltest. Mille. Das war dein Name von Anfang an. Ist das nicht komisch?«

Sie schäkerte ein wenig mit ihr und hüllte sie dann wieder in das Tuch. Sie lag da wie ein winziges Jesuskind in dem weißen Stoff.

»Ich hatte mich so doll auf dich gefreut. Wir hätten im Haus gewohnt und ein ganz normales Leben gehabt. Gleich nach deiner Geburt wollte Mama sich eine Arbeit suchen. Und sobald Mama dich aus der Kinderkrippe abgeholt hätte, wären wir die ganze Zeit zusammen gewesen.«

Sie holte ihre Tasche, stellte sie aufs Bett und drückte eins der Hotelkopfkissen tief hinein. Warm und geborgen sah das aus.

»Ja, du und ich, wir hätten ganz allein im Haus gewohnt. Kassandra hätte verschwinden müssen.«

Kristian Wolf begann sie anzurufen. Das war in den Wochen vor seiner Hochzeit. Der Gedanke, bald gebunden zu sein, machte ihn wahnsinnig, genauso wie ihre Zurückweisung.

Der Sommer war zwar grau, aber voller Freude, und Kimmie bekam langsam ihr Leben unter Kontrolle. All das Fürchterliche, das sie getan hatten, ließ Kimmie hinter sich zurück. Jetzt war sie für ein neues Leben verantwortlich.

Die Vergangenheit war tot.

Erst als eines Tages Ditlev Pram und Torsten Florin bei Kassandra im Wohnzimmer standen und auf sie warteten, wurde ihr bewusst, wie unmöglich das war. Als sie ihre forschenden Blicke sah, erinnerte sie sich daran, wie gefährlich sie werden konnten.

»Du hast Besuch von deinen alten Freunden«, zwitscherte Kassandra in ihrem fast durchsichtigen Sommerkleid. Sie protestierte, als sie aus ihrer Domäne geführt wurde, *My Room*. Aber worüber nun geredet werden sollte, war nicht für ihre Ohren bestimmt.

»Keine Ahnung, warum ihr hier seid. Aber ich will, dass ihr wieder geht«, sagte Kimmie. Dabei wusste sie genau, worum es bei dieser Begegnung ging. Ihre Worte leiteten nur die Verhandlung ein, bei der sich entscheiden würde, wer die Arena am Ende aufrecht verlassen und wer im Staub liegen würde.

»Kimmie, du hängst viel zu tief mit drin«, sagte Torsten. »Wir können nicht zulassen, dass du dich zurückziehst. Wer weiß, auf was für Ideen du noch kommst.«

Sie schüttelte den Kopf. »Was wollt ihr damit sagen? Dass ich mich mit Selbstmordgedanken trage und hässliche Briefe hinterlasse?«

Ditlev nickte. »Zum Beispiel. Wir könnten uns auch andere Sachen vorstellen, die du tun könntest.«

»Wie was?«

»Ist das nicht egal?«, entgegnete Torsten und trat näher auf sie zu.

Falls die sie wieder packen wollten, wurde sie sich eine der chinesischen Vasen greifen, die in den Ecken standen und ordentlich schwer waren.

»Wir wollen nur wissen, ob wir uns auf dich verlassen können, wenn du mit uns zusammen bist. Komm schon, dir fehlt es doch auch. Gib's doch zu, Kimmie«, fuhr er fort.

Sie rang sich ein Lächeln ab. »Vielleicht wirst du Vater, Torsten. Oder vielleicht du, Ditlev.« Sie hatte das nicht sagen wollen, aber ihre erstarrenden Mienen waren es wert. »Warum sollte ich mit euch gehen?« Sie legte eine Hand auf den Bauch. »Glaubt ihr vielleicht, das sei gut fürs Kind? Wohl kaum.«

Als die beiden Männer sich anschauten, wusste sie genau, was die dachten. Beide hatten Kinder und beide hatten Scheidungen und Skandale hinter sich. Ein Skandal mehr oder weniger machte ihnen nichts aus. Womit die beiden sich schwertaten, war allein Kimmies Rebellion.

»Das Kind musst du wegmachen«, sagte Ditlev unerwartet hart.

Das musst du wegmachen. Nach diesen vier Worten wusste sie, dass das Kind in Lebensgefahr war.

Sie hob eine Hand, wie um Distanz zu schaffen.

»Kümmert euch um euch selbst und lasst mich in Ruhe, klar? Endgültig in Ruhe.«

Zufrieden sah sie, wie die zwei, von Kimmies Sinneswandel überrascht, die Augen zusammenkniffen.

»Und wenn ihr das nicht tut … Es gibt da einen kleinen Kasten, müsst ihr wissen, der euer Leben zerstören kann. Dieser Kasten ist meine Lebensversicherung. Ihr könnt sicher sein, dass sein Inhalt ans Licht kommt, wenn mir etwas zustößt.« Das stimmte nicht, sie hatte nichts Derartiges arrangiert. Sie hatte wohl einen Kasten versteckt. Aber sie hatte nie daran gedacht, ihn jemandem zu zeigen. Darin lagen einfach nur ihre Trophäen. Jeweils ein kleiner Gegenstand, der für jedes Leben stand, das sie ausgelöscht hatten. Wie der Skalp bei den Indianern. Die Stierohren bei den Toreros. Die herausgerissenen Herzen der Inka-Opfer.

»Was für ein Kasten?«, fragte Torsten, und die Falten in seinem Fuchsgesicht vertieften sich.

»Ich habe von jedem Tatort etwas mitgenommen. Alles, was wir getan haben, wird mit dem Inhalt dieses Kastens ans Licht kommen. Und wenn ihr mich oder mein Kind anrührt, dann sterbt ihr hinter Gittern, das verspreche ich euch.«

Ditlev biss ganz offenkundig an. Torsten hingegen wirkte skeptisch.

»Nenn ein Beispiel.«

»Der eine Ohrring von der Frau auf Langeland. Kåre Brunos Gummiarmband aus dem Schwimmbad. Wisst ihr noch, wie Kristian ihn packte und über den Rand stieß? Dann erinnert ihr euch vielleicht auch daran, wie er anschließend mit dem Armband in der Hand vor Bellahøj stand und grinste. Ich glaube, dem wird das Grinsen vergehen, wenn er hört, dass dieses Gummiarmband zusammen mit zwei Trivial-Pursuit-Karten aus Rørvig in meinem Kasten liegt. Glaubt ihr nicht auch?«

Torsten Florin sah in eine andere Richtung. Als wollte er

sich versichern, dass auf der anderen Seite der Tür niemand lauschte.

»Ja, Kimmie, das glaube ich auch«, sagte er.

Kristian kam in einer Nacht zu Kimmie, als Kassandra schwer betrunken und längst außer Gefecht war.

Er stand an ihrem Bett und beugte sich über sie. Er sprach so langsam und betont, dass sich jedes seiner Worte tief in ihr Gedächtnis einätzte.

»Sag mir, wo der Kasten ist, Kimmie. Sonst bringe ich dich auf der Stelle um.«

Er schlug so brutal und so lange zu, bis er kaum noch die Arme heben konnte. Prügelte auf ihren Unterleib ein, ihr Zwerchfell, ihren Brustkorb, bis die Knöchel knackten. Aber sie verriet nicht, wo der Kasten war.

Schließlich ging er. Er hatte seine Aggressionen vollständig entladen und war sich hundertprozentig sicher, dass sein Unternehmen beendet und der Kasten mit den Beweisstücken reine Erfindung war.

Als Kimmie aus der Bewusstlosigkeit erwachte, rief sie selbst den Krankenwagen.

33

Sie wachte mit leerem Magen auf, aber ohne Appetit. Es war Sonntagnachmittag, und sie befand sich immer noch im Hotel. Eine Stunde lang hatten Träume ihr verheißen, dass nun endlich alles in einer höheren Einheit aufgehen würde. Wozu brauchte sie da also noch Nahrung?

Sie wendete sich der Tasche mit dem Bündel zu, die auf dem Bett neben ihr stand.

»Heute bekommst du ein Geschenk von mir, kleine Mille. Du sollst das Beste haben, was ich in meinem ganzen Leben besessen habe, du sollst meinen kleinen Teddy bekommen«, sagte sie. »Mama hat so oft daran gedacht, und heute ist es so weit. Freust du dich?«

Sie spürte, wie die Stimmen im Hintergrund auf eine Schwäche von ihr lauerten. Aber da legte sie die Hand auf das Bündel in der Tasche und ließ den liebevollen Gefühlen in ihr freien Lauf.

»Ja, mein Schatz, jetzt bin ich ruhig. Ganz ruhig. Heute kann uns nichts und niemand etwas anhaben.«

Man hatte sie mit heftigen Blutungen in die Klinik Bispebjerg eingeliefert. Das Krankenhauspersonal befragte sie immer wieder, was ihr Schreckliches passiert sei. Einer der Oberärzte schlug sogar vor, die Polizei einzuschalten. Aber das redete sie ihm aus. Die Prellungen und blauen Flecke auf ihrem Körper seien das Ergebnis eines Sturzes. Sie sei eine lange, steile Treppe hinuntergefallen, beruhigte sie die Schwestern und Ärzte. Sie leide schon länger an gelegentlichen Schwindel-anfällen. Auf der obersten Treppenstufe habe sie das Gleich-gewicht verloren. Nein, niemand trachte ihr nach dem Leben, das garantiere sie ihnen. Sie lebe mit ihrer Stiefmutter allein im Haus. Das sei nur Pech gewesen, leider mit schrecklichen Folgen.

Am nächsten Tag hatten ihr die Krankenschwestern ver-sichern können, das Kind würde es schaffen, und sie glaub-te ihnen. Erst als die Schwestern ihr Grüße von ihren alten Freunden aus dem Internat überbrachten, wusste sie, dass sie auf der Hut sein musste.

Am vierten Tag kam Bjarne zu ihr. Sie lag in einem Einzel-zimmer. Natürlich war das kein Zufall, dass sie ausgerechnet ihn zu ihrem Laufburschen auserkoren hatten. Bjarne war nicht prominent wie die anderen, das war das eine. Und außerdem war er am ehesten in der Lage, ein Gespräch jenseits von leeren Worthülsen und geschmeidigen Lügen zu führen.

»Kimmie, du hast Beweise gegen uns, hast du gesagt. Stimmt das?«

Sie antwortete nicht. Starrte nur aus dem Fenster auf die pompösen, altgedienten Gebäude.

»Kristian entschuldigt sich für das, was er mit dir gemacht hat. Er fragt, ob du in eine Privatklinik überführt werden möchtest. Dem Kind geht es doch gut, oder?«

Sie sah ihn so lange verachtend an, bis er die Augen niederschlug. Er wusste genau, dass er kein Recht hatte zu fragen, wonach auch immer.

»Sag Kristian, das ist das letzte Mal gewesen, dass er mich angefasst hat. Klar?«

»Kimmie, du kennst Kristian. Den wird man so nicht los. Er sagt, du hast ja nicht mal einen Anwalt. Du hast keinen Anwalt, dem du was auch immer über uns anvertraut haben könntest, Kimmie. Er sagt auch, er habe seine Meinung geändert. Er glaube nun, dass es diesen Kasten mit den Sachen tatsächlich gibt, wie du behauptet hast. Das sehe dir ähnlich. Er lachte sogar, als er mir das sagte.« Bjarne versuchte Kristians grunzendes Lachen nachzumachen, doch das ging völlig daneben. Und an Kimmie prallte er sowieso ab, denn sie wusste, dass Kristian nie über etwas gelacht hätte, was ihn bedrohen könnte.

»Und wenn du keinen Anwalt hast, wer ist denn dann dein Verbündeter, fragt Kristian. Du hast keine Freunde, Kimmie. Außer uns hast du niemanden, das wissen wir doch alle.« Er berührte ihren Arm, aber sie zog ihn blitzschnell zurück. »Ich finde, du solltest einfach sagen, wo der Kasten ist. Ist der bei euch im Haus, Kimmie?«

»Glaubst du, ich hätte sie nicht alle?«, brauste sie auf.

Ganz offenkundig biss er an.

»Sag Kristian, solange er die Finger von mir lässt, könnt ihr von mir aus so weitermachen wie bisher. Ich bin schwanger, Bjarne. Ist das noch nicht bis zu euch vorgedrungen? Wenn die Sachen aus dem Kasten ans Licht kommen, dann bin ich auch mit dran. Und was ist dann mit meinem Kind? Der Kasten ist für mich lediglich eine Sicherheit, die letzte Karte, die ich ausspielen kann, wenn ihr mich dazu zwingt.«

Das war nun ausgerechnet das Letzte, was sie hätte sagen dürfen.

Karte ausspielen. Wenn Kristian sich durch etwas bedroht fühlen konnte, dann durch diese zwei Worte.

Nach Bjarnes Besuch schlief sie nachts nicht mehr. Sie lag da im Dunkeln und wachte, eine Hand auf dem Bauch und die andere an der Klingelschnur.

In der Nacht zum zweiten August kam Kristian in einem weißen Kittel.

Nur für wenige Sekunden war sie eingeschlummert. Da spürte sie seine Hand auf dem Mund und den harten Druck seines Knies auf dem Brustkorb. Ohne Umschweife sagte er: »Wer weiß, wohin du verschwindest, wenn du hier entlassen wirst, Kimmie. Wir beobachten dich, aber man weiß ja nie. Sag, wo der Kasten ist, dann lass ich dich in Ruhe.«

Sie antwortete nicht.

Da schlug er mit aller Kraft auf ihren Unterleib. Und als sie immer noch nichts sagte, schlug er weiter, so lange, bis die Wehen einsetzten, die Beine zuckten und das Bett wankte.

Er hätte sie totgeschlagen. Wenn nicht der Stuhl neben dem Bett mit infernalischem Getöse umgefallen wäre. Wenn nicht die Lichter eines Krankenwagens vor dem Haus den Raum erhellt und Kristian in all seiner grausamen Erbärmlichkeit entblößt hätten. Wenn sie nicht den Kopf in den Nacken gelegt und unter Schock das Bewusstsein verloren hätte.

Wenn er nicht vollständig überzeugt gewesen wäre, dass sie bereits im Sterben lag.

Sie checkte nicht aus. Ließ den Koffer im Hotelzimmer stehen und nahm nur die Tasche mit dem Bündelchen und ein paar andere Sachen und ging zum Hauptbahnhof. Es war Nachmittag, fast zwei Uhr. Jetzt würde sie ihr Versprechen einlösen und für Mille den kleinen Teddy holen. Und außerdem wollte sie ein Vorhaben zu Ende bringen.

Es war ein klarer Herbsttag, die S-Bahn gerammelt voll mit Familien. Vielleicht waren Eltern und Kinder im Museum gewesen und fuhren nun nach Hause. Vielleicht wollten Großeltern und Enkel für ein paar Stunden in den Tiergarten. Vielleicht hatten die Kleinen auf dem Heimweg rote Backen und lebhafte Eindrücke von buntem Laub und Damwildrudeln.

Aber da oben im Himmel würde es noch viel schöner sein, wenn Mille und sie erst einmal vereint wären. Da könnten sie sich die ganze Zeit ansehen und zusammen lachen. Bis in alle Ewigkeit.

Sie nickte. Der Blick aus dem Fenster ging über die Svanemøllen-Kaserne weiter in Richtung der Klinik Bispebjerg.

Vor elf Jahren hatte sie sich aus ihrem Krankenhausbett erhoben und das kleine Kind genommen, das unter dem Tuch auf dem Stahltisch am Fußende des Betts lag. Sie hatten sie nur für einen kurzen Augenblick allein gelassen, weil sich bei einer anderen Frau während der Entbindung Komplikationen ergeben hatten.

Sie hatte sich angezogen und ihr Kind in das Tuch gehüllt. Und eine Stunde später, nachdem ihr Vater sie im Hotel D'Angleterre gedemütigt hatte, hatte sie in dem gleichen Zug nach Ordrup gesessen wie jetzt.

Sie wusste damals genau, dass sie nicht in dem Haus bleiben konnte, denn die anderen würden sie dort als Erstes suchen, und noch einmal würde sie nicht mit dem Leben davonkommen.

Aber sie wusste auch, dass sie unbedingt Hilfe brauchte. Sie blutete noch immer und die Schmerzen im Unterleib waren so unerträglich, dass sie fast unwirklich schienen.

Deshalb wollte sie Kassandra um Geld bitten.

Doch an jenem Tag bekam sie wieder zu spüren, wozu Menschen, deren Name mit K beginnt, fähig sind.

Lächerliche zweitausend Kronen steckte Kassandra ihr in die Hand. Bebend vor Zorn natürlich. Zweitausend von ihr und zehntausend von ihrem Vater, das war alles, was Kassandra und Willy K. Lassen für sie erübrigen konnten. Ein Witz. Das reichte natürlich hinten und vorne nicht.

Danach wurde sie aufgefordert, das Haus zu verlassen, und stand nun in diesem Villenviertel buchstäblich auf der Straße. Mit dem Bündel unter dem Arm und der blutdurchtränkten Binde zwischen den Beinen wusste Kimmie nur eines: dass eines Tages alle, die sie missbraucht und gedemütigt hatten, dafür büßen würden.

Jetzt stand sie zum ersten Mal seit vielen Jahren wieder vor diesem Haus im Kirkevej. Alles war wie immer: die Kirchenglocken, die die Spießbürger zum Sonntagsgottesdienst riefen, die Häuser, die so unverschämt emporragten, und die Schwelle zu ihrem eigenen Haus, die so unüberwindbar schien.

Als Kassandra die Tür öffnete, erkannte Kimmie nicht nur deren mühsam konserviertes Gesicht sofort. Auch die Pose, die Kimmies Anwesenheit in ihr hervorrief, war unverändert.

Wann die Feindschaft zwischen ihnen beiden entstanden war, wusste Kimmie nicht. Vermutlich bereits damals, als Kassandras Kindererziehung darin bestand, Kimmie in dunkle Schränke einzusperren und mit harten Worten abzukanzeln, die das kleine Mädchen nur zur Hälfte verstand. Dass Kassandra in der Gefühlskälte des Hauses selbst Schaden erlitt, stand auf einem anderen Blatt. Das rief in gewissem Maß Verständnis hervor, war aber keine Entschuldigung. Kassandra war ein Aas.

»Du kommst hier nicht rein, du nicht!«, fauchte sie jetzt und wollte ihr die Tür vor der Nase zuknallen. Genau wie an dem Tag nach der Fehlgeburt.

Damals wurde sie zur Hölle gejagt, und was sie erwartete, war tatsächlich die Hölle. Trotz ihres elenden Zustands, für den Kristians Schläge und die Fehlgeburt gleichermaßen verantwortlich waren, hatte sie tagelang auf der Straße herumirren müssen, ohne dass jemand Anstalten machte, sich ihr zu nähern, geschweige denn ihr zu helfen.

Die Menschen sahen nur ihre aufgesprungenen Lippen und das strähnige Haar. Sie wichen vor ihren Händen und Armen zurück, die braun waren von verschorftem Blut und ein abstoßendes Bündel umklammerten. Sie sahen nicht den fiebernden Menschen in Not. Sie sahen nicht den Menschen, der da gerade zugrunde ging.

Und sie selbst hatte gedacht, das sei ihre Strafe, ihr persönliches Fegefeuer, die Sühne für ihre Untaten.

Eine Fixerin in Vesterbro rettete sie schließlich. Einzig und allein Tine scherte sich nicht um den Gestank, der von dem Bündel ausging, und um die getrocknete Spucke in Kimmies Mundwinkeln. Sie hatte weit Schlimmeres gesehen und brachte Kimmie in ein Zimmer in einer Nebenstraße in Sydhavn. Dort hauste ein anderer Junkie, der einmal Arzt gewesen war.

Seine Tabletten bekamen die Entzündung in den Griff und die Ausschabung, die er vornahm, stoppte die Blutungen – allerdings für immer.

In der darauffolgenden Woche, etwa zu der Zeit, als das Bündelchen nicht mehr ganz so stank, war Kimmie bereit für ein neues Leben, ein Leben auf der Straße.

Alles andere war fortan Geschichte.

Es war, wie in einem Albtraum zu erstarren. In den Zimmern hing Kassandras schweres Parfüm und von den Wänden grinsten Kimmie die Gespenster der Vergangenheit an – nichts hatte sich geändert.

Kassandra führte eine Zigarette zum Mund. Die Farbe ihres Lippenstifts war längst an den zig vorangegangenen Zigaretten kleben geblieben. Ihre Hand zitterte leicht, aber ihr Blick folgte Kimmie aufmerksam durch den Rauch hindurch, als sie die Tasche auf dem Boden absetzte. Kassandra fühlte sich eindeutig unwohl. Jeden Moment konnten ihre Augen zu flackern beginnen. Einen solchen Auftritt hatte sie nicht erwartet.

»Was willst du hier?«, fragte sie mit denselben Worten wie damals vor elf Jahren.

»Würdest du gern hier im Haus wohnen bleiben, Kassandra?«, drehte Kimmie den Spieß um.

Ihre Stiefmutter legte den Kopf in den Nacken. Saß einen Moment ganz still und dachte nach. Der Rauch waberte um ihr ergrauendes Haar.

»Bist du deshalb gekommen? Bist du hier, um mich rauszuschmeißen?«

Wie sie kämpfte, um die Ruhe zu bewahren! Herrlich! Dieser Mensch, der die Möglichkeit gehabt hatte, ein kleines Mädchen an der Hand zu nehmen und es aus dem Schatten einer kalten Mutter hervorzuholen. Diese jämmerliche, egozentrische Frau, die Kimmies Gefühle und ihr Vertrauen missbraucht und sie jeden Tag aufs Neue so schmählich im Stich gelassen hatte. Diese Frau, die mit ihrem Selbsthass Kimmies Leben geformt und sie letztlich dorthin gebracht hatte, wo sie heute stand. Misstrauen, Hass, Gefühlskälte und Mangel an Mitgefühl.

»Ich habe zwei Fragen, Kassandra, und wenn du schlau bist, beantwortest du sie ganz kurz.«

»Und dann gehst du wieder?« Aus einer Karaffe, die sie vermutlich zu leeren versucht hatte, ehe Kimmie kam, schenkte sie sich ein Glas Portwein ein. Mit bemüht kontrollierten Bewegungen führte sie das Glas zum Mund und trank einen Schluck.

»Ich verspreche nichts«, antwortete Kimmie.

»Was willst du wissen?« Kassandra inhalierte den Rauch ihrer Zigarette so tief, dass sie nichts davon wieder ausatmete.

»Wo ist meine Mutter?«

»Ach Gott, ist das die Frage?« Mit leicht geöffnetem Mund legte sie den Kopf zurück. Dann wandte sie sich jäh zu Kimmie um. »Aber Kimmie, die ist tot. Seit dreißig Jahren! Die Ärmste. Haben wir dir das nie erzählt?« Wieder legte sie den Kopf zurück und stieß dabei einen Laut aus, der wohl Erstaunen ausdrücken sollte. Als sie Kimmie ihr Gesicht wieder zuwandte, war es hart, gnadenlos. »Dein Vater gab ihr Geld. Sie trank. Muss ich noch mehr sagen? Unglaublich, dass wir dir das nie erzählt haben. Aber jetzt weißt du es. Bist du nun froh?«

Das Wort »froh« hallte in Kimmie wider. Froh?!

»Und was ist mit Vater? Hast du von ihm gehört? Wo ist er?«

Kassandra hatte ganz genau gewusst, dass diese Frage auftreten würde, und Ekel überkam sie. Allein schon das Wort »Vater«! Wenn jemand Willy K. Lassen hasste, dann sie.

»Ich verstehe beim besten Willen nicht, warum du das wissen willst. Könnte er von dir aus nicht in der Hölle schmoren? Oder willst du dich nur versichern, dass er das wirklich tut? Dann kann ich dir eine Freude machen: Dein Vater leidet derzeit tatsächlich Höllenqualen.«

»Ist er krank?« Vielleicht stimmte es ja tatsächlich, was der Typ von der Polizei Tine erzählt hatte.

»Krank?« Kassandra drückte ihre Zigarette aus und streckte die Arme mit gespreizten Fingern von sich. »Wie gesagt: Der brennt schon in der Hölle, der hat in sämtlichen Knochen Krebs. Ich habe nicht mit ihm gesprochen, aber von anderen weiß ich, dass er entsetzlich leidet.« Sie spitzte die Lippen und atmete so schwer aus, als entließe sie damit den Teufel selbst. »Er stirbt noch vor Weihnachten. Und ich hab damit kein Problem, mir geht's gut damit.«

Sie strich sich übers Kleid und zog dann das Portweinglas auf dem Tisch näher zu sich heran.

Also waren nur noch Kimmie und Mille und Kassandra übrig. Zweimal das verdammte K und der kleine Schutzengel.

Kimmie hob die Tasche vom Fußboden auf und stellte sie auf den Tisch, neben Kassandras Portweinkaraffe.

»Warst du das damals, als ich die Kleine hier erwartete, die Kristian reingelassen hat? Sodass er zu mir hochkommen konnte?«

Kassandra sah zu, wie Kimmie die Tasche halb öffnete.

»Gott im Himmel! Du willst doch nicht etwa sagen, dass du dieses … dieses … in der Tasche dort hast.« Doch an Kimmies Gesicht konnte sie ablesen, dass es sich genau so verhielt. »Du bist krank im Kopf, Kimmie. Nimm das weg.«

»Warum hast du Kristian ins Haus gelassen? Warum hast du zugelassen, dass er zu mir kam, Kassandra? Du hast doch gewusst, dass ich schwanger war. Ich hatte doch gesagt, dass ich meine Ruhe haben will.«

»Warum? Du und dein Hurenkind, ihr wart mir so was von egal. Was hast du denn gedacht?«

»Und du hast einfach hier unten gesessen, während er mich verprügelte. Du musst die Schläge doch gehört haben. Du musst doch mitbekommen haben, wie er auf mich eingedroschen hat. Warum hast du nicht die Polizei gerufen?«

»Ich wusste, dass du es verdient hattest, ganz einfach.«

Ich wusste, dass du es verdient hattest. Die Stimmen in Kimmies Kopf wurden laut.

Schläge. Dunkle Zimmer. Hohn. Anschuldigungen. Das alles lärmte in ihrem Kopf. Und jetzt war Schluss damit!

Kimmie sprang auf, packte Kassandras hochgestecktes Haar und zwang ihren Kopf nach hinten. So konnte sie ihrer Stiefmutter den restlichen Portwein in den Hals gießen. Die starrte verwirrt und verblüfft zur Decke, während die Substanz den Weg zu ihrer Luftröhre fand. Dann begann sie zu husten.

Da presste Kimmie Kassandras Mund fest zu und hielt wie ein Schraubstock den Kopf fest. Das Husten nahm zu und das Würgen ebenfalls.

Kassandra griff nach Kimmies Unterarm, um ihn wegzudrücken. Aber vom Leben auf der Straße bakam man starke Sehnen. Jedenfalls weitaus stärkere, als wenn man seine Umgebung herumkommandierte und obendrein eine alte Frau war. Panik trat jetzt in Kassandras Augen. Ihr Magen zog sich zusammen und schickte Magensäure nach oben in das Katastrophengebiet zwischen Luft- und Speiseröhre.

Ein paar heftige vergebliche Versuche, durch die Nase einzuatmen, verstärkten die Panik in dem alten Körper, der sich nun in alle Richtungen wand. Aber Kimmie hielt fest und verschloss dem Sauerstoff jeden Zugang. Kassandra wurde von Krämpfen erfasst, ihr Brustkorb zitterte, ihr Wimmern erstarb.

Und dann war sie still.

Kimmie ließ sie direkt an Ort und Stelle fallen, am Schauplatz ihres letzten Kampfes. Das zerbrochene Portweinglas, der verschobene Couchtisch und die Flüssigkeit, die aus dem Mund der Frau floss, sollten für sich sprechen.

Kassandra Lassen hatte das, was das Leben an Gutem zu bieten hatte, ordentlich genossen, und die Zutaten hatten ebenso ordentlich geholfen, sie umzubringen.

Ein Unglücksfall, würden manche sagen. Vorhersehbar, würden andere ergänzen.

Das waren genau die Worte, mit denen einer von Kristian Wolfs alten Jagdfreunden zitiert wurde, als sie Kristian mit zerschossener Oberschenkelarterie auf seinem Gut auf Lolland fanden. Ein Unglücksfall, ja, aber vorherschbar. Kristian war immer leichtsinnig gewesen mit seiner Schrotflinte. Früher oder später musste das danebengehen, hatte der Betreffende gesagt.

Aber es war kein Unglücksfall.

Kristian hatte Kimmie seit dem Tag, als er sie zum ersten Mal sah, unter seiner Kontrolle. Er hatte sie und die anderen erpresst, bei seinen Spielen mitzumachen. Und er hatte ihren Körper ausgenutzt. Er hatte sie in Beziehungen hineingedrängt

und wieder herausgezerrt. Er hatte sie dazu gebracht, Kåre
Bruno mit dem Versprechen auf einen Neuanfang nach Bellahøj zu locken. Er hatte sie aufgehetzt, bis sie rief, er, Kristian,
solle Kåre über den Rand stoßen. Er hatte sie vergewaltigt und
sie erst einmal und dann noch ein zweites Mal verprügelt, sodass sie ihr Kind verlor. Er hatte ihr Leben vielfach verändert –
und jedes Mal zum Schlechteren.

Als sie bereits sechs Wochen auf der Straße lebte, sah sie ihn
auf der Titelseite einer Illustrierten. Er lächelte, er hatte ein
paar phantastische Geschäfte abgeschlossen und jetzt wollte
er einige Tage auf seinem Gut auf Lolland abschalten. »Kein
Stück Wild auf meinem Grund und Boden kann sich vor meiner Flinte sicher fühlen«, so hatte er sich ausgedrückt.

Kimmie klaute ihren ersten Koffer und bestieg, tadellos gekleidet, den Zug nach Lolland. In Søllested stieg sie aus und
ging die letzten fünf Kilometer in der Dämmerung zu Fuß, bis
das Gut vor ihr lag.

Die Nacht verbrachte Kimmie im Gebüsch, während Kristian im Haus herumschrie, bis seine junge Frau schließlich nach
oben verschwand. Er schlief im Wohnzimmer. Nur wenige
Stunden später war er bereit, seine tief sitzenden Aggressionen
und Frustrationen an den ausgesetzten Fasanen auszulassen
und überhaupt an allem, was ihm vor die Flinte kam.

Die Nacht war eiskalt gewesen, aber Kimmie hatte nicht ge-
froren. Der Gedanke an Kristians Blut, das bald fließen würde,
ließ es ihr geradezu sommerlich warm vorkommen. Belebend
und erhebend.

Schon seit der Internatszeit wusste sie, dass Kristian, von
innerlicher Unruhe gepeinigt, immer in aller Frühe aufwachte,
vor allen anderen. Und ein paar Stunden, ehe eine Jagd normalerweise anfing, drehte er bereits eine Runde. Um das Revier
kennenzulernen, damit Treiber und Jäger optimal zusammen-
arbeiten konnten. Noch mehrere Jahre nach seiner Ermordung
konnte sie sich daran erinnern, wie es sich angefühlt hatte,

Kristian Wolf an jenem Morgen endlich zu erblicken. Als er durch das Tor des Gutes trat und zu den Feldern hinüberging. Perfekt eingekleidet und ausgerüstet. So, wie ein Killer nach Meinung der Oberklasse auszusehen hatte. Wie geleckt, geckenhaft und mit glänzenden Schnürstiefeln. Aber was wusste die Oberklasse schon von richtigen Killern?

Mit einigem Abstand folgte sie ihm im Schutz der Hecken und blieb immer wieder erschrocken stehen, wenn kleine Zweige unter ihren Schuhen knackten. Wenn er sie entdeckte, würde er ohne zu zögern schießen. Ein versehentlicher Schuss, würde er später sagen. Eine Fehleinschätzung. Er habe geglaubt, ein Stück Rotwild sei aus dem Unterholz hervorgebrochen.

Aber Kristian hörte sie nicht. Erst in dem Augenblick, als sie sich auf ihn warf und ihm das Messer in die Geschlechtsorgane stieß.

Da fiel er aber auch schon vornüber und wand sich mit weit aufgerissenen Augen auf dem Boden. Ihm war völlig bewusst, dass das Gesicht über ihm das Letzte sein würde, was er zu sehen bekam.

Sie nahm die Schrotflinte an sich und ließ ihn verbluten. Das ging schnell.

Dann rollte sie den Toten herum, wischte das Gewehr mit ihrem Ärmel ab, steckte es ihm in die Hand, den Lauf in Richtung Unterleib gedreht, und drückte ab.

Nach sorgfältiger Rekonstruktion des Vorfalls tippte man auf einen versehentlich gelösten Schuss, der die Oberschenkelarterie zerfetzt hatte. Todesursache: Verbluten. Kein Unglücksfall in dem Jahr erhielt mehr Aufmerksamkeit.

Während sich in Kimmie eine selten gekannte Ruhe breitmachte, waren ihre alten Freunde weniger entspannt. Kimmie war wie vom Erdboden verschluckt, und ihnen war völlig klar, dass es bei Kristians Tod unmöglich mit rechten Dingen zugegangen sein konnte.

Unerklärlich, sagte man von Kristians Tod.

Für Ditlev, Ulrik, Torsten und Bjarne war es das nicht.

Kurz darauf erstattete Bjarne eine freiwillige Selbstanzeige. Vielleicht wusste er, dass er der Nächste sein würde. Vielleicht hatte er auch mit den anderen eine Absprache getroffen. Egal.

Kimmie verfolgte in der Presse, wie Bjarne die Schuld für die Morde in Rørvig auf sich nahm, und wusste, dass sie jetzt in Frieden mit der Vergangenheit leben konnte.

Sie rief Ditlev Pram an und erklärte ihm, dass sie ihr einen hübschen Batzen Geld zukommen lassen müssten, wenn sie selbst auch in Frieden leben wollten.

Das Prozedere wurde vereinbart und die Männer hielten Wort.

Das war klug von ihnen, denn auf diese Weise blieben ihnen wenigstens noch ein paar Jahre, ehe das Schicksal sie einholte.

Kimmie blickte einen Moment auf Kassandras Leiche und wunderte sich, warum sie keine größere Befriedigung empfand.

Weil du noch nicht fertig bist, sagte eine der Stimmen. *Keiner kann auf halbem Weg zum Paradies schon Freude empfinden*, sagte eine andere.

Und die dritte schwieg.

Sie nickte und nahm das Bündel aus der Tasche. Langsam ging sie hinauf in den oberen Stock. Dabei erzählte sie der Kleinen, wie sie auf der Treppe gespielt hatte und das Geländer hinuntergerutscht war, wenn es niemand sah. Und wie sie immer wieder dasselbe Lied gesummt hatte, wenn Vater und Kassandra es nicht hörten.

Kleine Augenblicke aus dem Leben eines Kindes.

»Du kannst hier liegen, mein Schatz, während Mama den

Teddy für dich holt«, sagte sie und legte das Bündel vorsichtig auf das Kissen.

Ihr Zimmer war unverändert. Hier hatte sie ein paar Monate lang gelegen und gespürt, wie der Bauch wuchs. Jetzt war sie zum letzten Mal hier.

Sie öffnete die Balkontür und fühlte in der Dämmerung nach dem losen Ziegel. Ja, er befand sich genau an der Stelle, an die sie sich erinnerte. Und er gab erstaunlich leicht nach, das hätte sie nicht gedacht. Wie eine Tür mit frisch geschmierten Scharnieren. Da beschlich sie eine bange Ahnung und ihre Haut wurde kalt. Und aus der Kälte wurden Hitzewellen, als sie die Hand in den Hohlraum steckte und fühlte, dass er leer war.

Fieberhaft suchten ihre Augen die umliegenden Ziegel ab. Aber ihr war vollkommen klar, dass sie nichts finden würde.

Denn es war der richtige Ziegel, der richtige Hohlraum. Und der Kasten war weg.

Alle entsetzlichen Ks aus ihrem Leben bauten sich jetzt vor ihr auf und alle Stimmen in ihr heulten und lachten hysterisch und beschimpften sie. Kyle, Willy K., Kassandra, Kåre, Kristian, Klavs und all die anderen, die ihren Weg gekreuzt hatten. Wer hatte ihn noch gekreuzt und den Kasten entfernt? Waren es die, denen sie die Beweise in den Rachen stecken wollte? Die Überlebenden? Ditlev, Ulrik und Torsten? Hatten die den Kasten tatsächlich gefunden?

Zitternd spürte sie, wie sich die Stimmen zu einer einzigen vereinigten. Wie sie die Adern auf ihrem Handrücken pochen ließen.

Zum ersten Mal seit Jahren waren sich die Stimmen vollkommen einig: Die drei mussten sterben.

Erschöpft legte sie sich aufs Bett neben das Bündelchen, erfüllt von den Demütigungen der Vergangenheit, der Unterwerfung. Die ersten harten Schläge ihres Vaters. Der Alkoholatem ihrer Mutter, der zwischen feuerroten Lippen hindurchdrang. Die spitzen Fingernägel. Das Kneifen. Das Reißen an Kimmies feinen Haaren.

Wenn sie Kimmie schlimm geschlagen hatten, dann hatte die sich anschließend in die Ecke gesetzt und den kleinen Teddy gedrückt. Das gab ihr Trost. So klein der Teddy auch war, er sprach große Worte.

Bleib ruhig, Kimmie. Das sind einfach böse Menschen. Eines Tages verschwinden sie. Irgendwann sind sie plötzlich weg.

Als sie älter wurde, veränderte sich der Ton. Jetzt konnte dem Teddy einfallen, ihr zu sagen, sie solle sich niemals mehr damit abfinden, jemals wieder geschlagen zu werden. Sie solle sich nichts mehr gefallen lassen. Wenn jemand schlug, dann sollte sie das sein.

Und jetzt war der Teddy weg. Das einzige Erinnerungsstück an die einzigen glücklichen Momente ihrer Kindheit.

Sie wendete sich dem Bündel zu, streichelte es zärtlich und sagte, vollkommen erschüttert, weil sie ihr Versprechen nicht halten konnte: »Jetzt bekommst du deinen Teddy nicht, mein kleiner Liebling. Das tut mir so schrecklich leid.«

34

Wie üblich war Ulrik am besten über die neuesten Nachrichten informiert. Allerdings hatte er auch nicht sein Wochenende darauf verwendet, sich im Armbrustschießen zu üben. Darin waren sie sehr verschieden, und das waren sie schon immer gewesen. Wenn es sich machen ließ, nahm Ulrik den bequemeren Weg durchs Leben.

Als das Handy klingelte, hatte Ditlev mit Blick auf den Öresund schon ganze Serien von Bolzenpfeilen auf eine Scheibe geschossen. Anfangs waren etliche Pfeile an der Schießscheibe vorbeigeflogen und wie Steine übers Wasser gehüpft. Aber in den beiden letzten Tagen hatte kaum noch ein Pfeil seine Armbrust verlassen, ohne genau dort zu landen, wo er ihn haben wollte. Heute, am Montag, hatte er sich damit amüsiert, Muster ins Mittelfeld der Scheibe zu schießen, gerade versuchte er sich an einem Kreuz. Ulriks panische Stimme machte dem Spaß ein Ende.

»Kimmie hat Aalbæk umgebracht«, sagte er. »Ich hab's in den Nachrichten gehört. Ich weiß einfach, dass sie das war.«

Im Bruchteil einer Sekunde drang diese Information in ihrer ganzen Tragweite zu Ditlev vor.

Wie ein Vorbote des Todes.

Konzentriert hörte er Ulrik zu, der kurz und ziemlich unzusammenhängend die Umstände von Aalbæks fatalem Sturz schilderte.

Die Polizei hatte nur nebulöse Andeutungen gemacht. Der Interpretation der Medien zufolge war Selbstmord nicht vollkommen auszuschließen. Auf gut Dänisch hieß das, für die Polizei kam auch Mord in Betracht.

Das waren verdammt ernste Neuigkeiten.

»Wir drei müssen jetzt zusammenstehen, das ist dir doch klar?« Ulrik flüsterte, als hätte Kimmie bereits seine Fährte aufgenommen. »Wenn wir jetzt nicht zusammenhalten, knöpft sie sich einen nach dem anderen vor.«

Ditlev betrachtete die Armbrust, die am Lederriemen von seinem Handgelenk baumelte. Ulrik hatte recht. Es wurde ernst.

»Okay«, sagte er. »Bis auf weiteres machen wir das, was wir verabredet haben. Morgen früh treffen wir uns bei Torsten zur Jagd. Anschließend besprechen wir alles. Denk dran, dass sie in mehr als zehn Jahren erst zum zweiten Mal zuschlägt. Nach meinem Gefühl, Ulrik, haben wir noch Zeit.«

Er blickte über den Öresund, ohne wirklich etwas zu sehen. Verdrängen und Schönreden nützten nichts. Es lief alles auf das eine hinaus: entweder Kimmie oder sie.

»Hör mal zu, Ulrik«, fuhr er nach kurzer Pause fort. »Ich rufe Torsten an und sag ihm Bescheid. Häng du dich inzwischen ans Telefon und versuch so viel wie möglich rauszufinden. Ruf zum Beispiel Kimmies Stiefmutter an und informiere sie über die Situation. Bitte die Leute, sich zu melden, wenn sie etwas hören. Egal was.«

»Und, Ulrik«, sagte er nachdrücklich, »bleib, soweit es geht, im Haus, bis wir uns sehen, klar?« Dann legte er auf.

Er hatte das Handy noch nicht in die Tasche gesteckt, da klingelte es wieder.

»Herbert hier.« Die Stimme klang distanziert.

Eigentlich rief Ditlevs großer Bruder nie an. Als die Polizei damals in der Rørvig-Sache ermittelte, durchschaute Herbert seinen kleinen Bruder auf den ersten Blick. Aber er äußerte sich nie dazu. Sprach nie von seinem Verdacht und versuchte auch nicht, sich einzumischen. Zu mehr Liebe zwischen den Brüdern führte das allerdings nicht. Nicht, dass es da jemals welche gegeben hätte. Gefühle waren nichts, was man sich in der Familie Pram leistete.

Trotzdem war Herbert zur Stelle gewesen, als es darauf ankam. Wahrscheinlich, weil seine andauernde Angst vor Skandalen, vor Beschmutzung seines Namens, alles andere übertraf.

Nicht von ungefähr hatte Ditlev vor ein paar Wochen die Möglichkeit gewittert, Herbert als passendes Werkzeug einzuspannen, um die Ermittlungen des Sonderdezernats Q auf stand-by herunterzufahren.

Und genau deshalb rief Herbert jetzt an.

»Ich wollte dir nur sagen, dass die Ermittlungen des Sonderdezernats Q wieder voll im Gange sind. Nähere Informationen kann ich dir nicht geben, weil mein Kontakt im Präsidium die Fühler eingezogen hat. Aber Carl Mørck, der die Ermittlungen leitet, weiß jedenfalls, dass ich versucht habe, ihn auszubremsen. Bedaure, Ditlev. Halt den Ball flach, ja?«

Nun schob sich auch bei Ditlev Pram die Panik in den Vordergrund.

Ditlev erwischte den Modekönig, als der rückwärts aus seinem persönlichen Parkplatz fuhr. Torsten Florin hatte gerade in den Nachrichten von Aalbæk gehört. Genau wie Ditlev und Ulrik tippte er sofort auf Kimmie. Allerdings hatte er noch nicht gehört, dass sich Carl Mørck und das Sonderdezernat Q der Sache wieder mit Volldampf widmeten.

»Scheiße, Mensch, langsam wird's ungemütlich«, kam es am anderen Ende.

»Willst du die Jagd lieber absagen?«, fragte Ditlev.

Das lange Schweigen auf der anderen Seite sprach für sich.

»Ungern. Dann stirbt der Fuchs von allein«, sagte Torsten schließlich. »Du hättest den gestern Morgen sehen sollen«, fuhr er fort. »Völlig durchgeknallt. Aber lass mich kurz nachdenken.«

Ditlev konnte sich nur allzu lebhaft vorstellen, wie Torsten sich am Wochenende an den Qualen des tollwütigen Fuchses ergötzt hatte.

Ditlev kannte Torsten. Im Augenblick kämpften in ihm seine mörderischen Triebe mit seiner Vernunft, die ebenfalls eine starke Triebkraft war. Seit er zwanzig war, lenkte er mit ihrer Hilfe sein wachsendes Imperium. Gleich würde man ihn beten hören. Ein kleines Gebet. So war er. Konnte er etwas nicht selbst lösen, stand immer der eine oder andere Gott zur Verfügung, den er anrief.

Ditlev steckte sich den Ohrstöpsel des Handys ins Ohr, spannte die Saite der Armbrust und zog einen neuen Pfeil aus dem Köcher. Dann lud er und richtete die Armbrust auf einen der Poller, die noch vom alten Badesteg übrig waren. Eine Möwe hatte sich gerade darauf niedergelassen und begonnen, ihr Gefieder zu putzen. Ditlev berechnete den Abstand und den Wind und drückte so sanft ab, als streifte sein Finger die Wange eines Babys.

Die Möwe merkte nichts. Mit einem Ruck durchbohrt, landete sie auf dem Wasser. Während Ditlev den Vogel dort treiben sah, leierte Torsten sein Gebet herunter.

Dieser wunderbare Schuss war es, der Ditlev dazu veranlasste, den Tanz zu eröffnen.

»Wir sagen die Jagd nicht ab, Torsten«, sagte er. »Du versammelst heute Abend alle Somalier und gibst ihnen Instruktionen, von nun an ein wachsames Auge auf Kimmie zu haben. Die sollen Wache schieben. Zeig ihnen ein Foto von Kimmie. Versprich ihnen einen Riesenbonus, wenn sie etwas sehen.«

Nach kurzem Bedenken stimmte Torsten zu. »Okay«, sagte er. »Und was ist mit dem Jagdfeld? Wir können schlecht Krum und diese ganzen Pappnasen da rumrennen lassen.«

»Was redest du da? Wer auch immer will, kann dabei sein! Nähert Kimmie sich uns, ist es nur gut, Zeugen zu haben, wenn die Pfeile sie durchbohren.«

Ditlev tätschelte die Armbrust und sah zu dem kleinen weißen Fleck, der zwischendurch immer wieder unter einer Welle verschwand.

»Doch«, fuhr er leise fort. »Kimmies Erscheinen ist mehr als willkommen. Sind wir uns einig, Torsten?«

Die Antwort hörte er nicht, weil seine Sekretärin oben von der Terrasse aus etwas rief. Soweit er es auf die Entfernung erkennen konnte, fuchtelte sie mit den Händen und hielt sich ans Ohr.

»Ich glaube, da will jemand was von mir, Torsten. Ich lege jetzt auf. Dann bis morgen früh, ja? Take care.«

Sie legten gleichzeitig auf, und im selben Moment klingelte das Handy schon wieder.

»Haben Sie die Anklopf-Funktion ausgeschaltet, Ditlev?«

Seine Sekretärin. Jetzt stand sie ganz ruhig oben auf der Klinikterrasse.

»Das sollten Sie besser nicht, sonst kann ich Sie ja nicht erreichen. Hier oben herrscht einigermaßen Panik. Ein Mann rennt hier herum und schnüffelt. Er behauptet, Vizepolizei-kommissar Carl Mørck zu sein. Was sollen wir tun? Wollen Sie mit ihm reden oder nicht? Er hat uns keinen Durch-suchungsbefehl gezeigt, und ich glaube auch eigentlich nicht, dass er einen hat.«

Ditlev spürte, wie sich der salzige Dunst auf sein Gesicht legte. Sonst spürte er gar nichts. Seit dem ersten Überfall waren mehr als zwanzig Jahre vergangen. In all den Jahren hatte er immer einen Kitzel verspürt, eine Unruhe und latente Sorge, die zunehmend zu einer Energiequelle für ihn wurden.

Im Augenblick spürte er nichts, und das war kein gutes Zeichen.

»Nein«, antwortete er. »Sagen Sie, ich sei unterwegs.«

Jetzt verschwand die Möwe vollständig in den dunklen Flu-ten.

»Sagen Sie, ich sei unterwegs. Und sorgen Sie dafür, dass er rausgeschmissen wird. Zum Teufel mit diesem Kerl.«

35

Für Carl hatte der Montag sehr früh angefangen, genau zehn Minuten, nachdem er Sonntagnacht ins Bett gefallen war.

Den ganzen Sonntag war er total im Eimer gewesen. Auf dem Heimflug hatte er fast die ganze Zeit wie ein Stein ge-schlafen. Die Stewardessen hatten ihn kaum wecken können und schließlich regelrecht aus dem Flugzeug zerren müssen. Dann hatte ihn das Flughafenpersonal übernommen und mit so einer elektrischen Karre zur Flughafenambulanz ge-fahren.

»Was sagen Sie, wie viele Frisium haben Sie geschluckt?«, wollten die wissen. Aber da schlief er schon wieder.

Und dann war er paradoxerweise genau in dem Moment hellwach, als er sich in sein Bett gelegt hatte.

»Wo bist du denn heute gewesen?«, fragte Morten Holland, als Carl kurz darauf wie ein Zombie wieder in die Küche stolperte. Schneller als man Nein danke sagen konnte, kam dann ein Martini auf den Tisch, und die Nacht wurde lang.

»Du solltest dir eine Freundin zulegen«, spintisierte Morten, als es vier Uhr schlug und Jesper nach Hause kam. Der steuerte dann auch noch einiges an guten Ratschlägen in puncto Frauen und Liebe bei.

Da wusste Carl, dass Frisium am besten in kleiner Dosierung wirkte. Jedenfalls war man ziemlich tief gesunken, wenn sich einem als Ratgeber in Liebesdingen ein sechzehnjähriger Möchtegernpunk und ein verkappter Schwuler anboten. Fehlte nur noch, dass Jespers Mutter Vigga auftauchte und ihren Senf dazugab. Er konnte sie schon förmlich hören. »Was ist los mit dir, Carl? In deinem metabolischen System knirscht es. Du solltest Rosenwurz einnehmen. Das ist für so vieles gut.«

Er traf Lars Bjørn oben an der Wache. Der sah auch nicht gerade aus wie das blühende Leben.

»Das kommt von diesen verfluchten Müllcontainer-Fällen«, sagte Bjørn.

Sie nickten dem Polizisten hinter der Glasscheibe zu und gingen gemeinsam durch den Säulengang.

»Ihr habt vermutlich die Namensähnlichkeit zwischen Store Kannikestræde und Store Søndervoldstræde schon in Betracht gezogen und überwacht die anderen Straßen?«

»Ja. Sowohl in der Store Strandstræde als auch in der Store Kirkestræde haben wir Polizistinnen in Zivil stehen. Wir werden sehen, ob das den Täter in Versuchung führt. In dem Zusammenhang wollte ich dir gleich sagen, dass wir keine Leute für deinen Fall abstellen können. Aber das weißt du sicher.«

Carl nickte. Im Moment war es ihm fast egal. Fühlte man

sich bei Jetlag genauso unausgeschlafen, blöd und verschwommen? Warum begaben sich die Leute dann überhaupt auf Abenteuerreise? Albtraumreise passte weitaus besser.

Auf dem Flur im Keller kam ihm Rose mit einem breiten Lächeln entgegen. Na, das würde ihr schnell genug vergehen.
»Und wie war's in Madrid?«, war das Erste, was sie sagte. »Hast du ein bisschen Flamenco gesehen?«

Er schwieg.

»Na, komm schon, Carl. Was hast du da unten gesehen?«

Jetzt richtete er seine müden Augen auf sie. »Was ich gesehen habe? Außer dem Eiffelturm und der Innenseite meiner Augenlider hab ich absolut nichts gesehen.«

Sie wollte schon protestieren. Das kann doch nicht wahr sein, sagte ihr Blick.

»Rose, ich sage es dir rundheraus: Wenn du so etwas ein zweites Mal bringst, dann bist du die längste Zeit Mitarbeiterin des Sonderdezernats Q gewesen.«

Dann schritt er an ihr vorbei zu seinem Bürostuhl. Der tief gestellte Sitz erwartete ihn. Vier bis fünf Stunden Schlaf mit den Beinen auf dem Tisch, und er würde sich wie neugeboren fühlen, da war er sich sicher.

»Was ist denn los?« Das war Assads Stimme, genau in dem Moment, als Carl das Traumland betrat.

Er zuckte die Achseln. Nichts weiter, als dass er sich fast in Auflösung befand. War Assad blind oder wie?

»Rose ist niedergeschlagen. Hast du hässlich mit ihr gesprochen, Carl?«

Er wollte sich gerade wieder aufregen, als sein Blick auf die Papiere fiel, die Assad unterm Arm hatte.

»Was hast du für mich?«, fragte er müde.

Assad setzte sich auf eines von Roses metallenen Schreckensgestellen. »Man hat Kimmie Lassen noch nicht gefunden. Aber die Fahndung läuft, das ist wohl nur eine Frage der Zeit.«

»Gibt's was Neues vom Ort der Explosion? Hat man da irgendwas gefunden?«

»Nein, nichts. Soweit ich weiß, sind die da jetzt fertig.« Er nahm seine Papiere und schaute hinein.

»Ich hab die von der Zaunfabrik Løgstrup Hegn erwischt«, sagte er. »Die waren sehr hilfsbereit. Die mussten einmal die ganze Abteilung durchgehen, ehe sie jemanden fanden, der etwas zu dem Schlüssel sagen konnte.«

»Aha.« Carl hatte die Augen wieder geschlossen.

»Einer von deren Leuten hat damals einen Schlosser zur Ingerslevsgade geschickt, um einer Dame von der Dänischen Staatsbahn zu helfen, die ein paar Extraschlüssel bestellt hatte.«

»Und hast du eine Beschreibung der Frau bekommen, Assad? Denn das war ja wohl Kimmie Lassen?«

»Nein. Die konnten nicht herausbekommen, welcher Schlosser das gemacht hat. Deshalb habe ich keine Personenbeschreibung. Ich habe das denen da oben in der Abteilung gesagt. Die wollen ja sicher gern wissen, wer Zugang zu dem Haus hatte, das explodiert ist.«

»Okay, Assad, schon gut. Das läuft also wie am Schnürchen.«

»Was für eine Schnur?«

»Egal, Assad, vergiss es. Deine nächste Aufgabe: Du legst Akten von jedem unserer drei Internatsfreunde an, Ditlev, Ulrik und Torsten. Ich will Informationen zu allem Möglichen: steuerliche Verhältnisse, Firmenkonstruktionen, Wohnort, Zivilstand und das alles. Stell die Mappen in aller Ruhe zusammen.«

»Wen nehme ich denn zuerst? Ich hab für jeden von denen schon einiges rausgesucht.«

»Schön, Assad. Hast du sonst noch was, worüber wir reden müssen?«

»Ich soll von oben, von der Mordkommission, ausrichten, dass Aalbæks Telefon sehr viel mit dem von Ditlev Pram in Kontakt war.«

Natürlich war es das.

»Schön, Assad. Dann besteht also ein Zusammenhang zwischen denen und dem Fall hier. Mit der Info als Vorwand können wir gleich zu denen fahren.«

»Vorwand?«

Carl öffnete die Augen und sah geradewegs in zwei dunkelbraune Fragezeichen. Also ehrlich, manchmal war das ganz schön mühsam. Vielleicht könnte ein bisschen Privatunterricht in Dänisch die Sprachbarriere um ein paar Meter senken? Andererseits riskierte man dann wohl, dass der Mann plötzlich wie ein Geschäftsmann daherschwatzte.

»Und dann hab ich Klavs Jeppesen gefunden«, fuhr Assad fort, als Carl auf seine Frage nicht reagierte.

»Schön, Assad.« Er versuchte sich zu erinnern, wie oft er nun schon »schön« gesagt hatte. Das wurde ja inflationär.

»Und wo ist er?«

»Im Krankenhaus.«

Da richtete Carl sich auf. Was war das denn?

»Ja, du weißt schon.« Assad deutete einen Schnitt übers Handgelenk an.

»Ach du Scheiße! Warum das denn? Überlebt er?«

»Ja. Ich bin da draußen gewesen. Schon gestern.«

»Gut, Assad. Und?«

»Ja, nichts. Nur ein Mann ohne Rückenknochen.«

Rückenknochen? Was war das jetzt wieder?

»Er war seit vielen Jahren drauf und dran, das zu tun, hat er gesagt.«

Carl schüttelte den Kopf. Also, so hatte noch nie eine Frau auf ihn gewirkt. Schade eigentlich.

»Hatte er noch mehr zu erzählen?«

»Das glaub ich nicht. Die Krankenschwestern haben mich rausgeschmissen.«

Carl lächelte schwach. Das war Assad inzwischen ja schon gewohnt.

Dann veränderte sich der Gesichtsausdruck seines Assistenten plötzlich. »Ich hab oben im zweiten Stock einen neuen Mann gesehen. Iraker, glaub ich. Weißt du, was der hier macht?«

Carl nickte. »Ja, der ist Baks Nachfolger. Er war vorher in Rødovre. Ich hab ihn vorgestern Nacht da draußen im Hochhaus kennengelernt. Vielleicht kennst du ihn? Samir heißt er. An den Nachnamen kann ich mich gerade nicht erinnern.«

Assad hob leicht den Kopf. Seine vollen Lippen öffneten sich etwas, und um seine Augen legte sich ein Kranz aus kleinen Fältchen. Allerdings keine Lachfältchen. Für einen Moment wirkte er ganz weit weg.

»Okay«, sagte er dann leise und nickte langsam. »Nachfolger von Bak. Dann wird er also hierbleiben?«

»Ja, davon gehe ich aus. Stimmt was nicht?«

Da schaltete Assad plötzlich wieder um. Das Gesicht entspannte sich und er sah Carl mit seinem gewohnt unbekümmerten Blick direkt an.

»Sieh doch zu, dass ihr beide, du und Rose, gute Freunde werdet, Carl. Sie ist so fleißig und so … so süß. Weißt du, wie sie mich heute Morgen genannt hat?« Er machte eine erwartungsvolle Pause, aber Carl sagte nichts. »Ihren Lieblingsbeduinen. Ist das nicht süß?« Assad entblößte seinen Überbiss und schüttelte entzückt den Kopf.

Ironie war nicht gerade die stärkste Seite dieses Mannes.

Carl stöpselte sein Handy zum Aufladen an die Steckdose und sah ans Whiteboard. Der nächste Schritt musste das direkte Gespräch mit Pram, Dybbøl Jensen und Florin sein. Da würde er Assad mitnehmen, damit es einen Zeugen gab, falls die Herren etwas ausplauderten.

Außerdem hatte er noch den Anwalt der drei auf der Liste.

Er strich sich übers Kinn und biss sich auf die Lippe. So was Saublödes, diese Nummer mit Bent Krums Frau, die er da abgezogen hatte. Zu behaupten, der habe eine Affäre mit seiner eigenen Frau! Wie doof konnte man eigentlich sein? Wie geneigt war der Herr Anwalt jetzt wohl, sich mit ihm zu treffen?

Er suchte Krums Nummer heraus und gab sie ein.

»Agnete Krum«, sagte eine Stimme.

Er räusperte sich und ging zu einer höheren Stimmlage über. Wiedererkennen ist gut, wenn man berühmt ist. Nicht, wenn man berüchtigt ist.

»Nein«, sagte sie. »Nein, der wohnt hier nicht mehr. Wenn Sie etwas von ihm wollen, muss ich Sie bitten, ihn auf seinem Handy anzurufen.« Sie gab ihm die Nummer. Ihre Stimme klang traurig.

Er tippte sofort die andere Nummer ein, bekam aber nur die Ansage von Krums Mailbox zu hören. Er sei draußen, um sein Schiff fertig zu machen, am nächsten Tag sei er aber unter dieser Nummer zwischen neun und zehn zu erreichen.

So was Blödes, dachte Carl und rief die Frau noch mal an. Das Schiff läge im Yachthaften von Rungsted, sagte sie.

Na, wenigstens das war keine Überraschung.

»Wir müssen los, Assad, kannst du dich bitte fertig machen?«, rief Carl über den Flur. »Ich muss nur zuerst noch einen Anruf tätigen, ja?«

Er gab die Nummer seines alten Kollegen und Rivalen vom City Revier ein, Brandur Isaksen. Halb Färinger, halb Grönländer. Und mindestens so nordatlantisch in seiner Seele und seiner Art. *Der Eiszapfen vom Halmtorv* wurde er genannt.

»Was willst du?«, fragte er.

»Ich möchte dich nach einer Rose Knudsen fragen, die ich von euch übernommen habe. Ich hab gehört, bei euch in der City hat es ein bisschen Ärger mit ihr gegeben. Kannst du mir vielleicht sagen, worum es da ging?«

Diese Lachsalve hatte er nicht erwartet. Lachen war bei Isaksen eine ebensolche Rarität wie Freundlichkeit.

»Du hast sie also bekommen?« Isaksen kriegte sich gar nicht wieder ein. Es war Carl nicht ganz geheuer.

»Ich werde es dir in kurzen Zügen erzählen«, fuhr er fort. »Zuerst einmal hat sie die Privatwagen von drei Kollegen beim Rückwärtsfahren beschädigt. Dann hat sie ihre Bodum-Kaffeekanne auf die handschriftlichen Aufzeichnungen des Chefs für die Wochenberichte gestellt. Die Kanne war nicht dicht. Sie hat die Bürodamen herumkommandiert. Sie hat sämtliche Ermittler herumkommandiert und sich in ihre Arbeit eingemischt. Und schließlich und endlich hat sie bei einer Weihnachtsfeier mit zwei Kollegen gevögelt, soweit ich das mitbekommen habe.« Isaksen hörte sich so an, als würde er vor Lachen gleich vom Stuhl kippen. »Und du, Carl, hast sie bekommen? Dann würde ich dir raten, ihr bloß nichts zu trinken zu geben.«

Carl holte tief Luft. »Noch mehr?«, fragte er.

»Sie hat eine Zwillingsschwester. Ja, also nicht eineiig. Aber die ist mindestens genauso merkwürdig.«

»Aha. Und wie?«

»Na ja, wenn sie erst mal anfängt, ihre Schwester von der Arbeit aus anzurufen, also da schlackern dir die Ohren. Kurz gesagt: Sie ist eigensinnig, unverblümt bis großmäulig und gelegentlich enorm unwillig.«

Also nichts, was er nicht schon wusste. Bis auf die Geschichte mit dem Sprit.

Carl legte auf. Er machte große Ohren, um mitzubekommen, was in Roses Büro los war.

Schließlich stand er sogar auf und schlich sich über den Gang. Doch ja, sie telefonierte.

Kurz vor ihrer Tür blieb er stehen und horchte.

»Ja«, sagte sie ruhig. »Ja, das sollte man lassen. O ja. Finden Sie … ah ja, na dann«, und noch mehr in diesem Stil.

Dann tauchte Carl in der offenen Tür auf und sah sie scharf an. Hoffen konnte man ja, dass das eine gewisse Wirkung hatte.

Zwei Minuten später legte sie auf. Ob man da von Wirkung sprechen konnte?

»Na, sitzt du hier und machst es dir mit Freunden gemütlich?«, fragte er spitz, was an ihr aber offensichtlich abprallte.

»Freunde«, sagte sie und holte tief Luft. »Tja, vielleicht kann man das so sagen. Das war ein Ministerialdirektor von drüben aus dem Justizministerium. Er wollte nur sagen, dass sie eine Mail aus Oslo bekommen hätten. Die Kripo dort lobt unsere Abteilung und meint, wir seien das Interessanteste, was es seit fünfundzwanzig Jahren in der nordischen Polizeigeschichte gäbe. Und nun hat man sich drüben im Ministerium nur gefragt, warum du nicht als Polizeikommissar eingestellt bist.«

Carl schluckte. Ging das jetzt wieder los! Er wollte nicht noch mal auf die Schulbank, ums Verrecken nicht. Das Thema hatten Marcus Jacobsen und er doch längst abgehakt!

»Was hast du geantwortet?«

»Ich? Ich hab einfach von was anderem geredet. Was hättest du denn gern als Antwort gehört?«

Good girl, dachte er.

»Du, Rose«, sagte er und riss sich mächtig zusammen. Es war nicht leicht, sich zu entschuldigen, wenn man aus Brønderslev kam. »Ich war heute ein bisschen unwirsch. Vergiss es. Die Tour nach Madrid war eigentlich okay. Ja, wenn ich's mir recht überlege, war der Unterhaltungswert sogar überdurchschnittlich groß. Jedenfalls hab ich einen Bettler ohne Zähne gesehen und man hat mir alle Kreditkarten gestohlen und ich hab über mindestens zweitausend Kilometer mit einer fremden Frau Händchen gehalten. Aber sag mir beim nächsten Mal einfach ein bisschen früher Bescheid, ja?«

Sie lächelte.

»Und dann noch eins, Rose. Wo ich gerade dran denke. Hast du mit einem Dienstmädchen gesprochen, das von Kassandra Lassens Haus aus anrief? Weißt du noch, ich hatte meine

Dienstmarke nicht mit, deshalb rief sie hier an, um meine Identität zu überprüfen.«

»Ja, das war ich.«

»Sie hatte um eine Beschreibung meines Aussehens gebeten. Was hast du da zu ihr gesagt? Würdest du das bitte noch mal wiederholen?«

Auf ihren Wangen erschienen verräterische Grübchen.

»Na, ich hab nur gesagt, wenn das ein Typ mit einem braunen Ledergürtel sei, mit schwarzen ausgetretenen Latschen in Größe fünfundvierzig, dann seist du es höchstwahrscheinlich. Und wenn sie dann auch noch einen kahlen Fleck auf deinem Schädel sehen könnte, der an Arschbacken erinnert, dann bestünde kein Zweifel mehr.«

Die ist einfach gnadenlos, dachte er und strich das Haar etwas zurück.

Sie fanden Bent Krum im Yachthafen, ganz draußen an Steg elf. Er saß in einem Polsterstuhl auf dem Achterdeck eines Motorboots, das garantiert mehr kostete, als ein Mann wie Bent Krum wert war.

»Die Yacht da ist eine V42«, sagte ein Junge vor dem Thai-Restaurant an der Promenade. Ein wahrhaft junger Experte.

Krums Entzücken hielt sich sichtlich in Grenzen, als der Hüter des Gesetzes, gefolgt von einem sonnengebräunten Vertreter des alternativen Dänemarks, sein weißes Paradies betrat.

Aber Carl ließ dem Anwalt gar keine Zeit, Einspruch zu erheben.

»Ich habe mit Valdemar Florin gesprochen«, sagte Carl. »Und der hat mich an Sie verwiesen. Er meinte, Sie seien der geeignete Mann, um über Familienangelegenheiten Auskunft zu geben. Hätten Sie wohl fünf Minuten?«

Bent Krum schob seine Sonnenbrille in die Haare. Dort hätte sie im Grunde die ganze Zeit stecken können, denn von Sonne war nichts zu sehen. »Dann werden es fünf Minuten sein und nicht mehr. Meine Frau erwartet mich zu Hause.«

Carl lächelte breit. Ach ja, besagte das Lächeln, und als altem Hasen fiel es Bent Krum natürlich auf. Dann hütete er sich jetzt vielleicht, noch einmal zu lügen.

»Valdemar Florin und Sie waren anwesend, als 1987 die jungen Internatsschüler zum Polizeirevier in Holbæk gebracht wurden. Sie standen unter Verdacht, die Morde in Rørvig begangen zu haben. Florin deutete mir gegenüber an, dass sich zwei von denen ziemlich von der restlichen Clique unterschieden. Das könnten Sie mir jedoch noch genauer erläutern, meinte er. Wissen Sie, woran er dabei dachte?«

Krum war äußerst blass. Nicht, weil ihm Pigmente, sondern weil ihm Blut fehlte. Aufgesogen von all den Niederträchtigkeiten, die er über die Jahre hinweg hatte ausbügeln und ummünzen müssen. Carl hatte das immer wieder festgestellt: Niemand wirkte blasser als Polizisten mit ungelösten Aufgaben im Gepäck und Anwälte mit zu vielen gelösten.

»Unterschieden sich, sagen Sie? Das taten sie doch alle. Wunderbare junge Menschen, finde ich. Das haben sie mit ihrem Werdegang seither ja bewiesen, finden Sie nicht?«

»Tja«, sagte Carl. »Davon verstehe ich nicht so viel. Aber einer, der sich selbst mit der Schrotflinte ins Untergestell schießt, ein anderer, der davon lebt, Frauen mit Botox und Silikon auszustopfen, ein Dritter, der unterernährte Mädchen durch grelles Scheinwerferlicht stolpern lässt, ein Vierter, der mit Lebenslang im Gefängnis sitzt, ein Fünfter, dessen Spezialität es ist, reiche Menschen auf Kosten unwissender, kleiner Sparer noch reicher zu machen, und schließlich eine, die seit elf Jahren auf der Straße lebt. Ja also, da weiß ich nicht so genau, was Sie meinen.«

»Ich denke, mit solchen Auslassungen sollten Sie nicht an die Öffentlichkeit gehen«, erwiderte Krum, stets bereit zu einer Klageerhebung.

»Öffentlichkeit?«, griff Carl auf und sah sich in dieser Umgebung aus Glasfaser, Chrom und hochglanzpoliertem Teakholz um. »Gibt es etwas weniger Öffentliches als das hier?« Er breitete die Arme aus und lächelte. Ein Kompliment, konnte man meinen.

»Und was ist mit Kimmie Lassen?«, fuhr Carl fort. »Unterschied sie sich nicht von den anderen? War sie nicht eine zentrale Figur bei den Unternehmungen der Gruppe? Könnten nicht Florin und Dybbøl Jensen und Pram ein gewisses Interesse daran haben, dass sie still und leise von der Oberfläche der Erde verschwände?«

Da überzogen senkrechte Lachfalten Krums Schädel. Kein sehr schöner Anblick. »Sie *ist* bereits verschwunden, wenn ich Sie daran erinnern darf. Und wohlgemerkt aus freien Stücken.«

Carl wandte sich an Assad. »Hast du das mitbekommen, Assad?«

Der hob den Bleistift zustimmend in die Höhe.

»Danke«, sagte Carl. »Das war alles.«

Sie standen auf.

»Wie bitte?«, sagte Krum. »Was mitbekommen? Was war das gerade?«

»Na, Sie sagten doch, dass die Herren ein Interesse daran hatten, dass Kimmie Lassen verschwand.«

»Nein, das hab ich wahrlich nicht gesagt.«

»Hat er doch, Assad, oder?«

Der kleine Mann nickte heftig. Er war loyal.

»Wir haben einige Indizien, die darauf hindeuten, dass die Clique die beiden Geschwister in Rørvig umgebracht hat«, sagte Carl. »Und ich spreche jetzt nicht nur von Bjarne Thøgersen. Wir werden uns wiedersehen, Herr Krum. Außerdem werden Sie wohl auch eine Reihe anderer Menschen treffen, von denen Sie vielleicht schon gehört haben. Lauter interessante Menschen mit gutem Gedächtnis. Zum Beispiel Mannfred Sloth, der Freund von Kåre Bruno.«

Auf diesen Namen reagierte Krum nicht.

»Und einen Lehrer des Internats, Klavs Jeppesen. Ja, und gar nicht zu reden von Kyle Basset, den ich gestern in Madrid verhört habe.«

Jetzt reagierte Krum. »Einen Augenblick«, sagte er und packte Carls Arm.

Carl blickte missbilligend auf die Hand, worauf Krum sie blitzschnell wieder wegnahm.

»Ja, ja, Herr Krum«, sagte er. »Wir wissen, dass Ihr Interesse am Wohl und Wehe dieser Männerfreunde groß ist. Sie sind zum Beispiel im Vorstand der Privatklinik Caracas. Das allein ist vielleicht schon ein Grund, weshalb Sie hier in so schöner Umgebung sitzen können.« Er deutete in die Runde, zu den Restaurants an der Mole und über den Öresund.

Ohne jeden Zweifel würde Bent Krum gleich in Windeseile Pram, Dybbøl Jensen und Florin anrufen.

Na, dann waren sie wenigstens gut vorbereitet, wenn Carl zu ihnen ging. Vielleicht sogar mürbe.

Assad und Carl betraten die Klinik Caracas wie zwei nach Schönheit strebende Herren, die sich in Ruhe umschauen wollten, ehe sie sich eventuell hier und da etwas Fett absaugen ließen. Natürlich wollte die Empfangsdame sie aufhalten, aber Carl ging einfach zielstrebig weiter in den Bereich, der nach Verwaltungstrakt aussah.

»Wo ist Ditlev Pram?«, fragte er eine Sekretärin, als er endlich das Schild gefunden hatte, auf dem *Ditlev Pram, CEO* stand.

Sie hatte schon das Telefon in der Hand, um das Wachpersonal anzurufen. Da zeigte er ihr seine Dienstmarke und schenkte ihr ein Lächeln, das selbst seine bodenständige Mutter unwiderstehlich gefunden hätte. »Ja, entschuldigen Sie, dass wir so hereinplatzen. Aber wir müssen mit Ditlev Pram sprechen. Glauben Sie, dass Sie ihn herholen können? Darüber würden sich alle freuen, er und wir.«

Doch darauf fiel sie nicht herein.

»Er ist heute leider nicht im Haus«, sagte sie resolut. »Aber soll ich Ihnen nicht einen Termin geben? Wie wäre es mit dem 22. Oktober, würde Ihnen das passen?«

Dann würden sie also nicht jetzt sofort mit Pram sprechen. Saublöd.

»Danke, wir rufen an«, sagte Carl und zog Assad mit sich.

Ohne jeden Zweifel würde sie Pram warnen. Schon drehte sie sich um und ging mit ihrem Handy auf die Terrasse. Tüchtige Sekretärin.

»Wir wurden dorthin geschickt«, sagte Carl, als sie am Empfang vorbei dem Bettentrakt zustrebten.

Man schaute sie unterwegs aufmerksam an und sie quittierten das mit freundlichem Nicken.

Nachdem sie an der OP-Abteilung vorbei waren, blieben sie einen Moment stehen, um zu sehen, ob Pram auftauchte. Dann gingen sie an einer Reihe Einzelzimmer vorbei, aus denen klassische Musik tönte. Schließlich landeten sie im Servicetrakt, wo weniger gut konservierte Menschen in weniger prestigeträchtigen Kitteln herumliefen.

Sie nickten den Köchen zu und landeten zum Schluss ganz draußen in der Wäscherei. Dort sahen sie sich einer Reihe sehr asiatisch aussehender Frauen gegenüber, die sie äußerst verschreckt anschauten.

Wenn Pram erfuhr, dass Carl dort unten gewesen war, würden die schon in einer Stunde weggekarrt werden, da ging Carl jede Wette ein.

Auf dem Rückweg war Assad für seine Verhältnisse sehr schweigsam. Erst in der Nähe von Klampenborg machte er den Mund auf. »Wenn du Kimmie Lassen wärest, wo würdest du hingehen?«

Carl zuckte die Achseln. Wer konnte das wissen? Sie war doch ziemlich unkalkulierbar. Besaß anscheinend ein Talent, sich durchs Leben zu improvisieren wie niemand sonst. Sie konnte überall und nirgends sein.

»Wir sind uns doch einig, dass sie großes Interesse daran gehabt haben muss, dass Aalbæk aufhörte nach ihr zu suchen. Also sie und der Rest der Gruppe, das waren doch nicht gerade Freundesbusen.«

»Busenfreunde, Assad. Busenfreunde.«

»In der Mordkommission hieß es, Aalbæk sei am Samstagabend in einem Lokal namens Damhus Kro gewesen. Hab ich das schon gesagt?«

»Nein, aber ich hab es auch gehört.«

»Und als er ging, war er mit einer Frau zusammen, nicht wahr?«

»Das wiederum habe ich nicht gehört.«

»Also, Carl. Wenn sie nun den Aalbæk umgebracht hat, dann sind die anderen aus der Clique doch nicht besonders froh.«

Das war vorsichtig ausgedrückt.

»Dann herrscht zwischen denen jetzt Krieg.«

Carl nickte müde. Die Strapazen der letzten Tage und Nächte beeinträchtigten nicht mehr nur seine Hirntätigkeit, sondern legten sich wie Blei auf das gesamte motorische Nervensystem. Was für ein Kraftakt allein, das Gaspedal runterzutreten.

»Glaubst du nicht, dass Kimmie zu dem Haus zurückkehren wird, wo du den Kasten gefunden hast? Um die Beweise gegen die anderen da rauszuholen?«

Carl nickte langsam. Die Möglichkeit bestand unbedingt. Eine andere war, auf den Seitenstreifen zu fahren und ein Nickerchen zu machen.

»Sollten wir dann also nicht dorthin fahren?«, folgerte Assad.

Als sie hinkamen, war das Haus verriegelt und verrammelt. Sie klingelten mehrfach. Sie suchten die Telefonnummer heraus und riefen an. Sie hörten es im Haus klingeln, aber niemand nahm ab. Es schien zwecklos. Carl hatte nicht die Kraft, mehr daraus zu machen. Auch ältere Frauen hatten verdammt noch mal das Recht auf ein Leben außerhalb ihrer eigenen vier Wände.

»Komm«, sagte er zu Assad. »Lass uns gehen. Du fährst, ich mache derweil ein Nickerchen.«

Als Carl und Assad ins Präsidium zurückkamen, war Rose am Packen. Sie wollte nun nach Hause und sich vor übermorgen auch nicht wieder blicken lassen. Sie war müde, hatte hart gearbeitet, und zwar am Freitagabend, am Samstag und teilweise am Sonntag: Mehr war jetzt einfach nicht drin.

Carl ging es haargenauso.

»Und im Übrigen«, sagte sie, »hab ich eine Tussi von der Universität Bern erwischt, und die hat die Unterlagen zu Kimmie Lassen aufgetrieben.«

Da hat Rose doch tatsächlich die gesamte Liste abgearbeitet, dachte Carl.

»Sie war eine gute Studentin. Keine Zwischenfälle. Nur dass sie bei einem Skiunfall ihren Freund verlor. Aber ansonsten war der Aufenthalt dort unten in der Schweiz sehr gelungen, soweit das aus den Unterlagen hervorgeht.«

»Ein Skiunfall?«

»Ja. Und der sei etwas sonderbar gewesen, hat die Frau gesagt. Sogar so sonderbar, dass es darüber Gerede gegeben hat. Denn ihr Freund war ein richtig guter Skiläufer und eigentlich keiner, der jenseits der freigegebenen Pisten auf derart felsigen Hängen gefahren wäre.«

Carl nickte. Gefährlicher Sport.

Draußen vor dem Präsidium traf er Mona Ibsen. Die Tasche, die sie über der Schulter trug, war geräumig, und ihr Blick sagte Nein danke, noch ehe er den Mund geöffnet hatte.

»Ich überlege allen Ernstes, Hardy zu mir nach Hause zu nehmen«, sagte er matt. »Aber ich meine, ich weiß zu wenig darüber, wie sich das psychisch auf ihn und uns zu Hause auswirken kann.«

Er sah sie mit müden Augen an. Offenbar hatte es das gebraucht. Denn als er sie anschließend fragte, ob sie mit ihm essen gehen wolle, damit sie ein bisschen über die Konsequenzen einer so großen Entscheidung für alle Beteiligten reden könnten, war die Antwort positiv.

»Ach, warum eigentlich nicht«, sagte sie und lächelte. Dieses Lächeln, das ihn so hart im Unterleib traf. »Ich habe sowieso schon Hunger.«

Carl war sprachlos. Er sah ihr einfach nur in die Augen und hoffte, dass sein stiller Charme ausreichte.

Als sie bereits eine Stunde beim Essen saßen, begann Mona Ibsen aufzutauen. Da wurde Carl von einer so selig machenden Erleichterung ergriffen, dass er endlich lockerlassen konnte und einfach einschlief.

Nett angerichtet mitten auf dem Teller, zwischen Rindfleisch und Brokkoli.

36

Am Montagmorgen schwiegen die Stimmen.

Kimmie wachte langsam auf. Verwirrt sah sie sich in ihrem alten Zimmer um. Kurz glaubte sie, dreizehn zu sein und schon wieder verschlafen zu haben. Wie oft war sie morgens aus dem Haus gejagt worden ohne andere Nahrung als das Geschimpfe von Kassandra und ihrem Vater. Wie oft hatte sie mit knurrendem Magen in der Schule von Ordrup gesessen und sich weit weggeträumt.

Dann erinnerte sie sich an das, was am Vortag passiert war. An Kassandras weit aufgerissene, tote Augen.

Da begann sie, ihr altes Lied zu summen.

Nachdem sie sich angezogen hatte, nahm sie das Bündel und ging nach unten. Sie warf schnell einen Blick auf Kassandras Leiche im Wohnzimmer. Dann saß sie in der Küche und flüsterte der Kleinen zu, was es alles zu essen geben könnte.

So saß sie auch da, als das Telefon klingelte.

Sie zog die Schultern etwas hoch und nahm zögernd den Hörer ab. »Ja?«, sagte sie mit affektierter, heiserer Stimme. »Kassandra Lassen. Mit wem habe ich das Vergnügen?«

Sie erkannte die Stimme schon beim ersten Wort. Das war Ulrik.

»Ja, bitte entschuldigen Sie. Sie sprechen mit Ulrik Dybbøl Jensen, vielleicht erinnern Sie sich an mich?«, sagte er. »Wir glauben, dass Kimmie zu Ihnen unterwegs sein könnte, Frau Lassen. Wir möchten Sie bitten, vorsichtig zu sein und uns sofort zu benachrichtigen, wenn sie das Haus betritt.«

Kimmie sah aus dem Küchenfenster. Falls sie auf diesem Weg kamen, konnten die drei sie nicht sehen, wenn sie hinter der Tür stand. Und die Messer in Kassandras Küche waren exzellent. Durchtrennten zähes wie mürbes Fleisch gleichermaßen mühelos.

»Ich denke, Sie müssen sehr aufpassen, wenn Sie Kimmie sehen, Frau Lassen. Aber lassen Sie sie gewähren. Lassen Sie sie herein und halten Sie sie fest. Und rufen Sie uns dann an, damit wir Ihnen zu Hilfe kommen.« Er lachte vorsichtig, um seine Worte plausibel klingen zu lassen. Aber Kimmie wusste es besser. Kein Mann dieser Welt konnte Kassandra Lassen helfen, wenn Kimmie aufkreuzte. Das hatte man ja gesehen.

Er gab ihr drei Handynummern, die Kimmie noch nicht kannte. Die von Ditlev, von Torsten und seine eigene.

»Vielen Dank für die Warnung«, sagte sie, während sie die Nummern notierte. Und das meinte sie ernst. »Darf man fragen, wo Sie derzeit sind? Werden Sie überhaupt schnell genug nach Ordrup kommen können, falls das nötig sein sollte? Wäre es nicht besser, ich riefe doch die Polizei an?«

Sie konnte Ulriks Gesicht vor sich sehen. Nur bei einem echten Crash an der Wall Street wäre seine Miene besorgter. Die Polizei! Was für ein hässliches Wort in diesem Zusammenhang.

»Nein, das glaube ich kaum«, sagte er. »Wissen Sie nicht, dass es bis zu einer Stunde dauern kann, ehe die Polizei kommt? Ja, wenn die überhaupt reagieren. So sind die Zeiten nun mal, Frau Lassen. Das ist nicht mehr so wie früher.« Er stieß ein paar höhnische Laute aus, die sie von der zweifelhaften Effektivität der Ordnungshüter überzeugen sollten. »Wir sind nicht weit von Ihnen entfernt, Frau Lassen. Heute arbeiten wir, und morgen halten wir uns in Ejlstrup bei Torsten Florin auf. Wir sind auf der Jagd im Wald von Gribskov, der zu seinem Landgut gehört. Aber wir werden alle drei die Handys eingeschaltet lassen. Rufen Sie uns jederzeit an, wir sind zehnmal so schnell bei Ihnen wie die Polizei.«

Aha, oben in Ejlstrup bei Florin also. Sie wusste genau, wo. Und alle drei auf einmal. Besser konnte es nicht sein.

Sie brauchte sich also nicht zu beeilen.

Sie hörte nicht, dass die Haustür geöffnet wurde, aber sie hörte das Rufen der Frau.

»Guten Morgen, Kassandra, ich bin's, Zeit aufzustehen!«

Kimmie erstarrte.

Von der Eingangshalle gingen vier Türen ab. Eine direkt in den Küchentrakt, wo sich Kimmie befand. Eine zur Toilette. Eine in das Esszimmer und weiter zu *My Room*, wo Kassandras steifer Körper lag. Und schließlich eine zum Keller.

Wenn der Frau ihr Leben lieb war, dann wählte sie jede Tür, nur nicht die zum Ess- und Wohnzimmer.

»Hallo«, rief Kimmie.

Kimmie hörte die Schritte innehalten, und als sie die Tür öffnete, sah sie sich einer verwirrt dreinblickenden Frau gegenüber.

Sie hatte sie noch nie gesehen. Anscheinend eine Haushaltshilfe, nach dem blauen Kittel zu urteilen, den sich die Frau gerade überzog.

»Tag. Ich bin Kirsten-Marie Lassen, Kassandras Tochter«, sagte sie und streckte der Frau die Hand hin. »Kassandra ist leider krank geworden und musste ins Krankenhaus. Deshalb brauchen wir Sie heute nicht.«

Sie ergriff die Hand der Haushälterin, die noch zögerte.

Es gab keinen Zweifel, dass sie Kimmies Namen schon gehört hatte. Ihr Händedruck war oberflächlich und schnell, die Augen auf der Hut. »Charlotte Nielsen«, antwortete sie kalt und starrte über Kimmies Schulter zum Wohnzimmer hinüber.

»Ich glaube, meine Mutter wird am Mittwoch oder Donnerstag nach Hause kommen. Dann werde ich Sie rechtzeitig anrufen. In der Zwischenzeit kümmere ich mich ums Haus.« Kimmie spürte, wie ihr das Wort Mutter auf den Lippen brannte. Ein Wort, das sie noch nie für Kassandra benutzt hatte. Aber im Moment war es unumgänglich.

»Ich sehe, hier liegt allerlei herum«, sagte die Haushaltshilfe und sah hinüber zu dem Louis-seize-Stuhl in der Halle, auf den Kimmie ihre Kleider geworfen hatte. »Ich denke, ich gehe schnell einmal alles durch. Ich hätte ja eh den ganzen Tag hier sein sollen.«

Kimmie stellte sich vor die Tür zum Esszimmer. »Oh, das ist sehr lieb von Ihnen. Aber heute sagen wir Nein danke.« Sie legte der Frau eine Hand auf die Schulter und führte sie zu ihrem Mantel an der Garderobe.

Die Frau machte sich weder die Mühe, den Kittel auszuziehen, noch, sich zu verabschieden, als sie mit hochgezogenen Augenbrauen ging.

Wir müssen die Alte schnellstens loswerden, dachte Kimmie und schwankte zwischen Verscharren im Garten und anderswo Verschwindenlassen. Hätte sie ein Auto zur Verfügung, dann wüsste sie schon einen See in Nordseeland, der bestimmt noch Platz für eine weitere Leiche hätte.

Dann blieb sie stehen. Lauschte auf die Stimmen und erinnerte sich, welcher Tag heute war.

Warum diese Mühe?, fragten die Stimmen. *Morgen ist doch der Tag, an dem alles in einer höheren Einheit aufgeht.*

Sie wollte gerade nach oben gehen, da hörte sie, wie die Scheibe in *My Room* splitterte.

In Sekundenschnelle stand sie im Wohnzimmer. Nüchtern musste sie feststellen, dass sie, wenn es nach der Haushaltshilfe ginge, in wenigen Sekunden neben Kassandra liegen würde, mit demselben erstaunten und endgültigen Gesichtsausdruck.

Die Eisenstange, mit der die Frau die Terrassentür eingeschlagen hatte und die sie jetzt wie eine Keule schwang, sauste an ihrem Gesicht vorbei. »Sie haben sie umgebracht, Sie Wahnsinnige. Sie haben sie umgebracht«, schrie die Frau immer wieder. Sie hatte Tränen in den Augen.

Wie konnte die abscheuliche Kassandra eine solche Zuneigung hervorrufen? Das war ihr völlig schleierhaft.

Kimmie zog sich zurück zum Kamin und den Vasen. Willst du kämpfen?, dachte sie. Dann bist du an die Richtige geraten.

Gewalt und Wille hängen unauflöslich zusammen, wer wusste das besser als Kimmie. Und die Ausübung von beidem beherrschte sie bis zur Perfektion.

Sie packte eine Jugendstilfigur aus Messing und taxierte sie. Richtig geworfen, würden die anmutig vorgestreckten Arme jeden Dickschädel spalten.

Sie zielte, warf und starrte überrascht auf die Frau, die die Figur mit der Eisenstange abwehrte. Die Messingarme bohrten sich tief in die Tapete.

Kimmie zog sich rückwärts in die Halle zurück, um nach oben zu verschwinden, wo schussbereit und entsichert ihre Pistole lag. Diese blöde Schnepfe wollte es ja nicht anders.

Die Frau folgte ihr nicht, das hörte sie. Aus dem Wohnzimmer waren Schritte und ein Wimmern zu hören, nichts sonst.

Also schlich Kimmie zurück und spähte durch den Türspalt ins Wohnzimmer, wo die Frau neben Kassandras entseeltem Körper kniete.

»Was hat dieses Scheusal getan?«, flüsterte die Frau mit tränenerstickter Stimme.

Kimmie runzelte die Stirn. Noch nie in all den Jahren, in denen sie und ihre Freunde andere Menschen gequält hatten, hatte sie Zeichen von Trauer gesehen. Entsetzen ja, und auch Schock, aber dieses weiche Gefühl, das die Trauer ja ist, das kannte sie nur von sich selbst.

Die Tür knarrte, als Kimmie sie leicht anschob, um den Spalt zu vergrößern und besser sehen zu können. Mit einem Ruck hob die Frau den Kopf.

In der nächsten Sekunde war die Haushaltshilfe auf den Beinen und kam mit erhobener Eisenstange auf Kimmie zugestürzt. Die knallte die Tür zu und rannte, im Herzen und im Kopf zutiefst erstaunt, die Treppe hinauf. Oben in ihrem Zimmer lag die Pistole. Das hier musste unterbunden werden. Sie wollte sie nicht umbringen. Nur fesseln und neutralisieren. Nein, sie wollte sie nicht erschießen.

Hinter ihr auf der Treppe brüllte die Frau und schleuderte schließlich die Eisenstange gegen ihre Beine. Kimmie fiel kopfüber auf den Treppenabsatz.

Es dauerte nur einen Augenblick, bis sie sich gefasst hatte, aber da war es schon zu spät. Die Haushaltshilfe presste Kimmie die Eisenstange an den Hals.

»Kassandra hat oft von dir gesprochen«, sagte sie. »Ungeheuer, so nannte sie dich immer. Glaubst du etwa, ich hätte mich gefreut, als ich dich vorhin unten in der Halle gesehen habe? Ich hätte geglaubt, du wolltest Kassandra helfen, ihr Gutes tun?«

Sie steckte die Hand in die Tasche ihrer Kittelschürze und zog ein verkratztes Handy heraus. »Es gibt einen Polizeibeamten, der heißt Carl Mørck. Er sucht nach dir, weißt du das? Ich habe seine Nummer hier gespeichert, er war so nett, mir seine Visitenkarte zu geben. Findest du nicht, wir sollten ihm die Gelegenheit geben, sich ein bisschen mit dir zu unterhalten?«

Kimmie schüttelte den Kopf. Versuchte schockiert auszusehen. »Nein, hören Sie, ich bin nicht schuld an Kassandras Tod. Sie ist an ihrem Portwein erstickt, als wir zusammensaßen und uns unterhielten. Es war so furchtbar.«

»Ach ja.« Es war nicht zu überhören, dass die Haushaltshilfe ihr nicht glaubte. Stattdessen presste sie ihr Knie brutal auf Kimmies Brustkorb und drückte das Ende der Stange fest an ihren Kehlkopf. Dabei suchte sie auf dem Display nach Carl Mørcks Telefonnummer.

»Und du elende Versagerin hast natürlich nichts unternommen, um ihr zu helfen«, fuhr die Frau fort. »Ich bin sicher, dass es die Polizei brennend interessiert, was du zu sagen hast. Aber glaub nicht, dass ich dir helfe. Man sieht dir von ferne an, was du getan hast.« Sie schnaubte. »Im Krankenhaus, hast du gesagt. Du hättest dich sehen sollen dabei!«

Sie fand die Nummer und im selben Moment keilte Kimmie aus, traf sie genau im Schritt und trat gleich noch einmal zu. Augen und Mund weit aufgerissen, ließ die Frau die Stange los und klappte zusammen wie ein Taschenmesser.

Kimmie sagte kein Wort. Sie hackte der Frau die Ferse in die Wade, schlug ihr das Handy aus der Hand, zog sich von der Eisenstange zurück, die nun lose in der Hand der Frau lag. Dann war Kimmie auf den Beinen und riss der Frau die Stange aus der Hand.

Alles in allem hatte es weniger als fünf Sekunden gedauert, das Gleichgewicht wieder herzustellen.

Kimmie stand einen Moment da und verschnaufte, während die Frau sich aufzurichten versuchte. Ihr Blick war hasserfüllt.

»Ich tu dir nichts«, sagte Kimmie. »Ich fessele dich nur an einen Stuhl.«

Aber die Frau schüttelte den Kopf und tastete mit der Hand nach dem Geländer hinter sich. Offenkundig suchte sie etwas, um sich abzudrücken. Ihr Blick flackerte. Sie gab sich noch lange nicht geschlagen.

Und dann machte sie mit vorgestreckten Armen einen Satz auf Kimmies Hals zu und bohrte die Nägel hinein. Da drückte sich Kimmie mit dem Rücken gegen die Wand und zog ein Bein hoch zur Brust, sodass es zwischen ihre Körper kam. Eine gute Ausgangsposition, um die Frau zurückzustoßen, bis sie halb über dem Geländer hing. Fünf Meter bis zum Steinfußboden der Halle.

Kimmie schrie, sie solle endlich aufhören. Aber als ihr Widerstand nicht nachließ, legte Kimmie den Kopf in den Nacken und verpasste der Frau eine Kopfnuss. Ihr wurde schwarz vor Augen, in ihrem Gehirn explodierten die Blitze.

Es dauerte eine Weile, bis sie die Augen öffnen und sich über das Geländer beugen konnte.

Wie gekreuzigt lag die Frau auf dem Marmorboden, die Arme zu den Seiten ausgestreckt, die Beine über Kreuz. Vollkommen still und sehr, sehr tot.

Zehn Minuten saß sie unten in der Halle auf dem Gobelinstuhl und betrachtete den Körper mit den verdrehten Gliedmaßen. Zum ersten Mal in ihrem Leben sah sie ein Opfer als das, was es war. Als Menschen. Als Menschen mit einem eigenen Willen und dem Recht zu leben. Es erstaunte sie, dass sie dieses Gefühl früher nie empfunden hatte. Und sie mochte es überhaupt nicht. Die Stimmen schimpften sie aus, weil sie so dachte.

Dann klingelte es an der Tür. Sie hörte Stimmen. Die Stimmen zweier Männer. Sie schienen es eilig zu haben, es rüttelte an der Tür, und gleich darauf klingelte das Telefon.

Wenn die ums Haus gehen, sehen sie die eingeschlagene Scheibe. Los, schnell, die Pistole, hämmerte es in ihrem Inneren.

Mit wenigen lautlosen Schritten war sie oben und hatte sich die Pistole gegriffen. Jetzt stand sie auf dem Treppenabsatz und richtete die Waffe auf die Haustür. Sollten die Kerle doch hereinkommen – hinaus kämen sie auf keinen Fall mehr.

Doch dann konnte sie durch das schmale Fenster am Treppenabsatz beobachten, wie die zwei wieder zu ihrem Auto gingen.

Ein großer Mann mit langen Schritten und ein kleiner, dunkler mit Trippelschritten.

37

Der katastrophale Abschluss des gestrigen Tages hing Carl noch nach: Mona Ibsens Lachkrampf angesichts seiner erstaunten, von weichem Brokkoli umrahmten Miene. Ungefähr so peinlich wie Dünnpfiff, wenn man zum ersten Mal die Toilette einer potenziellen Geliebten aufsucht.

O Gott, wie kommt man von da aus weiter?, dachte er und zündete sich die erste Zigarette an.

Dann konzentrierte er sich. Vielleicht war heute der entscheidende Tag. Vielleicht konnte er die Staatsanwaltschaft heute mit den entscheidenden Informationen überzeugen und einen Haftbefehl erwirken. Der Ohrring vom Lindelse Nor, der Inhalt des Kastens, das müsste ausreichen. Und dann gab es ja auch noch die Verbindung zwischen Aalbæk und Ditlev Pram. Carl war es egal, auf welcher Grundlage man sie zur Vernehmung ins Präsidium bekäme. Wenn er sie erst dort hatte, würde er schon einen von ihnen zum Reden bringen.

Was wäre es doch für eine Genugtuung, zusammen mit den

Rørvig-Morden gleich noch den ganzen restlichen Rattenschwanz an Verbrechen aufzuklären.

Was ihm nun noch fehlte, war die unmittelbare Konfrontation mit den hohen Herren. Er musste ihnen punktgenau Fragen stellen, Fragen, die sie nervös machten. Idealerweise trieb er damit sogar einen Keil zwischen sie.

Die Crux war nur gewesen, das schwächste Glied in der Kette zu finden. Denjenigen, auf den er seinen ersten Angriff konzentrieren konnte. Bjarne Thøgersen wäre eigentlich naheliegend gewesen, aber viele Jahre im Knast hatten Thøgersen gelehrt, den Mund zu halten. Außerdem war er hinter Gittern ziemlich abgeschirmt. Denn Bjarne Thøgersen brauchte mit ihnen über nichts zu reden, wofür er schon verurteilt war. Wollten sie ihn zum Reden bringen, müssten sie zuerst wasserdichte Beweise für neue Verbrechen vorlegen.

Nein, Thøgersen schied aus, das war ihnen schnell klar geworden. Aber wer dann? Florin, Dybbøl Jensen oder Pram? Wen von ihnen könnte man am besten kriegen?

Um das zu entscheiden, hätten sie die drei persönlich kennenlernen müssen, aber der gestrige missglückte Besuch in Prams Privatklinik hatte ja gezeigt, wie aussichtsreich das war. Denn natürlich hatte Ditlev Pram von der ersten Sekunde an gewusst, dass die Polizei in der Klinik war. Vielleicht war er sogar ganz in der Nähe gewesen. Und trotzdem unsichtbar geblieben.

Nein, um diese Männer zum Sprechen zu bringen, musste Carl sich schon was anderes einfallen lassen. Aus dem Grund waren Assad und er auch schon so früh am Morgen unterwegs.

Torsten Florin sollte der Erste sein, hatten sie beschlossen – und nicht ohne Grund. In vielerlei Hinsicht wirkte er tatsächlich wie der Schwächste. Seine hagere Gestalt, der etwas weibische Beruf und seine sensiblen Statements zu den aktuellen Modetrends in den Medien ließen ihn verletzlich erscheinen. Verletzlicher jedenfalls als die anderen beiden.

In zwei Minuten würde Carl Assad am Trianglen aufsammeln, und in einer halben Stunde würden sie hoffentlich vor dem Landgut in Ejlstrup stehen und Torsten Florin mit ihrer vermutlich unerwünschten Gesellschaft überraschen.

»Ich hab die Informationen über unsere drei Freunde dabei. Das hier ist Torsten Florins Akte«, sagte Assad auf dem Beifahrersitz und zog eine Mappe aus der Tasche. Sie fuhren in Richtung Lyngbyvej.

»Ich finde, sein Landgut wirkt wie eine Festung«, fuhr Assad fort. »Ein riesengroßes Stahlgitter sperrt das Haus zur Straße hin ab. Und wenn er ein Fest feiert, hab ich gelesen, werden die Autos der Gäste einzeln eingelassen.«

Carl warf einen Blick auf die Farbkopie, die Assad ihm hinhielt. Wenn man allerdings gleichzeitig auf die schmale Straße achten musste, die sich durch den Wald von Gribskov schlängelte, war es schwer, etwas darauf auszumachen.

»Sieh mal hier, Carl. Auf der Luftaufnahme kannst du es richtig gut erkennen. Hier liegt Florins Landgut. Abgesehen von dem alten Gebäude, wo er selbst wohnt, und dann noch diesem Holzhaus hier«, er tippte auf einen Fleck auf der Karte, »ist alles neu, erst 1992 dazugebaut worden. Auch dieses riesige Gebäude und die vielen kleinen Häuser dahinter.«

Das sah wirklich sonderbar aus.

»Liegt das nicht mitten im Waldgebiet von Gribskov? Hat er dafür wirklich eine Baugenehmigung bekommen?«, fragte Carl.

»Nein, das liegt nicht im Wald. Zwischen dem Wald von Gribskov und Florins kleinem Wald ist etwas gefällt, ein Brand … ein Brand? Wie heißt so was, Carl?«

»Eine Brandschneise?«

Er spürte Assads Blick. Erstaunt. »Na okay. Du kannst das jedenfalls auf der Luftaufnahme deutlich sehen. Schau mal. Da ist ein schmaler brauner Streifen. Und er hat einen Zaun um seinen gesamten Besitz gezogen, mit Seen und Hügeln und allem.«

»Möchte wissen, warum er das getan hat. Fürchtet der sich vor Paparazzi, oder was?«

»Das hat was damit zu tun, dass er Jäger ist.«

»Ja, ja. Er will nicht, dass die Tiere von seinem Grundbesitz in den Staatsforst kommen. Ich kenne solche Leute.« Oben im nördlichsten Jütland, in Vendsyssel, da, wo Carl herkam, lachte man Leute, die so etwas taten, aus. Aber in Nordseeland lachte man offenkundig nicht darüber.

Sie waren jetzt dorthin gekommen, wo sich die Landschaft öffnete, erst zu Lichtungen im Wald und dann zu weiten Äckern und Stoppelfeldern.

»Kannst du dort das Haus im Stil eines Schweizer Chalets sehen, Assad?« Carl deutete nach Norden, wo rechter Hand ein Haus lag. Er wartete die Antwort nicht ab. Es war ganz deutlich dort unten im Schmelzwassertal zu sehen. »Dahinter liegt der Bahnhof Kagerup. Da haben wir mal ein kleines Mädchen gefunden. Wir glaubten, sie sei tot. Sie hatte sich im Sägewerk versteckt, weil sie sich vor dem Hund fürchtete, den ihr Vater mit nach Hause gebracht hatte.«

In Gedanken schüttelte er den Kopf. War das wirklich deshalb gewesen? Plötzlich klang es ganz falsch.

»Carl, du musst hier abbiegen«, sagte Assad und deutete auf ein Straßenschild nach Mårum. »Und da oben, da müssen wir nach rechts. Von dort sind es nur noch zweihundert Meter bis zum Tor. Soll ich ihn schon mal anrufen?«

Carl schüttelte den Kopf. Dann hätte er ja genauso die Möglichkeit zu verduften wie gestern Ditlev Pram.

Es stimmte, Torsten Florin hatte seinen Besitz sehr gründlich eingezäunt. *Dueholt* stand mit großen Messingbuchstaben auf einem Granitbrocken neben dem schmiedeeisernen Tor, das den Zaun weit überragte.

Carl lehnte sich zu der Sprechanlage auf Höhe des Fahrerfensters hinüber. »Vizepolizeikommissar Carl Mørck hier«, sagte er. »Ich habe gestern mit Rechtsanwalt Bent Krum gesprochen. Wir möchten Torsten Florin gern ein paar Fragen stellen. Es dauert nicht lange.«

Es vergingen mindestens zwei Minuten, dann glitt das Tor auf.

Hinter der Hecke sah man erst richtig, wie sich die Landschaft entfaltete. Zu ihrer Rechten lagen Seen und Hügel und ein für die Jahreszeit verblüffend üppiges Wiesengelände. Weiter unten eine Reihe kleiner Gehölze, die in Wald übergingen, und ganz im Hintergrund die enormen Säulen jahrhundertealter Eichen mit fast entlaubten Kronen.

Mannomann, da braucht man ja 'ne Woche, um das alles zu bereisen, dachte Carl. Bei den Bodenpreisen hier musste der Besitz etliche Millionen wert sein.

Als sie zum eigentlichen Gutsgebäude einbogen, das dicht am Waldrand lag, verstärkte sich der Eindruck gewaltigen Reichtums noch. Das Gutshaus Dueholt Hovedgård war ein Schmuckstück – mit seinen sorgfältig renovierten Gesimsen und schwarz glasierten Ziegeldächern. Es gab mehrere Wintergärten aus Glas, wahrscheinlich in jede Himmelsrichtung einen, und Guthaus und Hofplatz waren so gepflegt, dass sich wohl selbst die königliche Gärtnerschar respektvoll verneigen würde.

Hinter dem Haupthaus lag ein rot gestrichenes Holzhaus, das wahrscheinlich unter Denkmalschutz stand. Zweifellos der größte Kontrast zu der gewaltigen Stahlkonstruktion, die dahinter aufragte. Gewaltig, aber eigentlich recht schön. Glas und glitzerndes Metall, wie die Orangerie in Madrid, die er am Flughafen auf einem Plakat gesehen hatte.

Crystal Palace à la Ejlstrup.

Und dann gruppierten sich noch etliche kleinere Häuser am Rand des Waldes, fast wie ein Dorf, mit Gärten und Veranden, umgeben von gepflügten Äckern, auf denen offenbar Gemüse angebaut wurde. Jedenfalls waren große Areale mit Porree und Grünkohl zu sehen.

Donnerwetter, das ist ja gigantisch, dachte Carl.

»Nein, wie schön«, sagte Assad.

Sie sahen keine Menschenseele in dieser Landschaft – bis sie klingelten und Torsten Florin höchstpersönlich ihnen öffnete.

Carl streckte ihm die Hand entgegen und stellte sich vor. Aber Torsten Florin sah ausschließlich zu Assad. Er stand da wie ein Granitblock und versperrte ihnen den Zugang zu seinem Haus.

Hinter ihm wand sich eine Treppe durch ein Labyrinth aus Gemälden und Kristallleuchtern aufwärts. Reichlich vulgär für einen Mann, der von gutem Stil lebte.

»Wir würden gern mit Ihnen über ein paar Zwischenfälle sprechen, von denen wir meinen, dass sie mit Kimmie Lassen zu tun haben. Vielleicht können Sie uns helfen?«

»Was für Zwischenfälle?«, fragte Florin zurück.

»Die Ermordung Finn Aalbæks Samstagnacht. Wir wissen, dass es etliche Gespräche zwischen Ditlev Pram und Aalbæk gegeben hat. Aalbæk suchte nach Kimmie Lassen, das wissen wir auch. War es einer von Ihnen, der ihm den Auftrag dazu erteilt hat? Und wenn ja, warum?«

»Ich habe den Namen in den letzten Tagen tatsächlich ein paar Mal gehört. Ansonsten kenne ich keinen Finn Aalbæk. Wenn Ditlev Pram mit ihm Gespräche geführt hat, dann sollten Sie sich wohl besser an ihn wenden. Auf Wiedersehen, meine Herren.«

Carl stellte einen Fuß in die Tür. »Verzeihen Sie, einen Augenblick noch. Es gibt da auch noch einen Vorfall auf Lange-land und einen weiteren in Bellahøj, die mit Kimmie Lassen in Verbindung gebracht werden können. Vermutlich wurden dabei insgesamt drei Menschen ermordet.«

Torsten Florin blinzelte ein paar Mal, aber sein Gesicht war wie aus Stein. »Da kann ich Ihnen nicht weiterhelfen. Wenn Sie mit jemandem sprechen wollen, dann sprechen Sie mit Kimmie Lassen.«

»Wissen Sie vielleicht, wo sie ist?«

Er schüttelte den Kopf. Sein Gesichtsausdruck war eigentümlich. Carl hatte in seinem Leben viele eigentümliche Mienen gesehen, aber die hier verstand er nicht.

»Sie sind sicher?«

»Absolut. Ich habe Kirsten-Marie seit 1996 nicht gesehen.«

»Uns liegen eine Reihe von Indizien vor, die sie mit diesen Zwischenfällen in Verbindung bringen.«

»Ja, das habe ich von meinem Anwalt gehört. Und weder er noch ich haben Kenntnis von den Fällen, von denen die Rede ist. Ich muss Sie bitten zu gehen. Ich habe es eilig. Und denken Sie bitte an einen Durchsuchungsbefehl, wenn Sie ein andermal vorbeischauen.«

Sein Lächeln war unglaublich provozierend. Carl wollte gerade weitere Fragen nachlegen, da machte Torsten Florin einen Schritt zur Seite und drei dunkle Männer, die offenbar hinter der Tür gewartet hatten, traten vor.

Zwei Minuten später saßen sie wieder im Auto und kochten.

Hatte Carl auf der Hinfahrt noch geglaubt, Torsten Florin sei schwach, so wollte er diesen Punkt jetzt gerne noch einmal überdenken.

38

Früh am Morgen des Tages, an dem die Jagd auf den Fuchs angesetzt war, hatte sich Torsten Florin wie üblich von klassischer Musik und leichten, anmutigen Schritten wecken lassen. Vor ihm stand nun die junge schwarze Frau mit entblößtem Oberkörper und hielt ihm, wie immer, mit ausgestreckten Armen ein Silbertablett hin. Ihr Lächeln war steif und gezwungen, aber Torsten Florin war das gleichgültig. Er brauchte weder ihre Zuneigung noch ihre Ergebenheit. Er brauchte Ordnung in seinem Leben, und Ordnung bedeutete hier, dass dem Ritual haarklein Genüge getan wurde. So hielt er es seit zehn Jahren, und so sollte es auch bleiben. Er wusste, dass es reiche Menschen gab, die Rituale brauchten, um ihre Person zu vermarkten. Torsten brauchte sie, um den Alltag zu überleben.

Er legte sich die duftende Serviette auf die Brust. Den Teller mit den vier Hühnchenherzen nahm er in der tiefsten Überzeugung entgegen, ohne diese schlachtfrischen Organe dahinsiechen zu müssen.

Das erste Herz aß er in einem Happen, danach betete er um Jagdglück. Anschließend verspeiste er die drei anderen Herzen. Dann wischte die Frau ihm geübt mit einem nach Kampfer duftenden Tuch Gesicht und Hände ab.

Auf seinen Wink hin entfernte sich nun die Frau aus dem Raum, gefolgt von ihrem Mann, der in der Nacht Wache gestanden hatte. Torsten genoss die Morgenfrühe, die ersten Sonnenstrahlen über den Bäumen. In zwei Stunden ging es los. Um neun würden die Jäger bereitstehen. Dieses Mal suchten sie die Beute nicht im Morgengrauen, dafür war das Tier zu verschlagen und zu verrückt. Die Jagd musste bei Tageslicht stattfinden.

Er stellte sich vor, wie sich Tollwut und Überlebensinstinkt in dem Fuchs bekämpften, sobald sie ihn losließen. Wie er sich an den Boden drückte und den richtigen Augenblick abwartete. Sollte ihm ein Treiber zu nahe kommen, würden ein Sprung und ein Biss in die Leistengegend genügen, um den Mann ins Jenseits zu befördern.

Aber Torsten kannte seine Somalier. Sie würden den Fuchs nicht so nahe an sich herankommen lassen. Florin machte sich mehr Sorgen um die Jäger. Na ja, »Sorgen« war wohl das falsche Wort, denn die meisten von ihnen waren erfahrene Leute, die schon oft an seinen Spielen teilgenommen hatten und eine kleine Grenzüberschreitung durchaus zu schätzen wussten. Sie alle waren einflussreiche Männer, Männer, die dem Land ihren Stempel aufgedrückt hatten. Männer, deren Gedanken größer und deren Talente und Interessen umfassender waren als die von Otto Normalverbraucher. Deshalb waren sie heute hier. Sie alle waren Männer wie er. Nein, Sorgen machte er sich nicht um sie, es war wohl eher eine erregende Unruhe.

Eigentlich ein perfekter Tag. Wären da nicht Kimmie und dieser verfluchte Bulle, der sich an Bent Krum herangemacht hatte und offenbar die uralten Fälle aus der Mottenkiste holte. Langeland, Kyle Basset, Kåre Bruno. Woher wusste dieser armselige Polizist, der da plötzlich auf seiner Schwelle gestanden hatte, überhaupt von alledem?

Umgeben vom Lärm der Tiere stand Torsten in der Glashalle und starrte auf den Fuchs, während die Somalier den Käfig aus seiner Ecke zogen. Mit wilden Augen ging Freund Reineke unablässig auf die Gitterstäbe los und nagte daran, als seien sie etwas Lebendiges. Diese Kombination von scharfen Zähnen und lebensgefährlichen Viren, die das Tier nach und nach umbrachten, jagte Torsten Florin Schauder über den Rücken.

Ach, Scheiß auf die Polizei, Kimmie und all diese Kleingeister überall. Dieses Tier in ihrer Mitte freizulassen, dieser Schritt über die Grenze: das war es doch.

»Es dauert nicht mehr lange, und du stehst deinem Schicksal gegenüber, Reineke«, sagte er und boxte gegen die Käfigstäbe.

Dann sah er sich zufrieden in der Halle um. Wundervoll. Über hundert Käfige, in denen sich alle möglichen Tiere aufhielten. Vor wenigen Tagen erst hatte er von Nautilus einen Raubtierkäfig hereinbekommen. Der stand auf dem Boden, und darin befand sich eine wütende Hyäne mit schiefem Rücken und heimtückischem Blick. Der Käfig würde später auf dem Platz des Fuchses stehen, dort, wo auch die anderen einzigartigen Beutetiere ihren Platz hatten. Alle Jagden bis Weihnachten waren bereits gesichert. Das hatte er unter Kontrolle.

Als er die Autos auf den Hof fahren hörte, drehte er sich lächelnd zum Eingang der Halle um.

Ulrik und Ditlev waren angekommen, pünktlich wie immer. Noch so etwas, was die Schafe von den Böcken unterschied.

Zehn Minuten später standen sie mit konzentriertem Blick unten am Schießstand, die Armbrust parat. Ulrik suhlte sich in seiner masochistischen Art, er zitterte vor Erregung wegen ihres Gesprächs über Kimmie. Es war nicht zu entscheiden, ob er tatsächlich besorgt war wegen ihres Verschwindens. Vielleicht hatte er auch nur eine Line zu viel geschnupft. Ditlev hingegen war völlig klar, der Ausdruck seiner Augen hellwach. Wie eine organische Verlängerung seiner selbst lag die Armbrust in seinem Arm.

»Danke der Nachfrage, ich habe heute Nacht ausgezeichnet geschlafen. Freu mich sehr auf ein Wiedersehen mit der guten alten Kimmie«, entgegnete er auf Torstens Frage. »Ich bin bereit.«

»Gut.« Noch wollte Torsten seinen Jagdkumpels nicht mit Informationen über diesen lästigen Vizekommissar die Laune verderben. Das konnte bis nach dem Probeschießen warten. »Wie schön, dass du bereit bist. Ich glaube beinahe, das wird nötig sein.«

39

Sie hatten ein paar Minuten am Straßenrand im Wagen gesessen und die Begegnung mit Torsten Florin noch mal Revue
passieren lassen.

Assad war der Meinung, sie sollten zurückfahren und Florin
damit konfrontieren, dass sie Kimmies Metallkasten gefunden
hatten. Er glaubte, das könne Florins Selbstsicherheit erschüt-
tern. Für Carl hingegen stand fest: Über den Kasten redeten sie
erst mit einem Haftbefehl in der Tasche.

Assad maulte. Geduld war anscheinend doch kein so ver-
breitetes Phänomen dort in der Wüste, wo er in die Windeln
geschissen hatte.

Carl blickte zwei Wagen entgegen, die um einiges schneller
als erlaubt auf der Landstraße angebrettert kamen. Es waren
Allradfahrzeuge mit getönten Scheiben, wie sie die meisten
großen Jungs nur im Katalog zu sehen bekamen.

»O verdammt!«, rief er, als der erste an ihnen vorbeiraste.
Dann startete er und fuhr dem zweiten Wagen hinterher.

Als sie die Stichstraße nach Dueholt erreichten, war Carl
nur noch zwanzig Meter hinter ihnen.

»Ich könnte schwören, dass ich im ersten Wagen Ditlev
Pram erkannt habe. Hast du sehen können, wer in dem anderen saß?«, fragte er, als die beiden Fahrzeuge auf die Schotter-
straße zu Florins Landgut abbogen.

»Nein, aber ich hab das Kennzeichen notiert. Ich überprüfe
es gerade.«

Carl rieb sich das Gesicht. Verdammt, wenn jetzt tatsächlich
alle drei…? Vorausgesetzt, sie waren es wirklich.

Und: was würde dabei herauskommen?

Es dauerte nicht lange, und Assad hatte die Informationen.

»Der erste Wagen ist auf eine Thelma Pram zugelassen.«

Bingo.

»Und der dahinter gehört UDJ Börsenanalyse.«

Noch mal Bingo.

»Dann wäre das Trio ja komplett.« Carl sah auf die Uhr. Es war noch früh am Tag, noch nicht einmal acht. Was hatten die vor?

»Carl, ich finde, wir sollten sie nicht aus den Augen lassen.«

»Wie meinst du das?«

»Na, du weißt schon. Aufs Grundstück gehen und sehen, was die machen.«

Carl schüttelte den Kopf. Manchmal war der kleine Mann ein bisschen sehr kreativ.

»Du hast doch gehört, was Florin gesagt hat«, entgegnete er. Assad nickte. »Wir müssen einen Durchsuchungsbefehl vorlegen. Und mit dem, was wir bisher haben und wissen, bekommen wir den nicht.«

»Nein. Aber wenn wir mehr wissen, können wir einen bekommen, oder?«

»Ja, klar. Aber davon, dass wir da drinnen rumschleichen, kriegen wir die zusätzlichen Informationen auch nicht. Assad, wir sind dazu nicht befugt. Uns fehlt die Rechtsgrundlage.«

»Und wenn die nun Aalbæk umgebracht haben, um die Spuren hinter sich zu verwischen?«

»Welche Spuren? Jemanden mit der Beschattung einer Mitbürgerin zu beauftragen, ist nicht illegal.«

»Nein. Aber wenn Aalbæk nun Kimmie gefunden hat? Und die da drinnen halten sie gefangen? Die Möglichkeit ist doch naheliegend. Ist das nicht so ein Wort, wie du es gern magst? Wenn die sich Kimmie geschnappt haben, dann wissen das jetzt, wo Aalbæk tot ist, nur noch die drei. Sie ist deine wichtigste Zeugin, Carl.«

Carl merkte, wie sich Assad zunehmend in diese Idee hineinsteigerte. Und tatsächlich legte er gleich noch einen drauf: »Was, wenn sie Kimmie gerade in diesem Augenblick umbringen? Wir müssen da rein.«

Carl seufzte. Viel zu viele Fragen.

Der Mann hatte ja recht. Und auch wieder nicht.

Sie stellten den Wagen am kleinen Bahnhof Duemose im Ny Mårumsvej ab. Von der Bahntrasse nach Gribskov aus folgten sie einem Pfad am Waldrand bis zu der Brandschneise. Von dort, wo sie standen, konnten sie das Moor überblicken und auch einen Teil von Florins Wald. Auf dem Hügel am Horizont war das große Eingangstor zu erahnen. In die Richtung wollten sie auf keinen Fall, sie hatten ja gesehen, wie viele Überwachungskameras da hingen.

Interessanter war da der Platz vor dem Gutsgebäude, wo die beiden großen Jeeps parkten. Der war weithin einsehbar.

»Ich glaube, an der Brandschneise sind überall Kameras«, sagte Assad. »Wenn wir da rüberwollen, müssen wir hier durch.«

Er deutete auf den Moortümpel. Der Zaun war kaum noch zu sehen, so tief war er eingesunken. Aber offenbar war das tatsächlich die einzige Stelle, wo sie unbemerkt auf das Grundstück gelangen konnten.

Nicht sonderlich ermutigend.

Eine geschlagene halbe Stunde mussten sie anschließend in ihren eingesauten, nassen Hosen auf dem Boden ausharren, bevor sie die drei Männer sahen. Die hatten zwei dünne, dunkelhäutige Gestalten im Schlepptau, die so etwas wie Flitzebögen trugen. Die drei unterhielten sich, das war zu hören, aber was sie sagten, schluckten die Entfernung und der auffrischende Wind.

Dann verschwand das Trio im Hauptgebäude, während die Schwarzen zu den kleinen roten Häusern hinübergingen.

Nach etwa zehn Minuten tauchten mehrere schwarze Männer auf und verschwanden in der großen Halle. Als sie kurz darauf wieder herauskamen, trugen sie einen Käfig, den sie auf die Ladefläche eines Pick-ups stellten und in den Wald fuhren.

»Also dann«, sagte Carl, »auf geht's.« Er zog den schwach
protestierenden Assad mit sich an der Windschutzhecke entlang. Als sie zu den kleinen Häusern kamen, hörten sie fremd-
ländische Stimmen und Kindergeschrei. Offenbar eine ganz
eigene abgeschlossene kleine Gesellschaft.

Sie schlichen sich am ersten Haus vorbei. Ein Türschild mit
vielen exotischen Namen stach ihnen ins Auge.

»Da drüben auch«, flüsterte Assad und deutete auf das Na-
mensschild am nächsten Haus. »Glaubst du, der hält sich hier –
Sklaven?«

Kaum vorstellbar, obwohl es verdammt danach aussah. Das
hier wirkte wie ein afrikanisches Dorf mitten im Park. Oder
wie eine Ansammlung von Hütten rund um eine Südstaa-
tenvilla vor dem Bürgerkrieg.

Dann hörten sie in der Nähe einen Hund bellen.

»Ob der hier Hunde frei rumlaufen lässt?«, flüsterte Assad
besorgt, als hätten die ihn schon gehört.

Carl sah seinen Partner an. Ganz ruhig, sagte seine Miene.
Wenn man auf dem platten Land aufwächst, lernt man unweigerlich, dass Hunden gegenüber der Mensch das Sagen hat. Es
sei denn, einem stehen zehn bissige Kampfhunde gegenüber.
Ein Tritt im richtigen Moment rückt in der Regel die Rang-
ordnung zurecht. Die Frage ist bloß, warum die immer so viel
Krach machen müssen.

Als sie über das offene Stück des Hofs rannten, sahen sie,
dass sie auf diesem Weg gut hinter das Haupthaus gelangen
konnten.

Zwanzig Sekunden später drückten sie sich die Nasen an den
Fenstern platt. Der Raum mit den Mahagonimöbeln sah aus
wie ein klassisches Büro. Die Wände hingen voller Jagdtrophäen. Alles ruhig und unauffällig, nichts, was sie irgendwie
weiterbrachte.

Sie drehten sich um. Wenn es in der Landschaft irgendwelche
Auffälligkeiten gab, galt es, die schnellstmöglich auszumachen.

»Hast du das gesehen?«, flüsterte Assad und deutete auf einen röhrenartigen Anbau, der aus der großen gläsernen Halle ein gutes Stück in den Wald hineinragte. Mindestens vierzig Meter.

Was zum Teufel ist das?, dachte Carl. »Komm«, sagte er, »das schauen wir uns an.«

Assads Gesichtsausdruck, als er in der großen Halle stand, hätte man verewigen müssen. Carl ging es ähnlich. Wenn Nautilus für Tierliebhaber ein Schock war, so war das hier das pure Grauen. Dicht an dicht Käfige mit völlig verängstigten, apathischen oder hysterischen Tieren. An den Wänden, zum Trocknen aufgehängt, blutige Häute in allen Größen. Vom Hamster bis zum Kalb, alles war hier geboten. Hochaggressive Kampfhunde, die bellten. Bestimmt hatten sie die vorhin gehört. Echsenartige Ungeheuer und fauchende Nerze. Haustiere und exotische Tiere in einem einzigen großen Sammelsurium.

Aber das hier war keine Arche Noah. Von hier entkam kein Tier lebend.

Carl erkannte den Käfig von Nautilus sofort. Er stand mitten in der Halle, darin eine knurrende Hyäne. Ein Stück weiter in der Ecke schrie ein großer Affe, von dort war auch das Grunzen eines Warzenschweins zu hören und das Blöken von Schafen.

»Glaubst du, Kimmie ist irgendwo hier drinnen?«, fragte Assad und ging einige Schritte weiter in die Halle hinein.

Carl ließ den Blick über die Käfige wandern. Die weitaus meisten waren für einen Menschen zu klein.

»Und was ist damit?«, sagte Assad und deutete auf eine Reihe von Gefriertruhen. Sie standen in einem der Seitengänge und brummten. Er öffnete einen Deckel und zuckte angeekelt zurück.

»Pfui Teufel!«

Carl sah in die Gefriertruhe. Haufenweise enthäutete Tiere glotzten ihn an.

»Überall dasselbe«, sagte Assad, der eine Truhe nach der anderen öffnete.

»Ich denke mal, das meiste wird als Futter verwendet«, meinte Carl mit Blick auf die Hyäne. Hier verschwand Fleisch, egal in welcher Darreichungsform, bestimmt sekundenschnell in irgendwelchen aufgerissenen Rachen.

Fünf Minuten später hatten sie sich davon überzeugt, dass Kimmie woanders sein musste.

»Sieh dir das an, Carl«, sagte Assad und deutete in die Röhre, die sie schon von draußen gesehen hatten. »Das ist ein Schießstand.«

Der helle Wahnsinn. Hightech vom Feinsten, mit Luftdüsen und allen Schikanen. Hätten sie so ein Ding im Präsidium, wäre es Tag und Nacht umlagert.

»Bleib lieber hier«, sagte Carl, als Assad durch die Röhre auf die Schießscheiben zuging. »Wenn jemand kommt, kannst du dich nirgends verstecken.«

Aber Assad hörte ihn nicht. Er hatte nur noch Augen für die großen Scheiben.

»Was ist denn das hier?«, rief er schließlich vom anderen Ende der Röhre.

Carl warf einen prüfenden Blick hinter sich in die Halle, bevor er Assad in die Röhre folgte.

»Ist das ein Pfeil oder was?«, fragte sein Partner und deutete auf eine Metallstange, die sich ins Zentrum der Scheibe gebohrt hatte.

»Ja«, antwortete Carl. »Das ist ein Bolzenpfeil. Den benutzt man beim Armbrustschießen.«

Assad sah ihn verwirrt an. »Wie bitte? Wozu Arm und Brust?«

Carl seufzte. »Eine Armbrust ist ein Bogen, den man auf besondere Weise spannt. Der Schuss ist sehr hart.«

»Okay. Ja, das kann ich sehen. Und präzise.«

»Ja, sehr präzise.«

Sie drehten sich um und wussten, dass sie in die Falle gegangen waren. Am Röhrenende standen Torsten Florin, Ulrik Dybbøl Jensen und Ditlev Pram. Pram richtete eine gespannte Armbrust auf sie.

Das darf doch nicht wahr sein, dachte Carl und rief: »Los, hinter die Scheiben, Assad!«

Er zog seine Pistole aus dem Schulterhalfter und richtete sie im selben Moment auf das Trio, in dem Ditlev Pram den Pfeil abschoss.

Carl hörte noch, wie Assad sich hinter die Scheiben warf, dann durchbohrte der Pfeil Carls rechte Schulter und die Pistole fiel zu Boden.

Sonderbarerweise tat es nicht weh. Er konnte nur konstatieren, dass es ihn einen halben Meter rückwärts geschleudert hatte und er jetzt an die Schießscheibe hinter sich gespießt war. Nur die Steuerfedern ragten noch aus der blutenden Wunde heraus.

»Meine Herren«, sagte Florin. »Warum bringen Sie uns in diese Situation? Was sollen wir nun mit Ihnen anstellen?«

Carl bemühte sich, seinen Puls unter Kontrolle zu bekommen. Sie hatten den Pfeil herausgezogen und eine Flüssigkeit in die Wunde gesprüht, wobei er beinahe ohnmächtig geworden wäre. Aber die Blutung war einigermaßen gestillt.

Das war doch zum Kotzen. Die Männer wirkten unnachgiebig und eiskalt, und Carl kam sich vor wie der letzte Idiot.

Assad hatte gewütet, als sie sie gezwungen hatten, in die Halle zu kommen und sich mit den Rücken zu einem der Käfige auf den Boden zu setzen.

»Wissen Sie, was passiert, wenn man Polizisten im Einsatz so behandelt?«

Carl hatte vorsichtig Assads Fuß angestoßen. Das dämpfte ihn aber nur kurzzeitig.

»Es ist doch im Grunde sehr einfach«, antwortete Carl, und

bei jedem Wort pochte es in seinem Oberkörper. »Sie lassen uns laufen. Wir waren nie hier und haben nichts gesehen. Die Indizien sind verschwunden, so etwas passiert. Wenn Sie uns hier festhalten, fliegt alles auf.«

»Aha.« Das war Ditlev Pram. Er hatte die Armbrust neu geladen und hielt sie noch immer auf sie beide gerichtet. »Was glauben Sie, mit wem Sie es zu tun haben? Sie verdächtigen uns also des Mordes. Sie haben unseren Rechtsanwalt kontaktiert. Sie haben mehrere Namen fallenlassen. Sie haben eine Verbindung zwischen Finn Aalbæk und mir herausgefunden. Sie glauben, alles über uns zu wissen. Und plötzlich, meinen Sie, ergibt sich daraus eine sogenannte Wahrheit.« Er kam näher heran und platzierte seine Lederstiefel dicht vor Carls Füßen. »Aber diese Wahrheit betrifft weit mehr Menschen als nur uns drei, verstehen Sie? Wir haben Verantwortung übernommen, Carl Mørck. Für Tausende von Mitarbeitern. Für deren Familien. Für unsere Gesellschaft. Sollte es Ihnen tatsächlich gelingen, die Justiz von Ihren Ansichten zu überzeugen, würden all diese Menschen ihre Existenzgrundlage verlieren. Keine Wahrheit ist einfach, Carl Mørck.«

Er deutete in die Halle. »Enorme Vermögen würden eingefroren werden. Das wollen weder wir noch andere. Deshalb frage ich dasselbe wie Torsten: Was sollen wir mit Ihnen anstellen?«

»Wir müssen das absolut clean machen«, sagte der Dicke, Ulrik Dybbøl Jensen. Seine Stimme zitterte, die Pupillen waren riesig. Es gab keinen Zweifel, was er damit meinte. Aber Torsten Florin zögerte, das konnte Carl spüren. Er zögerte und dachte nach.

»Was sagen Sie dazu: Wir lassen Sie laufen und jeder von Ihnen bekommt eine Million. Einfach so. Sobald Sie die Angelegenheit fallenlassen, rollt das Geld. Was sagen Sie dazu?«

Allein die Alternative zu denken, war unerträglich.

Carl sah hinüber zu Assad. Der nickte. Kluges Kerlchen.

»Und Sie, Carl Mørck? Sind Sie ebenso kooperativ wie unser Mustafa hier?«

Carl sah ihn kalt an. Dann nickte er.

»Ich meine doch zu merken, dass es nicht reicht. Nun, dann verdoppeln wir. Zwei Millionen für Ihr Schweigen. Wir stellen es diskret an, klar?«, fragte Torsten Florin.

Beide nickten.

»Zunächst gibt es aber noch eine Sache, über die ich Klarheit haben muss. Antworten Sie ehrlich. Ich merke sofort, wenn Sie lügen. Dann ist der Deal sofort hinfällig, klar?«

Er wartete die Antwort nicht ab. »Warum erwähnten Sie heute Morgen mir gegenüber ein Ehepaar auf Langeland? Kåre Bruno kann ich nachvollziehen, aber das Ehepaar? Was hat das mit uns zu tun?«

»Gründliche Ermittlungen«, antwortete Carl. »Im Präsidium haben wir einen Mann, der solchen Fällen jahrelang nachgegangen ist.«

»Das hat nichts mit uns zu tun«, entgegnete Florin abschließend.

»Sie wollten eine ehrliche Antwort. Gründliche Ermittlungen, lautet die Antwort«, wiederholte Carl. »Die Art des Überfalls, der Ort, die Methode, der Zeitpunkt. Das passt alles.«

Es war ein Fehler. Das wusste Carl sofort, als Pram Carl die Armbrust auf die Wunde knallte. Diese drei Menschen kannten keine Tabus.

Carl konnte nicht einmal aufschreien, weil sich der Hals vor Schmerz zusammenschnürte. Da schlug Pram noch einmal zu. Und noch einmal.

»So. Und jetzt antworte! Und zwar präzise! Weshalb bringt ihr uns mit diesem Ehepaar auf Langeland in Verbindung?«

Er holte aus, um noch mal zuzuschlagen, da unterbrach Assad ihn.

»Kimmie hatte den einen Ohrring«, rief er. »Der passte zu dem, der dort gefunden wurde. Sie verwahrte ihn in einem

Kasten, zusammen mit anderen Beweisstücken von Ihren Überfällen. Aber das wissen Sie ja wohl.«

Wäre Carl auch nur ein winziges Fünkchen Kraft im Körper verblieben, dann hätte er Assad sehr nachdrücklich gezeigt, dass er das Maul halten solle.

Jetzt war es zu spät.

Das war unmittelbar von Torsten Florins Gesicht abzulesen. Alles, was diese drei Männer fürchteten, war die Realität. Es gab Beweise gegen sie. Handfeste Beweise.

»Ich gehe davon aus, dass noch andere Kollegen im Präsidium diesen Kasten kennen. Wo ist er jetzt?«

Carl sagte nichts. Er sah sich nur um.

Von dort, wo er saß, bis zum Tor waren es zehn Meter, bis zum Waldrand mindestens noch einmal fünfzig. Und erst nach einem weiteren Kilometer durch Florins Privatwald begann der Staatsforst Gribskov. Das wäre vielleicht ein ideales Versteck. Aber völlig unrealistisch zu erreichen. Und in nächster Nähe gab es nichts, absolut nichts, was sich als Waffe eignete. Drei Männer mit schussbereiter Armbrust standen vor ihnen. Was konnten sie tun?

Absolut nichts.

»Wir müssen es hier und jetzt machen und wir müssen es clean machen«, nuschelte Ulrik Dybbøl Jensen. »Ich sag's noch mal. Wir können uns nicht auf sie verlassen. Die sind nicht wie die anderen.«

Prams und Florins Köpfe wandten sich langsam ihrem Kumpel zu. Was für eine idiotische Bemerkung, sagten ihre Mienen.

Während sich die drei Männer berieten, tauschten Assad und Carl Blicke aus. Assad entschuldigte sich und Carl verzieh ihm sofort. Dass Assad unterwegs mal ein bisschen gestolpert war, was hatte das schon zu bedeuten in dieser Situation, die nichts anderes war als die Wartehalle zum Tod, den diese drei Irren in diesem Moment vorbereiteten.

»Okay, so machen wir es. Aber wir haben nicht viel Zeit. Die anderen sind in fünf Minuten hier«, sagte Florin.

Ulrik Dybbøl Jensen und Ditlev Pram warfen sich ohne Vorwarnung auf Carl, während Torsten Florin die Aktion aus wenigen Metern Abstand mit der Armbrust deckte. Ihre Effektivität überrumpelte Carl vollständig.

Sie klebten Paketband über seinen Mund, zogen seine Hände auf den Rücken und fesselten sie mit demselben Klebeband. Dann rissen sie seinen Kopf in den Nacken und klebten auch seine Augen zu. Weil er sich wand, erwischte das Klebeband ein Augenlid und zog es einen Millimeter auf. Durch diesen winzigen Schlitz konnte er gerade so erkennen, wie heftig Assad Widerstand leistete. Er sah, wie Assad um sich trat und schlug, und er sah, wie einer der drei hart auf den Boden knallte, wie gelähmt von einem Handkantenschlag auf den Hals: Ulrik Dybbøl Jensen. Florin warf die Armbrust weg und kam Pram zu Hilfe. Und während die zwei Assad überwältigten, sprang Carl auf und rannte auf das Licht zu, das vom Tor hereinfiel.

Er konnte Assad im Kampf nicht helfen, so gestutzt, wie er war. Das konnte er nur, wenn er wegkam.

Er hörte, wie sie sich zuriefen, er würde nicht weit kommen. Die Boys des Gutshofs würden ihn ohnehin fangen und zurückbringen. Ihn erwartete dasselbe wie Assad: der Hyänenkäfig.

»Freu dich auf das Biest!«, riefen sie ihm nach.

Die sind komplett wahnsinnig, schoss es Carl durch den Kopf, während er sich durch den winzigen Schlitz zu orientieren versuchte.

Dann hörte er oben am Eingangstor Autos vorfahren. Eine ganze Kohorte.

Falls die Leute in den Autos genauso drauf waren wie die drei in der Halle, konnte er eigentlich gleich in den Käfig gehen.

40

Langsam hatte sich der Zug in Bewegung gesetzt und die Fahrtgeräusche waren in einen ruhigen Rhythmus übergegangen. Da machten sich die Stimmen in Kimmies Kopf wieder bemerkbar. Nicht besonders laut, aber doch anhaltend und selbstgewiss. Sie hatte sich inzwischen schon so daran gewöhnt.

Der Zug war stromlinienförmig, ganz anders als früher die roten Gribskov-Schienenbusse. Mit so einem waren sie und Bjarne vor vielen Jahren zum letzten Mal dort hinausgefahren. So vieles hatte sich seitdem verändert.

Es war hoch hergegangen damals. Sie hatten getrunken und gekokst und Tage durchgefeiert. Torsten hatte sie stolz auf seiner Neuerwerbung herumgeführt. Wald, Moor, Seen, Äcker. Für einen Jäger einfach perfekt. Man musste lediglich dafür sorgen, dass angeschossenes Wild nicht in den Staatsforst geriet.

Was hatten sie über ihn gelacht, sie und Bjarne. Es gab nichts Komischeres als einen Mann, der allen Ernstes geschnürte grüne Gummistiefel trug. Aber Torsten hatte es nicht gemerkt. Der Wald gehörte ihm, und hier war er uneingeschränkter Herrscher über alles, was sich schießen ließ.

Ein paar Stunden lang hatten sie Rotwild und Fasane getötet und am Ende auch den Waschbären, den sie selbst bei Nautilus für ihn beschafft hatte. Eine Geste, die Torsten zu schätzen wusste. Und anschließend hatten sie dem Ritual folgend in Torstens Kino ›Clockwork Orange‹ gesehen. Es war ein Tag mit zu viel Koks und Alkohol gewesen, sie waren schlaff und hatten nicht die Energie, loszuziehen und sich ein Opfer zu suchen.

Damals war sie zum ersten und letzten Mal dort draußen auf dem Landgut. Aber sie erinnerte sich daran, als sei es gestern gewesen. Dafür sorgten schon die Stimmen.

Heute sind alle drei dort, Kimmie. Ist dir das klar? Das ist
die *Gelegenheit,* hallte es in ihrem Kopf.

Sie musterte kurz ihre Mitreisenden. Dann steckte sie die
Hand in die große Leinentasche und fühlte nach der Handgranate, der Pistole, der kleinen Schultertasche und ihrem
geliebten Bündelchen. In der Leinentasche war alles, was sie
brauchte.

Am Bahnhof Duemose wartete Kimmie, bis die anderen Frühaufsteher entweder abgeholt oder mit Fahrrädern weggefahren
waren, die sie in dem roten Unterstand geparkt hatten.

Ein Autofahrer hielt an und fragte, ob er sie mitnehmen solle, aber sie lächelte nur. So konnte man Lächeln auch benutzen.

Als der Bahnsteig leer war und auch die Landstraße wieder
so verlassen dalag wie vor ihrer Ankunft, ging sie bis zum
Ende des Bahnsteigs, sprang auf den Schotter und folgte den
Schienen bis zum Waldrand. Dort suchte sie sich eine Stelle,
wo sie die Tasche lassen konnte.

Dann nahm sie ihre kleine Schultertasche, zog sie sich über
den Kopf, stopfte die Jeans in die Socken und schob die große
Tasche unter einen Busch.

»Mama kommt bald wieder, mein Schätzlein. Du brauchst
keine Angst zu haben«, sagte sie. Die Stimmen drängten sie,
sich zu beeilen.

Nur wenige Meter die Straße entlang, vorbei an einem kleinen Betrieb, und schon hatte sie den Weg erreicht, auf dem sie
zur Rückseite von Torstens Grundstück gelangte. Sich in dem
Staatsforst zurechtzufinden war leicht.

Auch wenn die Stimmen unermüdlich Druck machten, hatte
sie viel Zeit. Sie betrachtete das bunte Laub und atmete tief
durch. Die Kraft und die Farben des Herbstes schienen sich im
Geruch zu sammeln, der in der Luft lag.

Es war Jahre her, dass sie die Natur so intensiv wahrgenommen hatte. Viele Jahre.

Als sie die Brandschneise erreichte, stellte sie fest, dass sie breiter war als beim letzten Mal. Sie legte sich an den Waldrand und blickte über die Schneise zum Zaun, der Torstens Wald vom Staatsforst trennte. Die vielen Jahre auf den Straßen von Kopenhagen hatten sie gelehrt, dass auch Überwachungskameras nur ein begrenztes Sichtfeld hatten. Ruhig ließ sie ihren Blick über die Bäume schweifen, bis sie wusste, wo die Kameras angebracht waren. In dem Abschnitt, wo sie lag, gab es vier. Zwei stationäre und zwei, die sich die ganze Zeit über eine Spanne von hundertachtzig Grad hin- und herbewegten. Eine der stationären Kameras war direkt auf sie gerichtet.

Sie zog sich ins Unterholz zurück und überdachte die Lage.

Die eigentliche Schneise war etwa zehn Meter breit. Das Gras war frisch gemäht, nirgends höher als zwanzig Zentimeter, alles sehr offen und eben. Sie sah in beide Richtungen. Überall das Gleiche. Es gab tatsächlich nur eine einzige Möglichkeit, die Brandschneise ungesehen zu überqueren, und die führte nicht übers Gras.

Sondern von Baum zu Baum. Von Ast zu Ast.

Sie überlegte genau. Die Eiche auf ihrer Seite der Brandschneise war um etliches höher als die Buche auf der anderen Seite. Kräftige knorrige Äste, die fünf, sechs Meter über die Schneise ragten. Der andere Baum hatte etwas kürzere und weniger kräftige Äste. Sprang man vom hohen Baum zum niedrigeren, betrug die Fallhöhe ein paar Meter. Und gleichzeitig musste man nach vorn springen, um beim Fallen näher an den Stamm zu kommen. Die Äste würden sie sonst nicht tragen.

Kimmie hatte sich nie besonders gut mit Bäumen ausgekannt. Ihre Mutter hatte ihr verboten, dort zu spielen, wo sie sich schmutzig machen konnte. Und als die Mutter weg war, war auch die Lust weg.

Die große Eiche war ein wirklich schöner Baum. Viele knorrige Äste und grobe Rinde. Unproblematisch, da hinaufzuklettern.

Das Klettern machte ihr sogar Spaß. »Das musst du auch mal probieren, Mille«, sagte sie leise und zog sich weiter hinauf.

Erst als sie auf dem Ast saß, kamen ihr Bedenken. Der Abstand zur Erde war plötzlich so real. Der Sprung hinüber zu den glatten Ästen der Buche so definitiv. Konnte sie das wirklich? Wenn sie hinunterfiel, war es aus. Sie würde sich sämtliche Knochen brechen. Torsten würde sie auf dem Überwachungsmonitor sehen und stoppen, und dann wäre ihr alles aus der Hand genommen. Sie kannte die drei. Nicht sie wäre die Akteurin im Spiel ihres Lebens, sondern die drei.

So saß sie eine Weile da und versuchte auszurechnen, wie kräftig sie sich abstoßen musste. Schließlich richtete sie sich vorsichtig auf, die Arme an die Äste der Eiche geklammert.

Bereits im Sprung wusste sie, dass sie sich zu kräftig abgestoßen hatte. Noch während sie durch die Luft flog, sah sie, dass sie viel zu nahe an den Stamm der Buche kommen würde. Beim Versuch, die Kollision zu verhindern, brach sie sich einen Finger, das spürte sie sofort. Doch sie kümmerte sich nicht weiter darum, die Schmerzen mussten warten. Sie hatte ja noch neun andere Finger. Auf die verließ sie sich jetzt beim Herunterklettern. Da begriff sie, dass Buchen am unteren Ende des Stammes weit weniger Äste haben als Eichen. Vom untersten Ast blieben ihr noch vier bis fünf Meter bis zum Boden. Sie warf sich über den Ast und ließ sich eine Weile so hängen. Der Finger hatte sich unterzuordnen. Schließlich packte sie den Stamm, schlang den Arm so gut es ging darum und ließ los. Beim Hinunterrutschen schrammte sie sich Unterarme und Hals blutig.

Unten angekommen, betrachtete sie den abstehenden Finger. Dann zog sie ihn mit einem Ruck an seinen Platz. Es tat höllisch weh, aber Kimmie blieb stumm. Zur Not hätte sie ihn auch weggeschossen.

Sie wischte sich das Blut an ihrem Hals ab und trat in den Schatten des Waldes, jetzt auf der richtigen Seite des Zauns.

Es war ein Mischwald, sie erinnerte sich daran sogar noch von ihrem letzten Besuch. Gruppen von Fichten, kleine Lichtungen mit erst kürzlich gepflanzten Laubbäumen und über weite Strecken wild wachsende Birken, Weißdorn, Buchen und vereinzelte Eichen.

Es duftete intensiv nach modrigem Laub. Nach über zehn Jahren auf der Straße nahm man so etwas besonders intensiv wahr.

Wieder drängten die Stimmen, sie solle sich beeilen und es hinter sich bringen. Und vor allem solle die Konfrontation zu *ihren* Bedingungen stattfinden. Aber Kimmie hörte nicht zu. Sie wusste, sie hatte Zeit. Wenn Torsten, Ulrik und Ditlev ihre blutigen Spielchen spielten, konnte es dauern, bis sie genug hatten.

»Ich gehe am Waldrand und an der Brandschneise entlang«, sagte sie laut, und die Stimmen mussten sich fügen. »Das ist zwar weiter, aber wir kommen auf jeden Fall zum Gutshaus.«

Und so sah sie die dunklen Männer, die dem Wald zugewandt standen und warteten. Sie sah den Käfig mit dem rasenden Tier. Und sie registrierte die Beinschienen, die die Männer über den Hosen trugen und die bis zur Leistengegend reichten.

Deshalb zog sie sich in den Wald zurück und wartete ab, was geschah.

Und dann waren die ersten Rufe zu hören und fünf Minuten später die ersten Schüsse.

Sie war im Land der Jäger.

41

Er rannte, den Kopf in den Nacken gelegt. Durch seinen Sehschlitz nahm er den Boden als Flimmern wahr, als Aufblitzen von trockenen Blättern und Zweigen. Hinter sich hörte er noch eine Weile Assads Gebrüll. Dann war alles still. Er verringerte das Tempo. Zerrte an dem Klebeband im Rücken. Die Nase war vom hektischen Luftholen ganz trocken. Wenn er den Kopf in den Nacken legte, konnte er ein bisschen sehen, trotzdem musste er das Klebeband unbedingt von den Augen herunterkriegen.

Bald würden sie von allen Seiten kommen. Die Jäger vom Hofplatz und die Treiber von Gott weiß woher. Er drehte sich in alle Richtungen, sah durch den Schlitz gerade so die Bäume. Wieder rannte er los, aber nach wenigen Sekunden knallte ihm ein niedriger Ast an den Kopf und ließ ihn rücklings zu Boden gehen.

»Scheiße!«

Mühsam kam er wieder auf die Füße und suchte den Stamm nach einem abgebrochenen Ast in Kopfhöhe ab. Dann stellte er sich ganz dicht an den Stamm und mühte sich ab, das abgebrochene Astende neben der Nase unter das Klebeband zu bohren, um anschließend den Körper langsam nach unten zu bewegen. Das Klebeband straffte sich zwar am Hinterkopf, löste sich aber nicht von den Augen. Es haftete zu fest an den Lidern.

Er zog noch einmal, hielt dabei die Augen geschlossen, spürte aber, wie die Lider die Bewegung des Klebebands mitmachten. Der Schmerz war unbeschreiblich.

»Scheiße, Scheiße, Scheiße«, fluchte er und begann den Kopf seitwärts zu drehen, mit dem Erfolg, dass der Zweig das Lid aufritzte.

Da hörte er zum ersten Mal das Rufen der Treiber. Sie waren nicht so weit weg, wie er gehofft hatte. Vielleicht ein paar hundert Meter, das war hier im Wald schwer zu beurteilen. Mit einer vorsichtigen Drehung des Kopfes befreite er sich von dem abgebrochenen Zweig. Die Plackerei hatte aber doch etwas gebracht, denn nun konnte er wenigstens mit dem einen Auge einigermaßen sehen.

Er war umgeben von dichtem Wald. Das Licht fiel unregelmäßig durch die Bäume, und er hatte keinen blassen Schimmer, wo Norden, Süden, Osten oder Westen war. Da wurde ihm klar, dass es mit Carl Mørck nun doch recht schnell zu Ende sein könnte.

Die ersten Schüsse fielen, als Carl auf einer Lichtung stand. Die Treiber waren jetzt so nahe gekommen, dass er sich auf die Erde fallen lassen musste. Soweit er es beurteilen konnte, war er kurz vor der Brandschneise, und dahinter begann der Staatsforst. Bis zu dem Parkplatz, wo sein Auto stand, waren es wohl kaum mehr als sieben-, achthundert Meter Luftlinie. Aber was nützte ihm das, wenn er die Richtung nicht wusste.

Er sah Vögel über den Baumwipfeln aufflattern. Im Unterholz rührte sich etwas. Die Treiber stießen Schreie aus und lärmten mit Holzstöcken, die sie aneinander schlugen. Die Tiere flüchteten.

Wenn die Hunde dabeihaben, finden sie mich in null Komma nichts, dachte er. Dabei fiel sein Blick auf einen Blätterhaufen, den der Wind vor ein paar umherliegenden Ästen zusammengeweht hatte.

Als das erste Reh mit großen Sprüngen aus dem Unterholz setzte, war er so erschrocken, dass er zitterte. Instinktiv warf er sich auf den Blätterhaufen und wand und rollte sich so lange darin herum, bis er einigermaßen mit Laub bedeckt war.

Er ermahnte sich, langsam und ruhig durchzuatmen. Verdammte Scheiße, dachte er dann. Ob Torsten Florin die Treiber wohl mit Handys ausgerüstet hatte und ihnen gerade erklärte, dass sie sich einem entlaufenen Polizisten näherten, der auf keinen Fall entkommen durfte? Ja, natürlich, ein Mann wie Torsten Florin würde alle Register ziehen. Natürlich wussten die Treiber längst, wonach sie Ausschau halten sollten.

Hier unter dem duftenden Laub merkte er, dass die Schusswunde aufgeplatzt war und das blutgetränkte Hemd an seinem Körper klebte. Wenn er länger so liegen blieb, würde er verbluten. Nein, unwahrscheinlich, vorher würden ihn die Hunde aufspüren.

Wie in drei Teufels Namen sollte er Assad helfen? Und wie sollte er sich jemals wieder in die Augen sehen, falls Assad starb, er selbst aber überlebte, so unwahrscheinlich das war? Wie sollte er da weiterleben? Er, der schon einmal seinen Partner verloren hatte? Der schon einmal seinen Partner im Stich gelassen hatte?

Er holte tief Luft. Das durfte sich nicht wiederholen. Und wenn er im Gefängnis landen würde. Und wenn er sein Leben verlieren würde. Und wenn er in der Hölle schmoren müsste.

Er hörte ein Zischeln, das sich langsam zu einem Hecheln und schließlich zu einem schwachen Kläffen wandelte. Da pustete er die Blätter von den Augen. Sein Pulsschlag nahm zu und in der Wunde pochte es. Wenn das ein Hund war, war es gleich vorbei.

In einiger Entfernung waren die zielstrebigen Schritte der Treiber nun schon deutlich zu hören. Sie lachten und schrien und wussten genau, was sie zu tun hatten.

Dann stoppte das scharfe Knacken im Unterholz, und plötzlich wusste er: das Tier stand vor ihm und sah ihn an.

Er blinzelte durch den Sehschlitz und sah direkt auf den Kopf eines Fuchses. Er hatte rotfleckige Augen und Schaum vorm Maul. Schnappte nach Luft und zitterte am ganzen Körper wie von Schüttelfrost.

Der Fuchs fauchte, als er ihn da zwischen den Blättern blinzeln sah. Fauchte, als er die Luft anhielt. Bleckte die Zähne, knurrte und kroch mit gesenktem Kopf auf Carl zu.

Urplötzlich erstarrte er, hob den Kopf und sah hinter sich, als witterte er Gefahr. Dann wandte er sich wieder Carl zu. Und plötzlich, als gäbe es in diesem Tier so etwas wie Denken, kroch der Fuchs an den Boden gedrückt auf Carl zu, legte sich vor seine Füße und knuffte seine Schnauze in den Blätterhaufen.

Dort lag das Tier, hechelte und wartete. Bedeckt von Blättern. Genau wie Carl.

Jetzt sammelte sich in einem Lichtstrahl etwas weiter entfernt eine Schar Rebhühner. Vom Lärm der Treiber aufgescheucht flogen sie auf, und sofort waren etliche Schüsse zu hören. Carl zuckte bei jedem einzelnen Schuss zusammen, Kälteschauer liefen durch seinen Körper und vor seinen Füßen zitterte der Fuchs.

Da sah er die Hunde der Jäger, die angelaufen kamen, um die Vögel aufzunehmen, und gleich darauf auch die Jäger selbst als Silhouetten vor dem entlaubten Gesträuch.

Es waren insgesamt etwa neun oder zehn. Alle in Schnürstiefeln und Knickerbockern. Als sie näher kamen, erkannte er gleich mehrere illustre Vertreter der Kopenhagener High Society. Soll ich mich zu erkennen geben?, schoss es ihm durch den Kopf. Doch er verwarf den Gedanken in dem Moment, als er den Gastgeber und seine beiden Freunde in der Nachhut entdeckte. Beide Männer mit schussbereiter Armbrust. Falls Florin, Dybbøl Jensen oder Pram ihn erblickten, würden sie, ohne zu zögern, schießen. Sie würden es als Jagdunfall deklarieren und die restliche Jagdgesellschaft mühelos von dieser Auslegung überzeugen. Der Zusammenhalt war groß, das wusste er. Sie würden das Klebeband entfernen und es als Unglücksfall arrangieren.

Carls Atemzüge wurden kürzer und flacher, wie die des Fuchses. Was würde mit Assad geschehen? Was mit ihm selbst?

Als die Männer nur noch ein paar Meter vom Laubhaufen entfernt standen und die Hunde knurrten, machte der Fuchs auf einmal einen Satz. Er sprang den vordersten der Jäger an und verbiss sich mit aller Kraft in der Leistengegend. Der Schrei des jungen Mannes war entsetzlich, ein Hilferuf in Todesangst. Die Hunde versuchten, nach dem Fuchs zu schnappen, aber der stellte sich ihnen schäumend vor Wut entgegen, pisste mit gespreizten Beinen und rannte dann um sein Leben. Ditlev zielte und schoss.

Das Pfeifen des Pfeils in der Luft hörte Carl nicht, wohl aber das Aufheulen des Fuchses, sein Kläffen und den langsamen Todeskampf.

Die Hunde schnupperten am Urin des Fuchses und einer von ihnen steckte die Schnauze dort hinein, wo der Fuchs bis gerade eben gelegen hatte. Carls Witterung nahm er nicht auf.

Gesegnet seien der Fuchs und seine Pisse, dachte Carl, als sich die Hunde um ihre Herren sammelten. Der verletzte Jäger lag wenige Meter entfernt auf der Erde, wand sich in Krämpfen und schrie. Die Jagdkameraden beugten sich über ihn und versorgten seine Wunde, zerrissen Tücher, verbanden ihn und hoben ihn auf.

»Guter Schuss«, hörte er Torsten Florin sagen, als Ditlev mit verschmiertem Messer und dem Fuchsschwanz in der Hand zu ihnen kam. Dann wandte sich Florin an die anderen Männer. »So, Freunde, tut mir leid, das war's für heute. Kümmert ihr euch darum, dass Saxenholdt schnellstens ins Krankenhaus kommt? Ich rufe die Treiber, die können ihn tragen. Sorgt dafür, dass er gegen Tollwut geimpft wird, man kann nie wissen. Und bis dahin presst ihm lieber einen Finger auf die Arterie, klar? Sonst war's das vielleicht mit ihm.«

Er rief etwas in Richtung der Bäume, und eine Gruppe schwarzer Männer trat aus dem Schatten. Vier von ihnen schickte er mit den Jägern los, die anderen vier bat er zu bleiben. Zwei von ihnen trugen schlanke Jagdgewehre, wie Torsten Florin selbst auch.

Als die Jagdgesellschaft mit dem stöhnenden Verletzten verschwunden war, standen die drei alten Freunde und die dunklen Männer zusammen.

»Euch ist klar, dass wir nicht viel Zeit haben?«, sagte Florin. »Dieser Polizist – wir dürfen ihn nicht unterschätzen.«

»Was machen wir, wenn wir ihn sehen?«, fragte Ulrik.

»Dann verkleidet ihr euch vor eurem inneren Auge als Fuchs.«

Er lauschte lange, bis er sicher war, dass die Männer sich verteilt hatten und unterwegs waren zum hintersten Ende des Waldes. Also musste der Weg zum Hofplatz frei sein – sofern die anderen schwarzen Männer nicht zurückkamen, um ihre Arbeit zu beenden.

Jetzt rennst du los, dachte er und richtete sich auf. Mit zurückgelegtem Kopf durch den Sehschlitz blinzelnd, schlug er sich durch das dichte Unterholz.

Vielleicht findet sich in der Halle ein Messer. Vielleicht kann ich das Band durchschneiden. Vielleicht lebt Assad. Vielleicht lebt Assad, ging es ihm durch den Kopf, während das Gestrüpp sich in seinen Sachen verhakte und noch immer Blut aus der Wunde sickerte.

Er fror. Die Hände auf seinem Rücken zitterten. Wie viel Blut er wohl verloren hatte?

Dann hörte er, wie in der Nähe mehrere Jeeps Gas gaben und losfuhren. Es konnte nicht mehr weit sein.

Er hatte den Gedanken kaum zu Ende gedacht, da sauste ein Pfeil so dicht an seinem Kopf vorbei, dass er den Luftzug spürte. Der Pfeil bohrte sich tief in den Baumstamm vor ihm. Dieses Geschoss würde wohl niemand mehr herausziehen können.

Er drehte sich um, sah aber nichts. Wo waren sie? Dann hörte er einen Schuss, und ganz in der Nähe splitterte die Rinde eines Baumes.

Jetzt wurden die Rufe der Treiber deutlicher. *Lauf, lauf, lauf,* schrie es in ihm. *Nicht fallen. Hinter den Busch, und dann hinter den nächsten, raus aus der Schusslinie. Wo kann ich mich nur verstecken? Gibt's denn hier nirgendwo ein Versteck?*

Sie würden ihn gleich haben. Und er wusste, sie würden ihn nicht einfach so sterben lassen. Das gab ihnen ja erst den Kick, diesen Schweinen.

Das Herz klopfte so hart in seiner Brust, dass es wehtat.

Mit einem Satz sprang er über einen Bach. Die Schuhe blieben im Morast stecken. Die Sohlen waren bleischwer, die Beine wollten nicht mehr. *Lauf, lauf, lauf!*

Auf der einen Seite erahnte er eine Lichtung. Hier waren Assad und er wohl hereingekommen, da der Bach jetzt hinter ihm lag. Dann musste er nach rechts. Es konnte nicht mehr weit sein.

Diesmal sauste der Pfeil ein ganzes Stück seitlich vorbei. Da stand er plötzlich auf dem Hofplatz. Ganz allein und mit pochendem Herzen und kaum zehn Meter vom Hallentor entfernt.

Er war noch nicht ganz dort, da bohrte sich der nächste Pfeil neben ihm in den Boden. Es war kein Zufall, dass sie nicht trafen. Sie wollten ihn daran erinnern, dass er stehen bleiben sollte. Sonst käme der nächste Pfeil.

Und plötzlich brach sein Widerstand. Er blieb stehen, den Blick zu Boden gerichtet, und wartete auf sie. Dieser schöne gepflasterte Hofplatz würde zu seiner Opferstätte werden.

Er atmete tief ein und drehte sich um. Nicht nur die drei Männer und die vier Treiber standen still da und sahen ihn an. Das tat auch eine kleine Schar dunkler Kinder mit großen Augen.

»Es ist gut, ihr könnt gehen«, kommandierte Torsten Florin, und die dunklen Männer verließen den Platz und scheuchten die Kinder vor sich her.

Jetzt waren sie ganz unter sich. Carl und die drei Männer: verschwitzt und lächelnd. Der Fuchsschwanz baumelte von Ditlev Prams Armbrust.

Die Jagd war aus.

42

Sie stießen ihn vor sich her in die Halle.

Durch seinen Sehschlitz empfand er das künstliche Licht dort als besonders stechend. Blinzelnd blickte er zu Boden. Keinesfalls wollte er die Überreste von Assad in diesem Licht sehen, keinesfalls wollte er wissen, was eine Hyäne aus einem menschlichen Körper machen konnte.

Jetzt war auch bei Carl der Punkt erreicht, da er überhaupt nichts mehr sehen wollte. Sollten sie doch mit ihm anstellen, was sie wollten. Aber zusehen wollte er ihnen dabei nicht.

Plötzlich lachte einer der Männer. Ein Lachen von ganz tief unten aus dem Bauch, das die beiden anderen ansteckte. Ein widerwärtiger Chor, der Carl instinktiv die Augen hinter dem Klebeband zusammenkneifen ließ.

Wie konnte jemand angesichts von Tod und Unglück eines anderen Menschen lachen? Wie krank im Kopf musste man sein, um sich darüber zu amüsieren? Was hatte diese Typen so deformiert?

Da hörte er eine Stimme auf Arabisch fluchen. Gutturale, hässliche Laute. Aber Carl machten sie so unbeschreiblich froh, dass er sofort den Kopf hob.

Erst konnte er nicht sehen, woher die Laute kamen. Er konnte die glänzenden Käfigstäbe erkennen, und er sah auch die Hyäne, die böse zu ihnen herüberäugte. Erst als er den Kopf ganz zurücklegte, entdeckte er Assad, der sich wie ein Affe oben an der Abdeckung des Käfigs festklammerte. Mit wildem Blick und Verletzungen an Armen und Beinen.

In dem Moment erst fiel Carl auf, dass die Hyäne hinkte. Als wenn ein Hinterbein durch einen Schlag verletzt worden wäre. Das Tier winselte bei jedem Schritt. Das Lachen der drei Männer verstummte jäh.

»Schweinetier«, rief Assad respektlos von oben.

Carl hätte unter dem Klebeband beinahe gelächelt. Dieser Mann blieb sich einfach immer treu.

»Irgendwann fällst du runter. Und dann weiß das Tier, was zu tun ist«, zischte Torsten Florin. Die Wut darüber, dass Assad dieses Prachtexemplar seines Zoos verstümmelt hatte, brannte ihm in den Augen. Aber er hatte recht. Assad konnte nicht ewig dort oben hängen.

»Ich weiß nicht.« Das war Ditlev Prams Stimme. »Der Orang-Utan da oben ist ja nicht gerade ein Leichtgewicht. Wenn der auf die Hyäne drauffällt, wird das kaum zu ihrem Vorteil sein.«

»Scheiß auf die! Die hat eh nicht getan, wozu sie in die Welt gesetzt wurde.« Florin war sichtlich erregt.

»Was machen wir denn jetzt mit ihnen?«, mischte sich nun auch Ulrik Dybbøl Jensen wieder ein, allerdings in ganz anderem Ton als die beiden anderen, viel leiser und verhaltener. Er wirkte jetzt weniger zugedröhnt als vorhin. Ungeschützter. Nach einem Kokainrausch ging es Leuten oft so.

Carl drehte sich zu ihm um. Wenn er hätte sprechen können, hätte er gesagt, sie sollten sie einfach laufen lassen. Dass es gefährlich und absolut sinnlos sei, sie zu töten. Dass Rose alle Hebel in Bewegung setzen würde, falls sie am nächsten Tag nicht im Büro erschienen. Dass man sofort hier draußen bei Florin suchen und natürlich etwas finden würde. Dass sie zusehen sollten, schleunigst auf die andere Seite der Erdkugel zu kommen, um sich dort für den Rest ihres Lebens zu verstecken. Dass das ihre einzige Chance sei.

Aber mit dem Paketband auf dem Mund konnte Carl nichts sagen. Außerdem würden die Männer sowieso nicht anbeißen. Denn Torsten Florin würde keine Mittel scheuen, um die Spuren seiner Taten zu verwischen. Und wenn er den ganzen Scheißdreck abfackeln musste. Das wusste Carl jetzt.

»Wir sperren ihn zu dem anderen. Schauen wir doch mal, was dann passiert«, sagte Florin ruhig. »Heute Abend sehen wir nach ihnen. Und falls es sich dann noch nicht erledigt hat, können wir ja noch ein paar andere Tiere dazu tun. Die Auswahl ist groß.«

Da entfuhr Carl ein archaischer Schrei und er begann, wild um sich zu treten. Noch mal würde er sie nicht widerstandslos an sich heranlassen. Nicht noch mal.

»Na, na, na. Was ist denn los, Carl Mørck? Stimmt was nicht?«

Ditlev Pram trat ganz nahe an ihn heran, unbeeindruckt von Carls Tritten. Dann hob er die Armbrust und zielte damit direkt auf das Auge, mit dem Carl sehen konnte.

»Stillgestanden!«, kommandierte er.

Carl überlegte kurz, schätzte seine Chancen aber realistisch ein und verzichtete auf Widerstand. Pram streckte die freie Hand aus, griff nach dem Klebeband, das um Kopf und Augen gewickelt war, und riss es mit einem Ruck ab.

Carl war es, als würden seine Augenlider abgerissen. Als hingen die Augäpfel plötzlich frei in ihren Höhlen. Das Licht bombardierte die Netzhaut und machte ihn kurz blind.

Doch dann sah er sie. Alle drei auf einmal. Die Arme ausgebreitet wie zu einer Umarmung. Ihre Blicke sagten ihm, dass das hier sein letzter Ringkampf war.

Wie zum Trotz gegen diese Erkenntnis und obwohl der Blutverlust ihn bereits erheblich geschwächt hatte, fing er wieder an zu toben.

Und plötzlich huschte auf dem Fußboden ein Schatten an ihm vorbei. Er sah, dass auch Florin das registrierte. Dann hörte er am anderen Ende der Halle etwas klappern, immer wieder. Katzen strichen an ihnen vorbei und hinaus zum Licht. Und aus den Katzen wurden Waschbären und Hermeline und Vögel, die gegen die Stahlverstrebungen des Glasdachs flatterten.

»Was zum Teufel ist hier los?«, schrie Florin. Ulrik Dybbøl Jensen sah dem Hängebauchschwein nach, das kurzbeinig durch die Gänge und um die Käfige rannte. Ditlev Prams Körperhaltung veränderte sich, sein Blick war hellwach, als er sich vorsichtig nach der Armbrust auf dem Fußboden bückte.

Carl zog sich zurück. Er hörte, wie sich dieses Klappern in der Tiefe der Halle fortsetzte und sich zugleich die Geräusche von Tieren in Freiheit vervielfachten. Es war ein einziges Trippeln, Grunzen, Kläffen, Zischen und Flügelschlagen.

Er hörte Assad da oben zwischen den Gitterstäben lachen. Er hörte die Flüche der drei Männer.

Aber die Frau hörte er nicht, ehe sie nicht vortrat.

Plötzlich stand sie da. Die Jeans in die Socken gestopft, eine Pistole in der einen Hand, ein Stück gefrorenes Fleisch in der anderen.

Sie war zart und fein, so wie sie da mit ihrer kleinen Schultertasche stand. Eigentlich hübsch. Mit einem friedvollen Gesichtsausdruck und glänzenden Augen.

Die drei Männer waren bei ihrem Anblick verstummt, hatten die umherstreifenden Tiere vollkommen vergessen, standen da wie paralysiert. Es war nicht die Pistole, auch nicht der Anblick der Frau, der sie so offensichtlich erschütterte. Es war das, wofür sie stand: Die Abrechnung.

»Hallo«, sagte sie und nickte einem nach dem anderen zu. »Schmeiß das weg, Ditlev.« Sie zeigte auf die Armbrust. Dann bedeutete sie ihnen, einen Schritt zurückzutreten.

»Kimmie!« Das war Ulrik Dybbøl Jensen. Angst und Zuneigung sprachen aus seinem Tonfall. Vielleicht sogar ein wenig mehr Zuneigung als Angst.

Sie lächelte, als zwei Otter sich an Florins Bein zu schaffen machten und schnupperten, ehe sie hinaus in die Freiheit verschwanden.

»Heute kommen wir alle frei«, sagte sie. »Ist das nicht ein wunderbarer Tag?«

»Du da«, sagte sie und sah Carl Mørck an. »Kick die Lederschlaufe zu mir rüber.« Sie zeigte ihm, was sie meinte, denn der Lederriemen war halb unter den Hyänenkäfig gerutscht.

»Komm doch mal her, meine Kleine«, flüsterte sie dem schwer atmenden Tier im Käfig zu, ließ die drei Männer dabei jedoch keine Sekunde aus den Augen. »Komm mal her, hier ist ein Leckerbissen für dich.«

Sie schob das Fleisch durch das Gitter, legte dann vorsichtig die Schlinge darum und wartete auf den Moment, da der Hunger des Tieres größer war als seine Furcht. Die vielen Menschen und ihr Schweigen verwirrten es offenkundig. Als es sich dem Fleischbrocken schließlich doch näherte und sich beim Zubeißen in der Schlinge verheddert, machte Ditlev Pram kehrt und rannte auf das Tor zu. Die beiden anderen brüllten vor Wut.

Kimmie hob die Pistole und schoss, und Ditlev Pram stürzte kopfüber auf den Steinfußboden, wo er liegen blieb und sich vor Schmerzen wand. Unterdessen band Kimmie die Fangschlaufe mit dem aufgebrachten Tier am Gitter fest.

»Steh auf, Ditlev«, sagte sie ganz ruhig, und als er das nicht konnte, befahl sie seinen Freunden, ihm zu helfen.

Es war nicht der erste Schuss auf einen Flüchtigen, den Carl sah, aber nie hatte er einen effektiveren gesehen. Die Hüftschaufel des Mannes war glatt durchschossen.

Pram war kreidebleich, aber er sagte nichts. Es war, als nähmen die drei Männer und Kimmie an einem Ritual teil, von dem es keinerlei Abweichung geben durfte. An einer wortlosen, vertrauten Zeremonie.

»Mach den Käfig auf, Torsten.« Sie sah nach oben zu Assad.

»Du bist das gewesen, du hast mich im Hauptbahnhof gesehen. Kannst jetzt ruhig runterkommen.«

»Allah sei gepriesen!«, war von oben zu hören, während Assad Füße und Beine aus dem Gitter zog. Er ließ sich fallen, konnte aber weder stehen noch gehen. Seine Gliedmaßen waren eingeschlafen, es war ein Wunder, dass er sich überhaupt noch hatte festhalten können.

»Zieh ihn raus, Torsten«, sagte Kimmie und verfolgte jede seiner Bewegungen, bis Assad vor dem Käfig auf dem Boden lag.

»Und jetzt rein mit euch«, sagte sie ruhig zu den Männern.

»O Gott, nein, Kimmie, lass mich gehen«, flüsterte Ulrik. »Ich hab dir nie was getan, Kimmie, das weißt du doch, oder?«

Mein Gott, wie erbärmlich er war, aber sie reagierte nicht.

»Na los, macht schon«, sagte sie nur.

»Du kannst uns genauso gut gleich umbringen«, sagte Torsten und half Ditlev hinein. »Du weißt genau: das hält keiner von uns auch nur eine Sekunde aus.«

»Das weiß ich, Torsten.«

Ditlev Pram und Torsten Florin verkniffen sich einen Kommentar, aber Ulrik Dybbøl Jensen entblödete sich nicht, sie anzuwinseln. »Die bringt uns um, kapiert ihr das nicht?«

Als die Käfigtür hinter den dreien zufiel, lächelte Kimmie und schleuderte die Pistole quer durch die Halle.

Der Aufprall war nicht zu überhören, Metall auf Metall.

Carl sah zu Assad, der sich die Beine massierte. Trotz seiner blutenden Hand lächelte er schon wieder. Carl fiel ein zentnerschwerer Stein vom Herzen.

Jetzt bäumten sich die Käfiginsassen noch einmal auf.

»Hey, du da, tu doch was, mit der wirst du doch leicht fertig«, schrie Pram Assad zu.

»Glaubt bloß nicht, dass sie euch verschont!«, hetzte Florin.

Aber Kimmie bewegte sich keinen Millimeter. Sie stand da und betrachtete sie, als sähe sie einen alten, längst vergessenen Film.

Dann trat sie zu Carl und riss das Klebeband von seinem Mund. »Ich weiß, wer du bist«, sagte sie. Sonst nichts.

»Gleichfalls«, sagte Carl. Er atmete ein paar Mal tief durch, fast so, als wäre es das erste Mal.

Ihr Wortwechsel brachte das Trio zum Schweigen.

Nach einer Weile trat Torsten Florin dicht an die Gitterstäbe. »Wenn ihr beiden Polizisten jetzt nicht reagiert, dann ist sie in fünf Minuten die Einzige, die hier noch Luft holt. Begreift ihr das vielleicht langsam mal?«

Er sah Carl und Assad in die Augen. »Kimmie ist nicht wie wir, klar? Sie tötet, wir nicht. Ja, wir haben Menschen überfallen, sie bis zur Bewusstlosigkeit geprügelt. Aber getötet haben wir nie. Das war immer nur Kimmie.«

Carl lächelte und schüttelte den Kopf. So waren diese Überlebenstypen wie Torsten Florin. Krisen waren für sie nichts anderes als der Auftakt zu einem Erfolg. Solange der Mann mit der Sense nicht unmittelbar vor der Tür stand, sprangen sie immer wieder auf. Torsten Florin kämpfte weiter, mit allen Mitteln und ohne jeden Skrupel. Genau so, wie er Assad der Hyäne zum Fraß vorgeworfen hatte. Genau so, wie er versucht hatte, ihn, Carl, auszuschalten.

Carl wandte sich Kimmie zu. Er hatte mit einem Lächeln gerechnet, aber nicht mit dieser glückseligen, kalten Grimasse. Wie in Trance stand sie da und lauschte.

»Ja, schaut sie euch an. Seht ihr irgendeine Gefühlsregung? Schaut euch ihre Hand an und den geschwollenen Finger. Jammert sie etwa? Nein, die jammert über nichts, der macht nichts irgendwas aus, nicht mal unser Tod«, war aus dem Raubtierkäfig zu hören, wo Ditlev Pram auf dem Boden lag und die Faust in die entsetzliche Wunde an seiner Hüfte presste.

Kurz blitzten vor Carls innerem Auge Bilder der Taten auf, die die Clique begangen hatte. War etwas dran an dem, was Florin da sagte, oder war es nur Teil seines Kampfes?

Da hob Florin noch einmal an. Längst war er nicht mehr der

König, der Dirigent. Nur noch der, der er war. »Wir sind auf Befehl von Kristian Wolf rausgefahren. Wir haben die Opfer auf Kristians Befehl ausgewählt. Und wir haben kollektiv auf sie eingeschlagen, bis wir keine Lust mehr hatten. Und die ganze Zeit stand dieses Satansweib daneben, ganz heiß darauf, selbst an die Reihe zu kommen. Klar, zwischendurch nahm sie auch mal an den Abstrafungen teil.« Florin hielt inne und nickte, als sähe er alles vor sich. »Aber immer war sie es, die getötet hat, das könnt ihr uns glauben. Bis auf das eine Mal, als Kristian gegen ihren Ex-Freund stänkerte, Kåre. Sonst war immer sie es. Wir haben ihr lediglich den Weg bereitet, nichts sonst. Sie ist die Mörderin. Sie allein. Und sie wollte es so.«

»Scheiße«, stöhnte Ulrik Dybbøl Jensen. »Nun tut endlich was, um Himmels willen. Kapiert ihr das nicht? Was Torsten sagt, ist die Wahrheit.«

Carl spürte, wie die Stimmung im Raum und auch in ihm selbst langsam kippte. Da sah er, wie Kimmie im Zeitlupentempo ihre Schultertasche öffnete, aber entkräftet und gefesselt, wie er war, konnte er nichts tun. Er sah, wie die Männer die Luft anhielten. Registrierte, wie alarmiert Assad auf einmal war und wie verzweifelt er versuchte, auf die Beine zu kommen.

Kimmie fand in der Tasche, wonach sie suchte. Sie nahm die Handgranate heraus, hielt die Sicherung fest und zog den Splint heraus.

»Du hast nichts getan, liebes Tier«, sagte sie und sah der Hyäne in die Augen. »Aber mit dem Bein kannst du nicht leben, das weißt du doch?«

Darauf wandte sich Kimmie Carl und Assad zu, während Ulrik Dybbøl Jensen im Käfig schrie und winselte, als könnte irgendetwas ihm zu Hilfe kommen.

»Wenn ihr an eurem Leben hängt«, sagte sie. »Dann zieht ihr euch ein bisschen zurück. Und zwar jetzt!«

Was sollte er schon anderes tun mit seinen gefesselten Händen? Also zog Carl sich mit rasendem Puls zurück. Auch Assad robbte rückwärts, so schnell er konnte.

Als sie weit genug weg waren, warf Kimmie den Sprengkörper in einer einzigen fließenden Bewegung in den Käfig und rannte los. Mit hektischen Bewegungen versuchte Torsten Florin zwar noch, die Granate zu fassen zu bekommen und durch das Gitter zu schubsen, aber da verwandelte die Explosion die Halle schon in ein Inferno.

Die Druckwelle warf Carl und Assad in einen Stapel kleinerer Käfige, der mit Getöse über ihnen zusammenfiel und sie so vor den herabregnenden Glasscherben schützte.

Als sich der Staub gelegt hatte, war nur noch das panische Gebrüll der Tiere zu hören. Da spürte Carl, wie Assads Hand durch das Wirrwarr aus Käfigböden und verbogenen Gitterstangen nach seinem Bein tastete.

Assad zog Carl heraus, versicherte sich, dass Carl okay war, und befreite seine Handgelenke von dem Klebeband.

Der Anblick, der sich ihnen bot, war grauenhaft. Dort, wo der Hyänenkäfig gestanden hatte, lagen überall Eisen- und Leichenteile. Es war wenig übrig von dem, was mal drei Menschen gewesen waren.

Carl hatte viel gesehen im Laufe der Jahre, aber so etwas noch nie. Meist floss schon kein Blut mehr, wenn er und die Techniker am Tatort eintrafen.

Hier war die Grenze zwischen Leben und Tod noch sichtbar.

»Wo ist sie?«

»Keine Ahnung«, entgegnete Assad und zog Carl auf die Füße. »Vielleicht liegt sie hier irgendwo.«

»Komm, nichts wie raus hier«, sagte Carl. Auf dem Hof wartete Kimmie auf sie. Die Haare wirr und staubig und mit einem Ausdruck unendlicher Trauer in den Augen.

Den Schwarzen sagten sie, dass sie sich zurückziehen sollten. Dass sie außer Gefahr seien. Dass sie sich um die Tiere kümmern und das Feuer löschen sollten. Die Frauen gingen und nahmen die Kinder mit. Die Männer starrten benommen auf den Rauch, der durch das zerbrochene Glasdach der Halle quoll, bis einer von ihnen etwas rief und damit Leben in die Gruppe brachte.

Kimmie ging mit Assad und Carl, dirigierte sie mit wenigen Worten über die Waldwege zur Bahnstrecke.

»Sie können mit mir machen, was Sie wollen«, sagte sie. »Ich kenne meine Schuld. Wir gehen zum Bahnhof. Dort steht meine Tasche. Ich habe alles aufgeschrieben. Alles, woran ich mich erinnere, steht da.«

Carl versuchte sich ihrem Tempo anzupassen. Er erzählte ihr von dem Metallkasten, den er gefunden hatte, und von der Ungewissheit, in der so viele Menschen jahrelang gelebt hatten und die nun in Gewissheit umschlagen würde.

Sie war still, als er vom Leiden der Opfer und ihrer Familien und der Trauer der Menschen sprach, die einen Angehörigen verloren hatten. Seine Worte schienen nicht bis zu ihr vorzudringen.

Im Gefängnis leben Menschen wie sie nicht lange, dachte Carl.

Als sie die Bahntrasse erreichten, waren es bis zum Bahnsteig noch etwa hundert Meter. Wie mit dem Lineal gezogen, durchschnitten die Schienen den Wald.

»Ich zeige Ihnen, wo meine Tasche steht«, sagte Kimmie und steuerte auf ein Gebüsch nahe den Gleisen zu.

»Sie heben die nicht auf, das tue ich«, rief Assad und zwängte sich an ihr vorbei.

Er nahm die Leinentasche und trug sie mit weit ausgestreckten Armen die letzten zwanzig Meter zum Bahnsteig.

Der gute alte Assad.

Auf dem Bahnsteig öffnete er den Reißverschluss, drehte die Tasche um und schüttelte sie, obwohl Kimmie protestierte. Tatsächlich fiel ein Notizheft heraus, auf dessen eng beschriebenen Seiten die Überfälle mit genauen Datums- und Ortsangaben skizziert waren, wie Carl beim schnellen Durchblättern erkannte.

Als Assad nach einem kleinen Leinenbündel griff und es aufschnürte, schnappte Kimmie hörbar nach Luft und hielt sich die Hände vors Gesicht.

In Assads Stirn bildete sich eine tiefe Furche, als er sah, was sich darin befand.

Ein winziges mumifiziertes Menschlein mit leeren Augenhöhlen. Der Kopf schwarz, die Finger steif abgespreizt, der zerbrechliche Körper steckte in Puppensachen.

Benommen sah Carl, wie Kimmie auf Assad zustürzte, ihm das Bündel aus der Hand riss und es an sich drückte.

»Kleine Mille, liebe kleine Mille. Nun wird alles gut. Mama ist da und lässt dich jetzt nie mehr allein.« Kimmies Gesicht war tränenüberströmt. »Wir bleiben jetzt für immer zusammen. Und du bekommst endlich den kleinen Teddy, und wir spielen den ganzen Tag.«

Niemals in seinem Leben hatte Carl dieses Gefühl der Zusammengehörigkeit verspürt, das einen angeblich ergreift, wenn man unmittelbar nach der Geburt erstmals sein Kind in den Armen hält. Und hin und wieder vermisste er dieses Gefühl, spürte ein Vakuum in sich.

Als er Kimmie jetzt sah, überwältigte ihn das Gefühl der Leere – und versetzte ihn in die Lage, sie zu verstehen. Noch etwas unbeholfen mit seinem geschwächten Arm zog er den kleinen Talisman aus seiner Brusttasche: den Teddy aus Kimmies Metallkasten.

Sie sagte nichts. Stand wie gelähmt da und blickte auf das Stofftier, in ihrem Gesicht wechselten Lachen und Weinen einander ab.

Neben ihr stand Assad, reglos und mit gerunzelter Stirn. Entwaffnet und völlig hilflos.

Dann griff sie vorsichtig nach dem Teddy. Im selben Augenblick, als sie ihn in ihrer Hand spürte, fiel etwas von ihr ab. Sie holte tief Luft und legte den Kopf in den Nacken.

Carl rieb sich über die feuchten Augen und blickte verlegen zur Seite. Auf dem Bahnsteig warteten ein paar Leute auf den Zug. In der Richtung stand auch sein Dienstwagen, aus der anderen hörte man den Zug.

Als er Kimmie wieder ansah, atmete sie ganz ruhig, das Kind und den kleinen Bären an sich gedrückt.

»So«, sagte sie und stieß einen Seufzer aus, der so klang, als löste er die Knoten von Jahrzehnten. »Nun schweigen die Stimmen ganz.« Sie lachte und weinte jetzt gleichzeitig. »Die Stimmen schweigen, sie sind weg«, wiederholte sie, sah zum Himmel und strahlte einen ungeheuren Frieden aus.

»Ach, meine kleine Mille, jetzt sind da nur noch wir zwei.« In ihrer Erleichterung drehte sie sich mit dem Kind um sich selbst in einem Tanz, der keine Schritte kannte, sondern sie von der Erde abheben ließ.

Und als der Zug nur noch zehn Meter entfernt war, sah Carl, wie ihre Füße zur Seite sprangen, zum Rand des Bahnsteigs.

Als Assads Warnruf ihn erreichte, hob Carl gerade den Blick und sah direkt in Kimmies Augen – ein Blick voller Dankbarkeit und Seelenfrieden.

»Nur wir zwei, mein liebstes kleines Mädchen«, sagte sie und streckte einen Arm zur Seite.

In der nächsten Sekunde gab es sie nicht mehr.

Nur noch das ohrenbetäubende Quietschen des Zuges.

Epilog

Die Abenddämmerung wurde zerrissen vom kalten Blinken der Blaulichter und dem Heulen der Sirenen. Dutzende Einsatzwagen der Polizei und Feuerwehr standen am Bahnübergang und an der Landstraße zum Gutshof. Überall waren Polizeischilder und Rettungswagen zu sehen. Ein Meer von Journalisten und Fotografen, Mitarbeitern der Krisenhilfe und neugierigen Anwohnern säumte die Szene. Unten auf den Gleisen versuchten sich die Techniker der Polizei und die Rettungsmannschaften einen Weg zu bahnen. Jeder war jedem im Weg.

Carl war immer noch schwindelig. Aber die Verletzung an der Schulter blutete nicht mehr, dafür hatte die Besatzung des Krankenwagens gesorgt. Nur tief innen drin, verdächtig nahe der Herzregion, da blutete es noch. Und der Kloß im Hals, der wollte nicht kleiner werden.

Er saß auf der Bank im Wartehäuschen des Bahnhofs Duemose und blätterte in Kimmies Kladde. Darin wurden die Taten der Clique detailliert und gnadenlos ehrlich offenbart. Der Überfall auf die beiden Geschwister in Rørvig: eine reine Zufallstat. Die Entkleidung des Jungen nach dem tödlichen Schlag: nur nachträgliche Demütigung. Die Zwillingsbrüder, denen Finger abgeschnitten wurden. Das Ehepaar, das im Meer verschwand. Kåre Bruno und Kyle Basset. Tiere und Menschen, immer wieder und wieder. Da stand es alles. Auch, dass Kimmie diejenige war, die getötet hatte. Die Methoden waren verschieden, sie wusste offenbar, wie es ging. Es wollte Carl einfach nicht in den Kopf, dass es sich um denselben Menschen handelte, der ihm und Assad das Leben gerettet hatte. Und dass sie jetzt zusammen mit ihrem Kind dort unter dem Zug lag.

Carl zündete sich eine Zigarette an und las die letzten Seiten. Dort war von Reue die Rede. Nicht im Hinblick auf Aalbæk, aber auf Tine. Dass sie ihr die Überdosis nicht hatte geben wollen. Etwas Zärtliches lag hinter den Worten, eine Form von Nähe und Einsicht, die in den Schilderungen all der anderen entsetzlichen Taten vollends fehlte. »Auf Wiedersehen« stand da und »Tines letzter seliger Trip«.

Dieses Heft würde die Medien Amok laufen lassen. Und die Aktien würden in den Keller stürzen, wenn die Mitverantwortung der Männer bekannt würde.

»Du nimmst das Heft mit und lässt sofort Kopien davon machen, ja, Assad?«

Er nickte. Das Nachspiel würde kurz, aber heftig sein. Ohne andere Angeklagte als einen Mann, der ohnehin schon im Gefängnis saß, würde es nun vor allem darum gehen, unglückliche Angehörige zu informieren. Die mit Sicherheit enormen Schadensersatzsummen, die aus Prams, Dybbøl Jensens und Florins Erbmasse ausgezahlt würden, mussten anständig verteilt werden.

Er nahm Assad in den Arm. Als der Krisenpsychologe Carl signalisierte, dass er nun an der Reihe sei, schüttelte Carl nur den Kopf.

Wenn es so weit war, hatte er seine eigene Krisenpsychologin.

»Ich fahre jetzt nach Roskilde. Fährst du mit den Technikern zum Präsidium? Bis morgen, Assad. Dann reden wir über alles, ja?«

Wieder nickte Assad. Er hatte im Kopf alles schon an seinen Platz gerückt.

Zwischen ihnen beiden war in diesem Moment alles gut.

Das Haus im Fasanvej in Roskilde wirkte dunkel. Die Jalousien waren heruntergelassen, alles war still. Im Autoradio sprachen sie jetzt gleichzeitig über die dramatischen Ereignisse in

Ejlstrup und über die Verhaftung eines Zahnarztes, den man hinter den Containerüberfällen in der Innenstadt vermutete. Er war auf dem Nikolaj Plads an der Store Kirkestræde beim Versuch verhaftet worden, eine der weiblichen Zivilstreifen zu überfallen. Womit hatte dieser Idiot gerechnet?

Carl sah auf die Uhr und dann wieder zu dem dunklen Haus. Alte Menschen gehen früh schlafen, das wusste er. Aber es war erst halb acht.

Dann nickte er den Schildern *Jens-Arnold & Yvette Larsen* und *Martha Jørgensen* zu und läutete.

Er hatte den Finger noch auf der Klingel, da öffnete die zarte Frau schon die Tür.

»Ja?«, fragte sie schlaftrunken und sah ihn verwirrt an. Sie raffte ihren schönen Kimono zusammen, um sich vor der Kälte zu schützen.

»Entschuldigen Sie, Frau Larsen. Ich bin Carl Mørck. Der Polizeibeamte, der neulich schon einmal hier war. Sie erinnern sich?«

Sie lächelte. »Ach ja«, sagte sie. »Stimmt, jetzt weiß ich wieder.«

»Ich habe eine erfreuliche Nachricht, glaube ich. Ich würde sie Martha Jørgensen gern persönlich überbringen. Wir haben die Mörder ihrer Kinder gefunden. Der Gerechtigkeit ist Genüge getan, kann man sagen.«

»Oh«, sagte sie und legte eine Hand auf die Brust. »Das ist schade.« Dann lächelte sie wieder, aber anders. Nicht nur betrübt, sondern auch entschuldigend.

»Ich hätte anrufen müssen. Es tut mir wirklich sehr leid. Dann hätten Sie sich den weiten Weg sparen können. Martha ist tot. Sie starb am selben Abend, als Sie hier waren. Nein, das war nicht Ihre Schuld. Sie hatte einfach keine Kraft mehr.«

Dann legte sie eine Hand auf Carls Hände. »Aber danke. Ich bin sicher, das hätte sie sehr gefreut.«

Lange saß er im Auto und starrte über den Roskildefjord. Die Lichter der Stadt spiegelten sich im dunklen Wasser. Unter anderen Umständen hätte ihn das mit Ruhe erfüllt. Aber nicht heute Abend.

Man muss die Dinge tun, solange Zeit dafür ist, diese Worte rotierten unablässig in seinem Kopf. Die Dinge tun, solange Zeit dafür ist, denn plötzlich ist es zu spät.

Nur wenige Wochen früher, und Martha Jørgensen hätte im Bewusstsein sterben können, dass die Mörder ihrer Kinder tot waren. Wie viel Frieden hätte ihr das gegeben! Und wie viel Frieden hätte es Carl gegeben, dass sie es wusste.

Man muss die Dinge tun, solange Zeit dafür ist.

Er sah wieder auf die Uhr und nahm dann sein Handy. Starrte lange auf die Tasten, ehe er die Nummer eingab.

»Klinik für Wirbelsäulenverletzungen«, sagte eine Stimme. Im Hintergrund lief lautstark ein Fernseher. Er hörte Worte wie »Ejlstrup« und »Dueholt« und »Duemose« und »Bahngleise«.

Dort also auch.

»Hier ist Carl Mørck«, sagte er. »Ich bin ein guter Freund von Hardy Henningsen. Seien Sie bitte so freundlich und sagen ihm, ich käme ihn morgen besuchen.«

»Gern, aber Hardy schläft jetzt.«

»Ja. Aber sagen Sie es ihm, sobald er aufwacht, als Allererstes.«

Er biss sich auf die Lippe, als er wieder übers Wasser sah. Eine größere Entscheidung hatte er in seinem Leben noch nie getroffen.

Und der Zweifel bohrte wie ein Messer im Zwerchfell.

Dann holte er tief Luft und tippte die nächste Nummer ein. Endlose Sekunden musste er warten, ehe Mona Ibsens Stimme antwortete.

»Hallo Mona, hier ist Carl«, sagte er. »Bitte entschuldige das von neulich.«

»Ach, vergiss es.« Sie klang aufrichtig dabei. »Ich habe gehört, was heute passiert ist, Carl. Alle Fernsehkanäle berichten davon. Massenweise Bilder. Wo bist du jetzt? Bist du so schwer verletzt, wie es heißt?«

»Ich sitze in meinem Auto und sehe über den Roskildefjord.«

Sie schwieg einen Moment. Versuchte vermutlich die Tiefe seiner Krise auszuloten.

»Bist du okay?«, fragte sie.

»Nein«, sagte er. »Nein, das kann ich nicht sagen.«

»Ich komme sofort. Du bleibst ganz still dort sitzen, Carl. Rühr dich nicht vom Fleck. Sieh übers Wasser und bleib ruhig. Ich bin in null Komma nichts da. Sag mir genau, wo du bist, Carl, dann komme ich.«

Er seufzte.

»Nein, nein«, sagte er und gestattete sich ein kurzes Lächeln. »Du musst keine Angst um mich haben, ich bin okay. Ich habe da nur etwas, was ich mit dir besprechen muss. Etwas, von dem ich glaube, dass ich es nicht so ganz überschaue. Kannst du nicht zu mir nach Hause kommen? Das würde mich sehr, sehr freuen.«

Carl hatte sich Mühe gegeben. Jesper hatte er mit Geld für die Pizzeria Roma, das Kino von Allerød und ein anschließendes Schawarma am Bahnhof neutralisiert. Reichlich für zwei. Er hatte beim Videoverleih angerufen und Morten gebeten, nach Feierabend direkt in den Keller hinunterzugehen.

Er hatte Kaffee gekocht und Teewasser aufgesetzt. Die Couch und der Couchtisch waren aufgeräumt wie selten.

Mona Ibsen setzte sich neben ihn auf die Couch, die Hände im Schoß gefaltet.

Ihre Augen sahen alles. Sie hörte jedes Wort, das er sagte, und nickte, wenn seine Pausen zu lang wurden. Aber selbst sagte sie nichts, ehe er so fertig war, wie er überhaupt nur sein konnte.

»Du willst Hardy in deinem Haus pflegen lassen, und du hast Angst davor«, sagte sie und nickte. »Weißt du was, Carl?«

Er fühlte, wie alle seine Bewegungen auf Slow Motion heruntergefahren wurden. Als schüttelte er ewig lange den Kopf. Als arbeitete seine Lunge wie ein undichter Blasebalg. Weißt du was, Carl?, hatte sie gefragt, und egal, was die Frage beinhaltete, er wollte die Antwort nicht wissen. Sie sollte nur ewig so sitzen bleiben, mit der Frage auf ihren Lippen, die er fürs Leben gern küssen würde. Wenn sie die Antwort auf ihre eigene Frage bekam, blieb nur noch wenig Zeit, bis ihr Duft eine Erinnerung war und der Anblick ihrer Augen vollständig unwirklich.

»Nein, weiß ich nicht«, sagte er zögernd.

Sie legte ihre Hand auf seine. »Du bist einfach wunderbar«, sagte sie und beugte sich zu ihm, sodass ihr Atem seinen traf.

Sie ist wunderbar, dachte er, als das Telefon klingelte und sie darauf bestand, dass er abnahm.

»Vigga hier!« Unüberhörbar die Stimme seiner weggelaufenen Frau. »Jesper hat angerufen. Er sagt, er will bei mir einziehen«, empörte sie sich, und das Gefühl von Paradies, das sich gerade in Carl breitgemacht hatte, wurde brutal vertrieben.

»Aber das geht auf gar keinen Fall, Carl. Völlig unmöglich! Darüber müssen wir reden. Bin auf dem Weg zu dir. In zwanzig Minuten bin ich da. Bis dann.«

Er wollte protestieren. Aber Vigga hatte schon aufgelegt.

Carl sah in Monas bezaubernde Augen und lächelte entschuldigend.

Das war sein Leben, auf den Punkt gebracht.

Dank

Ein herzliches Dankeschön an Hanne Adler-Olsen für tägliches Ermuntern und für einsichtsvolles Mitdenken.

Mein Dank geht auch an Elsebeth Wæhrens, Freddy Milton, Eddie Kiran, Hanne Petersen, Micha Schmalstieg und Henning Kure für ihre wertvollen, gründlichen Kommentare, sowie an Jens Wæhrens für Beratung und an Anne C. Andersen, die, außer mit Adlerblick gesegnet, auch tausend Sachen schnell und gleichzeitig machen kann. Bei Gitte & Peter Q. Rannes und dem Danske Forfatter- og Oversættercenter Hald bedanke ich mich für die Gastfreundschaft. Dank auch an Poul G. Exner für seine grundsätzliche Kompromisslosigkeit. Mein Dank geht an Karlo Andersen, der mir seine Kenntnisse unter anderem über die Jagd zur Verfügung stellte, und an Polizeikommissar Leif Christensen, der mich großzügig an seiner Erfahrung teilhaben ließ und konsequent alles, was mit Polizei zu tun hat, korrigierte.

Gewidmet den drei Grazien und eisernen Ladies:
Anne, Lene und Charlotte